Bisher sind im BASTEI-LÜBBE Taschenbuchprogramm von PIERS ANTHONY nachstehende Bände erschienen:

Die Saga vom magischen
Land Xanth
20 053 Chamäleon-Zauber
20 059 Zauber-Suche
20 061 Zauber-Schloß
20 065 Zentauren-Fahrt
20 069 Elfen-Jagd

20 024 Hassans Reise
Eine orientalische Fantasy
24 046 Omnivor
24 067 Orn
22 080 Ox

FANTASY

PIERS ANTHONY

NACHT-MÄHRE

Die Saga vom magischen Land Xanth

Band 6

BASTEI LÜBBE

BASTEI-LÜBBE-TASCHENBUCH
Fantasy
Band 20 071

Deutsche Lizenzausgabe 1985
Bastei-Verlag Gustav H. Lübbe GmbH & Co., Bergisch Gladbach
Originaltitel: Night Mare
Ins Deutsche übertragen von Ralph Tegtmeier
Redaktionelle Bearbeitung: Dr. Helmut Pesch
Titelillustration: Darrell K. Sweet
Umschlaggestaltung: Quadro-Grafik, Bensberg
Satz: Fotosatz Froitzheim, Bonn
Druck und Verarbeitung:
Elsnerdruck GmbH, Berlin
Printed in Western Germany
ISBN 3–404–20071–3

Für unsere Mähre Himmelblau
und ihr Fohlen Penny –
unser teures Himmelsgeschenk

1 Gute Magier, 2 Schloß Roogna, 3 Nördliches Dorf, 4 Baum, 5 Insel der Illusionen, 6 Tränensee, 7 Ogersee, 8 Magischer Staub, 9 Unbekannt, 10 Zentaureninsel, 11 Istmus, 12 Drachen, 13 Kobolde, 14 Greife, 15 Vögel, 16 Ogre Fen-Ogre, 17 Luft, 18 Erde, 19 Feuer, 20 Wasser, 21 Leere.

16
21
20
15
19
18
14
17
13
3
4
12
5
1
6
2
8
7
9
10

I

Regenbogen

Der Storch ging im Gleitflug vor Stunks Heim nieder und krächzte aufmerksamkeitsheischend.

Der Kobold geriet in Panik. »Das kann überhaupt nicht sein!« rief er entsetzt. »Ich bin doch nicht mal verheiratet!«

»Keine Bange«, näselte der Storch durch seinen langen Schnabel. »Außerhalb der Saison arbeite ich als Postbote.« Er holte ein amtlich aussehendes Schreiben hervor.

»Außerhalb welcher Saison?« fragte der Kobold.

»Ach, das verstehst du sowieso nicht. Hier, nimm den Schrieb. Ich habe noch andere Idioten, die ich aufsuchen muß.«

»Aber ich kann doch überhaupt nicht lesen!« protestierte Stunk, während sich seine Panik in Verlegenheit umwandelte. Die wenigsten Kobolde waren des Lesens mächtig, aber wie die meisten Analphabeten mochten auch sie es nicht, wenn man das an die große Glocke hing.

»Ich les' es dir vor, Knollennase.« Der Storch öffnete den Umschlag und schielte mit einem Auge auf das darin befindliche Dokument. »Grüße!«

»Gleichfalls, Vogelhirn«, erwiderte Stunk höflich. Kobolde hatten ausgezeichnete Manieren, obwohl andere Lebewesen dies aus irgendeinem unerfindlichen Grund nie zu schätzen wußten.

»Du sollst nicht antworten, du Tölpel!« sagte der Storch. »Ich lese bloß den Brief vor und rede nicht mit dir! Weißt du etwa nicht, was ›Grüße!‹ heißt?«

Stunk sagte nichts.

»He, Dämlack, ich habe dich was gefragt!« schnauzte der Storch irritiert.

»Ich dachte, du würdest mir den Brief vorlesen, Vogelhirn, deshalb habe ich auch nichts erwidert. Ach, da versuche ich höflich zu sein, und was nützt es? Perlen vor die Säue! Natürlich weiß ich, was das heißt. Das ist ein unkoboldhafter Gruß.«

»Ein Gruß, ha! Du Blödmann, das ist ein Kennwort; das bedeutet, daß man dich eingezogen hat!«

»Wie bitte? Wo hinein?«

»In die Armee, du Kretin! Ein Gefangener der offiziellen Preßpatrouillen! Dein glückliches Zivilistenleben ist vorbei.«

»Nein!« rief Stunk schaudernd. »Ich will nicht kämpfen. Jedenfalls nicht so, nicht mit Waffen und Regeln und so. Sag, daß das alles nicht stimmt!«

»Hähä, ich wette, jetzt hättest du lieber das Baby von mir gebracht bekommen, was, Kobold?« sagte der Storch hämisch und liebkoste den Einberufungsbescheid mit den Flügeln.

»Warum sollte man mich in den Krieg rufen? Wir leben doch mit den Drachen und Greifen einigermaßen in Frieden!«

»Wegen der mundanischen Invasion, du Knalltüte! Die Nächstwelle der Eroberung. Die schrecklichen Mundanier sind gekommen, um sich einen Drachen- und Koboldeintopf zu kochen.«

»Nein! Nein!« schrie Stunk, während ihn mit leisen Stolperschritten ein wachsendes Entsetzen beschlich. »Ich will aber kein Eintopf werden! Ich bin doch nur ein junger, unwissender Herumtreiber! Ich habe noch mein ganzes häßliches Leben vor mir! Ich gehe nicht!«

»Dann ist das unerlaubtes Entfernen von der Truppe oder sogar Fahnenflucht«, erwiderte der Storch und fuhr sich mit einer apfelsinenfarbigen Zunge über den Schnabel. »Weißt du, was man mit Fahnenflüchtigen macht?«

»Ich will's überhaupt nicht wissen!«

»Die wirft man den Drachen zum Fraß vor.« Ganze Häme-Wellen umgaben den Storch wie die Ringe auf einer öligen Pfütze. Hinter ihm ragte plötzlich ein lauernder Drache empor und gab ein paar Aufwärmpuster aus rosa Dampf von sich.

»Lebend kriegen die mich niemals!« rief Stunk und steigerte sich zu einer nie gekannten Stufe der Feigheit empor. Er jagte aus seinem Wandloch hervor, um der Einberufung zu entgehen. Doch da war auch schon der hungrige Drache hinter ihm her und blähte sich auf, um eine ganz besonders rosa leuchtende Rauchwolke hervorzustoßen – eine von jener Sorte, die nicht nur Kobolde zu rösten und zu garen pflegte, sondern zu allem Überfluß auch noch ziemlich übel roch. Eine Art Speicheldampf.

Schreiend floh Stunk vor dem Feuer des Ungeheuers, das bereits heiß seinen Rücken emporzüngelte. Er achtete nicht darauf, wohin ihn die Füße trugen. Er gewann nach und nach zwar an Vorsprung, wußte aber genau, daß er noch längst nicht außerhalb der Reichweite des Drachen war; dessen Feuerzunge konnte ihn noch jederzeit einholen.

Plötzlich kam er an einen steilen Abgrund, unfähig, rechtzeitig abzubremsen. Sein Entsetzen verdoppelte sich, als er in die Tiefe stürzte. Er sah, wie der harte Fels des Bodens einer Schlucht auf ihn zu kam, während er mit seinen kurzen Stummelarmen hilflos in der Luft ruderte. Lieber ein Drache, als so etwas, und lieber die Einberufung, als den Drachen – aber jetzt war es für beides zu spät.

Es war einfach zuviel. Er stieß ein Gebrüll des Entsetzens aus – und wachte auf.

Imbri sprang durch die Wand und wurde wieder unsichtbar. Sie hatte die Reaktion des Klienten auf den Traum falsch eingeschätzt und wäre fast von ihm in sichtbarer Form erwischt worden. Für eine Nachtmähre war das der Gipfel der Inkompetenz – von einem wachen Lebewesen gesehen zu werden, und wenn es auch nur so unwichtig sein mochte wie ein Kobold. Sie galoppierte in die Nacht hinaus und hinterließ lediglich einen einzigen Hufabdruck als Unterschrift. Diese Unterschrift war äußerst wichtig; Imbri war eine Perfektionistin, und sie liebte es, jedem Alptraum, den sie ablieferte, ihren persönlichen Stempel aufzudrücken.

Im Osten lauerte die Morgendämmerung. Zum Glück war das ihr letzter Auftrag gewesen; nun konnte sie heimkehren und sich tagsüber ausruhen und grasen. Sie galoppierte über das Land, bis sie zu einem Feld voller Hypnokürbisse kam. Ohne anzuhalten sprang sie in einen der reifen Kürbisse hinein – ein Kunststück, das jeden verblüfft hätte, der sich nicht mit Magie auskannte, denn Pferde waren wesentlich größer als Kürbisse – und fand sich sofort in einer anderen Welt wieder.

Bald darauf hatte sie sich zu den anderen Mähren ihrer Nachtmährenherde gesellt, die alle ebenfalls von der Arbeit zurückgekehrt waren. Ihre Hufabdrücke zeigten Mondkarten, auf denen die Namen der jeweiligen Mähren hervorgehoben waren: MÄHRE HUMERUM, MÄHRE NUBIUM, MÄHRE FRIGORIS, MÄHRE NECTARIS, MÄHRE AUSTRALE – alle ihre alten, unsterblichen Freundinnen, nach denen die Seen des Mondes benannt worden waren, um ihre jahrhundertelangen nächtlichen Dienste zu würdigen.

Da kam eine andere Mähre auf Imbri zu galoppiert, um sie abzufangen. Es war Crisium, die vorübergehend als Verbindungsmähre zum Nachthengst fungierte. Sobald sie in Reichweite war, projizierte sie ein Träumchen: Ein Elf, der lebhaft beim Sprechen mit den Händen wedelte. »Imbri!« rief der Elf, »melde dich sofort bei Trojan!« Da verblaßte der kurze Traum auch schon.

Ein Ruf des Dunklen Pferdes persönlich? Dem mußte man sofort folgen! Imbri wirbelte auf einem Huf herum und trabte über die Ebene auf die Stallungen zu. Ihre Ruhepause mußte warten.

Der Nachthengst erwartete sie bereits. Riesig und gutaussehend, mit mitternachtschwarzem Fell und ebensolcher Mähne, Schweif und Huf, genau wie die Nachtmähren, aber noch viel beeindruckender, stand er einfach da.

Trojan projizierte einen Traum, der in einem komfortablen Raum in einem Menschenbauwerk spielte. Darin erblickte

Imbri die Gestalt einer eleganten Menschendame und einen grauhaarigen Menschenkönig.

»Du fängst an zu schlampen, Mähre Imbrium!« sagte der Pferde-König. »Du hast jenes gewisse Etwas verloren, das einen erst wirklich erschauern läßt. Ich bin nicht zufrieden mit dir.«

»Aber ich habe doch gerade eben erst einen Kobold zur Verzweiflung gebracht!« protestierte Imbri-Dame.

»Ja, nachdem du den Drachen und den unerwarteten Abgrund mit ins Spiel gebracht hast«, erwiderte Trojan. »Du hättest ihn bereits bis zur Bewußtlosigkeit erschrecken müssen, bevor er überhaupt sein Heim verlassen konnte! Man darf Traumdrachen nicht allzu freigebig einsetzen, denn sonst gewöhnen die Träumenden sich an sie und stumpfen ab. Das macht sie dann für die anderen Mähren wertlos. Du mußt stets vermeiden, ein Übermaß an Notlösungen einzusetzen.«

Imbri mußte zugeben, daß das stimmte. Der Kern des Traums war das Entsetzen gewesen, welches der Einberufungsbescheid im Klienten hätte auslösen müssen. Sie hatte ihren Spielvorteil eingebüßt und einen präzisen Plan ungenau und holprig ausgeführt.

»Ich werde versuchen, es besser zu machen«, sagte ihre Menschengestalt reumütig.

»Das genügt nicht«, entgegnete er. »Das gewisse Etwas ist nicht bloß eine Frage der Mühe, die man sich macht. Es ist einem angeboren. Wenn man es erst einmal verloren hat, ist alles vorbei. Mähre Imbrium, ich werde dich verkaufen müssen.«

»Aber ich kann doch gar nichts anderes!« protestierte sie niedergeschlagen. Sie fühlte sich wie der Kobold, als er den gefürchteten Einberufungsbescheid bekommen hatte. Nach über einem Jahrhundert Dienst, in dessen Verlauf sie sich ihre Mondmeerbenennung verdient und ihr alle Ehre gemacht hatte, war sie doch auf nichts anderes vorbereitet.

»Du kannst etwas anderes lernen. Es gibt ja auch Tagträume . . .«

»Tagträume!« wiederholte sie verächtlich.

»Ich glaube, du hast eine Neigung dazu.«

»Eine Neigung?« Sie war wie vor den Kopf gestoßen. »Ich habe nie –«

»Vor kurzem bist du von einer Klientin eingefangen und geritten worden!« sagte er in festem Ton. »Keine Nachtmähre läßt sich einfangen, wenn sie nicht stillschweigend darin einwilligt.«*

»Aber –«

»Und warum hast du es zugelassen, von einer Klientin geritten zu werden?« Der König hob eine Hand, um ihren Protest im Keim zu ersticken. »Ich werde es dir sagen. Du hast einmal, im Gedächtnis eines anderen Klienten aus viel früherer Zeit, das Bild eines Regenbogens erblickt. Diese Vision hat dich fasziniert; du wolltest selber einen richtigen Regenbogen sehen. Doch du wußtest, daß dir das als Nachtmähre niemals möglich wäre, weil der Regenbogen die Nacht meidet. Er ist eine Tagerscheinung.«

»Ja . . .« stimmte sie ihm zu, als sie erkannte, daß er im Recht war. Die Vision von dem bunten Regenbogen hatte sie jahrelang heimgesucht. Doch keine Nachtmähre konnte tagsüber hinaus: Die Strahlen der Sonne ließen ihre Art schnell verblassen. Deshalb war es schon immer ein hoffnungsloser Wunsch gewesen, und es war völlig närrisch von ihr gewesen, sich davon überhaupt erst ablenken zu lassen.

»Wie die Sache nun steht, bist du zufällig auch im Besitz einer halben Seele«, fuhr der Hengst fort. »Du hast einen Oger aus dem Randgebiet des Nichts getragen und als Lohn die Halbseele einer Zentaurin angenommen, obwohl du in Wirklichkeit bloß eine Gelegenheit haben wolltest, mal einen Regenbogen zu sehen. Die Logik war noch nie die starke Seite der weiblichen Wesen.«

Sie konnte sich gut daran erinnern. Der Oger hatte ihr zwar als Gegenleistung einen Gefallen tun wollen, aber sie hatte es für unschicklich gehalten, sich mit Hilfe von Träumchen mit ihm zu unterhalten; doch auf andere Weise hatte sie ihm ihr Interesse an dem Regenbogen ebenfalls nicht klarmachen kön-

* Vgl. Piers Anthony, *Elfen-Jagd* (Bastei-Lübbe Fantasy 20069)

nen. Für einen Oger und einen Mann war er recht anständig gewesen. Diese beiden Aspekte überlappten sich bei ihm bezeichnenderweise...

»Nun hat diese Seele«, fuhr der Traumkönig fort, »dich deines Schliffs beraubt und dich in deiner Traumarbeit beeinträchtigt. Es ist schwierig, richtig brutal zu sein, wenn man eine Seele hat; das widerspricht nun einmal dem Wesen der Seelen.«

»Aber es ist doch bloß eine halbe Seele«, protestierte Imbri. »Eher ein Seelchen. Ich dachte, das würde schon keinen Schaden anrichten.«

»*Jedes* bißchen Seele kann hier Schaden anrichten«, erwiderte er. »Bist du bereit, sie jetzt preiszugeben?«

»Meine Seele preisgeben?« fragte sie. Aus irgendeinem völlig unerklärlichen Grund erfüllte sie dieser Gedanke mit Entsetzen.

»Wie du weißt, liefern die meisten Mähren, die sich halbe Seelen verdient haben, diese zur Aufbewahrung bei mir ab, damit sie ihren Schliff nicht verlieren, und dafür erhalten sie dann einen Zusatzbonus für außerordentliche geleistete Dienste. Seelen sind äußerst wertvolle Handelswaren, und wir häufen so viele von ihnen an, wie wir nur können. Du bist die einzige gewesen, die ihren Seelenanteil behalten und die Vorteile einer Ablieferung nicht in Anspruch nehmen wollte. Warum?«

»Ich weiß es nicht«, erwiderte Imbri beschämt.

»Aber *ich* weiß es«, meinte Trojan. »Du bist ein nettes Wesen, und im Laufe der Jahrzehnte bist du noch netter geworden. Es macht dir keine wirkliche Freude, Leuten Schmerz und Leid zu bereiten. Die Seele verstärkt diese Schwäche nur noch.«

»Ja...« pflichtete sie ihm traurig bei. Sie war sich bewußt, daß sie damit eine geheime Schuld eingestand, die sie tatsächlich als Trägerin schlimmer Träume völlig untauglich machen konnte. »Ich bin auf Abwege geraten.«

»Das ist nicht unbedingt etwas Schlimmes.«

Sie spitzte die Ohren. »Das ist nicht schlimm?«

»Es hängt mit deinem Schicksal zusammen. Eines Tages wird dir dein Schicksal ermöglichen, den Regenbogen zu sehen.«

»Den Regenbogen!«

»Du bist eine gezeichnete Mähre, Imbrium, und du wirst

Xanth einmal selbst dein Zeichen aufdrücken. Diese Zeit ist nahe.«

Imbri starrte ihn an. Der Nachthengst wußte mehr als jedes andere Wesen im Reich der Nacht, doch er gab sein Wissen nur selten preis. Sicherlich hatte er recht – aber sie wagte nicht, ihn direkt zu fragen.

»Imbrium, ich versetze dich in den Tagmährendienst. Eine schrecklichere Mähre wird deine nächtlichen Pflichten übernehmen.«

»Aber ich kann doch gar nicht in den Tag hinaus!« protestierte sie voll entsetzter Hoffnung. Sie wußte, wie brutal und schrecklich manche der Mähren waren, mit wild dreinblickenden Augen und noch wilderen Manieren; die hatten nicht das geringste Mitleid mit den Schlafenden. Es bekümmerte sie, daß ihre Klienten nun der Macht solch eines Wesens überantwortet werden sollten.

»Einer der Unterschiede zwischen Nacht- und Tagmähren ist der Besitz einer Seele. Die Nachtwesen besitzen keine Seele; dafür besitzen die Tagwesen keinen Körper. Du wirst eine Art Halbwesen sein, mit einer halben Seele und einem halbstofflichen Körper. Ich werde einen Zauber über dich verhängen, der es dir ermöglicht, den Sonnenstrahlen zu trotzen.«

»Dann kann ich also am hellen Tag in die wirkliche Welt hinaus?«

»Du wirst als Verbindungsmähre zwischen den Mächten der Nacht und den Mächten des Tages während der Krise fungieren.«

»Während der Krise?«

»Es ist von allergrößter Wichtigkeit, daß der Feind dein wahres Wesen nicht erkennt, sonst droht uns schlimmste Gefahr. Die Gegner müssen dich für ein ganz gewöhnliches Pferd halten.«

»Welche Gegner?«

»Das war in dem Traum enthalten, den du abgeliefert hast. Du bist recht nachlässig geworden, was solche Einzelheiten angeht.«

Bevor Imbri sich die Einzelheiten des letzten Traums ins Gedächtnis zurückrufen konnte, fuhr das Dunkle Pferd bereits fort: »Deshalb wirst du dich bei Chamäleon melden, um ihr als Reittier zu dienen.«

»Wem? Als was?«

»Das ist die Mutter von Prinz Dor, dem nächsten König von Xanth. Sie ist ein Teil des Schlüssels zur Rettung Xanths. Sie benötigt Transport und eben jene Art von Leitung und Hilfe, wie sie ihr nur eine Nachtmähre bescheren kann. Beschütze sie, Imbrium; sie ist viel wichtiger, als alle glauben. Du wirst ihr außerdem folgende Nachricht für König Trent überbringen: VORSICHT VOR DEM REITERSMANN!«

»Aber das verstehe ich nicht!« rief Imbri.

»Das brauchst du auch gar nicht.«

»Ich kenne doch weder Chamäleon noch König Trent! Denen habe ich noch nie irgendwelche Träume geliefert! Wie kann ich ihnen da eine Nachricht übermitteln?«

»Das ist Chamäleon«, sagte der Hengst und holte einen Spiegel aus der Luft, damit sie sich im Traumbild selbst betrachten konnte. Imbri war zwar nicht gerade geschult darin, menschliches Aussehen zu beurteilen, aber das Bild erschien ihr doch als recht häßlich. Genaugenommen war Chamäleon ein fürchterliches Weib. »Benutze deinen Träumersuchsinn, der funktioniert auch tagsüber. Und wenn du König Trent persönlich treffen mußt – der ist mein gegenwärtiges Bild.« Das Traumbild des Hengstes war auf ältliche Weise attraktiv – geradezu das Musterbild eines seit langem herrschenden Königs.

»Ich . . . ich versteh' ja kaum etwas!« jammerte Imbri. »Das ist alles wie ein Alptraum!«

»Zugegeben«, sagte der Hengst. »Krieg ist nun einmal wie ein Alptraum. Aber der vergeht leider nicht zusammen mit der Nacht, und sein Übel währt noch viel länger als die eigentlichen Kämpfe. Der Krieg ist keine Warnung vor dem Übel – er ist das Übel selbst.«

»Krieg?«

Doch die Augen des Hengstes blitzten nur, und der Traum verblaßte. Imbri fand sich allein am Rande der weiten Grasebene wieder. Das Gespräch war beendet.

Imbri reiste durch das Reich der Nacht und verabschiedete sich von seinen Bewohnern: Messingmännchen, Papierleute und Flaschengeister, wandelnde Skelette im Friedhofsgebiet und Gespenster, die in einem Spukhaus wohnten. Alle trugen sie das Ihre dazu bei, um schreckliche Angstträume herzustellen, denn das war eine Gemeinschaftsanstrengung.

»Grüß meinen Freund Jordan von mir«, sagte eines der Gespenster. »Der spukt inzwischen auf Schloß Roogna.«

Imbri versprach es und gesellte sich schließlich zu ihren Freundinnen, den Mähren, mit denen sie so viele Jahre zusammengearbeitet hatte. Das war der schlimmste Teil des Abschiednehmens. Nun war es an der Zeit zu gehen. Imbri hatte den Tag aufgebraucht und die Nacht durchgrast und sich dabei auf den schrecklichen Übergang vorbereitet. Sie liebte ihren Beruf einer Überbringerin von Alpträumen, auch wenn sie ihn nicht mehr richtig ausüben konnte. Es war zwar aufregend, in den Tag hinaus zu dürfen, doch es war auch schrecklich, die Nacht verlassen zu müssen. Schließlich lebten alle ihre Freunde nur hier und nicht draußen!

Sie trabte auf die Rinde zu. Nur die Nachtmähren konnten den Kürbis ungehindert verlassen. Das war auch gut so, denn sonst wären all die schlimmen Traumteile geflohen und völlig unkontrolliert über ganz Xanth hergefallen – was einer Naturkatastrophe gleichgekommen wäre.

Der Hengst hatte recht: Imbri hatte irgendwie den inneren Bezug zu den Träumen verloren. Sie beförderte sie zwar und lieferte sie auch ab – aber die Sache mit dem Einberufungsbefehl für den Kobold war nicht der erste Auftrag, den sie beinahe durch ihr ungeschicktes Vorgehen versiebt hätte. Es fehlte ihr der nötige Wille, wirklich Angst und Schrecken zu verbreiten, und das machte sich bemerkbar. Es war wirklich das beste, es mit einer anderen Arbeit zu versuchen, so schwierig die Anpassung ihr auch fallen mochte.

Sie konzentrierte sich auf die positiven Aspekte der Sache. Immerhin würde sie nun Xanth wenigstens bei Tag kennenlernen. Sie würde endlich den Regenbogen schauen dürfen! Das würde die Erfüllung ihres tiefsten und liebsten unterdrückten Ehrgeizes sein.

Und danach? Konnte der Anblick des Regenbogens den Verlust ihrer Stellung und ihrer Freunde wirklich aufwiegen? Nein, das erschien ihr nun doch als etwas mager.

Sie durchstieß die Rinde, was ohne große Willensanstrengung ging, da sie automatisch ihre Stofflichkeit verlieren konnte. Kurz darauf fand sie sich im nächtlichen Xanth wieder.

Am Himmel schien der Mond, und in seinem Licht erblickte sie am Boden ihren Hufabdruck, der wie immer mit dem sichtbaren Mond übereinstimmte. Wenn der Mond kleiner wurde, wurden auch die Hufabdrücke der Nachtmähren unscharf, außer wenn sie sich ganz besonders anstrengten, um ein Zeichen zu hinterlassen.

Imbri hatte ihren Traumdienst nie gemocht, wenn der Mond an Strahlkraft verloren hatte; dann rutschten ihre Hufe leicht aus und hinterließen überhaupt keinen Abdruck. Doch damit hatte sie in dieser Nacht keine Probleme, denn der Mond war fast bis zum Bersten voll.

Sie trabte durchs nächtliche Xanth, als wollte sie eine frische Ladung Alpträume an schlafende Kunden abliefern, doch diesmal war ihre einzige Last die Nachricht »Warnung vor dem Reitersmann«. Sie wußte nicht, was das bedeutete, doch der König würde es schon wissen. Inzwischen pochte ihr Pferdeherz aufgeregt, als sich am Horizont die gefürchtete Dämmerung zusammenballte. Bisher war sie stets vor der aufgehenden Sonne geflohen, vor dieser Geißel des Tages; diesmal würde sie mit ansehen, wie sie die Dunkelheit metzelte.

Die Sterne begannen zu verblassen. Die wollten nichts damit zu tun haben! Der Tag nahte; schon bald würde es hell genug sein, so daß die Sonne es wagen konnte, in Sicherheit emporzuklettern. Die Sonne haßte die Nacht, so wie der Mond den Tag verabscheute; doch Imbri wußte, daß der Mond wenigstens tapfer genug war, gelegentlich am Rande des Tages entlangzukriechen, vor allem dann, wenn er voll aufgeblasen und kräftig war. Vielleicht interessierte sich die Mondin ja für den Sonnenherrn, obwohl der sie nur wenig ermutigte.

Imbri wußte, daß der Nachthengst einen Zauber über sie verhängt hatte, der es ihr, zusammen mit ihrer halben Seele, ermöglichte, das Licht des Tages zu ertragen – doch irgendwie fiel es ihr recht schwer, wirklich fest daran zu glauben. Was würde geschehen, falls der Zauber defekt war? Dann würde sie von einem tödlichen Sonnenstrahl getroffen werden, und ihr Meer auf dem Mond würde verblassen und in Vergessenheit geraten. Natürlich vertraute sie auf den Hengst, denn er war ihr Herr und herrschte über die Mächte der Nacht. Doch die Sonne war mit Sicherheit ein Aspekt der Mächte des Tages und wußte vielleicht nicht, daß Imbri vor ihr geschützt bleiben sollte. Vielleicht wußte sie es auch, weigerte sich aber, dies anzuerkennen. »Hoppla, Hengst, das tut mir aber leid! Willst du etwa sagen, daß *das hier* die Mähre war, die ich schonen sollte? Na ja, zum Glück hast du ja noch ein paar andere zur Verfügung . . .«

Unerbittlich wurde es heller. Nun war es an der Zeit; sie mußte sich dem Tag stellen oder umkehren und nach Hause in den Kürbis flüchten. Ihre Beine zitterten, ihre Nüstern bebten. In ihren Augen war das Weiße zu erkennen, und ihr ganzer Leib spannte sich fluchtbereit an.

Da fiel ihr der Regenbogen wieder ein. Sie würde ihn niemals schauen dürfen – wenn sie sich jetzt nicht der Sonne entgegenstellte; oder ihr den Rücken zukehrte, denn sie hatte einmal gehört, daß es stets der Schatten eines Wesens war, der auf den Regenbogen zeigte. Das war einer der besonderen Aspekte der Magie Xanths, ein geheimes Signal. Doch das Sonnenlicht mußte einen dafür bestrahlen, sonst gab es keinen Schatten; es hieß, daß die Schatten in diesem Punkt äußerst streng waren und keinerlei Kompromisse eingingen.

Die Mähre Imbri blieb stehen und sah zu, wie die schrecklichen Strahlen der aufgehenden Sonne grausam den Morgennebel durchstachen. Einer von ihnen schoß mit unglaublicher Geschwindigkeit auf Imbri zu und traf sein Ziel, bevor sie überhaupt reagieren konnte.

Sie überlebte ihn! Dort, wo er auftraf, begann lediglich ihr Fell zu schimmern. Der Schutzzauber hielt!

Sie hatte dem schrecklichen Licht der Sonne widerstanden. Nun war sie eine Tagmähre.

Plötzlich fühlte sie eine gewaltige Erleichterung. Wie gut, daß ihr Vertrauen in den Nachthengst gerechtfertigt gewesen war!

Sie machte einen Schritt nach vorn und spürte die Festigkeit ihrer Beine und des Bodens und die Elastizität der Luft, welche sie einatmete. Sie war nicht nur unversehrt, sie schien sogar zweimal so wirklich zu sein als zuvor. Zum ersten Mal wurde sie sich ihres eigenen Körpergewichts bewußt, spürte sie die Pflanzen, die ihre Haut berührten, und das leise Wehen einer zargenden Brise in ihrer Mähne.

AUA!

Sie quiekte protestierend und ließ ihren Schweif auf ihre eigene Flanke peitschen. Eine Fliege summte davon. Das Biest hatte sie gebissen!

Jetzt war sie wirklich zu einem Tagwesen geworden! Keine Fliege konnte eine echte Nachtmähre beißen. In der Nacht gab es nur wenige Fliegen, und die Mähren waren nur dann stofflich und fest, wenn sie es wünschten. Jetzt war sie anscheinend fest und bißecht – ohne sich deswegen Mühe geben zu müssen. Sie mußte aufpassen. Es machte keinen sonderlichen Spaß, wenn Insekten auf einem herumkauten. Zum Glück besaß sie einen prima Schweif, mit dem würde sie sich die kleinen Biester schon vom Leibe halten.

Diese Festigkeit hatte auch etwas Schönes an sich. Jetzt umschmeichelten die Sonnenstrahlen ihre ganze Flanke und erwärmten sie. Die Hitze fühlte sich auf merkwürdige Weise wohlig an. Sie war lebendiger denn je. Stofflich zu sein, das war ja etwas geradezu Entzückendes! Wer hätte das gedacht?

Sie schritt davon, dann verfiel sie in einen Trott, und schließlich machte sie hohe Freudensprünge, immer höher und höher –

Da schlug sie etwas mitten in der Luft nieder. Sie stürzte zu Boden, und grelle Sterne und Planeten jagten in ihrem benebelten Kopf umher. Die hatten sie aber schnell gefunden! Was war nur geschehen?

Als sie ihr Gleichgewicht wiedergewonnen hatte, von einer Schramme am Kopf abgesehen, mußte Imbri feststellen, daß nichts sie niedergestreckt hatte – sie war vielmehr ihrerseits gegen etwas gestoßen, nämlich in einen Granatapfelbaum, dessen Granatfrüchte sofort heruntergepurzelt waren. Ein Glück, daß die Granaten noch nicht reif gewesen waren!

Jetzt begriff sie einen weiteren Nachteil, den das Stofflichsein mit sich brachte:

Sie hatte nicht darauf geachtet, wohin sie ging oder sprang, weil sie meistens ganz automatisch durch alle Gegenstände hindurchglitt. Als Tagmähre konnte sie das natürlich nicht mehr tun. Wenn etwas Festes auf etwas Festes traf, gab es einen ganz brutalen Knall!

Danach bewegte sie sich etwas vorsichtiger und achtete darauf, nicht gegen irgendwelche Bäume zu laufen.

Es ging doch nichts über einen Schlag auf die Schnauze, wenn man Vorsicht lernen wollte!

Obwohl etwas gedämpft, blieb ihr Frohsinn ihr unvermindert treu; er hatte lediglich nicht mehr so viele körperliche Möglichkeiten, sich auszudrücken, und so suchte er sich unstofflichere Wege, indem er ihren Leib durchströmte und erfüllte.

Aber es wurde Zeit, ihrem Auftrag nachzukommen. Imbri orientierte sich –

Und mußte feststellen, daß sie völlig vergessen hatte, welchen Auftrag sie erledigen sollte.

Das mußte an dem Schlag auf den Kopf gelegen haben. Sie wußte wohl, daß sie eine zur Tagmähre gewordene Nachtmähre war und daß sie irgend jemanden aufsuchen sollte, um ihm eine Nachricht zu übermitteln – doch wer das war und was sie ihm sagen sollte, das bekam sie einfach nicht mehr zusammen.

Sie war verloren:

Sie wußte weder, wohin sie gehen sollte, noch was man von ihr verlangte – obwohl ihr klar war, daß die Angelegenheit keinen Aufschub duldete und daß der Feind nicht erfahren durfte, was ihre Aufgabe war.

Imbri konzentrierte sich.

Da war noch etwas – ach ja, der Regenbogen!

Sie war gekommen, um den Regenbogen zu sehen. Das mußte ihre Mission sein – obwohl sie keinerlei Vorstellung davon hatte, wo sich der Regenbogen im Augenblick befinden mochte und was sie ihm mitteilen sollte und warum dies für das Wohlergehen Xanths von solch wichtiger Bedeutung war, und – nein, diese Dinge blieben undurchschaubar.

Na ja, sie mußte eben einfach danach suchen. Irgendwann würde sie schon auf den Regenbogen treffen, und dann würde ihr vielleicht auch wieder offenbar, welchem Ziel ihre Mission diente.

Men

II

Tagpferd

Die Mähre Imbri hatte Hunger. Im Kürbis hatte es stets genügend Weideland gegeben, doch anscheinend hatte sie in der Nacht zuvor nicht genug auf Vorrat vertilgt, um den verstärkten Anforderungen der wirklichen Welt zu entsprechen. Nun mußte sie grasen – und wußte nicht einmal, wo sie hier im Xanth des Tages eine halbwegs vernünftige Weide finden konnte.

Sie ließ ihren Blick umherschweifen. Sie befand sich im tiefsten Urwald. Trockenes Laub bedeckte den Waldboden; hier gab es nur spärliche Grashalme, und die waren auch noch aus Drahtgras – metallen und ungenießbar. Natürlich kannte sie diese Gegend, weil sie im Alptraumdienst ja das gesamte Xanth bereist hatte, doch jetzt, bei Tageslicht betrachtet, sah hier alles ganz anders aus; und nun, da sie stofflich geworden war, fühlte sich auch alles ganz anders an. Noch nie hatte sie sich früher Gedanken darüber gemacht, wie gut es sich hier wohl weiden ließ.

Na ja, immerhin war sie nicht allzu weit von Schloß Roogna, der Hauptstadt der Menschen, entfernt. Sie erinnerte sich, daß es nördlich von hier eine große Lichtung gab, auf der sich ausgezeichnetes Weidegras finden lassen müßte. Problematisch war daran nur, daß dazwischen ein kleinerer Gebirgszug lag; in ihrem gegenwärtigen feststofflichen Zustand war es höchst mühsam und gefährlich für sie, den erklimmen zu wollen.

Beim Schloß jedoch gab es gutes, fettes Weideland. Allerdings war sie selten dort gewesen, weil die Alpträume der königlichen Familie in der Regel von älteren Nachtmähren befördert wurden, die schon mindestens dreihundert Jahre oder noch länger im Geschäft waren. Imbri würde in dieser Gegend mit Sicherheit einige Fehler begehen, und das wollte sie möglichst vermeiden.

Doch sie erinnerte sich an einen Paß, der durch die Berge führte; er war zwar kaum bekannt, für eine Überquerung jedoch völlig geeignet. Er hatte eine ganz interessante Geschichte –

Gedankenverloren blieb sie stehen. Da vorn war ja doch eine Stelle mit frischem, saftiggrünem Gras! Dann konnte sie ja doch hier weiden! Sie trabte darauf zu und senkte den Kopf. Das Gras streckte sich nach ihr aus und krallte sich in ihre empfindlichen Nüstern und Lippen.

Imbri wich mit einem Satz zurück, wobei sich ihre Nase einige Kratzer zuzog, als sie sich freiriß. Das war ja fleischfressendes Gras! Dem durfte sie sich nicht mehr nähern, sonst würde sie noch selbst abgegrast werden!

Nein, es blieb ihr nichts anderes übrig, als die Berge zu überqueren. Im Trab machte sie sich auf den Weg gen Norden. Weil sie um ihre Gefährlichkeit wußte, ging sie Gewirrbäumen, Würgschlingen, Drachennestern, Greifen, Basilisken, Nickelfüßlern und ähnlichem Getier sorgfältig aus dem Weg. Immerhin hatte sie derartige Gefahren oft genug in Träume eingebaut, um ihre Wirkung zu kennen. Schon bald hatte sie die Berge erreicht.

So, jetzt mußte sie den Paß ausfindig machen. Er lag etwas westlich, wenn sie sich richtig erinnerte. Sie trabte in diese Richtung davon. Zwar war sie mit der ungefähren Geographie vertraut, aber die Einzelheiten waren ihr doch nicht besonders gut bekannt, da ihr alle materiellen Dinge, die nicht im Zusammenhang mit ihren Klienten gestanden hatten, früher als unwichtig erschienen waren.

Irgend etwas kam auf sie zu. Imbri hielt inne. Sie fürchtete sich zwar nicht, wollte aber auch nicht unvorsichtig sein. Sie wußte, daß sie inzwischen für Ungeheuer angreifbar geworden war, aber sie war sich auch sicher, daß sie den meisten mühelos entkommen konnte. Nur wenige Wesen waren schneller als eine Nachtmähre, die es eilig hatte! Andererseits mußte man ja auf so viele Dinge gleichzeitig achten, wenn man einen feststofflichen Körper hatte.

Die Wirklichkeit stellte sich als angenehme Überraschung heraus: ein prächtiges weißes Pferd, das ostwärts dahintrabte. Es war ein Hengst, und er hatte eine wunderschöne weiße Mähne, einen hübschen Schweif, und das einzige, was sein imposantes Aussehen etwas schmälerte, war ein dünner Messingring, den er um sein linkes Vorderbein trug. Imbri hatte noch nie von irgendwelchen Pferden gehört, die Beinringe trugen – andererseits kannte sie aber auch nur die Pferde im Kürbis.

Als er Imbri erblickte, blieb der Hengst stehen. Plötzlich wurde sie sich bewußt, wie verschieden sie voneinander waren: sie eine schwarze Mähre, er ein weißer Hengst. Sie hatte immer geglaubt, daß es in Xanth keine richtigen Pferde gäbe, nur Halb- oder Teilpferde wie Seepferdchen, Pferdefliegen und Zentauren.

Ihre eigene Rasse, die Nachtmähren, existierte ganz für sich im Kürbis und schweifte nicht weiter umher, wenn sie nicht gerade beruflich unterwegs war. Schließlich gab es auch noch die Tagtraummähren, doch die waren für alle gänzlich unsichtbar und unstofflich, mit Ausnahme ihrer eigenen Artgenossen. Was machte dieses Wesen also hier?

Sie beschloß, den Hengst zu fragen. Sie hätte einfach wiehern können, aber sie war sich nicht sicher, ob sie sich damit wirklich verständlich genug ausdrücken konnte. Also machte sie einen zaghaften Schritt nach vorn und projizierte einen kleinen Traum. Rein technisch gesehen war es ein Tagtraum, da ja auch Tag war – eine Art bewußter Vorstellung, viel milder und weniger intensiv als die Nachtvisionen, die sie normalerweise beförderte. Er war auch weniger vollkommen strukturiert, da sie keine Vorlage hatte, mit der sie hätte arbeiten können. In einem improvisierten Traum konnte so gut wie alles passieren!

In diesem Traum nahm sie eine sprechende Form an, nämlich die Gestalt einer in Schwarz gekleideten Menschenfrau, mit glänzendem, schwarzem Haar anstelle einer Mähne und einem Rock statt eines Schweifs. »Wer bist du?« fragte das Traummädchen mit einem betörend schönen Lächeln.

Der Schimmel legte erschreckt und mißtrauisch die Ohren an. Dann wirbelte er herum und galoppierte nach Westen davon.

Imbri seufzte durch die Nase. Er hatte ja so gut ausgesehen! Doch anscheinend fürchtete er sich vor Menschen. Wenn sie das vorher gewußt hätte, hätte sie ihm etwas anderes gesandt, vielleicht einen sprechenden Vogel. Sollte sie ihm noch einmal begegnen, würde sie viel vorsichtiger verfahren.

Sie reiste nach Westen weiter und gelangte schließlich an den Paß. Und dort, mitten im Weg, stand ein Mann. Für seine Rasse war er ganz gut gebaut, mit fahlem Haar und heller Haut, muskulös und auf Menschenweise gutaussehend. Natürlich konnte kein Mensch so attraktiv aussehen wie ein Pferd; das war einer der Nachteile, mit denen sich die menschliche Rasse anscheinend einigermaßen abgefunden hatte.

»Heda, hübsche Mähre!« rief der Mann, als er sie erblickte. »Hast du einen weggelaufenen weißen Hengst gesehen? Er ist mein Reittier, aber er ist mir davongejagt. Er trägt meinen Ring am Vorderbein.« Und der Mann hob sein linkes Handgelenk, um ihr einen ähnlichen Reif zu zeigen. Keine Zweifel – er hatte wirklich mit dem Schimmel zu tun.

Imbri projizierte einen kleinen Traum: sie selbst, wieder in Frauengestalt, erneut in Schwarz gekleidet, doch diesmal alle weiblichen Teile sorgfältig verhüllt. Sie wollte nicht schon wieder jemanden erschrecken! »Ich habe ihn vor kurzem gesehen, Mensch, aber er ist auch vor mir davongelaufen. Er ist in diese Richtung hier geflohen.«

Der Mann blickte sie erstaunt an. »Bist du das gerade in meinem Geist gewesen, Mähre, oder habe ich mir das nur eingebildet?«

»Ich bin es, Mensch«, erwiderte sie und setzte den Tagtraum

für ihn fort. »Ich bin ein Traumpferd. Ich projiziere Träume an Wesen deiner Rasse, aber tagsüber sind sie wohl nicht ganz so überzeugend wie in der Nacht.« Sie hatte es zuvor zwar nicht gewußt, doch nun mußte sie feststellen, daß es zwischen Nacht- und Tagträumen keinen qualitativen Unterschied gab. Nur der bewußte Verstand der wachen Menschen war tagsüber weniger leichtgläubig, deshalb war die Wirkung der Tagträume auch schwächer. Denn bei ihnen konnten die Menschen leichter zwischen Phantasie und Wirklichkeit unterscheiden. Doch die Träume blieben nach wie vor ein ausgezeichnetes Kommunikationsmittel.

»Aha. Und hast du meinem Hengst, dem Tagpferd, etwa auch so einen Traum angedient? Kein Wunder, daß er in Panik davongejagt ist!«

»Ich fürchte, meine Visionen können Wesen, die nicht auf sie vorbereitet sind, gehörig erschrecken«, projizierte sie und ließ ihre Frauengestalt als Zeichen sanften Erstaunens die Arme leicht ausbreiten. »Ich bin die Nachtmähre Imbrium, die man kurz auch einfach Imbri nennt.«

»Eine Nachtmähre!« rief er. »Euch nennt man doch auch Nachtmahre, nicht wahr? Ja, euch bin ich oft im Traum begegnet. Aber ich dachte immer, daß ihr bei hellem Tageslicht nicht umherschweifen könntet.«

»Ich bin eine Ausnahmegenehmigung, weil ich einen Auftrag zu erfüllen habe«, sagte sie. »Aber ich kann mich an meine Mission nicht mehr erinnern. Ich weiß nur noch, daß ich wohl den Regenbogen sehen wollte.«

»Ach ja, der Regenbogen!« rief der Mann. »Ja, das ist ein lohnendes Ziel, Mähre! Ich habe ihn schon oft gesehen und mußte jedesmal aufs neue staunen.«

»Wo ist er denn?« fragte sie eifrig. »Ich weiß zwar, daß mein Schatten immer in seine Richtung zeigt, aber –«

»Wenn man den Regenbogen herbeirufen will, braucht man Sonne *und* Regen«, erwiderte der Mann.

»Aber löschen die Wolken die Sonne bei Regen nicht aus? Da kann es doch beide zusammen nie auf einmal geben!«

»Doch, aber das ist selten. Der Regenbogen ist ziemlich wählerisch, wo er sich zeigt. Er will nämlich magisch bleiben und nicht zu etwas Gewöhnlich-Mundanem werden. Du wirst ihn heute wohl nicht sehen, denn es gibt nirgends Regen.«

»Dann werde ich wohl lieber grasen gehen«, meinte sie enttäuscht.

»Ja, das tut mein Hengst jetzt wohl auch gerade, obwohl ich ihn gut füttere«, sagte der Mann. »Er hat einen schier unersättlichen Appetit. Manchmal glaube ich, daß er Heu einfach zu Pferdeäpfeln verarbeitet, ohne es überhaupt vorher verdaut zu haben. Wenn man ihn sich selbst überläßt, schaufelt er maßlos in sich hinein. Aber er ist ein gutes Pferd. Wo kann er nur hin sein? An mir ist er nicht vorbeigelaufen, und ich bin ständig ostwärts gegangen, bis ich dein Hufgetrappel gehört habe.«

Imbri musterte den Boden. Es waren Hufspuren zu sehen, die in den Paß führten. »Anscheinend hat er den Weg über den Paß genommen«, projizierte sie.

Die Augen des Mannes folgten Imbris Blick. »Ja, jetzt sehe ich seine Spur auch. Das wird's sein. Wenn ich nur ein bißchen schneller gewesen wäre, hätte ich ihn wohl noch eingefangen.« Er hielt inne und blickte zu Imbri herüber. »Mähre, das mag ja jetzt vielleicht etwas viel verlangt sein, aber ich bin nun einmal nicht sonderlich gut zu Fuß. Würdest du mich wohl durch die Berge mitnehmen? Ich versichere dir, daß ich lediglich meinen fortgelaufenen Hengst suche. Sobald ich ihn entdeckt habe und ihn anrufe, wird er zu mir kommen. Er ist wirklich ein recht gehorsames Reittier, und er ist es auch nicht gewöhnt, allein zu sein. Möglicherweise sucht er sogar schon nach mir und hat sich verirrt; er ist nämlich nicht so intelligent wie du.«

Imbri zögerte. Sie war früher schon mal geritten worden, aber sie zog ihre Freiheit vor. Andererseits würde sie dem Tagpferd gern noch einmal begegnen, und wenn sie sowieso den gleichen Reiseweg hatte wie der Mann...

»Oder wenn du vielleicht zu mir nach Hause mitkommen möchtest«, fuhr der Mann in eindringlichem Ton fort, »dort habe ich nämlich reichlich Getreide und Heu, die ich für mein Pferd dort gelagert habe. Mein Hengst ist mundanischer Herkunft, weißt du; was ihm an Klugheit fehlt, das macht er durch Schnelligkeit und Kraft reichlich wieder wett. Aber er ist sehr scheu und sanft, es ist keinerlei Arg in ihm. Ich fürchte, es wird ihm etwas zustoßen, so ganz allein in diesem magischen Land.«

Mundanischer Herkunft. Das erklärte die Anwesenheit des Pferds. Manche mundanischen Tiere wanderten tatsächlich in Xanth ein, meist ganz ungewollt. Natürlich war es für sie hier nicht ganz ungefährlich. »Ich nehme dich durch den Paß mit«, projizierte sie.

»Ausgezeichnet«, sagte der Mann. »Und als Gegenleistung zeige ich dir einen Regenbogen, sobald es nur geht.« Er näherte sich mit sanfter, beruhigender Stimme. Sie stand reglos da und war etwas nervös, denn normalerweise konnte kein waches Lebewesen eine Nachtmähre berühren. Doch sie erinnerte sich selbst mit Bestimmtheit daran, daß sie ja nun ein Geschöpf des Tages und somit berührbar war.

Der Mann sprang auf ihren Rücken. Seine Stiefel hingen zu ihren Seiten herab, um ihren Leib geschlungen, und mit den Händen ergriff er ihre Mähne. Er hatte Erfahrung mit dem Reiten von Pferden, das merkte man auch an seinem Gleichgewichtssinn und an seinem Selbstvertrauen.

So machten sie sich auf den Weg durch den Paß, wobei der Mann so leicht auf ihr saß, daß sie ihn kaum bemerkte. Der Boden war fest und beinahe flach, so daß sie traben konnte.

»Das ist aber eine seltsame Bodenform«, meinte der Fremde, als sie fast unter dem hervorragenden Felsgestein wie unter einem Dach daherritten.

»Oben so steil, unten so eben.«

»Das ist der Faux Paß«, sagte Imbri mit Hilfe eines Träumchens. »Vor einigen Jahrhunderten stampfte der Riese Faux gen Norden, und seine Knie waren von Wolken verhüllt, so daß er den Bergzug hier nicht sehen konnte. Da ist er plötzlich mit dem linken Fuß hängengeblieben und wäre fast gestolpert. Er war ein sehr großer Riese, und ein solcher Sturz hätte in Xanth ganz gewaltige Verwüstungen angerichtet. Aber er hat sich noch rechtzeitig wieder gefangen und mit seinem Fehltritt lediglich ein fußgroßes Stück aus dem Gebirgszug getreten, was eine Lücke gerissen hat, durch die andere Lebewesen später reisen und wandern konnten. Deshalb hat man den Paß nach ihm benannt, obwohl die Leute die Worte heutzutage etwas nachlässig aussprechen und ihn einfach den ›Fo-Pah‹ nennen.«

»Eine entzückende Geschichte!« sagte der Mann und tätschelte Imbri auf die Schulter. »Eine faszinierende Ableitung: Faux Paß – der Riesenfehltritt. Ich vermute, daß dieser Begriff irgendwann zum sprachlichen Allgemeingut werden wird, denn viele Leute begehen mal den einen oder anderen Fehltritt.«

Sie verließen den Paß an der Nordseite, wo sich vor ihnen eine große, mit sattem, hohem Gras bewachsene Ebene erstreckte. Imbri war entzückt – hier würde sie nach Herzenslust grasen können.

»Ich glaube, da ist eine Spur«, sagte der Mann. »Dort drüben.« Er machte eine Geste.

Imbri zögerte, weil sie nicht genau wußte, welche Richtung er gemeint hatte, die Geste war etwas verwirrend gewesen. Sie wollte durchaus das Tagpferd wiederfinden; er war ein so gutaussehendes Tier – und männlich dazu. Sie schritt nach links.

»Nein, das ist die falsche Richtung«, sagte der Mann. Wieder machte er eine verwirrende Geste.

Imbri schwenkte nach rechts. »Immer noch falsch«, sagte er.

Imbri blieb stehen. »Ich weiß nicht, welche Richtung du meinst«, projizierte sie irritiert, wobei ihr Traummädchen allerliebst durch zerzauste Haarsträhnen spähte.

»Ist auch nicht deine Schuld«, meinte der Mann. »Ich liebe deine kleinen einfallsreichen Bilder. *Du* hast überhaupt keine Schwierigkeiten damit, dich verständlich zu machen. Meine mündlichen Anleitungen sind einfach zu ungenau, und mit meinen menschlichen Gesten bist du offensichtlich nicht vertraut. Aber ich glaube, dieses Problem können wir lösen.« Er sprang von ihrem Rücken und holte etwas aus seinen Kleidern hervor. Es war ein kleiner Messingstab, an dessen Enden Riemen befestigt waren. »Steck das hier in deinen Mund, hinter deine Vorderzähne.« Er drückte ihr den Stab gegen das Maul, so daß sie ihn entweder annehmen oder zurückweichen mußte. Zweifelnd öffnete sie das Maul und nahm den Stab auf, zwischen ihre pferdische Lücke zwischen Vorder- und Hinterzähnen.

»So, jetzt werde ich an diesen Zügeln ziehen«, erklärte er. »Dann weißt du genau, in welche Richtung ich will. Hier, ich mach's dir mal vor.« Er sprang wieder auf und packte die beiden Riemen. »Diese Richtung«, sagte er und zerrte am rechten Zügel.

Das Geschirr drückte höchst ungemütlich gegen ihre Hinterzähne. Um den Druck zu lindern, drehte Imbri den Kopf nach rechts. »Prächtig, du hast es begriffen!« rief der Mann. »Du bist wirklich ein sehr kluges Pferd!«

Doch es war nicht die Intelligenz, sondern der Schmerz gewesen. »Ich mag dieses Gerät nicht«, projizierte Imbri.

»Ach nein? Das tut mir aber leid. Versuchen wir es jetzt einmal mit links.« Er riß am anderen Zügel, und an ihrer linken Kieferseite zuckte und schmerzte es.

Doch Imbri hatte jetzt genug davon. Sie blieb stehen, stemmte alle Viere fest gegen den Boden und versuchte die Trense auszuspucken. Sie schmeckte sowieso scheußlich. Doch die Zügel hielten das Gebißteil fest. Es war enervierend. Sie schickte ihm einen wütenden Traum, der ihr Traummädchen in rechtschaffenem Zorn zeigte, mit wehenden Locken. »Geh von meinem Rücken runter, Mann!«

»Du mußt mich schon mit meinem richtigen Titel ansprechen«, erwiderte der Mann. »Man nennt mich den Reitersmann.«

Der Reitersmann! Plötzlich kehrte Imbris verschollene Erinnerung zurück. Ihre Botschaft hatte »Vorsicht vor dem Reitersmann« gelautet – und jetzt ahnte sie bereits ein wenig, was das bedeuten konnte.

»Vorsicht vor dem Reitersmann, eh?« wiederholte der Mann, und Imbri begriff, daß sie ihren Gedanken im Traum laut ausgesprochen hatte. Wütend ließ sie ihr Mädchenbild in einer Rauchwolke explodieren, doch das beeindruckte den Mann nicht. »Also trägst du eine Botschaft mit dir herum, mit der du andere vor mir warnst! Welch ein glücklicher Zufall das doch ist, Mähre, daß ich dich getroffen habe! Jetzt kann ich es mir gar nicht mehr erlauben, dich gehen zu lassen. Ich muß dich mit zu mir nach Hause nehmen und dich einsperren, damit du mich nicht verraten kannst.«

Imbri wußte nicht, was sie tun sollte, deshalb fuhr sie fort, nichts zu tun. Ahnungslos hatte sie sich in die Gewalt genau jener Person begeben, die sie hätte meiden müssen!

»Zeit für den Heimweg«, meinte der Reiter. »Ich werde später zurückkommen, um das Tagpferd einzufangen. Du bist eine viel zu wertvolle Gefangene, als daß ich dich entfliehen lassen möchte. Soweit ich weiß, könnt ihr Nachtmähren nachts durch festes Gestein dringen und euch sogar unsichtbar machen. Das bedeutet, daß ich dich vor Anbruch der Dunkelheit in sicherem Gewahrsam haben muß. Los, Mähre, beweg dich!«

Imbri weigerte sich. Es stimmte: Er konnte sie nachts nicht halten, selbst wenn er wach blieb und noch so sehr aufpaßte. Wenn er jedoch schlief, würde sie ihm einen solch schlimmen Traum schicken, daß er davon wie gelähmt sein würde. Die Zeit war auf ihrer Seite. Doch sie hatte nicht die Absicht, ihm einen Augenblick länger entgegenzukommen, als wirklich notwendig war. Sie würde ihre Hufe weiterhin fest in den Boden rammen, bis sie wußte, wie sie ihn abwerfen konnte.

»Ich habe übrigens noch ein nettes kleines Gerät, das dich vielleicht amüsieren wird«, bemerkte der Reiter. »Das bringt Pferde zum Gehen.« Und er schlug seine Hacken in ihre Flanken.

Ein stechender Schmerz durchzuckte sie. Seine Stiefel waren ja mit Messern bewehrt! Noch bevor sie es selbst bemerkte, jagte Imbri bereits, vom Schmerz getrieben und wie benommen, davon. Pferde reagierten normalerweise auf Angst oder Schmerz mit Flucht, da das Davonlaufen in der Regel die beste Verteidigung war.

»Na, gefallen dir meine Sporen?« fragte der Reiter. Er zog am linken Zügel und zwang sie, diesen Weg einzuschlagen.

Imbri versuchte zu bremsen, doch die Sporen trieben sie erneut an. Als nächstes versuchte sie einen Ausfall nach rechts, doch da drückte die Trense derart scharf gegen ihr Gebiß, daß ihr keine andere Wahl blieb als nach links abzubiegen. Der Reitersmann hatte sie seinem schrecklichen Willen unterworfen!

Kein Wunder, daß das Tagpferd vor diesem entsetzlichen

Mann geflohen war! Wenn sie doch nur vorher erkannt hätte, welch ein Wesen der Reitersmann hatte! Wenn sie doch nur nicht so töricht gewesen wäre, ihre Warnungsbotschaft zu vergessen! Doch nun mußte sie den Preis für ihre Unaufmerksamkeit zahlen.

Der Reitersmann trieb sie wieder zurück durch den Faux Paß und dann, entlang der Südseite des Gebirges, gen Westen. Imbri gab es auf, gegen ihren Herrn anzukämpfen und mußte feststellen, daß es erstaunlich leicht war, seinen Anweisungen zu folgen. Der Reiter tat ihr nicht weh, solange sie ihm keinen Widerstand entgegensetzte.

Doch er begnügte sich nicht damit, sie gezähmt zu haben. Er wollte außerdem noch Informationen. »Wer hat dir die Warnung aufgetragen?« fragte er.

Imbri zögerte. Der Reitersmann berührte ihre wunden Flanken mit seinen schrecklichen Sporen – es waren gar keine richtigen Messer, sie fühlten sich nur wie solche an –, und sie entschied, daß es nicht schaden würde, wenn sie Antwort gab. Sie sandte ihm einen kleinen Traum, in der sie selbst eine Frauengestalt annahm, die sich in Ketten befand, blutende Wunden an der Seite und eine Messingstange im Mund. »Ver hrrrscht übrrr d' Mchte drr Ncccht«, sagte sie um das Gebißteil herum.

»Halte mich nicht zum Narren, Mähre!« sagte der Reitersmann und berührte sie erneut mit seinen Sporen. »Im Traum kannst du völlig klar und verständlich reden.«

Sie mußte ihre List aufgeben. »Er herrscht über die Mächte der Nacht«, wiederholte sie. »Der Nachthengst. Der teilt die abzuliefernden Träume zu. Und er hat auch die Nachricht losgeschickt.«

»Der Nachthengst«, wiederholte der Reiter nachdenklich. »Ist der in seinem Tun auf die Nacht allein beschränkt?«

»Auf den Kürbis«, erklärte Imbri. »Der schützt uns bei Tag.« Jetzt wünschte sie sich, daß sie ihn niemals verlassen hätte!

»Erklär mir das«, befahl er. »Ich kenne nur den Hypnokürbis, den mit dem kleinen Guckloch. Wenn man in ihn hineinblickt, wird man sofort hypnotisiert und kann sich weder bewegen noch sprechen, bis jemand anders den Blickkontakt für einen unterbricht.«

»Das ist er, ja«, sagte Imbris in Lumpenfetzen gehülltes Traummädchen traurig. Sie verabscheute es, dem Feind so viele Informationen zu geben, aber sie konnte sich nicht vorstellen, wie diese spezielle Neuigkeit dem Mann helfen sollte. Leider war er schon informiert genug, um nicht in einen Kürbis zu spähen.

»Wir Nachtmähren sind die einzigen Wesen, die ungehindert in den Kürbis hinein und wieder hinaus gelangen können. Alle Kürbisse sind gleich, jeder von ihnen öffnet sich auf dieselbe Nachtwelt. Wenn jemand in einen beliebigen Kürbis späht, wird sein Körper steif und reglos, sein Geist jedoch nimmt in der Kürbiswelt Gestalt an und muß sich seinen Weg durch unser Labyrinth der Scheinwelten bahnen. Wer zu lange bleibt, der läuft Gefahr, seine Seele zu verlieren; dann wird sein Körper nie mehr richtig funktionieren.«

»Hm, das ist also eine Art Falle, ein Gefängnis«, murmelte er grübelnd. »So etwas Ähnliches hatte ich schon vermutet. Ich bin froh, daß du es vorgezogen hast, mir die Wahrheit zu sagen, Mähre. Wie viele Geister passen dort hinein?«

»Beliebig viele. Der Kürbis ist auf seine Weise genauso groß wie ganz Xanth. Das muß er ja auch sein, denn er enthält Träume für jeden Bewohner Xanths, und nicht zwei Träume sind gleich. Für uns im Kürbis erscheint der Rest von Xanth als so klein, daß man ihn fast unter einem von deinen Armen mit sich herumtragen könnte.«

»Ja, das leuchtet mir jetzt ein. Sehr interessant! Wir können eure Welt herumtragen, und ihr könnt unsere herumtragen. Das ist alles relativ.« Einen Augenblick später fiel ihm noch eine weitere Frage ein. »Wem solltest du die Nachricht eigentlich überbringen?«

Nun widerstand Imbri, denn sie war sich sicher, daß dies den Krieg entscheidend beeinflussen würde. Doch der Reitersmann bohrte seine Sporen erneut in ihre Flanken, und der Schmerz war so entsetzlich, daß sie es ihm einfach sagen mußte. Sie hatte noch nie Schmerzen ertragen müssen, weil die in nichtstofflicher Form einfach nicht existierten. Deshalb konnte sie damit auch nicht wirklich umgehen. »Ich sollte Chamäleon mit dieser Nachricht für den König aufsuchen.«

»Wer ist Chamäleon?«

»Die Mutter von Prinz Dor, dem nächsten König. Sie ist eine häßliche Frau.«

»Warum sollst du die Botschaft dem König nicht unmittelbar überbringen?« Die Sporen waren drohend erhoben.

»Ich weiß es nicht!« Das Traummädchen zuckte zusammen und legte schützend die Hände an die Seiten.

Da berührten die Sporen ihre Flanken. Verzweifelt schmückte Imbri ihre Geschichte aus. »Meine Mission sollte geheim sein! Vielleicht war das alles ja eine Finte. Wenn ich der Frau Meldung machte, würde diese die Nachricht an den König weiterleiten. So würde niemand vermuten, daß ich die Verbindungsmähre zwischen König und Kürbis bin.«

»Dann ist der König also ein wichtiger Mann? Nichts kann ohne seine Anweisung geschehen, was?«

»Der König herrscht über die Menschen in Xanth«, stimmte Imbri ihm zu. »Er ist wie der Nachthengst – sein Wort ist Gesetz. Ohne sein Wort gäbe es auch gar kein Gesetz.«

»Ja, das leuchtet mir ein«, sagte der Reitersmann, und diesmal berührten die Sporen sie nicht. »Wenn du dem König unmittelbar Meldung gemacht hättest, hätte der Feind Lunte gerochen. Das hätte den Wert der Warnung erheblich vermindert. Nun, ich glaube, es ist das beste, wenn ich ihren Wert gänzlich mindere, indem ich sie nämlich gar nicht erst weiterleiten lasse. Denn sie trifft natürlich zu. Dein Nachthengst scheint bestens informiert zu sein. Aber ich bin selbst im Augenblick damit beschäftigt, Informationen über den Gegner zu sammeln. Dein Hengst hat natürlich das Agentennetz seiner Nachtmähren zur Verfügung. Ihr Mähren habt in unseren Hirnen herumspioniert, während wir schliefen, nicht wahr? Vor euresgleichen kann es keine Geheimnisse geben.«

»Nein, wir liefern bloß die Alpträume ab!« protestierte Imbri, und ihre Berufsehre überwand plötzlich ihr Verlangen, den Reitersmann in die Irre zu führen. »Wir können nicht feststellen, was in den Köpfen der Lebewesen vorgeht. Wenn wir das könnten, hätte ich es niemals zugelassen, daß du mir diese Trense ins Maul schiebst.«

»Woher wißt ihr dann von mir?«

»Der Nachthengst hat eine Forschungsabteilung, damit er weiß, wohin er die Alpträume lenken soll. Aber zu wachen Leuten ist der Kontakt sehr schwach, wie überhaupt zwischen der Nacht- und der Tagwelt.«

»Aha, verstehe. Viele Geheimnisse ruhen im Schoß der Nacht! Aber da ist doch noch dieser Gute Magier, der auch sehr viel weiß. Warum hat der denn Xanth nicht vor mir gewarnt?«

»Der Magier Humfrey gibt seine Informationen nur gegen einen Jahresdienst des Fragenden her«, sagte Imbri. »Dem stellt niemand Fragen, wenn es sich irgendwie vermeiden läßt.«

»Aha! Eifersüchtig gehütete Einflußmöglichkeiten!« sagte der Reiter, dem diese Information zu gefallen schien. »Oder aber das Kommerzmotiv. Tatsächlich muß also jemand, der die Wahrheit über Xanth in Erfahrung bringen will, entweder einen exorbitanten Preis zahlen oder durch das Guckloch eines Kürbisses spähen – worauf er gefangen ist und sich aus freien Anstrengungen nicht mehr befreien kann. Eine höchst interessante Situation. Die Leute hängen also so gut wie völlig von ihrem König ab, was Informationen und Führung angeht. Wenn König Trent also etwas zustoßen sollte –« Er hielt einen Augenblick inne. »Und sein Nachfolger, dieser Prinz Dor, ist der kompetent?«

»Über den weiß ich nur, was ich in den Träumen der Leute aufgeschnappt habe«, meinte Imbri zögernd.

»Gewiß. Und ihre Träume spiegeln ihre tiefsitzendsten Sorgen wider. Also, was ist nun mit Prinz Dor?«

»Der hat kaum Erfahrung«, projizierte sie unwillig. »Als er noch ein Halbwüchsiger war, vor ungefähr acht Jahren, da ist König Trent in Urlaub gegangen und hat Dor zurückgelassen und ihm seine Amtsgeschäfte übertragen. Zuerst mußte er seine Freunde zu Hilfe bitten, und schließlich mußte der Zombiemeister die Sache in die Hand nehmen, bis König Trent schließlich zurückgekehrt war. Damals gab es einen Haufen Alpträume abzuliefern, wir haben uns fast unsere Hufe stumpf gerannt. Das war keine sehr gute Zeit für Xanth.«

»Also hat sich Prinz Dor nicht gerade durch besondere Kompetenz einen Namen gemacht«, sagte der Reitersmann. »Und der nächste in der Nachfolge ist der Zombiemeister, unter dessen Herrschaft sich die Leute auch nicht gerade wohl fühlen. Es gibt also tatsächlich keinen geeigneten Nachfolger für König Trent.« Stumm und nachdenklich ritt er weiter.

Schließlich erreichten sie das Lager des Reitersmannes. Dort befanden sich zwei mundanisch aussehende Männer. »Hab mir ein Pferd gefangen«, rief der Reitersmann ihnen fröhlich zu.

»Wo ist denn das andere?« fragte einer der Männer.

»Davongelaufen. Aber den hole ich mir morgen schon wieder. Dieses Tier hier ist besser. Ist eine umgewandelte Nachtmähre.«

»Na klar«, brummte der Mundanier zweifelnd und beäugte Imbri. Anscheinend hielt er den Hinweis auf die Nachtmähre für einen Witz. Mundanier konnten wirklich außerordentlich blöd sein, wenn es um Magie ging.

»Ohne den Schimmel bist du besser dran«, meinte der andere Mundanier. »Soviel du ihn auch reiten und füttern magst – wenn man ihn mal braucht, ist er nie da.«

»Ach, der hat eben Temperament, das ist alles«, meinte der Reitersmann mit einer toleranten Geste. »Ich mag Tiere mit Temperament. Und jetzt legt dieser Mähre hier Fesseln an die Vorderbeine. Sie ist noch nicht gezähmt.«

Einer der Knechte kam mit einem Seil auf sie zu. Imbri wich nervös zurück, doch da bedrohte der Reitersmann sie auch schon wieder mit seinen Sporen, und sie mußte reglos stehenbleiben. Der Knecht befestigte das Seil an ihren beiden Vorderbeinen und verzurrte es so kurz, daß sie kaum Bewegungsspielraum hatte. Sie konnte stehen oder ganz vorsichtig gehen, aber nicht mehr laufen. Was für eine demütigende Situation!

Sie führten sie in ein kahles Gehege, in dem ein schmieriger Eimer Wasser stand. Sie warfen ihr etwas halbtrockenes Heu vor die Hufe. Das Zeug war zwar faulig, aber sie war inzwischen so hungrig, daß sie es einfach fressen mußte, auch wenn sie befürchtete, davon eine Kolik zu bekommen. Kein Wunder, daß das Tagpferd geflohen war!

Den ganzen Tag über blieb sie eingesperrt, während die Mundanier anderswo ihren primitiven Aufgaben nachgingen.

Imbri soff das schlechte Wasser, fraß das miserable Heu auf und schlief nach Pferdeart im Stehen, wobei sie mit dem Schweif ständig die lästigen Fliegen fortwedelte. Sie hatte eine Menge Zeit, um über ihr törichtes Verhalten nachzudenken. Doch sie wußte auch, daß sie in der Nacht wieder frei sein würde, und das erheiterte ihren Geist, ihre Halbseele.

Nun meditierte sie darüber: Nur wenige ihrer Rasse besaßen überhaupt irgendwelche Seelenanteile, und die meisten von ihnen lieferten sie in der Regel ab, wie der Nachthengst ihr ja wieder in Erinnerung gerufen hatte. Und doch hing sie an ihrer Seele wie an etwas außerordentlich Wichtigem. War das närrisch von ihr? Imbri hatte den halbmenschlichen Oger Krach aus dem Kürbis und der Zone des Nichts getragen, doch ihre Seelenhälfte stammte nicht von ihm, sondern von einer Zentaurenstute. Diese Seele hatte ihr Weltbild verändert, hatte sie klüger gemacht und für die Bedürfnisse anderer empfindsamer werden lassen. Das war schlecht für ihr Geschäft gewesen und hatte sie schließlich sogar ihre Stellung gekostet. Doch nachdem sie nach und nach die Eigenschaften der Seele gemeistert hatte, war sie immer zufriedener mit ihr geworden. Nun wußte sie, daß es im Leben noch mehr gab als gutes Futter, guten Schlaf und einen Beruf, dem man nachging. Sie wußte zwar nicht so genau, was dieses »Mehr« sein konnte, aber es lohnte sich allemal, danach zu suchen. Vielleicht würde der Regenbogen ja die Antwort darauf wissen. Andererseits hatte gerade die Suche nach dem Regenbogen sie in diese mißliche Lage geführt.

Als der Abend nahte, kamen der Reiter und die Knechte zu ihr und zerrten Feuerholz aus dem nahen Wald herbei. Das Holz glühte regelrecht vor Brandlust. Sie warfen eine Flammenliane auf den Haufen, und sofort loderte es los und tauchte die undeutlichen Schatten in taghelles Licht.

Plötzlich begriff Imbri, was sie vorhatten: Die Mundanier wollten das Gehege so stark ausleuchten, daß sie ihre nächtlichen Kräfte nicht ausnutzen konnte! Solange das Feuer brannte, konnte sie nicht fliehen!

Verzweifelt mußte sie mit ansehen, wie sie weitere Scheite und Stämme herbeischleppten. Sie hatten genügend Holz dabei, um das Feuer die ganze Nacht speisen zu können!

Die Sonne wurde müde und sank schließlich hinter dem Horizont zur Ruhe, während Imbri finster das immer heller lodernde Feuer im Gehege musterte, das ihre kostbare Dunkelheit auffraß. Es spie Funken in den Himmel empor, die den Sternen Konkurrenz machten. Vielleicht waren sie sogar selbst Sterne, denn diese kleinen Lichtflecken am Himmelszelt mußten ja irgendwoher kommen und regelmäßig erneuert werden. Die Mundanier wechselten sich darin ab, Imbri zu bewachen und das Feuer zu speisen.

Ach, wenn doch nur ein hübscher, kräftiger Sturm vorbeikäme, um es zu ersticken! Doch der Himmel blieb schrecklich klar.

Langsam nickte der wachhabende Knecht ein. Er schlief im Dienst, und sie würde ihn bestimmt nicht wecken – aber das machte ohnehin keinen Unterschied, denn das Feuer war hell genug, um sie gefangenzuhalten, ob er nun schlief oder nicht. Sie könnte ihm zwar einen Alptraum schicken, aber der würde ihn nur ängstigen und wieder wach werden lassen. Nein, sie mußte sich zunächst einmal um dieses Feuer kümmern. Aber wie, da sie doch gefesselt war?

Da erkannte sie, wie sie es anfangen mußte. Sie schritt auf das Feuer zu und hob die Vorderhufe in dem Versuch, die Fesseln zu entzünden. Doch die Flammen waren zu heiß – sie konnte nicht nahe genug an das Feuer heran, ohne sich auch selbst dabei zu versengen.

Da erschien plötzlich eine Gestalt: irgendein großes Tier, das außerhalb der Reichweite des Lichts vor dem Gehege aufstampfte. War das etwa ein Drache, der gekommen war, um sich über ein hilfloses Pferd herzumachen, das sich nur noch hinkend davonbewegen konnte?

Sie schickte einen kleinen Probetraum voraus.

»Wer bist du?«

»Sein Luft rein?« erwiderte ein pferdischer Gedanke ihren Traum.

Das war ja das Tagpferd! Imbri unterdrückte ihre Überraschung und ihre Freude und projizierte ein weiteres Träumchen. »Halt Abstand, Hengst! Der Reiter sucht nach dir!«

»Ich – wissen«, erwiderte das Pferd langsam. Sie war sich

nicht sicher, ob es Dummheit oder Vorsicht war, die den Hengst weniger als klug erscheinen ließ. Soviel sie wußte, waren mundanische Tiere alles andere als Intelligenzbestien, und der Reitersmann hatte Ähnliches gesagt.

»Er will dich einfangen und wieder reiten«, erklärte sie, indem sie das Traumbild eines Zentauren projizierte, was etwas pferdischer war und ihr gleichzeitig ermöglichte, frei zu sprechen. Natürlich besaßen Pferde eine eigene Sprache, aber ein zu lautes Wiehern könnte den Knecht wecken.

»Ich – verstecken«, erwiderte das Tagpferd, indem es sich langsam an diese Art der Verständigung gewöhnte. Der Schimmel trat vor und streckte den Kopf über den Zaun, der im Feuerlicht hell leuchtete.

»Na, dann versteck dich lieber sofort, denn wenn der Knecht wachwerden sollte –«

»Du – mich grüßen«, sagte er etwas unbeholfen im Traum. »Ich laufen. Du – gefangen von Mann. Meine Schuld. Ich gekommen – will dich befreien.«

Imbri war beeindruckt und gerührt. Sie hatte ihn im Traum als weißen Zentauren dargestellt, und diese Gestalt schien ihm zu gefallen. Sie hatte dafür Sorge getragen, daß es ein sehr muskulöser und attraktiver Zentaur war, denn sie wußte, daß männliche Wesen recht eitel waren, was ihr Äußeres betraf. Alle männlichen Wesen aller Arten und Rassen waren in mancherlei Hinsicht die reinsten Narren. Doch wo wäre Xanth ohne sie?

»Ich kann nicht von hier weg, solange das Feuer brennt«, sagte ihr Traumstutenbild. »Ich hatte gehofft, daß vielleicht ein Gewitter –«

»Gewitter?«

»Wasser, um das Feuer zu löschen«, erklärte sie. Tatsächlich – er gehörte zum kräftigen, gutaussehenden, freundlichen, dummen Typ. Glücklicherweise brauchten Hengste nicht besonders viel Intelligenz; sie waren auch so attraktiv genug.

»Feuer löschen!« sagte er, nachdem er begriffen hatte. »Wasser machen.« Er sprang über den Zaun und landete mit einer solchen Wucht, daß Imbri dem schlafenden Knecht auf der Stelle einen Erdbebentraum senden mußte, damit er nicht aufwachte. Natürlich war er beunruhigt, doch dann veränderte sie den Traum, um ihm zu zeigen, daß das Erdbeben nur kurz und schwach gewesen war und daß sich der Boden vor ihm aufgetan hatte, um eine Schatztruhe zu offenbaren, die mit allem gefüllt war, was er sich am meisten wünschte. Der Knecht öffnete die Schatztruhe sofort, und eine hübsche nackte Nymphe sprang hervor. Jetzt würde er noch eine ganze Weile weiterschlafen!

Das Tagpferd schritt zu den brennenden Scheiten hinüber, drehte sich zur Seite umd ließ einen Strahl auf die Flammen spritzen. Dampfende Rauchwolken stiegen empor, während das Feuer wütend dazu zischelte. Diese Behandlung sagte ihm gar nicht zu!

Trotz seines Traumes machte dieses neue Geräusch den Knecht wieder unruhig. Er fing an aufzuwachen. Diesmal sandte Imbri ihm einen bösen Traum, in dem eine pferdgroße, schwach als Basiliskengestalt auszumachende Figur sich eben umdrehte, um den Mann anzustarren. Der Mundanier kniff sofort die Augen zusammen, denn er wußte, was passierte, wenn man mit so einem Vieh Blicke wechselte! Er wollte lieber nicht aufwachen um das Ungeheuer zu sehen. Imbri ließ ihn wieder davontreiben, zurück zu seiner Schatztruhennymphe. Sie war genauso erleichtert wie er, als er endlich weiterschlief.

Einen Augenblick später hatte das Feuer schon erheblich an Intensität eingebüßt, so daß die ersten Schatten nach Imbri greifen konnten. Sie entmaterialisierte sich und sprang aus ihren Fesseln und schließlich durch den Zaun des Geheges. Der Hengst folgte ihr.

Gemeinsam liefen sie durch den Wald. »Komm mit mir zum Schloß Roogna!« sandte Imbri ihm ihren Vorschlag und ließ dabei ihr Stutenbild freundlich lächeln und mit dem schwarzen Schweif wedeln.

Doch der Hengst zögerte. Das attraktive Zentaurenbild furchte die Stirn. »Nacht ... ermüde schnell ... bin Tagtier ... muß aufgeben.« Er stolperte. »Nachts schlafe ich.«

Das sah sie auch. »Dann verstecken wir uns, damit du dich ausruhen kannst«, schlug sie vor.

»Geh du. Bin nur gekommen, um dich zu befreien«, sagte er

in einer nun schon etwas klareren Sprache. Er mochte zwar nur eine sehr langsame Auffassungsgabe besitzen, aber mit der Übung wurde er schon besser. »Schöne Mähre, schwarz wie die tiefste Nacht!«

Imbri fühlte sich geschmeichelt, obwohl er ja nur die Wahrheit gesagt hatte. Sie war wirklich schwarz wie die Nacht, weil sie schließlich eine Nachtmähre war. Doch jede Aufmerksamkeit, die ein Hengst einem schenkte, war etwas Wertvolles.

Dennoch hatte sie ihre Mission zu erfüllen, und zwar ohne jede Verzögerung. »Wann sehen wir uns wieder?«

»Komm gegen Mittag zum Baobab«, sagte er. »Netter Baum. Wenn ich in der Nähe bin, werde ich dort sein. Verrate mich nicht an die Menschen; ich will nicht wieder eingefangen und geritten werden!«

»Ich werde dich niemals verraten, Tagpferd!« rief sie im Traum schockiert. »Du hast mich doch befreit! Ich werde dir dafür immer dankbar sein!«

»Lebwohl«, sagte sein Traumbild. Er drehte sich um und schritt gen Norden davon, während der kleine Traum verblaßte. Imbri sah, wie der Messingreif an seinem Vorderbein matt im Mondlicht glitzerte.

»Am Baobab-Baum!« schickte Imbri ihm nach. Sie kannte den Baum von ihrem Traumdienst her; manchmal lagerten Menschen dort draußen, und nachts war er sehr förderlich für Alpträume, ein bißchen wie ein Spukhaus. Er befand sich am Rande des Grundstücks von Schloß Roogna, außer Sichtweite des Schlosses, aber unmöglich zu übersehen. Sie würde mit Sicherheit dort sein, wenn es ihr möglich war.

III

Zentikora et cetera

Gegen Mitternacht kam Imbri am Schloß Roogna an. Sie schlug einen kleinen Bogen und begab sich zu Chamäleons Haus, einem großen Hüttenkäse. Imbri hatte einmal Chamäleons Mann, Bink, einen Traum geliefert. Es war nur ein unwichtiger Traum gewesen, denn er hatte nicht viel Schlimmes auf dem Gewissen gehabt, aber immerhin kannte sie sich dadurch ein wenig im Gelände aus, auch ohne daß sie lange genug im Geschäft gewesen wäre, um auch die Könige mit Träumen beliefern zu dürfen. Sie entmaterialisierte sich durch die harte Rinde und stieß zu Chamäleons Bett vor.

Doch in dem Bett lag eine Fremde. Dem Bild zufolge, welches der Nachthengst ihr gezeigt hatte, war Chamäleon eine alte Vettel; doch diese Person hier war eine wunderschöne ältere Frau von etwa fünfzig Jahren. Hatte sie sich in der Adresse geirrt?

»Wo ist Chamäleon?« fragte Imbri in einem bilderlosen Träumchen. Vielleicht war diese Frau ja hier zu Besuch und konnte es ihr sagen.

»*Ich* bin Chamäleon«, erwiderte die Frau im Traum.

Imbri wich einen Schritt zurück und überlegte. Die Antwort war spontan und ehrlich gekommen. Der Nachthengst mußte sich geirrt haben, indem er ihr nämlich versehentlich das Bild einer anderen Frau gezeigt hatte. Imbri hatte zwar noch nie davon gehört, daß er einen solchen Fehler begangen hätte, aber anscheinend lag es dennoch im Rahmen des Möglichen.

Und noch etwas störte sie. Chamäleon schlief allein, obwohl sie eine Familie hatte. Wo waren ihr Mann und ihr Sohn?

Imbri projizierte einen Traum. Er zeigte sie selbst als Zentaurenstute, die neben dem Bett stand. »Chamäleon, ich muß dir eine Nachricht überbringen.«

Die Frau blickte auf. »Ach, soll ich wieder einen schlimmen Traum haben? Warum kommen die eigentlich immer nur, wenn meine Familie gerade nicht da ist?«

»Nein, kein Alptraum«, versicherte Imbri ihr. »Ich bin die Nachtmähre Imbri und bin gekommen, um dir als Reittier zu dienen und um dem König eine Nachricht zu übermitteln. Wenn du aufgewacht bist, bleibe ich bei dir. Ich werde entweder im Schlaf mit dir reden, wie jetzt, oder aber in kleinen, kurzen Tagträumen.«

»Keine Alpträume?« Die Frau schien lange zu brauchen, um zu verstehen, was Imbri gesagt hatte.

»Keine Alpträume«, wiederholte Imbri. »Aber eine Nachricht für den König.«

»Der König ist nicht hier. Den mußt du auf Schloß Roogna aufsuchen.«

»Ich weiß. Aber ich kann ihm nicht persönlich meine Aufwartung machen. Ich gebe dir die Nachricht, damit du sie ihm überbringen kannst.«

»Ich? Einen Traum überbringen?«

»Eine Nachricht.«

Langsam wurde Imbri ungeduldig. Diese Frau schien keine große Leuchte zu sein.

»Was für eine Nachricht?«

»Vorsicht vor dem Reitersmann.«

»Vor wem?«

»Vor dem Reitersmann.«

»Was für ein Reitersmann?«

»Ein Mann, der auf Pferden reitet.«

»Aber in Xanth gibt es doch überhaupt keine Pferde!«

»Inzwischen gibt es eins, das Tagpferd. Und es gibt auch Nachtmähren. Mich zum Beispiel.«

»Aber dann brauchen die Menschen sich doch nicht vor ihm zu fürchten. Höchstens die Pferde sollten Angst vor ihm haben.« Das konnte stimmen; mit Sicherheit würde Imbri dem Reitersmann nur noch mit allergrößter Vorsicht begegnen. Aber das spielte jetzt keine Rolle. Sie mußte ihre Nachricht endlich überbringen. »Das muß der König entscheiden. Du mußt ihm die Nachricht bringen.«

»Welche Nachricht?«

»Vorsicht vor dem Reitersmann!« schrie Imbri frustriert.

Chamäleons Bild blickte sich nervös um. »Wo ist er denn?«

Was war hier nur los? War diese Frau etwa eine Vollidiotin? Warum hatte der Nachthengst Imbri zu einem solchen Wesen geschickt? »Der Reitersmann befindet sich westlich von hier. Er gefährdet möglicherweise das Wohlergehen von Xanth. Der König muß gewarnt werden.«

»Oh. Wenn mein Mann Bink zurückkommt, sag ich's ihm.«

»Wann kommt Bink denn zurück?« fragte Imbri ungeduldig.

»Nächste Woche. Er ist oben im Norden, in Mundania, wo er irgendein Handelsabkommen mit Onesti abschließt oder so.«

»Eine Woche ist zu lang«, entschied Imbri. »Wir müssen den König bereits morgen warnen.«

»Aber nein, ich kann doch nicht den König belästigen! Er ist immerhin schon siebzig Jahre alt!«

»Aber es geht doch um das Wohlergehen Xanths!« protestierte Imbri, erneut frustriert.

»Ja, Xanth ist sehr wichtig, das stimmt.«

»Dann warnst du den König also doch?«

»Den König warnen?«

»Vor dem Reitersmann«, erwiderte die Zentaurenstute und strengte sich an, ihren Schweif und ihr Gesicht völlig unter Kontrolle zu behalten.

»Aber der König ist doch schon siebzig Jahre alt!«

Zornig stampfte Imbri sowohl in ihrer Traumgestalt als auch in ihrer wirklichen Form mit einem Vorderhuf auf. »Das ist mir egal, und wenn er hundertsiebzig Jahre alt wäre! So alt bin *ich* nämlich! Er muß trotzdem gewarnt werden.«

Chamäleon starrte die Traumstute an. »Du siehst aber viel jünger aus!«

»Ich bin ja auch eine Nachtmähre. Wir sind unsterblich, jedenfalls solange, bis wir sterben. Ich habe jetzt eine Seele, deshalb kann ich auch altern und mich fortpflanzen und sterben, wenn ich eine grobstoffliche Form angenommen habe, aber nach meiner Reife bin ich früher nie gealtert. Und nun zu dem König...«

»Vielleicht kann mein Sohn Dor es ihm sagen.«

»Wo ist der denn im Augenblick?« fragte Imbri mißtrauisch.

»Im Süden, auf der Zentaureninsel. Er soll die Zentauren für einen möglichen Krieg mobilisieren. Weil der Gute Magier Humfrey nämlich meint, daß es eine Welle geben könnte. Wir mögen keine Wellen. Aber ich glaube nicht, daß die Zentauren das auch glauben.«

»Eine Welle?« Jetzt war Imbri an der Reihe, verwirrt zu sein. Sie wußte, daß die Frau bestimmt nicht über Meere sprach.

»Die Nächstwelle«, erklärte Chamäleon, ohne daß dies viel genützt hätte.

Imbri beließ es dabei. Sie hatte die Letztwelle gesehen, aber das war schon lange her. »Wann kommt Dor denn dann zurück?«

»Morgen abend. Gerade rechtzeitig zur Entführung.«

»Zur Entführung?«

Chamäleon mochte vielleicht nicht besonders klug sein, aber ihr Gedächtnis funktionierte einwandfrei. »Dor und Irene – das ist König Trents Tochter, ein hübsches Kind mit einem Grünem Daumen, nur, daß es in Wirklichkeit ihr Haar ist, das eine grüne Farbe hat – na ja, die beiden sind jetzt schon seit acht Jahren verlobt, ein Drittel ihres Lebens. Sie konnten sich nie auf einen Hochzeitstermin einigen. Wir glauben, daß Dor ein wenig vor der Verantwortung einer Ehe zurückschreckt. Er ist wirklich ein ganz lieber Junge.« Anscheinend hieß »lieb« in diesem Zusammenhang soviel wie »unschuldig«. Imbri war erstaunt zu erfahren, daß es in Xanth überhaupt noch unschuldige männliche Wesen gab; aber vielleicht war das auch nur der fromme Glaube einer naiven Mutter. »Irene ist jetzt dreiundzwanzig und wird langsam ungeduldig. Sie war noch nie besonders geduldig.« Das schien zu bedeuten, daß die andere Frau im Leben von Chamäleons Sohn von dieser nicht gänzlich als nur vorteilhaft, sondern eher als notwendiges Übel akzeptiert wurde. In diesem Punkt war Chamäleon eine ganz typische Mutter eines Sohnes. »Deshalb wird sie in der Nacht hierherkommen, ihn entführen und ihn in einer unbürgerlichen Zeremonie heiraten, dann ist die Sache endlich vorbei. Alle werden da sein!«

Also erwies sich die Freude auf eine Hochzeitsfeier im Vergleich zur Unzufriedenheit, ihren Sohn einem aggressiven Mädchen überantworten zu sollen, als größer und stärker. Das war ebenfalls eine normale Reaktion, außer –

»Bei einer Entführung?« Imbri kam sich dümmer vor denn je. War das etwa eine Menschensitte, die ihr bisher völlig entgangen war? Eigentlich hatte sie immer geglaubt, daß solche Entführungen immer klammheimliche Heiraten zum Ziel hatten; jedenfalls hatte sie eine Reihe von Alpträumen diesen Inhalts abgeliefert...

»Ach, sie tragen natürlich alle Kostüme. Dor wird also vorher nichts davon erfahren, der arme Junge. Irene vielleicht auch nicht. Ist alles sehr, sehr geheim. Niemand weiß davon, außer allen anderen.«

Imbri kam wieder zur Sache. »Zwei Tage, das dauert mir zu lang. Der Reitersmann befindet sich bereits in Reichweite von Schloß Roogna und spioniert die Verteidigungsanlagen Xanths aus. Außerdem sieht es so aus, als wäre Prinz Dor zu beschäftigt, um sich darum zu kümmern. Du mußt morgen früh sofort als erstes den König aufsuchen.«

»O nein, ich kann doch den König nicht belästigen! Er ist immerhin schon –«

»– siebzig Jahre alt, ja ja. Trotzdem muß er davon erfahren. Der Reitersmann ist nämlich gefährlich!«

Mit kindlichem Ernst blickte Traum-Chamäleon die Traum-Nachtmähre an.

»Warum sagst *du* es ihm dann nicht?«

»Das kann ich nicht. Meine Mission hier muß geheim bleiben.« Doch da stutzte sie plötzlich. Geheim? Vor wem denn? Der Reitersmann wußte doch bereits alles!

»Ich sag's ihm sofort!« meinte Imbri und verwünschte ihre eigene Dummheit.

»Aber es ist mitten in der Nacht! Der König schläft bestimmt gerade!«

»Um so besser. Ich bin schließlich eine Nachtmähre!«

»Oh. Na ja, dann ist das wohl in Ordnung. Aber gib ihm keine Alpträume – er ist ein guter Mann.«

»Keine Angst.« Imbri trabte durch die Rindenwand des Hüttenkäses und ließ Chamäleon in einen friedlicheren Schlummer sinken. Mit einem waghalsigen Sprung überwand sie den Schloßgraben und glitt durch die massive Außenmauer. Dieses Schloß würde keiner so leicht im Sturmangriff nehmen! Sie trabte durch die düsteren Gänge und Hallen, bis sie schließlich an den königlichen Schlafgemächern angekommen war.

König und Königin besaßen getrennte Suiten und schliefen fest. Imbri betrat das Gemach des Königs und neigte sich über ihn, als wäre sie im Traumdienst.

Selbst mit siebzig Jahren, was für einen Sterblichen schon ein recht stattliches Alter war, wirkte er noch edel. Die Falten in seinem Gesicht ließen ihn nicht nur alt, sondern auch weise erscheinen. Und doch war es nicht zu übersehen, daß er ein Sterblicher war; sie entdeckte Gebrechen, die nach und nach seinen natürlichen Tod herbeiführen würden. Er hatte über fünfundzwanzig Jahre regiert; vielleicht war das ja genug. Wenn Prinz Dor allerdings kein fähiger Nachfolger für ihn sein sollte ...

In ihrer Traumgestalt drang sie in seinen Geist ein; diesmal verlieh sie sich selbst das Aussehen einer barbusigen, unschuldig dreinblickenden Nymphe, um ihm auf symbolische Weise damit zu zeigen, daß sie nichts vor ihm verbergen wollte. »König Trent!« rief sie.

Er hatte davon geträumt, daß er schlief; nun träumte er, daß er aufwachte. »Was tust du in meinem Schlafzimmer, Nymphe?« fragte er. »Bist du eine Spielgefährtin meiner Tochter? Sprich, oder ich verwandle dich in eine Blume!«

Verblüfft wußte Imbri nichts zu antworten – da war sie plötzlich im Traum zu einer Tigerlilie geworden. Sie knurrte und bleckte grimassierend ihre Blätter.

»Also gut, ich geb dir noch einmal eine Chance.« König Trent bewegte sich nicht, doch plötzlich hatte Imbri wieder ihre Nymphengestalt. Selbst im Traum war die Magie des Königs noch beachtlich!

»Ich bringe Euch eine Botschaft«, sagte sie hastig durch den Mund der Nymphe. »Vorsicht vor dem Reitersmann.«

»Und wer ist der Reitersmann?«

»Ein Mann, der auf Pferden reitet. Er ist auch auf mir geritten –« Sie hielt inne als ihr einfiel, daß dies schlecht zu ihrer Nymphengestalt paßte. »Ich bin eine Nachtmähre –«

»Ach so, dann ist das doch ein Traum! Ich dachte, es sei alles Wirklichkeit. Verzeihung!«

Imbri war peinlich davon berührt, daß ein König sich vor einer Traumgestalt entschuldigte. »Aber es ist doch Wirklichkeit! Der Traum dient doch nur der Mitteilung...«

»Ach ja? Dann wache ich wohl mal besser auf.«

Der König gab sich einen Ruck und erwachte. Imbri war erstaunt. Das hatte sie in ihrem hundertfünfzigjährigen Dienst noch nie erlebt, daß jemand das so schnell bewerkstelligen konnte.

»Du bist also tatsächlich eine Mähre«, sagte König Trent und musterte sie in der Realität. »Keine Nymphe, die man mir geschickt hat, um mich zu närrischen Gedanken zu verleiten.«

»Ja, keine Nymphe«, stimmte sie ihm zu und projizierte ihm ein Träumchen.

»Und du löst dich auch nicht auf, obwohl ich wach bin. Interessant.«

»Ich unterliege einem Zauber, der mir aufträgt, meine Pflicht zu erfüllen«, erklärte sie. »Um meine Botschaft zu übermitteln.«

»Welche ›Vorsicht vor dem Reitersmann‹ lautet.« Der König strich sich mit den Fingern durch seinen Bart. »Ich glaube, ich kenne ihn nicht. Ist er vielleicht ein neuer Magier?«

»Nein, Majestät. Ich glaube, er ist Mundanier. Aber er ist auch schlau und skrupellos. Er hat mir wehgetan.« Sie wies mit einem Nicken auf die Schrammen an ihren Flanken.

»Und du konntest ihm nicht entfliehen, indem du dich entmaterialisiert hast?«

»Tagsüber nicht. Bei Tag bin ich jetzt sterblich.«

»Hängt das alles vielleicht mit der Invasion zusammen, die die Mundanier angeblich gerade vorbereiten?«

»Ich nehme es an, Majestät. Der Reitersmann hat zwei mundanische Knechte dabei und ein mundanisches Pferd.«

»Wo hast du diesen grausamen Mann getroffen?«

»Zwei Trabstunden westlich von hier.«

»Südlich der Spalte?«

»Jawohl, Euer Majestät. Am Faux Paß.«

»Merkwürdig. Meine Späher hätten doch jede Überquerung der Spalte und jede Annäherung vom Meer aus bemerken müssen. Bist du dir des Orts ganz sicher?«

»Völlig sicher, Majestät. Ich habe dort einen schlimmen Fehltritt begangen.«

»Das kommt am Faux Paß schon mal vor.«

»Ja.« Imbri war wieder verlegen.

»Dann müssen sie einen anderen Weg gefunden haben, unbemerkt in Xanth einzudringen.« Der König dachte einen Augenblick nach. »Ah – ich hab's! Vor einem Vierteljahrhundert sind Bink, Chamäleon und ich unterhalb der Spalte nach Xanth gelangt, nachdem wir vom Isthmus im Nordwesten losgereist waren. Irgendwie haben wir binnen einer Stunde einen ganzen Tagesgalopp an Entfernung überwunden. Anscheinend gibt es dort einen magischen Unterwassergang. Der Reiter muß ihn entdeckt haben und ist dann irgendwie an dem Kraken vorbeigekommen, der ihn bewacht. Wir müssen diesen Gang sperren, so schwierig das auch sein wird. Dort in der Nähe leben Meerleute. Ich werde ihnen auftragen, der Sache nachzugehen.« Er lächelte. »In der Zwischenzeit stellen ein einziger Mann mit zwei Knechten und einem mundanischen Pferd wohl keine allzu große Gefahr für Xanth dar.«

»Das Pferd ist nicht mehr bei ihnen, Euer Majestät. Es ist ein Hengst, das Tagpferd, das seinem Herrn ausgerissen ist und mir zur Flucht verholfen hat.«

»Dann müssen wir den Hengst belohnen. Wo befindet er sich gerade?«

»Er will nicht mehr mit Menschen zusammenkommen müssen«, erklärte sie. »Er hat Angst davor, erneut eingefangen und geritten zu werden.«

Wiederum lächelte der König. »Dann werden wir ihn nicht mehr beachten. Echte Pferde sind sehr selten in Xanth, denn es gibt hier keine ansässigen Herden. Wir werden ihn als geschützte Art betrachten. Das wird ihm helfen, in einer ansonsten feindseligen Umgebung zu überleben.«

König Trent hatte wirklich eine wunderbare Art, Probleme zu lösen! Imbri war ihm sehr dankbar. »Ich soll außerdem als Verbindungsmähre zum Kürbis dienen – zwischen den Mächten der Nacht und dem Volk von Xanth. Und als Reittier für Chamäleon. Allerdings weiß ich nicht so recht, weshalb. Besonders klug scheint sie mir nicht gerade zu sein.«

»Eine ausgezeichnete Wahl!« sagte König Trent. »Offenbar weißt du nichts über Chamäleons Wesen. Sie verwandelt sich von Tag zu Tag, wird mal schön und dumm, wie jetzt im Augenblick, um dann wieder häßlich aber intelligent zu werden. Wegen der drohenden Krise ist sie im Augenblick allein, was ungut ist, denn gerade jetzt, da ihre Intelligenz mal wieder auf einem Tiefpunkt angelangt ist, sollte jemand bei ihr sein. Du kannst ihr Gesellschaft leisten und sie vor Gefahr bewahren. In ein paar Tagen wird sie wieder schlauer sein, und in zwei Wochen wird sie so klug und häßlich sein, daß du sie kaum wirst ertragen können. Aber alles in allem ist sie eine gute Frau, die in beiden Phasen eine Begleitung gebrauchen kann.«

»Ach so.«

»Kehre jetzt zu ihr zurück«, sagte König Trent. »Gegen Morgen werde ich dann einen neuen Auftrag für dich haben.«

Wie gründlich der König die Dinge doch in die Hand nahm, sobald er sich um eine Sache zu kümmern begann! Imbri trabte durch die Mauer und sprang hinaus. Tatsächlich landete sie im Schloßgraben, doch das machte nichts, weil sie ja im Augenblick unstofflich war; sie scheuchte nicht einmal die Grabenungeheuer auf. Bald darauf war sie wieder bei Chamäleon, die sie nun schon viel besser verstand. Aussehen und Intelligenz, die sich in einem Monatszyklus veränderten – wie weiblich!

Imbri schickte ihr ein beruhigendes Träumchen, dann trat sie hinaus, um sich an dem ausgezeichneten Gras gutzutun. Sie schlief während des Grasens, da sie damit rechnete, daß sie am nächsten Tag ihre ganze Energie benötigen würde.

Am nächsten Morgen erschien ein winziger Golem in der Hütte.

»Ach, hallo Grundy«, sagte Chamäleon. »Willst du einen Keks?«

»Ja«, erwiderte das Männchen und nahm die angebotene Delikatesse entgegen. Für Grundy war es ein ganzer Armvoll, doch er biß tapfer hinein. »Aber deshalb bin ich nicht gekommen. König Trent sagt, daß du auf der Mähre zum Schloß des Guten Magiers Humfrey reiten sollst, um seinen Rat hinsichtlich des Feldzugs einzuholen.«

»Aber ich kann doch den Guten Magier nicht belästigen!« protestierte Chamäleon. »Der ist doch so alt, daß man seine Jahre schon gar nicht mehr zählen kann.«

»Der König meint, es sei sehr wichtig. Uns droht durch die Nächstwelle eine Krise, und wir wollen keinen Fehler machen. In einer Stunde bist du bereits auf dem Weg.«

Imbri schnaubte. Was war denn das für ein kleiner Widerling, der sie so herumkommandierte?

Der Golem schnaubte zurück – in perfektem Pferdisch. »Ich bin Grundy der Golem und befinde mich im Auftrag des Königs hier, Pferdegesicht.«

»Du kannst also auch nichtmenschliche Sprachen sprechen«, wieherte Imbri. Das war aber ein recht ordentliches Talent! Dem brauchte sie nicht einmal kleine Träume zu senden, wenn sie sich mit ihm verständigen wollte. Trotzdem gefiel ihr seine beleidigende Betonung des an sich ja unbeleidigenden Worts »Pferdegesicht« nicht, deshalb schickte sie ihm einen kurzen Traum von den Feuern der Hölle.

Der Golem erbleichte. »Dein Talent ist aber auch nicht von schlechten Eltern, Mähre«, sagte er und machte sich hastig aus dem Staub.

Chamäleon blickte Imbri an. »Aber ich weiß doch noch nicht einmal, wie man ein Pferd reitet«, sagte sie.

»Hol dir ein Kissen als Polsterung, dann bringe ich es dir schon bei«, projizierte Imbri und zeigte ein Traumbild von Chamäleon, wie sie selbstsicher und fast ein bißchen königlich auf dem Rücken des Traumpferds thronte, von ihrem wunderschönen Haar umringt.

Chamäleon holte ein Kopfkissen und befolgte Imbris Anweisungen. Schon bald hing sie in waghalsiger Stellung mit unbeholfen herabbaumelnden Beinen und steif verspannten Armen auf dem Rücken der Mähre. Welch ein Unterschied zum bösartigen Könnentum des Reitersmannes! Doch Imbri bewegte sich vorsichtig, und nach und nach entspannte sich die Frau etwas. Es war wirklich nicht so schwierig, ein Pferd zu reiten, wenn das Pferd willig war.

Spät am Nachmittag – Imbri war sehr langsam gegangen, um Chamäleon zu schonen – gelangten sie zum Schloß des Guten Magiers. Staunend erblickten sie den monströsen Steinkreis, der von einem Graben umgeben war.

Jeder der Steine war viel zu schwer, als daß man ihn jemals mit körperlicher Kraft hätte bewegen und aufstellen können. Oben befanden sich große Steinplatten, die dem Ganzen etwas von einem Pavillon verliehen. Vom Guten Magier war nicht die Spur zu sehen.

»Ich bin ja nicht sehr schlau«, meinte Chamäleon, »aber das hier verstehe ich überhaupt nicht. Dieser Megalith da sieht aus als wäre er Jahrhunderte alt!«

Imbri war zwar einigermaßen klug, aber sie war genauso verblüfft. Sie war in der Vergangenheit an diesem Schloß schon öfters vorbeigekommen, und es hatte jedesmal anders ausgesehen, aber noch nie *soviel* anders! »Wir müssen hineingehen und nachsehen«, meinte sie. »Vielleicht finden wir irgendwelche Anzeichen für den Verbleib des Guten Magiers.«

»Vielleicht ist er ja umgezogen«, meinte Chamäleon.

Sie näherten sich dem Graben. Bei Nacht hätte Imbri ihn mühelos überspringen oder auch über die Wasseroberfläche traben können, doch nun mußte sie waten und schwimmen, weil sie nicht bis zur Nacht warten wollte. Die Sache duldete keinen Aufschub.

Kaum hatte ihr Huf das Wasser berührt, als auch schon ein Fisch herbeigeschwommen kam. Plötzlich verwandelte er sich in einen nackten Mann. »Halt! Hier dürft ihr nicht vorbei!«

»O weh«, stöhnte Chamäleon.

Imbri erkannte die Sorte. »Du bist ein Nöck«, projizierte sie.

Der Mann verwandelte sich erneut und nahm den Schwanz eines Fisches an. »Na so was, Mähre!« sagte er. »Wer sollte denn sonst einen Schloßgraben bewachen?«

»Auf Schloß Roogna gibt es nette Grabenungeheuer«, bemerkte Chamäleon.

»Ich bin *auch* ein Grabenungeheuer!« erklärte der Nöck. »Und ihr dürft hier nicht vorbei, wenn ihr das Paßwort nicht kennt.«

»Das Paßwort?« Chamäleon war ganz offensichtlich völlig perplex. Imbri erging es nicht anders. Warum sollten sie vorbei dürfen, nur weil sie vielleicht ein bestimmtes Wort wußten, wenn man ihre Vorzüge doch auch anders wahrnehmen konnte? Das leuchtete ihr nicht ein.

Imbri versuchte ein Wort aus einem Traum zu ziehen, doch der Nöck war dazu zu gerissen. Träume dienten der Verständigung und häufig auch dem Erzeugen tiefer Gefühle, aber sie waren nicht für Gedankenleserei gedacht.

»Wir müssen einfach auf die andere Seite, trotz des Nöcks«, projizierte Imbri Chamäleon ihren Entschluß. Immerhin trug der Nöck keine Waffen und wirkte weder in Menschen- noch in Fischgestalt besonders imposant oder bedrohlich. Außerdem hatten sie das Recht zur Überquerung, denn sie befanden sich im Auftrag des Königs hier.

»Ja, das müssen wir«, stimmte Chamäleon ihr zu. Sie hob ihren Rocksaum, damit ihr Kleid nicht naß wurde, doch es war ziemlich wahrscheinlich, daß Imbri so tief einsinken würde, daß das Wasser die Beine der Frau ohnehin bis zu den Oberschenkeln benetzen würde. Es waren ausgezeichnete Beine, wenn man ihr Alter bedachte. Vielleicht sogar auch, wenn man ihr Alter nicht bedachte... Wasser würde ihnen kaum etwas anhaben können.

Das entging auch dem Nöck nicht. Er stieß einen lüsternen Pfiff aus. »Schau sich mal einer diese Schinken an!« rief er.

»Ignorier ihn einfach«, sagte Imbri im Traumbild, denn sie bemerkte, wie das Traummädchen Chamäleon errötete. Anscheinend war Chamäleon trotz fünfundzwanzig Jahren Ehe immer noch im Prinzip unschuldig geblieben. Das erklärte vielleicht auch die Unschuld ihres Sohnes. Imbri stellte fest, daß sie die Frau immer mehr mochte und ihr gegenüber einen Schutzinstinkt entwickelte. Chamäleon wirkte sowohl emotional als auch körperlich anziehend – fast zu nett, um wahr zu sein.

Sie begaben sich ins Wasser. »Nix da! Nix da!« rief der Nöck. »Ohne Paßwort kommt ihr hier nicht vorbei! Ich friere eure Spuren ein!« Er zeigte auf das Wasser – das sofort um Imbris Beine gefror.

Imbri mußte anhalten. Sie stand bis an die Knie im Eis! Der Nöck hatte also durchaus die Möglichkeit, sie aufzuhalten!

»Na, was hältst du davon, Klepper?« fragte der Nöck voll beleidigender Genugtuung. Er hatte wieder seine Fischgestalt angenommen. »Kein Paßwort, kein Passieren. Ich hab's euch ja gesagt! Habt ihr etwa geglaubt, die Regel sei passé?«

Chamäleon zappelte hilflos umher, aber Imbri riß mühsam einen Huf nach dem anderen aus seiner Verankerung. Splitternd brach das Eis, und schon bald stand sie auf der gefrorenen Oberfläche und machte sich erneut auf den Weg.

»Nix da! Nix da!« rief der Nöck, der wieder Menschengestalt angenommen hatte, und zeigte mit einem flossenartigen Arm auf das Eis. Das schmolz sofort, und mit einem Platschen stürzte Imbri in tieferes Wasser. Der Nöck kicherte.

Na gut, dann würde sie eben weiterwaten. Auf die eine oder andere Weise würde sie den Graben schon durchqueren.

Der Nöck ließ das Wasser wieder gefrieren – und wieder riß Imbri sich aus dem Eis und kämpfte sich auf die Oberfläche. Er ließ es schmelzen, was sie wieder in die Tiefe absacken ließ. Das war zwar alles sehr mühsam, doch langsam machten sie Fortschritte. Der Nöck konnte sie nicht wirklich aufhalten.

Da erreichte sie das tiefere Wasser und mußte schwimmen. Es reichte ihr fast bis zum oberen Rücken, und Chamäleon hob ihr Kleid bis über ihre Hüften empor. »Oh, das kitzelt aber!« protestierte sie.

Der Nöck blickte sie hämisch an und glich inzwischen schon eher einem Satyr. »*Wo* kitzelt's dich, Miezchen? *Ich* werd dir gleich ein paar hübsche Kitzelpartien zeigen, wenn es das ist, was du gerne möchtest.« Das bewirkte nur, daß das Traummädchen wieder schrecklich rot wurde. Aber Chamäleon wollte es nicht zulassen, daß ihr Kleid naß wurde.

»He, wußte gar nicht, daß eine Puppe so tief nach unten erröten kann«, bemerkte der Nöck mit bösartiger Häme.

Imbri spritzte mit der Nase etwas Wasser nach ihm, schwamm aber weiter. Wenn der Nöck sich lange genug von der Frau und ihrer Verlegenheit ablenken ließ, würden sie es auf die andere Seite schaffen. Dann wäre *er* an der Reihe, verlegen zu werden. Verdient hatte er es jedenfalls.

Doch der Nöck war leider nicht so dumm. »Nix da, nix da!« rief er und zeigte wieder auf das Wasser.

Diesmal gefror das Wasser nur zum Teil, und Imbri konnte sich weiterhin einen Weg bahnen. Anscheinend war die Wassermasse so groß, daß der Effekt verwässert wurde.

»Na ja, dann eben nox!« schrie der Nöck wütend. »Nix, nox, paddywox, es lebt der Frosch allein.«

Dieser schaurige Unsinn ließ das Wasser wieder tauen, bis es sich immer mehr verdünnte. Schließlich war es zu leicht geworden, um Imbris Gewicht zu halten – und die Mähre sank kopfüber in die Tiefe.

Das war wie das Durchdringen von festen Gegenständen, allerdings mit einem entscheidenden Unterschied – sie konnte nicht atmen. Das Wasser war nun zu dünn zum Schwimmen und zu dick zum Atmen, und seine Zusammensetzung war ebenfalls falsch.

Imbris Hufe berührten den Boden. Der war fest. Hastig machte sie kehrt und schritt ein Stück zurück, bis sie den Kopf wieder aus dem Wasser strecken konnte. Jetzt konnte sie wenigstens auch wieder atmen.

Sie schickte Chamäleon ein Träumchen: eine Zentaurenstute, die das Wasser von ihren Flanken abschüttelte. »Alles in Ordnung, Frau?«

»Mein Kleid ist ziemlich durchnäßt – glaube ich«, klagte Chamäleon. »Das Wasser ist nicht sehr feucht.«

Das genügte Imbri. »Atme tief durch, dann laufe ich am Boden des Grabens auf die andere Seite. Mit dünnem Wasser schaffen wir es schon.«

»Das glaubst auch nur du, Klepper!« rief der Nöck, der offensichtlich einen Teil des Traums aufgefangen hatte. Er kam herbeigeschwommen, der Oberkörper ein Fisch, die Beine die eines Mannes. Das Wasser wurde plötzlich wieder vollflüssig. »Versuch doch mal, *da* hindurch zu rennen!«

Imbri erkannte, daß der Versuch gefährlich sein konnte. Wenn sie schwamm und der Nöck das Wasser verdampfen ließ, würde sie ohne jede Atemluft versinken und mußte umkehren. Möglicherweise geriet Chamäleon dann in Panik und würde sogar ertrinken. Imbri wußte nicht, ob Chamäleon schwimmen konnte, und es war jetzt nicht die Zeit, sie danach zu fragen.

Da hatte sie eine Idee. Sie projizierte Chamäleon einen Traum, der sie selbst als Mähre und die Frau in Frauengestalt zeigte, genau wie im täglichen Leben. Doch der Nöck war ebenfalls dabei und lauschte. Er würde alles, was sie versuchten, zunichte machen.

Die Traummähre projizierte Chamäleon einen Traum innerhalb eines Traums. Der schlich an dem spionierenden Nöck vorbei, weil der sich nicht über die komplizierte Symbolik von Trauminhalten im klaren war. In diesem verfeinerten Traum war Imbri eine Frau in Schwarz und Chamäleon eine Frau in Weiß.

»Vertraue mir«, sagte sie zu dem Traum-im-Traum-Mädchen, das etwas erschrocken dreinblickte. »Wir werden den Graben überqueren – aber nicht so, wie wir es scheinbar versuchen werden. Tu das, was ich sage, nicht das, was ich scheinbar tue. Verstehst du?«

»Ich will's versuchen, Imbri«, sagte das Traum-im-Traum-Mädchen und lächelte, als es begriffen hatte.

Nun konzentrierten sie sich wieder auf den äußeren Traum. »Festhalten, Chamäleon«, rief die Mähre. Im wirklichen Leben konnte Imbri zwar keine Menschensprache sprechen, aber im Traum galten andere Gesetze. »Ich schwimme jetzt auf die andere Seite.«

»Auf die andere Seite schwimmen«, stimmte die Frau ihr zu und hob erneut das Kleid. Ihre Gliedmaßen waren im Traum genauso wohlgeformt wie in der Wirklichkeit.

»Du machst dir noch deinen Hm-hm naß!« rief der Nöck hämisch.

Chamäleon errötete wieder, behielt aber ihre Fassung. Die Traummähre stieß ins tiefe Wasser vor und begann zu schwimmen. Die echte Mähre tat dasselbe.

»Nix da, nix da!« rief der Nöck und ließ das Wasser zu Dampf werden.

Die wirkliche Mähre und die Frau sanken in die Tiefe – doch das Traumpaar schwamm einfach weiter. »Ist nicht allzu tief hier!« rief die Traummähre. »Wir können am Boden entlanglaufen und immer noch Luft holen. Wir sind gleich drüben!«

»He!« rief der Nöck wütend. »Nix da, nix da, ich vernixe euch!« Und er ließ das Wasser gefrieren.

Nun konnte die echte Mähre durch das sämige Eiswasser nach oben vorstoßen und ihren eigenen Kopf und die Frau ins Freie bringen, so daß sie luftholen konnten. Mühsam bahnte sie sich ihren Weg nach vorn.

Doch die Traummähre stak reglos im Eis. »Wir sitzen fest!« rief diese Mähre. »Wir sind festgefroren!«

»Geschieht dir recht, du Nachtklepper!« jubelte der Nöck. »Ohne Paßwort dürft ihr nicht passieren.«

»Wir müssen umkehren!« sagte die Traummähre verzweifelt.

»Ja, umkehren« wiederholte Chamäleon, obwohl sie nicht ganz davon überzeugt zu sein schien.

»Du machst das prima«, sagte die Traum-im-Traum-Imbri-Frauengestalt auf einer anderen Ebene.

Inzwischen hatte die echte Mähre sich aus dem Eis befreit und schwamm auf die Megalithen zu. Als das Wasser klarer wurde, kamen sie auch immer schneller voran.

»Wir schaffen es nie!« jammerte die Traummähre.

»Niemals!« stimmte das Mädchen ihr eifrig zu.

Doch der Nöck war nicht so leichtgläubig. »He – das sind doch bloß eure Traumbilder! Echte Mähren können gar nicht reden!« Er kniff die Augen kurz zusammen, orientierte sich auf die wirkliche Situation – und mußte feststellen, daß sie ihn reingelegt hatten. Er war so sehr damit beschäftigt gewesen, in dem vermeintlich privaten Traum herumzuschnüffeln, daß er die Wirklichkeit darüber vernachlässigte – genau wie Imbri es gewollt hatte. »Nix da! Nix da! Nix da!« kreischte er aus einem Fischmaul, das in einem Menschengesicht stak, und schleuderte ihnen einen Dampfzauber hinterher. Das Wasser um sie herum dünnte aus, ließ sie in die Tiefe sinken – doch nun waren sie schon zu weit auf der anderen Seite, und der Graben wurde immer flacher.

Imbri galoppierte den Abhang empor, und ihr Kopf tauchte nur ganz kurz unter Wasser. Der Nöck ließ das Wasser gefrieren; die Mähre kletterte wieder empor, weil die Eisdecke hier, im flacheren Wasser, wieder fest war.

»Darf ich jetzt wieder atmen?« flehte Traumchamäleon.

»Atme!« erwiderte Imbri und kletterte an Land. Sie hatten es geschafft!

Hinter ihnen versank der Nöck zornig im verdampfenden Eis, ein Menschenkopf auf einem Fischleib. »Ihr Weiber habt mich an der Nase herumgeführt!« knurrte er. Dann musterte er die sich bildende Wolke aus Eisdampf.

»Männer sind nun einmal leichtgläubig«, stimmte Imbri in einem Träumchen zu, welches den Nix in Gestalt eines Menschen mit Fischkopf zeigte, auf dem eine riesige Narrenkappe saß, während ein Schneesturm ihn umtoste.

Völlig durchnäßt standen sie nun vor dem Steingebäude. Es war gewaltig: Jeder der senkrechten Steine war so groß wie ein Oger, grob behauen und erdrückend massiv.

Doch man ließ ihnen nicht viel Zeit zum Staunen. Ein Ungeheuer kam das Innenufer entlang auf sie zu gerannt. Es war entsetzlich: Pferdehufe, Löwenbeine, Elefantenohren, eine Bärennase, eine monströse Schnauze und ein verzweigtes Geweih, das mitten in der Stirn stak und hoch emporragte.

»Holla, ihr Eindringlinge!« dröhnte das Monster mit einer Menschenstimme. »Flieht, so schnell ihr nur könnt, damit ich wenigstens das Vergnügen der Jagd habe!«

Imbri erkannte das Ungeheuer: Es war eine Zentikora. Ein Wesen, das keine Gnade kannte; es hatte nicht den geringsten Zweck, mit ihm zu diskutieren. Sie mußten es entweder aufhalten oder ihm entkommen. Imbri galoppierte davon. Sie war eine Nachtmähre und konnte jedes Lebewesen abhängen. Schon bald hatte sie die Zentikora hinter sich gelassen.

Chamäleon stieß einen Schrei aus und wäre um ein Haar von Imbris Rücken gestürzt. Sie war immer noch eine unerfahrene Reiterin, überhaupt nicht wie der grausame Reitersmann, und jede plötzliche, unerwartete Bewegung konnte sie zu Fall bringen. Imbri mußte ihr Tempo drosseln, damit die arme Frau ihre Mähne fester ergreifen konnte. Dann jagten sie wieder davon, um dem Ungeheuer zu entkommen.

Kurz darauf hatten sie das Grundstück, welches von dem Graben eingefaßt wurde, umrundet – und da stand wieder das Monster und erwartete sie schon. Imbri bremste und machte kehrt, wobei sie ihren Körper in die Kurve legte, damit Chamäleon nicht stürzte; dann jagte sie wieder in die entgegengesetzte Richtung davon. Doch sie erkannte, daß es keinen Zweck hatte, denn das war kein echtes Entkommen; sie würde sich auf nichts anderes mehr konzentrieren können, bevor sie nicht die Zentikora erledigt hatte.

Imbri verlangsamte ihr Tempo und ließ das Ungeheuer aufholen, obwohl dies Chamäleon zu Tode entsetzte. Imbri schleuderte einen kleinen Traum zurück, der sie selbst als Harpyie im Tiefflug zeigte, und rief: »Was tust du da, Monster?«

»Ich jage dich, du leckeres Pferdchen!« dröhnte die Zentikora als Antwort und schnappte mit den Zähnen, wie um ein Ausrufezeichen zu setzen.

Na ja, wer eine dumme Frage stellte... »Wir sind nur gekommen, um den Guten Magier aufzusuchen«, projizierte Imbri.

»Ist mir egal, wen ihr sucht. Du wirst jedenfalls so oder so nach Pferdefleisch schmecken.« Und dann jagte die Zentikora wieder auf sie los, das Geweih gesenkt.

»Oh, das gefällt mir aber überhaupt nicht!« jammerte Chamäleon. »Ich wünschte, mein Mann Bink wäre hier; dem passieren immer nur harmlose Sachen!«

Das war bestimmt eine Übertreibung, aber Imbri konnte sie ihr nachempfinden. Sie beschleunigte etwas, um mehr Vorsprung zu gewinnen. Wie konnte sie die Zentikora ausschalten? Sie wußte, daß sie nicht gegen sie würde ankämpfen können, denn es war ein magisches Ungeheuer, das so ziemlich alles vernichten konnte, was nicht gerade ein Drache war.

Und mit Chamäleon auf ihrem Rücken war das vollends unmöglich; die Frau würde mit Sicherheit hinabstürzen und dem Monster zum Opfer fallen.

»Lauf durch die Mauer!« rief Chamäleon ahnungsvoll.

»Das kann ich bei Tag nicht«, wandte Imbri ein. »Nur in der Nacht – und die ist mindestens noch eine Stunde entfernt.« Mit der sie verfolgenden Zentikora hinter ihnen kam es ihr vor wie eine Ewigkeit.

Doch vielleicht war das ja sogar die Lösung: Was, wenn sie es plötzlich dunkel werden ließen? Dann würde Imbri sich auflösen können. Denn es war ja nicht die Nacht selbst, sondern nur die Dunkelheit, die ihr ihre vollen Nachtmähreneigenschaften wiederverlieh; sonst hätte das Feuer des Reitersmanns sie auch nicht an der Flucht hindern können. Die Mächte der Nacht waren immer dort anwesend, wo es Nacht gab, ob es nun natürliche oder künstliche Nacht sein mochte, wo und wann immer sie stattfinden mochte, denn die Nacht war nichts anderes als ein großer Schatten. So wie der Tag nur ein ausgedehnter Fleck Helligkeit war.

Wie konnten sie Finsternis erzeugen? Hm, vielleicht mit Rauch? Ein schlimmes, rauchendes Feuer würde das Tageslicht eine Weile abhalten. Wenn sie ein Feuer entfachen könnten...

»Chamäleon«, sandte Imbri der Frau in einem kleinen Traum, »kannst du hinter einem Stein Feuer machen, wenn ich dich absetze?«

»Ein Feuer?« Die Frau hatte Schwierigkeiten, den Zusammenhang zu erkennen, was ja auch kein Wunder war.

»Um die Zentikora aufzuhalten.«

»Ach so.« Chamäleon überlegte. »Ich habe ein paar magische Streichhölzer dabei, die ich sonst fürs Kochen verwende. Die brauche ich nur an etwas Rauhem zu reiben, dann entzünden sie sich von allein.«

»Ausgezeichnet. Mach ein großes Feuer –« Imbri projizierte eine Bilderreihe: Chamäleon, die sich hinter einer Steinsäule versteckte, hinausrannte, während das Ungeheuer gerade nicht anwesend war, Holz, trockenes Moos und alles mögliche Brennbare einsammelte – »... ein großes, qualmendes Feuer. Laß es zwischen dir und der Zentikora lodern.« Das Ungeheuer konnte zwar genausogut um das Feuer herumlaufen, aber darum ging es ja gar nicht. Es diente lediglich der Raucherzeugung.

»Das kann ich«, meinte Chamäleon. Imbri legte Tempo zu und hängte die keuchende Zentikora ab. Dann steuerte sie eine der Megalithsäulen an und bremste so kräftig wie es nur ging, ohne Chamäleon abzuwerfen. Warum hatte sie das nur nicht mit dem Reitersmann versucht? Weil sie, ganz die dumme Stute, einfach nicht daran gedacht hatte! Aber es hätte wahrscheinlich sowieso nicht funktioniert; der Mann verstand zu viel von Pferden, um sich von einem täuschen oder ausmanövrieren zu lassen. Daher ja auch sein Name – ein Mann, der das Pferd gemeistert hatte.

Chamäleon stieg ab und huschte hinter die Säule, während Imbri zur Ablenkung des Ungeheuers weitergaloppierte. Die List klappte: Schnaubend jagte die Zentikora hinter ihr her, ohne die Frau auch nur eines einzigen Blickes zu würdigen. Wahrscheinlich bevorzugte sie ohnehin den Geschmack von Pferdefleisch. Imbri war erleichtert, denn wenn sich das Monster sofort auf die Frau gestürzt hätte, wäre das eine Katastrophe gewesen.

Die Mähre lieferte dem Ungeheuer eine muntere Jagd und blieb immer kurz genug vor ihm, um seine Aufmerksamkeit auf sich zu lenken. In der Zwischenzeit sprang Chamäleon umher und sammelte fleißig Feuerholz, Laub und Gras ein.

Bald darauf war das Feuer entfacht, und eine Rauchsäule stieg gen Himmel.

»Holla!« rief die Zentikora und blieb stehen. »Was ist das denn?«

Imbri blieb ebenfalls stehen, um zu verhindern, daß das Monster die Frau hinter der Rauchsäule beachtete. »Das ist ein Feuer, Hornnase«, projizierte sie. »Um dich zu schmoren.«

»Das wird mich niemals schmoren!« schnaubte die Zentikora, und ihre Geweihenden bebten zornig. »Ich werde es löschen.«

»Du kannst es ja nicht einmal anfassen.« Imbris Träumchen zeigte die Zentikora, wie sie aufschrie, als ein brennender Scheit ihr das Hinterteil versengte.

»Meinst du«, knurrte die Zentikora und begutachtete vorsichtshalber ihr Hinterteil, um sicherzugehen, daß man ihr kein Brenneisen aufdrücken wollte. Dann näherte sie sich den Flammen. Imbri sprang auf Chamäleon zu, die sofort wieder aufsaß. Die Frau hatte ganz offensichtlich Angst gehabt, und das aus gutem Grund, aber sie hatte sich dennoch wacker geschlagen. Das mußte man sich merken – sie mochte vielleicht nicht sehr schlau sein, aber Mut besaß sie.

Die Zentikora trat gegen das Feuer. Ein Holzstück flog funkenstiebend davon und erzeugte an einer anderen Stelle einen zweiten Brand. »So kriegst du das nie aus, Bärenschnauze«, projizierte Imbri, zusammen mit dem Bild eines brennenden Astes, der sich im Geweih des Ungeheuers verfing und es in Brand steckte. Die Traumzentikora schüttelte wütend und heftig den Kopf, doch das stachelte das Feuer nur noch mehr an, so daß es ihr schließlich sogar die Schnauze versengte.

»Laß das!« fauchte das Monster.

»Du wirst zu Asche verkohlen!« träumte Imbri. Jetzt schossen Flammenstöße aus allen Geweihenden hervor, als das Ungeheuer zornig sein Geweih hin und her schüttelte. Die Flammen ergaben schließlich ein Muster, ein großes Wort: FEUER.

»Das genügt!« kreischte das Ungeheuer, sprang zum Graben hinunter und tauchte sein Geweih ins Wasser. Das löschte die Traumflammen; die Realität war einfach zu stark. Doch es gelang Imbri immerhin, dort, wo die Geweihenden in das Wasser eindrangen, ein leises, unterdrücktes Zischen zu erzeugen.

»He!« protestierte der Nöck, der das Traumbild aufgefangen hatte. Er ließ das Wasser um das Geweih gefrieren, wodurch er die Zentikora kopfunter einfror. Das Monster begann mit entsetzlichem Gebrüll zu toben und riß seinen Kopf frei, wobei die Eissplitter nur so durch die Gegend stoben. Der Nöck verwandelte sich hastig in einen Fisch und jagte eingeschüchtert davon.

Jetzt versuchte die Zentikora, mit ihrem Geweih eisiges Wasser auf das Feuer zu schaufeln. Doch das Feuer war zu groß und zu weit entfernt; nur ein paar kleine Tropfen erreichten zischend ihr Ziel. Keine Hölle konnte es mit dem Zorn eines mit Wasser benetzten Feuers aufnehmen, wie Imbri aus Erfahrung wußte.

Die Zentikora überlegte. Dann schaufelte sie etwas Schlamm vom Grabenrand empor und schleuderte diesen nun gegen die Feuerstelle. Als der Klumpen sein Ziel erreichte, gab es ein gewaltiges Zischen, und ein Ballon aus Dampf und Rauch stieg plötzlich empor.

»Haha, Mähre, sie schafft es doch!« rief der Nöck aus sicherem Abstand vom anderen Grabenufer herüber. Anscheinend hielt er es für das beste, sich auf die Seite des Ungeheuers zu schlagen. »Schätze, das rasiert dir jetzt aber gehörig den Schwanz!«

»Halt's Maul!« projizierte Imbri in einem Traum, der sowohl den Nöck als auch die Zentikora einschloß. »Das schafft sie nie völlig!«

»Ja, meinst du, Pferdekopf!« rief der Nöck.

Davon angespornt, machte sich das Monster geradezu fieberhaft ans Schlammschleudern. Sein Zielvermögen war beachtlich, und immer mehr Rauchballen stiegen empor. Das Feuer war zwar fürchterlich wütend, schien den Kampf aber zu verlieren.

»Verdammt, sie schafft es doch noch!« projizierte Imbri mit einer unmißverständlichen Verlierermiene.

So kam es auch: Schon bald war das Feuer fast gänzlich gelöscht, und Rauch qualmte in dicken Schwaden über das ganze Gebiet und brachte sie zum Husten. Das Licht der Sonne wurde schwächer, denn Sonnenstrahlen mochten stinkenden Smog genausowenig wie alle anderen.

Ob es schon dunkel genug war? Imbri war sich da nicht so sicher. »Wenn das hier nicht funktionieren sollte, sind wir am Ende«, projizierte sie Chamäleon privat. »Vielleicht steigst du besser ab.«

»Ich bleibe bei dir«, erwiderte die Frau. Imbri vermerkte einen weiteren Pluspunkt ihren Charakter betreffend, obwohl sie begriff, daß es genausosehr die Angst vor dem Ungeheuer sein konnte, die Chamäleon dazu antrieb, bei ihr zu bleiben, wie der Wunsch, Imbri beizustehen.

Jetzt blickte die Zentikora sie wieder an. »Du bist als nächstes dran, Mährenschnauze!« rief sie und stürzte auf sie zu.

Imbri jagte zu dem Megalithen hinüber, der dem Feuer am nächsten stand und wo der Rauch am dichtesten war. Die Zentikora raste hinter ihr her. Sie war sicher, daß sie ihr Opfer jetzt erwischen würde.

Die Mähre sprang direkt auf die Steinsäule zu – und glitt hindurch. Chamäleon, die ja in Hautkontakt mit ihr stand, tat das gleiche. Die Dunkelheit hatte also ausgereicht!

Das Ungeheuer, das ihnen zu dicht gefolgt war, rammte mit dem Kopf zuerst gegen die Säule. Mehrere seiner Geweihenden bohrten sich in das Gestein und hielten es nun gefangen. Die Zentikora brüllte und tobte, doch der Stein war fester, als das Eis es gewesen war, und sie konnte sich nicht mehr befreien. So, diese Bedrohung war erledigt!

Erleichtert bewegten sie sich im Inneren der Steinkonstruktion weiter, jedoch nicht ohne die gebotene Vorsicht.

Da hörten sie ein Rumpeln, als wanke eine der Säulen in ihrem Gefüge, um gleich zu zerbröckeln. Sand rieselte plötzlich von einer der Steinplatten herab. Mähre und Frau spähten nervös nach oben. Was war hier los?

Als sie stehenblieben, hörten auch die Geräusche auf. Anscheinend war es nur ein Zufall gewesen, vielleicht das Resultat der Hitze oder des Qualms ihres Feuers.

Imbri wagte sich einen weiteren Schritt vor. Ein gedehntes, jammerndes Stöhnen zur Rechten ließ sie herumfahren. Doch es war wieder nur eine der massiven Steinsäulen, die sich setzte.

Abermals trat Imbri vor. Da verlor die riesige Felsplatte über ihnen ihren Halt und stürzte in die Tiefe – auf sie zu!

Imbri machte einen Satz zurück und fing Chamäleon im letzten Augenblick ab, als die Frau gerade dabei war, herunterzufallen. Donnernd prallte die Steinplatte auf die Stelle, an der sich die beiden noch einen Augenblick zuvor befunden hatten.

»Das bricht hier alles zusammen!« rief Chamäleon. »Verschwinden wir von hier!«

Doch Imbris Gedächtnis wollte da nicht mitmachen. »Ist es nicht merkwürdig, daß es ausgerechnet in dem Augenblick zusammenbricht, da wir hier eintreten, obwohl alles hier, dem Moosbewuchs und den Spinnenweben zufolge, ganze Jahrhunderte überlebt hat?« Tatsächlich bildeten sich Spinnenweben zwar viel schneller, aber Imbri wollte sich jetzt nicht mit derart unwichtigen Kleinigkeiten abgeben.

»Das sieht mir gefährlich nach einem Felsgeist aus«, fuhr sie im Traum fort.

»Nach einem Felsgeist?«

»Das sind riesige Gespenster, die alte Schlösser und Megalithbauten heimsuchen. Sie sind von Natur aus destruktiv; deshalb stürzen alte Gebäude auch immer irgendwann ein. Die Felsgeister schieben und zerren an den Säulen und Trägern herum, bis schließlich alles zusammenbricht.«

»Aber warum ausgerechnet jetzt?« fragte Chamäleon.

»Damit wir nicht weitergehen. Erinnerst du dich nicht, was es mit dem Schloß des Magiers Humfrey auf sich hat?«

»O doch! Ich mußte ihm mal eine Frage stellen, das war noch bevor ich mit Bink verheiratet war, und es war schrecklich, allein schon der Versuch, hineinzugelangen! Aber nicht so schlimm wie jetzt!«

»Sein Schloß ist jedesmal anders, wenn er Besuch bekommt. Ich habe es unterwegs beim Traumausteilen gesehen. Es sieht kein zweites Mal gleich aus.«

»Ja, ich weiß«, meinte Chamäleon. »Er muß ziemlich viel Zeit darauf verwenden, es ständig zu ändern.«

»Ja, und das hier ist sein Schloß, wie es *jetzt* ist. Ein Megalithbauwerk. Wir haben zwei Gefahren gemeistert, und dies ist nun die dritte – die Felsgeister. Die halten uns auf, indem sie uns Steine in den Weg werfen.«

»Oh.« Doch Chamäleon schien noch nicht gänzlich überzeugt. »Aber wir wollen doch gar keine Frage stellen. Wir sind doch im Auftrag des Königs hier!«

»Ja, ich weiß, der Gute Magier darf für amtliche Angelegenheiten eigentlich keinen Lohn verlangen. Wahrscheinlich wußte er nicht, daß wir kommen.«

»Aber er weiß doch angeblich alles!«

»Richtig, doch inzwischen ist er alt und zerstreut und lebt in eingefahrenen Gleisen«, meinte Imbris Traumbild. Dennoch war es kein Vergnügen, diesen Spießrutenlauf über sich ergehen lassen zu müssen. »Also müssen wir irgendeine Möglichkeit finden, wie wir an den Geistern vorbeikommen«, fuhr sie fort. »Dann können wir den Magier trotz seiner Vergeßlichkeit um seinen Rat bitten.«

»Die Gespenster auf Schloß Roogna sind aber alle sehr nett und freundlich«, meinte Chamäleon, der die Felsgeister anscheinend nicht sonderlich zusagten.

»Zweifellos. Übrigens soll ich Grüße der Gespenster eines Spukhauses im Kürbis an einen der Geister auf Schloß Roogna übermitteln. Ich bin nur noch nicht dazu gekommen.«

»An wen denn?«

»Er heißt Jordan. Kennst du ihn?«

»Nicht sehr gut. Ist ein ziemlicher Einzelgänger. Aber ich kenne Millie, die ja gar kein richtiges Gespenst mehr ist. Sie sind eigentlich alle recht nett, bis auf diesen sechsjährigen Geist, der–« Sie hielt inne. Offenbar wollte sie über Verstorbene nichts Böses sagen.

»... der ein schlimmes Bürschchen ist?« ergänzte Imbri hilfsbereit.

»Ja, das ist er wohl. Aber die anderen sind lieb.«

»Felsgeister aber nicht. Die lassen sich mit netten Gespenstern ungefähr so gut vergleichen wie Oger mit Elfen.«

»Das ist ja schauderhaft!«

Imbri überlegte. Die Situation gefiel ihr ebensowenig wie Chamäleon. Aber es mußte doch irgendeinen Ausweg geben! Den gab es schließlich immer, das gehörte zu den Verteidigungsanlagen des Guten Magiers. Er liebte keine Belästigungen durch neugierige Eindringlinge, und aus diesem Grund hatte er entsprechende Hindernisse aufgebaut. Nur gewitzte, entschlossene Bittsteller mit einer gewissen Portion Glück konnten bis zu ihm vordringen. Imbri wußte, daß König Trent sie beide nicht hierher geschickt hätte, wenn die Angelegenheit unwichtig gewesen wäre, also mußten sie diesen Herausforderungen auch begegnen und sie meistern. Schade, daß der Rauch sich inzwischen aufgelöst hatte und sie sich nicht mehr entmaterialisieren konnte, um durch feststoffliche Hindernisse zu schlüpfen. Das hätte die Sache sehr erleichtert. Doch die Schatten wurden bereits länger, und schon bald würde die Abenddämmerung einsetzen, und ihre Probleme waren gelöst. Bis dahin mußte sie lediglich dafür Sorge tragen, daß sie nicht von den Felsen zermalmt wurden. Es wäre wirklich klüger gewesen, von Anfang an bis zum Nachtanbruch zu warten, doch nun befand sie sich bereits im Inneren des Schlosses und wollte die Sache mit mährenhafter Sturheit durchstehen.

Sie dachte an die Felsgeister. Ganz entfernt waren sie mit den Nachtmähren verwandt, weil sie nämlich sowohl stofflich als auch unstofflich waren. In ihrer natürlichen Gestalt waren sie unsichtbar, aber ihre Münder konnten feste Gestalt annehmen, um Stöhnlaute von sich zu geben, während ihre Hände fest genug wurden, um Steine hin und her zu schieben. Doch berührten sie lebende Wesen niemals direkt; die Berührung mit warmem Fleisch verwirrte sie gehörig, und sie brauchten danach immer eine sehr lange Zeit, bis sie sich wieder entwirrt hatten.

Das konnte die Lösung sein! Imbri mußte die Riesen lediglich dazu bringen, sich zu zeigen, um dann auf sie zuzugehen. Vielleicht . . .

»Ich werde jetzt etwas ziemlich Riskantes versuchen«, projizierte Imbri zu Chamäleon. Ihr kleiner Traum zeigte sie, wie sie ein riesiges Gespenst angriff. »Soll ich dich draußen vor den Megalithsäulen absetzen, dort, wo es sicher ist?«

Chamäleon war zwar verängstigt, aber auch entschlossen. »Dort ist es auch nicht sicherer, da lauert die Zentikora. Möglicherweise hat sie sich inzwischen wieder befreit. Nein, ich bleibe bei dir.«

Gut. »Wir müssen die Riesengeister dazu kriegen, sich zu zeigen. Wenn sie das getan haben, mußt du so tun, als seist du fürchterlich entsetzt.«

Trotz ihrer Naivität erkannte die Frau das Komische dieser Situation. »Das werde ich.«

Imbri atmete tief durch, um Mut zu schöpfen, dann trat sie vor. Sofort erscholl ein warnendes Stöhnen. Sie projizierte einen Traum in seine unmittelbare Umgebung. »Du bist mir vielleicht mutig, dich hinter großen Felsen zu verstecken«, sagte ihr Traumbild voller Verachtung. »Wenn man dich sehen könnte, würdest du nicht einmal einer Maus einen Schrecken einjagen.«

»Ach ja?« fragte der Felsgeist, den sie angesprochen hatte. »Dann schau doch mal her, Mähre!«

Der Geist nahm vor ihr Gestalt an. Er war so groß wie ein Mann, aber seine Arme waren groß und behaart, und sein Gesicht wurde von zwei nach oben gebogenen Stoßzähnen beherrscht. »Stööööööhhhhhnnnnn!« stöhnte er.

Chamäleon kreischte voller – vermutlich gespieltem – Entsetzen auf. Doch Imbri lief direkt auf den Geist zu.

Erschrocken schrumpfte der Felsgeist zur Größe eines Zwergs. Doch dann hatte er sich wieder gefangen und nahm erneut die Gestalt eines Riesen an. »Buuuuuhhhhh!« buuuuuhhhhhte er und zerrte an einer steinernen Deckenplatte. Der Stein bewegte sich und ließ warnend einen Sandschauer auf sie herabrieseln. Chamäleon stieß erneut einen Schrei aus. Anscheinend mochte sie keinen Sand im Haar.

Doch als die Mähre immer näher kam, sprang der Felsgeist beiseite, um nicht von ihr berührt zu werden. Sie sprangen an ihm vorbei durch das Gestein, und Imbri erkannte, daß sie und Chamäleon nun schon tief ins Schloßinnere vorgedrungen waren.

Wieder stieß einer der Felsgeister ein unsichtbares Stöhnen aus. Imbri galoppierte darauf zu, obwohl bereits eine weitere Säule im Begriff war, umzustürzen. Ihre List zahlte sich aus: Die Säule stürzte in die entgegengesetzte Richtung und berührte sie nicht. Die Gespenster ließen die Steine niemals auf sich selbst stürzen, und so war stets der Ort am sichersten, an dem einer der Felsgeister stand, so viele angsterregende Geräusche er auch von sich geben mochte. Sie mußte lediglich unentwegt auf sie zustürmen, dann war sie in Sicherheit.

Es funktionierte. Um sie herum stürzten Säulen und Deckenplatten ein, doch Imbri sprang von Stöhnen zu Stöhnen und brachte sie sicher durch das Labyrinth.

Plötzlich fanden sie sich im eigentlichen Inneren des Schlosses wieder.

IV

Das Schmieden der Kette

»Hallo, Chamäleon!« sagte die Gorgone. Sie war eine reife, beinahe überreife Frau, deren beeindruckende Rundungen schon hart ans Übergewichtige grenzten. Das Leben hatte es offensichtlich zu gut mit ihr gemeint. Ihr Gesicht war unsichtbar, so daß ihre Blicke keine Gefahr darstellten. »Und die Mähre Imbrium! Kommt rein und erholt euch.«

»Wir sind gekommen, um den Guten Magier Humfrey zu sprechen«, sagte Chamäleon. »König Trent schickt uns.«

»Aber natürlich tut er das, Liebes«, erwiderte die Gorgone. »Wir haben euch schon erwartet.«

Chamäleon kniff die Augen zusammen. »Aber ihr habt doch versucht, uns am Eindringen zu hindern!«

»Ach, so ist Humfrey eben. Er ist ja wirklich *soo* ein lieber Mensch, aber er hat halt auch seine kleinen Eigenheiten. Diese Wesen dort draußen hätten euch nicht wirklich wehgetan.«

Imbri schnaubte. Davon war sie aber gar nicht überzeugt!

»Ihr müßt hungrig sein«, fuhr die Gorgone freundlich fort. »Wir haben Milch und Honig und Luzerne und Hafer in beliebiger Kombination.«

»Milch mit Hafer«, sagte Chamäleon sofort.

»Luzerne mit Honig«, projizierte Imbri in einem Träumchen.

»Ah, es stimmt also wirklich«, sagte die Gorgone erfreut, »du bist tatsächlich eine Nachtmähre! Welch eine niedliche Art, sich verständlich zu machen!« Sie führte sie ins Eßzimmer, wo sie die versprochenen Nahrungsmittel hervorholte. Chamäleons Hafer wurde über einer kleinen magischen Flamme gekocht, um dann mit Milch und einem stibitzten Stück Honig aus Imbris getränkten Luzernen serviert zu werden. Es war ein köstliches Abendessen.

Danach wurden sie endlich dem knurrigen Guten Magier Humfrey vorgeführt. Er hatte oben im Schloß ein winziges, überfülltes Studierzimmer, das mit alten Büchern, bunten Flaschen, magischen Spiegeln und einer Unmenge undefinierbarer Gegenstände angefüllt war. Humfrey selbst saß gebeugt über einem ganz besonders großen und alten Buch. Er war von gnomenhafter Statur, trug eine riesige Brille nach Mundanierart, und sein Gesicht war voller Falten und Runzeln. Er sah genauso alt aus, wie er wahrscheinlich auch war. »Nun?« bellte er gereizt.

»Chamäleon und die Mähre Imbrium sind gekommen, um dich um Rat zu fragen«, sagte die Gorgone in einem ehrerbietigen Ton. »Sie stehen auf deinem Terminkalender.«

»Ach was, auf diesen Fetzen Papier achte ich sowieso nicht!« knurrte der Gute Magier. »Bin zu beschäftigt.« Doch er blickte tatsächlich auf eine Karte an der Wand. Dort stand in Großbuchstaben die Notiz CHAMÄL. & MÄHRE. »Ach, tatsächlich«, grollte er. »Na gut, bringen wir's hinter uns.«

Es entstand eine Pause. »Der Rat«, erinnerte die Gorgone den Magier sanft.

»Haben sie schon den Preis bezahlt?«

»Sie sind im Auftrag des Königs hier. Da brauchen sie keinen Preis zu zahlen.«

»Was soll aus Xanth noch werden?« knurrte er ungnädig. »Es gibt in diesem Land einfach zu viele Wesen, die ständig hinter einem freien Mittagessen her sind.«

»Das eben war aber ein Abendessen«, meinte Chamäleon fröhlich. Wieder eine Pause. Die Gorgone berührte Humfrey am Ellenbogen.

Er zuckte zusammen und blickte hoch, als wäre er aus einem

Schlummer gerissen worden. »Ach so, ja. Vorsicht vor dem Reitersmann.« Dann vertiefte er sich wieder in sein Buch.

»Aber diese Botschaft haben wir doch schon längst bekommen«, protestierte Imbri in einem kleinen Traum.

Humfrey hob die Augenbrauen noch höher. Ohne Magie wäre das völlig unmöglich gewesen. »Ach, tatsächlich? Na ja, deshalb bleibt es trotzdem ein guter Ratschlag.« Er überlegte kurz. »Sprengt die Kette.« Wieder lenkte er seinen Blick auf das Buch.

»Ich verstehe nicht«, sagte Chamäleon.

»Es ist nicht notwendig, Humfreys Antworten zu verstehen«, erklärte die Gorgone. »Sie stimmen trotzdem immer.«

Imbri gab sich damit nicht zufrieden. »Ist euch Leuten hier eigentlich klar, daß gerade ein Krieg tobt?« projizierte sie in einem heftigen Traum: Brutale mundanische Truppen stampften wie die Oger durchs Gestrüpp, erschreckten kleine Vögel und verwüsteten das Land mit Feuer und Schwert. Das Bild entstammte ihrer Erinnerung an die Letztwelle. »Wir müssen herausbekommen, wie wir Xanth verteidigen können!«

Humfrey hob erneut den Blick. »Natürlich ist mir das klar! Schau dir mal mein Buch an!«

Auch die anderen scharten sich dicht um ihn, um in sein geöffnetes Buch zu spähen. Darin erblickten sie eine Karte von Xanth, die in manchen Abschnitten koloriert worden war.

»Hier dringen die Mundanier ein«, sagte Humfrey und zeigte auf den nordwestlichen Isthmus. »Sie sind zwar noch nicht sehr weit gekommen, aber sie sind gut organisiert, zäh und entschlossen, und unsere Erfolgsaussichten sind wohl eher trübe. Hellseherei funktioniert bei Mundaniern nicht besonders gut, weil es keine magischen Wesen sind. Aber anscheinend steht uns die Nächstwelle der Eroberung bevor. Das wird das Ende Xanths sein, wie wir es kannten, wenn wir nicht sofort wirkungsvolle Maßnahmen in die Wege leiten, um unser Land zu schützen.«

»Die Nächstwelle!« wiederholte Chamäleon entsetzt.

»Wir wußten, daß es irgendwann wieder eine neue Eroberungswelle geben würde«, meinte die Gorgone. »In der Geschichte Xanths hat es ständig immer wieder solche Wellen gegeben. Alle menschlichen Bewohner unseres Landes stammen von der einen oder anderen Welle ab, oder zumindest war das bis vor relativ kurzer Zeit noch der Fall. Doch jede Welle wirft Xanth unermeßlich weit zurück, weil die Mundanier Barbaren sind. Wenn diese Welle Xanth erobern sollte, wird es mindestens hundert Jahre dauern, bis alles wieder in seinen gewohnten Bahnen verläuft.«

»Aber wie können wir sie denn aufhalten?« fragte Chamäleon.

»Das hab ich euch doch gesagt«, knurrte Humfrey. »Sprengt die Kette.«

Jetzt explodierte Imbri voller alptraumhaftem Zorn. Gewitter- und Sturmwolken ballten sich in ihrem Traumbild zusammen und donnerten hohl, während sie scharfe Feuerblitze ausspien. »Jetzt ist keine Zeit für raffinierte Rätselspiele! Wir brauchen eine klare Antwort auf ein ernstes Problem! Hast du nun eine Antwort oder nicht?« Ein Blitzstrahl schlug dicht neben Humfrey ein.

Humfrey musterte sie nüchtern und wischte mit einer Hand den Blitzstrahl fort, obwohl es sich nur um ein Traumbild gehandelt hatte. »Für komplizierte Probleme gibt es keine einfachen Lösungen. Wir müssen in unendlicher Kleinarbeit die beste Vorgehensweise zusammenstückeln oder zumindest die zweitbeste, je nachdem, was uns zur Verfügung steht.«

Die Mähre gab nach. Sie begriff, daß manche Antworten tatsächlich nicht schlicht und klar sein konnten. Die Magie ging ohnehin meistens seltsame Wege, und die Vorhersagemagie war stets eine heikle Angelegenheit, selbst dann, wenn es nicht gerade um Mundanier ging.

»Es wird langsam Nacht«, sagte die Gorgone sanft. Tatsächlich zeigte das vollgestellte Fenster in seinem einzigen freien Ausschnitt fast völlige Dunkelheit. »Dann könnt ihr euch ja freier bewegen. Wir müssen den Magier Humfrey in Ruhe arbeiten lassen.« Sie führte sie in ein anderes Zimmer, in dem ein Sofa stand. »Ihr werdet euch erst einmal ausruhen wollen. Ich wecke euch um Mitternacht.«

Das war gut: Es gab sanitäre Anlagen und ein angenehmes Strohbett. Imbri legte sich hin und schlief ein. Sie hätte sich genausogut auch im Stehen ausruhen können, doch sie argwöhnte, daß sich die Gorgone Sorgen wegen möglicher Hufabdrücke, Pferdeäpfel und so weiter machte, deshalb war es besser, wenn sie sich hinlegte. Eigentlich gab es keine Stelle in Xanth, die man nicht durch etwas Düngekot noch hätte verbessern können, aber dafür schienen die Menschen nur wenig Verständnis aufzubringen.

Natürlich bekam sie Besuch von einer Nachtmähre. Sie erkannte sie sofort. »Mähre Crisium!« rief sie im Traum. »Wie steht's zu Hause?«

»Das Dunkle Pferd macht sich Sorgen«, erwiderte Christa. Genau wie Imbri konnte auch sie im Traum Menschensprache sprechen. »Der Nachthengst meint, daß die Bedrohung immer näher kommt und daß du die einzige bist, die sie aufhalten kann; aber du bist dem Feind in die Falle gelaufen.«

»Das stimmt, aber ich bin ihm auch wieder entkommen«, entgegnete Imbri. »Ich habe König Trent die Botschaft übermittelt. Jetzt bin ich in seiner Mission unterwegs.«

»Das genügt nicht. Dem König droht unmittelbarer Verrat. Du mußt ihn vor dem Reitersmann warnen.«

»Das habe ich doch schon getan, ich hab's dir doch gerade eben erzählt!« empörte sich Imbri.

»Du mußt es ihm noch einmal sagen.«

Imbri wechselte lieber das Thema. »Wo ist Vampi?« Sie hatte eine ganz besondere Zuneigung zu Christa und Vampi, denn diese beiden Mähren hatten zur selben Zeit wie Imbri je eine Seelenhälfte abbekommen. Doch die anderen hatten ihre Hälften nicht behalten. Sie waren durch die Seelenhälften eines Dämons ersetzt worden, der zynisch und grausam war, was ihnen einen Wettbewerbsvorteil verschaffte, weil es ihren Alpträumen eine zusätzliche Note des Entsetzens verliehen hatte. Daher durften sie stets mit den aufregendsten Aufträgen rechnen. Doch selbst dies hatte sie nicht so recht befriedigt, und so hatten sie ihre Seelenhälften im Zentralbüro abgegeben. Also war Imbri nun die einzige Nachtmähre, die einen Seelenteil besaß. Dennoch fühlte sie sich den beiden stärker verbunden als ihren anderen ehemaligen Kameradinnen, denn sie verstanden, was es bedeuten konnte, eine Seele zu besitzen.

»Vaporum ist bei Chamäleon. Noch einen Augenblick, dann wird die Frau schreiend erwachen. Dann müßt ihr euch aufmachen und den König warnen.«

Imbri fing an zu protestieren, doch da ertönte bereits Chamäleons schriller Schrei, und beide, Mähre und Frau, wachten abrupt auf. Sofort huschten Vampi und Christa davon und ließen nur ihre Hufabdrücke als Kennmarke zurück. Imbri war traurig; nun galt sie als sterbliches Lebewesen, dem es nicht gestattet war, im Wachzustand eine Nachtmähre zu erblicken. Das zehrte an ihr, denn immerhin hatte sie den größten Teil ihres Lebens darauf verwandt, ihrem Beruf nachzugehen. Wie schnell es doch mit den Rechten und Vorteilen eines Berufs vorbei war, sobald man sich zur Ruhe gesetzt hatte! Doch das war eben der Preis, den sie für die Chance bezahlt hatte, den Regenbogen zu sehen.

Sie schritt zu Chamäleon hinüber, die sich hysterisch an ihr festklammerte. »Ach, es war einfach entsetzlich, Imbri! Was für ein Alptraum! Hast du früher wirklich auch so etwas gemacht?«

»Ja, aber ich war nicht besonders gut«, sandte Imbri ihre Antwort. Sie empfand eine Spur Reue. Offensichtlich hatte die Mähre Vaporum jenes gewisse schreckliche Etwas beibehalten, das Imbri selbst abhanden gekommen war. »Was hast du denn geträumt?«

»Ich habe geträumt, daß König Trent kurz vor dem Tod stand, oder vor etwas beinahe ebenso Schrecklichem! Wir müssen sofort zurück und ihn warnen!« Noch immer keuchte sie in abgehackten Zügen, das wunderschöne Haar völlig zerzaust.

»Steig auf, Frau«, projizierte Imbri. »Wir reiten sofort los.«

Die Gorgone erschien mit einer brennenden Kerze, die ihr leeres Gesicht in ein merkwürdiges Licht hüllte und die kleinen Schlangen zeigte, die ihr Haar bildeten. »Mitternacht«, sagte sie. »Es wird Zeit – ach so, ihr seid schon fertig. Kommt ruhig mal wieder vorbei!«

»Das werden wir!« rief Chamäleon ihr zu. Ihre Stimmung hob sich durch die Begegnung mit ihrer gesichtslosen Freundin ein wenig. Dann jagte Imbri durch die Wand, und sie waren auf dem Weg.

Diesmal machten ihnen weder die Felsgeister noch die Zentikora oder der Nöck zu schaffen. Imbri war in ihrer Nachtmährengestalt und drang durch alles hindurch, und Chamäleon konnte ebenfalls alles durchdringen, weil sie mit ihr zusammen war und dies nun einmal das Wesen der Nachtmährenmagie ausmachte. Sie galoppierten in gerader Linie auf Schloß Roogna zu und glitten mühelos durch Bäume und Felsen und sogar durch einen schlafenden Drachen, ohne auf Widerstand zu stoßen. Chamäleon war angenehm überrascht; sie war ein dankbares Publikum für derlei Dinge, und das ließ Imbris Stimmung wieder steigen.

»Ach nein!« rief Chamäleon. »Ich habe ja die Entführung völlig vergessen!«

Das stimmte – die sollte heute Nacht stattfinden, um Prinz Dor zu verheiraten. Chamäleon war die Mutter des Opfers, da war es klar, daß sie dem Ganzen auch beiwohnen wollte. »Wir schaffen es schon noch«, projizierte Imbri.

»Nein, das schaffen wir nicht«, jammerte Chamäleon. »Es sollte um Mitternacht sein, und wir haben noch mehrere Stunden Wegstrecke vor uns. Und es ist schon nach Mitternacht!«

Imbri wollte diese wunderschöne und unschuldige Frau nicht unglücklich sehen. »Wir können auch schneller reisen – aber die Strecke, die wir dann entlang müssen, wird dir vielleicht nicht sonderlich gut gefallen.«

»Egal!« rief Chamäleon. »Und wenn wir wenigstens noch das Ende der Zeremonie miterleben! Mein armer kleiner Junge – ich weiß ja, daß es ihn *sooo* glücklich machen wird!«

Imbri hatte zwar einige Schwierigkeiten, den Gedankengängen der Frau diesmal zu folgen, doch sie kam zu dem Schluß, daß Chamäleon ihrem Sohn und seiner Heirat gegenüber recht gemischte Gefühle hegte. Aber dafür waren Mütter ja geradezu berüchtigt. »Dann halt dich gut fest und fürchte dich vor nichts, was du unterwegs sehen magst.« Imbri galoppierte in ein Feld mit Hypnokürbissen und stürzte in einen von ihnen hinein.

Sie fanden sich auf einem Friedhof wieder. »Oh, sind wir etwa schon da?« fragte Chamäleon erstaunt. »Auf dem Zombie-Friedhof?«

»Noch nicht«, erwiderte Imbri. »Bleib weiter auf mir sitzen!« Denn wenn die Frau auch nur einen Fuß auf den Boden dieser

Welt setzen sollte, würde sie sich so leicht nicht wieder befreien. So war das eben im Reich der Nacht.

Ein wandelndes Skelett mit weiß leuchtenden Augenhöhlen erschien und griff nach Chamäleon. »Geh weg!« schrie die Frau und schob den knochigen Arm beiseite. »Du bist kein Zombie! Dafür bist du viel zu sauber!« Verblüfft wich das Skelett zurück.

»Sie sind recht vorsichtig geworden, was Besucher angeht, seit mal ein Oger hier war und sie ziemlich eingeschüchtert hat«, schickte Imbri Chamäleon ihre Botschaft. Nachdem der Oger verschwunden war, hatte es Wochen gedauert, bis sich die Skelette wieder halbwegs organisiert hatten, da ihre Knochen hoffnungslos durcheinander gewirbelt worden waren. Wahrscheinlich trug das eine oder andere von ihnen immer noch ein paar falsche Teile mit sich herum.

Imbri jagte in das Spukhaus hinein. Eines der dort ansässigen Gespenster kam mit weißem Leuchten auf Chamäleon zugeschwebt. »Ach, sind wir etwa schon auf Schloß Roogna?« fragte sie. »Den Geist da kenne ich ja gar nicht.« Angewidert löste das Gespenst sich wieder auf. Es glaubte wohl, in seiner Wirkung nachgelassen zu haben. Imbri kannte das Gefühl; es gab kaum etwas Demütigenderes, als wenn die eigene Arbeit nicht anerkannt wurde, zumal wenn diese aus dem Erzeugen von Angst bestand.

Nun schoß Imbri aus der Vorderwand des Hauses hinaus und galoppierte einen kurzen Gartenweg entlang, durch die Zierhecke hindurch und gelangte schließlich an ein düsteres schwarzes Moor. Der Boden wurde immer schwammiger und sperrte finstere Mäuler auf, um damit Eindringlinge zu verschlingen, doch die Nachtmähre sprang mühelos darüber hinweg. Die Schrecken der Nachtwelt waren für andere vorbehalten als für sie. Sie mochte zwar inzwischen im Ruhestand leben, aber gänzlich hatte sie den Bezug dazu doch noch nicht verloren.

Sie ritt den Steilhang eines Berges hinauf, der wie ein brennender Gletscher aussah. Amorphe Gestalten lauerten hier und faßten mit zahllosen Händen und hungrigen Schnauzen nach Chamäleon. Mißgestaltete Augen funkelten.

Jetzt empfand die Frau Angst, denn mit dieser Art von Ungeheuern hatte sie noch keine Erfahrung sammeln können. Zombies und Gespenster waren ihr vertraut, amorphe Ungeheuer jedoch nicht. Sie beugte sich vor und versteckte ihr Gesicht in Imbris Mähne. Das gehörte auch zu den Eigenschaften der Menschen: Sie fürchteten sich meistens vor dem Unvertrauten oder Unbekannten, obwohl es oft viel weniger gefährlich war als das Bekannte.

Da stießen sie auch schon wieder durch die Kürbisrinde und verließen die Nachtwelt, durch die ihre Abkürzung sie geführt hatte. Bei Nacht konnten die Nachtmähren so gut wie jeden Punkt in Xanth fast sofort aufsuchen, wenn sie die richtigen Kürbisse benutzten. Nun befanden sie sich in einem Kürbisfeld unweit von Schloß Roogna.

Chamäleons Angst legte sich etwas, als sie merkte, daß sie wieder in der wirklichen Welt von Xanth war. »Lebst du tatsächlich dort?« fragte sie. »Inmitten all dieser Schrecken?«

»Das Xanth des Tageslichts erscheint mir als viel gefährlicher«, meinte Imbri. »Gewirrbäume und feste Felsbrocken und Mundanier – die genügen mir schon als Ungeheuer!«

»Wahrscheinlich«, murmelte Chamäleon ohne große Überzeugung. »Sind wir in der Nähe des Friedhofs?«

»Ganz in der Nähe.« Imbri jagte in seiner Richtung davon.

»Warte!« rief Chamäleon. »Wir müssen uns kostümieren!«

»Kostümieren?« An was dachte dieses seltsame Wesen denn jetzt schon wieder?

»Wir müssen wie Zombies aussehen, damit keiner etwas merkt.«

Natürlich. Imbri wollte ihr gern zu Gefallen sein, da es ja auch schwierig war, mit jemandem zu diskutieren, der gleichzeitig so dumm und so liebenswürdig war. Also hielten sie an, und die Frau suchte Stinklianen und Tintenfässer, mit deren Hilfe sie die Mähre und sich selbst herrichtete bis sie verfault aussahen und ebenso rochen. Ihr künstlerisches Talent erwies sich als einigermaßen ausreichend: Chamäleon glich nun wirklich eher einer üppigen Zombiefrau mit schlabbrigem Fleisch als der hübschen älteren Dame, die sie in Wirklichkeit war. Imbri dagegen sah aus wie ein halbtoter Klepper.

Jetzt machten sie sich wieder auf den Weg zum Friedhof, der an der windabgewandten Seite von Schloß Roogna lag. Die Zombies waren in großer Zahl auferstanden. Nicht viele Dinge konnten sie aus ihrer Lethargie reißen, aber eine Trauung war auf ihre Art etwas ähnlich Endgültiges wie der Tod. »Wir haben mit dem Zombiemeister ein geheimes Abkommen geschlossen«, flüsterte Chamäleon der Mähre in eines ihrer gespitzten pelzigen Ohren. »Er hat seine Vasallen für die Feier auferstehen lassen, obwohl er selbst nicht daran teilnehmen kann. Einer der Zombies ist ein Friedensrichter. Ich weiß zwar nicht genau, was das ist, aber anscheinend kann er die beiden trauen.«

Chamäleon war ganz aufgeregt. Dabei bestand die wahre Prüfung einer Ehe in Xanth weniger in einer einzelnen Zeremonie als darin, daß die Partner und die Gemeinschaft sie akzeptierten.

Als sie den Friedhof betraten, veränderte sich alles recht plötzlich: Mit einemmal waren die Zombies gleich doppelt so schaurig wie zuvor, wie sie so in Fräcken und Abendkleidern zwar einen Teil ihres Verfalls verhüllten, dies andererseits aber dadurch reichlich wieder wettmachten, daß sie ständig irgendwelche Körperteile und Fleischklumpen verloren. Alle standen sie lautlos zwischen den Grabsteinen herum und blickten zu der größten und düstersten Grabkammer am Nordende des Friedhofs hinüber, wo ein ganz besonders scheußlicher Zombie stand und in seinen verfaulenden Händen ein zerlesenes Buch hielt.

Ein weiblicher Zombie kam ihnen entgegen. Ihre Augäpfel waren eingesunken, und durch ihre wurmzerfressenen Wangen waren Zahnstücke zu erkennen. Ihr weites Dekolleté gab Brüste frei, die verfaulten Melonen glichen. »Bist du ein Zentaur?« fragte sie in einer erstaunlich normalen Stimme.

»Ich bin Chamäleon, Euer Majestät«, erwiderte Chamäleon und stieg ab, nachdem sie die Stimme offenbar erkannt hatte. »Und dies hier ist die Mähre Imbri, die mich rechtzeitig zur Hochzeit hierher gebracht hat. Haben wir schon etwas verpaßt?«

»Wunderbar, Chamäleon!« rief Königin Iris und umarmte sie mit einem Geräusch, das sich anhörte, als zerquetsche jemand eine Schimmelpilzkultur. »Nimm in der vordersten Reihe Platz, vor der Kanzel. Schließlich bist du ja die Mutter des Bräutigams. Du hast noch gar nichts verpaßt, solche Feierlichkeiten beginnen ja doch immer mit Verspätung.«

»Und Ihr seid die Mutter der Braut«, sagte Chamäleon, glücklich, daß alles zu klappen schien.

Die Zombiekönigin wandte sich zu Imbri um, wobei ihre verfaulten Körperteile sich mit unterschiedlicher Geschwindigkeit drehten. Ihre Illusion war wirklich ein höchst morbides Kunstwerk! »Und du bist wirklich eine Mähre? Ja, tatsächlich, jetzt sehe ich es auch. Da du nicht zur engeren Verwandtschaft gehörst, wirst du dich weiter hinten aufstellen.«

»Aber Imbri ist doch meine Freundin!« protestierte Chamäleon loyal.

»Ich stelle mich hinten auf«, projizierte Imbri ihr hastig. Sie verstand nicht viel von den Sitten der Menschen und zog es vor, niemandem im Weg zu sein.

»Oh, das ist aber wirklich eine interessante Magie!« meinte die Königin. »Fast wie meine Illusionen, nur daß deine Sachen alle im Kopf stattfinden, oder sollte ich besser sagen im Geist? Ich wußte gar nicht, daß Tiere auch Magie ausüben können.«

»Ich bin eine Nachtmähre«, erklärte Imbri.

»Ach so. Ja, das erklärt manches.« Die Königin wandte sich ab, um weitere Neuankömmlinge zu begrüßen.

Chamäleon begab sich pflichtbewußt nach vorn, während Imbri sich weiter hinten zwischen zwei Zombies aufstellte. Anscheinend war das glückliche junge Paar, für das diese Zeremonie ja stattfinden sollte, noch nicht eingetroffen, so daß noch Zeit blieb, sich ein wenig zu unterhalten.

»Hallo«, projizierte sie dem Zombie zu ihrer Linken.

Die Antwort war eine schauderhafte faulende Masse, die einem von Maden durchsetzten Blutpudding glich. Ihr Nachbar war anscheinend ein echter Zombie, der wahrscheinlich schon seit Jahrhunderten tot war; sie hatte ihm gerade in sein Gehirn gespäht. Imbri war nicht weiter zimperlich, denn in Xanth gönnte man jedem Ungeheuer seinen eigenen Stil, doch eigentlich war sie eher an die sauberen Knochen der wandelnden Gerippe im Kürbis gewöhnt. Sie versuchte, nicht vor ihrem

Nachbarn zurückzuweichen, denn das wäre unhöflich gewesen, aber sie versuchte auch nicht wieder, mit ihm Kontakt aufzunehmen.

Statt dessen versuchte Imbri es mit der Gestalt zur Rechten. »Bist du auch ein Zombie?« projizierte sie probehalber.

Ihr rechter Nachbar war zwar lebendig, dafür aber um so erschreckter. »Träume ich, oder hast du mich gerade wirklich angesprochen?«

»Ja«, meinte Imbri.

Er drehte sich zu ihr um, um sie einer genaueren Musterung zu unterziehen. »Bist du ein Pferd oder ein richtiges Wesen?«

»Ja.«

»Ich fürchte, ich bin diese Konzentration der Magie nicht gewöhnt«, meinte er. »Vielleicht habe ich ja einen Fauxpas begangen.«

»Nein, der liegt im Westen von hier«, berichtigte sie ihn.

»Es stimmt also! Du bist ein Pferd, und du sprichst zu mir!«

»Ja. Ich bin die Nachtmähre Imbrium.«

»Eine echte Nachtmähre? Wie originell! In Xanth weiß man tatsächlich nie, was man als nächstes erwarten kann! Ich bin Ichabod der Archivar aus dem Gebiet, das ihr Mundania nennt. Mein Freund Arnolde der Zentaur – im Augenblick befindet er sich in Mundania; das ist nämlich seine Aufgabe, als Botschafter Xanths die Verbindung zu Mundania aufrechtzuerhalten –, mein Freund Arnolde also hat mich hierher mitgenommen, damit ich das Phantastische erforschen und«, er hüstelte und räusperte sich, »ahem, ein bis zwei Nymphen jagen kann.«

»Dafür sind Nymphen ja auch da«, stimmte Imbri ihm höflich zu. Sie wußte, daß dies unter Menschen ein recht beliebter Volkssport war. Doch seine Erwähnung Mundanias erschreckte sie – gehörte er etwa zum Feind?

»O nein, ich bin kein Feind!« protestierte Ichabod, und Imbri merkte, daß sie einmal mehr vergessen hatte, ihre eigenen, geheimen Gedanken aus dem Gesprächstraum herauszuhalten. Jetzt, da sie unter wachen Menschen wandelte, mußte sie in diesem Punkt besser aufpassen. »Mundania ist vielgestaltig, man könnte sogar sagen, es ist für jeden anders. Anscheinend hat Mundania einen beschränkten Zugang zu Xanth, während Xanth einen so gut wie unbeschränkten Zugang zu Mundania hat. Das schließt übrigens sämtliche Epochen unserer Welt mit ein. Deshalb ist Xanth für die Mundanier kaum mehr als ein flüchtiger Traum, an den die meisten nicht einmal glauben, während Mundania für Xanther, die sich ja nur wenig dafür interessieren, eine wundersame Realität darstellt. Langweile ich dich vielleicht?«

Das tat er natürlich, aber Imbri hatte genug Pferdeverstand, dies nicht zuzugeben.

»Ich handle mit Träumen, und ich bin auch sehr flüchtig, insofern bin ich ein echtes Wesen Xanths.«

»Tatsächlich? Du meinst, du bist selbst ein Traum? Du bist gar nicht richtig hier?« Er streckte vorsichtig eine Hand aus, um ihre Schulter zu berühren.

»Nicht so ganz.« Sie entmaterialisierte sich, und seine Hand drang durch sie hindurch.

»Fabelhaft!« rief er. »Das muß ich mir notieren! Du sagst, dein Name wäre Imbrium? Wie das Meer auf der sichtbaren Seite des Mondes? Wie faszinierend!«

Er mochte zwar Mundanier sein, aber völlig unwissend war er auf jeden Fall nicht. »Ja. Man hat das Meer der Tränen nach meiner Großmutter benannt, die vor langer Zeit gelebt hat. Ich habe meine Unterschrift, meine Marke, von ihr geerbt, wie auch das Anrecht auf diesen Teil des Mondes.« Sie nahm wieder feste Gestalt an und stampfte mit einem Vorderhuf auf, um ihm die Mondkarte mit ihrem leuchtenden Namen zu zeigen.

»Ach, das ist ja einfach wunderbar!« freute sich Ichabod. »Würdest du das vielleicht auch auf einem Blatt Papier aus meinem Notizbuch machen? Ich hätte doch so gerne Originalmaterial!«

Hilfsbereit stempelte sie ihm seine Seite. Die Karte kam auf dem weißen Papier deutlich heraus, weil ihr Huf natürlich mit einer dicken Schicht guter, fetter Friedhofserde bedeckt war.

»Oh, danke schön, danke vielmals!« rief der Mundanier bewundernd. »Noch nie bin ich einer echten Nachtmähre begegnet – jedenfalls nicht einer aus Fleisch und Blut, sozusagen. Nicht jeder Mundanier bekommt eine solche Gelegenheit geboten. Wenn ich mich meinerseits irgendwie erkenntlich zeigen kann...«

»Sag mir nur, wer alles hier ist und wie die Zeremonie vonstatten gehen soll. Ich war noch nie bei einer Bräutigamsentführung dabei.«

»Mit Vergnügen, wiewohl mein Verständnis des Ganzen alles andere als vollkommen sein dürfte. Offenbar sollen Prinz Dor und Prinzessin Irene – ihre Titel gleichen sich zwar, leiten sich aber von unterschiedlichen Funktionen ab, da er der designierte Thronerbe, sie hingegen lediglich die Tochter des Königs ist –, die ich beide vor acht Jahren in Mundania kennengelernt habe, nun endlich die Freuden der Ehe genießen dürfen oder zumindest eines praktikablen Faksimiles dieser Institution.«

Imbri stellte fest, daß Mundanier sich komplizierter auszudrücken pflegten, als wirkliche Leute es taten. Sie spitzte höflich ein Ohr und versuchte aus dem anstrengenden Kauderwelsch einen Sinn herauszuhören.

»Doch er ist sich dieser Tatsache anscheinend noch nicht bewußt, während sie angeblich nichts davon weiß, daß so gut wie alle anderen auf Schloß Roogna Ansässigen oder mit ihm im Zusammenhang Stehenden davon erfahren haben. Es sollte eigentlich eine unbürgerliche Zeremonie der Heimlichkeit sein, die mitten in der Nacht von einem Toten, will also sagen einem Zombie, durchgeführt wird. Hochinteressante Geschöpfe übrigens, diese Zombies, aber das nur am Rande. Königin Iris hat alle Besucher in Illusionen gehüllt, was sie anscheinend verblüffend gut kann, damit auch sie wie Zombies aussehen, und dann hat sie sie unter die Zombies gemischt, so daß nicht jeder, der mit dieser List vertraut ist, sie sofort durchschauen dürfte. Ach, welch verworren Netz wir spinnen, wenn zu betrügen wir beginnen! Das ist ein mundanisches Zitat aus –«

Er brach ab, denn nun begann sich im Süden etwas zu bewegen. Das wurde auch langsam Zeit, denn Imbri war bereits wieder im Begriff gewesen sich zu langweilen. Alles verstummte.

Im fahlen Mondlicht sah man eine junge Frau mit üppigen Proportionen, die durch die Abgrenzung des Schloßobstgartens trat und dabei einen gutaussehenden jungen Mann hinter sich her zog. »Wir müssen nur noch über den Zombiefriedhof«, sagte sie gerade. »Wir sind fast da.«

»Fast wo?« fragte er gereizt. »Du machst aber vielleicht eine Geheimaffäre daraus, Irene! Ich bin schrecklich müde; ich bin gerade von der Zentaureninsel zurückgekehrt, wo ich keinen allzu großen Eindruck machen konnte; ich habe mich mit König Trent über die Nächstwelleninvasion beraten und wie wir sie am besten aufhalten. Und jetzt möchte ich eigentlich nur noch nach Hause, ins Bett und schlafen.«

»Du wirst schon sehr bald sehr sehr gut schlafen, das verspreche ich dir«, erwiderte Irene. »Wie noch nie.«

Ein Stein begann zu kichern. »Das wird aber eine ganze Weile dauern, bis du zum Schlafen kommst, Tölpel!« sagte er.

»Halt dein Maul!« fauchte Irene den Stein an. Dann, zu Dor gewandt: »Komm, wir sind fast da.«

»Fast wo?«

»Trau ihr nicht!« sagte der Boden. »Das ist eine Falle!«

Irene stampfte hart mit dem Fuß auf. »Auuuuu!« stöhnte der Boden schmerzerfüllt.

»Ich wünschte, du würdest mir einfach mal verraten, was dich eigentlich so aufgeregt macht«, warf Dor ein. »Mich hier ohne jeden Grund hinauszuzerren –«

»Ohne Grund? Hahaha!« gluckste ein Stück Totholz. Irene schleuderte es mit einem Tritt in den Schloßgraben, wo ein kurzes, heftiges Platschen erklang, als eines der Ungeheuer das Holz aufschnappte.

»Ich nehme an, du hast ein Recht darauf, es zu erfahren«, sagte sie, als sie den Friedhof betraten. Dank der Illusion der Königin waren die Hochzeitsgäste plötzlich alle unsichtbar geworden. »Es ist eine Entführung.«

»Eine was?«

»Eine Bräutigamsentführung, du Idiot!« keckerte ein Grabstein. »Nimm die Hacken in die Hand und lauf, was du nur kannst!«

Irene schlug dem Grabstein mit dem Knöchel auf den Kopf, und er verstummte. Sie schien eine Menge Erfahrung im Umgang mit sprechenden Dingen zu haben. »Wir fliehen«, sagte sie klar und deutlich. »Ich habe dich entführt, damit wir heimlich heiraten können. Dann bekommst du wenigstens auch etwas Nettes in dein Bett.«

»Etwas Nettes?« fragte Dor verwundert. »Soll das heißen, daß du mir ein Kopfkissen schenkst?«

Diesmal war Dor es, den sie trat, während der ganze Friedhof böse prustete und kicherte. »*Mich*, du Blödian! Hör auf, mich an der Nase herumzuführen! Ich weiß ganz genau, daß du nicht so doof bist, wie du tust! Ich kann auch sehr warm und sanft sein, wenn ich mir Mühe gebe.«

»Olàlà!« machte die Gruft. »Von *der* Sorte gibt's hier aber nicht allzu viele!«

»Aber wir haben doch noch gar keinen Termin festgesetzt!« protestierte Dor.

»Deshalb entführe ich dich ja, und deshalb reißen wir auch gerade aus. Heute nacht werden wir getraut, bevor irgendjemand etwas davon erfährt. Damit es keinen Ärger gibt. Dann haben wir die Sache ein für alle Male hinter uns.«

»Aber –«

Sie drehte sich zu ihm um und küßte ihn heftig. »Irgendwelche Einwände?«

Dor war durch den Kuß offensichtlich eingeschüchtert und blieb stumm.

»Wunderbar, einfach wunderbar, wie sie mit ihm umzugehen versteht«, murmelte Ichabod neben Imbri.

Das Paar kam an der Gruft an. »Zombierichter, wo bist du?« rief Irene.

Der Zombierichter erschien mit dem Buch in der Hand. Langsam wurden auch die Gäste im leuchtenden Schimmern des Mondes wieder sichtbar.

»Ein Zombie soll uns trauen?« fragte Dor mit schwacher Stimme. »Wird unsere Ehe dann nicht auseinanderfallen?«

»Haha! Selten so gelacht!« Sie schüttelte den Kopf, so daß ihr grünes Haar dunkel im schwachen Licht umherflog. »Einen anderen Standesbeamten konnte ich nicht auftreiben, ohne daß Mutter davon Wind bekommen hätte«, erklärte Irene. Aus dem Publikum erscholl ein ersticktes Gelächter, und Irene blickte sich um und erspähte die Menge. »Na ja, ihr Zombies, dafür hättet ihr euch doch nicht aus euren Gräbern erheben müssen, war doch nun wirklich nicht nötig«, meinte sie auf eine herablassende Weise, als wolle sie sagen, so sind diese Spukgeschöpfe nun einmal. »Aber ein paar Trauzeugen sind wohl ganz passend.«

»Ich wußte gar nicht, daß hier so viele Zombies beerdigt liegen«, meinte Dor.

»Sind es doch gar nicht, du armer Trottel«, sagte die Gruft. »Das sind –«

»Ruhe!« fauchte die Zombiekönigin.

Jetzt wurde Irene mißtrauisch. »Diese Stimme kommt mir aber recht bekannt vor!«

»Natürlich kennst du sie, du leckeres Dummchen!« meinte die Gruft. Da tauchte plötzlich eine schwarze Wolke aus dem Nichts auf und gab ein Donnern von sich, das alles andere erstickte, so daß sie die Gruft nicht mehr hören konnten.

»Irgend etwas ist hier komisch!« meinte Dor und schielte zu der lauten Wolke hinüber.

Irene nahm ihn sicherheitshalber wörtlich. »Was soll an Zombies schon komisch sein? Die lieben eher grimmige Ereignisse. Bringen wir's hinter uns.«

Der Zombiestandesbeamte öffnete sein Buch, worauf prompt eine Seite herausfiel. Das Buch war nicht minder gebrechlich als der Zombie selbst.

»Oh, wie mir das in der Seele wehtut, ein Buch mißhandelt zu sehen!« hauchte Ichabod Imbri zu.

»Einen Augenblick mal!« protestierte Dor. »*Du* hast mich hierher gelockt, Irene. Ich habe mich aber nicht dazu bereit erklärt, heute abend zu heiraten!«

»Ach nein? Na ja, *irgend jemanden* will ich jetzt aber heiraten! Soll es einer dieser Zombies hier sein?«

»Ha, auf *den* Bluff falle ich jetzt aber nicht rein!« konterte Dor.

Irene stand in stillem, aber beinahe greifbarem Kummer da. Ihre Schultern bebten. Tränen strömten in den Schlamm zu ihren Füßen. »Ach, herrje ...« murmelte Dor schließlich lahm.

Irene warf die Arme um ihn und pflanzte einen weiteren Kuß auf seinen Mund, der dem Publikum ein neidisches Murmeln entlockte. Sogar die Zombies wirkten bewegt. Als sie damit fertig war, stand Dor wie betäubt da, was wohl auch kein Wunder war.

»Klassisch, geradezu klassisch!« flüsterte Ichabod. »Dieses Mädchen hat die Kunst wirklich durch und durch gemeistert!«

Der Zombiestandesbeamte murmelte etwas Unverständliches. Er hatte keine Zunge mehr und las mit augenlosen Augenhöhlen etwas aus dem Buch ohne Seiten ab.

»Ja«, sagte Irene mit Entschiedenheit.

Der Zombie murmelte etwas anderes, während seine Nase auf das Buch plumpste.

»Ja, meint er«, sagte Irene und stieß Dor mit dem Ellenbogen in die Rippen.

Der Zombie unternahm eine letzte Anstrengung, was ihn einige lockere Zähne kostete, die daraufhin aus seinem Mund rieselten.

»Ich hab ihn«, sagte Irene. Sie holte einen Ring mit einem riesigen Stein hervor, der im Mondlicht so hell schimmerte, daß er den ganzen Friedhof zu erleuchten schien. »Streif ihn mir über, Dor. Nein, nicht über *den* Finger, du Trottel! Über *den* hier.«

Dor streifte unbeholfen den Mondstein über ihren Ringfinger.

»So, jetzt sind wir verheiratet«, meinte Irene. »Jetzt darfst du mir einen Kuß geben.«

Das tat Dor auch, wenn auch etwas unsicher. Das Publikum klatschte Applaus.

Die verbliebenen Illusionen lösten sich auf und gaben die Zombies und die Leute frei, die in buntem Durcheinander auf dem Friedhof standen. Irene ließ ihren Blick über die Menge schweifen. »Mutter!« rief sie empört. »Das ist also dein Werk!«

»Die Erfrischungen werden im Ballsaal von Schloß Roogna gereicht«, sagte Königin Iris und unterdrückte dabei ein katzenhaftes Feixen. »Kommt, meine Lieben – wir dürfen den König nicht warten lassen.«

Dor kam aus seiner Trance. »Soll das etwa heißen, daß Ihr König Trent die Erfrischungen habt besorgen lassen?«

»Natürlich nicht«, erwiderte Königin Iris. »Ich habe die Sache gestern persönlich beaufsichtigt. Mein Gatte hat sich geweigert, an dieser kleinen Eskapade teilzuhaben, dieser Spielverderber. Aber ich weiß, daß er dir wird gratulieren wollen.«

»Er sollte eigentlich *mir* gratulieren«, warf Irene ein. »Schließlich habe *ich* Dor nach all den Jahren endlich an den Haken gebracht.«

»Im ganzen Schloß gibt's also nur einen einzigen ehrlichen Menschen«, murrte Dor. Doch er wirkte nicht unglücklich. »Ich wußte doch, daß der König mich nicht verraten würde.«

»Na ja, jedenfalls bist du jetzt verheiratet«, sagte Königin Iris. »Endlich. Und jetzt kommt, bevor das Essen noch verdirbt.«

Die Zombies grinsten. Sie liebten den Gedanken an verdorbenes Essen.

Bald darauf waren alle lebendigen Leute im Inneren des Schlosses, wo man Getränke und Speisen angerichtet hatte. Imbri fand sich neben dem Getränketisch wieder. Da sie nicht auf Menschenart zu trinken pflegte und ihr die Menschendelikatessen nicht sonderlich zusagten, begnügte sie sich mit bloßem Zusehen.

Ichabod, der immer noch neben ihr stand, erging es da ganz anders. »Ich esse für mein Leben gern«, vertraute er ihr an. »Mein heimlicher Wunsch ist es, irgendwann einmal richtig dick zu werden.« Er nahm eine Butterblume, die mit einer perlenden braunen Flüssigkeit gefüllt war. »Das sieht mir nach einer Menge Kalorien aus.« Dann wollte er sie auf einen Zug leeren.

Als die Flüssigkeit über seine Lippen strömte, zuckte Ichabod plötzlich zusammen. Braune Spritzer verteilten sich über sein Gesicht. »He!« prustete er. »Warum hast du das getan, Mähre?«

»Was denn?« wollte Imbri wissen.

»Mich getreten!«

»Habe ich doch gar nicht!« protestierte sie.

»Aber ich habe ganz deutlich einen Stiefel auf meinem Hinterteil gespürt!« Dann schielte er mit schräg gelegtem Kopf zu ihren Hufen hinunter. »Aber du trägst ja überhaupt keine Stiefel!«

»Wenn ich dich getreten hätte, dann hättest du jetzt einen Abdruck von der Mondkarte auf deinem Rumpf«, meinte Imbri.

Ichabod rieb sich den besagten Körperteil. »Das stimmt. Dann war es wohl doch eine Halluzination.« Er setzte den Blumenkelch erneut an, um ihn endgültig zu leeren.

Wieder machte er einen Satz. »Aber irgend jemand hat mir doch gerade einen Tritt gegeben!« rief er. »Nur daß keiner da war, um es zu tun!«

Imbri hatte plötzlich eine Ahnung. »Laß mich mal an deinem Drink schnuppern.«

Ichabod hielt ihr den Kelch entgegen. Imbri schnüffelte – und spürte, wie etwas sie in ihrer Schweifgegend drückte. »Das habe ich mir gedacht. Das ist das seltene Getränk Kicka-Kola, das aus dem Saft des Schuhfliegenbaums gewonnen wird. Das ist ein Drink, der einem einen echten Tritt verpaßt.«

»Kicka-Kola«, wiederholte Ichabod nachdenklich. »Ich verstehe.« Er nahm einen weiteren Kelch auf. »Vielleicht ist das hier etwas anderes. Es sprudelt, aber es ist gelb.« Vorsichtig führte er es an die Lippen. Als es ihn nicht trat, schluckte er es hastig herunter. Plötzlich bildeten sich schimmernde Gitterstäbe um ihn und engten ihn so stark ein, daß er vor Schmerz aufbrüllte. »Laßt mich hier raus!« schrie er.

Imbri stellte schnell einen Huf auf einen der unteren Gitterstäbe und schob die anderen Stäbe mit der Schnauze auseinander. Kurz darauf quetschte sich Ichabod mit zerfetztem Anzug und Kratzwunden im Gesicht wieder ins Freie. »Ich nehme an, das lag wohl auch an meinem Drink?« fragte er gereizt.

Imbri schnüffelte an dem leeren Kelch. »Ja. Das ist Fangta, ein Gemisch, dessen Hauptbestandteil eingesperrtes Wasser ist«, meldete sie.

»Das hätte ich mir denken können.« Doch der Mann gab nicht auf. Vorsichtig nippte er an einem dritten Getränk, machte eine Pause, nahm einen tieferen Schluck, wartete erneut ab und stürzte schließlich den Rest herunter. »Das schmeckt ja ausgezeichnet.«

Doch dann wurde er plötzlich unruhig. Er schwankte und mußte sich an Imbris Mähne festhalten. »Hoppla«, sagte er. »Mir wird ja auf einmal ganz anders.«

Imbri roch wieder am Kelch. »Kein Wunder. Das ist ja auch Schwipps.«

Chamäleon gesellte sich zu ihnen. »War das nicht eine wunderbare Trauung?« fragte sie und fuhr sich verstohlen über die feuchten Augen. »Ich habe echte Tränen geweint.« Sie nahm einen Drink auf.

»Warte!« projizierte Imbri, während Ichabod dasselbe laut rief.

Doch es war schon zu spät: Chamäleon nippte an ihrem Kelch. Offenbar mußte sie den Flüssigkeitsverlust vom Weinen wieder wettmachen. Da versanken ihre Füße plötzlich im Boden. »Huch... o je, ich fürchte, ich habe eine Sinknalco erwischt!« rief sie.

»Ich sinke!«

Gemeinsam gelang es Imbri und Ichabod, sie wieder auf Bodenebene emporzuhieven. »Ich möchte ja nicht einmal im Traum den Anschein erwecken, daß es mein Begehr wäre, die Königin zu kritisieren, die, dessen bin ich mir ganz sicher, ihre ganze Mühe auf dieses Büfett verwandt hat«, meinte Ichabod, »aber ich könnte mir durchaus vorstellen, daß in gewissen Kreisen Schabernacke dieser Art auf die Dauer als, nun, sagen wir, ermüdend angesehen werden.«

Da kam die Königin selbst auf sie zu. »Habt ihr schon etwas getrunken?« fragte sie fröhlich. Sie hatte sich in eine phantastisch mit Edelsteinen besetzte königliche Robe gekleidet, die möglicherweise eine reine Illusion war. »Ich nehme doch an, daß auch ihr die Drinks einzigartig und unvergeßlich findet. Ich möchte doch so sehr, daß diese Feier bei den Gästen zur bleibenden Erinnerung wird.«

Stumm nickten die drei. Die Königin hatte nicht übertrieben.

Königin Iris nahm nun selbst einen der Kelche auf und nippte geziert daran.

Da spuckte sie die Flüssigkeit plötzlich höchst ungeziert wieder aus. Ihre Illusion verflüchtigte sich etwas und gab ein ganz gewöhnliches Hauskleid anstelle ihrer Robe frei.

»Was ist das denn?« verlangte sie zu wissen.

»Ein einzigartiges und unvergeßliches Getränk, welches die Feier zur bleibenden Erinnerung bei allen Gästen macht«, murmelte Ichabod.

»Mundanier, wage es nicht, mir gegenüber frivol zu werden!« bellte die Königin, während sich eine winzige Gewitterwolke über ihrem Kopf zusammenballte. »Was ist in diesem Kelch?«

Imbri schnüffelte. »Apfeltinte.«

»Apfeltinte!« rief die Königin, und ihre Juwelen bildeten sich aufs neue und funkelten wütend. »Die verwendet man doch nur, um offizielle Schreiben dokumentensicher zu unterzeichnen! Was hat denn die auf dem Erfrischungsbüfett zu suchen?«

Ichabod nahm einen weiteren Kelch Kicka-Kola auf. »Vielleicht ist dieses Getränk hier besser, Euer Majestät«, meinte er. »Mir hat es jedenfalls eine bleibende Erinnerung beschert.«

Die Königin roch daran und trat einen Schritt vor, als hätte jemand ihr einen Schubser von hinten verpaßt. »Das hatte ich nicht bestellt!« rief sie, und ihre Juwelen schossen nun winzige Feuerlanzen ab. »Irgendein Strolch hat die Getränke vertauscht! Oh, laßt mich nur diesen Küchenchef zwischen die Krallen kriegen!«

Also war die Königin gar nicht für die Getränke verantwortlich zu machen. Chamäleon wirkte erleichtert.

Die Königin hielt inne und drehte sich um. »Ach, Chamäleon!« rief sie. »Ich bin eigentlich nur gekommen, um dich zu fragen, ob du meinen Mann, den König gesehen hast. Er scheint nicht hier zu sein. Könntest du ihn wohl bitte mal für mich suchen?«

»Selbstverständlich, Euer Majestät«, erwiderte Chamäleon. Sie drehte sich zu Imbri um. »Hilfst du mir bitte dabei? Vielleicht befindet er sich in einem dunklen Zimmer und meditiert gerade.«

»Ja, und außerdem müssen wir ihm noch eine weitere Botschaft übermitteln«, erinnerte Imbri sie. »Warnung vor dem Reitersmann oder sprengt die Kette.«

»Wenn wir nur wüßten, welche Kette damit gemeint ist!« Chamäleon seufzte. »Ich hab bisher noch keine Ketten gesehen.«

»Ich helfe euch auch«, erbot sich Ichabod. »Ich liebe Rätsel und Geheimnisse.«

Nachdem sie erfolglos den unteren Teil des Schlosses abgesucht hatten, fragte Ichabod: »Könnte er sich vielleicht oben in der Bibliothek aufhalten? Das ist ein sehr schöner Raum, und der König ist ein sehr belesener Mensch.«

»Ja, da ist er oft«, meinte Chamäleon.

Sie stiegen die Treppe empor. Als sie vor der Bibliothek standen, mußten sie feststellen, daß die Tür zu war. Ichabod klopfte zunächst, dann rief er nach dem König, doch ohne Erfolg. »Ich fürchte, er ist nicht da«, schlußfolgerte er. »Mir liegt es fern, ungebeten in Privaträume einzudringen, aber ich fürchte, wir müssen einmal nachsehen.«

Die anderen stimmten ihm zu. Vorsichtig öffneten sie die Tür und spähten hinein. Der Raum war dunkel und still.

»Es gibt hier eine magische Laterne, die man mittels eines Knopfes neben der Tür bedienen kann«, sagte Chamäleon und tastete danach. Kurz darauf erhellte die Laterne den Raum.

Da saß König Trent an einem Tisch vor einem aufgeschlagenen Buch.

»Euer Majestät!« rief Chamäleon. »Wir müssen Euch mitteilen –«

»Da stimmt etwas nicht«, warf Ichabod ein. »Er bewegt sich nicht.«

Sie traten zu dem König hinüber. Er starrte reglos vor sich hin, ohne sie zu beachten. Das war wirklich äußerst seltsam, denn für gewöhnlich war König Trent einer der aufmerksamsten und höflichsten Menschen überhaupt, wie es Menschen mit wirklicher Macht recht häufig waren.

Imbri projizierte einen Traum in den Geist des Königs. Doch sein Verstand war leer. »Er ist fort!« sendete sie den anderen beunruhigt. »Er hat keinen Geist mehr!«

Die drei starrten einander mit wachsendem Entsetzen an. Xanth hatte seinen König verloren.

V

Sphinx und Triton

Bis zum Morgen war die Ordnung wiederhergestellt worden. Man hatte König Trent für die Dauer seiner Krankheit in sein Schlafgemach gebracht, und Prinz Dor hatte Krone und Robe angelegt und saß nun auf dem Thron, um die Sache offiziell zu machen. Denn Dor war der designierte Thronfolger, und Xanth mußte einen König haben. Das war eine merkwürdige Nacht gewesen, die er als lediger Prinz begonnen und als verheirateter König beendet hatte.

Wenn der junge Mann sich durch das neue Amt verändert hatte, so war davon jedenfalls nicht allzuviel zu merken. Nach dem Frühstück rief er eine Versammlung ausgesuchter Wesen zusammen. Die goldene Krone saß ein wenig schief auf seinem Kopf, und die königlichen Gewänder hingen ziemlich schlabbrig an ihm herab. Die Sachen waren für König Trent maßgeschneidert worden, der um einiges größer war als Dor, und König Dor wollte sie anscheinend nicht ändern lassen, um sie König Trent nach dessen Genesung wieder in unverändertem Zustand überreichen zu können.

Die Ringe um seine Augen zeugten davon, daß Dor nicht geschlafen hatte. Doch das hatten ohnehin nur wenige von ihnen getan; ohne Übergang war die Freude an der Bräutigamsentführung und heimlichen Hochzeit in das Entsetzen angesichts der unfreiwilligen Abdankung des Königs Trent umgeschlagen. König Trent hatte seinen Verstand mitten während der Zeremonie auf dem Zombiefriedhof verloren. Es fiel schwer, zwischen diesen beiden Ereignissen keinen Zusammenhang zu vermuten. Die neue Königin Irene tat dies ganz offensichtlich; sie hatte einen Vater verloren, während sie gerade im Begriff gewesen war, einen Ehemann zu gewinnen.

»Hier auf Schloß Roogna herrscht eine Krise«, sagte König Dor und sprach dabei mit größerer Autorität als sein Aussehen den Anschein erweckte. Königin Irene stand neben ihm, als sei sie bereit, ihn jederzeit aufzufangen, falls er umkippen sollte. Ihre Augen waren dunkel umrändert und rot angelaufen, und das war keineswegs das Produkt einer raffinierten Kosmetik oder Magie. Wie schmerzlich war ihr doch bewußt, daß es das Mißgeschick ihres Vaters gewesen war, welches sie plötzlich an die Stelle ihrer Mutter, der Königin, katapultiert hatte. *So* hatte sie sich das nicht vorgestellt und gewünscht! Die ehemalige Königin Iris war im oberen Stockwerk bei König a. D. Trent und hielt Wache, um auch die leiseste Regung von Intelligenz aufzuspüren. Niemand wußte, was ihm eigentlich widerfahren war, aber jetzt, angesichts der mundanischen Invasion, konnten sie es sich auch nicht leisten, erst seine Genesung abzuwarten.

Der König wandte sich einer Tafel zu, die sein Freund der Oger im Wald abgepflückt hatte. Darauf war eine grobschlächtig gezeichnete Karte Xanths zu erkennen, auf der wiederum die zahlreichen Menschendörfer markiert waren, wie auch die Zentaureninsel und die große Spaltenschlucht, die die Halbinsel Xanth in zwei Teile teilte, wenngleich sich auch kaum einer je an sie erinnern konnte. »Die Mundanier haben den Isthmus überquert«, sagte Dor und zeigte nach Nordwesten. »Sie stoßen in südlicher und östlicher Richtung vor und legen dabei alles in Schutt und Asche. Aber wir wissen weder, mit was für einer Art von Mundaniern wir es zu tun haben, noch wie sie bewaffnet und wie viele es sind. König Trent war zwar dabei, diese Informationen einholen zu lassen, aber ich weiß selbst nicht alles, was er wußte. Ich werde mich zwar noch mit dem

Guten Magier Humfrey beraten, doch wird das schwierig sein, da wir im Augenblick keinen magischen Spiegel hier im Schloß haben, mit dem wir Kontakt zu ihm aufnehmen können. Der einzige Spiegel den wir haben, ist gerade defekt. Wir werden versuchen, ihn zu reparieren, aber in der Zwischenzeit sind wir auf uns selbst angewiesen.«

Da fiel Imbri etwas ein. »Euer Majestät«, projizierte sie in einem Träumchen, »wir haben die Botschaft des Magiers Humfrey an den König. In der ganzen Aufregung haben wir ganz vergessen, sie –«

»Dann raus damit«, meinte Dor müde.

»Sie lautet ›Vorsicht vor dem Reitersmann‹ – was wir König Trent bereits gemeldet hatten. Und ›Sprengt die Kette.‹ Das ist die zweite Nachricht.«

Dor legte die Stirn in Falten. Er besaß einen dichten Schopf mittelblonden Haars, das ganz gut aussah, solange es gezähmt war, doch nun war es ein einziges Durcheinander. Wenn die Krone nicht gewesen wäre, hätte man ihn für einen Landstreicher halten können. »Das verstehe ich nicht.«

»Vielleicht hätte mein Vater es verstanden«, murmelte Irene. »Er hätte sich mit dem Guten Magier beraten. Vielleicht liegt in der Waffenkammer eine Kette, deren Magie freigesetzt wird, wenn man sie sprengt.«

»Manchmal machen Humfreys verschlüsselte Antworten mehr Ärger, als sie einem ersparen«, murrte Dor. »Warum kann er nicht einfach geradeheraus sagen, was er meint?«

»Das kann ich vielleicht erklären«, warf Ichabod der Mundanier ein. »Zum einen glaubt er selber vielleicht, daß er sich völlig klar und verständlich ausdrückt, weil er ja so viel mehr weiß als andere. Und zum zweiten neigen Prophezeiungen dazu, sich selbst zu negieren, wenn sie allzu offensichtlich formuliert werden. Folglich muß man sie in Worte fassen, deren Sinn sich erst dann erschließt, wenn die Bedingungen für die Erfüllung der Prophezeiung gegeben sind.«

»Möglich«, meinte Dor. »Vielleicht wird Humfrey aber auch bloß zu alt, um noch passende Antworten geben zu können. Wenn wir in der Waffenkammer keine Kette finden sollten, müssen wir diesen Krieg eben allein führen. Dazu brauchen wir als erstes zuverlässige und neue Informationen. Ich werde einen Spähtrupp aus vertrauenswürdigen Leuten losschicken müssen, die die Mundanier auskundschaften sollen ...«

»Ich werde gehen«, meldete sich Chamäleon.

König Dor lächelte. »Nicht einmal ein König schickt seine Mutter in die Gefahr hinaus. Vor allem dann nicht, wenn sie so schön ist wie meine.« Imbri und Ichabod wechselten Blicke. Sie wußten, daß Dor in Wirklichkeit darauf hinweisen wollte, daß Chamäleon im Augenblick tief in ihrer dummen Phase steckte und sich bei einem Spähtruppunternehmen wohl als wahre Katastrophe erweisen könnte. »Außerdem bezweifle ich, daß du schnell genug reisen könntest, um –«

»Ich meine, mit Imbri«, widersprach Chamäleon. »Bei der ist jeder sicher.«

»Ach ja, die Nachtmähre.« Dor überlegte. »Stimmt es, Mähre, daß du so schnell bist wie die Gedanken?«

»Jawohl, Majestät«, erwiderte Imbri. »Wenn ich den Kürbis benutze. Aber das geht nur bei Nacht.«

»Und kannst du dich auch bei Tag für die Sicherheit meiner Mutter verbürgen?«

»Ich glaube schon.«

König Dor schritt auf und ab, den schweren, übergroßen Umhang am Boden hinter sich her schleifend. »Das gefällt mir gar nicht. Aber ich brauche einfach bessere Informationen, und meine Mutter ist eine der wenigen Personen, denen ich absolutes Vertrauen entgegenbringe. Ich schätze, ich werde wohl besser Grundy den Golem mitschicken, damit der die Pflanzen und Tiere befragen kann. Ich würde ja selbst gehen, um die Steine auszuhorchen, wenn –«

»Du mußt hierbleiben und herrschen«, sagte Irene und hielt mit besitzergreifender Geste seinen Arm fest.

»Ja. Ich würde ja zu gern einen Experten mitschicken, der genau weiß, wonach er Ausschau zu halten hat. Es ist ungeheuer wichtig, daß wir genau wissen, womit wir es zu tun haben. Die Mundanier sind sehr verschieden.«

Ichabod hüstelte. »Euer Majestät, ich bilde mir ein, so etwas wie eine Autorität in Sachen Mundania zu sein, da ich immerhin selbst aus Mundania stamme. Es wäre mir eine Freude, mitzugehen und für Euch die Invasoren zu identifizieren.«

Dor überlegte. »Ichabod, ich kenne Sie jetzt mit Unterbrechungen seit acht Jahren. Sie haben ausgezeichnete Forschungsarbeit im Bereich der Magie Xanths geleistet, und Ihre Informationen haben uns unermeßliche Dienste erwiesen, als wir selbst unsererseits Mundania erforschen mußten. Sie waren es, der für uns König Trent ausfindig gemacht und uns dabei geholfen hat, ihn zu befreien, als er in Mundania gefangen war. Ich vertraue Ihnen und schätze Ihr Wissen, und ich weiß auch, daß König Trent ebenso gedacht und empfunden hat wie ich. Aus diesem Grund hat er Ihnen auch freien Zugang zu allen Dingen in Xanth gewährt und Ihnen erlaubt, in der Schloßbibliothek Ihren Studien nachzugehen. Aber Sie sind und bleiben nun einmal ein Mundanier, und ich kann Sie nicht darum bitten, Ihr eigenes Volk auszuspionieren.«

»Mein eigenes Volk plündert, brandschatzt und mordet nicht willkürlich!« protestierte Ichabod. »Ihr dürft nicht alle Mundanier nach den Übergriffen einiger Weniger beurteilen!«

»Diese Wenigen könnten ausreichen, um Xanth zu vernichten«, entgegnete König Dor. »Aber Sie haben nicht unrecht. Freilich würden Sie ein Reittier benötigen, um mit der Nachtmähre Schritt halten zu können, und ich glaube kaum, daß die uns zur Verfügung stehenden Reittiere dafür geeignet wären. Ein Zentaur wäre vielleicht eine Hilfe, aber die meisten von ihnen sind gerade unten auf der Zentaureninsel, um die Verteidigung ihrer Region zu organisieren.«

»Vielleicht kann das Tagpferd uns helfen«, warf Imbri ein.

»Das Tagpferd?« fragte König Dor.

»Es ist ein Hengst, ich bin ihm im Wald begegnet. Er war das mundanische Reittier des Reitersmanns, aber er ist geflohen und hat auch mir zur Flucht verholfen. Er mag keine Mundanier. Vielleicht ist er aber dennoch bereit, Ichabod zu tragen, wenn er weiß, daß der nicht zu den feindlichen Mundaniern gehört, allerdings wohl nur unter der Voraussetzung, daß dabei weder Sporen noch Trense benutzt werden. Ich soll ihn gegen Mittag am Baobabbaum treffen.«

König Dor dachte kurz nach. »Also gut. Es gefällt mir zwar überhaupt nicht, eine solch wichtige Mission derart hastig zu organisieren, aber wir können Xanth nur dann wirkungsvoll verteidigen, wenn wir baldigst die benötigten Informationen bekommen. Triff dich mit dem Tagpferd, und wenn der Hengst einwilligt, kann Ichabod mitreiten. Doch du, Mutter, wirst den Trupp leiten. Aber höre auf jeden Fall auf Grundy –«

Chamäleon lächelte. »Ich war schon dumm, bevor du geboren wurdest, Dor. Ich weiß schon, wie ich zurechtkomme. Ich werde auf Grundy hören.«

Nun erschien auch der Golem. Er war etwa handtellergroß und glich der Holz-und-Lumpenpuppe, die er früher einmal gewesen war, obwohl er nun lebendig war. Die meisten Bewohner Xanths besaßen ein magisches Talent; Grundy hingegen war ein Talent, das zu einer Person geworden war. »Wir werden schon miteinander auskommen«, sagte er. »Ich mag Chamäleon.«

»Das weiß ich«, sagte König Dor.

»Ich war schon Dors Führer, als er noch nicht einmal Prinz war«, fuhr Grundy fort und versuchte damit offenbar, seine Wichtigkeit aufzuwerten. »Ich kenne Chamäleon schon seit fünfundzwanzig Jahren. Das kann ich von diesem Klepper hier allerdings nicht behaupten.«

Imbri legte wütend die Ohren an. Sie schickte dem Golem einen kleinen Traum, in dem er von einem Monster mit tausend Zähnen aufgefressen wurde.

»Andererseits«, meinte der Golem, erschüttert wie nach ihrem letzten Zusammenstoß, »bin ich ihr vielleicht schon mal im Traum begegnet.«

Chamäleon lächelte milde. »Nachtmähren sind im Traum ganz fürchterlich schlimm, aber persönlich sind sie sehr nett.«

»Paßt auf euch auf«, sagte König Dor ernst. Er hatte sich seit gestern abend doch sehr verändert. Seine Gereiztheit und Unentschlossenheit waren verschwunden, als hätte die Verantwortung seines Amtes tatsächlich einen neuen, überlegenen Charakterzug in ihm hervorgebracht. »Ich möchte keinen von euch verlieren.« Er lächelte, um zu zeigen, daß er auch noch etwas Humor übrigbehalten hatte, obwohl das gar nicht wirklich nötig war.

»Wir müssen uns von Königin Iris verabschieden«, sagte

Chamäleon. Sie schritt die Treppe empor, und Imbri und Grundy folgten ihr, da sie nicht wußten, was sie sonst tun sollten.

Das Schlafgemach des Königs war zu einer gewaltigen düsteren Höhle geworden, von deren Kuppeldecke steinige Stalagtiten herabhingen, während finstere Schatten die Wände einhüllten. Im Hintergrund war gedämpftes Trauergeheul zu hören. Der gestürzte König Trent war in eine Aura phänomenaler Großartigkeit gehüllt, während Königin Iris die übelsten Lumpen trug. Das ganze Bild war natürlich eine Illusion, ein Werk der Königin, aber das Gefühl dahinter war echt.

»Ich wollte nur sagen, Euer Majestät, daß wir den König vermissen und daß wir unser Bestes tun werden, um ihm zu helfen«, sagte Chamäleon.

Königin Iris hob den Blick und sah, wie schön Chamäleon war; sie wußte natürlich, was das bedeutete. »Danke, Chamäleon«, sagte sie und sprach langsam und deutlich, damit die Frau sie auch verstand. »Ich bin sicher, daß dein Sohn einen guten König abgeben wird.«

»Ich werde jetzt zusammen mit der Mähre Imbri und Grundy und vielleicht auch Ichabod losziehen, um die Mundanier auszuspionieren.«

»Ich bin sicher, daß ihr gut spionieren werdet.« Die Königin senkte wieder den Blick. Ihre Höflichkeit war fast erschöpft.

»Auf Wiedersehen, Euer Majestät«, sagte Chamäleon.

Die Königin nickte. Dann verließen die Besucher die finstere Höhle.

Sie beschafften sich Vorräte, studierten die Karten, suchten sich eine vielversprechende Tagesstrecke aus und machten sich auf den Weg. Imbri galoppierte ihnen voran, denn es war schon bald Mittag, und sie wollte das Tagpferd nicht verpassen. Sie nahm Grundy mit, der mit allen Lebewesen reden konnte und doch nicht mit einem Menschen zu verwechseln war. Ichabod und Chamäleon kamen zu Fuß nach.

Der Baobab war ein monströser Baum, der hoch über den Dschungel ragte, so daß sein Wipfel schon von weitem deutlich zu erkennen war. Am seltsamsten war an dem Baum, daß er verkehrt herum wuchs. Sein Blattwerk bedeckte den Boden, während seine zottigen Wurzeln in die Luft emporragten. Um ihn herum wuchs nichts, weil der Baobab keine Einengung mochte und andere Pflanzen mit Hilfe von Abwehrzaubern fernhielt.

Imbri steckte die Nase ins Blattwerk. War das Tagpferd hier? Der Hengst hatte nicht gesagt, an welchem Tag er kommen wollte; vielleicht befand er sich heute auch woanders.

Der Golem gab einen windigen, wispernden Laut von sich. Der Baum erwiderte ihn, und Grundy meldete: »Bao meint, das Pferd wartet drinnen.«

Imbri stieß sich mit der Schnauze den Weg zu dem gewaltigen knolligen Stamm frei. Der wies einen Riß auf, durch den ein Pferd bequem hindurchschlüpfen konnte. Vorsichtig trat sie hindurch.

Das Innere des Baumes glich einer Kathedrale. Hoch ragte die Kuppel empor, während hölzerne Wände einen gewürfelten Parkettboden einfaßten. Von innen betrachtet sah der Baum so aus, als stünde er richtig herum. Doch das war vielleicht nur eine Illusion.

Da stand auch der prächtige, weiß schimmernde Hengst. Seine Mähne und sein Schweif waren von seidigem Silber, und seine Hufe leuchteten. Es war fast der schönste Anblick, dem sie je begegnet war.

»Na, *so etwas* nenne ich ein richtiges Pferd!« murmelte Grundy bewundernd. »Kein Fischschwanz, kein Einhorn-Horn, keine Schattenfärbung, keine Alpträume. Die Mundanier mögen ja nicht zu sonderlich viel nütze sein, aber von Pferdezucht verstehen sie was!«

Imbri konnte ihm nur beipflichten, trotz seiner abwertenden Bemerkungen über sie selbst.

Das Tagpferd wieherte kurz. »Er sagt, du sollst vortreten, damit er dich im Licht sehen kann, schwarze Mähre«, dolmetschte Grundy überflüssigerweise. Natürlich verstand Imbri Pferdisch! Sie trat vor. Zuvor hatte sie den Hengst nur flüchtig bei Tag gesehen, und nun zitterte sie wie ein junges Fohlen. Seine schiere Männlichkeit hatte eine kaum zu überschätzende Wirkung auf sie.

»Du bist schön wie die Nacht«, wieherte das Tagpferd.

»Du bist so stolz und prächtig wie der Tag«, erwiderte Imbri wiehernd. Ach, welch eine Freude, mit einem solchen Hengst zu tun zu haben!

»Es fällt mir ja unendlich schwer, dieses bewegende Gespräch unterbrechen zu müssen«, warf Grundy nicht ohne Schadenfreude ein, »aber du hast noch Geschäfte zu erledigen.«

Imbri seufzte. Der vermaledeite Golem hatte recht. Schnell projizierte sie einen Erklärungstraum, der dem Hengst zeigte, was sie von ihm wollte.

Er dachte nach. »Ich mag es nicht, mich wieder Mundaniern nähern zu sollen«, sagte er im Traum. »Sie könnten mich wieder einfangen.« Er stampfte nervös mit dem linken Fuß auf, so daß der Messingreif glitzerte. »Dann würde ich nie mehr entkommen.«

Imbri konnte ihn gut verstehen. Sobald er erst einmal gefangen war, würde er sich nicht einfach entmaterialisieren, wie Imbri es konnte, denn er war kein magisches Wesen. Wie die mundanischen Menschen auch, war er auf mundanische Mittel und Methoden beschränkt. Das war ja auch der schreckliche Fluch, der auf allen Mundaniern ruhte: *Sie konnten keine Magie ausüben.* Die meisten von ihnen glaubten nicht einmal an Magie, was wohl einen großen Teil ihres Problems ausmachen mochte. Zum Glück wurden ihre Kinder in Xanth sehr bald magisch, weshalb die mundanischen Eroberungen auch selten länger als eine Generation andauerten; danach hörten die Eindringlinge nämlich auf, Mundanier zu sein.

»Du brauchst dich ihnen ja auch gar nicht zu nähern«, meinte Grundy auf Pferdisch. »Du brauchst lediglich Ichabod nahe genug an sie herantragen, daß *er* sie betrachten kann. Er ist selbst Mundanier, aber ein zahmer, der Xanth treu ergeben ist und nicht mit ansehen will, wie es verwüstet wird. Dazu mag er die wilden Nymphen viel zu sehr.«

»Was macht er denn mit den Nymphen?« fragte Imbri neugierig.

»Meistens guckt er nur ihre Beine an«, erläuterte der Golem. »Er ist zu alt, um allzu schnell hinter ihnen her zu jagen. Ich bin mir auch nicht sicher, daß er überhaupt weiß, was er mit ihnen anfangen soll, wenn er tatsächlich mal eine von ihnen einfangen sollte. Aber er ist eben ein Träumer. War nicht persönlich gemeint, Mähre.« Nach und nach wurde Grundy etwas gesitteter, weil er Imbri besser kennenlernte.

Das Tagpferd schüttelte den Kopf und schabte unruhig mit den Hufen über den Boden. »Ich mag keine mundanischen Menschen. Ich kenne sie. Man kann ihnen nicht trauen.«

»He, stimmt ja!« rief Grundy. »Du bist ja mit ihnen zusammen hierher gekommen! Aus welcher Epoche und Region Mundanias stammen sie denn?«

»Epoche? Region?« Das Tagpferd wirkte verwirrt.

»Mundania besteht aus allen Epochen und Orten«, erklärte Grundy mit erzwungener Geduld. »Tausende von Jahren, und mehr Gebiete, als ganz Xanth umfaßt. Wir müssen in Erfahrung bringen, von wann und wo ihr kommt, damit Ichabod in seinen gammeligen Büchern nachschlagen kann, um festzustellen, wie wir die Männer am besten bekämpfen.«

»Davon verstehe ich nichts«, wieherte das Tagpferd. »Ich weiß nur, wie der Reitersmann mir eine Trense ins Maul geschoben, mir die Sporen gegeben und mich geritten hat.« Imbri wieherte voller Mitgefühl; *das* konnte sie gut nachempfinden!

»Du *mußt* es aber einfach wissen!« rief der Golem. »Wie kann man denn sein ganzes Leben unter Mundaniern verbringen, ohne gleichzeitig alles über sie zu erfahren?«

Der Hengst blickte ihn stumm und mit angelegten Ohren an.

Imbri begriff, was los war.

»Mundanische Tiere sind dumm, wie Chamäleon«, projizierte sie dem Golem in einem kleinen Privatraum. »Er hat wahrscheinlich nie etwas von der mundanischen Gesellschaft mitbekommen. Vermutlich hat man ihn in einen Stall gesteckt und allenfalls mal auf eine Weide gelassen.«

»Das wird's sein«, meinte der Golem irritiert. »Na, wenigstens kann er uns dann auch nicht an die Mundanier verraten, weil er unsere Mission auch nicht verstehen wird.«

Das brachte sie wieder zu ihrem Anliegen. »Irgendwie müssen wir dich davon überzeugen, daß du uns helfen mußt«, sagte Grundy zu dem Tagpferd. »Sonst überspült die mundanische Welle noch ganz Xanth. Dann kannst du nirgendwo mehr hin fliehen, denn die Mundanier werden alles unter Kontrolle haben.«

Das schüchterte das Wesen ein. »Das will ich aber nicht!«

»Natürlich könntest du dich leichter verstecken, wenn du deinen Messingreif abnehmen würdest«, riet der Golem.

»Nein, das kann ich nicht tun!« widersprach das Tagpferd.

»Warum denn nicht? Solange du ihn trägst, weiß der Reitersmann, daß du sein Pferd bist. Wenn du es aber abnimmst, dann hält er dich vielleicht für ein anderes Pferd, vor allem dann, wenn du dir dein Fell schwarz färben läßt.«

Das Tagpferd hatte zwar Schwierigkeiten, sich verständlich zu machen, und es vermochte auch nur sehr langsam zu sprechen, doch dafür klang es um so entschiedener. »Wenn ich den Reif abnehme und sie mich erwischen, dann werden sie wissen, daß ich ein Deserteur bin und mich abschlachten. Wenn ich ihn aber behalte, dann glauben sie vielleicht, ich habe mich nur verlaufen, und behandeln mich nicht ganz so schlecht.«

Grundy nickte. »Für deine Verhältnisse war das keine schlechte logische Leistung«, meinte er. Offenbar war der Hengst doch nicht ganz so dumm, wie sie geglaubt hatten. »Aber wenn du Ichabod auf dir reiten läßt und später von den Mundaniern gefangengenommen werden solltest, dann werden sie denken, daß wir dich eingefangen haben und du keine andere Wahl hattest. Und weil wir dich nicht freiließen, bist du auch nicht nach Mundania zurückgekehrt.«

Das Tagpferd dachte über das Gesagte nach. »Benutzt euer abtrünniger Mundanier Sporen?«

»Nein. Ichabod ist ein alter Mann, der wahrscheinlich in seinem ganzen Leben noch nie ein Pferd geritten hat. Einen Zentauren vielleicht, weil der Zentaurenarchivar Arnolde sein engster Freund ist, aber das ist ja nicht dasselbe. Du müßtest sehr vorsichtig vorangehen, um zu vermeiden, daß Ichabod abstürzt.«

Das Pferd verdaute diese Schilderung. Ichabod schien wirklich keine allzu große Bedrohung darzustellen. »Und auch keine Trense?«

»So was kennen wir in Xanth gar nicht. Hier tragen Lebewesen andere nur, wenn es ihnen paßt. Imbri hier läßt mich zum Beispiel auf ihr sitzen, weil sie weiß, daß ich allein nicht so schnell vorankomme wie sie. Sie hat ja auch keine Trense im Maul, nicht wahr?«

Endlich ließ sich das Tagpferd überreden, Ichabod zu tragen, allerdings unter der Bedingung, daß es zwischen ihm und den Mundaniern zu keinem direkten Kontakt kommen sollte. »Ich will nicht einmal einen von denen *sehen*«, beharrte es. »Wenn ich sie nämlich sehe, können die mich vielleicht auch sehen, und wenn sie mich gesehen haben, werden sie mich jagen und wieder einfangen.«

»Aber du könntest ihnen doch einfach davonlaufen!« wandte Grundy ein.

»Dann würden sie mit Pfeilen nach mir schießen. Darum will ich ihnen gar nicht erst zu nahe kommen.«

»Das klingt vernünftig«, gab der Golem zu.

Sie verließen den Baum, fingen den Archivar und Chamäleon ab und machten sich auf den Weg nach Norden. Ichabod hatte tatsächlich Mühe, sich auf dem Pferderücken zu halten, und er mußte sich ständig an der Mähne des Hengstes festklammern, um nicht abzurutschen. Doch nach und nach gewöhnte er sich daran und entspannte sich, genau wie das Pferd. Ohne Trense und Zügel war die Sache nur halb so schlimm, und schon bald konnten sie einiges an Tempo zulegen.

Imbri stellte fest, daß sie auf den Hengst, der sich als ausdauernder Läufer herausstellte, auf zweierlei Weise reagierte. Einerseits gefiel ihr sein Körper sehr, doch von seinem trägen Verstand fühlte sie sich etwas abgestoßen. Und doch, so erinnerte sie sich selbst, mochte sie Chamäleon ja auch trotz ihrer Dummheit. Na ja, vielleicht lag das aber auch daran, daß Chamäleon kein potentieller Paarungspartner war.

Genau – das war's! Die Anwesenheit eines prächtigen Hengstes bedeutete unweigerlich Paarung, wenn Imbri in die Hitze kam. Jetzt, als sterbliches Tier, unterlag sie auch solchen Zyklen. Sie würde eines Tages altern und sterben, und wenn sie kein Fohlen warf, würde niemand da sein, um ihre Arbeit fortzusetzen und ihren Anspruch auf das Mondmeer wahrzunehmen. Stoffliche Wesen mußten sich nun einmal paaren, um ihre Position zu halten, und sie selbst würde dasselbe tun, wenn sich Gelegenheit dazu bot. Das war kein Zwang – sie wollte es selbst so.

Doch sie wollte auch ein gutaussehendes und kluges Fohlen haben. Der Hengst sah zwar gut aus, war aber nicht klug. Das würde für das Fohlen nur den halben Kuchen bedeuten. Andererseits war das Tagpferd wahrscheinlich ihr einziger verfügbarer Paarungspartner in ganz Xanth, es sei denn, sie suchte die geflügelten Pferde im Gebirge auf. Doch sie hatte gehört, daß die sich nur selten dazu herabließen, sich mit irdischen Pferden abzugeben. Das ließ ihr nicht allzu viele Wahlmöglichkeiten und machte ihr die Entscheidung schwer.

Doch gab es da überhaupt so etwas wie eine Entscheidung? Wenn eine Mähre hitzig wurde – und das war eine Angelegenheit, die sich ihrer bewußten Kontrolle entzog, wenn sie stofflich war –, dann würde sich jeder gerade anwesende Hengst mit ihr paaren. Da hatte die Natur dem freien Willen keinen Platz eingeräumt, vielleicht sogar glücklicherweise. Bei Menschen war das anders; die konnten sich jederzeit paaren, und weil ihr Charakter so kompliziert und unterschiedlich war, geschah es oft, daß sie dies zur falschen Zeit oder mit dem falschen Partner oder sogar überhaupt nicht taten. Das mochte wohl auch erklären, weshalb Pferde soviel kräftiger und schöner waren als Menschen. Andererseits waren die Menschen in der Regel dafür intelligenter, wahrscheinlich weil ein Mann schon ziemlich gerissen und klug sein mußte, um eine schwierige Frau auszutricksen und einzufangen, oder weil es einer klugen Frau bedurfte, sich den besten Mann auszusuchen, um ihm die Last einer Familie aufzubürden. Das hatte die mitternächtliche Szene auf dem Friedhof deutlich gezeigt! Prinz Dor hatte sich mit Sicherheit nur deshalb so unschuldig gestellt, damit er nicht zu heiraten brauchte, doch diesmal war er ausmanövriert worden. Und wenn es Imbri nicht gelang, ihr eigenes Paarungsverhalten unter Kontrolle zu bringen, dann würde sie ein dummes Fohlen bekommen. Zum Glück war es erst in ein paar Wochen soweit, so daß sie noch etwas Zeit hatte.

Schon bald erreichten sie die große Spalte, die das nördliche vom südlichen Xanth trennte und umgekehrt. Nur wenige Bewohner Xanths wußten von ihr, weil auf ihr ein Vergessenszauber ruhte; nicht einmal auf Karten von Xanth war sie oft zu finden. Da sie jedoch im Auftrag des Königs unterwegs waren, hatten sie Zugang zu der unsichtbaren Brücke, die über die Spalte führte.

Die meisten Leute vergaßen die Brücke gleich zusammen mit der Spalte, doch wer sie zu finden wußte, der konnte sie auch benutzen. Als Nachtmähre spürte Imbri natürlich nur wenig von dem Vergessenszauber, deshalb hatte sie auch keine Schwierigkeiten mit der Orientierung.

Nur das Tagpferd zögerte. »Ich kann keine Brücke sehen«, wieherte es.

»Die kann keiner sehen«, projizierte Imbri.

»Ist schon in Ordnung, Tagpferd«, meinte Ichabod beruhigend. »Ich bin schon oft über diese Brücke geschritten. Ich weiß ja, daß sich die Magie für Mundanier wie dich und mich völlig unglaublich anhört, aber hier in Xanth ist sie so verläßlich wie die Technik in unserer Welt. Ich fürchte mich nicht vor einer Überquerung.«

Dadurch ermutigt und mittlerweile sehr wohl wissend, daß Ichabod ein zwar harmloser, aber alles andere als dummer Mundanier war, wagte das Tagpferd, Imbri in das scheinbare Nichts über der Spalte zu folgen.

»Keine Bange!« rief Grundy ihm zu. »Du kannst überhaupt nicht abstürzen. Die Brücke hat auf beiden Seiten ein Geländer. Außer in der Mitte, wo irgend so eine blöde Harpyie es im Flug weggefetzt hat.«

Entsetzt kam der Hengst stolpernd zum Stehen, denn er hatte sich gerade dem mittleren Brückenabschnitt genähert. Der Golem lachte.

»Ach, das stimmt überhaupt nicht!« projizierte Imbri sofort. »Hör nicht auf den Golem, der hat wirklich einen widerwärtigen Humor!«

Das Tagpferd gewann sein Gleichgewicht wieder und funkelte Grundy mit böse glitzernden Augen und angelegten Ohren an. Es ließ einen Pferdeapfel auf die Brücke fallen, um damit kundzutun, was es von der Sache hielt. Wieder einmal hatte Grundy sich unnötigerweise einen Feind gemacht. Das war eines seiner Talente.

Ohne weitere Vorkommnisse gelangten sie auf die andere Seite und trabten gen Norden weiter. Sie hatten noch eine große Strecke vor sich und würden die mundanischen Linien an diesem Tag nicht mehr erreichen.

Jetzt wurde das Gelände immer rauher, weil sie querfeldein reisten. Im nördlichen Teil Xanths gab es weniger Menschensiedlungen als im Süden, weshalb es auch weniger Menschenpfade gab. Es gab zwar einen guten Pfad zum Norddorf, wo Chamäleons Mann Bink aufgewachsen war, doch sie wollten allen Siedlungen möglichst aus dem Weg gehen, um ihre Mission geheimzuhalten. Die Mundanier hatten mit Sicherheit Spione in die unmittelbare Umgebung der verschiedenen Dörfer geschickt, warnte Ichabod. Deshalb umgingen sie das Norddorf in östlicher Richtung und durchquerten den Urwald, der zwischen ihm und der riesigen mittleren Region der Luft in der Mitte des nördlichen Xanths lag.

Aus Dschungel wurde Wald, der mit Immerblau, Immergelb und Immergrün durchsetzt war, um schließlich Gestrüpp zu weichen. Wie um dies auszugleichen, wurde dafür der Boden um so rauher. So mußten sie ihr Tempo verlangsamen, gaben ihren Trott auf, um in Schritt zu verfallen, und auch dies wurde immer beschwerlicher. Beide Pferde glänzten vor Schweiß und stießen heißen, dampfenden Atem aus. Chamäleon und Ichabod, die eine solch lange Reise nicht gewöhnt waren, waren nun müde und wundgeritten, und selbst der gräßlich freche Golem saß stumm vor Chamäleon und klammerte sich an Imbris Mähne fest. Das Problem beim Reisen war, daß es einen ziemlich mitnahm.

Darüber hinaus war es auch eine ziemlich hungrige Angelegenheit. Pferde mußten nun einmal eine Menge Nahrung zu sich nehmen, und es war sehr schwer, während des Trabens auch noch zu grasen. So mußten sie wohl erst abwarten, bis das nächste brauchbare Feld und eine Quelle in Reichweite waren. Doch hier gab es so etwas nicht: das Land war ziemlich unfruchtbar, und es gab weder Quellen noch Flüsse.

»Vielleicht sollten wir ein Stück westwärts in Richtung Norddorf gehen«, meinte der Golem. »Da ist das Land wesentlich besser.«

»Aber das würde uns erstens aufhalten und zweitens möglicherweise unsere Mission preisgeben«, wandte Ichabod ein. »Es muß noch eine bessere Alternative geben.«

Imbri überlegte. »Es gibt hier ein paar weitverstreute Seen in dieser Gegend, die sich auch inmitten üppiger Vegetation befinden, aber ich weiß nicht mehr so genau wo; ich bin nur selten hier gewesen. Doch die ortsansässigen Pflanzen und Tiere müßten es wissen.« Sie schüttelte ihre Mähne und weckte den Golem auf, der anscheinend tatsächlich die Unschicklichkeit begangen hatte, während ihrer Rede einzunicken.

»Häh?« machte Grundy. »Ach so, klar, kann ich machen.« Er begann damit die Sträucher zu befragen, an denen sie vorbeikamen. Bald darauf hatte er eine Fruchtfliege ausfindig gemacht, die an einem See im Norden ausgesät worden war. »Aber die Fliege meint: Vorsicht vor der Sphinx«, meldete der Golem. »Die Sphinx hat gerade einen Sonnenbrand und ist diese Woche ziemlich gereizt und launisch.«

»Vorsicht vor der Sphinx?« wiederholte Chamäleon. »Ich dachte, wir sollten uns vor dem Reitersmann hüten?«

»Das ist ein guter Rat!« wieherte das Tagpferd. »Wie oft habe ich die Sporen dieses Ungeheuers zu spüren bekommen!«

»Du meinst, wie bei Imbris Flanken?« fragte der Golem. »Ich kann es kaum glauben, daß jemand ein Interesse daran hat, einem lebendigen Pferd Löcher ins Fell zu bohren. Was ist dieser Reitersmann denn nur für ein Ungeheuer?«

Das Tagpferd mochte Grundy zwar nicht, doch diese Frage besänftigte es etwas. »Ein Menschenungeheuer.«

»Sporen sind wirklich unvertretbar grausam«, warf Ichabod ein. »Ein normales Pferd wird für seinen Reiter auch so das Beste leisten. Sporen ersetzen ehrlichen Ansporn nur durch Schmerz, und zwar zum Nachteil des Tieres.«

Das Tagpferd nickte. Anscheinend gefiel ihm der Archivar jetzt schon besser. Es hatte immer etwas Anziehendes, wenn der eigenen Meinung von einem anderen auf wohlformulierte Weise auch noch Nachdruck verliehen wurde.

Auch Imbri pflichtete ihm herzhaft bei. »Und die Trense ist fast genau so schlimm«, fügte sie hinzu.

»Ich sehe gar keine Narben auf deinen Flanken«, meinte Grundy zu dem Tagpferd.

»Ich habe schon vor langem gelernt, zu gehorchen, ohne zu fragen«, erwiderte der Hengst. »Er hat schon eine ganze Weile die Sporen nicht mehr benutzt. Die Narben sind inzwischen so verblaßt, daß man sie kaum noch sehen kann. Doch wenn er mich jetzt einfinge, nachdem ich ihm davongelaufen bin, dann wäre es entsetzlich. Dann wäre mein ganzes Fell schon bald blutig.«

Imbri stellte sich leuchtendes rotes Blut auf dem hellen weißen Fell vor und zuckte zusammen. Welch eine entsetzliche Vorstellung!

»Bestimmt.« Ichabod nickte. »Was seine Behandlung von Tieren angeht, so hat der Mensch nur eine ziemlich klägliche Geschichte aufzuweisen. In Xanth ist das nicht so schlimm, weil die Tiere sich viel besser schützen und verteidigen können.«

»Drachen, ja!« stimmte der Golem ihm zu. »Und Ameisenlöwen und Basilisken und Harpyien.«

Sie erklommen gerade einen steilen, kahlen Hügel, der ihnen den Weg nach Norden versperrte. Aber da im Osten und Westen nur fleischfressende Lianen und Nesseln zu sehen waren, erschien ihnen dies als die beste Route. Doch plötzlich explodierte die kahle, rötliche Böschung zu einem Rutenbündel. Chamäleon stieß einen Schrei aus. Beide Pferde bäumten sich erschreckt auf und wichen zur Seite aus.

»Das sind Luftschlangen!« rief Grundy. »Wehrt sie ab! Ich kenne diese Sorte – die sind hinterhältig und unvernünftig, und manche von ihnen sind auch giftig. Es hat keinen Zweck, mit ihnen zu diskutieren. Das einzige, was die respektieren, ist ein Schlag auf die Nase.«

Chamäleon und Ichabod trugen Stäbe, die sie sich in einem Generalstabswald abgepflückt hatten, um damit Schlingpflanzen und ähnliche Bedrohungen abzuwehren. Nun hieben sie damit auf die durch die Luft sausenden Schlangen ein, die sie mit aufgesperrten Mäulern angriffen. Die Schlangen waren zwar nicht besonders groß, aber manche von ihnen konnten giftig sein, wie Grundy berichtet hatte. Imbri wich ihnen so gut aus, wie sie nur konnte, was ihr bei einer grünen und roten Luftschlange auch gelang, nicht jedoch bei einer gelben, die sich bis zu der Mähre durchkämpfte und sie ins Knie biß. Sie neigte den Kopf vor und riß die Schlange mit den Zähnen ab, doch der Biß tat sehr weh. Mit so etwas hatte sie sich als richtige Nachtmähre nicht abzugeben brauchen!

Einige Augenblicke herzhaften Galopps brachten sie bald aus der Reichweite der Schlangen, die nicht sonderlich schnell fliegen konnten. Dann machten sie sich wieder an den Aufstieg.

»Seltsam, daß sowohl der Nachthengst als auch der Gute Magier dieselbe Warnung ausgesprochen haben«, meinte Ichabod. Es gehörte zu seinen lästigen Angewohnheiten, laut vor sich hin zu denken. Er sprach ziemlich viel über abstruse Aspekte bestimmter Situationen und auch mit Vorliebe über langweilige Leute. »Da der Reitersmann offensichtlich ein Feind ist und möglicherweise sogar ein Anführer der eindringenden Mundanier, sollten treue Bürger Xanths ihn ohnehin meiden. Warum also eine Prophezeiung auf das Offensichtliche verschwenden?«

»Na, ich bin ihm jedenfalls trotzdem zwischen die Finger gekommen«, gestand Imbri. »Ich habe die Warnung ja selbst überbracht, und doch habe ich den Reitersmann nicht erkannt, als ich ihm begegnet bin.«

Mit einer letzten Anstrengung bezwangen sie schließlich den Berg. Nun sahen sie unter sich das Land Xanth, das sich wie eine ausreichende, wenn auch vielleicht nicht allzu prunkvolle Rüstung ausbreitete, wie die Kleidung eines ungepflegten Riesen. Weit im Süden war die Ritze der Spaltenschlucht noch gerade auszumachen, während im Westen eine dünne Rauchfahne von den Herdfeuern des Norddorfs aufstieg; im Norden ...

»Ein See!« rief Ichabod erfreut. »Von sattem Grün umgeben, was mit Sicherheit darauf hinweisen dürfte, daß es dort geeignete Nahrung sowohl für Pferde als auch für Nichtpferde geben dürfte. Dort werden wir unser Nachtlager aufschlagen!«

So schien es. »Aber dazwischen liegt eine Unmenge verwirrender Bodenwellen und -riffeln«, warnte Grundy.

»Ich kann trotzdem in gerader Linie traben«, meinte Imbri. »Ich bin es gewohnt, unabhängig von den Sichtverhältnissen einen geraden Kurs zu halten, sofern ich nur weiß, wohin es geht.«

»Na gut«, brummte der Golem.

Imbri führte sie an und machte sich an den Abstieg – als sie plötzlich stolperte. Sie stürzte kopfunter den Abhang hinunter, und Grundy und Chamäleon wurden abgeworfen. Hilflos rollten sie in die Tiefe, bis sie sich in einer Senke am Fuße des Hügels wiederfanden.

Grundy rappelte sich auf und klopfte sich roten Staub und Grasstücke vom Leib. »Was ist denn passiert, Pferdeschnauze?« fragte er knurrig. »Voll reingetappt?«

»Mein Knie hat nachgegeben«, projizierte Imbri peinlich berührt. »Das ist mir noch nie passiert.«

Chamäleon richtete sich auf. Selbst schmutzig und zerzaust sah sie noch wunderschön aus. Es stimmte nicht unbedingt, daß Frauen mit wachsendem Alter häßlich wurden; sie war die beeindruckende Ausnahme.

»Ist es verletzt?« fragte sie.

Imbri rollte herum, stellte die Vorderhufe auf und wollte sich nach Pferdeart mit dem Vorderteil zuerst aufrichten. Doch sie sackte sofort wieder zusammen. Ihr Kniegelenk wollte ihr Gewicht nicht mehr tragen.

Chamäleon musterte das Knie, als würde sie die Schramme eines Kindes begutachten. Sie war nicht besonders klug, aber was hier gefordert war, das war weniger Intelligenz als mütterliche Besorgtheit. »Du bist gebissen worden!« rief sie. »Es ist ja ganz geschwollen!«

Da kam das Tagpferd an. Vorsichtig war es den Hang hinabgestiegen.

»Gebissen?« wieherte es.

»Dann waren diese Schlangen also doch giftig!« sagte Grundy. »Warum hast du uns nicht gesagt, daß dich eine von denen erwischt hat? Wir hätten sie gefangennehmen und verhören können, um ein Gegenmittel zu erfahren.«

»Pferde klagen nicht«, meinte Imbri. Sie war noch nie zuvor gebissen worden und hatte die Folgen nicht richtig eingeschätzt.

»Dann trage ich alle anderen«, schlug das Tagpferd vor. »Das schaffe ich schon.«

Nach kurzer Beratschlagung willigten sie ein. Der Hengst war zwar müde und verschwitzt, aber immer noch unversehrt und kräftig; er konnte die Last aushalten. Chamäleon und Grundy stiegen bei ihm auf und leisteten Ichabod Gesellschaft, während Imbri sich mühsam mit Hilfe ihres heilen rechten Beins aufrichtete.

Ihr linkes Bein blieb taub, und so erschien es ihr besser, es eingeknickt zu halten und auf den anderen drei weiterzuhüpfen. Auf diese Weise konnte sie wenigstens gehen, wenn auch nur in abgehacktem Rhythmus und langsam.

»Vielleicht könnten wir eine Schiene basteln«, meinte Ichabod. »Damit dein Knie gerade bleibt und du das Bein wenigstens belasten kannst.«

Das war eine gute Idee. Sie suchten die Umgebung ab, bis sie schließlich einen Vorsprung fanden, aus dem mehrere recht kräftige Pfähle wuchsen. Ichabod stieg ab und zerrte an einem der Pfähle, doch trotz größter Anstrengung zappelte der nur wie wild, blieb aber im Erdreich verwurzelt.

»Schneid ihn lieber ab«, schlug Grundy vor.

Chamäleon hatte ein gutes Messer dabei. Imbri hatte zwar keine Vorstellung, wo sie es aufbewahrt hatte, denn es war nichts davon zu sehen gewesen, aber immerhin wies dies darauf hin, daß die Frau nicht gänzlich hilflos war. Sie kauerte sich vor den Pfahl und machte sich daran, mit der Klinge hineinzusägen.

Da begann der Boden plötzlich zu erzittern, und ein Grollen und Rumpeln erscholl. Chamäleon hielt inne und schielte zu den anderen empor.

»Ein Rumpeln hat nichts weiter zu bedeuten«, meinte Grundy. »Nur, daß man eben möglichst schnell abhauen sollte, bevor ein Erdbeben auf den Gedanken kommt, einem einen Besuch abzustatten.«

»Erdbeben kommen nicht auf Gedanken«, protestierte Ichabod. »Das sind unbelebte Naturphänomene – nichts als die Entladung von Spannungen zwischen oder innerhalb von verschiedenen Gesteinsschichten.«

Ein erneutes Rumpeln – diesmal schon näher und heftiger. »Nicht in Xanth!« widersprach der Golem. »Hier besitzt das Unbelebte eine reichlich eigenwillige Qualität, wie man ja auch sieht, wenn König Dor mit ihm spricht. Alles hat hier seine eigene Persönlichkeit, sogar ein Beben.«

Der Archivar hatte während des zweiten Erdstoßes umherhüpfen müssen, um auf den Beinen zu bleiben. »Da mag was dran sein«, murmelte er nervös.

Chamäleon fuhr fort, an dem Pfahl zu sägen. Ihre Klinge war zwar sehr scharf, doch der Pfahl war dafür auch recht zäh, und so kam sie nur schleppend voran. Da erschien plötzlich eine Wunde, aus der eine dickliche rote Flüssigkeit hervorströmte.

»Ich frage mich, was das wohl für eine Pflanze ist?« warf Grundy ein. Er versuchte es mit einigen Geräuschen, schüttelte dann aber den Kopf. »Gibt mir keine Antwort.«

»Vielleicht können wir den Pfahl jetzt abbrechen«, fragte Ichabod, dem immer ungemütlicher dabei wurde. Er riß noch heftiger an dem Pfahl und drehte gleichzeitig daran.

Plötzlich hob sich die ganze waagerechte Reihe von Pfählen. Im Boden unter ihnen tat sich ein Schlitz auf und offenbarte eine feuchte, glasige Oberfläche, die von weißen, braunen und schwarzen Streifen durchkreuzt wurde. Für eine polierte Gesteinsformation war es sehr hübsch.

»Das ist ja ein Auge!« rief Grundy.

Ichabod, der sich an dem Pfahl festhielt, starrte entsetzt in den monströsen Augapfel. »Und woran hänge ich dann?«

»An einer Wimper«, meinte der Golem. »Ich hätte es merken müssen. Es lebt zwar, ist aber keine Pflanze. Ich habe also versucht, mich mit der Augenwimper eines Tieres zu unterhalten. Kein Wunder, daß ich keine Antwort erhielt, Wimpern geben einem nun mal keine.«

Ichabod ließ sich auf das untere Augenlid fallen. Dabei rammte er mit einem Fuß aus Versehen das Auge. Das Auge zuckte zusammen, und das obere Lid stieß wie ein Falltor herab. Der Archivar zerrte seinen Fuß frei und kletterte davon.

»Steigt auf!« rief Grundy. »Nichts wie weg hier!«

Zu dritt krabbelten sie hastig auf das Tagpferd, das sich sofort davonmachte. Imbri folgte ihnen hinkend.

Plötzlich begriff die Mähre, was geschehen war: »Die Sphinx!« sendete sie. »Das war die Sphinx!«

»Und man hat uns vor ihr auch noch gewarnt«, stimmte der Golem ihr zu. »Und wie gewöhnlich, tappen wir natürlich direkt in die Falle, ohne das Geringste zu merken!«

Wieder bebte der Boden unter ihnen und bäumte sich auf. Das monströse Gesicht der Sphinx sperrte sein Maul auf. Ein gewaltiges Gebrüll ließ die Luft wie durch einen Wirbelsturm erzittern.

»Gebrüll mit Gefühl!« rief Grundy.

»Ach, herrje!« stöhnte Ichabod. »Es ist jetzt wirklich nicht die Zeit für idiotische Wortspiele und Kalauer!«

»Xanth ist zum größten Teil auf Kalauern aufgebaut«, entgegnete der Golem. »Hier muß man aufpassen, wohin man seinen Fuß setzt, sonst rutscht man noch auf den Kalauern aus, die einem ständig auflauern.«

»Oder auf was auch immer«, murmelte Chamäleon, als sie hinter sich ein paar am Boden liegende Pferdeäpfel erblickte.

Inzwischen galoppierte der Hengst von der sich dehnenden Wange des Ungeheuers hinunter auf seine Schulter. Die gewaltige Sphinx lehnte sich mit emporgerecktem Gesicht zurück, so daß der Abhang keineswegs senkrecht war. Der rosa Hügel, den sie emporgeklettert waren, war der sonnenverbrannte Kopf des Ungeheuers gewesen. Jeder Huftritt mußte das Geschöpf gequält haben, doch es hatte erst richtig reagiert, nachdem sie seine Augenwimpern angegriffen hatten.

»Imbri!« rief Chamäleon zurück, als sie plötzlich merkte, daß die Mähre nicht mehr mitkam.

»Lauft weiter!« projizierte Imbri. »Ich komme schon nach!«

Doch auf drei Beinen konnte sie nicht gut folgen, zumal das Gesicht der Sphinx zitterte und bebte. Sie verlor ihren Halt und rollte auf das Maul zu, das gerade einen Windstoß Atemluft einsog. Verzweifelt kletterte sie davon und konnte ihm gerade noch rechtzeitig entgehen – doch dann rollte sie hilflos in die falsche Richtung die Wange hinab. Nun lag das Maul zwischen ihr und ihren Freunden. Da blieb sie vor einem weiteren Vorsprung liegen. Es war ein großes, geschwungenes Ohr. Dahinter senkte sich das Gesicht ungemütlich tief in den zerspringenden und bebenden Boden hinab.

Imbri beschloß, zu bleiben, wo sie war. Immerhin konnte das Ohr sie nicht auffressen.

Aber was war mit ihren Freunden? *Die* würden noch erwischt und zermalmt werden, denn sie befanden sich auf der gefährlichen Seite des Gesichts!

Da hatte sie eine Idee. Sie pumpte die Kraft ihrer Traumprojektion auf maximale Stärke hoch und schickte der Sphinx eine Vision von absoluter Ruhe, von Frieden und Zufriedenheit. In diesem Bereich war Imbri nicht gerade Expertin, denn sie hatte ja immer nur Alpträume abgeliefert, aber inzwischen nannte sie eine halbe Seele ihr eigen, und das war eine sanfte Seele, die ihr nun auch dabei half, einen sanften Traum zu fabrizieren.

Langsam beruhigte sich die gereizte Sphinx und gab dem Traum von sanften, sonnigen Weiden mit spielenden kleinen Sphinxchen nach.

Kühlende Nebelschwaden umschmeichelten ihren von der Sonne verbrannten Kopf. Dann schlossen sich die Augen, und das Rumpeln ließ nach.

Vorsichtig verließ Imbri die Höhlung des Ohrs und humpelte die riesige Wange zurück, auf den wirklichen Boden zu. Doch ihre Hufe schmerzten die sonnenverbrannte Haut, so daß das Ungeheuer erneut zu erwachen begann. Hastig zog Imbri sich wieder in das schützende Ohr zurück.

Da es ihr unmöglich war, während des Tages zu fliehen, beschloß Imbri, selbst ein Nickerchen zu halten. Sie hielt die Sphinx ruhig, indem sie ihr einen weichen, schönen Traum schickte, der gerade ausreichte, das Wesen wieder einschlafen zu lassen, als es ans Aufwachen dachte. Zum Glück schliefen Sphinxe sehr gern. Deshalb sah man sie auch nur selten durch Xanth wandern. Es gab eine Legende, die von einer Sphinx handelte, die sich nach Mundania zurückgezogen hatte, um dort einen ruhigen Ort aufzusuchen, wo sie ein paar Jahrtausende schlafen wollte. Die unwissenden Eingeborenen aber hielten sie für eine Statue und schlugen ihr die Nase ab. Das würde einen entsetzlichen Krach geben, wenn das Ungeheuer einmal erwachte und es bemerkte ...

Für die hiesige Sphinx war es inzwischen ein leichtes wieder einzuschlafen, solange niemand auf ihrem Gesicht herumtrampelte oder ihr die Nase absprengte. Das war auch ganz gut so, wenn man die Lage bedachte, in der Imbris Gruppe sich befand.

Als sie erwachte, war es dunkel. Jetzt konnte sie sich wieder frei bewegen. Ihr gebissenes Bein brauchte kein Gewicht abzustützen, so daß sie sich mühelos entmaterialisieren konnte. Sie erhob sich und galoppierte durch den Kopf der Sphinx, wo noch immer süße Träume umherschwirrten und ihre Hufe mit Zucker und Honig überzogen. Sie kam am anderen Ohr heraus und bewegte sich gen Norden auf den See zu. Schon bald hatte sie ihn entdeckt – wie auch das Lager der anderen.

Chamäleon erspähte sie als erste.

»Mähre Imbrium!« rief sie freudig.

»Du bist also entkommen!« Sie umarmte Imbri heftig, und die Mähre nahm zur Feier feste Gestalt an.

»Sie wollte, daß wir umkehren, um dich zu suchen«, sagte Grundy, »aber wir haben ihr abgeraten. Alles, was wir wahrscheinlich erreicht hätten, wäre gewesen, daß wir uns selbst in Schwierigkeiten gebracht und deine Lage womöglich noch verschlimmert hätten.«

»Mein Sohn, der König, hat mir aufgetragen, auf den Golem zu hören«, sagte Chamäleon reumütig, und ihr Gesichtsausdruck machte aus ihrem Mißfallen keinen Hehl.

»Das war auch das Beste«, stimmte Imbri dem Golem in einem Träumchen für alle zu. »Ich habe mich im Ohr der Sphinx versteckt, bis es dunkel wurde, dann habe ich mich entmaterialisiert.«

»Deinem Bein scheint es ja besser zu gehen«, bemerkte Ichabod.

»Nein, aber es geht ihm auch nicht schlechter. Vielleicht hat sich das bis morgen früh geändert.«

So legten sich die anderen schlafen, während die beiden Pferde die Nacht mit Grasen und Schlummern verbrachten.

Am nächsten Morgen erwachten sie ausgeruht und erfrischt, und auch Imbris Bein war so gut wie verheilt. Chamäleon entkleidete sich, um sich im seichten Ufergewässer des Sees zu waschen. Ichabod drehte ihr schamhaft den Rücken zu, doch Grundy starrte sie ungehemmt an. »Manchen Leuten bekommt das Alter wohl ganz gut«, meinte er. »Aber ihr solltet sie mal in ihrer anderen Phase sehen!«

»Das habe ich«, erwiderte Ichabod steif. »Sie besitzt den bemerkenswertesten, schärfsten Verstand, der mir je begegnet ist.«

»Und dazu das Aussehen der häßlichsten Schreckschraube«, warf der Golem feixend ein.

»Sie manifestiert lediglich die Eigenschaften aller Frauen, wenn auch auf weniger mehrdeutige Weise. Alle beginnen sie lieblich und unschuldig und enden häßlich und schlau.«

»Schätze, deswegen guckst du dir wohl auch so gerne Nymphen an«, erwiderte Grundy. »Die haben keinen Verstand, deshalb kann der dich auch nicht vom Wesentlichen ablenken.«

»Ich gucke aber gar nicht aufs Wesentliche!« protestierte Ichabod. »Ich schaue mir nur ihre Beine an.«

»Warum schaust du dir dann nicht Chamäleons Beine an? Die sind auch nicht schlechter und ein gutes Teil besser als die meisten anderen.«

»Chamäleon ist ein Mensch und eine gute Freundin«, sagte der Archivar in strengem Ton.

»Och, der macht das aber nichts.« Der Golem genoß es, den Mann mit seinen Sticheleien zu ärgern. »He, Puppe, hast du was dagegen, wenn Ichabod zuguckt?«

»Still!« zischte Ichabod und errötete.

»Aber nein«, rief Chamäleon, »ich bin doch unter Wasser.«

»Sie war die ganze Zeit unter Wasser!« sagte Ichabod, als er merkte, was gespielt wurde, weil der Golem sich lachend am Boden wälzte. »Es gab überhaupt nichts zu sehen!«

Am anderen Ende des Sees bewegte sich etwas. Dort schien es direkt unterhalb der Wasseroberfläche eine Höhle zu geben. Nun erschienen einige Köpfe.

»Tritonen!« sagte Grundy. »Weg vom Ufer! Die können ziemlich bösartig sein.«

Tatsächlich kamen die Meermänner auch schon mit erhobenen Dreizacken auf sie zu. Chamäleon wollte erst aus dem Wasser steigen, doch dann erinnerte sie sich ihrer Nacktheit und senkte ihren Oberkörper wieder, da sie nicht klug genug war, um zu erkennen, daß ihre Schamhaftigkeit tödlich enden konnte. Imbri jagte herbei, um sie zu beschützen, und auch das Tagpferd gesellte sich zu der Gruppe an Land.

Die Tritonen hielten gerade außerhalb der Trittreichweite der beiden Pferde an. »Ho! Was für einen Unfug soll das geben?« rief einer von ihnen. »Seid ihr gekommen, um unser Wasser schlammig zu machen?« Drohend richtete er seinen Dreizack auf sie.

Imbri sendete einen friedvollen kleinen Traum aus. Mit der Zeit bekam sie darin Übung. »Wir wollen nur vorbeiziehen, wir führen nichts Böses im Schilde«, sagte ihre Traumgestalt einer schwarzen Meerjungfrau. »Wir wußten nicht, daß dieser See von euresgleichen bewohnt wird.«

Nun musterte der Triton Chamäleon, deren Oberkörper er kurz erspäht hatte, als sie an Land hatte gehen wollen. »Die da muß Nymphenblut haben«, bemerkte er bewundernd.

Doch inzwischen waren mehrere Meerjungfrauen den Tritonen gefolgt. »Das ist eine Menschenfrau!« sagte eine von ihnen. »Laßt sie in Ruhe.«

Der Triton zog eine Grimasse. »Diese Leute hier sind wohl in Ordnung. Sie haben das Gelände nicht mit Müll verdreckt.«

»Sagt mal«, warf Grundy ein, als die Spannung nachzulassen begann, »kennt ihr eigentlich die Sirene? Die hat sich doch vor einigen Jahren irgendwo hier in der Nähe in einem See niedergelassen.«

»Die Halb-Meerjungfer? Klar, die kommt ab und zu mal hier vorbei. Sie kann ihren Schwanz in zwei Beine teilen, so daß sie auch über Land reisen kann, wenn es zwischen zwei Seen keine Wasserverbindung gibt. Sie hat Morris geheiratet, und sie haben einen Mischlingsjungen, genau wie sie, der teilweise menschlich ist aber sonst ganz in Ordnung. Nette Leute.«

»Ich kenne die Sirene von früher«, meinte Grundy. »Und auch ihre Schwester, die Gorgone, die den Guten Magier Humfrey geheiratet hat.« Er entspannte sich als er merkte, daß die Tritonen das gleiche taten. »Wo ist die Sirene jetzt? Vielleicht könnten wir sie mal besuchen.«

»Die leben am Wasserflügel«, meinte eine der Meerjungfrauen. »Ich glaube nicht, daß ihr dort sicher hingelangen würdet. Ihr müßtet entweder schwimmen oder die Region des Feuers durchqueren.«

Der Golem zuckte mit den Schultern. »Dann kommen wir von hier aus also nicht zu ihr. Na ja, wäre ganz nett gewesen.«

»Wißt ihr von irgendwelchen besonderen Gefahren im Norden?« fragte Imbri in einem weiteren Träumchen.

»An Land sind Drachen, im Wasser gibt es Flußungeheuer, in der Luft menschenfressende Vögel – eben das übliche Gedöns«, meinte der Triton achtlos. »Wenn ihr an der Sphinx vorbeigekommen seid, werdet ihr den Rest wahrscheinlich auch schaffen.«

»Danke. Wir werden versuchen, ihnen aus dem Weg zu gehen.«

Nachdem Chamäleon sich wieder angekleidet hatte, machten sie sich wieder auf den Weg nach Norden. Imbri hatte keine Kniebeschwerden mehr; das Schlangengift hatte sich aufgelöst, ohne bleibenden Schaden zu hinterlassen, und so trug sie wieder die Frau und den Golem.

Sie blieben wachsam und gingen Drachen, Flußungeheuern und Raubvögeln aus dem Weg, und am Abend fanden sie sich in unmittelbarer Nähe der mundanischen Front wieder. Die Invasoren waren ein gutes Stück nach Xanth eingedrungen, was ihnen den Weg verkürzte, und die flüchtenden Tiere meldeten Grundy die schaurigsten Einzelheiten über die Gewalttätigkeit der Mundanier. Anscheinend verwüsteten sie mit Feuer und Schwert alles, woran sie Hand legen konnten, und es waren solch tödliche Krieger, daß inzwischen selbst große Drachen dran glauben mußten. Das verhieß nichts Gutes für die Verteidigung von Xanth.

»Ich schätze, jetzt bin wohl ich an der Reihe«, meinte Ichabod.

»Ich muß die Soldaten persönlich sehen, um sie identifizieren zu können. Die Einzelheiten ihrer Rüstungen und Abzeichen werden mir die Möglichkeit verschaffen, sie zeitlich und geographisch einzuordnen, wenn nicht jetzt sofort, so doch, sobald ich zurückgekehrt bin und die Dinge nachschlagen kann. Ich weiß bereits, daß sie aus dem Mittelalter oder sogar aus einer noch früheren Epoche stammen müssen, weil sie keine Feuerwaffen benutzen. Das ist auf jeden Fall ein Glück.«

»Feuerwaffen?« fragte Chamäleon.

»Das sind Waffen, die so etwas wie . . . wie magisches Pulver verwenden«, erklärte Ichabod.

»Stellt es euch vor wie, na ja, wie Kirschbomben, die wie Pfeile aus Röhren abgefeuert werden. Ich hoffe, daß Xanth dergleichen nie begegnen wird. Ich wünschte mir, daß meine eigene Welt es nie getan hätte.«

Er blickte sich um.

»Angenommen, ich reite auf Imbri, während Chamäleon auf dem Tagpferd reitet? Ich glaube, das wäre besser, denn ich kann mir nicht vorstellen, daß König Dor seine Mutter einer solch großen Gefahr ausgesetzt wissen will.«

»Das glaube ich auch nicht!« pflichtete Grundy ihm bei. »Es war schon schlimm genug, als sie sich vor den Tritonen entblößen mußte. Deshalb hat er mich ja auch mitgeschickt.«

»Um seiner Mutter beim Baden zuzuschauen?« fragte Ichabod mit einer gewissen, schwachen Boshaftigkeit. Grundy ging allen auf die Nerven.

»Reite du auf dem Tagpferd«, sagte Grundy, indem er den Seitenhieb einfach ignorierte.

»Wir werden die Mundanier auskundschaften und später wieder zu euch stoßen.«

»Wir?« fragte Ichabod mit gerunzelter Stirn, und das Tagpferd legte die Ohren an. Keiner von ihnen war begeistert von der Aussicht, von dem Golem begleitet zu werden.

»Ich komme mit. Ich kann eine Menge in Erfahrung bringen, indem ich die Pflanzen und Tiere befrage – vielleicht genug, um dir das zwangsläufige Ergebnis deiner Heldenhaftigkeit zu ersparen.«

Ichabod lächelte mit der Resignation des Gelehrten. »Da ist wohl etwas dran.«

»Dann machen wir uns besser auf den Weg«, erwiderte der Golem ungeduldig.

»Ja, das stimmt wohl«, pflichtete Ichabod ihm bei. »Wir werden euch beiden dadurch orten, daß wir nach unserer Rückkehr die Pflanzen befragen. Begebt euch nicht in Gefahr, ihr beiden!«

Das Tagpferd wieherte. »Darauf kannst du dich verlassen!« dolmetschte Grundy.

VI

Die Nächstwelle

Imbri brachte den Golem und den mundanischen Gelehrten zu der schrecklichen mundanischen Front. Xanth hatte seit einein-halb Jahrhunderten keine Invasionswelle mehr erdulden müs-sen, und so war diese hier ein schrecklich bedeutsames Er-eignis.

»Ich meine, etwas Angespanntheit in dir zu verspüren, Imbri«, bemerkte Ichabod.

»Ich dachte gerade daran, wieviel Zeit seit der Letztwelle vergangen ist«, projizierte Imbri als Antwort. »Ich war damals noch recht jung, gerade zwanzig Jahre alt, aber ich kann mich noch daran erinnern, als wäre es erst letztes Jahr gewesen.«

»Du warst dabei?« fragte Ichabod erstaunt. »Ach so, ja – ich hatte ganz vergessen, daß du ja schon einhundertsiebzig Jahre alt bist. Seit der Letztwelle sind meinen Forschungen zufolge einhundertundfünfzig Jahre vergangen ...« Er hielt inne. »Natürlich habe ich die Sache historisch erforscht, habe aber bisher mit keinen Augenzeugen darüber gesprochen. Ich würde zu gern deine persönlichen Eindrücke davon kennen-lernen.«

»Na ja, ich hab natürlich immer nur kleine Ausschnitte davon bei Nacht gesehen, als ich auf Traumdienst war«, wiegelte

Imbri ab. »Die großen Schlachten fanden immer am Tag statt, und damals konnte ich tagsüber nicht hinaus.«

»Dennoch würde mich das faszinieren!« rief der Gelehrte. »Deine Eindrücke würden, eingekleidet in den Kontext historischer Einzelheiten, mithelfen, das Bild abzurunden.«

»Vielleicht definierst du mal diesen Kontext«, sagte der Golem, der sich für die Sache allen guten Vorsätzen zum Trotz zu interessieren begann. »Dann wissen wir wenigstens alle, worüber wir eigentlich reden.« Der Golem war natürlich kein Augenzeuge der Letztwelle gewesen, und er haßte es zugeben zu müssen, daß er von irgend etwas nichts verstand.

»Aber gewiß doch«, meinte Ichabod. Historische Einzelheiten hatten es ihm angetan. »Mein Freund Arnolde Zentaur hat mir eine beachtliche Menge Informationen verschafft. Offenbar fand die Erstwelle menschlicher Kolonisierung vor über tausend Jahren statt. Davor gab es in Xanth nur Tiere und Hybridformen wie zum Beispiel die Zentauren. Die Zentauren haben übrigens eine recht bewegende Legende über ihre Entstehung –«

»Kommen wir zu den etwas aktuelleren Sachen«, warf Grundy ein.

»Äh, ja, natürlich«, machte Ichabod irritiert. »Es gab eine ganze Reihe von Wellen, vielleicht ein Dutzend. Die meisten waren ziemlich brutal, weil die Mundanier Xanth überfielen und plünderten. Nach jeder Welle beruhigte sich das Land wieder, die Kinder der Eroberer bekamen magische Talente und wurden so zu echten Einwohnern Xanths. Dann kam, fünfzig oder hundert Jahre später, wieder eine Welle, die vieles von dem, was die vorhergegangene Welle erreicht hatte, wieder zunichte machte. Schließlich kam es vor einhundertfünfzig Jahren zur Letztwelle, die so schlimm war, daß die Bewohner von Xanth beschlossen, zukünftige Invasionen ein für alle Male zu verhindern. Etwa fünfzehn Jahre nach der Invasion, nachdem sich alles wieder etwas beruhigt hatte, formte ein Magierkönig einen magischen Stein von großer Kraft so um, daß er einen tödlichen Schild abstrahlte, der alles vernichtete, was ihn zu durchdringen versuchte. Der Schild schützte ganz Xanth und bewahrte es vor allen weiteren Eindringlingen, bis König

Trent, der eine Weile in Mundania verbracht hatte, nach dem Tod des Sturmkönigs den Schild wieder abschaffte. Es sah nämlich so aus, als sei die Zahl der Menschen durch den Mangel an neuen Einwanderern mit der Zeit drastisch zurückgegangen. Es war also besser, eine Invasion zu riskieren, als die menschliche Rasse in Xanth praktisch aussterben zu lassen. Deshalb gibt es seit fünfundzwanzig Jahren keinen Schild mehr, der Xanth schützt – und nun scheinen wir den Preis dafür bezahlen zu müssen. König Trent weigerte sich, den magischen Schild wieder aufstellen zu lassen. Er zog es vor, gegen die Eindringlinge zu kämpfen, was mit seiner magischen Fähigkeit der Verwandlung ja wohl auch möglich gewesen wäre. Aber jetzt –«

»... aber jetzt ist König Trent von der Bildfläche verschwunden, und König Dor weiß nicht, wie er den Schild aufstellen lassen kann«, beendete Grundy seinen Satz. »Na ja, die Mundanier sind ja sowieso schon in Xanth, so daß das auch keine Antwort mehr wäre.«

»Ich glaube eigentlich, daß der Schild nie eine wirkliche Antwort war«, meinte Ichabod. »König Trent hatte wohl recht; es muß zwischen Xanth und Mundania eine offene Grenze und freien Handel geben. Leider kommen jedoch nicht alle Mundanier in friedlicher Absicht hierher. Die Letztweller waren wohl, wenn ich richtig unterrichtet bin, mongolische Mundanier aus unserem dreizehnten Jahrhundert, um 1231, wenn ich mich richtig an die Geschichte Asiens erinnere. Sie glaubten, daß sie die Halbinsel Korea überfielen. Heute wird Korea übrigens auch von einer Linie in zwei Teile geteilt, genau wie es die Spalte mit Xanth tut, und dort, wo bei uns Schloß Roogna steht, gibt es in Korea eine große Stadt. Eine höchst faszinierende Parallele ...« Doch er sah Grundy gähnen und unterbrach seine Spekulationen. »Aber das spielt ja auch keine Rolle für die jetzige Lage. Die Mongolen waren wirklich wilde Eroberer, und ich kann es gut verstehen, daß die Bewohner Xanths sich damals dazu entschlossen, nichts mehr mit ihnen zu tun haben zu wollen.« Er schüttelte den Kopf. »Aber ich wollte ja Imbris Eindrücke hören. Wie sahen die Mongolen denn von dieser Seite aus betrachtet aus?«

»In den Alpträumen, die ich abliefern mußte, waren es wilde, flachgesichtige Menschen«, projizierte Imbri. »Sie haben alles getötet, was sich ihnen in den Weg stellte, und zwar mit Pfeilen und Schwertern. Sie ritten auf Pferden – die wurden nach dem Ende der Eroberungswelle alle getötet, weil die Bewohner Xanths sich nach den ganzen vorhergegangenen Ereignissen so vor meiner Rasse fürchteten. Das war eine Pferdetragödie, denn die Pferde selbst hatten Xanth nie etwas Böses gewollt.«

»Das glaube ich gern«, meinte Ichabod tröstend. »Oft sind es gerade die Unschuldigen, die am meisten unter einem Krieg zu leiden haben. Das macht jede Gewalttätigkeit ja auch so scheußlich.« Imbri begann diesen Mann zu mögen. »Einige der Träume mußte ich auch den Letztwellern überbringen. Wir Nachtmähren sind schon immer fair und unparteiisch gewesen, wir liefern an alle, die es nötig haben, egal, wie unwürdig sie auch sein mögen. Die Weller litten ebenfalls unter Ängsten und Sorgen, vor allem nachdem der Schwung der Invasion nachgelassen hatte. Tiere töteten sie ohne Gnade oder Mitgefühl, aber dennoch sorgten sie sich um ihre in Mundania zurückgelassene Familien, sie liebten sie und auch ihre Waffenbrüder. Xanth erschien ihnen als ein schreckliches magisches Land, in dem überall tödliche Gefahren lauerten –«

»Ja, so ist das ja auch für Mundanier«, sagte Ichabod.

»Bewohner Xanths gehen solchen Gefahren ganz routinemäßig aus dem Weg«, erwiderte Grundy. »Wenn jemand jedoch in unbekanntes Gebiet kommt, dann ist er in Gefahr. Wir sind ja zum Beispiel auch direkt auf den Kopf der Sphinx spaziert, obwohl man uns vor ihr gewarnt hat.«

»Wie auch vor dem Reitersmann«, fügte Ichabod hinzu. »Und die Kette sollen wir sprengen. Das Problem bei solchen Warnungen ist, daß man sie erst versteht, wenn es schon zu spät ist.«

»Ich weiß nicht einmal, wo die Kette ist, geschweige denn, wie man sie sprengen sollte«, warf Grundy ein. »Zum Glück ist das nicht mein Problem. König Dor denkt zweifellos gerade darüber nach. Allerdings bezweifle ich irgendwie, daß sich die Kette in der Waffenkammer von Schloß Roogna findet.«

Ichabod kehrte wieder zum Thema zurück. »Soll das etwa

heißen, Imbri, daß du die mundanischen Invasoren, die Mongolen also, als richtig menschliche Wesen erlebt hast, also als fühlende Kreaturen, wie wir es auch sind?«

»Das war das Seltsamste daran«, gestand Imbri im Traum. »Untereinander waren es völlig anständige Wesen. Doch in der Schlacht dachten sie über Menschen, wie sie auch über Drachen, Basilisken und Salamander dachten. Es machte ihnen richtig Spaß, sie niederzumetzeln.«

»Das ist leider ein vertrautes mundanisches Muster«, meinte Ichabod. »Zuerst entmenschlicht eine Gruppe die andere, und dann vernichtet sie sie. In Xanth gibt es dagegen keine scharfe Trennlinie zwischen Menschen und Tieren; viele Tiere sind bessere Gefährten als die meisten Menschen.« Er tätschelte Imbris Flanke. »Und wie sollen wir erst die Zentauren definieren, die von beiden etwas haben? Doch Mundania kennt keine anerkannte Magie, so daß dort alle Tiere dumm sind und die Sprache der Menschen nicht sprechen können. Das führt wiederum zu schrecklichem Unrecht. Ich persönlich ziehe die Verhältnisse in Xanth deutlich vor.«

»Ja, das ist ganz praktisch für die Kommunikation«, stimmte der Golem ihm zu. »Hier sprechen die Tiere und Pflanzen verschiedene Sprachen, die Menschen dagegen nur eine einzige. In Mundania verhält es sich genau umgekehrt. Deshalb sprechen die Tiere auch nicht wirklich die Sprache der Menschen, es ist nur so, daß manche sie erlernt haben, wie du auch. Keiner hat bisher herausbekommen, welcher Zauber dafür sorgt, daß sich alle Menschen hier in Xanth untereinander verständigen können, selbst die Eindringlinge aus Mundania können mit den Menschen hier mühelos reden. Anscheinend gleichen sich die Menschensprachen von dem Augenblick an, in dem ein Mensch den ersten Schritt nach Xanth hinein getan hat.«

»Über die Magie Xanths gibt es noch viel zu lernen«, meinte Ichabod. »Ich hoffe nur, daß ich lange genug leben werde, um wenigstens einen Teil davon zu ergründen.«

Imbri spitzte die Ohren. Dann witterte sie die Brise. »Mundanier!« projizierte sie.

Sofort spähten die beiden anderen wachsam umher, bis sie

bald den Rauch eines brennenden Feldes erblickten. »Warum zerstören die nur so völlig willkürlich alles, was ihnen in den Weg kommt?« grollte Grundy. »Schließlich können sie mit ausgebranntem Boden genausowenig anfangen wie wir.«

Ichabod seufzte. »Das kann ich wohl leider beantworten. Ziel einer solchen Zerstörung ist es nicht, das Land für den eigenen Gebrauch zu erhalten, sondern den Gegner seiner Erzeugnisse zu berauben, um seine Kampfkraft zu schwächen. Hungernde Lebewesen können nun einmal nicht so gut kämpfen wie satte. Und da es in Xanth überall Magie gibt, den Mundaniern aber keine zur Verfügung steht, schaden sie den Bewohnern Xanths viel mehr als sich selbst, indem sie das Land für alle unbrauchbar machen. Das ist eine zwar grausame, aber sehr wirkungsvolle Kriegsmethode.«

»Wir müssen sie aufhalten«, sagte Grundy.

»Selbstverständlich. Aber das wird nicht leicht sein. Wir müssen sie erst auskundschaften, um mehr über sie zu erfahren; dann können wir uns entsprechend organisieren. Deshalb ist unsere Mission ja auch so wichtig. Ohne Informationen über den Gegner kann keine Seite auf den Sieg hoffen.«

Imbri schritt weiter und hielt sorgfältig Ausschau nach den gefürchteten Mundaniern. Aus dem Norden wehte eine leichte Brise gen Süden und peitschte das Feuer immer weiter, während kleinere Lebewesen vor ihm flohen. Doch Feuer war in Xanth nichts Unbekanntes; ständig entfachten Feuerdrachen, Feuerfliegen, Feuervögel und Salamander irgendwelche Brände. Auch dieses Feuer würde also zu gegebener Zeit erlöschen, da Flüsse und dichte, saftige Vegetation ganz Xanth überzogen und nicht besonders gut brannten. Möglicherweise würde es auch von einem vorbeiziehenden Sturm gelöscht werden, wenn dieser sich irritiert seiner Wassermassen entledigte. Das Land Xanth konnte sich mit vielerlei Schmach abfinden, aber wenn es erst einmal entsprechend gereizt wurde, hatte es Mittel und Wege, zurückzuschlagen.

Das Problem war nur, daß sie, wenn sie sich windabwärts vom Feuer hielten, unter der Hitze und dem Qualm zu leiden hatten. Dagegen die Strecke auf der windabgewandten Seite zu benutzen, hieße, das Risiko einzugehen, vom Feind entdeckt zu werden. Diese Kundschafterei war wirklich lästig, so notwendig sie auch in der Theorie sein mochte.

»Das funktioniert niemals«, meinte Ichabod schließlich hustend, als eine Rauchschwade ihn kitzelte. »Ich fürchte, wir befinden uns in einer unhaltbaren Situation. Ich möchte zwar nur ungern für eine Verzögerung plädieren, aber vielleicht sollten wir lieber doch bis zum Abend warten ...«

»Wartet!« unterbrach ihn Grundy. »Ich sehe einen Irrwind.«

Imbri sah Drehschwalben, die sich im Westen nacheinander auf einem Windstoß drehten, der in nördlicher Richtung dahinjagte. Es war tatsächlich ein verirrter Wind, der gegen die vorherrschenden Winde anwehte. Wahrscheinlich war es eine junge Brise, die noch nicht dazu bereit war, sich zu beruhigen und ihren Ältesten anzuschließen.

»Wißt ihr, was passiert, wenn dieser Windstoß dort auf das Feuer trifft?«

Ichabod begriff sofort, worauf der Golem hinauswollte. »Dichter Qualm, der ihnen ins Gesicht weht und sie blind macht – kannst du dich darin entmaterialisieren, Imbri?«

»Ja, durch Rauch kann ich das, wenn er nur dicht genug ist«, erwiderte Imbri. »Aber der ist unzuverlässig. Sobald er dünner wird, nehme ich wieder feste Gestalt an.«

»Sobald wir sie deutlich gesehen haben, können wir auf der Stelle wieder verschwinden«, sagte Ichabod. Er war inzwischen angespannt vor Nervosität, der Gefahr wohl bewußt, in der sie schwebten. »Vielleicht haben sie auch Pferde; kannst du denen davonlaufen?«

Imbri dachte nach. »Wenn sie wie das Tagpferd sind, können sie mich bei Tag einholen, bei Nacht jedoch nicht.«

»Das riskieren wir lieber nicht«, meinte Ichabod. »Wir sind nicht gerüstet, um uns gegen bewaffnete Männer zu stellen.«

»Aber mit dem Rauch brauchen wir das doch gar nicht!« wandte der Golem ein.

»Warum suchen wir uns nicht lieber erst ein Gebiet, das noch nicht gebrandschatzt wurde?« fragte Imbri. »Dann könnte Grundy dort das Gras befragen und sich von ihm eine Beschreibung geben lassen.«

»Ausgezeichnete Idee«, pflichtete Ichabod ihr bei.

»Da ist was dran.« Der Golem mochte Aufgaben, die ihn als wichtig erscheinen ließen.

Der Irrwind traf auf das Feuer. Die Flammen wirbelten erfreut herum, und ließen den Rauch gen Norden davonschweben. Das gefiel den Mundaniern gar nicht, und es ertönte ein wahres Hustenkonzert.

Imbri tastete sich am Rande des Feuers vor, um nach einer guten Nordroute Ausschau zu halten. Doch da stürzten plötzlich Männer aus dem Qualm hervor und ihnen entgegen.

»Hoppla«, meinte der Golem. »Da haben wir uns aber etwas verschätzt.«

Imbri jagte davon. Zuerst gen Süden – doch da loderte inzwischen ein Seitenarm des Feuers und trieb ihr seinen Qualm ins Gesicht. Leider war der Rauch nicht dicht genug, um ihr eine Entmaterialisation zu ermöglichen. Sie schwenkte nach Osten, weil sie es möglichst vermeiden wollte, durch die Flammen zu springen – da trafen sie auf Mundanier. Die hatten den Windumschwung sofort dazu genutzt, auch diesen Teil des Gebietes zu überrennen. Sie hielten Speere und Schwerter kampfbereit, und manche von ihnen besaßen auch Bögen. Sie waren zu zahlreich, als daß die drei ihnen hätten entkommen können.

Die Mundanier näherten sich vorsichtig Imbri und ihren Freunden. Es war ein ziemlich bunt zusammengewürfelter Haufen mit verschiedensten Rüstungen und Kleidungsstükken, doch sie waren offensichtlich gut diszipliniert.

»Das sieht mir nach einer Söldnertruppe aus«, murmelte Ichabod. »Die sind kaum besser als Piraten und Räuber. Vorchristliche Epoche, europäisch. Gallien oder Iberien, würde ich vermuten.«

»Bist du Römer oder Punier?« fragte einer der Soldaten.

»Römer oder Punier!« wiederholte Ichabod leise. »Das ist es! Die Römer haben Bürgersoldaten eingesetzt, jedenfalls zu Anfang. Später wurden daraus tatsächlich Berufssoldaten, die nur noch nominell Bürger mit Landbesitz waren. Aber die Punier – das ist eine Kurzform von ›Phönizier‹ – haben sich ganz offen und in großem Umfang Söldnertruppen bedient. Hm, Karthago – dann sind das wahrscheinlich karthagische Söldner um die Zeit zwischen 500 und 100 vor Christus.«

»Los, antworte, alter Mann!« rief der Soldat und machte eine drohende Geste mit seinem Schwert.

»Oh, weder noch«, erwiderte Ichabod hastig. Und zu Grundy und Imbri gewandt, murmelte er leise: »Sie gehen davon aus, daß ich als einziger von uns intelligent bin. Ich halte es für das klügste, sie in diesem Irrglauben zu lassen, so sehr ich auch Lügen verabscheue.«

»Gut«, projizierte Imbri. »Grundy kann so tun, als wäre er nur eine Puppe, und ich gebe mich als dummes Tier aus.«

»Du siehst mir nicht nach viel aus«, meinte der Mundanier. »Wo hast du denn dieses prächtige Pferd gestohlen?«

»Ich habe dieses Pferd nicht gestohlen!« protestierte Ichabod. »Ich habe es mir von einem Freund ausgeliehen.«

»Na gut, und jetzt leihen wir es uns von dir aus. Absteigen!«

»Wir sollten uns nicht trennen«, meinte Imbri in einem besorgten Träumchen.

»Dieses Tier ist nicht ganz zahm«, bemerkte Ichabod. »*Ich* kann es zwar ohne Sattel und Zügel reiten, aber einem Fremden würde es das nicht gestatten.«

Der Soldat überlegte. Anscheinend hatte er so seine Erfahrungen mit halbwilden Pferden gesammelt. Er legte Imbri eine Hand auf die Schulter, worauf sie warnend wieherte und mit einem Vorderhuf aufstampfte, um das undisziplinierte Tier zu spielen. »Also gut. Dann reitest du es vorläufig weiter. Wir bringen dich zu Varsoboes, der dich verhören wird.«

Varsoboes war offensichtlich ein Anführer, denn er besaß ein bequemes Zelt in den hinteren Reihen. Er kam voll bewaffnet und gepanzert hervor, mit einem gewölbten Brustpanzer, einem langen, ovalen Schild und einem prachtvollen Helm. Er war ein knurriger älterer Mann, der zur Stämmigkeit neigte. Sein Gesicht war sauber, sein Bart sorgfältig gepflegt.

»Meine Truppen melden mir, daß du südlich vor unserem Säuberungsbrand herumgelungert bist«, bemerkte Varsoboes. »Was hast du da gemacht?«

»Du bist aber ein echter Karthager!« entfuhr es Ichabod.

»Von Geburt an«, stimmte Varsoboes mit ironischem Lächeln zu. »Bist du ein Bewohner dieses Landes? Ich bin bereit, einen guten Preis für gute Informationen zu zahlen.«

»Ich bin ein Besucher dieses Landes, aber ich bin recht viel hier herumgekommen«, erwiderte Ichabod vorsichtig. Er schien eher fasziniert als besorgt zu sein. Anscheinend gefiel es ihm außerordentlich, mit Wesen sprechen zu dürfen, die für ihn historische Gestalten waren. »Ich habe euer Feuer gesehen und bin gekommen, um nachzusehen – und da haben mich deine Grobiane sogleich zum Gefangenen gemacht.«

»Sie haben Anweisung, alle unbekannten Tiere zu töten und jeden Menschen, dem sie begegnen, gefangenzunehmen«, erklärte Varsoboes. »Seit wir die Alpen überquert haben und in Südgallien eingedrungen sind, sind recht merkwürdige Dinge geschehen. Dieses Land hier ist viel wilder als Hispanien.«

»Das kann man wohl sagen!« pflichtete Ichabod ihm bei. »Das hier muß um 210 oder 215 vor Christus in der Po-Ebene sein, und –« Er hielt inne, und Imbri sandte einen fragenden Traum aus.

»Du sprichst seltsame Dinge«, meinte Varsoboes. »Woher, sagtest du, kommst du?«

»Schrecklich!« sagte Ichabod zu Imbri im Traum. »Ich fasele Unsinn! Ich kann mich doch unmöglich auf vorchristliche Zeitangaben beziehen, denn diese Leute hier wissen natürlich nichts über ihre Zukunft! Und ich kann ihm doch unmöglich erzählen, woher ich komme und vor allem, von *wann* ich komme. Er würde mich für einen Irren halten.«

»Dann sag ihm doch einfach, du wärst ein Irrer aus Schloß Roogna von gestern«, schlug Imbri vor, die seiner Verwirrung nicht ganz zu folgen vermochte.

»Von Schloß Roogna in Zentralxanth«, antwortete Ichabod dem Mundanier, Imbris Vorschlag folgend.

»Dann bist du also Römer?«

Ichabod lachte. »Nein, ganz und gar nicht. Das hier ist nicht Italien!«

Varsoboes hob eine Augenbraue. Das konnte er recht gut. »Nicht? Wo sind wir hier denn sonst, deiner Meinung nach?«

»Ach, verstehe. Ihr seid von Spanien aus durch Frankreich vorgestoßen, dann über die Alpen ins Po-Becken –«

». . . mit zwölfhundert Mann und neun Elefanten, um meinem Anführer Hannibal zu Hilfe zu eilen, der von den verdammten Römern in die Enge getrieben wird«, beendete Varsoboes den Satz für ihn. »Aber wir haben Hannibal noch nicht ausfindig gemacht.«

»Das glaube ich«, meinte Ichabod. »Ich fürchte, ihr habt euch verlaufen. Hannibal war – äh, ist in Italien, während des zweiten Punischen Kriegs, wo er über das Römische Imperium herfällt. Das hier aber ist... äh... heute und das Land Xanth... das Land der Magie.«

»Xanth?«

»Dies hier ist Xanth«, wiederholte Ichabod. »Ein ganz anderes Land. Hier gibt's keine Römer, und auch keinen Hannibal.«

»Willst du damit etwa sagen, daß wir nichts von Navigation verstünden?«

»Nicht direkt. Ich bin überzeugt davon, daß ihr eurer Route streng gefolgt seid. Wahrscheinlich seid ihr auf eine Diskontinuität gestoßen. Das läßt sich nur schwer erklären. Manchmal treten Leute zufällig dort hindurch und finden sich hier wieder. Meistens ist das wirklich ein reiner Zufall. Es ist viel leichter, Xanth zu verlassen, als es zu finden, wenn man nicht gerade eine magische Führung hat.«

Der Karthagener blähte die Wangen, offenbar wollte er dem verrückten alten Mann eine Freude machen. »Wie finden wir denn dann Rom?«

»Macht kehrt, verlaßt Xanth, und macht dann nochmals kehrt.« Doch Ichabod geriet ins Grübeln. »Nein, besser doch nicht. So würdet ihr womöglich in irgendeinem anderen Zeitalter und Ort Mundanias herauskommen, wenn ihr nicht gezielt hinübergeht. Ihr müßt auch in der Zeit reisen, und das ist doch eine ziemlich exakte Angelegenheit. Wenn ihr es vielleicht mehrmals versucht, bis ihr den richtigen Zeitpunkt gefunden habt...«

»Ich denke mal drüber nach«, meinte Varsoboes. »Dieses Land hier ist jedenfalls höchst interessant, wie immer es auch heißen mag.«

»Was meinst du dazu?« projizierte Imbri zu Grundy und Ichabod. »Ich traue diesem Mann nicht.«

»Ja, er lügt bestimmt«, erwiderte Grundy im Traum. Im wirklichen Leben lag er auf Imbris Schulter und spielte eine leblose Puppe. »Er weiß, daß dies hier nicht Rom ist, oder wo immer er hin will. Er stellt dich auf die Probe, wahrscheinlich um festzustellen, ob du ihn anlügst.«

»Wenn ihr nicht bis Italien findet«, fuhr Ichabod laut fort, »dann wird Hannibal nicht die nötige Verstärkung erhalten und in ernste Schwierigkeiten geraten. Wir könnten euch helfen, den Weg zu finden.«

»Wenn das hier, wie du behauptest, nicht Italien ist«, entgegnete Varsoboes, »dann ist es vielleicht doch reif zum Plündern. Meine Soldaten haben eine anstrengende Reise hinter sich und haben sich eine Belohnung verdient. Wer regiert euch hier?«

»König Trent«, sagte Ichabod. »Ich meine, König Dor.«

»Ach, hat es da kürzlich einen Wechsel gegeben?« fragte der Mundanier in scharfem, aufmerksamem Ton.

»Äh, ja, aber das betrifft euch ja nicht.«

»Oh, das glaube ich aber doch! Was ist mit dem alten König passiert?«

Ichabod verstand sich nicht auf die Kunst der Täuschung. »Es ist ihm ein Mißgeschick zugestoßen. Vielleicht wird er sich schon bald wieder erholt haben.«

»Vielleicht wird aber auch König Dor, sollte er sich als fähig erweisen, ein ähnliches Mißgeschick erleiden«, murmelte Varsoboes. »Er weiß mit Sicherheit irgend etwas, was wir nicht wissen«, projizierte Imbri. Mit Mühe gelang es ihr, die Ohren nicht anzulegen, um nicht preiszugeben, daß sie das Gespräch verstehen konnte.

»Was weißt du über unsere Könige?« fragte Ichabod, obwohl er ja eigentlich gar kein richtiger Bürger Xanths war.

Varsoboes zuckte mit den Schultern. »Nur, daß sie sterblich sind, wie alle Menschen.« Er blickte Ichabod bedeutungsvoll an. »Was soll ich nun mit dir anfangen, Spion? Ich werde natürlich dein Pferd behalten, aber Männer sind schwieriger zu leiten als Tiere, und du siehst mir nicht danach aus, als würdest du für schwere Arbeit taugen.«

»Wir müssen hier raus!« sagte Ichabod zu Imbri im Traum. Der Mann wurde langsam immer nervöser.

»Meinst du, euer König Tölpel würde ein vernünftiges Lösegeld für dich bezahlen?« fragte der Punier.

»König Dor heißt der, nicht Tölpel«, brummte Ichabod. »Lösegeld ist ein mundanisches Konzept; er würde nicht zahlen.«

»Dann werden wir dich wohl am besten dem Baal Hammon opfern, obwohl der eigentlich Säuglinge vorzieht. Aber selbst unsere Götter müssen während eines Feldzugs gewisse Abstriche an die Qualität der Rationen machen.«

Ichabod versuchte zu fliehen, doch Varsoboes schnippte nur mit den Fingern, worauf mundanische Soldaten herbeigerannt kamen, Ichabod packten und ihn davonschleppten. Imbri wollte folgen, doch sie warfen Seile um sie und fesselten sie. Widerstand war zwecklos, denn die Mundanier strotzten nur so vor Waffen.

Man brachte Imbri in ein Gehege und ließ sie dort. Glücklicherweise wußten die Mundanier nichts von ihrem wahren Wesen und merkten auch nicht, daß der Golem ein Lebewesen war. So blieben die beiden zusammen, doch Ichabod hatte man getrennt von ihnen eingesperrt.

»Vielleicht können wir ihn heute nacht befreien«, projizierte Imbri.

»Das will ich hoffen«, erwiderte Grundy. »Eigentlich ist er ein ganz anständiger alter Bursche, auch wenn er Mundanier ist. Aber dieser Mundanierhäuptling weiß auf jeden Fall mehr, als er zugibt. Er wußte bereits, daß König Trent ausgeschaltet wurde. Da ist eine ganz üble Verschwörung im Spiel, und zwar nicht nur die Nächstwelleneroberung!«

Da trat ein Mann an das Gehege. »Aber das ist ja das Traumpferd!« rief er.

Imbri sah ihn an – und das Herz rutschte ihr bis in die Hufe hinab. Es war der gefürchtete Reitersmann!

»Oh, tu bloß nicht so, als würdest du mich nicht mehr erkennen, Mähre«, sagte der Reitersmann. »Ich weiß zwar nicht, wie du mir entkommen bist – na ja, ich weiß es eigentlich schon, aber ich verstehe nicht, wie du das Feuer löschen konntest. Wir haben dich wohl etwas unterschätzt. Aber das kommt bestimmt kein zweites Mal mehr vor.« Er grinste mit einem etwas bösartigen Zug um die Lippen. »Ich schlage dir ein Geschäft vor, Mähre. Du verrätst mir, wie du entkommen bist, und ich nehme dich dafür zu mir, was dir die Grausamkeit der Punier erspart. Sobald ich mein eigentliches Reittier, das Tagpferd, wiedergefunden habe, lasse ich dich dann wieder frei. *Den* Hengst kann ich nämlich mühelos einsperren und am Weglaufen hindern. Was hältst du davon?«

»Mit dir mache ich keine Geschäfte!« projizierte Imbri zornig.

»Ach, du glaubst vielleicht, ich besäße hier keine Macht? Ich bin der Stellvertreter von Varsoboes und kann mir jedes beliebige Pferd aussuchen. Ich bin weitaus mehr als nur ein einfacher Spion.«

»Ich glaube dir durchaus«, meinte Imbri. »Gerade deshalb werde ich auch nicht mit dir zusammenarbeiten.«

»Eigentlich bin ich gar kein schlechter Bursche«, erwiderte der Mann in überzeugendem Ton. »Ich behandle meine Reittiere gut, wenn sie erst einmal wissen, wo sie stehen. Alles, was ich von ihnen verlange, ist absoluter Gehorsam.«

»Sporen!« sandte Imbri in einem Traum, der dem Feuerstoß eines Drachen in nichts nachstand.

»Dein Gedanke ist ja noch heißer als der Atem Baals! Aber ich benutze doch gar keine Sporen mehr, sobald mein Reittier gezähmt ist«, wandte er ein.

»Das Fell des Tagpferds weist keine frischen Narben auf, es sei denn, der dumme Hengst hat sich in einem dieser widerlichen Sträucher verfangen. So ein undankbares Tier! Allein wird er im Dschungel umkommen; er ist einfach nicht klug genug, um dort zu überleben. Deshalb braucht er mich – und ich brauche ihn. Die punischen Pferde sind mager und erschöpft von ihrem anstrengenden Marsch über die kalten Berge; das beste Futter war den Elefanten vorbehalten. Ich mußte einen Zentauren überwältigen, um hier hinaufzugelangen, nachdem die Streitkräfte Xanths anfingen, sich südlich des ... der ... ich erinnere mich nicht mehr so recht, aber ich glaube, da gab es irgendeine Art Hindernis –«

»Die Spaltenschlucht«, sendete Imbri und verwünschte sich sofort, denn sie hätte ihn die Spalte gänzlich vergessen lassen sollen.

»Ja, die. Du hast dem König natürlich meine Anwesenheit gemeldet?«

»Natürlich habe ich das getan!« sendete Imbri zornig und schickte ihm das Bild von zwei Hinterhufen, die ihn ins Gesicht traten.

Der Reitersmann wich unwillkürlich zurück, bis er seine Reaktionen auf den kleinen Traum wieder unter Kontrolle hatte. »Dann willst du mir also nicht verraten, wie du das Feuer gelöscht hast? Na gut, ich kann's mir auch so denken. Der Wächter war eingeschlafen, da hast du ihm einen Traum geschickt, in dem er Feuer fing, so daß er einen Eimer Wasser holen ging. Irgend etwas in dieser Art, nicht wahr? Es tut mir in der Seele weh, dein Talent in diesem Punkt unterschätzt zu haben.«

Warum hatte Imbri nur nicht selbst daran gedacht? Wahrscheinlich hätte sie den Wächter tatsächlich dazu bringen können! Doch in der Zwischenzeit wollte sie das Tagpferd nicht kompromittieren, das nämlich, wie sie meinte, wohl doch ein kleines bißchen oder zwei schlauer war, als sein Herr zu denken schien.

»Nun, ich kann es dir nicht wirklich übelnehmen, daß du für deine Seite gekämpft hast«, fuhr der Reitersmann fort. »Schließlich kämpfe ich ja auch für meine. Einigen wir uns also darauf, daß wir quitt sind: Ich habe dich eingefangen, du bist geflohen und hast mich dem König von Xanth verraten. Aber jetzt bist du erneut eingefangen worden, und weil ich dein Temperament und deine Fähigkeiten schätze, möchte ich dich mehr denn je als Reittier besitzen. Wir beide würden recht weit kommen, Imbri! Andererseits möchten meine Freunde die Punier sicherlich gerne wissen, was für ein Pferd du denn nun eigentlich bist, und wie man dich daran hindern kann, nachts zu fliehen. Soll ich es ihnen verraten?«

Imbri spannte die Muskeln an. Er konnte sie tatsächlich zu einer echten Gefangenen machen! Dann waren Ichabod und Grundy ebenfalls verloren, und auch Chamäleon saß dann in der Klemme, denn sie war nicht klüger als das Tagpferd. Grundy konnte vielleicht entkommen, weil er sich weiterhin für eine Lumpenpuppe ausgab und der Reitersmann nichts von ihm wußte, aber wie wollte der winzige Golem den Dschungel Xanths überleben?

Imbri mußte mit diesem schrecklichen Mann verhandeln, so widerwärtig ihr dieser Gedanke auch war. Sie legte die Ohren wieder nach vorn.

»Du verstehst mich also, Imbri«, sagte der Reitersmann. »Aber wenn du auch das klügste Pferd bist, dem ich je begegnet bin, weigerst du dich dennoch, mich zu unterstützen. Schön, ich bin ja ein vernünftig denkender Mensch, und auch zu Kompromissen bereit. Ich werde Information gegen Nichtinformation tauschen: Du sagst mir genau, wie du mir entkommen bist, damit ich weiß, wer oder was mich verraten hat, und ich werde dafür den Puniern nichts davon sagen.«

Wie sollte sie ihm vertrauen? Was sollte sie nur tun?

»Du traust mir nicht, das sehe ich«, fuhr der Mann fort. »Dazu hast du ja auch keinen Grund. Aber irgendwo muß das Vertrauen einfach anfangen, nicht wahr? Versuch's einfach mal mit mir, und wenn ich dich hintergehen sollte, bist du auch nicht schlimmer dran als zuvor. Alles, was du eintauschst, sind Informationen, die jetzt auch nichts mehr ändern werden. Ich möchte lediglich aus einem Fehler lernen können. Ich versuche nämlich, niemals den gleichen Fehler zweimal zu begehen. Da ich nichts davon habe, wenn die Punier dich und deinen gelehrten Freund vernichten, setze ich auch nicht allzu viel aufs Spiel damit. Jeder von uns kann nur dabei verlieren, wenn wir nicht zusammenarbeiten, egal, was wir voneinander halten mögen. Ich sähe dich lieber frei und lebendig, so daß ich wenigstens die Hoffnung hegen kann, dich eines Tages in Zukunft auf faire Weise einzufangen. Meine Lehre gegen deine Freiheit, und keine weiteren Verpflichtungen. Ein faireres Angebot kann ich dir doch wohl kaum machen, nicht wahr?«

»Was soll ich tun?« fragte Imbri Grundy in einem kleinen Traum.

»Das ist schlimm«, erwiderte der Golem. »Dieser Bursche ist heimtückisch! Er versucht dein Vertrauen zu gewinnen. Das ist der erste Schritt auf dem Weg, dich gänzlich zu seinem Reitpferd zu machen, dich auf seine Seite zu ziehen und dich dazu zu bringen, Xanth zu verraten. Stell dir nur einmal vor, welchen Schaden er anrichten würde, wenn er mit dir nachts durch Wände reiten könnte!«

»Aber wenn er Varsoboes von mir erzählt, dann stecke ich in der Falle, und Ichabod wird Baal Hammon geopfert!«

»Das ist auch schlimm«, stimmte Grundy ihr zu. »Schätze, du wirst fürs erste mitspielen müssen. Aber trau ihm nicht! Vorsicht vor dem Reitersmann!«

Imbri beschloß, den Vorschlag anzunehmen. »Das Tagpferd hat mich befreit«, sendete sie dem Reitersmann zögernd. Sie haßte ihn dafür, daß er sie dazu gezwungen hatte, ihr Geheimnis zu verraten.

»Ha! Dann war der Hengst die ganze Zeit in der Nähe? Was hat er denn gemacht?«

»Er – hat das Feuer gelöscht.«

»Aber ein Pferd kann doch keinen Eimer Wasser holen. Er –« Der Reitersmann hielt inne, dann lachte er laut auf. »Nein! Das hat er doch wohl nicht getan!«

»Doch.«

»Das Tier ist wohl doch klüger, als ich dachte! Muß wohl die Gegenwart einer prächtigen Mähre gewesen sein, die ihn dazu angespornt hat. Gewöhnlichen Mähren hat er eigentlich nie besondere Aufmerksamkeit gewidmet. Du bist also mit ihm davongelaufen – aber ihr habt euch anscheinend wieder getrennt. Wo ist er jetzt?«

»Das brauche ich dir nicht zu verraten!« sendete Imbri, zugleich zornig, daß der Reitersmann sie dazu gezwungen hatte, ein Geheimnis preiszugeben, und geschmeichelt, als sie seine Einschätzung der Meinung hörte, die der Hengst von ihr hatte. Jedes weibliche Wesen war entzückt von dem Gedanken, daß ein attraktiver Mann es anziehend fand. Auch wenn sie vielleicht gar nicht viel mit ihm zu tun haben wollte ...

Der Reitersmann furchte die Stirn. »Nein, das brauchst du wohl nicht. Das gehörte diesmal nicht zu unserer Abmachung. Aber ich bin überzeugt davon, daß der Hengst solch ein Risiko nicht aus reiner Herzensgüte eingegangen ist, sondern weil er deinetwegen ganz außer Rand und Band war. Und das ist er jetzt wahrscheinlich noch viel mehr.«

Das wurde ja immer besser! Doch Imbri war so vorsichtig, sich nichts anmerken zu lassen.

»Wenn du also hier bist, dann ist er bestimmt auch nicht fern.

Wahrscheinlich trefft ihr euch häufiger und reist sogar zusammen. Auf diese Weise belohnst du ihn dafür, daß er dir geholfen hat, und er bekommt die besten Weiden gezeigt und lernt, wie er in Xanth alleine überleben kann. Wahrscheinlich war es reiner Zufall, daß die Punier dich erwischt haben und nicht ihn.«

Der Mann war wirklich ungemütlich scharfsinnig! Imbri reagierte nicht.

»Na gut, du hast mir meine Frage beantwortet, vielleicht sogar vollständiger, als es in deiner Absicht lag, und ich glaube dir. Ich lasse dich jetzt in Frieden. Wir werden uns mit Sicherheit wiedersehen.« Der Reitersmann drehte sich um und schritt davon.

Imbri wagte kaum, sich zu entspannen. »Meinst du, daß er sein Versprechen hält?« fragte sie Grundy.

»Das werden wir sehen«, erwiderte der Golem. »Ich kann schon verstehen, daß du ihn fürchtest, der Mann ist ja der reinste Basilisk! Aber vielleicht ist er gerade trotz all seiner Arroganz ehrlich. Es ist denkbar, daß seine pervertierten Ehrvorstellungen ihm mehr bedeuten als die Meinung einer einfachen Mähre, und außerdem hofft er darauf, mit deiner Hilfe das Tagpferd wieder einzufangen. Wahrscheinlich wird er versuchen, dir zu folgen, wenn du fliehst. Wenigstens weiß er nichts von mir. Ich kann die Seile entknoten und aus dem Gehege krabbeln und dich wahrscheinlich selbst dann noch befreien, wenn sie riesige Feuer entzünden sollten.«

»Das wollen wir uns lieber als allerletzte Möglichkeit aufheben«, meinte sie. »Wenn der Reitersmann, aus welchem Grund auch immer, Wort hält, wird das gar nicht nötig sein.«

»Aber ich kann auskundschaften, wo sie Ichabod gefangenhalten. Das wird die Sache vereinfachen und beschleunigen, wenn wir heute nacht handeln.«

»Ja«, stimmte sie ihm zu, und ihr von dem Reitersmann angekratztes Selbstvertrauen erholte sich wieder etwas. »Aber bis dahin müssen wir uns dumm stellen.«

»Na klar.« Doch obwohl der Golem wie eine kraftlose Puppe auf Imbris Rücken lag, befragte er zur gleichen Zeit doch auch die nahen Pflanzen und Lebewesen. Am Rande des Geheges wuchs ein Grashalm, der sich bisher irgendwie der Aufmerksamkeit aller Pferde hatte entziehen können. Grundy drohte ihm, daß seine Freundin die Mähre ihn bis auf die Wurzeln auffressen würde, wenn er seine Fragen nicht beantwortete, was den Grashalm natürlich einschüchterte. Grundy benutzte die gleichen Druckmittel, wie es der Reitersmann getan hatte, und Imbri überlegte sich, daß es zwischen ihnen ethisch gesehen eigentlich kaum Unterschiede zu geben schien. Das bekümmerte sie, aber dennoch protestierte sie nicht dagegen.

Der Grashalm erzählte Grundy alles, was er über die Mundanier der Nächstwelle wußte – das war allerdings nicht allzu viel. Vor zwei Tagen hatten die Soldaten hier ihr Lager aufgeschlagen. Sie nannten sich Punier, obwohl sie zum überwiegenden Teil aus Iberien und Marokko stammten, wo immer das auch sein mochte. Viele von ihnen hatten wunde Füße von ihrem anstrengenden Marsch über die Berge, weshalb sie sich jetzt auch ausruhten.

Grundy befragte auch eine Spinne, die dicht am Gehegezaun ein kleines Netz gesponnen hatte. Die Spinne meinte, daß die Mundanier eine Menge fetter, leckerer Läuse und Flöhe aus Mundania mitgeschleppt hätten. Die Spinne hatte sich darum bemüht, die Sprache ihrer Opfer zu erlernen und hatte auf diese Weise eine Menge mundanischen Flohtratsch aufgepickt.

Der Marsch durch die Berge war entsetzlich gewesen. Offenbar waren die mundanischen Jahreszeiten wesentlich härter und unfreundlicher als die xanthischen, und die hohen Berge waren mit magischen Eismassen bedeckt, die man Gletscher nannte und die jede Überquerung zu einer gefährlichen, waghalsigen Sache machten. Sie hatten ihre Expedition mit zwölfhundert Mann und neun Elefanten begonnen, jedoch ein Drittel der Mannschaft und zwei Drittel der Elefanten verloren. Aus Besoldungsgründen (was immer das sein mochte) weigerte sich Varsoboes jedoch, den Verlust seiner Männer anzuerkennen. Sie hatten außerdem zweihundert Pferde dabei gehabt, von denen jetzt nur noch fünfzig übriggeblieben waren; einige davon sind ihnen außerdem davongelaufen, als sie Xanth erreicht haben.

»Das Tagpferd!« projizierte Imbri.

»Ja, das war eines von mehreren«, meinte Grundy. »Die

Spinne kennt die Pferde natürlich nicht beim Namen, aber es paßt ins Muster. Das Tagpferd ist für ein mundanisches Tier recht klug, so daß es wahrscheinlich besser gefahren ist als die anderen Flüchtlinge, die sich mittlerweile wahrscheinlich zum größten Teil in irgendwelchen Drachenbäuchen aufhalten.«

»Was halten denn die Soldaten von Xanth?«

Grundy fragte die Spinne danach. »Sie murren ziemlich viel«, berichtete er nach einer Weile. »Sie haben keinen Lohn erhalten, deshalb müssen sie auch plündern. Viele von ihnen sind Gewirrbäumen zum Opfer gefallen, in Drachennester gestolpert oder in von Ungeheüern bewohnte Gewässer gestürzt. Einige wurden in Fische verwandelt, weil sie Wasser aus einem verzauberten Fluß getrunken hatten. Das hat die Spinne von einem Floh, der sich gerade noch rechtzeitig von einem solchen Mann abgesetzt hat. Andere wiederum sind Nymphen hinterhergejagt und nie wieder aus dem Urwald aufgetaucht. Sie haben in Xanth an die zweihundert Mann verloren. Deshalb gehen sie jetzt auch wesentlich vorsichtiger vor und kommen dadurch auch besser zurecht. Sie haben schon mehrere Drachen und Greife erschlagen und sie geröstet und verspeist. Aber sie sind doch ziemlich nervös, weil sie nicht genau wissen, was sie noch alles erwarten mag.«

»Mit gutem Grund«, projizierte Imbri. »Durch ihr Wüten haben sie sich alle Wesen Xanths zu Feinden gemacht. Sie sollten umkehren und kein weiteres Unheil anrichten.«

»Das werden sie nicht tun, solange es hier Aussicht auf Beute gibt«, entgegnete Grundy. »Die Spinne hat bestätigt, was wir ja auch schon festgestellt haben: Es sind zähe Naturen, Drachen in Menschengestalt, mit einem gerissenen und sturen Anführer. Die sind nur mit Gewalt aufzuhalten. So sind die Mundanier eben.«

»Außer Ichabod«, erwiderte Imbri.

»Ach, der ist ja gar kein richtiger Mundanier«, sagte der Golem, den es wurmte, bei einer unzulässigen Verallgemeinerung ertappt worden zu sein. »Der ist süchtig nach Informationen, und sein Kopf quillt seit eh und je von Phantasie über. Und außerdem hat er ein Auge auf unsere Nymphen geworfen.«

Gegen Abend, als die immer finsterer werdenden Schatten etwas Schutz boten, huschte Grundy der Golem davon, um die Gegend auszukundschaften. Bis es vollends dunkel war und Imbri sich entmaterialisieren konnte, war er auch schon wieder zurück.

»Ich habe ihn gefunden«, flüsterte er.

»Ich zeig dir, wo er ist.«

Er sprang auf ihren Rücken – und plumpste durch sie hindurch auf die Erde.

Hoppla! Sie war ja nicht mehr feststofflich! Sie nahm wieder eine feste Gestalt an, ließ Grundy aufsitzen und nahm ihn schließlich entmaterialisiert mit. Er leitete sie, und schon bald stellte Imbri fest, daß der Gelehrte in einem separaten Gehege bewacht wurde. Es war hell erleuchtet, so daß Imbri dort nicht gefahrlos eindringen konnte.

»Ich lenke den Wächter ab«, schlug Grundy vor, »während du in fester Gestalt hineingehst, Ichabod aufsitzen läßt und davonreitest. Das ist ziemlich riskant, weil sie uns verfolgen werden – aber sobald du dich entmaterialisiert hast, können sie uns nichts anhaben.«

Imbri war zwar nicht wohl bei der Sache, aber sie sah auch keine bessere Möglichkeit. Schon bald würde man ihre Flucht bemerken und sie ohnehin verfolgen, deshalb mußte sie schnell handeln. »Also los!« projizierte sie. Der Golem sprang von ihrem Rücken und nahm wieder feste Gestalt an, dann schlich er sich hinter den Wächter.

»He, Kakerlakenschnauze!« rief Grundy ihm zu. Er hatte einen herrlich beleidigenden Tonfall gewählt.

Der Mann blickte sich um, konnte den Golem jedoch nicht ausmachen. »Wer ist da? Zeig dich gefälligst!«

»Zeig dich lieber selber, Schlangennase«, erwiderte Grundy. Billige Beleidigungen waren seine Stärke; er genoß das Ganze.

Der Soldat legte die Hand an den Schwertgriff. »Komm raus, du Mißgeburt, oder ich hol dich raus!«

»Du kannst doch kaum deine eigene sabbernde Zunge rausholen, Monsterfresse!« konterte Grundy.

Der Mann zückte sein Schwert und schickte sich an, den Laut zu verfolgen. Er war eitel, was sein Äußeres betraf, wie jedes

Ungeheuer, und mit ungefähr demselben Mangel an Rechtfertigung. Kaum hatte er dem Gehege den Rücken zugewandt, als Imbri auch schon leise hineinschlüpfte. »Beeil dich!« mahnte sie Ichabod in einem Traum.

Der Gelehrte hatte geschlafen. Jetzt reagierte er im Traum mit einer Mischung aus Erleichterung und Verblüfftheit. »Meine Hände sind gefesselt«, sagte er. »Ich kann nicht aufsteigen.«

Imbri hatte gute Zähne und setzte sie ein. Schon bald hatte sie die Fesseln durchbissen – doch die Verzögerung erwies sich als fatal, denn nun drehte sich der Wächter um und erblickte sie.

»Holla!« brüllte er und stürzte sich mit erhobenem Schwert auf sie. »Gefangenenausbruch!«

Ichabod sprang mit einem Satz auf Imbris Rücken. Die Mähre wich dem Schwert mit einem Sprung aus, befand sich aber immer noch innerhalb des beleuchteten Bereichs und damit im Festzustand.

Grundy kam herbeigelaufen. »Beweg dich, Mähre!« schrie er und sprang ihr von unten an den Hals, wo er sich an ihrer Mähne festklammerte.

Wieder ließ der Soldat sein Schwert herabsausen, und diesmal schlug er ihr ein paar Schweifhaare ab. Dann setzte Imbri auch schon über den Gehegezaun.

Doch der Warnschrei des Mundaniers hatte das ganze Lager alarmiert, und nun kamen Hunderte von Fackeln herbei, erhellten das ganze Umfeld und verhinderten, daß Imbri sich entmaterialisieren konnte. Deshalb blieb ihr nur eines übrig: nach Osten davonzugaloppieren.

»Abschießen!« erscholl eine Stimme. Es hörte sich an wie Varsoboes persönlich.

Ein Pfeilhagel regnete auf sie nieder. Ichabod bäumte sich kurz auf und stöhnte. »Ich bin getroffen worden!«

»Weiter!« schrie Grundy. »Wenn wir jetzt stehenbleiben, sind wir verloren!«

Imbri galoppierte weiter. Da die Fackeln im Süden alles erhellten, konnte sie nicht direkt zu Chamäleon und dem Tagpferd zurückkehren, sondern mußte gen Osten fliehen. Endlich hatte sie die Fackeln weit hinter sich gelassen, es wurde dunkel, und sie konnte sich entmaterialisieren. Nun konnten die Pfeile der Mundanier ihr nicht mehr viel anhaben, auch wenn diese die Verfolgung mit eigenen Pferden fortsetzten.

Aber eine Nachtmähre war schneller als jedes gewöhnliche Pferd, und so hängte Imbri sie schließlich ab und lief durch Stock und Stein, durch Wald und Berg, bis sie einen gewaltigen Vorsprung hatte.

»Wie geht es dir?« fragte sie Ichabod mental.

Doch sie erhielt keine Antwort. Sie materialisierte wieder und stellte ihm die Frage erneut, für den Fall, daß er sie im entmaterialisierten Zustand nicht gehört haben sollte. Nun spürte sie das warme Blut auf ihrem Rücken. Der Mann verlor Blut und war bewußtlos, und nur die Tatsache, daß er im entmaterialisierten Zustand keine Masse besaß, hatte ihn nicht vom Pferd stürzen lassen. Er war bereits so bewußtlos, daß er nicht einmal mehr träumte. Das war ja noch viel schlimmer, als sie befürchtet hatte!

»Wir müssen ihm magische Hilfe verschaffen«, sagte der Golem beunruhigt. »Und zwar schnell, bevor er völlig absackt. Irgendein Heilelixier.«

»Wir haben aber keins«, projizierte Imbri.

»Das weiß ich auch, du Gaulnase!« bellte er. »Wir müssen ihn entweder zu einer Heilquelle bringen oder auf Schloß Roogna, wo sie Heilelixier gelagert haben.«

»Das wäre zu weit. Bis wir dort sind, ist er möglicherweise schon tot.«

»Dann such uns einen Ort, der näher liegt!«

»Vielleicht hat die Sirene etwas Heilelixier«, schlug Imbri vor. »Sie lebt im Wasserflügel, und der ist nicht sehr weit entfernt.«

»Beweg dich!« knurrte Grundy. »Bevor es zu spät ist. Er ist schließlich kein junger Spund mehr!«

Imbri setzte sich wieder in Bewegung. Sie gelangten zu der Mauer, die den Wasserflügel vom restlichen Xanth absperrte, und schossen hindurch. Dahinter lag Wasser – ein ganzer See davon, über dem zu allem Überfluß auch noch dichte Regenschauer niedergingen. Er gehörte zu den sieben Naturwundern Xanths, wenngleich man sich auch nie darüber einigen konnte, was nun zu diesen Wundern zählte und was nicht. Im entmaterialisierten Zustand jagte Imbri schnell dahin, daß sie schon in unglaublich kurzer Zeit ihr Ziel erreicht hatten.

Es war zwar Nacht, aber die Meerleute waren noch auf und mit Nachtfischen beschäftigt. Zahlreiche von ihnen hatten bereits ganze Reihen von Nachtfischen gefangen. »Wo ist die Sirene?« sendete Imbri in einem Breitbandtraum.

Eine Meerjungfrau kam herbeigeschwommen. »Hallo Grundy!« rief sie. »Warum sucht ihr mich auf?«

Der Golem sprang von Imbris Hals, wurde wieder feststofflich und plumpste ins Wasser, wo die üppige Sirene ihn aufnahm. »Mein Freund Ichabod ist verwundet und liegt im Sterben. Meine Freundin, die Nachtmähre, hat ihn mitgebracht. Hast du vielleicht Heilelixier?«

»Wir haben welches«, erwiderte die Sirene. »Bringt ihn ans Ufer am Rand des Wasserflügels; Morris wird das Elixier holen.«

Imbri trabte ans Ufer, und kurz darauf folgte ihr die Sirene mit dem Elixier, wobei sie ihren Fischschwanz zu zwei wohlgeformten Menschenbeinen werden ließ. Sie besprengte Ichabod mit einigen Tropfen der Flüssigkeit.

Zu Imbris Entsetzen wirkte es nicht sofort. »Es funktioniert nicht!«

»Das hier ist ein verdünntes Elixier«, erklärte die Sirene. »Hier im Wasserflügel haben wir keine wirklich starken Quellen, denn sie sind alle unter Wasser, und da ist es ziemlich schwierig, ihre Essenzen aufzufangen. Aber es wird in ein paar Stunden Wirkung zeigen – oder auch schneller, wenn er etwas davon trinken könnte.«

Sie richteten den bewußtlosen Mann auf und träufelten ihm etwas Elixier in den Mund. Da rührte sich Ichabod. Er öffnete die Augen und stöhnte.

»Er lebt!« rief Grundy froh. »Hab mir richtig Sorgen um den alten Knaben gemacht.«

»Zieht ihm den Pfeil aus dem Rücken!« rief ihnen Morris vom Meer her zu. Er war ein Vollblutmeermann und konnte deshalb nicht an Land gehen. »Die Heilung kann nicht richtig einsetzen, solange er einen Pfeil im Leib hat!«

Das war offensichtlich. In ihrer Aufregung hatten sie der

Wunde selbst gar keine Aufmerksamkeit gewidmet. Doch nun standen sie vor einem großen Problem: Der Pfeil war nämlich mit Widerhaken versehen und ließ sich nur unter schrecklichen Schmerzen und weiteren Verletzungen aus dem Fleisch ziehen, die für den alten Mann auch trotz des Elixiers tödlich sein konnten. Die Magie hatte schließlich auch ihre Grenzen.

»Vielleicht solltest du mal entmaterialisieren...« schlug Grundy vor.

Imbri versuchte es. Sie nahm den Pfeil zwischen die Zähne, entmaterialisierte sich und wich zurück. Der Pfeil verlor zusammen mit ihr an Stofflichkeit und ließ sich ohne Widerstände aus dem Leib des Gelehrten ziehen. Erfreut schleuderte sie ihn davon; sie hatte Ichabod überhaupt nicht wehgetan!

Nun begann die klaffende Wunde sichtbar zu heilen. Jetzt hieß es nur noch abwarten.

Eine halbe Stunde später war Ichabod wieder gesund und munter. »Ich hoffe nur, daß ich das nicht noch einmal erleben muß!« sagte er. »Danke, schöne Maid, für deine zeitige Hilfe.«

Die Sirene lächelte erfreut. Sie war schon in den mittleren Jahren und wußte es offenbar zu schätzen, wenn man sie mit »Maid« anredete.

»Sie ist keine Maid«, warf Grundy mit seinem wohlbekannten Taktgefühl ein, »sondern eine Sirene.«

»Eine Sirene?« fragte Ichabod und wurde anscheinend immer interessierter. »Aber lockt sie denn auch Seeleute in ihr Unglück?«

»Jetzt nicht mehr«, erwiderte die Sirene mit einem Stirnrunzeln. »Ein Zentaur hat meine magische Harfe zerschlagen, was mich meiner Macht beraubt hat.«

»Oh.« Ichabod dachte nach. »Weißt du, wenn du deine Macht wieder besäßest, könntest du Xanth große Dienste erweisen. Du könntest die Mundanier anlocken –«

»Ich möchte niemandem etwas zuleide tun, nicht einmal Mundaniern«, sagte sie. »Ich habe inzwischen Familie. Hier ist mein Sohn Cyrus.« Sie stellte ihnen einen kleinen Jungen vor, der schüchtern lächelte und dann wieder in den See zurücksprang. Noch im Sprung verwandelten sich seine Beine in einen Tritonschwanz.

»Natürlich liebt niemand das Töten«, gab Ichabod zu. »Aber vielleicht könntest du die Mundanier auf irgendeine Insel locken, die sich mitten in einem Ungeheuern durchsetzten See befindet, so daß sie keinem mehr Schaden zufügen können.«

»Ja, das wäre wohl in Ordnung«, meinte sie. »Ich könnte sie auch zu meiner Schwester der Gorgone locken, die sie in Stein verwandeln könnte. Solche Statuen lassen sich mit der richtigen Magie wiederbeleben. Man könnte sie aber auch wieder nach Mundania bringen, wo der Zauberbann sich von allein auflösen würde, was ja nicht dasselbe ist wie der Tod.« Sie zuckte mit den Schultern. »Aber ich fürchte, daß meine Kraft für immer verschwunden ist; denn nur der Gute Magier weiß, wie man mein Instrument wieder herstellen könnte, und der würde es mir nicht einmal dann verraten, wenn ich bereit wäre, ihm dafür einen Jahresdienst als Lohn abzuleisten. Insofern macht es auch eigentlich nichts mehr. Ich glaube, daß ich, wenn ich ehrlich bin, jetzt viel glücklicher bin als damals, als ich noch über diese Macht verfügte.« Doch sie wirkte nachdenklich, als sei sie sich der gewaltigen Fähigkeit schmerzlich bewußt, die sie verloren hatte.

Ichabod spreizte die Finger. »Das weiß man nie so genau. Ich verstehe mich mit dem Guten Magier Humfrey ganz gut, denn ich habe ihm einige ausgezeichnete mundanische Forschungsbücher beschafft. Vielleicht kann ich das Thema bei ihm mal anschneiden. Ich glaube, du hast mir mit deiner Hilfe mindestens ein Jahr meines Lebens geschenkt. Jedenfalls weiß ich zu schätzen, was du für mich getan hast.« Er wandte sich zu Imbri um. »Und du und Grundy natürlich auch. Aber jetzt müssen wir Chamäleon wiederfinden.«

Er hatte recht. Die Nacht verging viel zu schnell. Sie verabschiedeten sich von der Sirene und den freundlichen Meerleuten und machten sich in südwestlicher Richtung wieder auf den Weg. Mit Hilfe ihres Orientierungssinns spürte Imbri Chamäleon mühelos auf, und schon bald hatten sie die Frau und das Tagpferd erreicht.

Chamäleon schlief in einem Kissenstrauch, während das Pferd daneben graste. Anscheind hatten sie das Gelände erkundet und sich davon überzeugt, daß es ungefährlich war. Chamäleon schien trotz ihrer Dummheit einen Sinn für sichere Orte und Stellen zu haben.

Als sie sich näherten, erwachte die Frau. »Oh, ich bin ja so froh, daß ihr wieder sicher hier seid!« rief sie. »Ich hatte Besuch von einer Nachtmähre – erst dachte ich ja, das wärst du, Imbri, aber das stimmte nicht. Die brachte mir einen schrecklichen Traum, in dem Ichabod schlimm verwundet wurde. Wie gut, daß das nicht stimmte!«

»Es stimmte doch«, widersprach Ichabod ihr. »Deshalb kommen wir auch erst so spät zurück.«

»Wir sind von den Mundaniern gefangengenommen worden«, warf Grundy ein.

»Ach ja, jetzt erinnere ich mich – das war auch in dem Traum. Wie entsetzlich!«

Da trat das Tagpferd auf sie zu, die Ohren gespitzt. »Wie froh ich doch bin, daß dieses Pferd hier bei mir ist«, sagte Chamäleon und tätschelte den Hengst auf die muskulöse Schulter, worauf er leise wieherte. Offenbar mochte er Chamäleon, wie anscheinend alle, die sie in ihrer schönen Phase kennenlernten.

»Wir sind im Schutz des Buschfeuerrauchs vorgegangen«, fuhr der Golem fort, »aber da hat der Wind gedreht, und sie haben uns umzingelt. Dann haben wir mit ihrem Anführer gesprochen, das war Varsoboes der Punier. Dann kam der Reitersmann . . .«

Das Tagpferd schnaubte.

»Der war wirklich da!« beharrte Grundy. »Sagte, daß er einen Zentauren dazu gezwungen habe, ihn nach Norden zu bringen, weil ihm der Boden um Schloß Roogna zu heiß unter den Füßen wurde. Wir wissen nicht, was mit den Knechten passiert ist, von denen Imbri uns erzählt hat; vielleicht hat die ein Drache erwischt. Ist auch nicht schade drum! Der Reitersmann wollte wissen, wie Imbri ihm entkommen konnte . . .«

». . . und da mußte ich es ihm sagen«, projizierte Imbri reumütig. »Er hat versprochen, uns fliehen zu lassen, und ich glaube, er hat Wort gehalten.«

»Wenn der Wort gehalten hat, dann nur, weil er keinen Grund dazu hatte, euch dort zu behalten!« beharrte das Tagpferd in dem von Imbri zur Verfügung gestellten Traum. »Ich kenne diesen Mann! Der tut niemals etwas für andere, wenn er sich davon nicht irgendeinen persönlichen Vorteil erhofft!«

»Na ja, jedenfalls hat er uns fliehen lassen«, wandte Grundy ein. »Vielleicht war es auch nur eine List, um uns zu verfolgen, damit wir ihn zu dir führen. Aber *den* Plan haben wir gründlich zunichte gemacht! Wir haben uns in den Wasserflügel begeben und die Sirene aufgesucht, um Ichabod heilen zu lassen, und die Mundanier konnten uns nicht folgen. Vielleicht haben wir den Reitersmann jetzt doch noch überlistet.«

»Das bezweifle ich«, meinte das Tagpferd im Traum. »Er ist sehr gerissen. Wahrscheinlich wollte er euch aus irgendeinem Grund entkommen lassen. Vielleicht wußte er, daß die Mundanier ihm Imbri nicht geben würden, so daß er dafür gesorgt hat, daß sie sie auch nicht behalten konnten. So ist der nämlich. Er fügt Leuten auf eine Weise Schaden zu, daß man es ihm niemals nachweisen kann. Er will, daß alles nur nach seinem Willen geht. Aber auf jeden Fall weiß er jetzt ungefähr, wo wir uns aufhalten. Wir müssen sofort nach Süden fliehen.«

»Soviel ist sicher«, pflichtete Grundy ihm bei. »Wir haben unsere Informationen bekommen, und wir wissen nun, wer die Mundanier sind. Jetzt müssen wir alles, was wir in Erfahrung gebracht haben, so schnell wie möglich König Dor melden.«

Das leuchtete ein. Imbri wunderte sich über den Hengst, der plötzlich kaum noch dumm zu sein schien und sich recht gewählt ausdrücken konnte. Was er über den Reitersmann gesagt hatte, das hatte Hand und Fuß. Aber wenn der Mann sie tatsächlich hatte fliehen lassen wollen, damit sie König Dor Meldung machten – wozu, aus welchem Grund? Er war doch ein Feind, der nur darunter leiden würde, wenn es dem König gelang, eine schlagkräftige Verteidigung aufzubauen. Irgend etwas Wichtiges fehlte noch in diesem Mosaik, und das beunruhigte sie.

Sie machten sich auf den Weg in Richtung Süden. Chamäleon war es zufrieden, auf dem Tagpferd zu reiten, also beließen sie es dabei. Den ganzen Tag galoppierten sie über das Land, so daß sie bis zum Anbruch der Nacht die unsichtbare Brücke überquert und schließlich Schloß Roogna erreicht hatten.

Der Hengst zog es vor, das bevölkerte Schloß nicht zu betreten, weil er fürchtete, dort eingefangen und in einen Stall gesperrt zu werden. Das konnte Chamäleon verstehen, und so stieg sie ab und umarmte ihn liebevoll. »Vielen, vielen Dank, Tagpferd!« Sie gab ihm einen Kuß aufs rechte Ohr.

Pferde erröteten normalerweise nicht, doch dieses hier versuchte es: Der Hengst zuckte mit dem Ohr, schnaubte und scharrte mit einem Vorderhuf über den Boden. Dann ließ er seinen Schweif heftig umherpeitschen, obwohl nicht eine Fliege in der Nähe war, machte auf zwei Hufen kehrt und trabte davon, um eine Weide und einen Ruheplatz zu finden.

»Es ist leicht, eine hübsche Frau zu mögen«, bemerkte Grundy etwas wehmütig. »Selbst wenn man ein Pferd ist.«

Und es war auch leicht für eine Mähre, einen solchen Hengst zu mögen, dachte Imbri insgeheim. Er war doch solch ein schönes, nettes, hilfsbereites Tier. Wenn er doch nur etwas intelligenter wäre!

VII

Die erste Schlacht

König Dor erwartete sie bereits. Ernst lauschte er ihrem Bericht und notierte sich sorgfältig die Zahl und Bewaffnung seiner Gegner, die Ichabod ihm meldete. Imbri war erstaunt als sie merkte, wie gut der mundanische Gelehrte alles beobachtet hatte. Anscheinend wußte Xanth nun mehr über die Mundanier, als die Mundanier über Xanth wußten.

»Die karthagischen Söldnertruppen waren ... äh, sind zweifellos schlagkräftige Kämpfer«, schloß Ichabod seinen Bericht. »Sie hatten ausgezeichnete Führer und waren es gewohnt, ohne große Unterstützung aus ihrer Heimatstadt selbständig zu operieren. Sie beherrschten die westliche Hälfte des Mittelmeers, und selbst die Römer waren im allgemeinen nicht dazu fähig, sie im Kampf zu besiegen.« Er machte eine Pause. »Aber ich schweife ab, wie ich es so häufig tue. Worauf ich hinaus will, das ist die Tatsache, daß wir es hier mit ernst zu nehmenden Feinden zu tun haben, die ihre Gefangenen gern ihrem blutrünstigen Gott Baal Hammon opfern. Ihr dürft nicht zulassen, daß sie auch nur einen Schritt weiterkommen. Ich liebe es nicht, Gewalt zu predigen, aber ich sehe auch keine Möglichkeit, dieser Gefahr mit friedlichen Mitteln erfolgreich zu begegnen. Zum Glück haben sie keine Waffen, mit denen wir unvertraut sind, möglicherweise mit Ausnahme des Verrats.«

Dor schüttelte ernst den Kopf. In den drei Tagen seit ihrer letzten Begegnung schien er gealtert zu sein, obwohl er wenigstens etwas Schlaf gefunden hatte. »Ich hatte gehofft, daß es anders kommen würde, aber eine Welle bleibt nun einmal eine Welle. Wir werden mit den Mitteln kämpfen, die uns zur Verfügung stehen. Es bleiben also noch etwa sechshundert Nächstweller, die mit Schwertern, Speeren und Pfeil und Bogen bewaffnet sind. Eine solche Zahl würden wir normalerweise niemals besiegen können. Ich habe zwar die alten Soldaten aus König Trents ehemaliger Armee einberufen, aber ich zweifle etwas an ihrer Kampfkraft. Was wir jetzt wirklich brauchen, das ist die Hilfe von einigen der wilderen Tiere Xanths, etwa die der Drachen. Sie haben uns auch schon früher in der Geschichte Xanths geholfen, wenn wir in Schwierigkeiten steckten. Doch bisher haben sie alle meine Vorschläge und Angebote abgelehnt. Ich glaube wohl, daß sie König Trent gegenüber etwas entgegenkommender gewesen wären, weil seine magische Kraft überzeugender wirkt als meine. Die Drachen scheinen zu glauben, daß sie nur davon profitieren können, wenn Menschen gegen Menschen kämpfen.«

»Die sollen nur warten, bis die Nächstweller erst einmal das Drachenland verwüsten«, knurrte Grundy, »dann werden sie schon sehen!«

»Dann kann es für uns schon zu spät sein«, meinte Dor. »Im übrigen geht es ja auch nicht nur um die Drachen. Die Kobolde, die ja eigentlich eher Menschen als Tieren gleichen, haben unserem Boten gesagt, er sollte seine Schnauze lieber irgendwo hinein stecken.«

»Die Kobolde wollen nicht einberufen und zum Kriegsdienst gepreßt werden«, projizierte Imbri, als sie sich an den letzten Alptraum erinnerte, den sie fabriziert hatte.

König Dor konzentrierte sich auf die Karte von Xanth. »Wir nehmen an, daß die Mundanier zunächst bis zu Schloß Roogna vorstoßen werden. Das Schloß liegt nämlich dort, wo sich in dem Land, welches sie zu erobern glaubten, Rom befindet, so daß es ein naheliegendes Ziel ist. Leider haben sie in gewisser Weise sogar recht damit. Wenn sie nämlich Schloß Roogna einnehmen oder zerstören, verliert Xanth sein Zentrum des Widerstands. Drachenland und Koboldland befinden sich in Zentralxanth; wenn die Nächstwelle die Westküste entlangspült, wird sie diese Gebiete auslassen. Deshalb machen sich auch weder die Drachen noch die Kobolde allzu große Sorgen. Da die meisten Menschensiedlungen sich im Westen befinden, müssen wir die ganze Wucht des Ansturms ertragen.« Er strich sich mit einer Hand durchs Haar, das bereits schütter geworden zu sein schien. »Ich wünschte, König Trent wäre wieder gesund, denn er besitzt das taktische Geschick, mit einer solchen Sache klarzukommen.«

Da war es schon wieder! Nicht einmal König Dor hatte Vertrauen in seine eigenen Fähigkeiten. Der Verlust von König Trent war ein schrecklicher Schlag für Xanth gewesen – wie der Anführer des Gegners, Varsoboes, anscheinend auch genau gewußt hatte. Der Reitersmann hatte bei seinem Erkundungsauftrag wirklich ganze Arbeit geleistet.

»Der Spaltendrache wird sie schon aufhalten«, meinte Grundy.

»Vielleicht, wenn wir die magischen Brücken wegnehmen. Aber das sollte unsere allerletzte Option sein, denn diese Brücken lassen sich nur ziemlich schwer wieder befestigen. Die Errichtung der letzten hat der Gute Magier Humfrey noch beaufsichtigt, aber der ist ja auch nicht mehr der Jüngste.«

»Der war noch nie der Jüngste«, wandte Grundy ein. »Höchstwahrscheinlich ist er bereits als haarloser, runzliger alter Gnom geboren worden. Aber es stimmt schon, was Ihr sagt, Majestät. Die Gorgone scheint in seinem Schloß so ziemlich das Regiment zu führen, und ich glaube, daß ich mich nicht unbedingt einer Brücke anvertrauen möchte, deren Errichtung er heute beaufsichtigen würde.«

»Also werde ich die alte Armee von König Trent anführen, um die Mundanier nördlich der Spalte aufzuhalten –«

»Nein, das wirst du doch wohl nicht selbst tun, Dor!« rief Chamäleon entsetzt.

»Aber Mutter, ich bin doch schließlich König!« protestierte er etwas weinerlich. »Es ist meine Aufgabe, die Armee anzuführen!«

»Eure Aufgabe ist es, Xanth zu regieren«, warf Grundy ein. »Wenn Ihr närrischerweise in den Krieg zieht und dabei getötet werdet, wie steht Xanth dann da?«

»Aber –«

»Hört auf sie, Euer Majestät«, sagte eine Stimme an der Tür. Es war die Königin Iris, die in Schwarz gekleidet war. »Ich weiß jetzt, wie man sich als Halbwitwe fühlt; ich möchte nicht, daß meine Tochter es auch erfahren muß.«

Dor lächelte schief. »Na schön, ich werde schon versuchen, am Leben zu bleiben. Aber ich muß bei den Soldaten sein. Das ist schließlich das mindeste, was ich tun kann.«

Wie vorgesehen, strömte die Nächstwelle an der Westseite Xanths in das Land hinein und mied die tödliche Zentralregion und die von Ungeheuern verseuchte Küste. Der Reitersmann hatte anscheinend die beste Marschroute ausgekundschaftet – nämlich den verzauberten Pfad, der von Handelsreisenden benutzt wurde, um zu dem Isthmus zu gelangen, welcher den einzigen Zugang zu Mundania darstellte. Nun half der Zauber den Feinden, direkt nach Schloß Roogna vorzustoßen.

Die meisten Lebewesen Xanths dachten an die früheren Invasionswellen als an tobende Horden plündernder Mundanier, und die jetzige Welle kam dieser Vorstellung recht nahe. Doch es war auch nicht zu übersehen, daß diese Streitmacht ein gewaltiges Können besaß, wenn es darum ging, ihre eigene Gewalttätigkeit konstant aufrechtzuerhalten und nicht erlahmen zu lassen. Die Mundanier lernten sehr schnell, wie sie mit den Gefahren Xanths am besten umzugehen hatten und wie sie sich die Magie des Landes zunutze machen konnten.

Das ruhige Norddorf mußte hastig evakuiert werden, bevor die Invasionswelle es überspülte, und das Zentaurendorf südlich davon wurde ebenso schnell geräumt. Diese Zentauren waren weniger zimperlich, was magische Talente anging, als ihre fernen Verwandten auf der Zentaureninsel, so daß sie den Menschen bei der Evakuierung sehr halfen, indem sie nämlich die Alten und Kranken beförderten. Im Grenzzug setzten die Menschen ihre Talente dazu ein, den Zentauren den Marsch zu erleichtern, indem sie ihnen bei Bedarf Nahrungsmittel und Werkzeuge herbeizauberten. Es war eine beachtenswerte Zusammenarbeit. Zwar verfinsterten sich aller Mienen, wenn sie daran dachten, daß sie diese Gebiete dem Feind hatten überlassen müssen, aber daran war nun einmal nichts zu ändern.

König Dor gab Königin Iris den Auftrag, die Evakuierungsmaßnahmen zu überwachen. Sie verbrachte Tag und Nacht im Schlafgemach an der Seite des bewußtlosen Königs Trent und setzte ihre gewaltige magische Kraft auf eine Weise zum Wohle Xanths ein, wie auch König Trent es wohl von ihr erbeten hätte. Sie projizierte ihr Bild in jeden Haushalt des Dorfs, warnte alle vor der drohenden Gefahr und überzeugte sich davon, daß auch jeder an der Evakuierung teilnahm. Iris konnte diese Leute richtig sehen, und diese wiederum sahen auch sie; in diesem Ausmaß waren ihre Illusionen durchaus wirklich. Tatsächlich war es sehr schwierig festzumachen, wo die Illusion aufhörte und die Wirklichkeit begann. Sie sprach ruhig, aber mit Überzeugungskraft und sorgte dafür, daß die Dörfler ihre wichtigste persönliche Habe mitnahmen und nichts zurückließen, was den Mundaniern nützen konnte.

Weil sie gleichzeitig auch den Fortschritt der Eroberungswelle verfolgen konnte, wenngleich die Front sich gerade noch am äußersten Rande ihres Wirkungsradius befand, schöpften die Leute Gewißheit und führten die Evakuierung geordnet durch, ohne sie zu überstürzen, aber auch ohne sie unnötig hinauszuzögern.

Doch die Königin arbeitete auch sehr hart; all dies erforderte auf solche Entfernungen eine Menge Konzentration und Energie. Iris weigerte sich, sich nachts auszuruhen, weil sie alle Einzelheiten mehrmals überprüfen mußte. Ihre Illusionsgestalten wurden unscharf.

Iris war nicht mehr auf dem Höhepunkt ihrer Jugend, sie war so alt wie König Trent. Diese gewaltige Anstrengung ohne Ruhepause konnte sie bald in einen ähnlichen Zustand bringen wie Trent selbst.

Schließlich schickte König Dor Imbri zu ihr mit einem Korb voller Speisen und Getränke; er gab ihr den Auftrag, die

Königin dazu zu bringen, eine dringend benötigte Pause einzulegen. König Dor hatte ein ungutes Gefühl dabei, seiner Schwiegermutter Befehle zu erteilen, weshalb er auch Imbri losgeschickt hatte.

Imbri betrat das Schlafgemach und stellte den Korb ab, dessen Riemen sie zwischen den Zähnen getragen hatte. »Königin Iris, ich habe Euch Erfrischungen gebracht«, projizierte sie. »Ihr müßt etwas essen und trinken.«

Iris hielt in ihrer Illusionsarbeit inne. »Versuch nicht, mich an der Nase herumzuführen, Mähre«, fauchte sie. »Da ist ein Schlafmittel drin.«

»Das stimmt«, meinte Imbri. »Eure Tochter hat es hineingetan. Aber sie sagt, daß sie schon auf ihren Vater aufpassen wird, während Ihr Euch ausruht, sofern es Euch recht ist.«

»Ihr Platz ist an der Seite ihres Mannes, des neuen Königs«, sagte Iris mit etwas weicherer Stimme. »Ich weiß, daß sie ihren Vater liebt. Das braucht sie mir nicht erst zu beweisen.«

»Bitte – ruht Euch doch aus! Die Dörfler können jetzt auch ohne Euch weiterreisen, und es kann sein, daß man Eures Talents später noch einmal bedarf.«

»Tatsächlich liebt Irene Trent mehr als mich«, brummte Iris. Doch sie nahm etwas Kuchen zu sich und trank von der Kokosmilch, und sie gestattete es sich sogar, müde zu werden. »Dann paß *du* auf den König auf!« sagte sie. »Und schick mir bloß keine Alpträume! Ich habe so schon genug davon.«

»Keine Alpträume«, willigte Imbri ein.

Doch sie schickte der Königin wenigstens einen schönen Traum, in dem die Dörfler sicher südlich der Spaltenschlucht eintrafen, wo sie in anderen Dörfern aufgenommen wurden.

»Versuch doch nicht, mir etwas vorzumachen!« sagte Königin Iris im Schlaf, als sie merkte, was gespielt wurde. »Ich beschere anderen zwar Illusionen, aber ich selbst ziehe die Wirklichkeit vor.«

»Ihr seid tapfer«, sendete Imbri.

»Und ich dulde auch keine falsche Schmeichelei!« konterte die Königin und drohte wieder aufzuwachen.

»Ich habe ja nicht gesagt, daß Ihr nett seid«, sagte Imbri in dem Traum und nahm die Gestalt einer älteren Frau an, in deren Gegenwart sich die Königin vielleicht etwas wohler fühlen würde. »Ich sagte, Ihr seid tapfer.«

»Es bedarf keiner Tapferkeit, um anderen Bilder zu schicken, das solltest du eigentlich wissen.«

»Nein, aber um nach der Wirklichkeit zu streben«, erklärte Imbri. »Ich schicke meine Bilder in den Geist der anderen, nicht ins Außen, wie Ihr es tut. Aber auch ich ziehe die Wahrheit vor, die oft nicht das geringste mit einem Traum zu tun hat. Manche Leute ziehen aber die Illusion vor.«

»Ich weiß deine Bemühungen zu schätzen«, entgegnete die Königin. »Du versuchst, mich am Schlafen zu halten, und wahrscheinlich ist das auch nötig. Wenn ich übermüdet bin, kann ich Xanth nicht gut dienen.« Doch da zuckte sie zusammen. »Xanth? Wem versuche ich denn jetzt schon wieder, etwas vorzumachen? Ich sagte, daß ich die Wirklichkeit suche, aber das hier ist doch nichts als Illusion! Ich habe mich noch nie um das Wohlergehen Xanths gesorgt! Ich wollte es immer regieren, was etwas ganz anderes ist. Aber keine Königin darf in Xanth herrschen, egal, welches Talent sie auch aufzuweisen haben mag.«

»Ichabod meint, daß Xanth wie ein mittelalterliches Königreich sei«, sagte Imbris Traumgestalt. »Er glaubt, daß der Fortschritt irgendwann einmal auch Frauen gleiche Rechte wie Männern einräumen wird.«

»Wie geht es dem König?«

War dies nun ein gewollter Themenwechsel oder das Produkt eines übermüdeten Geistes? Imbri musterte den König. »Unverändert.«

»Weißt du, ich habe ihn nur geheiratet, um Königin zu werden. Wenn man selbst nicht herrschen kann, dann ist das Nächstbeste eben, denjenigen zu heiraten, der es darf. Es war eine Zweckheirat, wir haben einander nie vorgemacht, daß es zwischen uns so etwas wie Liebe gäbe. Er mußte heiraten, weil der Ältestenrat, der ihn zum König gemacht hatte, dies von ihm verlangte. Er hat es getan, um damit einen Streit auf Magierebene zu beheben.«

»Aber –«

»Ich habe meine Fehler, und es sind auch sehr große darunter«, fuhr die Königin fort, »aber eine Heuchlerin bin ich niemals gewesen. Ich habe mich mehr als alles andere nach Macht gesehnt, und auch König Trent wollte Macht. Aber er wollte nicht ein zweites Mal heiraten, und als er es doch mußte, hat er sich geweigert, es aus Liebe zu tun. Also hat er das Geschäft mit mir gemacht, da ich nun einmal nicht sehr liebenswert war. Das war vielleicht ein Vorzug von mir, der ebenso groß war wie meine Magie. Wenn seine verstorbene mundanische Frau uns zugesehen hätte, hätte sie schnell gemerkt, daß ich sie in seiner Wertschätzung nicht verdrängen konnte. Im Grunde hat er sich selbst bestraft. Ich wußte es – aber die Wahrheit ist, daß ich genausowenig auf Liebe aus war. Deshalb genügte es mir, mich für den Schein der Macht und der Auszeichnung zu prostituieren – obwohl es keine Prostitution im eigentlichen Sinne war, denn er empfand keinerlei körperliches Verlangen nach mir.«

Imbri waren diese Enthüllungen äußerst peinlich, aber sie mußte feststellen, daß die Königin sich im Schlaf entspannte, so daß lange verdrängte Wahrheiten nun wieder an die Oberfläche kamen. Es war wohl das beste, sich nicht einzumischen. »Pferde streben auch nicht nach Liebe«, meinte sie. »Nur nach Kameradschaft und Nachkommenschaft und gutem Weideland.«

Die Königin lachte. »Wie schön du das definieren kannst, Nachtmähre! Das war es auch, was ich zusätzlich zur Macht suchte. Und König Trent hat mir all diese Dinge beschert, wenn auch auf seine Weise. Ich habe keinen Grund zur Klage. In seiner Jugend kannte man ihn als den Bösen Magier, doch tatsächlich war er ein guter Mensch. *Ist* er ein guter Mensch.«

»Und ein guter König«, stimmte Imbri ihr zu. »Soweit ich gehört habe, ist dies das beste Zeitalter Xanths seit der Herrschaft von König Roogna gewesen.«

»Das stimmt. König Roogna hat die Vierte oder Fünfte Welle bekämpft, ich weiß nicht mehr genau, welche es war, und danach das goldene Zeitalter Xanths eingeleitet. Er hat dieses prächtige Schloß erbaut. Wir nennen unseres das silberne Zeitalter, aber ich nehme an, daß es wohl genauso golden ist wie das andere.« Nachdenklich hielt sie inne. »Es ist seltsam, wie sich die Dinge oft entwickeln. Ich habe König Trent aus Verachtung heraus geheiratet, weil ich glaubte, ihn benutzen zu können, um selbst Macht zu bekommen. Aber es stellte sich heraus, daß er stärker und besser war, als ich gedacht hatte, und anstatt ihn zu beherrschen, beherrschte er statt dessen mich. Und was das merkwürdigste daran war – ich stellte plötzlich fest, daß mir das sogar gefiel! Ich hätte ihn lieben können... aber die eine große Liebe seines Lebens starb bereits, bevor er nach Xanth zurückkehrte. Er hatte übrigens auch einen Sohn. Irgendeine fremdländische Krankheit hat sie beide hinweggerafft. Er hätte sich schuldig gefühlt, wenn er jemals wieder geliebt hätte. Und so blieb er seinem Wesen treu, während ich dem meinen untreu wurde. Wie ich diese unbekannte, verstorbene mundanische Frau beneidet habe!«

»Aber Ihr habt doch ein Kind von ihm!« protestierte Imbri.

»Das heißt weitaus weniger, als man meinen sollte«, erwiderte die Königin. »Xanth brauchte einen Thronfolger für den Fall, daß es nach dem Tod Trents keinen Magier geben sollte, der das Amt wahrnehmen konnte. Irgendeinen Lückenbüßer, der Schloß Roogna bewohnen und die Zeit überbrücken sollte, bis wieder ein neuer Magier auftauchte. Also mußte Trent zu mir kommen. Die Sache hat ihn derart mitgenommen, daß ich meine Illusion ins Spiel bringen mußte, so daß wir wie zwei ganz andere Leute aussahen, nicht wie er und ich. *So* haben wir Irene gezeugt!«

Imbri war schockiert. »Eine Vernunftpaarung?«

»Ja, du drückst es schon wieder recht treffend aus. Für mich war es wirklich, nicht dagegen für ihn; er tat ja nur seine Pflicht. Aber als Irene dann geboren wurde – nicht einmal eine Zauberin, und ein Mädchen dazu, also gleich ein doppelter Reinfall –, da gab es in diesem Punkt wohl keine Konflikte in seiner Seele. Er konnte ein anderes Kind ganz normal lieben, denn einem Mann ist es ja möglich, mehrere Kinder zu haben, ohne eines davon zu verleugnen. Das Mädchen stellte keine Bedrohung der Erinnerung an seinen Sohn dar. Er liebte Irene, und irgendwie liebte er manchmal sogar, wie ich glaube, Irenes Mutter.«

»Ganz bestimmt!«

»Und jetzt ist er fort oder vorübergehend außer Gefecht – das ist nun eine Illusion, die ich nicht aufgeben darf! –, und ich kann die Rolle spielen, die man von mir erwartet: die der trauernden, treuen Ehegattin. Weil es ja auch stimmt. Eine Zweckehe, die – wenigstens für mich – nach und nach insgeheim zu einer richtigen Ehe wurde. Und ich kann das, was ich für Xanth Gutes tue, für ihn tun, weil es eben das wäre, was *er* ja auch täte, so daß ich mich nur noch durch ihn verwirklichen kann.« Sie schnitt eine Grimasse. »Ich, die Ur-Feministin! Wie schlimm ist doch mein Sturz! Und um wieviel schlimmer, weil ihn keiner erkennt!«

»Ich sehe das aber gar nicht als Sturz an«, meinte Imbri.

»Du bist ja auch eine Mähre.« Doch die Königin lächelte und nahm die Tröstung entgegen. »Ich würde alles darum geben, ihn zurückzubekommen, auf welcher Basis auch immer, oder ihm in seine Verzauberung zu folgen. Aber das obliegt ja anscheinend nicht meiner Entscheidung, genausowenig wie die anderen wichtigen Entscheidungen in meinem Leben es getan haben.«

Königin Iris versank in einen immer tieferen Schlaf, und Imbri ließ sie unterhalb der Traumschwelle sinken, um ihr die wohlverdiente Ruhe zu gönnen. Sie hatte nichts von Iris' Empfindungen geahnt und auch nicht danach gestrebt, davon zu erfahren. Aber nun war sie doch froh, darum zu wissen. Menschen waren wirklich komplizierter als Pferde!

Innerhalb der nächsten Tage machte sich König Dors hastig einberufene und ausgerüstete Armee bereit, sich dem Gegner zu stellen. Alle wußten, daß König Trent einen erfolgreichen Feldzug hätte organisieren können – aber König Trent war leider nicht dabei. Das Volk hatte nicht viel Vertrauen in Dor – doch er war der einzige König, den Xanth hatte. Aber ob seine Fähigkeiten ausreichten?

Dor begleitete die Armee zusammen mit seiner privaten Leibwache von alten Jugendfreunden. Er ritt auf Chet Zentaur, der mit einem prächtigen Bogen, einem Speer und einem Schwert bewaffnet war und auf magische Weise Felsbrocken in kleine Kiesel verwandeln konnte. Auch Chets Schwester Chem war dabei, denn ihr magisches Talent der Landkartenprojektion war unerläßlich, um die Positionen der Truppen Xanths und der Nächstweller genau markieren zu können. Chem trug Grundy den Golem auf ihrem Rücken, dessen Fähigkeit, mit allen Lebewesen reden zu können, König Dors Talent ergänzte, alle unbelebten Dinge zum Sprechen zu bringen. Gemeinsam konnten sie binnen kürzester Zeit eine Menge Informationen sammeln. Krach der Oger war auch dabei. Er glich inzwischen eher einem großen, etwas grobschlächtigem Mann, weil er von Geburt ja auch halbmenschlich war, aber wenn es nötig war, konnte er durchaus auch den schrecklichsten aller Oger hervorkehren. Da er zu Fuß nicht so leicht mit den Zentauren schritthalten konnte, ritt er auf Imbri.

Imbri und Chem ritten nebeneinander. »Erinnerst du dich noch an mich, Chem? Ich habe deine Seelenhälfte.«

»Ja, ich erinnere mich. Du hast uns damals dabei geholfen, aus dem Nichts zu fliehen. Ohne dich wären wir verloren gewesen. Jetzt hilfst du Chamäleon, nicht wahr?«

»Sie mag keine Schlachten, will aber, daß ihr Sohn Dor in Sicherheit ist, weshalb ich auch den Oger trage.« Imbris Zentaurenabbild lachte. »Jetzt, da ich eine Tagmähre geworden bin, muß ich dir wohl deine Seele zurückgeben –«

»Nein, das war ein gerechter Tausch, wenn man alles bedenkt«, widersprach Chem ihr im Traum. »Meine Halbseele erholt sich langsam und wächst wieder nach, und ich hoffe, daß es deiner genauso geht.«

»Mag sein«, erwiderte Imbri. »Ich weiß nicht, wie ich das beurteilen sollte. Früher war ich immerhin ein gänzlich seelenloses Tier.«

»Manche der allerbesten Lebewesen besitzen keine Seele«, meinte Chem. »Ich weiß nicht, warum Seelen nur Menschen und teilmenschlichen Wesen vorbehalten sind. Manche Drachen sind mehr wert als die meisten Mundanier.« Ihr Blick huschte zu Imbris Reiter hinüber. »Und sogar manche Oger sind nette Leute.«

»Ha, das habe ich mitgekriegt!« rief Grundy. »Sie reden über dich, Krach, und zwar in Träumen.«

»Warum auch nicht?« fragte Krach. »Es sind doch meine Freunde.«

»Och, du denkst ja nicht einmal mehr wie ein Oger! Du bist ein Spielverderber«, klagte der Golem. Die anderen lachten.

»Und außerdem gibt es vielleicht einen besonderen Grund dafür, daß du eine Seelenhälfte bekommen hast«, fuhr Chem still in Imbris Privattraum fort. »Oft stellt sich ja heraus, daß solche Dinge mehr bedeuten, als es zunächst erscheinen mag. Vielleicht wird meine Halbseele dir eines Tages einen ebensogroßen Dienst erweisen, wie es deine Hilfe für mich einmal getan hat. Natürlich wird sie dich nicht aus dem Nichts befreien, aber –«

Da erspähten sie eine Harpyie, die auf dem Ast eines Pfefferbaums hockte. Die marschierenden Truppen hatten einen großzügigen Bogen um den Baum gemacht, um nicht eine Niesorgie zu provozieren. Die Harpyie jedoch schien immun zu sein, vielleicht weil sie ohnehin bereits von Schmutz übersät war. »He, Vogelhirn!« rief Grundy in seiner bekannt gewinnenden Art. »Wie wär's, wenn du für uns mal ein bißchen Lufterkundung durchführen würdest?«

»Für euch?« kreischte die Harpyie empört. Sie besaß den Kopf und die Brüste einer Frau sowie Flügel und Körper eines Bussards. Dieses Exemplar war noch einigermaßen jung; wenn sie nicht so schrecklich verdreckt gewesen wäre, hätte sie ganz erträglich ausgesehen. »Warum sollte ich für euch und euresgleichen wohl etwas tun?« Und dann ließ sie eine Schimpfkanonade von Beleidigungen los, daß selbst der Oger rote Ohren davon bekam. Für dergleichen waren Harpyien berühmt.

»Für das Wohlergehen Xanths, du Faulschlund«, erwiderte Grundy, der sich als erster von dem Wortschwall erholte. Tatsächlich hatte es den Anschein, als merke er sich einige der Ausdrücke für den späteren Gebrauch, obwohl das wohl ein recht gefährliches Unterfangen werden konnte.

»Das Wohlergehen Xanths kann mich mal – – – – –«, schimpfte die Harpyie. »Das bedeutet mir nicht – – – – – – viel!«

Nun wurde sogar der Pfeffer rot.

»Nach der Schlacht gibt's eine Menge Aas«, meinte Grundy.

»Schleimige, zerlaufende Leichen, die in der heißen Sonne dampfen und stinken, sich aufblähen und platzen, ihre Eingeweide umherspritzen –«

Die Augen der Harpyie begannen übelwollend zu glitzern. »Schmatz!« machte sie. »Da krieg ich ja schon einen Riesenhunger, nur bei dem bloßen Gedanken daran!«

»Das hab ich mir gedacht«, meinte Grundy selbstzufrieden. Merkwürdigerweise sah sonst niemand besonders hungrig aus. »Du brauchst nur bis zu den feindlichen Stellungen zu fliegen und zu melden, wo sich die Gegner befinden, wie viele es sind ...«

»Das ist mir zuviel – – – – – Arbeit!«

»Aufgespießte Augäpfel, zerhackte Lebern, abgeschnittene Füße ...«

»Ich mach's!« kreischte die Harpyie und leckte sich ihre schmierigen Lippen. Dann hob sie ab, ließ flatternd eine Pfefferwolke emporstieben und schwang sich schwerfällig nach Norden davon.

»Aber die Mundanier können sie doch mit einem Pfeil abschießen!« protestierte Chem ohne allzu große Überzeugung.

»Der Gestank wird sie schon weit genug fernhalten«, meinte Grundy gewitzt.

Nun kamen sie an die Spaltenschlucht und überquerten sie. Dies hier war die einzige sichtbare Zweibahnbrücke, deshalb wurde sie auch am meisten benutzt. Sollte die Mundanierwelle bis hierher vorstoßen, war dies die erste Brücke, die man zerstören mußte.

Der Spaltendrache war auch da. Er tobte und schnappte nach ihren Füßen, aber die Spalte war zu tief, als daß er eine wirkliche Gefahr für sie hätte darstellen können. »Los, kau dir doch deinen eigenen Schwanz ab, Dampfschnauze!« rief Grundy ihm zu und ließ eine Kirschbombe hinunterfallen, die er im Obstgarten von Schloß Roogna vorsichtig von einem Baum gepflückt hatte. Der Drache schnappte danach und schluckte die Kirsche gierig hinunter. Plötzlich ertönte ein ersticktes Rumpeln, und dem Drachen schoß der Rauch aus den Ohren. Doch das schien keinen Unterschied zu machen; das Ungeheuer tobte und wütete unentwegt weiter und verfolgte sie. Der Spaltendrache war zäh, da gab es nicht den leisesten Zweifel.

Als sie endlich die andere Seite erreicht hatten, kehrte auch schon die Harpyie wieder zurück. »Es sind ungefähr dreihundert«, meldete sie. »Sie marschieren auf die Nickelfüßlererdspalten zu. Das gefällt mir überhaupt nicht; die Nickelfüßler lassen meistens nichts wirklich Eßbares zurück!«

Chem konzentrierte sich, und ihre magische Landkarte bildete sich vor ihr in der Luft. Darauf waren die Nickelfüßlererdspalten zu sehen, ein kleines Netzwerk von Bodenrissen. »Wo befinden sich die Mundanier jetzt genau?« fragte sie.

Die Harpyie machte genauere Angaben, und Chem verfolgte sie auf ihrer Karte. Dann flog die Harpyie davon, weil sie, wie sie ihnen erklärte, Probleme mit ihrem Menschengeruch hatte. Immerhin wußten sie jetzt genauer, wo sich der Feind befand. »Aber es sind nur dreihundert von ihnen«, bemerkte Chem. »Das weist darauf hin, daß sie die Hälfte ihrer Streitmacht zurückhalten, möglicherweise als Reserve.«

Sie berieten sich mit König Dor. »Ja, wir werden versuchen, sie in die Nickelfüßlererdspalten zu treiben«, meinte er. »Wenn sie dort in Deckung gehen, werden sie es bald bereuen.«

Doch Dors Soldaten waren nicht in Form und auch nicht mehr die Allerjüngsten. Ihr Durchschnittsalter lag bei fünfzig Jahren. So kamen sie nur langsam voran. Es wurde ihnen klar, daß sie die Mundanier erst erreichen würden, nachdem diese das Nickelfüßlergebiet überwunden hatten. Welch eine Schande, sich eine solch prächtige Gelegenheit entgehen lassen zu müssen!

»Dann müssen wir eben in Stellung gehen und sie empfangen, wenn sie kommen«, entschied König Dor. »Wenn ich mich richtig erinnere, gibt es nördlich der Spalte einen Liebesquell –«

»Ja, hier«, sagte Chem und zeigte auf ihre Karte. »Wir sind schon dran vorbei, und der Pfad, der daran vorbeiführt, ist ein Einbahnweg. Den erreichen wir also von hier aus nicht mehr.«

»Das ist gut; ich will den Quell auch gar nicht erreichen. Im Gegenteil, ich möchte ihm aus dem Weg gehen, denn ich will nicht, daß meine Soldaten von seinem Wasser trinken.«

Grundy lachte. »Das ist wahr! Aber wenn wir etwas von diesem Wasser holten, um es den Mundaniern unterzujubeln, würden sie sich sofort mit jedem weiblichen Wesen paaren, das sie zu Gesicht bekommen –«

»Nein«, sagte Dor, »das ist nicht komisch, Grundy. Auf diese Weise kämpfen wir nicht.«

Der Golem schnitt eine Grimasse. »Ihr könnt sicher sein, daß die Mundanier sehr wohl auf diese Weise kämpfen würden! Die kennen keine Skrupel. Deshalb sind sie auch so zäh.«

»Aber *wir* haben Skrupel«, entgegnete König Dor. »Vielleicht ist es das, was uns von den Mundaniern unterscheidet. Und diesen Unterschied werden wir auch beibehalten.«

»Jawohl, Euer Majestät«, beugte sich der Golem angewidert.

»Welche Geländehindernisse liegen noch zwischen den Angreifern und uns?« fragte König Dor die Zentaurin.

»Ein Fluß, der jeden, der von ihm trinkt, in einen Fisch verwandelt«, sagte sie und zeigte auf die entsprechende Stelle. »Ichabods Bericht zufolge sind sie weiter im Norden bereits auf diesen Fluß gestoßen, aber es könnte sein, daß sie nicht erkennen, daß es sich hier um denselben Fluß handelt. Und hier drüben ist der Friedenswald, wo die Leute so friedlich werden, daß sie sich einfach hinlegen und für alle Zeiten einschlafen –«

»*Der* wird den Mundaniern keine Schwierigkeiten machen«, bemerkte Grundy. »Die sind alles andere als friedlich!«

»Aber wir sollten unsere Truppen davon fernhalten«, erwiderte König Dor. »Und auch von dem Fluß. Wir müssen einen sicheren Wasservorrat finden. Noch etwas?«

»Nur die Nickelfüßler, aber die haben die Mundanier schon bald hinter sich. Wir werden wahrscheinlich am Fluß auf sie treffen.«

König Dor seufzte. »So sei es. Ich hoffe nur, daß wir sie ohne allzuviel Blutvergießen aufhalten können.«

Alle verharrten stumm. Imbri wußte, daß ihnen allen eine einzige große Sorge durch den Kopf ging: Würde dieser junge, unerfahrene König das Zeug dazu haben, die verheerenden Invasionstruppen aufzuhalten? Doch die Antwort darauf würden sie schon allzubald bekommen.

Zur Überraschung aller schien König Dor recht gut zu wissen, was er wollte. Er ließ die Soldaten entlang des Flusses in

Stellung gehen, nachdem sie Gräben ausgehoben und Schutzwälle errichtet hatten, die mit Gestrüpp getarnt wurden, so daß die Bogenschützen die Feinde unter Beschuß nehmen konnten, ohne selbst außer Deckung gehen zu müssen. Die Speerwerfer ließ er vor den Bogenschützen in Stellung gehen, um diese vor den angreifenden Feinden zu decken, und die Schwertkämpfer mußten sich vor den Speerwerfern aufstellen.

»Haltet eure Formationen solange aufrecht, bis eure Hauptleute euch etwas anderes befehlen«, sagte König Dor bei der Schlußansprache. »Die Mundanier sind in der Überzahl. Vielleicht versuchen sie einen vorgetäuschten Rückzug, um uns aus unserer Deckung zu locken, damit sie uns auf offenem Gelände niedermachen können. Seid vorsichtig! Geht nicht davon aus, daß Leute, die keine Magie besitzen, deshalb auch ungefährlich wären.«

Die Männer lachten leise. Es waren alles ehemalige Mundanier, die selbst keine magischen Talente besaßen. In gewissem Sinne hatte der König ihnen gerade ein Kompliment gemacht.

Nun mußten sie nur noch auf den nahenden Feind warten. Die Harpyie, die gierig auf baldige Beute hoffte, flog weitere Erkundungsflüge, damit sie sichergehen konnten, daß die Mundanier nichts Unvorhergesehenes unternahmen. Doch die marschierten ohne die leiseste Zurückhaltung den Hauptweg entlang. Sie hatten weder Späher vorgeschickt, noch Abteilungen, die etwaige Gegner in Scharmützel verwickeln sollten. In dieser Hinsicht waren sie tatsächlich nicht mehr als eine plündernde Horde, die einfach den Weg des geringsten Widerstandes wählte. Ihr Vorankommen wurde in erster Linie von Feuer und Asche markiert: Das Norddorf war bereits verwüstet, und es würde noch sehr, sehr lange dauern, bis das Zentaurengebiet wieder grün wurde.

»Ich traue der Sache nicht«, meinte Chet Zentaur. »Entweder sind die geradezu kriminell nachlässig, oder sie haben nicht den geringsten Respekt vor ihren Gegnern. Oder es handelt sich um eine Finte. Wo befinden sich nur die restlichen Truppen?«

»Vielleicht wollen sie Schloß Roogna einnehmen, bevor wir überhaupt erfahren, daß sie unterwegs sind«, meinte König

Dor etwas ratlos. »Mundanier sind nicht gerade subtil im Denken, aber wir können es uns auch nicht leisten, sie zu unterschätzen. Alles, was ich erreichen will, ist, sie heute noch aufzuhalten. Wenn sie sich von dem Land ernähren müssen, das sie selbst verwüstet haben, werden sie schon bald Hunger erleiden.«

»Und Durst«, meinte Gundy und schielte zum Fluß hinüber.

»Na ja, verwandelt zu werden ist wahrscheinlich immer noch weniger schlimm als der Tod«, stimmte König Dor ihm seufzend zu. »Jedenfalls hat König Trent immer daran geglaubt.«

Am späten Nachmittag trafen die Nächstweller ein. Die bunte Schar stieß achtlos flußaufwärts, ohne die Befestigungen auf der anderen Seite überhaupt zu bemerken. Dors Armee rührte sich nicht; die Hauptleute waren angewiesen, erst auf das Signal des Königs hin anzugreifen. Imbri war beeindruckt: Der junge König besaß ein überraschendes Gespür für Taktik, als habe er dergleichen schon früher einmal üben können.

Die ersten Mundanier warfen sich auf den Boden und tranken gierig von dem funkelnden Wasser. Sofort wurden sie in Fische verwandelt, die nervös und verwundert umherzappelten, bis sie schließlich ins Wasser sprangen und verschwanden.

Die anderen Mundanier musterten fassungslos das Geschehen. Doch sie waren nicht gänzlich dumm und begriffen schon bald, daß es sich um denselben Fluß handelte, dem sie schon einmal begegnet waren. Und so rief die vorderste Linie den anderen sofort Warnungen zu.

Dann wurden Wachposten am Ufer aufgestellt, damit keiner aus der Nachhut versehentlich von dem Wasser trank, und so hielten sich die mundanischen Verluste in Grenzen. Etwa ein Dutzend Soldaten waren dem Wasser zum Opfer gefallen.

Die Mundanier wollten gerade flußaufwärts weitermarschieren, wohl um eine bessere Stelle für ihr Nachtlager ausfindig zu machen, als sie plötzlich die Barrikaden erblickten.

»Wir müssen ihnen eine angemessene Warnung geben«, meinte König Dor.

»Eine angemessene Warnung!« wiederholte Grundy fassungslos. »Das ist doch der blanke Wahnsinn!« Doch da fiel ihm wieder ein, mit wem er da eigentlich redete, und er murmelte verlegen: »Bildlich gesprochen, Euer Majestät.«

»Wir nehmen Eure Meinung zur Kenntnis, Golem«, erwiderte König Dor trocken. Dann sprach er zu dem Befehlshaber der xanthischen Armee. »Lassen Sie einen Freiwilligen aufstehen und die Mundanier dazu auffordern, nicht weiter vorzustoßen.«

»Ich werde es selbst erledigen, Majestät«, sagte der Mann salutierend. Er war glatzköpfig, etwas dicklich und in mittleren Jahren, doch er hatte bereits ausgezeichnete Arbeit geleistet, indem er die Armee organisiert, den Nachschub gesichert und die große Truppe – immerhin einhundert Mann – erfolgreich mobilisiert hatte, und all das binnen kürzester Frist.

Der Mann kletterte im Rücken König Dors den Hügel hinab um die Position des Königs nicht zu verraten. Dann umging er die anderen Barrikaden und bestieg eine günstig gelegene Anhöhe. Dort legte er die Hände muschelförmig vor den Mund und rief in ausgezeichneter Militärlautstärke: »Mundanier! Abteilung halt!«

Die Mundanier in der vordersten Reihe hoben die Köpfe, zuckten mit den Schultern und ignorierten ihn einfach.

»Halt, oder wir greifen an!« rief der Anführer der xanthischen Truppen.

Der Mundanier an der Spitze der Abteilung riß seinen Bogen herum, legte mit blitzschneller Bewegung einen Pfeil ein und schoß ihn auf den xanthischen General ab. Die anderen Mundanier jagten auf ihn zu.

»Na ja, jedenfalls haben wir es versucht«, meinte König Dor bedauernd. Er gab dem General, der vor dem ersten Pfeil in Deckung gegangen war, ein Signal, worauf dieser den Angriffsbefehl gab. Die xanthischen Bogenschützen gaben ihre erste Salve ab. Die meisten der Pfeile trafen daneben, weil die Schützen entweder aus der Übung waren oder nur halbherzig vorgingen. Über zwei Jahrzehnte lang hatten sie gegen Ungeheuer gekämpft, nicht aber gegen Menschen, oder sie hatten sich mit kompliziert ausgetüftelten Kriegsspielen beschäftigt, deren Bezug zu echten Kriegen höchst zweifelhaft war. Einer der Pfeile traf aber dennoch einen Mundanier, wenn auch mehr oder weniger zufällig.

»Blut!« kreischte die Harpyie hungrig.

Endlich merkten die Mundanier, daß sie angegriffen wurden. Sie zogen sich wieder ans andere Ufer zurück, wobei sie ihre Körper mit Schilden schützten. Ein paar von ihnen stolperten, als sie rückwärts durch Wasser wateten, bekamen Wasser in den Mund und wurden zu Fischen.

Nun waren die Mundanier zornig, wozu sie in gewissem Sinne ja auch Grund hatten. Sie stellten sich am anderen Ufer in Formation auf und gaben eine Salve Pfeile ab. Doch die verfehlte ihre Wirkung, weil die Xanther gut gedeckt waren.

Da erschien Varsoboes, der karthagische Heerführer, vor der vordersten Linie, bis an die Zähne bewaffnet und in prächtiger Rüstung, wie es punische Tradition war. Er stellte einen gewaltigen Kontrast zu der bunt zusammengewürfelten Schar von Bogenschützen und Speerkämpfern dar, die er kommandierte. Imbri konnte seine Befehle nicht verstehen, aber ihre Wirkung auf die Mundanier war nicht zu übersehen. Sie formten eine Phalanx mit überlappenden Schilden und machten sich wieder daran, den Fluß zu durchwaten. Jetzt waren sie für die Bogenschützen so gut wie unangreifbar.

Doch der xanthische Kommandant verstand etwas von diesen Dingen und ließ von starken Mannschaften bereits vorbereitete Felsbrocken den Abhang hinabrollen. Einer davon rollte direkt auf die feindliche Formation zu, worauf die Mundanier auseinanderstoben. Diese Gefahr war also gebannt worden.

Doch die Mundanier auf dem anderen Ufer waren inzwischen nicht untätig geblieben. Sie hatten ein großes Feuer entfacht – die verbrannten wirklich mit Vorliebe alles, was ihnen in den Weg kam! – und tauchten nun ihre Pfeile hinein. Dann schossen sie die brennenden Pfeile auf die Verteidiger ab.

»Das gibt Ärger!« murrte Chet Zentaur. »Damit hätten wir rechnen müssen.«

Wie recht er hatte! Das trockene Buschwerk ging in Flammen auf und zerstörte so binnen kürzester Zeit die xanthische Dekkung. Soldaten liefen umher, um die Brände zu löschen, doch da nutzten die Mundanier auch schon die Verwirrung, um einen Frontalangriff zu starten. Zwar verschossen die xanthischen Bogenschützen ihre Pfeile jetzt mit mehr Ernst und Kampfeswillen, und tatsächlich ließen sie eine Reihe von Gegnern zu Boden gehen, doch das war nicht viel mehr als eine Geste. Schon bald stürmten die Mundanier mit gezückten Waffen die Barrikaden, und die xanthischen Soldaten flohen entsetzt. Die Niederlage erschien unausweichlich.

»Das lasse ich nicht zu!« rief König Dor. »Bring mich dorthin, Chet!«

»Aber dann könntet Ihr getroffen werden!« protestierte der Zentaur.

»Ich bin dem Tod schon öfter begegnet«, sagte der König ernst. »Und wenn du mich nicht dorthin trägst, gehe ich eben zu Fuß.«

Chet zog eine Grimasse, zückte sein Schwert und galoppierte los. »Idiotie!« murmelte Chem, nahm ihr Wurfseil auf und galoppierte zusammen mit dem Golem an die Seite ihres Bruders. Imbri war einer Meinung mit ihr – und jagte mit Krach hinterher. Eins war klar: In der Leibwache des Königs gab es zwar keinen einzigen Feigling, dafür aber jede Menge Narren.

Sie jagten auf die brennenden Barrikaden zu, wo die Mundanier gerade ihren Durchbruch versuchten. Plötzlich begannen die Flammen zu reden, als der König sein Talent einsetzte. »Dich werde ich lecker braten, Mundanier!« zischelte eine von ihnen und züngelte. »Bis du zu Kohle verglüht bist!«

Eine Reihe Mundanier wirbelte erschrocken herum. »Ja, dich da, Panzernase!« höhnte die Flamme. »Die Haut brenne ich dir vom Hintern und laß dich in deinem eigenen Fett schmoren! Achtung bitte, heiß und fettig!«

Einige der Mundanier wichen zurück, doch andere sprangen dafür durch die Bresche. Da erblickten sie den König und seinen Trupp. »Holt ihn euch!« rief einer von ihnen. »Das ist ihr König!«

Doch da trat Krach der Oger in Aktion. Er blähte sich auf monströse Weise auf, bis er aus seinen Menschenhosen platzte und zweimal so groß und sechsmal so schwer wurde wie ein ausgewachsener Mann. Nun saß er nicht mehr auf Imbri, sondern stand über ihr. Er stieß ein Brüllen aus, und der Stoß seines Atems fegte die Blätter von den nahegelegenen Bäumen und Sträuchern und ließ die Wolken in ihrer Umlaufbahn erzittern. Dann rupfte er einen kleinen Baum aus dem Boden und wirbelte ihn in einem großen Bogen herum – was den Weg von Feindpersonal räumte. Offenbar waren die Mundanier bisher noch keinem wütenden Oger begegnet. Das nächste Mal würden sie vorsichtiger sein.

König Dor und Chet trabten weiter, und wo sie entlangkamen, schrie der Erdboden die Mundanier an, machten die Steine malmende Geräusche, als stampften Riesen herbei, rasselten die trockenen Äste, als seien sie giftig. Die Mundanier wurden unentwegt von der einen oder anderen Seite her abgelenkt, und die meisten von ihnen zogen sich verwirrt und in Panik zurück. Jeder von ihnen, der Dor angreifen wollte, bekam es mit den beiden Zentauren zu tun, und viele der anderen wichen entsetzt vor dem tobenden Oger zurück.

Da sammelten sich die xanthischen Truppen wieder und griffen ihrerseits an. Inzwischen war bereits Blut geflossen, und sie wußten nun mit Sicherheit, daß es dem Feind ernst war. Lange vernachlässigte Fähigkeiten und Kenntnisse brachen plötzlich mit aller Heftigkeit wieder hervor. Schon bald waren die Mundanier aufgerieben und flohen bei Einbruch der Dämmerung zurück aufs andere Ufer. König Dor gab das Signal zum Rückzug, weil er keine Nachtschlacht riskieren wollte.

Die Harpyie konnte nach Herzenslust schmausen: Auf dem Schlachtfeld lagen an die fünfzig mundanische Tote. Aber die Verteidiger hatten ebenfalls zwanzig Tote und die doppelte Anzahl Verwundeter zu beklagen. Beide Seiten hatten hohe Verluste erlitten, aber die Xanther hatten im Prinzip einen Sieg errungen, was ihren Schmerz über die Verluste mehr als ausglich.

»Das ist ein Völkerkrieg«, sagte Chet. »Der richtet auf beiden Seiten großen Schaden an. Ich wünschte nur, daß wir diesem Problem auf friedlichere Weise begegnen könnten.«

»Wir sind noch nicht am Ende«, wandte König Dor ein. »Morgen kommen sie wieder, und sie sind noch immer in der Überzahl. Von uns sind nur noch knappe vierzig Mann kampffähig. Wir müssen neue Befestigungen und feuerfeste Anlagen errichten. Wir werden Vorräte an Flußwasser heraufholen, von dem aber niemand trinken darf, und wir werden Übungsschießen für unsere Bogenschützen durchführen, damit ihre Treffsicherheit erhöht wird. Wenn wir uns Mühe geben, könnten wir sie aufhalten, aber es wird alles andere als leicht sein.«

»Und wenn wir sie erst ein oder zwei Tage aufgehalten haben«, warf Chem ein, »dann müßten sie eigentlich langsam das Interesse am Kämpfen verlieren und sich um ihre Ernährung kümmern. Dann läßt sich mit ihnen vielleicht auch über eine Einstellung der Kampfhandlungen verhandeln.«

Imbri hoffte zwar, daß es so kommen würde, aber sie hatte so ihre Zweifel, denn sie wußte, wie hinterhältig die Mundanier sein konnten.

Die Soldaten aßen und schliefen in Schichten, während die Arbeiten an den Verteidigungsanlagen die ganze Nacht weitergingen. Die gehfähigen Verwundeten wurden ermuntert, zu Fuß nach Süden zu gehen und die Brücke über die Spalte zu überschreiten, da dies für sie sicherer war, als in der Nähe der morgigen Schlacht zu bleiben. Wenn die Mundanier an den Folgen der heutigen Kämpfe ebensoschwer zu tragen hatten wie die Xanther, dann würden sie zwar höchstwahrscheinlich nicht wieder angreifen. Aber das war sehr unsicher.

Die beiden Zentauren, der Golem, der Oger und Imbri scharten sich um König Dors Zelt und schliefen ebenfalls schichtweise. Es gab jedoch keinerlei Probleme; offenbar wollten die Mundanier ebensowenig bei Nacht kämpfen wie die Xanther.

»Ist dir eigentlich schon aufgefallen«, sagte Chet plötzlich, nachdem er die ganze Zeit über die Ereignisse des Tages nachgedacht hatte, »daß sie keine mundanischen Pferde dabei haben? Die müssen alle in der Reserve geblieben sein.«

Das war Imbri zwar noch nicht aufgefallen, aber Chet hatte recht. Warum hatten die Punier ihre Pferde nicht eingesetzt, wenn sie schnell vorankommen wollten? »Vielleicht hatten sie nicht genügend Pferde für jeden«, sendete sie. »Und vielleicht hatten sie auch nicht die Zeit, die Pferde grasen zu lassen, so daß sie hier nicht einzusetzen waren. Aber bestimmt werden sie sie noch ins Gefecht führen.«

»Möglich«, meinte Chet. »Doch ich frage mich auch, ob die

fehlenden Pferde und Männer nicht tatsächlich ein Umgehungsmanöver durchführen, um uns an einer Stelle anzugreifen, wo wir es am wenigsten erwarten, während wir unsere Aufmerksamkeit und unsere Kräfte hier konzentriert haben.«

»Das müssen wir morgen früh dem König sagen. Er wird wohl eine Wachverstärkung um Schloß Roogna anordnen, falls die Mundanier das versuchen sollten. Mit fünfzig Berittenen könnten sie Schloß Roogna schon einnehmen, sofern unsere Kräfte hier gebunden bleiben.«

Zu ihrer Überraschung griffen die Mundanier im Morgengrauen doch wieder an. Wieder bildete der Stoßtrupp eine Phalanx, die diesmal den herabrollenden Felsen geschickt auswich.

»Euer Majestät!« rief Grundy. »Der Feind greift an!«

Keine Antwort aus dem Zelt. Chet riß den Vorhang beiseite, und sie spähten ins Innere.

Drinnen lag König Dor. Seine Augen waren weit geöffnet und starrten zur Decke. Doch er war nicht wach.

Chet richtete den König auf. Dor atmete zwar, reagierte aber ansonsten nicht. Seine Augen starrten unentwegt ins Leere.

Imbri schickte ihm einen Traum, traf jedoch nur auf Leere.

»Er ist genauso geworden wie König Trent!« rief Chem entsetzt.

Danach war alles nur noch eine einzige Katastrophe. Die Mundanier überrannten sofort die xanthischen Stellungen. Die übriggebliebenen Verteidigungstruppen flohen davon, und diesmal war niemand mehr da, um ihnen neuen Mut einzuflößen. Die Zentauren banden den König auf Imbris Rücken fest und gaben ihr Geleitschutz, während sie ihren gefallenen Anführer zurück zum Schloß Roogna brachten. Aus einem scheinbaren Sieg war eine katastrophale Niederlage geworden.

Und was sollten sie Königin Irene erzählen, Dors brandneuer Ehefrau und Witwe?

VIII

Der Zombiemeister

»Irgendwie wußte ich es bereits«, sagte Irene. »Eine Nachtmähre hat mir gesagt, daß Dor nicht zurückkommen würde.« Sie war in Schwarz gekleidet. Sie musterte Dor und unterdrückte ihre Trauer. »Bringt ihn in die königlichen Gemächer.«

Sie brachten König Dor hinauf zu König Trent, und Irene blieb bei ihm. Im Augenblick gab es nicht viel mehr zu sagen.

»Wer wird denn nun unser nächster König?« fragte Grundy. »Es muß ja ein Magier sein.«

»Der Zombiemeister«, meinte Chet. »Der Gute Magier Humfrey ist zu alt und nimmt keinen Anteil an den politischen Ereignissen der Gegenwart. Als König Trent vor acht Jahren in Mundania verschollen war und König Dor ihn suchen mußte, hat der Zombiemeister einige Wochen lang recht gut regiert. Wann immer es irgendwo einen Streit gab, schickte er einen Zombie vorbei, um ihn zu schlichten. Bald darauf gab es nur noch sehr selten Streit.«

Chet lächelte vielsagend.

»Aber der Zombiemeister lebt doch im unerforschten Süden«, protestierte Chem. »Er liebt sein Privatleben, und ich habe seinen Standort noch nicht einmal auf meiner Karte eingezeichnet!«

»Und der magische Spiegel ist immer noch kaputt, so daß wir ihn nicht einmal anrufen können«, warf Grundy ein.

»Trotzdem müssen wir ihn irgendwie erreichen«, sagte Chet. »Er muß König werden, zumindest solange, bis König Dor sich erholt hat, und er muß die Nächstwelle daran hindern, die Spaltenschlucht zu überqueren.«

»Dor erholt sich aber nicht«, murrte Grundy. »Königin Iris hat schon alles mögliche versucht, um König Trent wieder auf Vordermann zu bringen, aber der Heiler meint, es sei eine Verzauberung, keine Erkrankung, und wir kennen den Gegenzauber nicht.«

»Ich kann den Zombiemeister aufsuchen«, schlug Imbri vor. »Ich war schon einmal auf seinem Schloß und habe seiner Frau Träume geliefert.«

»Seine Frau? Das ist doch Millie das Gespenst!« wandte Chet ein. »Die hat doch nun bestimmt keine Alpträume, oder?«

»Doch, sie macht sich Sorgen über den Unfug, den ihre Kinder anstellen«, erklärte Imbri.

»Da hat sie aber auch allen Grund dazu!« meinte Chem. »Vor einigen Jahren haben sie Schloß Roogna mal einen Besuch abgestattet, und davon hat sich der Ort bis heute noch nicht ganz erholt. Diese Zwillinge müssen ja selbst die Zombies in den Wahnsinn treiben!«

»Wir müssen den Magier benachrichtigen, daß das Amt auf ihn übergegangen ist«, sagte Grundy. »Imbri allein wird er nicht glauben, sondern die Sache für einen einfachen Alptraum halten. Vielleicht sollten wir Chamäleon schicken. Für sie ist es vielleicht das beste, wenn sie nach dem Verlust ihres Sohnes etwas zu tun hat, solange ihr Mann noch in Mundania ist.«

»Zynisch, aber wahr«, erwiderte Chem. »Na gut, fragen wir sie. Schließlich haben wir nicht viel Zeit.«

Obwohl sie noch ganz bleich im Gesicht war, zögerte Chamäleon keine Sekunde: »Ich werde gehen.«

Und schon wenige Stunden später waren Imbri und Chamäleon auch schon wieder unterwegs, diesmal jedoch ohne weitere Begleiter. Sie hatten die Nacht abgewartet, weil die Mähre dann am schnellsten war, zumal wenn sie den Kürbis benutzte.

Als sie den Kürbis durch das Guckloch betraten, befanden sie sich wieder an derselben Stelle, die sie zuletzt verlassen hatten – am brennenden Eisberg.

Doch die amorphen Wesen, die nach Chamäleon griffen, jagten ihr keine Angst mehr ein. »Ich habe meinen Sohn verloren«, sagte sie schlicht. »Was könntet ihr mir da schon noch Schlimmeres antun?«

Imbri stellte fest, daß die Frau inzwischen etwas intelligenter geworden war. Sie war auch weniger schön, wenngleich sie für ihr Alter immer noch sehr gut aussah. Seit ihrer letzten gemeinsamen Reise waren einige Tage vergangen, und die machten sich bereits bemerkbar.

Imbri ließ den Eisberg hinter sich, und so gelangten sie ins Steinmetzgebiet. Die Steinmetze bestanden aus Gestein und arbeiteten mit Holz und Metall und Fleisch, was ja nur einleuchtend war. Einige von ihnen waren gerade damit beschäftigt, einen komplizierten Hintergrund mit gewaltigen fleischigen Ungeheuern zu gestalten – das Bühnenbild für einige der schlimmsten Alpträume.

Chamäleon besah sich dies mit dumpfer Neugier. »Warum arbeiten die so hart daran, Träume zu entwickeln, die den Leuten gar nicht gefallen?« fragte sie.

»Wenn die Leute keine Alpträume bekämen, würden sie sich nie bessern oder auf Notfälle vorbereiten«, erklärte Imbri. »Die Träume jagen ihnen genug Angst ein, damit sie sich besser benehmen, und sie warnen sie auch vor drohenden Katastrophen.«

»Ach so.«

Als nächstes gelangten sie in eine Region mit brodelndem Schlamm. Grüne und purpurne Massen davon schlugen klebrige Blasen, und eitergelbe Rinnsale sickerten dazwischen daher.

»Wofür ist das denn?«

»Das hier ist echter Qualitätswurfschlamm«, erklärte Imbri. »Es ist praktisch unmöglich, etwas davon umherzuschleudern, ohne sich selbst mindestens ebensosehr zu beschmutzen wie sein Ziel. Nachdem sie damit Erfahrung gesammelt haben, fangen die meisten Leute lieber an, ihr Benehmen zu bessern.«

»Nur die meisten? Nicht alle?«

»Ein paar sind geradezu schlammsüchtig. Die suhlen sich unentwegt darin.«

»Die haben aber bestimmt nicht viele Freunde.«

»Das ist ja gerade das Seltsame: Sie haben fast genauso viele Freunde wie die sauberen Leute. Das Problem ist dabei nur, daß diese Freunde alle von der gleichen Art sind wie sie.«

»Aber wer will denn schon *so* einen Freund haben?«

»Niemand. Das macht die Sache auch so schön!«

Chamäleon lächelte. Sie wurde immer klüger, das war ganz eindeutig.

Bald darauf waren sie in Sichtweite des Schlosses angekommen, in dem der Zombiemeister hauste. Als sie den Kürbis verließen, erblickten sie einen Bau, der genauso aussah, als sei er von Zombies erschaffen worden: Die Steine waren von schleimigem Grün und sehr morsch; das Holz war verfault und wurmstichig; die Scharniere an den Türen und die Fensterbolzen waren so schlimm verrostet, daß sie kaum noch zu gebrauchen oder überhaupt zu erkennen waren. Der Schloßgraben bestand aus einem stinkenden Teich grauen Schleims.

»Das muß es sein«, bemerkte Chamäleon.

Imbri schritt zwischen Grabanlagen hindurch und über die baufällige Zugbrücke. Sie blieb im entmaterialisierten Zustand, so daß sie so gut wie kein Gewicht hatte, sonst wäre es riskant geworden. Am Haupteingang stellte sich ihnen ein Zombiewächter in den Weg. »Halsch!« rief er und verlor ob dieser Anstrengung gleich seinen Kehldeckel.

»Ach, ich mochte Zombies noch nie so recht«, meinte Chamäleon. Doch sie nahm sich zusammen, um dem Ding zu antworten. »Wir sind gekommen, um mit dem Zombiemeister zu sprechen. Es ist dringend.«

»Hrrrr ntlngg«, sagte der Zombie. Er machte kehrt und verlor dabei ein Stück aus seinem Arm. Zombies konnten ständig Körperteile verlieren, ohne jedoch dabei an Masse abzunehmen. Das war Teil ihrer Magie.

Sie folgten ihm ins Schloß. Nachdem sie die verfallenen Außenmauern erst einmal hinter sich gelassen hatten, erlebten sie einen erstaunlichen Wechsel. Im Inneren war das Gestein fest und sauber, das Holz war gesund und poliert. Saubere

Vorhänge drapierten den Saal, und es gab keinerlei weitere Anzeichen für Verfall oder Fäulnis.

»Millie muß sich mit dem Zombiemeister darauf geeinigt haben, daß er draußen mit dem Schloß machen kann, was er will, während sie im Inneren Regie führt«, murmelte Chamäleon. »Ein guter Kompromiß, wie ihn Männer und Frauen öfters eingehen.«

»Häh?« fragte jemand.

Aus der Wand war plötzlich ein großes Menschenohr gesprossen, während sich daneben ein Mund öffnete.

Chamäleon lachte. »Sagt eurer Mutter, daß sie Besuch hat, hi.«

Nun erinnerte sich Imbri wieder: der Zombiemeister hatte Zwillingskinder namens Hiatus und Lacuna, die jetzt elf Jahre alt waren.

»Dann trag dich ein, Dumpfbacke«, sagten die Lippen.

Vor ihnen befand sich ein großes Gästebuch. Chamäleon stieg ab und schritt darauf zu. »Ach, sieh mal, wer sich schon alles vor uns hier eingetragen hat!« rief sie. »Satan, Luzifer, Gabriel, Jack the Ripper, König Roogna –«

»Lackys Talent besteht darin, Gedrucktes zu verändern«, erinnerte Imbri sie in einem Träumchen.

»Ach so, ja!« Chamäleon trug sich in das Buch ein und sah genau zu, damit sich ihre Unterschrift nicht in etwas Scheußliches verwandelte. Dann stellte Imbri ihren rechten Vorderhuf auf die Seite und unterschrieb mit ihrer Mondkarte, auf der in Blocklettern MÄHRE IMBRIUM hervorgehoben war.

»Chamäleon! Wie schön, dich einmal wiederzusehen!« Das war Millie, das ehemalige Gespenst. Ihr Talent war der Sex-Appeal, und wie Chamäleon auch blieb sie auch im zunehmenden Alter ihrem Wesen treu. Sie war inzwischen ungefähr achthundertundvierzig Jahre alt, von denen freilich nur vierzig zählten, und sah genauso hübsch aus wie ihre Besucherin.

Die beiden Frauen umarmten sich. »Ist lange her!« rief Chamäleon. »Seit deinem letzten Besuch auf Schloß Roogna müssen doch inzwischen gut acht Jahre vergangen sein, nicht wahr?«

»Ja, und damals sind wir bloß gekommen, weil der arme

Jonathan eine Weile König sein mußte. Das war schrecklich! Er mag sich nicht in die Politik einmischen.«

Chamäleon wurde wieder ernst. »Ich habe schlechte Nachricht für dich, Millie.«

Millie musterte sie scharf und wurde ebenfalls wieder ernst. »Bist du dienstlich hier?«

»Ja, es ist schrecklich, und es tut mir furchtbar leid, aber –«

»Der König –«

»Ist krank. Zu krank, um zu regieren –«

»Dein Sohn Dor –«

»Ist ebenfalls krank.«

»Chamäleon, das ist ja furchtbar! Aber –«

»Der Zombiemeister muß jetzt König werden, wie damals, bis die Krise vorüber ist.«

Millie sah völlig entsetzt aus. »König Trent ... na ja, er wurde auch langsam alt ... wir wußten ja, daß er irgendwann ... aber dein Sohn ist doch auf dem Höhepunkt seiner Kräfte ...«

»Er wurde verzaubert.«

Millie starrte sie einen langen Augenblick wortlos an. Dann begann ihr Gesicht seinen Zusammenhalt zu verlieren, als wollte sie wieder zu einem Gespenst werden. »Ich war Dors Kindermädchen! Ich habe ihn immer gemocht – und er hat Jonathan für mich gerettet. Er hat das Elixier besorgt, das Jonathan wieder ganz gemacht hat. Und damit hat er mir mein Glück wiedergegeben. Ich schulde ihm wirklich alles. Wie konnte ihm nur so etwas zustoßen?«

»Er hat geheiratet. Dann wurde er König. Dann hat er eine Schlacht gegen die Nächstweller gewonnen. Dann ist er –«

»Ach, Chamäleon!« rief Millie außer sich vor Grauen.

Nun endlich brach Chamäleon zusammen, nachdem sie jemanden gefunden hatte, der ihre Last mit ihr teilte. »Mein Sohn! Was soll ich nur ohne meinen Sohn machen? Ich war ja bereit, ihn ... ihn heiraten zu lassen ... aber das hier – er ist beinahe tot!« Sie weinte.

Millie weinte ebenfalls und umarmte sie. »Ach, ich weiß, was es heißt, beinahe tot zu sein! Ach, Chamäleon, es tut mir ja so leid!«

Da erschien ein Mann in der gegenüberliegenden Türöffnung. Er war mittleren Alters, auf düstere Weise gutaussehend, und trug einen schwarzen Anzug. Das war der Zombiemeister, der Magier aus der Vergangenheit Xanths.

»Du bist doch die Nachtmähre«, sagte der Zombiemeister zu Imbri. »Ich kenne dich und deinesgleichen. Sprich auf eure Weise zu mir.«

Imbri erkannte, daß es noch eine ganze Weile dauern würde, bis die beiden Frauen sich wieder verständlich würden ausdrücken können. Hastig schickte sie ihm einen Traum, der die aktuelle Lage beschrieb, wie auch die Notwendigkeit, daß Xanth einen neuen König erhielt.

»Ich hatte eigentlich gehofft, daß es nie wieder zu einer solchen Krise kommen würde«, sagte der Zombiemeister ernst. »Ich habe schon frühere Wellen miterlebt, im Leben und im Tod. Ich komme noch heute nacht mit dir nach Schloß Roogna. Chamäleon kann hier bei meiner Familie bleiben.«

»Aber Ihr müßt Eure Zombies mitbringen!« sendete Imbri.

»Dafür bleibt wohl leider keine Zeit. Im übrigen befinden sich die meisten von ihnen ohnehin bereits in der Nähe von Schloß Roogna. Die müssen genügen.«

»Aber wie kommt Chamäleon denn dann nach Hause, wenn –«

»Wir haben den fliegenden Teppich des Magiers Humfrey hier. Den hatten wir uns mal ausgeliehen aber noch nicht zurückgegeben. Den kann sie benutzen, wenn sie sich etwas erholt hat. Aber im Augenblick wird es hier für sie wesentlich bequemer sein, glaube ich.«

»Ich weiß ja nicht . . .« meinte Imbri.

»Wenn das, was du mir mitgeteilt hast, wahr ist, dann bin ich jetzt König auf Zeit. Widersprich mir nicht, Mähre!«

Das stimmte. König Jonathan der Zombiemeister verabschiedete sich von seiner Frau und den Kindern und bestieg Imbri, die mit ihm in die Nacht hinaustrabte. Sie kehrte zu dem Kürbisfeld zurück, ermahnte den Zombiemeister, sich vom Inneren des Kürbisses nicht erschrecken zu lassen, und sprang durch das Guckloch.

Diesmal kamen sie als erstes ins Phantomland. Heulend stürzten sich sofort die Phantome auf sie.

»He, haben wir uns nicht schon einmal irgendwo gesehen?« meinte der Zombiemeister und musterte eines der Phantome eindringlich. Das Ding hielt verblüfft inne.

»Sie versuchen, Euch zu erschrecken«, sendete Imbri.

»Natürlich. Ich bin ja im selben Geschäft.« Er konzentrierte sich auf das Phantom. »Am Schemensee, vor etwa siebenhundert Jahren. Ich war damals noch der Zombie Jonathan, der in Begleitung eines Gespenstes war. Du –«

Das Phantom leuchtete buchstäblich auf. Es erinnerte sich.

»Aber das war draußen in Xanth«, fuhr der Zombiemeister fort. »Wie bist du dann hier hineingeraten?«

Das Phantom machte eine Bewegung, wie um zu zeigen, daß es einen Gegenstand aufgenommen und hineingeblickt habe.

»Ach so, du hast in einen Kürbis hineingeschaut«, sagte der Zombiemeister. »Und dann warst du in der Falle.«

Das Phantom nickte.

»Aber wahrscheinlich ist es für dich ziemlich gleichgültig, wo du dich aufhältst«, schloß der Zombiemeister. »Hier kannst du genausogut operieren wie in Xanth, und du hast auch einige deiner Kameraden hier. Und außerdem kannst du dich nützlich machen, indem du in Warnträumen irgendwelche Rollen übernimmst.«

Das Phantom machte eine Geste der Wertschätzung und Zustimmung. Endlich war es mal jemandem begegnet, der es verstand! Dann huschte es davon. Offensichtlich hatte es anderswo noch einiges zu erledigen. Träume waren zu wichtig, als daß man sie aus Gründen der Geselligkeit vernachlässigen durfte.

»Du hast wirklich eine höchst effektive Art des Reisens«, meinte der Zombiemeister, als sie auf Schloß Roogna angekommen waren.

Die beiden Witwen hielten traurig und stumm an den Lagern der zwei Könige Wache. Imbri brachte den Zombiemeister sofort in das Gemach, wo die beiden Könige wie Leichname Seite an Seite aufgebahrt waren.

Der Zombiemeister stieg ab. »Diese Ernennung zum König

geschieht gegen meinen Willen«, sagte er zu den Frauen. »Gestattet mir, mich von ihrem Zustand zu überzeugen. Vielleicht lassen sie sich ja wiederbeleben.«

Er legte eine Hand auf Dors Stirn. »Er reagiert nicht auf meine magische Kraft, also kann er auch nicht tot sein.«

»Nein, nicht tot«, stammelte Irene flüsternd. »Verzaubert.«

»Natürlich. Wir werden der Ursache dieser Verzauberung auf die Spur kommen. Das wird der Magier Humfrey sicherlich können. Doch im Augenblick hat es Vorrang, daß wir die Nächstwelle aufhalten, über die mich die gute Mähre Imbri freundlicherweise aufgeklärt hat. Ich habe schon einmal gegen eine Welle gekämpft, in meinem früheren Leben. Meine Zombies allein reichen zwar wohl kaum aus, doch gemeinsam mit einem natürlichen Hindernis wie – was war es noch gleich, irgend etwas, das Xanth durchzieht –«

»Die Spaltenschlucht«, sagte Irene. »Ihr seid so weit fortgezogen, daß Ihr sie fast vergessen habt, weil auf ihr ja ein Vergessenszauber ruht.«

»Genau. Die Spaltenschlucht. Meine Zombies können die Brücken bewachen und notfalls zerstören. Ich brauche einen Leutnant, der sich auf Schloß Roogna auskennt und auch um die jüngsten Ereignisse weiß. Ich kann keine Zeit damit vergeuden, mich hier im Schloß erst ortskundig zu machen.«

»Grundy der Golem«, schlug Irene vor. »Und Ichabod der Mundanier, der weiß alles über den Feind. Und Chet und Chem Zentaur. Und natürlich die Mähre Imbri.«

»In der Tat«, stimmte der Magier ihr mit Grabesstimme zu und verließ mit düsterer Miene den Raum. Imbri folgte ihm.

Kurz darauf wurde ein neuer Kriegsrat einberufen. Grundy und Ichabod berichteten alles Wichtige von ihrer Spionagereise, und Chet Zentaur schilderte die Schlacht mit den Puniern und die Art und Weise, wie König Dor seiner Verzauberung erlegen war.

Der Zombiemeister dachte nach. »Da scheint mir ein Muster im Spiel zu sein«, meinte er schließlich. »Jedesmal war der König allein, obwohl er doch scheinbar gut bewacht wurde. Ich vermute, daß wir es mit einem nächtlichen Gegner zu tun haben, der auf mittlere Entfernung zuschlagen oder auch unbemerkt an den Wachen vorbeikommen kann. Wer könnte dergleichen vollbringen?«

»Eine Nachtmähre«, meinte Imbri in einem Traum für alle. »Meine Rasse kann sich nachts entmaterialisieren und Träume auf geringe Entfernung aussenden. Aber verzaubern können wir niemanden.«

»Eine Nachtmähre«, wiederholte der König murmelnd, wobei er seine Krone absetzte. Sie paßte ihm zwar recht gut, doch er fühlte sich mit derlei Pomp anscheinend nicht besonders wohl und lebte lieber ohne. »Könnte es ein Verräter sein, einer mit besonderen Kräften?«

»Ich kenne keinen Verräter oder Abtrünnigen unter den Bewohnern des Kürbisses«, projizierte Imbri. »Der Nachthengst hat zwar besondere Kräfte – aber der ist Xanth treu ergeben und verläßt den Kürbis niemals. Allen anderen dunklen Pferden fehlt es an geistigen Kräften, sie können lediglich Träume projizieren, und gewöhnliche Pferde können nicht einmal dies.«

»Da gibt's noch das Tagpferd«, warf Grundy ein. »Aber dieser Hengst ist ja recht dumm.«

»Nicht so dumm, wie wir glaubten«, sendete Imbri. »Er scheint immer klüger zu werden, je mehr er sich hier bei uns eingewöhnt. Aber ich wüßte nicht, wie er der Zauberer sein könnte, selbst wenn er Nachtkräfte besitzen sollte. Er hat uns immerhin schon zweimal gegen die Mundanier geholfen.«

»Ich spreche ja auch nicht nur von Pferden«, wandte der Zombiemeister ein. »Könnten andere Wesen ähnliche Kräfte entwickeln?«

Chet zuckte mit den Schultern. »Es ist alles möglich. Vielleicht eine Basiliskenvariante, die nur lähmt, anstatt zu töten. Oder ein Groupiefisch, der Seelen stiehlt. Auf jeden Fall irgendein Lebewesen oder eine Person, die Könige vernichten kann.«

»Und die schlau genug ist, um einen König auch zu erkennen, denn es erwischt ja nur die«, warf Grundy ein.

»Ganz genau«, meinte der Zombiemeister. »Und ich bin mit Sicherheit das nächste Ziel. Ihr müßt eins über mich wissen: Ich war achthundert Jahre lang ein Zombie. Ich wurde durch ein

Spezialelixier wieder lebendig gemacht, welches Dor beschafft hat, weshalb ich ihm auch auf ewige Zeiten Dank schulde. Ich besitze nach wie vor die Kraft, mich im Falle meines vorzeitigen Todes als Zombie selbst wiederzuerwecken. Sollte der geheimnisvolle Feind also wieder zuschlagen und mich umbringen, so müßt ihr meinen Zombieleib ausfindig machen und ihn befragen. Vielleicht erfahrt ihr dadurch, wer der geheimnisvolle Verzauberer ist.«

Sie nickten ernst. Welch eine grauenvolle Methode, um einen Gegner ausfindig zu machen!

»Jetzt muß ich die Wachzombies vor Schloß Roogna wecken und mit ihnen noch heute nacht zur Spalte marschieren. Unsere einzige Chance besteht darin, dort vor den Nächstwellern einzutreffen. Jetzt kommt alles auf unseren Zeitvorsprung an.«

»Die Zombies sind zum größten Teil bereits auf«, meldete Grundy. »Dor und Irene haben vor knapp einer Woche auf ihrem Friedhof geheiratet.«

»*Das* hat sie bestimmt geweckt!« meinte der Zombiemeister mit düsterem Lächeln. »Zombies lieben Hochzeiten und ähnlich morbide Zeitvertreibe. So, und jetzt muß ich sie zu einer Armee organisieren. Ihr anderen solltet jetzt erst einmal ausschlafen. Meldet euch gegen Morgendämmerung bewaffnet an der Spalte. Es kann sein, daß ich einige von euch Lebenden als Offiziere brauche, denn Zombies können nicht besonders gut denken.« Dann verließ er den Raum.

»Hauptmann einer Zombiekompanie!« meinte Grundy. »Na ja, warum auch nicht? Zombies sind ja eigentlich ganz nette Leute, wenn man sich erst einmal an den Geruch gewöhnt hat.«

Im Morgengrauen, sie waren alles andere als ausgeschlafen, meldeten sie sich wie befohlen. Der König hatte seine Zombies bereits entlang der Spalte und hinter Bäumen aufgestellt. Die Mundanier konnten die Spalte nur dort überqueren, wo es auch Brücken gab, und da die eine Brücke nur von Süden nach Norden führte, die andere aber unsichtbar war, war es offensichtlich, daß nur die dritte in Frage kam. Diese war sichtbar und stabil gebaut, und ein vielbenutzter Pfad führte zu ihr.

Die Mundanier hatten einen ganzen Tag der Kampfpause gehabt, um sich wieder zu sammeln und ihren Marsch fortzusetzen, und sie hatten die Zeit nicht vergeudet. Am Vormittag trafen sie an der Spalte ein, dem Hauptpfad folgend. Sofort gingen die Zombies in Aktion und bewarfen sie mit faulendem Fleisch und Knochensplittern anstelle von Projektilen.

Die Nächstweller reagierten genau wie erwartet: Sie schrien laut auf und wichen völlig aufgelöst zurück. Mundanier hegten eine Menge Vorurteile gegenüber Zombies, genau wie sie es gegenüber Gespenstern, Ghulen, Vampiren, Werwölfen und ähnlich unschuldigen Wesen taten, und sie zogen es vor, den körperlichen Kontakt mit ihnen zu meiden.

Da erschien Varsoboes und gestikulierte wild. Wieder trommelte er seine flüchtenden Truppen zusammen. Es war offensichtlich, daß er ein guter, starker Anführer war, und sofort wurde aus seiner bunt zusammengewürfelten Schar eine Truppe entschlossener Krieger. Die Mundanier begannen, die Zombies mit ihren Pfeilen unter Beschuß zu nehmen. Natürlich verfehlten diese ihre Wirkung völlig, denn was bereits tot war, ließ sich nicht noch einmal töten. Andere Mundanier hackten mit ihren Schwertern auf die Zombies ein. Das war schon wirkungsvoller, denn ohne Gliedmaßen oder Köpfe funktionierten die Zombies nicht so gut.

Doch die Abneigung der Mundanier gegenüber den Zombies erwies sich als schwerer Nachteil für die Invasoren, und viele Lebende wurden von den wandelnden Toten niedergestreckt. Schon bald war der Boden mit Knochen und Fleisch übersät, Frischtote in einem Durcheinander mit Untoten.

Jetzt führte Varsoboes einen Sturmangriff auf die Hauptbrücke an. Seine überlebenden Männer folgten ihm in einer hastig zusammengestellten Phalanx, die mit ihren überlappenden Schilden die Zombies einfach beiseitedrückte. Die Mundanier waren im Begriff, auch diese Schlacht zu gewinnen.

»Wir müssen uns ihren Anführer kaufen«, murmelte der Zombiemeister. »Ohne ihn sind sie ein Nichts; mit ihm zusammen dagegen werden sie siegen.«

Ein Trupp ausgesuchter Zombies bewachte die Brücke. Das waren Zombietiere, die wesentlich kampfkräftiger waren als Zombiemenschen.

Varsoboes traf auf einen Zombieflügeldrachen. Der kleine Drache war in schlechtem Zustand, selbst für seine Art, und mit jeder Bewegung verlor er Schuppen und Fleischteile. Der mundanische Heerführer hackte mit dem Schwert auf seine Schnauze ein. Die Schnauze explodierte wie ein faulendes Stück Holz: Zähne, Zunge, Nüstern und Augäpfel prasselten auf die Mundanier nieder. Dann begann der Flügeldrache sich zu wehren, indem er einen Feuerstoß hervorrülpste. Das Feuer war in keinem viel besseren Zustand als der Drache; es züngelte matt und grünlich nach den Füßen des Heerführers und erlosch dort. Aber es war heiß, und der Mundanier wich tänzelnd mit einem grün verbrannten Fuß zurück.

Als das Feuer gänzlich erloschen war, stieß der Nächstweller wieder vor. Er hackte dem Flügeldrachen den Rest des Kopfes ab. Ohren, Gehirn und Mandeln stoben in Stücken auseinander und hagelten erneut auf die Mundanier nieder. Doch der nackte Hals rammte vor und traf Varsoboes im Gesicht, wobei er bonbonfarbenen Eiter verspritzte und den Mundanier dazu zwang, ein zweites Mal zurückzuweichen.

Wieder schlug der Mann zu. Rückenwirbel, Muskeln und sehnige Nerven umschlangen den Schwertarm des Mundaniers, doch der griff unermüdlich an – und sein Gesicht wurde von einem Stoß wäßrigen Blutes überspült, das aus dem verstümmelten Torso hervorspritzte. Er schüttelte es ab, als könne er kaum glauben, was da geschah, wischte sich den Schleim aus den Augen und hackte wieder auf den Drachen ein, ohne auf die Eingeweide und Hautstreifen zu achten, die plötzlich zerplatzten und sich um seinen Leib wickelten. Jetzt sah er schon selbst aus wie ein Zombie.

»Dieser Mundanier ist wirklich zäh und entschlossen«, bemerkte der Zombiemeister.

»Der hat sie ja auch durch die schneebedeckten mundanischen Berge der Alben geführt«, warf Grundy ein. »Von Ghulien nach Hitalien. Das ist ein ganz gerissener, skrupelloser Bursche.«

Ein Zombieameisenlöwe griff den mundanischen Heerführer an. Dieser Zombie war noch vergleichsweise frisch und noch nicht sehr verfault. Der Löwenkopf brüllte, bleckte seine hervorragenden Zähne, und der Ameisenleib besaß sechs gesunde Beine und einen Stachel. Das Wesen wich den Schwerthieben tänzelnd aus. Nur wenige Zombies hatten einen Selbsterhaltungstrieb, und sogar Varsoboes erkannte, wie ungewöhnlich dies war.

Ein weiterer Mundanier trat aus dem Schutz der Phalanx hervor und zielte mit Pfeil und Bogen auf den Ameisenlöwen. Doch da stürzten sich auch schon drei Zombiekobolde auf ihn und packten ihn an den Beinen.

Nun griffen die anderen Mundanier an. Schon bald hatten sie den Ameisenlöwen und die Kobolde erledigt, zusammen mit Zombiefröschen, Hasen und einem hydraulischen Rammbock mit wäßrigen Augen. Als der Rammbock in die Spalte fiel, standen die schleim- und eiterbedeckten Männer bereits unmittelbar am Fuß der Brücke.

Auf der Brücke jedoch war eine Zombiepython, begleitet von Zombiekakerlaken, einem Zombiefliegefisch und einem Zombiedrachenhahn. Die Mundanier konzentrierten sich auf die Python, weil sie offenbar nicht erkannten, daß das wirklich gefährliche Ungeheuer der Hahn war. Varsoboes hieb auf den Schlangenkopf ein und lenkte das Tier ab, während zwei andere Mundanier sich an ihm vorbeistahlen und auf die Brücke traten.

Sorgfältig zertrampelten die beiden die Kakerlaken, die mit einer reichen Auswahl an grausigen Geräuschen zerplatzten. Die Mundanier wehrten mit ihren Schwerten den fliegenden Fisch ab, der an ihren Köpfen vorbeischoß und ihnen brackiges Wasser ins Gesicht sprühte. Da traf der erste Mundanier auf den Drachenhahn.

Eine kurze Kampfpause – und der Mundanier löste sich in grünen Schleim auf und schlierte von der Brücke. Ein lebender Drachenhahn konnte jedes Lebewesen mit der reinen Kraft seines Blickes zu Tode starren, doch ein Zombiedrachenhahn war nicht im Vollbesitz seiner Kräfte und konnte die Wesen lediglich bis zur Muskelfäule zerstarren.

Der zweite Mundanier stürzte auf das kleine Ungeheuer zu – und zerschmolz ebenfalls in stinkenden Dämpfen, um in halbfester Form in den Abgrund zu stürzen, wo ihn der Spaltendrache aufschnappte. Das bescherte dem armen Drachen eine leichte Verdauungsstörung.

»Blicke abwenden! Schilde als Sichtschutz benutzen!« bellte Varsoboes so laut, daß Imbri es noch auf der anderen Seite der Spalte ganz deutlich hören konnte.

Einer der Mundanier war so mutig zu gehorchen. Er zog sich den Helm über die Augen, hob den Schild und tastete sich am Geländer die Brücke entlang. Während sein Chef ihm Instruktionen zubrüllte, orientierte er sich auf den Drachenhahn und schob das Ungeheuer schließlich mit der unteren Schildkante von der Brücke.

Der Drachenhahn stürzte in die Tiefe, und der Spaltendrache hatte sich mittlerweile genug erholt, um auch ihn aufzuschnappen. Diesmal zog er sich eine echte Darmstörung zu.

»Das gefällt mir überhaupt nicht«, murmelte der Zombiemeister. »Diese Nächstweller sind einfach zu stark für uns. Wir könnten dazu gezwungen sein, die Brücke zu vernichten.«

»Ich kann sie einzeln beim Überqueren abschießen«, sagte Chet mit schußbereitem Bogen.

Der Zombiemeister runzelte die Stirn. »Hm, einen Versuch wäre die Sache schon wert, obwohl ich nicht so recht an den Erfolg zu glauben vermag. Es gibt noch eine Menge Mundanier, die bisher noch in keine Kämpfe direkt verwickelt worden und daher gut ausgeruht sind. Die Brücke allein reicht nicht aus. Wir haben sie bisher nur deshalb so weit aufhalten können, weil sie nicht ihre volle Kampfkraft zur Geltung bringen konnten, aber früher oder später werden sie das mit Sicherheit tun.«

Varsoboes hatte inzwischen der Zombieschlange den Garaus gemacht, und die Nächstweller schickten sich an, im Gänsemarsch über die Brücke zu gehen.

Chet zielte und ließ einen Pfeil davonschwirren. Das Geschoß flog einen Bogen über den Abgrund und bohrte sich dem vordersten Mundanier ins Gesicht. Der Mann brach zusammen und stürzte in die Spaltenschlucht.

Der zweite Nächstweller hob seinen Schild zum Schutz, doch da traf ihn auch schon der Zentaurenpfeil in seinen entblößten Oberschenkel. Der Mann stieß einen Schrei aus und fiel von der Brücke.

Der dritte Nächstweller hielt seinen Schild tiefer, wartete aber prüfend ab, bis der Zentaur gezielt hatte. Dann fing er den Pfeil ab, indem er den Schild hochriß – und wurde dafür von Chets zweitem Pfeil getroffen, der auf sein Bein gezielt gewesen war.

Auf diese Weise erlegte Chet nacheinander sechs Mundanier, bis er keine Pfeile mehr hatte.

Nun rannten die Mundanier im Laufschritt über die Brücke, einer hinter dem anderen. Sie hatten ihre unvermeidlichen Anfangsverluste erlitten und stürmten nun dem sicheren Sieg entgegen. Ihre schiere zahlenmäßige Überlegenheit, die der Zombiemeister so gefürchtet hatte, begann sich deutlich bemerkbar zu machen.

»Die Brücke!« fauchte der Zombiemeister.

Chet holte sein Schwert hervor und hackte auf die Seile ein, die die Brücke trugen. Als er sie zerhauen hatte, mußte er feststellen, daß der Laufsteg noch immer hielt, und so schlug er mit der Klinge auch darauf ein.

»Halt!« schnauzte der erste Mundanier, als er sah, was Chet vorhatte. Doch Chet hieb unbeirrt auf das Holz ein. Chem ließ ihr Wurfseil durch die Luft sausen und riß den Mundanier von der Brücke, bevor er einen Fuß auf festen Boden setzen konnte.

Noch immer leisteten die harten Bohlen Chets Schwert Widerstand. Das war auch eigentlich eher eine Aufgabe für eine Axt, doch sie hatten keine dabei. Imbri wünschte sich, daß Krach der Oger hier wäre – doch der war abkommandiert worden, um Schloß Roogna selbst zu verteidigen, da die Palastwache der Zombies nicht mehr dort war. Man hatte den Zombiemeister vor der verschollenen Reserve der Mundanier gewarnt, die möglicherweise gerade versuchte, sich von hinten ranzuschleichen, um Schloß Roogna von der anderen Seite zu überfallen. Der Oger tat auch Dienst als Späher, der das Gelände nach allem und jedem absuchte, der mit der Verzauberung der Könige zu tun haben konnte. Es war eine dringende

Aufgabe, und so hatten sie Krach nicht für den Frontdienst freistellen können.

Da sprang der nächste Nächstweller über den immer größer werdenden Riß im Laufsteg – um direkt in das Schwert des Zombiemeisters persönlich zu laufen. Mit säuberlich durchbohrtem Herzen starb er auf der Stelle und stürzte zu Boden.

Der Zombiemeister beugte sich vor, um den Toten zu berühren – und der Mundanier erwachte. Er stand auf, und das Blut schoß ihm dabei aus der Brust. »Meister!« keuchte er schnarrend.

»Bewache diese Brücke«, befahl der Zombiemeister ihm. »Laß kein lebendes Wesen an dir vorbei.«

Der Zombie stellte sich mit dem Gesicht zur Spalte auf, das Schwert in der Hand, während Chet weiterhin auf die Bohlen einhieb. Als der nächste Mundanier herangestürmt kam, stach der Zombie heftig mit seinem Schwert nach ihm.

»He!« rief der Angreifer. »Du bist doch auf unserer Seite!«

»Nicht mehr«, grunzte der Zombiemundanier und schlug erneut nach dem anderen. Der Krieger wich seinem Hieb tänzelnd aus – und stürzte dabei von der Brücke.

Nun hatte Chet endlich die letzte Planke durchgeschlagen. Das Gewicht der auf dem Steg stehenden Soldaten tat sein Übriges, und so wurde die Brücke aus ihrer Verankerung gerissen und stürzte in die Tiefe, ein Dutzend schreiender Mundanier mit sich reißend.

Varsoboes stand ihnen gegenüber auf der anderen Seite der Schlucht. »Damit haltet ihr mich nicht auf!« schnauzte er sie an. »Ich komme trotzdem rüber und mache euch den Garaus. Ihr seid jetzt schon erledigt, Zombiekönig!«

Imbri peitschte wütend mit dem Schweif, doch der Zombiemeister wandte sich einfach ab. »Meine eigentliche Aufgabe besteht darin, die Toten wiederzubeleben, und nicht, die Lebenden zu töten«, sagte er. »Ich habe heute mehr Tote zu verantworten gehabt als jemals zuvor in meinem ganzen Leben. Ich sehe zwar ein, daß es notwendig war, aber es ist mir zutiefst zuwider. Ich will nur hoffen, daß die Spalte sie aufhält und uns Schlimmeres erspart.«

»Wir müssen sie aber weiterhin beobachten«, meinte

Grundy. »Um sicherzugehen. Ich traue diesem Varsoboes nicht.«

»Meine Vasallen werden Wache halten.« Der Zombiemeister schritt vom Rand der Spalte fort. »Aber wir bleiben als Verstärkung in der Nähe, bis wir wissen, daß die Nächstweller aufgegeben haben.«

Imbri spähte zurück. Varsoboes stand noch immer am Rand der Spalte, schrie und schüttelte die Faust. ». . . ebenfalls kleinkriegen, Zombiekönig!« erscholl seine Stimme schwach. »Genau wie den Verwandlerkönig und den Feuersprachenkönig . . .«

Also hatten die Angriffe auf die Könige ganz eindeutig etwas mit der mundanischen Invasion zu tun! Aber *wie*? Bevor sie die Antwort darauf wußten, konnten sie nicht einmal geeignete Schutzmaßnahmen ergreifen, ganz zu schweigen von einem Gegenangriff.

Im Wald in der Nähe der Spalte entdeckten sie ein großes Zelt, das von einer Zeltraupe zurückgelassen worden war. Das war der beste zur Verfügung stehende natürliche Unterschlupf, den man sich nur denken konnte. Er bestand aus feinster Seide, denn Zeltraupen liebten es, es sich erst ordentlich bequem zu machen, bevor sie sich magisch in geflügelte Gestalten verwandelten und davonflogen. Der König zog sich dorthinein zurück, um seinen notwendigen Schlaf zu finden, während Chet und Grundy das Zelt bewachten und es im Kreis umschritten, um jeden möglichen Eindringling sofort ausfindig zu machen. Chem galoppierte unterdessen zu Schloß Roogna, um dort über den Verlauf der Schlacht zu berichten.

Imbri fand eine nahegelegene Waldlichtung mit gutem Weidegras. Dort graste und schlief sie, weil sie sich schon lange nicht mehr richtig ausgeruht und sattgefressen hatte. Diese ständige physische Existenz war ziemlich ermüdend. Kein Wunder, daß die stofflichen Wesen früh alterten und starben – die verbrauchten sich einfach viel zu schnell!

Während sie so da stand und Gras und Probleme durchkaute, merkte sie plötzlich, wie sich ein Tier näherte. Es war das Tagpferd. Mit einem frohen Wiehern hieß sie es willkommen, zudem sie feststellen mußte, daß sie den Hengst in den letzten beiden hektischen Tagen vermißt hatte. »Wo bist du gewesen?« projizierte sie.

»Weit ab von den Mundaniern«, erwiderte er im Traum. »Sie sind immer weiter nach Süden vorgestoßen und haben mir Angst eingeflößt. Ich glaube, sie jagen mich.«

»Du bist zwar schön, aber nicht gerade kühn«, meinte sie. »Wir sind ihnen bereits in zwei Schlachten entgegengetreten und haben sie jetzt an der Spaltenschlucht aufhalten können. Wir haben die Hauptbrücke zerstört, und von der unsichtbaren Brücke im Osten wissen sie nichts. Wenn sie durch die Schlucht klettern wollen, wird der Spaltendrache sie sich holen. Heute haben sie an die vierzig Mann verloren.«

»Xanth wird erst dann in Sicherheit sein, wenn sie verschwunden sind, besonders der Reitersmann.«

»Ja, aber Varsoboes auch«, ergänzte sie.

»Ach, der ist einfach nur brutal. Er stößt vor und schlägt auf alles ein, was sich ihm in den Weg stellt. Der Reitersmann dagegen ist gerissen und hinterhältig; der ist der wahre Anführer und euer wirklicher Feind.«

Der Hengst hatte sich aber wirklich sehr in seine Abneigung gegen den Reitersmann verbissen! »Aber wir haben ihn doch gar nicht mehr gesehen, seit wir den Puniern entkommen sind.«

»Das kann nur bedeuten, daß er irgend etwas ausheckt. Bevor ihr den nicht unschädlich gemacht habt, werdet ihr niemals in Sicherheit schlafen können.«

Imbri zog es vor, nicht weiter darüber zu diskutieren. Wenn sowohl der Nachthengst als auch der Gute Magier Humfrey der Meinung waren, daß der Reitersmann die eigentliche Gefahr darstellte, dann stimmte das wohl auch. Aber auf welche Weise? Das war überhaupt nicht klar. Was konnte selbst der gerissenste, skrupelloseste der Mundanier gegen ein ganzes Königreich der Magie ausrichten?

Eine Stunde lang grasten sie zusammen Seite an Seite. Als schließlich die Nacht einbrach, trabte das Tagpferd wieder gen Süden davon, fort von den Mundaniern. Imbri schnaubte leise in sich hinein. Der Hengst war zwar ein wunderbarer Begleiter, aber er hatte auch seine Macken. Solange die Mundanier auf der Nordseite der Spalte waren, konnten sie ihm nichts anhaben. Und sollte es ihnen durch irgendein infernalisches Wunder gelingen, die Schlucht zu überqueren, brauchte er nur davonzulaufen, denn kein Mann konnte ein gesundes Pferd zu Fuß einholen, und die Bäume des Dschungels würden jeden Angriff von Bogenschützen vereiteln.

Imbri kehrte in der Nacht in entmaterialisierter Gestalt zum Zelt des Zombiemeisters zurück. Dort stand Grundy Wache. Er erspähte sie schon im selben Augenblick, als sie wieder stoffliche Gestalt annahm.

»Mich erwischst du nicht beim Schlafen, Mähre!« meinte er selbstzufrieden. »Wenn du allerdings unsichtbar geblieben wärst, hätte ich da so meine Probleme gehabt, das will ich zugeben.«

»Veilleicht sollte ich ja unsichtbar Wache stehen«, sendete Imbri.

»Nein, du mußt grasen und dich ausruhen«, widersprach der Golem, der wohl die Ehre, den König zu bewachen, mit niemandem teilen wollte.

»Ich könnte ja etwa jede Stunde in unsichtbarer Gestalt mal nachsehen.«

»Hm...« Da hatte Grundy eine Idee. »Könnte ich dann mit dir kommen?«

»Aber natürlich. Du wärst dann auch unsichtbar.«

»Prima! Dann schauen wir doch gleich mal nach dem rechten!«

Imbri ließ ihn aufsitzen, entmaterialisierte sich und trat durch die Zeltwand. Der Zombiemeister schlief friedlich. Imbri schickte ihm einen Traum. »Hallo, Euer Majestät«, sagte sie in ihrer Traumgestalt, die diesmal aus einer einigermaßen erhaltenen Zombiefrau bestand. »Ich bin's nur, die Mähre Imbrium. Habt Ihr es bequem?«

»Sehr bequem, danke, Mähre«, erwiderte der König. »Nur meine Familie fehlt mir. Könntest du die vielleicht in diesen Traum einbauen?«

»Gewiß.« Sie konzentrierte sich, und einen Augenblick später erschien Millie das Gespenst, etwas schwach umrissen, aber doch sehr schön und Sex-Appeal versprühend.

»Ach, Jonathan!« sagte Millie. »Ich liebe dich ja so!« Sie breitete die Arme für ihn aus.

»Also sowas nenne ich einen guten Traum!« rief der Zombiemeister und umarmte sie. Ihre achthundert Jahre alte Liebe war durch ihre Fleischwerdung nicht geringer geworden.

Da öffnete sich an der Wand plötzlich ein Auge, und daneben erschien eine Inschrift: MATSCH! MATSCH! JUCK!

»Geht in euer Zimmer, Kinder!« bellte der Zombiemeister. »Bastelt euch gefälligst eure eigenen Träume!«

Eingeschüchtert verblaßten Auge und Inschrift. Der Zombiemeister küßte seine Frau, die leidenschaftlich darauf reagierte. Wenn Millie eins konnte, dann war es leidenschaftlich zu sein!

Da erstarrten die Augen des Magiers plötzlich, und er blieb wie angewurzelt stehen.

»Jonathan!« rief Millie besorgt. »Was ist denn los?«

Doch der Zombiemeister gab keine Antwort und rührte sich nicht.

Da wurde Imbri abrupt aus dem Traum geworfen – weil kein Geist mehr da war, um ihn in Empfang zu nehmen. »Man hat ihn erwischt!« sendete sie Grundy. »Mitten im Traum!«

»Aber es ist doch überhaupt keiner da, außer uns!« Grundy überlegte kurz. »Der Sache gehe ich nach. Mach uns wieder stofflich, und zwar schnell.«

Sie materialisierte noch im Zelt. Grundy sprang ab und gab ein wisperndes, raschelndes Geräusch von sich, als er mit einem Rasenstück im Zelt sprach. »Das Gras hat niemanden gesehen«, sagte er.

»Vielleicht draußen vor dem Zelt –«

Grundy hob das Zeltlaken und krabbelte hinaus. Imbri durchdrang entmaterialisiert die Zeltwand und trabte zu Chet hinüber. »Der König ist verhext worden!« sendete sie dem Zentaur. »Gerade eben.«

»Aber Grundy hat doch Wache gehalten!« rief Chet beunruhigt.

»Ich auch. Aber es hat den König direkt vor meinen Augen erwischt – mitten in einem Traum, den ich ihm geschickt habe!«

»He, ich hab's!« rief Grundy plötzlich. »Dieser Baum hier sagt, daß hier gerade noch ein Mensch gewesen ist. Der ist an ihm hinaufgeklettert, wieder hinuntergesprungen und davongelaufen.«

Chet galoppierte zu dem Golem hinüber. »Wer war es? Kennen wir ihn?«

»Der Baum weiß es nicht«, sagte Grundy. »Für Bäume sehen alle Menschen gleich aus. Außerdem war es ja auch dunkel, und es muß einer gewesen sein, der an diesem Ort fremd war. Das könnte jeder gewesen sein, ein Xanther genauso wie ein Mundanier.«

»Er muß Xanther sein«, meinte Imbri. »Offensichtlich besitzt er ja magische Fähigkeiten. Er hat einen Zauber auf den König geschleudert und ist davongelaufen.«

»Ja, es muß wohl wirklich ein Xanther gewesen sein«, meinte Chet. »Jemand, der die Fähigkeit besitzt, anderen den Verstand zu vernebeln. Ein Verräter in unserer Mitte, der unsere Könige in Augenblicken der Krise ausschaltet, damit wir keine richtige Verteidigung gegen die Nächstwelle aufbauen können.«

»Genau wie Varsoboes es uns angedroht hat!« projizierte Imbri. »Das ist kein Zufall, sondern Feindeswerk.«

Grundy war damit beschäftigt, die Spur zu verfolgen, indem er Gräser, Sträucher und Bäume ausfragte. Doch schon bald führte die Fährte in eine felsige Landschaft und in einen Fluß, was seine Suche unfreiwillig beendete. »König Dor hätte das Problem lösen können, denn der kann ja mit unbelebten Gegenständen reden. Aber –«

». . . aber König Dor ist außer Gefecht«, beendete Chet seinen Satz. »Ach, jetzt stecken wir aber wirklich in der Klemme! Was sollen wir den anderen nur erzählen?«

»Die Wahrheit«, sagte Grundy. »Wir haben den König beobachtet, anstatt auf die Umgebung zu achten, und sind reingelegt worden. Wir brauchen einen neuen König – und zwar schon wieder.«

»Ich werde gehen!« sendete Imbri. »Ich kann Schloß Roogna schnell erreichen. Die Königinnen müssen benachrichtigt werden.«

»Nimm mich mit«, sagte Grundy und sprang auf ihren Rükken. »Chet, sag du den Zombies Bescheid. Sie müssen die Spalte auch ohne ihren Meister so gut es geht verteidigen.«

»Ja«, sagte der Zentaur, »ich fürchte allerdings, daß die Punier die Spalte überqueren werden. Aber bis es soweit ist, haben wir vielleicht noch ein paar Tage Zeit, um uns auf ihren nächsten Angriff vorzubereiten.« Er blickte zu dem gefallenen König hinüber. »Und ich werde ihn zum Schloß zurückbringen.«

Langsam wurde daraus ja die reinste Routine! Imbri spürte zwar den Schock, doch er war schon nicht mehr so heftig wie damals bei König Trent und König Dor.

Sie entmaterialisierte und jagte durch die Nacht auf das nächste Kürbisfeld zu.

IX

Guter König Humfrey

Auf Schloß Roogna wurden sie von Königin Iris empfangen. »Irgendwie habe ich es geahnt«, sagte sie. »Jedesmal, wenn unsere Verteidigung Erfolge zu verzeichnen hat, verlieren wir unseren König. Und ich habe um meinen Gatten getrauert, anstatt seine Nachfolger zu beschützen! Ihr beiden begebt euch sofort zum Guten Magier Humfrey; der muß unser nächster König werden. Laßt euch bloß nicht abwimmeln – diesmal kann der alte Knöterpeter nicht ablehnen! Ich lasse Millie das Gespenst benachrichtigen, sofern mir noch keine Nachtmähre zuvorgekommen sein sollte, und ich organisiere hier im Schloß, was eben zu organisieren ist. Sagt Humfrey, daß er keine andere Wahl hat. Er ist der letzte männliche Magier Xanths und muß das Amt sofort antreten, und zwar ohne jedes Gnomengemurre.«

Imbri begriff, daß die alte Königin immer noch eine Menge Kampfgeist und Kompetenz besaß. Nun, da die Krise sich verschärfte, verdrängte sie ihren persönlichen Schmerz und Schock, um zu tun, was zu tun war. Glücklicherweise war es Imbri durch ihre eineinhalb Jahrhunderte Nachtdienst gewohnt, vielbeschäftigt hin und her zu jagen. Der Golem saß wieder auf, und so galoppierte sie über eine Kürbisabkürzung zum Schloß des Guten Magiers. Diesmal jagten sie im Kürbis durch ein Gebiet fleischfressender Wolken, die mit trichterförmigen, wirbelnden und saugenden Schnauzen Jagd auf sie machten. Als nächstes kam ein Wald aus beweglichen Bäumen, deren Äste nach ihnen griffen, während ihre Blätter hungrig schmatzten, doch auch sie hatten keinen Erfolg bei ihnen. Schließlich folgte noch ein Feld von Waffen – Schwerter, Keulen und Speere, die mit willkürlicher Heimtücke umherhuschten, Würgeschlingen, die sich unvermutet zuzogen, und metallische Röhren, die Feuer, Lärm und Splitter rülpsten. Doch auch dieses Gebiet brachten sie unversehrt hinter sich, weil Imbri es schon sehr gut kannte.

»Eure Szenerie kann einem richtig Spaß machen«, bemerkte Grundy, als er erkannte, daß sie die Kürbiswelt sicher hinter sich gelassen hatten.

Nun gelangten sie zum Schloß des Guten Magiers, und Imbri schoß entmaterialisiert zusammen mit dem Golem durch die Mauern. Humfrey befand sich in seinem Studierzimmer, wie immer über ein riesiges Buch gebeugt. Als Imbri und Grundy materialisierten, hob er mürrisch den Kopf. »So weit ist es nun also gekommen!« knurrte er. »Ein Jahrhundert lang habe ich mich aus der widerlichen Politik herausgehalten, und nun habt ihr mich in die Ecke manövriert.«

»Jawohl, mein Herr«, sagte Grundy. Der Golem begegnete Humfrey immer halbwegs mit Respekt, weil dieser ihm vor langer Zeit, als er noch unwirklich gewesen war, zur Wirklichkeit und zum Wirklichsein verholfen hatte. Außerdem stand Humfrey ja gerade ein beachtlicher Machtzuwachs bevor. »Ihr müßt einfach in den sauren Apfel beißen, wie man so sagt, und König werden.«

»Xanth kennt keine sauren Äpfel«, gruffelte Humfrey. Er zog eine Grimasse, als seine alten Augen ein Regalbrett erblickten, auf dem eine Reihe magisch versauerter Äpfel lagen, die seine Worte Lügen straften. »Ich bin übrigens keineswegs der letzte Magier Xanths, wißt ihr.«

»Arnolde Zentaur zählt nicht«, sagte Grundy. »Sein Talent funktioniert erstens nur außerhalb Xanths, und außerdem ist er kein Mensch.«

»Beide Argumente sind ziemlich spitzfindig. Er wird auch noch an die Reihe kommen. Aber zuerst kommt Bink, der wird nach mir König werden.«

»Bink?« rief der Golem ungläubig. »Dors Vater? Der besitzt doch überhaupt keine magischen Fähigkeiten! König Trent hat doch damals die Regel außer Kraft setzen müssen, daß nur, wer Magie besaß, auch Bürger von Xanth bleiben konnte, nur damit Bink nicht verbannt wurde.«

»Bink ist ein Magier«, beharrte Humfrey. »Vielleicht sogar der mächtigste lebende Magier überhaupt. Die ersten fünfundzwanzig Jahre seines Lebens wußte niemand davon; die zweiten fünfundzwanzig Jahre wissen es nur einige wenige Auserwählte. Jetzt muß es ganz Xanth erfahren, denn Xanth braucht ihn. Präg dir das in deinen häßlichen kleinen Kopf gut ein, Golem, denn du wirst die Nachricht verbreiten müssen. Vielleicht wird Bink die Kette sprengen.«

»Die Kette sprengen!« sendete Imbri. »Das war doch Euer Rat, mit dessen Hilfe wir Xanth vor der Nächstwelle retten sollten!«

»In der Tat«, stimmte Humfrey ihr zu. »Aber die Sache stellt sich als recht schwierig heraus. Ich werde keinen Erfolg haben, und ich kann nicht über die Zeit meines Untergangs hinaus Prophezeiungen erstellen. Aber ich glaube, daß Bink derjenige ist, der sie am wahrscheinlichsten sprengen wird – oder möglicherweise seine Frau.«

Golem und die Mähre blickten einander an. Hatte der Gute Magier nun völlig das bißchen Verstand verloren, das ihm noch verblieben war?

Die Gorgone erschien in der Tür. Ein schwerer, undurchsichtiger Schleier verhüllte ihr Gesicht gänzlich. »Ich habe deine Zauber und dein Mittagessen eingepackt, Liebster«, murmelte sie.

»Und meine Socken?« fauchte Humfrey. »Was ist mit meinen Ersatzsocken?«

»Die auch«, sagte sie. »Einen Zauber mag ich vielleicht gelegentlich vergessen, aber so etwas Wichtiges wie deine Ersatzsokken niemals.« Sie lächelte schief unter ihrem Schleier und setzte einen verschnürten Beutel vor ihm auf dem Schreibtisch ab.

»Doch nicht auf ein aufgeschlagenes Buch!« rief er. »Natürlich! Du mußt natürlich unbedingt die Seiten verschmieren!«

Die Gorgone rückte den Beutel neben das Buch. Dann fiel sie vor Humfrey auf die Knie. »O mein Gebieter, mußt du dich wirklich da hineinziehen lassen? Kannst du nicht von hier aus regieren?«

»Was heißt denn hier plötzlich ›mein Liebster, mein Gebieter‹?« fragte Grundy mißtrauisch. »Die Gorgone fällt doch sonst vor niemandem auf die Knie!«

Humfrey hob den Beutel auf. »Was sein muß, muß sein«, sagte er. »So steht es geschrieben – nämlich hier!« Er piekte mit einem knorrigen Finger auf die aufgeschlagene Seite des Buchs.

Imbri blickte auf die bezeichnete Stelle. Im Buch stand: ES IST DEM GUTEN MAGIER NICHT BESCHIEDEN, DIE KETTE ZU SPRENGEN.

Der Schleier der Gorgone wurde immer dunkler, als Flüssigkeit hindurchzusickern begann. Imbri war erstaunt; konnte dieses schreckliche, angsteinflößende Geschöpf etwa weinen? »Mein Gebieter, ich flehe dich an – laß mich wenigstens mitkommen, um deine Feinde in Steine zu verwandeln!«

Plötzlich dämmerte Grundy die entsetzliche Wahrheit. »In Steine zu verwandeln . . . und dazu trägt sie einen Schleier, den sie für ein unsichtbares Gesicht eigentlich nicht brauchen würde – die Gorgone ist los!«

»Ihre Macht darf nicht zu früh eingesetzt werden«, sagte Humfrey. »Erst wenn der König von Xanth es befiehlt, sonst wird sie vergeudet werden, und Xanth wird fallen. Sie muß ihre Schwester herbeiholen für die Zeit, da man ihrer beider bedarf.«

»Aber woher sollen wir wissen, wann es soweit ist?« fragte die Gorgone.

»Du hast zwar die Harfe der Sirene wiederhergestellt, und sie wartet hier auf sie. Aber es kann doch gut sein, daß wir überhaupt keinen König von Xanth mehr haben werden, wenn es soweit ist, ganz zu schweigen von einem, der dann noch weiß, was er befehlen soll!«

»Es wird jemanden geben, der weiß, was zu tun ist«, sagte Humfrey. »Mähre Imbrium, ich muß deine Dienste in Anspruch nehmen, bis ich meinen fliegenden Teppich wiederhabe. Golem, du wirst hier auf das Schloß aufpassen, bis die Mädchen zurückgekehrt sind.«

»Ich? Aber –«

»Oder bis die Not dich woandershin ruft.«

»Welche Not?« fragte der Golem verblüfft.

»Das wirst du schon merken, wenn die Zeit reif ist.« Humfrey richtete einen Zeigefinger auf das winzige Männchen. »Stell keinen Unfug mit meinen Büchern an! Und laß meine Zauber fest verkorkt.«

»Aber wenn ich nun Durst bekomme?«

»Manche dieser Flaschenzauber würden dich verwandeln, und zwar in einen Riesen –«

»In einen Riesen!« rief der Golem freudig.

»Junikäferbär«, beendete die Gorgone Humfreys Satz, worauf der Golem begreiflicherweise schnell das Interesse verlor.

Der Magier stieg auf Imbris Rücken, wobei er sich einer Schreibtischecke als Aufsitzstütze bediente. Er war klein, alt und gebrechlich, und Imbri befürchtete, daß er herunterfallen könnte. Dann zerrte er den schweren Beutel mit den Zaubern zu sich empor und wäre beinahe tatsächlich hinabgestürzt, weil er fast das Gleichgewicht verlor. »Ich brauche wohl einen Befestigungszauber«, brummte er. Humfrey öffnete den Beutel und kramte darin herum. Dann holte er ein Fläschchen hervor und entkorkte es mühselig, um schließlich einen karierten Tropfen zu verspritzen.

Da bildete sich ein Karogeist und segelte mit Geheul durch die Decke davon.

»Das war die falsche Flasche«, sagte die Gorgone. »Komm, laß mich das machen.« Sie griff in den Beutel und holte eine weiße Flasche hervor. Dann entkorkte sie sie und ließ einen Tropfen hervorperlen. Der verwandelte sich sofort in eine weiße Blase, die auf Imbri und den Magier zutrieb, sie einhüllte und sich plötzlich wieder abrupt zusammenzog, wobei sie Humfrey und seinen Beutel fest mit dem Rücken der Mähre verklebte.

»Siehst du, du brauchst mich doch«, meinte die Gorgone. »Ich weiß genau, wo jeder Zauber sich im Beutel befindet.«

»Kusch!« sagte Humfrey, als spreche er zu einem Welpen. »Los, Mähre!«

Da befanden sie sich auch schon auf dem Weg zu Schloß Roogna. Doch Imbri war unzufrieden. »Warum habt Ihr sie nicht mitgenommen?« projizierte sie dem Magier tadelnd ihre Frage. »Die Gorgone macht sich wirklich Sorgen um Euch.«

»Natürlich tut sie das, diese Närrin!« fauchte Humfrey. »Sie ist eine viel bessere Ehefrau, als ich je verdient habe. War sie schon immer.«

»Aber warum –«

»Weil ich nicht will, daß sie mit ansehen muß, wie ich Mist baue«, sagte er. »Ein Mann in meinem Alter hat auch so seinen Stolz, und mein Ende wird schmachvoll sein.«

Das schien die Sache zu erklären. Humfrey liebte die Gorgone; seine Art, es auszudrücken, war recht subtil. Dennoch war für Imbri noch nicht alles klar. »Wenn Ihr wißt, daß Ihr scheitern werdet, warum geht Ihr dann überhaupt?«

»Um Zeit zu schinden und es meinem Nachfolger zu erlauben, aus Mundania zurückzukehren«, erwiderte Humfrey. »Xanth braucht einen König, und zwar einen Magierkönig, und Bink ist der nächste. Aber er befindet sich noch in Mundania. Ohne König wird Xanth der Nächstwelle zum Opfer fallen.«

»Aber Eurem eigenen Tod in die Arme zu laufen –«

»Es ist nicht ganz dasselbe wie der Tod«, widersprach ihr Humfrey. »Aber da ich nicht weiß, ob daraus nicht irgendwann doch noch der Tod wird, will ich mich darüber lieber nicht streiten. Meine Frau kann besser arbeiten, wenn sie nicht durch Hoffnung abgelenkt wird. Ich habe die Hoffnung systematisch begraben.«

»Das ist aber ein grausamer Mechanismus«, meinte Imbri und erschauerte, als sie ins Guckloch des Kürbis eindrangen.

»Nicht grausamer als die Träume von Nachtmähren«, konterte er. »Mähre, ich beabsichtige das Rätsel zu lösen, wer der verborgene Feind ist, bevor er mich ausschaltet. Ich werde seinen Namen auf eine magische Schiefertafel schreiben und in einer Flasche verbergen, die er nicht finden kann. Ihr müßt diese Flasche retten und ihr die Antwort entnehmen, damit mein Nachfolger sie zur Verfügung hat.«

»Wenn Ihr doch der Magier des Wissens und der Information seid, wie kommt es da, daß Ihr die Antwort nicht jetzt schon kennt?« wollte Imbri wissen.

»Manches Wissen ist selbstzerstörerisch«, erwiderte Humfrey. »Manche Antworten könnte ich wohl erahnen, aber mein Erahnen würde dazu führen, daß sich die Situation verändert und möglicherweise weitaus häßlichere Fragen aufwirft als jene, die man dadurch beantwortet hat. Aber hauptsächlich ist der Grund darin zu finden, daß ich keine Zukunft genau vorhersagen kann, in die ich selbst als integraler Bestandteil eingebettet bin, und die Entdeckung der Identität dieses Zauberers ist eine solche Zukunft. Und wegen meines eigenen Interessenkonflikts könnten manche Antworten als echt erscheinen, tatsächlich aber falsch sein.«

Imbri konnte seinen Gedankengängen zwar nicht so recht folgen, entschied jedoch, daß das Gesagte nach menschlichen Maßstäben wohl einen Sinn ergab. Schließlich mußte der Gute Magier es ja wissen.

Königin Iris erwartete den Guten Magier im Thronsaal.

»Ausgezeichnet«, sagte sie. »Die Ressourcen dieses Schlosses und ganz Xanths stehen Euch zur Verfügung, Guter König Humfrey.«

»Wer hätte das gedacht«, knurrte Humfrey. »Laßt mich erst einmal absitzen.«

Doch das gelang ihm nicht, weil sein Klebezauber ihn immer noch fest mit Imbris Rücken verband. Er mußte in seinem Beutel nach einem Gegenzauber angeln, doch zuerst ohne Erfolg. Statt dessen ließ er aus Versehen einen Schwarm grüner Tauben frei und dann noch ein großes Buch mit dem Titel *Mundanische Albernheiten*; er meinte bummend, daß er dieses Buch ein paar Jahre lang verlegt habe und daß es jetzt wohl eine ganz brauchbare Unterhaltungslektüre abgeben würde, weshalb die Gorgone es ja wohl auch eingepackt habe; dann holte er ein Paar Socken mit Polkatupfern hervor. Die Gorgone hatte sie tatsächlich nicht vergessen! Schließlich fand er auch das Gegenmittel wieder und konnte endlich absteigen.

»So, jetzt werden wir erst einmal Bilanz ziehen«, sagte König Humfrey. »Wir haben fünf Könige verloren und noch fünf vor uns –«

»Was?« fragte Königin Iris verblüfft.

»Fünf Könige«, wiederholte er irritiert.

»Welche fünf Könige denn?«

»Bink, Humfrey, Jonathan –«

»He, Ihr rechnet ja rückwärts!« wandte sie ein. »Und Ihr und Bink seid doch noch gar nicht verlorengegangen...« Sie machte eine Pause. *»Bink?«*

»Habe ich dir doch gerade eben gesagt, Iris!« schnappte Humfrey.

»Das habt Ihr *mir* gesagt, Magier«, sendete Imbri hastig. »Bink soll Euch als König ablösen.«

»Ist doch wohl dasselbe. Ihr seid beide weiblich, wie soll ich Euch denn da in meiner Erinnerung auseinanderhalten? Also gut, wichtig ist jedenfalls, daß wir uns vor dem Reitersmann hüten und die Kette sprengen. Bink ist derjenige, der am wahrscheinlichsten –«

»Aber Bink besitzt doch überhaupt keine magischen Fähigkeiten!« protestierte Königin Iris.

»Hör endlich auf, mich ständig zu unterbrechen, Frau!« schnauzte Humfrey sie an.

Da bekam die Königin einen ihrer berüchtigten Wutanfälle. Ihre Standardbeschwörung des Zorns: schwarze Gewitterwolken brodelten im Hintergrund, von Blitzen durchzuckt. Das war recht eindrucksvoll, da sie sich immerhin im Inneren eines Schlosses befanden. »Was glaubst du eigentlich, mit wem du sprichst, Gnom?«

»*König* Gnom!« berichtigte Humfrey sie und griff in seinen Beutel. Er holte eine Phiole hervor, entfernte den Korken und schüttelte einen Tropfen heraus, der glitzernd an der Öffnung des Behältnisses haften blieb. Als er auf den Boden fiel, explodierte er zu Hitze und Licht. Die Sturmwolke der Königin begann zu brutzeln und zu schrumpfen, als wäre sie in einer heißen Pfanne gebraten worden, und die Lichtblitze hingen schlapp herab. Die Königin gab es auf, ihre Wut vorzuführen. Der Magier hatte sich Respekt verschafft und die Illusion vernichtet.

»König Gnom«, wiederholte sie mürrisch.

»Bink besitzt folgendes Talent«, fuhr Humfrey fort: »Magie kann ihm nichts anhaben. Da die Mundanier eine nichtmagische Bedrohung darstellen, wird er sie möglicherweise nicht aufhalten können – aber vielleicht kann er die Kette verlorener Könige durchbrechen –«

»Die Kette verlorener Könige!« rief Königin Iris. »*Das* habt Ihr also damit gemeint!«

»Und dadurch die Kontinuität der Regierung Xanths sicherstellen. In diesem Fall läßt sich die mundanische Bedrohung eindämmen.«

Der Gute Magier hielt inne. Als Königin Iris sah, daß er fertig war, wagte sie eine weitere Frage. »Warum ist Binks Talent bisher unbeachtet geblieben? Inzwischen hätte er doch König werden müssen –«

»Wenn es allgemein bekannt gewesen wäre, daß er vor den Gefahren der Magie geschützt ist, hätten seine Feinde zu nichtmagischen Mitteln gegriffen, um ihm zu schaden«, erklärte Humfrey. »Deshalb hätte seine Magie ihn schließlich doch noch verraten. Aus diesem Grund hat sie ihn vor der Enthüllung geschützt, und zwar so, daß seine Immunität gegen magische Angriffe als zufällig erschien. Nur König Trent kannte das Geheimnis, und er bewahrte es rigoros, damit sich Binks Talent nicht etwa gegen ihn als magischen Gegner wenden würde. Denn Binks Magie ist wirklich sehr machtvoll, so unterschwellig sie sich auch oft äußern mag. Während der fünfzig Jahre, die er nun schon lebt, hat nichts Magisches ihm jemals Schaden zugefügt, obwohl es oft so aussah, oder obwohl es stets nur durch scheinbare Zufälle im letzten Augenblick abgewendet wurde. Selbst ich war unfähig, sein Geheimnis zu lüften.«

»Aber inzwischen scheint Ihr doch darum zu wissen!« warf die Königin ein.

»Ich habe es durchschauen können, als er nach Mundania ging«, erwiderte Humfrey selbstgefällig. »Das hat seine Macht vorübergehend neutralisiert. Ich wußte die ganze Zeit, daß er Magie besitzt, aber ich wußte einfach nicht, welche. Doch selbst nachdem ich es herausgefunden hatte, konnte ich niemandem davon erzählen. Bis zum heutigen Tag, da er wieder fort ist –

und als legitimer Anwärter auf den Thron von Xanth anerkannt werden muß.«

»Er wird schon anerkannt werden!« sagte die Königin grimmig. »Aber wie kann es nach ihm noch weitere fünf Könige geben, wenn er doch die Kette der Könige durchbrechen soll?«

»Dieses Detail ist mir auch unklar«, gestand der Gute Magier. »Und doch weist alles darauf hin, daß dem so ist.«

»Aber wie kann es fünf weitere Könige geben, wenn es in Xanth doch überhaupt keine Magier mehr gibt?« beharrte die Königin.

»Es gibt noch einen – den Magier Arnolde«, widersprach Humfrey ihr.

»Aber das ist doch ein Zentaur!«

»Trotzdem bleibt er ein Magier.«

»Aber seine Magie funktioniert doch bloß außerhalb von Xanth. In Xanth selbst besitzt er keinerlei Macht!«

»Das Gesetz von Xanth schreibt nicht genau vor, welche Art von Magie ein Magier haben muß oder wo sie zu funktionieren hat«, erinnerte Humfrey sie. »Nach Bink wird Arnolde König werden.«

»Und nach Arnolde?«

Humfrey spreizte die Hände. »Das wüßte ich selbst gern, aber meine Hinweise darauf sind ziemlich vage. Wenn die vollständige Kette zukünftiger Könige bekannt wäre, könnte unser verborgener Feind sie im voraus neutralisieren. Das Paradox ist der Hüter des Geheimnisses.«

Königin Iris zuckte mit den Schultern. Es war zwar offensichtlich, daß sie mittlerweile den Verdacht geschöpft hatte, daß Humfrey langsam senil wurde, aber sie wollte es lieber nicht laut aussprechen. »Was kann ich tun, um Xanth zu helfen, Euer Majestät?«

»Dich in Geduld üben, Frau. Erkenne jeden König an, wenn er kommt. Ist die Kette erst einmal unterbrochen, wirst du schon deinen Lohn empfangen. Das einzige, was du dir am meisten wünschst.«

»Ich habe mich die ganze Zeit in Geduld geübt, als wir drei Könige verloren haben!« rief sie. Und fügte dann, als Nachgedanken hinzu: »Was für ein Einziges?«

»Das weißt du nicht?«

»Ich habe doch gefragt, oder nicht?«

»Kann mich nicht erinnern. Was immer es sein mag, auf jeden Fall wirst du es erhalten. Vielleicht auch schon, bevor die Kette durchbrochen wird. Bis dahin kann man davon ausgehen, daß wir uns in schwierigen Zeiten befinden.« Humfrey gähnte. »So, und jetzt laßt mich schlafen. Ich muß heute noch meine Falle aufstellen.« Er seufzte. »Zu schade, daß sie nichts nützen wird.« Er griff wieder in seinen Beutel und holte eine kleine, zusammengefaltete Brieftasche hervor, die er der Länge nach entfaltete, dann der Breite nach, bis er ein kleines Klappbett hatte. Darauf legte er sich und begann zu schnarchen.

Königin Iris schüttelte den Kopf. »Schwierige Zeiten! Wem sagt er das?« meinte sie. »Ach, die Könige sind heute auch nicht mehr, was sie einmal waren. Humfrey war schon immer ein äußerst ärgerlicher Mann.«

Während draußen die Sonne aufging, hörten sie ein Geräusch. Königin Iris schritt an das größte der Fenster und öffnete es. Der fliegende Teppich glitt ins Zimmer und landete sanft auf dem Boden. Darauf saß Chamäleon, die inzwischen etwas an Schönheit eingebüßt hatte. »Ich mußte einfach kommen«, entschuldigte sie sich. »Mein Mann soll heute abend aus Mundania zurückkehren, und ich muß ihn schließlich empfangen.«

Königin Iris begrüßte sie mit weit geöffneten Armen. »Meine Liebe, ich habe dir viel zu sagen, und leider nicht nur Gutes.« Sie verschwanden in ein anderes Zimmer.

Imbri begab sich hinaus auf den verlassenen Zombiefriedhof, um zu grasen und im Stehen zu schlafen. Das beste Gras wuchs immer um Gräber herum. Sie wußte, daß der Magier König Humfrey sie rufen würde, wenn er ihrer bedurfte. Gegen Mittag bestellte der Gute König Humfrey sie ins Schloß. »Bring mich zum Baobabbaum«, sagte er. »Dort werde ich meine Falle aufbauen.«

Der Baobab! Dort hatte sie sich mit dem Tagpferd getroffen! Ob der Hengst wohl heute dasein würde?

Nun erschien Chamäleon. »Euer Majestät, darf ich jetzt meinem Mann entgegengehen? Ich möchte nicht, daß er aus Versehen den Mundaniern in die Hände läuft, die zwischen ihm und hier sind.«

»Er wird heute abend im Isthmus erwartet«, meinte Humfrey. Nun da er König war, wirkte er überhaupt nicht mehr fahrig oder verwirrt, auch wenn sein Alter ihn gebückt gehen ließ. »Imbri wird ihn von dort abholen, wenn sie nämlich schnell und sicher reisen kann.«

»Aber ich will mitgehen«, meinte Chamäleon. »Ich habe bereits meinen König, meinen Sohn und meinen Freund den Zombiemeister verloren; auf meinen Mann will ich wenigstens selbst aufpassen!«

Humfrey überlegte. »Das ist vielleicht ganz gut so. Der Nachthengst glaubt, daß du bei den kommenden Ereignissen eine wichtige Rolle spielen wirst. In der kurzen Zeit, die ihm noch verbleibt, muß Bink auf manches vorbereitet werden. Aber ihr werdet noch ein weiteres Reittier brauchen. Arnolde wird ihn zwar begleiten, aber der ist nicht der Stärkste; er ist schließlich so alt wie ich, mußt du wissen.«

»Das Tagpferd!« sendete Imbri. »Es hat mir schon mehrmals geholfen. Wir treffen uns am Baobabbaum. Der kann unser zweites Reittier sein.«

Humfreys Augenbrauen zogen sich noch faltiger zusammen, als sie es sonst ohnehin schon immer taten. »Das Tagpferd? Dem bin ich noch nicht nachgegangen. Ist das ein magisches Tier?«

»Nein, ein entflohenes mundanisches Pferd«, erklärte Chamäleon. »Ein sehr netter Hengst. Er wäre ein ausgezeichneter Reisegefährte für uns.«

Der Magier zuckte mit den Schultern. »Wie ihr wollt.« Dann hievte er sich und seinen Beutel voller Tricks auf Imbris Rücken und sicherte sich mit einem erneuten Befestigungszauber.

»Wir kommen heute abend, um dich abzuholen«, schickte Imbri Chamäleon ihre Nachricht in einem Träumchen. Dann machte sie sich auf den Weg, wobei sie, weil es ja Tag war, sorgfältig die Türen und die Stufen benutzte.

Imbri trabte zum Baobab hinaus. Sie konnte das Tagpferd nirgendwo ausmachen – aber der Hengst würde sich ja auch wohl vor dem Magier versteckt halten, weil er sich vor Fremden fürchtete. »Tagpferd!« sendete Imbri. »Alles in Ordnung! Das hier ist der Gute Magier König Humfrey.«

Das Tagpferd kam hinter dem umgekehrten Baum hervor. »Ist er auch kein Mundanier?« fragte es innerhalb des Träumchens.

»Ganz im Gegenteil! Er ist ein großer Magier! Er weiß alles.«

Beunruhigt wich das Tagpferd zurück.

»Nicht alles«, knurrte Humfrey. »Nur, was ich zu erforschen beliebe – und mundanische Pferde habe ich bisher nicht erforscht, und dazu habe ich jetzt auch keine Zeit mehr. Kommt, wir müssen meine Zauber aufbauen.«

Zögernd folgte der Hengst ihnen ins Innere des Baumes. Humfrey zauberte sich von Imbris Rücken frei und begann damit, seine Geräte aufzustellen. Flaschen und Phiolen und Päckchen und Bücher kamen in verwirrender Zahl und Vielfalt aus seinem Beutel hervor, bis es schließlich wesentlich mehr waren, als der Beutel hätte enthalten können. Natürlich mußte der Magier einen Beutel benutzen, der eine unmögliche Menge Kram fassen konnte!

»Wofür sind diese ganzen Sachen?« projizierte Imbri in einem Träumchen, da ihre pferdische Neugier wieder einmal die Oberhand gewann. Sie fürchtete beinahe, daß der Magier ihr nicht antworten würde.

»Es ist besser, wenn du das weißt«, sagte er jedoch zu ihrer Überraschung. »Zunächst einmal muß ich mich darüber informieren, was die Nächstwelle für einen Fortschritt macht. Dafür werde ich die Spähaugen freilassen.« Er öffnete einen Metallbehälter, indem er den Deckel mit einer Art Schlüssel aufrollte. Das schien zwar eine absolut sinnlose Methode zu sein, etwas zu verpacken, aber der Gute Magier war ja öfters sehr eigen. In dem Behälter befanden sich etwa zwanzig weiße Augäpfel. Er schüttelte die Dose, worauf einige von ihnen herauskullerten und unsicher in der Luft schweben blieben.

»Schaut euch mal die Spaltenschlucht an«, sagte er zu ihnen. »Spioniert die Mundanier aus. Und erstattet regelmäßig Bericht.«

Die Augäpfel flogen in einer geraden Linie davon. »Spähauge, sei wachsam!« pfiffen sie zum Abschied.

Nun holte Humfrey ein Bündel papierdünner Ausschneidepuppen hervor. »Jetzt muß ich sie hierherlocken, um Schloß Roogna nicht zu gefährden«, sagte er. Er entknotete den Bindfaden, der sie zusammenhielt, worauf sich die ersten von ihnen von den anderen abzupellen begannen, sich ausdehnten und aufblähten. Haare entrollten sich und umhüllten Köpfe, Brüste schossen an Oberkörpern hervor, und Beine begannen sich zu runden. Die Puppen wurden zu schwebenden, luftgefüllten Nymphen, auf ihre Weise durchaus hübsch, aber im Prinzip hohl. Sie schwebten zappelnd und erwartungsvoll kichernd umher.

»Folgt den Spähaugen«, befahl Humfrey ihnen. »Und auf der Rückreise gebt ihr euch aufgeblasen und bleibt immer gerade außerhalb der Reichweite jener, die euch verfolgen sollten. Wer sich erwischen läßt, wird wahrscheinlich perforiert.« Er lächelte merkwürdig.

Schweigend flogen die Nymphenpuppen davon.

»Aber wenn die Mundanier hierherkommen, werden sie Euch doch angreifen!« protestierte Imbri.

»Natürlich«, stimmte Humfrey ihr zu. »Und ich werde sie wiederum mit meinen verbliebenen Zaubern vernichten.« Er schien seine vorherige Bemerkung über die Fruchtlosigkeit seines Unterfangens vergessen zu haben. Wieder griff er in seinen Beutel und holte einen feucht aussehenden Reif hervor. »Und jetzt paß auf, Mähre, falls ich deine Hilfe brauchen sollte, was aber natürlich nicht der Fall sein wird.« Er hob den Reif empor. »Dies ist der Fluß Elba, der praktischerweise zusammengerollt ist.« Er hängte ihn über seinen rechten Arm um zu zeigen, wie praktisch diese Verpackung war. »Er sagt ›Ellenlang liebt ich, da löschten mich Ellenbogen‹, jedenfalls in etwa. Wenn du nun das Band löst, das ihn zusammenhält, wird Elba enfesselt und überflutet die Landschaft. Gib den Fluß also erst frei, wenn du den Feind auch in einem überflutbaren Gelände vor dir hast!«

Das Tagpferd schnaubte. Humfrey legte die Nase in Falten. »Du zweifelst an mir, Pferd? Dann schau dir das mal an.« Er brach das Endstück des Reifs ab, das aus der Verknotung hervorschaute, und warf es nach dem Tagpferd.

Das Reifstück dehnte sich mitten in der Luft aus und wurde zu einem Wasserfall. Der Hengst wurde naß, und das Wasser rann seine Beine hinab bis zu den Fesseln und aus dem Baobabbaum, bis es schließlich nachließ. Es war tatsächlich Teil eines recht beachtlichen Flusses gewesen.

»Na ja, du hast aber wirklich geschnaubt!« sendete Imbri belustigt. Das Tagpferd schüttelte sich. Es war nicht besonders erfreut. Doch es schnaubte nicht wieder.

Humfrey holte eine Büchse hervor. Auf dem Deckel stand in großen Buchstaben PANDORA. »Meine Geheimwaffe, die mächtiger ist als alle anderen. Pandora war ein nettes Mädchen, das die Büchse ganz und gar nicht hergeben wollte«, sagte er und lächelte, als uralte Erinnerungen in seinem Geist wieder lebendig wurden. »Aber ich wußte, daß sie sie öffnen würde, wenn ich sie ihr nicht abnahm.« Er stellte die Büchse ab.

Imbri fragte sich, in welcher Beziehung der Gute Magier wohl zu Pandora gestanden haben mochte und was wohl mit dem Mädchen geschehen war. Wahrscheinlich war sie schon vor langem an Altersschwäche gestorben. Was nur in der Büchse sein mochte? Imbri verspürte eine gewaltige weibliche Neugier, doch sie beschloß, der Sache lieber nicht nachzugehen. Sie würde es mit Sicherheit beizeiten schon erfahren.

»Eine Schachtel mit Fünfnickelfüßlern«, sagte der Magier und stellte einen weiteren Gegenstand auf.

»Fünfnickelfüßler?« fragte Imbri.

»Äußerst rare Verwandte der Nickelfüßler«, erklärte Humfrey. »Sind fünfmal so schlimm. Knabbern immer gleich zwei Happen auf einmal.«

Das war wirklich eine Vernichtungswaffe!

»Schmutzige Blicke«, sagte Humfrey und stellte eine gallig wirbelnde Flasche auf. »Springbohnen. Quetschkürbis.« Weitere Gegenstände wurden ausgelegt.

»Ist ein Kürbis nicht etwas Eßbares?« wagte das Tagpferd in dem Bereitschaftsraum zu fragen, den Imbri aufrechterhalten hatte.

»Nein, dieser hier ist nicht eßbar. Der liebt es, Gegenstände zu zerquetschen.«

Der Hengst zuckte mit seinen weißen Ohren. Offenbar war er beeindruckt.

»So, und jetzt kommen wir zu den schwereren Waffen«, sagte Humfrey und holte ein kleines Buch hervor. »Hier drin stehen einige ausgesuchte Kraftworte. Jeder kann sie benutzen, aber es kommt natürlich auf die richtige Betonung an.« Er fuhr damit fort, weitere Gegenstände auszubreiten, wobei er vor sich hin summte.

»Was meinst du?« fragte Imbri das Tagpferd im Traum. »Ob der Magier Humfrey die Mundanier aufhalten kann?«

»Bestimmt«, meinte das Tier beeindruckt.

»Ob er auch den Reitersmann aufhalten kann?« fragte sie.

Das Tagpferd wich nervös einige Schritte zurück. »Nein, das glaube ich nicht.«

»Aber der Reitersmann kann dem Guten Magier doch keine Sporen geben!«

»Bleibt bloß dem Reitersmann fern!« beharrte das Pferd und schnaubte.

Offensichtlich fehlte in diesem Puzzlespiel ein Teil. Imbri hatte erst einen Bruchteil der Zaubersammlung des Guten Magiers zu Gesicht bekommen, doch sie war bereits davon überzeugt, daß sich damit in kürzester Zeit eine ganze Armee vernichten ließ. Und doch glaubte das Tagpferd, daß der Reitersmann obsiegen würde.

Da kehrte das erste Spähauge zurück. »Was hast du gesehen?« fragte Humfrey.

Der Aufapfel schwebte vor eine Wand und projizierte einen Lichtstrahl. Als das Licht die Wand traf, erschien darauf ein magisches Bild. Es zeigte, wie die Mundanier sich an Seilen die Spaltenwand hinabließen. Einige der Männer befanden sich bereits unten und versuchten mit gezückten Schwertern und Speeren, den Spaltendrachen abzuwehren. Mehrere von ihnen lagen bereits blutend am Boden, aber auch der Drache hatte inzwischen seine Verwundungen abbekommen. Es fehlten ihm einige Schuppen, und er hinkte. Wenn noch weitere Mundanier zu ihm hinabgestiegen waren, würde er noch mehr zu leiden haben.

Humfrey, Imbri und das Tagpferd sahen gebannt zu, wie die

Prozession der Spähaugen nach und nach die Ereignisse abspulte. Die zähen Mundanier trieben den Spaltendrachen immer weiter zurück, bis das arme Ding schließlich seinen angeschlagenen Schwanz einzog und floh. Imbri hatte schon immer von dem Drachen und seinen Vorgängern gewußt; er war ein gnadenloses Ungeheuer, das allen Lebewesen den Garaus machte, die das Pech hatten, sich in die Spaltenschlucht zu verirren. Doch nun empfand sie Mitleid mit dem armen Monster. Die Mundanier waren noch viel schlimmer.

Als der Nachmittag sich seinem Ende zu neigte, überquerten die Mundanier den Boden der Schlucht und versuchten, ihre Seile an der Südwand für den Aufstieg zu befestigen. Es waren noch einige Zombies dort, die die Spalte bewachten, und sie warfen die Seile immer wieder in die Tiefe und verhinderten so jede Verankerung der Leinen. Mundanische Bogenschützen schossen vom Nordrand der Spalte ihre Pfeile auf die Zombies ab. Sie trafen zwar ihr Ziel, konnten den bereits toten Wesen jedoch nicht allzuviel anhaben. Doch an den Pfeilen waren Seile befestigt, die schließlich in die Spalte hinabhingen. Die Invasoren am Boden der Schlucht rissen daran und zogen die Zombies auf diese Weise zu sich herab, wo sie sie in winzige Stücke hieben, die sich nicht mehr wehren konnten. Die Punier hatten ihre anfängliche Angst vor den Untoten inzwischen gründlich überwunden!

Nun schleuderten die Mundanier Enterhaken empor, und als die Seile fest verankert waren, kletterten sie daran empor. Der ganze Vorgang war sehr zeitraubend, aber unvermeidlich. Gegen Nachtanbruch würde die ganze punische Armee, oder zumindest das, was davon übriggeblieben war, die Südwand der Spalte erklommen haben. Dann hatte der Feind Xanths größtes natürliches Hindernis bezwungen.

Humfrey sagte: »Zweihundertundfünf überlebende Mundanier. Davon sind einige noch verwundet. Keine Pferde, keine Elefanten. Mehr als genug, um Schloß Roogna zu überrennen. Aber mein Beutel voller Tricks wird sie schon bremsen. Das Problem sind eher die anderen Nächstweller, die im Norden Xanths verblieben sind – die Reserve also. Wir selbst haben keine solche Reserve.«

»Die anderen sind im Norden verblieben?« fragte Imbri. Sie hatte befürchtet, daß diese Mundanier nach Süden vorgerückt seien.

»Du glaubst doch wohl nicht, daß sechshundert Soldaten durch einen einfachen Marsch durch Xanth bis auf zweihundert dezimiert werden können?« raunzte der Magier, der Imbris Einwurf offenbar falsch verstanden hatte. »Varsoboes hat seine Kräfte geteilt. Der Reitersmann kommandiert das Reservekontingent, obwohl er die Routineaufgaben anscheinend einem Leutnant übertragen hat. Das ist die eigentliche Streitmacht, die wir fürchten müssen, denn sie ist noch vollzählig und unverbraucht, während unsere Verteidigung dezimiert worden ist. Mit Hilfe ihrer Pferde haben sie Boten hin und her geschickt, so daß die zweite Truppe genau darüber informiert ist, wie es um die erste steht und wo es in Xanth Gefahren gibt und welcher Art diese sind. Das sind erfahrene Truppen, zäh und gerissen.«

Humfreys Informationstalent hatte sich offenbart, erkannte Imbri. Der Gute Magier hatte die taktische Lage voll erfaßt. Wieso war er sich dann nur so sicher, daß er die Begegnung mit dem Feind nicht überstehen würde? Warum erklärte er ihr alles so sorgfältig? Sie wußte, daß dies sonst nicht seine Art war. Meistens hielt sich der Gute Magier immer sehr gepflegt zurück, wenn er mit seinem Wissen herausrücken sollte. Es war beinahe so, als ob er daran glaubte, daß *sie* viele dieser Zauber schließlich aktivieren würde, oder daß sie jemand anderem würde beibringen müssen, es zu tun. Das war wirklich entnervend!

Die Spähaugen zeigten, wie die Nächstweller ihr Nachtlager aufschlugen und sich daranmachten, Nahrung und Wasser zu suchen. Inzwischen hatten sie gelernt, daß Xanth einiges zu bieten hatte und daß es sich nicht auszahlte, das Land wahllos in Schutt und Asche zu legen.

»Die Nymphen sind langsamer als die Spähaugen«, bemerkte Humfrey. »Ich hatte geglaubt, daß sie die Weller noch heute nacht hierherlocken würden, aber nun wird es wohl doch bis morgen mittag dauern. Das war mein Fehler, ich habe meine Prophezeiung falsch gedeutet.« Er furchte die Stirn. »Ich bin nicht mehr ganz so jung wie früher. Ich mache närrische Fehler. Wahrscheinlich werde ich auch deshalb schmachvoll versagen.«

»Aber Majestät!« protestierte Imbri in einem Träumchen. »Ihr habt doch einen ausgezeichneten Verteidigungsplan erarbeitet! Wenn Ihr die Punier hierhergelockt habt und Eure Zauber gegen sie schleudert –«

Humfrey schüttelte den Kopf. »Versuch bloß nicht, einen alten Griesgram wie mich mit Schmeicheleien zu überschütten, Mähre! Du bist schließlich noch ein paar Jährchen älter als ich! Natürlich ist mein Programm gut. Ich habe es vor Jahren einem Buch entnommen, in dem steht, wie man Wellen am besten wegspült. Aber ich bin im Begriff, einen einzigen, kolossalen, unglaublichen, unverzeihlichen und gräßlichen Fehler zu begehen, weil ich etwas ganz Wichtiges übersehe, und diese Katastrophe wird allenfalls noch von der Ironie des Ganzen überragt.«

»Was überseht Ihr denn?« fragte Imbri besorgt.

»Ich werde den einzigen, gewaltigen Riesenfehler in meinem Plan übersehen – den Fehler, der alles andere zunichte macht. Da ist eine bittere Ironie drin, weil ich diesen Fehler in jüngeren Jahren sofort erkannt hätte, damals, als ich noch wachsamer war als heute.«

»Aber wenn Ihr doch wißt, daß die Sache einen Haken hat –«

»Ich bin inzwischen zu abgestumpft und verbraucht, um ihn zu finden«, erwiderte er. »Ich habe mein krankes Gehirn zermartert, doch ich kann ihn nicht entdecken. Die Sache ist so offensichtlich, daß jeder Tölpel sie sofort erkennen könnte – nur ich nicht. Das wird mir zum Verderben. Deshalb habe ich auch meiner Frau, der schönen Gorgone, verboten, mich zu begleiten. Ich schäme mich, vor Menschen derart töricht zu versagen. Und ich gebiete euch Tieren, mich nicht dadurch in Verlegenheit zu bringen, daß ihr hinterher die Wahrheit herausposaunt. Erzählt den anderen einfach, daß ich mein Bestes gegeben habe, und daß es nicht genügt hat.«

»Aber *ich* kann überhaupt keinen Fehler entdecken!« wandte Imbri ein.

»Weil du von deiner eigenen mährenhaften Torheit geblendet wirst«, sagte er. »Doch wirst du wenigstens Gelegenheit dazu bekommen, dies wiedergutzumachen, wenn auch um den Preis eines gebrochenen Herzens.«

»Was ist das für eine Torheit?« fragte sie, und in ihrem Inneren tobte ein Kampf zwischen Neugier und Niedergeschlagenheit.

»Wenn ich das wüßte, hätte ich auch den Schlüssel zu meiner eigenen Torheit in der Hand«, meinte Humfrey. »Schwört mir nun, daß ihr mein schlimmes Geheimnis schützen werdet, wenn ihr es schließlich durchschaut habt.«

Verstört gehorchte Imbri. »Ich schwöre es«, sendete sie. Dann richtete sie die Aufforderung in einem getrennten kleinen Traum an das Tagpferd.

Auch der Hengst legte den Schwur ab. »Von mir wird niemand etwas erfahren.«

Humfrey lächelte grimmig. »Wenigstens habe ich noch dieses närrische bißchen aus dem gähnenden Abgrund meiner Schmach gerettet.« Er hob einen kleinen Beutel auf. »Das hier ist eine weitere schwere Waffe – der Windbeutel. Öffne ihn erst, wenn Feindtruppen in der Nähe sind, denn er wirkt auf alle verheerend. Und halte dich gut fest, damit du selbst nicht auch noch fortgeweht wirst.« Dann blickte er auf die magische Sonnenuhr an seinem Handgelenk, die ihm auch dann die Zeit anzeigte, wenn die Sonne gerade nicht schien. »Huch – es wird Zeit, daß du Chamäleon abholst. Dann mußt du deinem Freund Hengst noch beibringen, wie er mit dir in Kontakt bleibt, während du entmaterialisiert durch das Reich der Nacht jagst, damit er sich im Kürbis nicht verirrt. Also, an die Arbeit, ihr Hufgefährten!«

»Hufgefährten!« Imbri war verblüfft und verlegen, als sie diese Bezeichnung mitanhören mußte. Doch es war eine Tatsache, daß sie das Tagpferd mochte, und sie wußte auch, daß man ihr das ansah; und schon bald würde für sie die Paarungszeit beginnen. Wenn sie sich mit ihm nicht paaren wollte, mußte sie dies bald entscheiden und entsprechende Maßnahmen einleiten. Im Gegensatz zu Menschenfrauen konnten Mähren in diesem Punkt nicht wählerisch sein. Wenn sie sich zur Stichzeit in der Nähe des Hengstes aufhalten sollte, würde sie sich mit ihm paaren, das ließ sich dann nicht mehr verhindern.

Der Schimmel wußte das anscheinend auch, was wohl auch einer der Gründe dafür war, weshalb er sie dadurch bei guter Laune hielt, daß er ihr bei Unternehmungen half, die ihn persönlich nur wenig interessierten, etwa beim Aufbauen der Zauber des Guten Magiers.

Der Hengst musterte sie neugierig. »Entmaterialisiert durch die Nacht jagen?« fragte er im kleinen Traum.

»Ach, das habe ich ja ganz vergessen«, erwiderte Imbri. »Kommst du mit mir, um den Botschafter Bink am Isthmus abzuholen und nach Hause zu bringen? Er soll der nächste König von Xanth werden, deshalb müssen wir ihn sicher an den Mundaniern vorbeigeleiten.«

»An den Mundaniern!« erwiderte er beunruhigt.

»Bei Nacht können sie uns nicht sehen«, beruhigte sie ihn. »Ich möchte seine Frau Chamäleon dorthin bringen, damit sie ihn abholen kann, und deshalb brauchen wir noch ein weiteres Reittier.«

»Chamäleon!« sagte er froh. »Das ist eine nette Frau!«

»Du magst sie anscheinend mehr als mich!« schnaubte Imbri, und ihre Traummähne färbte sich gelb vor Eifersucht.

»Na ja, sie ist ja immerhin ein Mensch, also ein Wesen mit Macht –«

Er war wirklich geradezu besessen von der Vorstellung von Menschen, ob nun im Positiven oder im Negativen!

»Ihr verschwendet nur Zeit!« schnauzte Humfrey. »Hebt euch euren Flirt für unterwegs auf. Immerhin herrscht gerade ein Krieg!«

Etwas steifbeinig schritt Imbri aus dem Baobabbaum hinaus. Davor befand sich ein kleiner Quell, von dem sie in tiefen Zügen soff, weil sie wußte, daß es noch eine ganze Weile dauern konnte, bis sie wieder etwas trinken konnte. Wasser war sehr wichtig für Pferde! Außerdem wollte sie dem Tagpferd damit Gelegenheit geben, ihr zu folgen. Sie war sicher, daß der Hengst ihrem Wunsch entsprechen würde, wenngleich sein Pferdestolz es ihm gebot, allen Anschein zu vermeiden, als sei er hocherfreut darüber. Schließlich war er ein Hengst, und Hengste sprangen nun einmal nicht willenlos umher, sobald eine Mähre es von ihnen verlangte.

Kurz darauf kam er zu ihrer Erleichterung tatsächlich aus seinem Versteck hervor. Auch er soff lange und ausgiebig von der Quelle. Auf diese unterschwellige Weise hatte er sich mit der Reise einverstanden erklärt. Er hatte den ersten Schritt getan.

Sie machte sich auf den Weg zu Schloß Roogna, und der Hengst trabte mühelos neben ihr her. Er war wirklich prächtig anzusehen, gerade jetzt, da das Sonnenlicht immer schwächer wurde und sein weißes Fell herrlich leuchtete, während ihr eigenes Schwarz sie fast unsichtbar machte. Sie waren wirklich wie Tag und Nacht!

Es war fast, als verkörperte er die Männlichkeit schlechthin, hell und kühn, während sie die Essenz des Weiblichen darstellte, dunkel und verborgen.

Er warf ihr Seitenblicke zu und spitzte die Ohren.

»Was ist das für ein Reich der Nacht?« fragte er auf Pferdisch, denn sie hatte die Traumsendungen eingestellt.

»Ich kann es Wesen ermöglichen, nachts im entmaterialisierten Zustand mit mir zusammen durch Gegenstände zu dringen und mit Hilfe der Kürbisbahn Abkürzungen zu nehmen. Aber das ist gefährlich, denn in der Kürbiswelt gibt es eine Menge furchterregender Dinge. Vielleicht willst du das Risiko ja nicht eingehen.«

»Und wenn ich es nicht tun sollte«, fragte er schlau, »wo wirst du dann sein, wenn du rossig wirst?«

Von dieser Perspektive her hatte sie die Sache noch gar nicht betrachtet, zumindest nicht bewußt. Natürlich besaß sie damit ja selbst ein Druckmittel! Alle normalen Mähren in Xanth waren im Besitz von Mundaniern, und dieses Risiko konnte er kaum eingehen. Andererseits stand auch keine andere Nachtmähre zur Verfügung. Er war der einzige Hengst – aber sie war auch die einzige Stute. Hengste hatten zwar keinen Einfluß auf die Paarungszeit, waren aber immer daran interessiert. Natürlich würde er versuchen, ihr Herz zu gewinnen, selbst wenn dies für ihn Unannehmlichkeiten mit sich brachte. Er kannte ihren Zyklus nicht; soviel er wußte, konnte sie genausogut bereits morgen rossig werden. Also mußte er in ihrer Nähe bleiben, um die Gelegenheit nicht zu verpassen.

Also konnte sie sich ja doch schwierig und wählerisch geben, genau wie die Menschenfrauen! Sie konnte ihm ihre Gunst zuteil werden lassen und ihn wieder verstoßen, konnte ihn bis zur Weißglut anstacheln und fallenlassen. Das versprach ja noch eine Menge Spaß – nur daß sie leider wichtige Dinge zu erledigen hatte. Sie mußte Bink auf Schloß Roogna bringen, bevor der Gute König Humfrey seinen großen Patzer beging und von der Bildfäche verschwand, damit Bink König werden konnte und den Feldzug rechtzeitig in die Hand nahm, bevor die Nächstweller das letzte Bollwerk Xanths überrannten. Wie wichtig ihre Mitarbeit doch geworden war!

»Ich bin noch nicht soweit«, erwiderte sie. Das war natürlich keine direkte Antwort auf seine Frage, aber sie wollte ihren neuentdeckten Vorteil nicht vorzeitig verspielen. »Ich muß dich jetzt darin ausbilden, in ständigem Kontakt mit mir zu bleiben, solange es noch ein bißchen hell ist. Dann werden wir im Dunkeln durch die Kürbisse mit Chamäleon bis zum Isthmus reisen.«

»Das klingt gut«, wieherte er.

Das fand sie eigentlich auch. Pferde waren zwar nicht so freizügig, was Körperberührung anging, wie die Menschen, aber sie liebten sie dennoch sehr. »Du mußt mich die ganze Zeit berühren, weil meine Magie sich nur auf Wesen erstreckt, die Kontakt zu mir halten. Wir müssen im Gleichschritt laufen, damit wir nicht auseinandergerissen werden.«

»So zum Beispiel?« fragte er im Traum und trat dicht an ihre Seite, bis er sein Fleisch fest gegen das ihre drücken konnte. Es fühlte sich sanft und warm und fest an; er hatte ein schönes, glattes Fell und wunderbare Muskeln, die den Kontakt zu einer wahren Freude machten.

»Ja, so in etwa«, stimmte sie zu.

So schritten sie nebeneinander her, um schließlich in einen schnellen Trab zu wechseln. Nun klang das Getrappel ihrer acht Hufe wie zwei, als ein Vorderhuf und ein Hinterhuf gleichzeitig den Boden berührten. TRAPP-TRAPP, TRAPP-TRAPP! Ein solcher Rhythmus hatte etwas Erfüllendes an sich; dieses aufeinander abgestimmte Getrappel war die Quintessenz der Pferdenatur.

Da kam – viel zu schnell! – Schloß Roogna in Sicht. Das

Tagpferd unterbrach den Körperkontakt und wich zur Seite. »Da hinein gehe ich aber nicht!« schnaubte es, als seine unentwegte Furcht vor Menschenorten wieder die Oberhand gewann.

Imbri seufzte, konnte den Hengst aber verstehen. »Ich bringe sie aus dem Schloß. Warte hier.« Sie ließ ihn grasend im Obstgarten zurück und eilte ins Schloß, wo sie von Chamäleon erwartet wurde, die es nun eilig hatte, ihren Mann abzuholen. Jetzt, da sie sich selbst für einen männlichen Partner zu interessieren begann, konnte Imbri ihr das gut nachempfinden.

Chamäleons Schönheit schien schon während der wenigen vergangenen Stunden nachgelassen zu haben, und nun war an ihrem Äußeren nichts Außergewöhnliches mehr. Doch Imbri wußte, daß sie dafür entsprechend intelligenter geworden war. Vielleicht wollte sie Bink abfangen, bevor sie zu viel von ihrem Charme eingebüßt hatte, was ja nur natürlich gewesen wäre. Eine Menschenfrau ohne Charme war das bedauernswerteste aller Geschöpfe.

Die Frau saß auf, und sie verließen gemeinsam das Schloß. Dort wurden sie von dem Hengst empfangen. Obwohl es immer dunkler wurde, leuchtete sein Fell noch immer strahlend weiß.

»Ach, ich freue mich ja so, dich wiederzusehen, Tagpferd!« rief Chamäleon in mädchenhafter Freude.

Das Pferd hob erschrocken den Kopf und schnaubte.

Imbri begriff, was los war. »Das hier ist Chamäleon«, sendete sie ihm. »Sie verwandelt sich von Tag zu Tag, wird immer weniger schön, aber dafür auch immer intelligenter. Du hast sie vor mehreren Tagen zum letzten Mal gesehen, als sie in ihrer schönsten Phase war – aber es ist immer noch ein und dieselbe Frau.«

»Natürlich bin ich noch immer dieselbe«, warf Chamäleon ein. »Wir beide sind zusammen im Wald geblieben, als Imbri, Grundy und Ichabod den Nächstwellern und Varsoboes und dem Reitersmann begegnet sind. Wir hatten viel Spaß zusammen.«

Die Miene des Tagpferds entspannte sich, und es spitzte die Ohren wieder, um sie nach vorn zu stellen. Chamäleon streichelte die Nase des Hengstes, was ihn schließlich überzeugte. Er wieherte leise.

»Aber ich bin auf meine Weise auch wieder anders als früher«, gab Chamäleon zu. »Nicht mehr so hübsch – und ich werde mit der Zeit immer weniger hübsch werden, bis du mich nicht mehr ansehen magst. Und wenn ich intelligent bin, habe ich auch eine ziemlich spitze Zunge, so daß mich dann niemand ausstehen kann.«

Das Tagpferd schnaubte. Er würde schon nicht so heikel sein, dachte der Hengst.

»Weißt du«, sagte Chamäleon, »das Schlimmste, was einer Frau passieren kann, ist, schlau und intelligent zu sein. Gib mir noch eine Woche Zeit, vielleicht auch etwas weniger. Wenn du mich dann noch ausstehen kannst, will ich gerne wieder auf dir reiten.«

Sie trabten zum nächsten Kürbisfeld. Chamäleon wurde nervös. »Werden wir etwa auch an dem Ort –«

»Wir kommen nicht an der Stelle vorbei, an der dein Sohn vom Zauber erfaßt wurde«, beruhigte Imbri sie in einem sanften Traum, der jedoch das Grauen nicht ganz verbergen konnte. Chamäleon hielt sich recht gut; vielleicht hatte Millie das Gespenst ja mit ihr geredet und ihr die Angelegenheit in der richtigen Perspektive gezeigt. Immerhin hatte Millie eine achthundertjährige Perspektive aufzuweisen! Doch je intelligenter Chamäleon wurde, um so stärker würde der Verlust Dors sie bekümmern.

Wie um sich von ihrer Trauer abzulenken, begann Chamäleon eine unschuldige Unterhaltung mit dem Tagpferd. »Als ich noch jung war, da lebte ich in einem Dorf am Nordrand der Spaltenschlucht, und ich trug in jeder Phase meines Zyklus einen anderen Namen. Wenn ich schön war, hieß ich Wynn, im Normalstadium war ich Dee, und Fanchon hieß ich in meiner häßlichen Zeit. Die Dorfbewohner wußten um mich und behandelten mich auch wie drei verschiedene Personen, was die Sache viel leichter machte. Aber obwohl alle Wynn mochten – vor allem die jungen Männer! –, mochte nur etwa die Hälfte der Leute Dee, und Fanchon konnte niemand leiden. Da jeder, der mich heiratete, gleich alle drei mitbekommen hätte, war ich eigentlich dazu verurteilt, als alte Jungfer zu sterben. Da lernte ich Bink kennen, der ein sehr netter Mann war, obwohl er keine Magie besaß, und ich dachte, falls ich ihm meine wahre Natur verheimlichen könnte, könnte ich ... Das war töricht von mir, aber ich hatte ja auch eine Entschuldigung dafür, weil ich nämlich gerade dumm war. Wynn war die erste, der er begegnete. Ich dachte also, daß ich vielleicht einen Zauber bekommen könnte, der mich die ganze Zeit über normal sein ließ. Der Gute Magier Humfrey sagte mir, daß dies kein Zauber vollbringen würde, daß ich aber einfach nur nach Mundania zu gehen brauchte; dort würde meine Magie sich verflüchtigen, und ich würde die ganze Zeit Dee sein. Also versuchte ich es, aber irgendwie kam alles ganz anders, und schließlich mochte Bink mich auch so, wie ich war, so daß er mir das Schicksal einer alten Jungfer erspart hat.« Sie lachte. »Chamäleon brauchte gar keinen Zauber! Nur den richtigen Mann!«

Und wenn sie Bink verlieren sollte, dachte Imbri, würde sie ganz ganz schlimm dastehen.

Sie kamen am Kürbisfeld an. »Jetzt geh mit mir im Gleichschritt und halte Körperkontakt«, sendete Imbri dem Tagpferd. »Laß dich durch nichts ablenken, was du im Kürbis erblicken solltest. Wenn du den Kontakt mit mir unterbrichst, bist du verloren.«

Chamäleon setzte sich im Damensitz auf Imbris Rücken, damit ihr rechtes Bein den beiden Pferden nicht im Weg war, und dann traten sie im Gleichschritt in den Kürbis ein. Offenbar hatte der Hengst keine Angst vor neuen Erlebnissen; er fürchtete sich nur vor fremden Leuten. Da fanden sie sich im Kürbis wieder, und der Hengst wieherte beunruhigt, als er die Region der hölzernen Zahnräder erblickte, zwischen denen Imbri ihn geschickt hindurchlenkte.

»Wofür sind denn diese Räder?« fragte Chamäleon.

»Die messen die Zeit eines jeden Traumereignisses«, erklärte Imbri. »Es gibt Hunderte von Menschen und anderen Lebewesen, die jede Nacht Tausende von Träumen durchleben. Wenn nun nicht jeder einzelne Traum bis ins Kleinste sorgfältig zeitlich geplant und mit den anderen abgestimmt würde, käme es zu Überlagerungen und Verwischungen. Jede Nachtmähre hat einen exakten Zeitplan, an den sie sich pünktlich halten muß. Diese Zahnräder messen die Zeit genauer, als es jedes Lebewesen tun kann. Trotzdem gibt es immer noch kleine Brüche und Sprünge in den Träumen, weil Zeit- und Ortplanung doch nicht immer absolut exakt aufeinander abzustimmen sind.«

»Tausende von Träumen, und das Nacht für Nacht!« flüsterte Chamäleon ehrfürchtig. »Ich wußte ja gar nicht, daß hinter den paar Träumen, die ich gelegentlich habe, so viel Präzision steckt!«

»Du träumst die ganze Nacht über«, widersprach Imbri ihr. »Aber die meisten Träume hast du bis zum Morgen wieder vergessen. Es dürften überwiegend gutartige Träume sein, denn du bist ein guter Mensch; die kommen woanders her. Echte Tagmähren sind unsichtbare Pferde, die die Tagträume und die angenehmen Nachtträume befördern. Die führen nicht besonders genau Buch, und es stört sie auch nicht, wenn sie mal gelegentlich einen Traum verlieren oder verlegen. Es sind glückliche, sorglose Geschöpfe.« Doch da merkte sie, daß sie der Tagschicht vielleicht durch Unwissenheit Unrecht tat; wahrscheinlich waren die Tagmähren ganz anständige Pferde, wenn man sie erst einmal näher kennengelernt hatte. »Trotzdem muß auch ihnen Zeit zugewiesen werden, und sie müssen in die ernsten Träume eingebaut werden, die wir Arbeitsmähren abliefern. Die ganze Koordination ist ziemlich kompliziert.«

»Ich hätte ja nie geglaubt, daß es im Kürbis so viele Dinge gibt!« wunderte sich Chamäleon.

»Das wissen nur die wenigsten Menschen«, projizierte Imbri. »Sie glauben einfach, daß alles ganz zufällig passiert. In Xanth gibt es aber nur sehr wenig Zufälliges. Zufall ist eigentlich ein Begriff, mit dem wir unser Unwissen um die wahren Ursachen der Dinge verschleiern.«

Endlich gelangten sie in eine neue Region. Die war wäßrig, und riesige, fischähnliche Gestalten schwammen darin herum. Kredithaie und Kartenhaie und kleine arme Fische schwammen dicht nebeneinander durch die Kanäle. Diese Fische waren Bewohner des Kürbis und konnten für unschöne Aufgaben eingesetzt werden, zum Beispiel zum Wüstendienst – was für einen Fisch höchst unangenehm war. Wenn sie eine Nachtmähre belästigt hätten, hätte der Nachthengst ihnen ihr Hinterteil für immer gebrandmarkt und sie an die höllischen Orte geschickt, deshalb ließen sie Imbri und ihre Begleiter trotz mancher drohender Gebärde lieber in Ruhe.

Nun kamen die Reisenden in ein drittes Gebiet. Hier schnitten sich unentwegt farbige Lichtstrahlen, die in alle Richtungen und noch weiter schwenkten: flammend rote Strahlen ließen alles, worauf sie trafen, in Flammen aufgehen; andere waren gleißend weiß und ließen ihre Opfer in Dampf aufgehen, während schwarze Strahlen Gegenstände vereisten und grüne ihre Ziele Blätter hervorschießen ließen.

»Ach, ich weiß, wofür die sind!« rief Chamäleon. »Die machen die Dinge heiß oder kalt oder hell oder stumpf oder sauber oder schmutzig und so!« Sie wurde tatsächlich immer klüger.

»Ja«, pflichtete Imbri ihr bei und stellte fest, daß sie ein neuartiges Interesse für all diese Dinge zu entwickeln begann, die ihr seit so langer Zeit vertraut waren. »Wenn man xanthische Träume sich selbst überließe, würden sie schrecklich eintönig werden. Sie müssen etwas geschminkt werden, damit es gute Kontraste gibt. Damit ein Traum richtig wirkungsvoll wird, muß man eine Menge Kunstfertigkeit investieren.«

»Warum vergesse ich die meisten Träume denn dann?« wollte Chamäleon wissen. »Das ist doch eine schreckliche Verschwendung!«

»Du vergißt sie ja nicht wirklich«, stellte Imbri klar. »Sie werden Teil deiner Erfahrung, genau wie jeder Baum, den du täglich siehst, jedes Insekt, das du summen hörst, jede Brise, die über deine Haut streicht. All diese Dinge beeinflussen deinen Charakter, und die Träume tun das gleiche.«

»Das ist wirklich erstaunlich!« Chamäleon schüttelte verwundert den Kopf. »Das Leben hat doch tatsächlich noch viel mehr zu bieten, als ich je gedacht hätte! Ob die Mundanier wohl ähnliche Dinge haben, die ihren Charakter prägen?«

»Das bezweifle ich«, meinte Imbri. »Schau dir doch nur mal an, wie brutal und böse sie sind. Wenn sie die richtigen Träume bekämen, würden sie nicht so verwahrlosen.«

Nun durchstießen sie wieder eine Kürbisrinde und traten im Isthmus von Xanth heraus in die Nacht. Der Isthmus war der schmale Landkorridor, der nach Mundania führte, und hier wollten sie Bink und Arnolde von ihrer diplomatischen Mission zurückerwarten. Imbri und das Tagpferd lösten sich wieder voneinander, denn es war wirklich einfacher, allein zu laufen. »Du hast dich gut gehalten«, lobte sie.

»Ich habe mich einfach aufs Laufen konzentriert«, erwiderte er gepreßt im Traum. »Ich wußte ja, daß ich außer Tritt geraten und mich verirren würde, wenn ich mich allzu viel umsehen sollte.«

Sie kamen auf eine Ebene, deren flacher, harter Boden vom matten Licht des abnehmenden Mondes erhellt wurde. Dort ließ es sich wunderbar laufen, und Imbri genoß das herrliche Gefühl. Man mußte sich nur mal vorstellen, daß nicht Mähren, sondern plumpe, polternde Drachen die Träume in Xanth befördern sollten. Nein, dieser Gedanke war zu komisch! Für diese Aufgabe kamen nun einmal nur die schnellen Nachtmähren in Frage.

Da erblickten sie plötzlich eine Gestalt im Mondlicht, die einer tieffliegenden Wolke glich. Von unten war sie flach, dafür oben aber gewölbt. Sie kam direkt auf sie zu geflogen.

Imbri entmaterialisierte, um sich und ihre Reiterin vor feindlichen Angriffen zu schützen. »Versteck dich!« sendete sie dem Tagpferd.

Doch da ertönte eine Stimme aus der Wolke: »Imbri! Chamäleon! Ich bin's – Grundy der Golem!«

Tatsächlich! Imbri nahm wieder feste Gestalt an. »Was machst du denn hier?« fragte sie zornig. »Du sollst doch auf das Schloß des Königs Humfrey aufpassen, während die Gorgone fort ist!«

»Ein Notfall«, sagte er und setzte neben ihnen auf. Die Wolke stellte sich als fliegender Teppich heraus. »Ich habe einen von Humfreys Flaschenzaubern benutzt, um den magischen Teppich ranzuholen und bin sofort hierhergefegt. Ihr seid wirklich ziemlich schnell, das muß ich sagen! Deshalb habe ich lauter Wolken zerfetzen müssen, um euch noch rechtzeitig einzuholen. Gut, daß es noch geklappt hat.«

»Rechtzeitig für was?« fragte Chamäleon.

Plötzlich wirkte der Golem merkwürdig verändert. »Na ja, ihr solltet es erfahren, bevor –«

»Was ist denn nur los?« projizierte Imbri – und als sie den Geist des Golems berührte, bemerkte sie einen Strudel darin. Der Golem erzeugte ja seine eigenen schlimmen Bilder!

»Ich mußte es euch sagen – die Sache mit dem Guten Magier. Ich habe einen seiner magischen Spiegel aktiviert. Dazu brauchte man übrigens nur den richtigen Antidefekt-Zauber; wir hätten den Spiegel im Schloß also jederzeit reparieren können und eine ausgezeichnete Kommunikation gehabt. Den Zauber hatte ich aus einem Buch, das mir die Gorgone zurückgelassen hat – für den Fall, daß ich in der Not etwas Magie gebrauchen könnte. Na ja, jedenfalls habe ich den Guten Magier damit geortet, beziehungsweise ich habe es versucht –«

»Haben die Mundanier etwa schon angegriffen?« fragte Chamäleon besorgt.

»Nein, nicht richtig. Doch, im Prinzip wohl schon. Das heißt, es ist eher eine Frage der Definition. Er ist fort.«

»Was?« Chamäleon war ganz verwirrt, genau wie Imbri. »Meinst du damit, der Gute Magier hat seinen Baobab verlassen?«

»Nein, er ist noch da. Aber andererseits auch wieder nicht.«

»Ich verstehe nicht –«

»Humfrey hat's erwischt!« rief Grundy.

»Nein!« protestierte Chamäleon.

»Es ist viel zu früh!«

»Er ist im gleichen Zustand wie die anderen. Starrt ins blanke Nichts hinaus! Bink muß sofort König werden! Deshalb mußte ich euch auch noch einholen, bevor die Mundanier die ganzen Flaschenzauber im Baobabbaum finden und vernichten oder gar gegen uns verwenden.«

Chamäleon legte wie vom Schlag getroffen die Hände auf die Augen. »Jetzt schon! Dann werde ich von meinem Ehemann überhaupt nichts mehr haben, genau wie es Irene mit Dor ergangen ist!«

»Bink kann den Teppich nehmen«, sagte Grundy. »Er muß sich sofort nach Schloß Roogna begeben.«

»Nein«, widersprach Chamäleon, »Bink weiß noch nichts davon, daß er König werden soll. Man muß ihn erst darauf vorbereiten.«

»Wir haben aber keine Zeit mehr zu verlieren! Die Mundanier marschieren morgen früh weiter, und die Nacht ist schon halb um!«

»Imbri und ich bringen ihn zurück«, entschied sie. »Unterwegs werden wir ihn über alles aufklären. Bis er auf Schloß Roogna angekommen ist, wird er im Bilde sein. Das will ich jedenfalls hoffen.«

Grundy schüttelte düster den Kopf. »Ihr seid jetzt die Königin, Ihr müßt es wissen. Aber wenn Xanth keinen König mehr haben sollte, wenn die Mundanier Schloß Roogna erreichen –«

»Xanth wird einen König haben«, erwiderte Chamäleon.

»Auf Eure Verantwortung«, murmelte der Golem.

X

Zauberkunststücke

Der Gute Magier hatte sich mit seiner Prophezeiung hinsichtlich der Ankunftszeit von Bink in Xanth nicht geirrt: In den frühen Morgenstunden verließen Bink und Arnolde das gefürchtete Mundania. Chamäleon lief auf ihren Mann zu, um ihn zu umarmen, während Imbri und das Tagpferd zurückhaltende Blicke mit dem Zentauren wechselten. Grundy stellte sie einander vor.

»Du bist gerade so, wie ich dich am liebsten habe, Dee«, bemerkte Bink nach ihrem Kuß. Er war ein etwas stämmiger, ergrauender Mann, der in seiner Jugend sehr kräftig gewesen war. Imbri erkannte ihn wieder; sie hatte ihm gelegentlich böse Träume überbracht.

»Dee?« fragte Grundy.

Bink lächelte. »Meine wandelhafte Frau hat einen eigenen Namen für jede ihrer Phasen. Dee ist völlig durchschnittlich, hat von nichts zuviel. Ich weiß gar nicht, warum ich sie überhaupt beachte.« Er gab ihr einen weiteren Kuß.

Arnolde war ein alter Zentaur mit Brille, der im Wald ziemlich deplaziert wirkte. Von Temperament und Ausbildung her war er Archivar, genau wie sein Freund Ichabod, einer, der Bücher und Papier in obskuren Kammern abheftete, wobei keiner so recht wußte, wozu das dienen sollte. Aber er war auch ein Magier, dessen Talent es ihm ermöglichte, sich überall mit einem magischen Kraftfeld zu umgeben, sogar in den entferntesten Gebieten Mundanias. Das erleichterte die Kontakte und den Handel mit diesem zurückgebliebenen Gebiet. In Xanth selbst schien er keine offen erkennbare Magie zu besitzen, weshalb sein Talent auch den größten Teil seines früheren Lebens über unerkannt geblieben war. In dieser Hinsicht glich er Bink, und die beiden schienen sich miteinander sehr wohl zu fühlen.

»Darf ich vielleicht den Grund für dieses Empfangskomitees erfahren?« fragte Arnolde.

»Wir hatten eigentlich vor, die Nacht hier am Rande von Xanth zu verbringen, um uns dann binnen zweier Tage gen Süden zum Norddorf zu begeben.«

»Ha!« sagte Grundy. »Es gibt kein –«

»Bitte!« unterbrach Chamäleon den Golem. »Ich muß es ihm auf meine Weise beibringen.«

»Aber Humfrey hat *mir* befohlen, es ihm zu sagen!« protestierte der Golem eifersüchtig.

Zum Glück unterbrach der Zentaur dieses Geplänkel. »Darf ich vielleicht einen Kompromiß vorschlagen? Vielleicht gibt der Golem eine kurze Erklärung ab, danach kann Chamäleon uns den Rest auf ihre Weise erzählen.«

Chamäleon lächelte schwach. »Das scheint mir ein gerechter Vorschlag zu sein.«

»Also gut«, willigte Grundy knurrig ein. »Bink, Ihr seid jetzt König. Ihr müßt sofort auf Schloß Roogna zurückkehren. Ihr könnt den fliegenden Teppich dazu benutzen. Damit seid Ihr in einer Stunde am Ziel.«

»Ich? König?« rief Bink verwundert.

»Was ist denn mit König Trent passiert? Ich bin doch überhaupt kein Thronfolger!«

»König Trent ist krank«, sagte Chamäleon.

»Aber dann müßte doch unser Sohn Dor die Geschäfte übernehmen.«

»Dor ist ebenfalls krank«, sagte sie sehr sanft.

Binks Gesicht versteinerte. »Wie krank?«

»Zu krank, um König zu sein«, erwiderte sie. »Es ist eine Verzauberung. Wir haben noch keinen Gegenzauber finden können.«

»Aber der Gute Magier Humfrey kann doch bestimmt –«

Bink sah es ihrer ernsten Miene an. »Der auch? Dieselbe Verzauberung?«

»Und der Zombiemeister. Aber Humfrey hat uns gesagt, daß du tatsächlich ein Magier bist, einer, dem Magie nichts anhaben kann, und daß du die größte Chance hast, die Kette der verzauberten Könige zu durchbrechen; allerdings hat er auch befürchtet, daß es dir nicht gelingen könnte. Du mußt König werden und die Mundanier aufhalten –«

»Welche Mundanier?«

»Die Invasion der Nächstwelle«, warf Grundy ein.

Bink lachte freudlos. »Ich muß feststellen, daß ich wohl tatsächlich eine Menge nachzuholen habe. Ist der fliegende Teppich groß genug für zwei? Dann könnten Chamäleon und ich –«

»Nein«, sagte Grundy, »das ist ein Einsitzermodell. Und Ihr könnt Euch auch nicht zwei Tage Zeit lassen, um nach Süden zu reiten, denn dann würdet Ihr wahrscheinlich erst auf Schloß Roogna eintreffen, nachdem die Mundanier es bereits eingenommen haben. Außerdem ist die Hauptbrücke über die Spalte zerstört, und überall wimmelt es von Wellern, so daß –«

»Ich lasse dich nicht allein reisen!« protestierte Chamäleon mit einigem Temperament.

»Ich habe schon meinen Sohn verloren, kurz nachdem er geheiratet hat. Ich werde nicht zulassen, daß mit dir dasselbe geschieht!«

»Aber Xanth braucht einen König«, sagte Bink. »Obwohl ich für dieses Amt alles andere als geeignet bin, muß ich versuchen, meine Pflicht zu erfüllen. Wie kann ich sonst noch rechtzeitig dort eintreffen?«

»Imbri kann dich mitnehmen«, sagte Chamäleon. »Sie ist eine Nachtmähre und kann dich bis zum Morgen aufs Schloß bringen. Und unterwegs kann sie dir alles sagen, was du wissen mußt. Dann bist du wenigstens richtig vorbereitet.«

»Die Sache ist mir zwar reichlich schleierhaft«, meinte Bink.

»Aber ich bin sicher, daß du es am besten weißt, Dee. Ich hatte mir unser Wiedersehen zwar etwas anders vorgestellt, aber –«

»Ja, ich auch«, sagte sie tapfer. »Bis ich dich eingeholt habe, werde ich schon wieder ziemlich häßlich sein.«

»Für mich bist du nie häßlich«, sagte er galant. Doch er konnte seine Enttäuschung nur schwer verbergen. Er hatte sie lange nicht mehr gesehen, und sie war ganz offensichtlich eine Frau, die man zur rechten Zeit zu schätzen hatte.

»Reite du auf Imbri«, sagte sie. »Wir folgen euch in unserem eigenen Tempo.«

Wieder umarmten sie sich. »Und ihr anderen? Kommt ihr denn auch in Sicherheit nach?« fragte Bink, während er auf Imbri zuschritt.

»Klar«, meinte Grundy.

»Das Tagpferd weiß schon, wie es sich von Mundaniern fernhält, und ich habe für Notfälle den fliegenden Teppich dabei. Ich werde auf Arnolde reiten und dafür sorgen, daß er nicht in Schwierigkeiten gerät.«

»Zweifellos«, meinte der Zentaur und lächelte schief.

»Ich muß dich über alles aufklären, bevor ich zum Schloß des Guten Magiers Humfrey zurückfliege«, fuhr Grundy fort. »Denn nach Bink wirst du König werden, Arnolde.«

Chamäleon furchte die Stirn. »Grundy, du bist mal wieder die Diplomatie in Person«, sagte sie mit sanfter Ironie.

»Weiß ich doch«, meinte der Golem selbstzufrieden.

Bink bestieg die Nachtmähre und winkte seiner Frau zum Abschied. Imbri merkte an seinem Sitz, daß er Reiterfahrung haben mußte, anders als Chamäleon. Wahrscheinlich hatten die Zentauren dafür gesorgt. Außerdem war Bink oft in Mundania gewesen, wo er möglicherweise auch mit Pferden in Berührung gekommen war.

Imbri sandte den anderen einen Traum vom traurigen Abschied und steuerte dann das nächste Kürbisfeld an. »Was war das gerade über die Heirat meines Sohnes?« fragte Bink.

Imbri schickte ihm einen kleinen Traum, der die Bräutigamentführung und die anschließende Trauungszeremonie auf dem Zombiefriedhof wiedergab. Dann zeigte sie ihm, wie es König Trent ergangen war und klärte ihn auf diese Weise über alle Geschehnisse auf, so daß Bink gar keine Zeit hatte, auf die Dinge in der Kürbiswelt zu achten. Als sie in der Nähe von Schloß Roogna den Kürbis verließen, wußte Bink über alles Bescheid, was Imbri selbst wußte.

»Du bist mir eine Mähre!« sagte er bewundernd. Sie kamen gerade pünktlich zur Morgendämmerung und betraten das Schloß. Königin Iris empfing sie.

»Dem Schicksal sei Dank, daß Ihr gekommen seid, Bink. Wir haben gerade erst entdeckt, daß König Humfrey verzaubert worden ist. Ihr –«

»Ich bin jetzt König«, sagte Bink mit überraschender Selbstsicherheit. Er hatte Imbris Informationen gewissenhaft gelauscht und sie verarbeitet, und nun nahm er die Sache mit unerwarteter Entschlossenheit in die Hand. Bink war in Xanth immer so etwas wie eine Unperson gewesen, ein Mann ohne Eigenschaften, dem man insgeheim stets mit einer gewissen Verachtung begegnet war; diese Verachtung war völlig unverdient gewesen. Imbri argwöhnte, daß selbst Grundy und Chamäleon sich von Bink nicht allzuviel erhofften, ebensowenig wie das Tagpferd. Doch es war schon jetzt offensichtlich, daß er sie noch zum Staunen bringen würde. Die letzten paar Könige Xanths hatten ja nicht allzu lange durchgehalten, doch jeder von ihnen hatte sich angesichts der Krise als fähig und mutig herausgestellt. Aber wie lange konnte es noch so weitergehen, vor allem in Anbetracht des schrecklichen Zaubers, der einen König nach dem anderen niedergestreckt hatte?

Sie begaben sich in das Gemach, in dem man die verzauberten Könige aufgebahrt hatte. Der Zombiemeister und der Gute Magier Humfrey ergänzten inzwischen die Versammlung. Chet und Chem Zentaur hatten das letzte Opfer anscheinend vom Baobabbaum ins Schloß befördert.

Irene saß neben ihrem Mann. Sie hob den Kopf. »Bink!« sagte sie und erhob sich, um ihn zu begrüßen. »Wißt Ihr schon, daß wir –«

Bink umarmte sie. »Die Mähre Imbri hat mir alles erzählt. Ich gratuliere. Es tut mir sehr leid für euch, daß ihr nicht mehr Zeit gemeinsam habt verbringen können.«

»Überhaupt keine!« jammerte sie und zog eine Schnute. »Das

Königsamt hat ihn voll beansprucht. Und dann wurde er plötzlich verzaubert.«

»Wir werden schon irgendwie den Gegenzauber finden«, meinte Bink beruhigend.

»Man sagt, daß Ihr... daß es Euch nicht passieren –«

»Anscheinend ist mein Geheimnis nun endlich enthüllt worden. Dein Vater wußte schon immer davon. Deshalb hat er mich auch auf einige der schwierigsten magischen Missionen geschickt. Aber ich bin keineswegs unangreifbar. Für mich sind die Mundanier genauso gefährlich wie für euch. Aber vielleicht kann ich diesem geheimnisvollen Gegner den Garaus machen, der die vier Könige verzaubert hat. Ich werde mich sofort zum Baobabbaum begeben, um dort mit Humfreys Zauberbeutel die Nächstwelle aufzuhalten.«

»Ihr scheint mir ja bemerkenswert gut informiert zu sein«, meinte Königin Iris.

»Ja. Nur ein Mann mit meinem Talent kann Humfreys Zauber ohne Gefahr einsetzen. Und nur diese Zauber können die Mundanier zu diesem Zeitpunkt noch aufhalten – weshalb Humfrey natürlich auch verzaubert wurde, bevor er sie einsetzen konnte. Jetzt werde *ich* sie einsetzen, und ich will, daß dieser Zauberer nun zu mir kommt. Seine Magie wird bei mir nicht funktionieren – und dann kann ich ihn identifizieren. Deshalb glaubte Humfrey auch, daß ich die Kette der Verzauberung sprengen könnte – sofern ich auch verhindern kann, daß die Mundanier sich körperlich meiner bemächtigen.«

»Dann gibt es für Euch also nur die Wahl zwischen Sieg und Tod«, bemerkte Irene.

»Ja, natürlich. Aus diesem Grund konnte der Magier Humfrey auch meine Zukunft nicht vorhersehen. Mein Talent hindert ihn daran.« Er machte eine Pause. »Allerdings ist es recht seltsam, daß ausgerechnet er, der wissendste aller Menschen, nicht mit einer mundanischen Waffe, sondern mit einem Zauber niedergestreckt worden ist.«

»Er wußte, daß es geschehen würde«, sendete Imbri. »Er sagte, daß er irgend etwas ganz Wichtiges übersehen würde, vielleicht, weil er seine eigene Zukunft nicht vorhersehen konnte.« Mehr konnte sie nicht verraten, ohne ihren Schwur zu brechen, nichts von der schandvollen Niederlage des Guten Magiers preiszugeben – obwohl sie ihr alles andere als schmachvoll erschien. Offensichtlich hatte der feindliche Zauberer gewartet, bis Humfrey allein war, um dann hinterrücks zuzuschlagen. Die Schande gebührte vielmehr dem Zauberer, und nicht Humfrey!

»Bring mich zum Baobab«, sagte Bink. »Und was euch andere angeht – gebt bekannt, daß ich mich allein am Baobabbaum befinde. Ich will, daß der Feindzauberer es erfährt.« Er blickte seinen verzauberten Sohn an. »Ich werde die Dinge für dich wieder ins Lot bringen, Dor. Das verspreche ich. Und für die anderen, die Xanth so tapfer gedient haben. Der Zauberer wird seine Taten rückgängig machen.« Bink legte die Hand an den Griff seines Schwerts. Die Geste hatte etwas Unheilverkündendes und Vielsagendes an sich. Imbri hatte ihn nie für einen gewalttätigen Mann gehalten, aber nun erkannte sie, daß er nicht zögern würde, das Nötige zu unternehmen, um sein Ziel zu erreichen.

Imbri brachte ihn zum Baobab. Dort bewachte Chem Zentaur die Zauber des Guten Magiers. Alles schien unberührt geblieben zu sein.

»Wie hat man ihn gefunden?« fragte Bink.

»Er saß hier auf dem Boden und hatte diese Flasche in der Hand«, sagte Chem und nahm ein kleines rotes Fläschchen auf. »Er wollte sie wohl gerade zu den anderen stellen, als –«

»Danke«, sagte Bink und nahm die Flasche entgegen. »Du kannst zum Schloß Roogna zurücktraben... nein, einen Augenblick.«

Er entfernte den Korken.

Roter Dampf wirbelte empor. »Reitersmann!« flüsterte die Stimme des Guten Magiers. Dann löste sich der Dampf auch schon auf und ließ Stille zurück.

»Er hat ja seine eigene Stimme abgefüllt!« rief Chem erstaunt.

»Jetzt wissen wir wenigstens, wer ihn verzaubert hat«, meinte Bink.

»Der Reitersmann. Humfrey hat versprochen, es uns zu sagen, wer es war, und das hat er getan – kurz bevor er selbst verzaubert wurde.«

»Vorsicht vor dem Reitersmann!« sendete Imbri in einem nervösen Träumchen. »Das war seine erste Warnung!«

»Das weist darauf hin, daß der Reitersmann in der Nähe ist«, meinte Bink. »Und genau das will ich auch. Er wird mich schon aufsuchen, sobald er erfährt, daß ich allein bin.« Er winkte Chem fort. »Humfrey hat sein Versprechen eingelöst, er hat uns die Schlüsselinformation hinterlassen. Geh nun, und melde es den anderen. Ich glaube, wir werden die Kette bald durchbrechen. Wenigstens wissen wir jetzt, was die beiden Prophezeiungen zu bedeuten haben. Wir wissen, wen wir aufhalten müssen und warum.«

»Das gefällt mir gar nicht«, meinte Chem, trabte aber gehorsam davon.

»Ich kann mich noch daran erinnern, wie sie als Fohlen war«, bemerkte Bink. »Ein aufgewecktes kleines Ding, das ständig geistige Landkarten von ihrer Umgebung machte. Inzwischen ist aus ihr wirklich eine prächtige Stute geworden!« Er drehte sich zu Imbri um. »Ich habe zwar gesagt, daß ich allein sein würde, aber dabei habe ich nicht an dich gedacht. Ich hoffe, du hast nichts dagegen zu bleiben, auch wenn ich weiß, daß du dich vor dem Reitersmann fürchtest.«

»Ich fürchte mich gar nicht vor dem Reitersmann!« protestierte Imbri.

»Das Tagpferd fürchtet ihn. Wenn dieser schreckliche Mann sich mir noch einmal nähern sollte, dann setze ich ihm einen Hinterhuf ins Gesicht, daß seine Schädelplatte von innen meinen Stempel aufgedrückt bekommt!«

»Schön«, meinte der König mit grimmigem Lächeln. »Aber es ist wohl besser, wenn du ihn mir überläßt, denn er ist ja ganz offensichtlich kein Mundanier, und es könnte sein, daß du seiner Magie unterliegst. Wie sieht er eigentlich aus?«

Imbri projizierte ein Traumbild von dem Reitersmann. Sie erzitterte in plötzlichem Zorn. Natürlich war der Mann kein Mundanier! Er hatte sie gezielt in die Irre geführt, damit sie nicht erfuhr, welche Gefahr für Xanth er tatsächlich darstellte. Und sie hatte sich auch noch reinlegen lassen! Das war die Art von Schande, die Humfrey gemeint hatte – das Offensichtlichste übersehen zu haben.

»Sehr gut, Imbri. Du hast wirklich ein hübsches Talent. Wenn du keine Nachtmähre wärst, wäre es sogar ein Doppeltalent – Traumprojektion und die Fähigkeit, dich bei Nacht zu entmaterialisieren. Aber ich schätze, beide gehören zu deinem Wesen und gelten deshalb gar nicht als Talente.« Er schüttelte den Kopf. »Die Magie ist wirklich etwas sehr Seltsames. Ich bin mir über ihre Verästelungen nie ganz im klaren. Immer, wenn ich gerade glaube, sie verstanden zu haben, erscheint irgendein neuer Aspekt auf der Bildfläche, und ich muß zugeben, daß ich in Wirklichkeit überhaupt nichts begriffen habe.«

Imbri stellte fest, daß sie diesen Mann sehr mochte, ähnlich wie es bei Chamäleon der Fall war. Er war ein netter Mensch, kein Snob, intelligent, mit Sinn fürs Praktische und von einer gewissen bescheidenen Ehrlichkeit. »Mir erscheint die Magie als etwas ganz Natürliches«, meinte sie. »Was ist denn daran so schwer zu verstehen?«

»Zum Beispiel die Verteilung und die Definition magischer Talente«, erwiderte er. »Jahrhundertelang haben wir Menschen geglaubt, daß alle Wesen entweder magische Talente besitzen oder aber selbst magisch sind. Menschen *besitzen* also Magie, während Drachen, diesem Modell zufolge, Magie *sind*. Doch dann mußten wir feststellen, daß manche Zentauren ebenfalls magische Fähigkeiten besaßen. Da hatten wir es nun mit einer magischen Rasse zu tun, die auch noch Magie ausüben konnte, was unsere alte Definition in Frage stellte. Jetzt stellt ihr Nachtmähren uns vor ein weiteres Problem. Wenn wir davon ausgehen, daß ihr ganz gewöhnliche, natürliche Pferde seid, die magisches Talent besitzen, widerspricht dies der Theorie, daß jedes Wesen nur ein Talent besitzen kann, denn dann habt ihr ganz offensichtlich zwei davon. Wir glaubten auch, daß jedes Lebewesen ein einziges, völlig einzigartiges Talent besitzt, doch dann entdeckten wir die Fluchungeheuer, die alle dasselbe Talent haben – aber das widerspricht wenigstens nicht der Regel, daß es pro Person nur ein Talent gibt. Ihr dagegen –«

»Ich verstehe«, meinte sie.

»Alle Nachtmähren können sich entmaterialisieren und Träume projizieren. Vielleicht können Lebewesen ja doch zwei Talente besitzen.«

»Vielleicht kann aber auch ein magisches Wesen, das nachts durch Gegenstände gleiten kann, das einzige Talent der Traumprojektion haben«, warf er ein. »Das würde gerade noch in unsere gegenwärtigen Definitionen passen – wenn auch nur mit Müh und Not –, doch es bleibt der Verdacht, daß wir eines Tages vielleicht eine Form der Magie entdecken werden, die nicht in das Schema paßt. Nehmen wir doch nur einmal diesen Reitersmann: Das ist offensichtlich ein Mensch, der die Fähigkeit hat, andere Menschen zu verzaubern. Das ist an sich nichts sonderlich Ungewöhnliches; mein Vater Roland kann Leute lähmen, und König Trent kann sie natürlich sogar in etwas ganz anderes verwandeln. Aber wie kann sich der Reitersmann umherbewegen, ohne dabei bemerkt zu werden? Besitzt er vielleicht noch ein zweites Talent, das vielleicht deinem Talent der Nacht gleicht? Wir wissen es nicht, aber wir müssen auf diese Möglichkeit gefaßt sein.«

»Jetzt verstehe ich, was Ihr meint«, sagte sie. »Ja, die Magie ist doch viel komplizierter, als ich dachte.«

»Ich würde ganz gerne mit dir einmal durchgehen, wo sich der Reitersmann jeweils aufhielt, als einer unserer Könige gerade verzaubert wurde«, fuhr Bink fort. »Offenbar war er ja da, um seine schlimme Tat auszuführen, aber er befand sich auch bei den Mundaniern, als diese sich weit vom Ort des Geschehens aufhielten. Die Art und Weise seiner Fortbewegung könnte uns wertvolle Aufschlüsse darüber geben, wie wir ihn dingfest und unschädlich machen können. Er muß ein Mensch aus Xanth sein, der den Mundaniern hilft, weil er sich davon persönliche Vorteile verspricht. Offenbar haben die Mundanier ihm dafür den Posten ihres stellvertretenden Anführers übertragen, andererseits hilft er ihnen aber auch nicht allzu viel. Er hat dir gestattet zu fliehen, obwohl er wußte, daß du für Xanth kämpfst, um seine Dienste für die Mundanier dadurch aufzuwerten.«

»Dieser Schurke!« sendete Imbri heftig zusammen mit einem Bild von einem Zusammenstoß des Mondes mit der Sonne, bei dem brennende Käsebrocken auf Xanth herabprasselten. »Wenn die Mundanier und die Xanther sich gegenseitig vernichten, kann er die Macht an sich reißen.«

»So sind Schurken nun einmal«, stimmte Bink ihr zu. »Seine Macht besteht darin, daß er anderen Menschen den Geist raubt oder diesen lähmt, aber es kann sein, daß ihm dies gar nicht innewohnt. Vielleicht hat er jetzt eine Flasche voller menschlicher Geister, ganz wie der Gute Magier Humfrey Flaschen mit so ziemlich allem anderen hat. Vielleicht ist es diese Flasche, die die Magie durchführt, indem sie die Könige einfach aufsaugt. Aber auf jeden Fall muß er sich dazu seinen Opfern nähern. Wir können gewiß nicht davon ausgehen, daß wir über die Art seiner Magie genau Bescheid wüßten.«

Imbri konzentrierte sich. Sie war dem Reitersmann nur zweimal begegnet – einmal in der Nähe von Schloß Roogna, kurz bevor es König Trent erwischt hatte, und einmal im Lager von Varsoboes im nördlichen Xanth. Sie hatte ihn weder gesehen, als König Dor verzaubert worden war, noch, als der Zombiemeister dem Zauber zum Opfer gefallen war, obwohl es im nachhinein einleuchtete, daß er der Mann im Baum gewesen sein mußte.

»Damals hätte er also bei der mundanischen Armee sein können«, meinte Bink.

»Die Mundanier waren ja nicht weit entfernt, am gegenüberliegenden Flußufer, als König Dor schlief. Du hast den Reitersmann nicht gesehen, weil er sich versteckt hielt und auf eine günstige Gelegenheit lauerte.«

Imbri mußte ihm zustimmen. Im Gewirr der Schlacht wäre es ein Leichtes gewesen, sich an das königliche Zelt anzuschleichen.

»Und beim nächsten Mal war der Zombiemeister ebenfalls im Feld«, fuhr König Bink fort.

Imbri projizierte die Szene noch einmal für ihn und zeigte ihm, wie der Zombiemeister geschlafen und den Traum genossen hatte, den Imbri ihm gesandt hatte. Und wie Grundy einen Mann bis zum Fluß verfolgt hatte, nachdem der König verzaubert worden war.

»Wir wissen also, daß er seine Opfer nicht körperlich berührt«, schloß Bink daraus. »Er kann sich in einer geringen Entfernung von ihnen aufhalten, vielleicht auch unmittelbar außerhalb der Sichtweite. Das ist ein wichtiger Punkt – daß nämlich anscheinend kein Blickkontakt erforderlich ist. Er hätte sich beispielsweise in diesem Baum hier verstecken können, vielleicht in einer Höhlung. Vielleicht war er sogar schon da, als ihr hier wart, und hat gewartet, bis der Magier Humfrey allein war. Möglicherweise ist es kurz, nachdem du ihn verlassen hast, passiert. Wie viele Zauber hat Humfrey denn danach noch aufgebaut?«

Das war aber wirklich ein äußerst methodisches Vorgehen! Imbri musterte die Schachteln und Flaschen und versuchte sich daran zu erinnern, wie viele es bei ihrem Abschied von Humfrey gewesen waren. »Nicht sehr viele«, meinte sie schließlich.

»Der Reitersmann hatte wohl keinen Grund, in der Nacht noch weit zu reisen«, fuhr Bink fort.

»Obwohl ich bezweifeln möchte, daß er hier im Baum geblieben ist. Denn zum einen hat er Humfreys Zauber nicht durcheinandergebracht. Anscheinend hat er nicht einmal die Flasche angerührt, die seinen Namen preisgegeben hat, und dabei wäre dies doch nun wirklich ein wichtiges Ziel für ihn gewesen! Er muß nach der Tat gefürchtet haben, entdeckt zu werden, weshalb er keinen Augenblick Zeit vergeudete, um sofort zu fliehen. Das weist wiederum darauf hin, daß er niemanden verzaubern kann, der wachsam ist; vielleicht ist es aber auch so, daß er immer nur eine Person gleichzeitig erwischen kann, so daß er sein Opfer allein vor sich haben muß, weil er in der Zeit danach möglicherweise selbst angreifbar ist. Deshalb hat er sich schnellstens davongestohlen, bevor jemand anders zum Tatort kam. Krachs kleine Frau Tandy ist auch so; wenn sie jemanden erst einmal mit einem Wutkoller betäubt hat, kann sie das eine ganze Zeit nicht wiederholen, sondern muß erst neue Kräfte sammeln.«

Wieder mußte Imbri ihm zustimmen.

Der Gedanke, daß der Reitersmann vielleicht ganz in der Nähe auf sie lauerte, machte sie nervös, was auch noch durch die Tatsache verstärkt wurde, daß sie bei Tag nicht entmaterialisieren konnte.

»Du brauchst jetzt wirklich eine Ruhepause und mußt etwas grasen, Imbri«, sagte Bink. »Geh hinaus und ruh dich aus, aber komm etwa einmal die Stunde herein, um nach mir zu sehen.

Die Pseudonymphen werden die Mundanier erst gegen Mittag herbeigelockt haben. Ich nehme an, daß der Reitersmann versuchen wird, schon vorher zuzuschlagen, weil er ja bestimmt weiß, daß Humfreys Zauber für seine Verbündeten gefährlich sind. Sollte ich mich irgendwie verrechnet haben, mußt du die Nachricht zum Schloß Roogna bringen.«

Imbri nickte. Sie fühlte sich gleichzeitig beruhigt und besorgt. König Bink war ein Mehrfaches dessen, wofür sie ihn zunächst gehalten hatte – aber es sah ganz danach aus, als sei der Reitersmann noch gerissener. Sie ging hinaus, um zu grasen, doch das Gras schmeckte ihr nicht besonders gut. Sie hielt Ausschau, um den Reitersmann möglicherweise zu erspähen, bevor er sich herangeschlichen hatte. Immerhin hatte er sie alle bisher gründlich an der Nase herumgeführt!

Jede Stunde überprüfte sie das Innere des Baumes, doch König Bink ging es gut. Dann wurde es Mittag, und noch immer war alles in Ordnung. Imbri war fast enttäuscht; sie wünschte dem König bestimmt nichts Böses, aber sie haßte dieses angespannte Warten. Was, wenn Bink vielleicht doch nicht immun gegen die Verzauberung sein sollte? Oder wenn der Reitersmann erst noch die mundanischen Truppen um ein weiteres Stück dezimiert wissen wollte, um ein Ungleichgewicht zu vermeiden, so daß er König Bink erst einige seiner Zauber aktivieren ließ, bevor er ihn direkt angriff? Oder hatte der Reitersmann es womöglich bereits versucht und war gescheitert, ohne daß sie es überhaupt bemerkt hatten? Wie standen die Dinge denn eigentlich wirklich?

Pünktlich zur Mittagszeit kehrte die erste der schwebenden Nymphen zurück, von einem sabbernden Mundanier gierig verfolgt.

Imbri hatte dem König alles übermittelt, was sie über die Zauber des Guten Magiers gelernt hatte. Nun nahm Bink einen der unbekannten Zauber auf. »Geh in sicherem Abstand, Imbri«, warnte er sie. »Dieser Zauber wird mir nichts antun, aber dir könnte er schaden. Ich kann immer noch mein Schwert benutzen, falls mich ein einzelner Mundanier angreifen sollte. Wenn es zu viele werden, werde ich die stärkeren Sachen einsetzen.«

Imbri wich zurück. Es schien ihr, als würde der König da ein gewaltiges Risiko eingehen – doch dann fiel ihr wieder ein, daß er ja gegen magische Gefahren immun war und dies auch wußte, so daß er es sich leisten konnte, Risiken in einem Ausmaß einzugehen, wie kein anderer es wagen durfte. Dies hier war für ihn ungefährlicher, als sich körperlich gegen alle Mundanier zu stellen! Vielleicht war dies ein weiterer Grund, weshalb der Gute Magier Humfrey sein Talent öffentlich bekanntgegeben hatte. Bink war der einzige, der gefahrlos mit unbekannten Killerzaubern hantieren konnte, und aus diesem Grund hatte er auch Humfreys Nachfolge antreten müssen, um diese Zauber anzuwenden, solange keine Freunde in der Nähe waren, die davon in Mitleidenschaft gezogen werden konnten. Es war erstaunlich, wie sorgfältig Humfrey auch die kleinste Einzelheit geplant hatte, sein eigenes Scheitern eingeschlossen.

Die Nymphe schwebte empor und sah dabei vernichtend schön aus, wenn man sie mit menschlichen Augen betrachtete. Kein Wunder, daß der Soldat schwitzend hinter ihr herrannte!

Da erblickte der Mundanier König Bink. »O nein, das wirst du nicht! Die gehört mir!« rief er und zog dabei sein Schwert. »Ich habe diesen Traum von einer Göttin schon die halbe Nacht gejagt!«

»In aller Fairneß muß ich dir zwei Dinge verraten«, sagte Bink.

»Erstens: die Nymphe ist nicht wirklich. Sie ist eine Gestalt aus einem Zauber, ohne jeden Verstand –«

»Das ist mir völlig egal, woher sie kommt und wie schlau sie ist!« keuchte der Mundanier und fuhr sich mit der Zunge über seine grobschlächtigen Lippen.

»Ich werde ihr die schönste Zeit ihres Lebens verpassen – nachdem ich erst einmal dich erledigt habe!« Und er kam mit kampfbereit erhobenem Schwert näher.

»Zweitens halte ich hier in der Hand den Zauber eines Magiers«, fuhr Bink fort und wich etwas zurück. »Der kann dich verwunden oder sogar töten, wenn –«

Da sprang der Mundanier mit erhobenem Schwert auf ihn zu. Bink riß den Korken aus der Flasche und richtete die Öffnung gegen den Angreifer.

Ein grüner Feuerball schoß hervor und blähte sich noch im Flug auf. Als er den Mundanier an der Brust traf, war er bereits kopfgroß.

Der Mann stieß einen Schrei aus. Das Feuer brannte sich mit entsetzlicher Kraft in seine Brust ein und fraß sie auf. Kurz darauf stürzte der Mundanier zu Boden – der größte Teil seines Brustkorbs war verschwunden.

Bink starrte ihn mit bleichem Gesicht an. »Humfrey hatte wirklich keine Kinderspiele vor«, flüsterte er. »Er war fest entschlossen, die Armee des Gegners zu vernichten!«

Imbri stimmte ihm zu. Das war wirklich eine tödliche Waffe gewesen! »Aber es hieß hier nur noch: er oder Ihr«, meinte sie in einem tröstenden Traum, froh, daß sie vorher zurückgewichen war. »Er wollte Euch umbringen, obwohl Ihr doch versucht habt, vernünftig mit ihm zu reden!«

»Ja, gegen so etwas habe ich mich schon gestählt«, sagte Bink. »Trotzdem, der Magen ist und bleibt eben schwach. Ich habe nur selten getötet, und die meisten Mundanier sind nicht so wie dieser da. Sie können sehr zivilisiert sein . . . obwohl ich zugeben muß, daß der hier es nicht war.«

Da trudelte bereits die nächste Pseudonymphe herbei, von einem weiteren brutal aussehenden Mundanier verfolgt. Bink nahm ein neues Fläschchen auf. »Halt, Mundanier!« rief er. »Deinen Kameraden habe ich bereits getötet!«

»Dann werde ich eben dich töten!« schrie der Mundanier. Er trug einen Bogen. Nun zog er einen Pfeil aus seinem Köcher, legte ihn ein und zielte auf Bink.

Bink öffnete das Fläschchen und richtete es auf den Gegner, genau wie beim ersten Mal.

Der Pfeil traf die Flasche und wurde abgelenkt, wobei er Binks Kopf um eine knappe Handbreite verfehlte und hinter ihm in die Baumwand einschlug.

Imbri schaute sich das Ding an, welches der Pfeil an der Wand aufgespießt hatte. Es war ein Bohnensandwich. Der Mundanier hatte soeben Humfreys Mittagessen erschossen.

Der Angreifer starrte sie einen Augenblick an. Dann brach er in Gelächter aus. »Du bist ja total mit Bohnen vollgekleckert!«

Bink nahm ein drittes Fläschchen auf. Als der Mundanier mit

einem weiteren Pfeil auf ihn zielte, richtete Bink die Flasche auf ihn und öffnete sie.

Diesmal schoß Rauch aus dem Behältnis hervor. Er verdichtete sich zu einem riesigen Gesicht, das zu lachen begann. »Hohoho!« brüllte es. Es war Lachgas.

Doch der Humor des Mundaniers beschränkte sich darauf, andere auszulachen und nicht selbst ausgelacht zu werden. Er zielte durch das Gesicht hindurch auf Bink und verfehlte ihn nur knapp. Imbri wurde nervös; diese Zauber waren alles andere als zuverlässig.

Bink gab die Zauberei erst einmal auf. Er duckte sich hinter dem Rauch, zog sein Schwert und sprang den Mundanier an.

Der erkannte, daß sein Bogen ihm auf diese geringe Entfernung nichts nutzte und zog ebenfalls hastig sein Schwert. Die beiden Männer trafen aufeinander – doch der Mundanier war viel jünger und schneller.

Imbri trat vor, weil sie es nicht zulassen konnte, daß man ihren König umbrachte, während sie tatenlos zusah. Doch als sich das Lachgas verflüchtigt hatte, erschien auch schon der dritte Mundanier, einen Speer in der Hand. Er schlich sich an die beiden Kämpfenden heran und suchte nach einer Gelegenheit, dem König den Garaus zu machen.

Imbri galoppierte auf ihn zu, wirbelte herum und trat mit beiden Hinterbeinen nach ihm aus. Sie traf den Speerkämpfer voll in die Brust und schleuderte ihn beiseite. Sie wußte, daß sie ihn entweder getötet oder zumindest so schwer verwundet hatte, daß er lange Zeit nicht mehr kämpfen würde. Nun hatte sie also Blut an den Hufen.

Sie drehte sich um, um Bink zu helfen, doch der hatte seinen Gegner bereits erledigt.

Anscheinend konnte er gut mit Schwertern umgehen; seine Geschicklichkeit hatte die Schnelligkeit des Mundaniers mehr als wett gemacht.

Doch da tauchten schon wieder drei Mundanier mit gezückten Waffen auf. Pseudonymphen schwirrten umher, wichen tänzelnd den grabschenden Händen der Männer aus, bebten und zuckten verführerisch und stachelten die Wut der Punier nur noch mehr an.

»Ich muß wieder Magie einsetzen«, sagte König Bink. »Ich kann schließlich nicht mit einem Schwert allein die gesamte Nächstwelle aufhalten!« Er blickte kurz zu dem Mundanier herüber, den Imbri erledigt hatte. »Und ich kann dich auch nicht dazu zwingen, deine eigene Haut zu riskieren. Aber es ist nicht mehr sicher, wenn du dich weit von mir hältst, denn bald werden es immer mehr Mundanier sein. Stell dich also dicht neben mich, denn auf diese Weise wird die Magie dich am wenigsten beeinträchtigen, und vielleicht bist du in meinem Umfeld genauso vor ihr geschützt wie ich.«

Imbri war zwar nicht der Meinung, daß die Magie sich bisher als sonderlich hilfreich erwiesen hatte; es war eben nicht dasselbe, vor dem Unheil der Magie geschützt zu sein, wie *durch* die Magie geschützt zu werden, aber sie willigte dennoch ein. Immerhin würde sie ihm besser helfen können, wenn sie nahe bei ihm blieb. Wenn die mundanische Übermacht erdrückend werden sollte, würde sie ihn vom Baum forttragen.

Bink hob ein Päckchen auf und riß es mit einem Ruck auf. Zwei Dutzend großer Gummiringe fielen herab. Jetzt wirkte er zum ersten Mal etwas zornig. »Was sind denn das schon wieder für Kinkerlitzchen?«

Imbri berührte einen der Ringe mit dem Huf. Sofort kletterte er an ihrer Fessel empor und schlang sich um ihre Ferse. Das tat weh, und sie mußte den Huf an ihre Zähne halten, um das Gummi abzureißen. Daraufhin versuchte es, ihre Nase zu umschlingen.

»Oho!« rief Bink. Er beugte sich vor und hob einen der Ringe auf. Der zappelte zwar in seiner Hand umher, doch es gelang ihm nicht, sich um das Handgelenk zu winden. Bink schleuderte ihn dem nächsten Mundanier entgegen.

Das Gummiband rutschte über den Kopf des Mannes und zog sich um seinen Hals zusammen. Plötzlich begann der Mundanier zu würgen und zu röcheln und lief rötlichblau an.

»Was für eine Waffe!« sagte Bink. Er schleuderte zwei weitere Würger gegen die Mundanier. Der eine wickelte sich um die Arme eines der Soldaten und fesselte sie an seinen Körper; der andere erwischte einen Krieger um die Hüfte und zog ihm die Eingeweide zusammen. Die Bänder mochten zwar klein und harmlos sein, solange Bink sie in der Hand hielt, doch wenn sie einen anderen berührten, wirkten sie tödlich!

Weitere Mundanier erschienen auf der Bildfläche. Bink schleuderte ihnen die restlichen Würger entgegen und nahm ein weiteres Fläschchen auf. Ein Messer surrte aus der Öffnung und bohrte sich in einen der Punier. Doch Bink brauchte eine größere Schlagkraft und öffnete deshalb eine große Flasche mit weitem Hals.

Die Flasche gab überhaupt nichts von sich, sondern dehnte sich schleunigst aus, bis sie so groß war, daß ein erwachsener Mann aufrecht darin stehen konnte. An der Seite trug sie die Inschrift WARNUNG VOR DEM HÖHLENHUND, und Imbri war sich nicht sicher, ob da nicht vielleicht ein Schreibfehler vorliegen mochte.

»Eine Höhle also«, sagte Bink. »Vielleicht hilft uns das weiter. He, ihr Nymphen – fliegt hier hinein!« Er zeigte auf die undurchsichtige Glashöhle.

Gehorsam schwebten die Nymphen hinein. Die Mundanier, die es konnten, jagten hinter ihnen her. So verschwanden sechs Männer in der Flasche, aus der sofort wütendes Gebell ertönte, durchsetzt von schrecklichem Knurren. Verblüfft projizierte Imbri einen Fragetraum – und entdeckte, daß die Mundanier zu echten Tieren geworden waren, wie tollwütige Hunde.

Schon bald war die Glashöhle voll, und immer mehr Mundanier wurden zurückgeschleudert, liefen laut bellend auf allen Vieren in der Gegend herum, die Gesichter zu hündischen Fratzen verzerrt. Mit eingezogenen Schwänzen verkrochen sie sich hastig.

Schwänze? Imbri wollte noch einmal genauer hinschauen – doch da war es auch schon zu spät. Die Wesen waren verschwunden.

Die mundanische Bedrohung wurde immer schlimmer. Der Rest der Armee schien praktisch im Pulk eingetroffen zu sein, und einzelne Flaschen und Phiolen genügten nicht mehr. Einige der Männer wurden zwar von den fliehenden Hunden abgelenkt, manche sogar gebissen, aber es waren noch immer viel zu viele unversehrte Mundanier da, als daß man sie hätte aufhalten können.

»Jetzt wird es Zeit für Endwaffen«, sagte König Bink grimmig. »Halte dich bereit, um mich fortzutragen, Imbri. Das hier könnte noch schlimmer werden als wir glauben.«

Imbri hielt sich bereit. König Bink hob den Windbeutel auf und begann ihn zu entknoten.

Ein riesiger Mundanier sprang mit erhobener Klinge auf den König zu. Er verfehlte Bink, der sofort beiseite gesprungen war, durchhieb aber mit seinem Schlag den gefesselten Fluß.

Sofort sprang das Band auf und entrollte sich, während die Wassermassen entfesselt wurden. Der Boden wurde überschwemmt, und das Wasser stieg immer höher. So ein Fluß enthielt wirklich schrecklich viel Flüssigkeit! Die Mundanier fluchten, als ihnen die Beine unter dem Leib fortgerissen wurden. Der Angreifer wurde von dem Wasserfall davongespült.

Nun löste sich auch der Knoten an der Öffnung des Windbeutels und die Winde schossen heulend hervor. Sie wirbelten durch die Kammer des Baobab und peitschten die Fluten schaumig. Mittlerweile wurde es immer schwieriger, aufrecht stehenzubleiben, und das Atmen war auch kein besonderes Vergnügen mehr.

Imbri versuchte König Bink auszumachen, doch der war zusammen mit den Mundaniern davongerissen worden. Anscheinend war der Fluß, nachdem man ihn erst einmal freigelassen hatte, keine magische Kraft mehr, so daß er Bink durchaus etwas anhaben konnte. Vielleicht trieb er ihn aber auch nur davon, ohne ihm wehzutun.

Kein zweibeiniges Geschöpf vermochte jetzt noch stehenzubleiben! Das war übrigens auch so ein typisch menschlicher Mangel – diese Wesen hatten einfach zu wenige Füße am Boden! Imbri wollte nicht unbedingt darauf wetten, daß Bink nicht ertrinken würde.

Doch auch wenn ihm das von der Magie her nicht beschieden sein mochte, befanden sich im Wasser immer noch jede Menge Mundanier, und die konnten ihm durchaus etwas anhaben. Imbris Hilfe war also dringend erforderlich.

Sie bahnte sich einen Weg durch das schäumende Wasser und kniff die Augen vor dem tosenden Wind zu. Sie wußte nicht, in welche Richtung der Wind davonwehen wollte, denn hier im Inneren des Baumes suchte er noch immer den Ausgang. Da entdeckte sie den König. Er hielt sich an der Kante der Glashöhle fest. Sie stupste ihn an, und er wechselte den Griff, um sich an sie zu klammern. Er trug irgend etwas bei sich, was ihn dabei behinderte, doch Imbri wurde unter ihm emporgetrieben und hob ihn halb aus den wilden Fluten.

Nun schwamm sie halb, halb trieb sie mit dem Strom, aus dem Baum heraus. Auch Mundanier wurden davongespült; von ihren Waffen und Rüstungen behindert, kämpften sie keuchend um ihr Leben.

Draußen ließen die Fluten merklich nach. Imbri fand wieder festen Boden unter den Hufen und kletterte auf höheres Gelände hinauf. Einige Mundanier taten soeben dasselbe. Schließlich stand Imbri auf einem etwas höher gelegenen Vorsprung, der von Zitterpappeln bewachsen war. Die ängstlichen Bäume bebten furchterfüllt, als die Wassermassen ihre Wurzeln umspülten. »Seid Ihr in Ordnung?« sendete Imbri König Bink ihre Frage.

»Müde und aufgeweicht«, erwiderte er. »Aber unversehrt. Doch die Schlacht ist noch nicht zu Ende.« Denn immer mehr Mundanier kletterten nun die Anhöhe hinauf.

»Wir können sie mühelos abhängen«, schlug Imbri vor.

»Nein, dann würden sie sich nur wieder aufs neue sammeln und auf Schloß Roogna marschieren, wo die Frauen sind. Das Schloß hat weder menschliche noch Zombieverteidiger mehr zur Verfügung. Der Oger ist zwar da, aber der kann auch nicht an allen Orten zur selben Zeit kämpfen. Ich will nicht, daß unsere Lieben den Puniern zu Willen sein müssen und behandelt werden wie die Pseudonymphen. Ich muß den Feind hier und jetzt erledigen, und ich kehre erst dann auf Schloß Roogna zurück, wenn die Bedrohung gänzlich gebannt ist.«

Als er ihren Gesichtsausdruck sah, lächelte er grimmig. »Ich weiß, du zweifelst an meinem Erfolg. Du bist eine sehr vernünftige Mähre. Aber ich muß mich nicht allein auf meine eigenen Kräfte verlassen, denn ich habe das Buch des Guten Magiers gerettet, in dem die Kraftworte stehen.«

»Ich hoffe nur, daß die auch wirken«, sendete sie. »Da vorn kommen nämlich zwei Mundanier!«

König Bink öffnete gerade das Buch, als die Mundanier mit auf ihn gerichteten Speeren näherkamen. Er musterte den ersten der Angreifer. »Huch!« sagte er plötzlich. »Ich weiß ja gar nicht, wie man das ausspricht!«

»Versucht es mit mehreren Fassungen«, sendete Imbri, denn den Speerkämpfern folgten inzwischen noch weitere Mundanier, die alle genauso häßlich und entschlossen aussahen. Eines mußte man diesen punischen Söldnern ja lassen – sie gaben niemals auf!

»NISS!« las König Bink mit einem kurzen I.

Nichts geschah. Die Mundanier dräuten.

»NIIIIS!« wiederholte er, diesmal mit langem I.

Die beiden Mundanier brachen in ein fürchterliches unkontrolliertes Niesen aus. Ihre Augen begannen zu tränen, sie bekamen keine Luft mehr und krümmten sich verkrampft zusammen, indem sie vergeblich versuchten, sich die Lungen aus der Nase zu prusten. Ihre Köpfe platzten, ihre Gürtel rissen, und ihre Augen traten abwechselnd hervor und sanken ein. Dann ließen sie ihre Speere fallen und torkelten in das schlammige Wasser hinein, immer noch laute *Hatschis* von sich gebend. Staunend und voller Bewunderung sahen die anderen Punier der Kanonade zu. Diesmal hatte der König das Wort anscheinend richtig ausgesprochen.

»Merkwürdig«, murmelte Bink. »Die Schrift ist verblaßt und verschwunden. Das Wort ist nicht mehr zu sehen.«

»Das wird wohl ein Einmalzauber gewesen sein«, meinte Imbri. »Wie viele habt Ihr noch?«

Bink blätterte das Buch durch. »Das müssen Hunderte sein.«

»Das dürfte eigentlich genügen.« Imbri war erleichtert.

Wieder kam ein schwertschwingender Weller auf sie zu. Bink las das nächste Wort. »AmnSHA!« rief er, die zweite Silbe betonend.

Der Mundanier fing nicht an zu niesen. Statt dessen stürmte er weiter.

»AMNSHA!« rief Bink ohne Akzent und es fast wie eine einzige Silbe aussprechend. Und er duckte sich, als der Mann seine Klinge auf sein Haupt niedersausen lassen wollte. Der Hieb verfehlte sein Ziel.

Der Mundanier hielt inne und drehte sich um. Er sah verwirrt aus. »Was mache ich hier?« fragte er. »Wer bist du? Wo bin ich?«

»Das Wort hat ihn seines Gedächtnisses beraubt!« sendete Imbri zufrieden. »Schade, daß nicht alle Mundanier in seiner Reichweite waren.«

»Gut, daß du neben mir stehst und nicht auch davon betroffen wirst«, erwiderte Bink. Dann wandte er sich an den Soldaten. »Du bist ein Immigrant im Lande Xanth. Du wirst hier ein gutes Heim und eine willige Nymphe finden und dich niederlassen, um zu einem produktiven Bürger unseres Landes zu werden. Gratuliere.«

»Ja, ja, klar«, sagte der Mann benommen. Dann schlurfte er davon, um sein Heim zu suchen.

Doch nun kamen gleich drei Mundanier auf sie zu, und die sahen alles andere als vergeßlich aus. Auch das letzte Wort war nach Gebrauch verblaßt, und Bink blätterte die Seite um. »SKONK!«

Plötzlich nahmen sie einen entsetzlichen Gestank wahr. Er verbreitete sich mit der Schallweite des Worts aus, bildete eine üble, eitrige Wolke und schwebte den Soldaten entgegen. Doch diese stürmten unverzagt weiter, in die Wolke hinein. Sie hatten gelernt, daß sie sich nur um greifbare Magie Sorgen machen mußten, während Nebel und Erscheinungen ihnen keine Gefahr bedeuteten.

Doch schon stoben sie wieder hustend auseinander und hielten sich die Nasen zu. Mit einem Satz sprangen sie ins Wasser, um den Gestank abzuwaschen. Sofort breitete sich eine Schmutzlache um sie herum aus, und kleine Fische hasteten, so schnell sie konnten, davon. Anscheinend würde es noch eine ganze Weile dauern, bis diese Männer sich reingewaschen hatten.

Als sich der Nebel zerteilt hatte, kam ein Bogenschütze näher und legte einen Pfeil ein.

Der König schaute in das Buch. »KROKK!« schrie er dem Bogenschützen entgegen.

Der Mundanier verwandelte sich: Seine Kiefer dehnten sich zu einer grünlichen Schnauze voller Zähne, während seine

Gliedmaßen schrumpften und Krallen bekamen. Sein Oberkörper wurde schuppig, und unfähig, sein Gleichgewicht zu halten, stürzte er mit einem lauten Platschen mit dem Kopf zuerst zu Boden. Dann krabbelte er auf das Wasser zu und paddelte davon, wobei er sich mit immer größerer Geschicklichkeit mit Hilfe eines großen grünen Schwanzes davonbewegte, der aus seinem Hinterteil hervorwuchs.

»Er hat sich in einen Gator verwandelt«, bemerkte Bink beeindruckt.

Ein weiterer Mundanier kam mit einer Streitaxt auf ihn zu. Bink blickte wieder hastig in das Buch. »BANNNN!« rief er.

Da verschwand der Mundanier, samt Streitaxt. Wenn sie funktionierten, waren diese Zauber recht nützlich!

Doch noch immer verharrte ein Dutzend Punier auf dem Vorsprung. Sie formierten sich zu einem Stoßtrupp und marschierten langsam auf den König zu. Diese Bedrohung war schon ernst zu nehmender.

Bink blätterte das Buch durch. »Wenn die Dinger doch bloß erklärt würden!« klagte er.

Da jagte ein Speer auf den König zu. »Ducken!« sendete Imbri.

Bink duckte sich. Doch der Speer traf dafür das Buch und schleuderte es ihm aus der Hand. Er gewann sein Gleichgewicht wieder und griff nach dem Buch, doch es stürzte ins Wasser, wo der Krokogator es mit einem bösen Kichern mit weit aufgesperrtem Maul auffing und davontrug. Plötzlich war der König seiner magischen Verteidigung durch unmagische Mittel beraubt worden. Zwar war der Krokk magisch verwandelt worden – aber ein unverwandelter Mundanier hätte dasselbe tun können.

»He, schau doch mal!« rief Bink und beugte sich vor, um eine auf dem Wasser treibende Flasche aufzuheben. Sie war gelb und warzig und etwas mißgestaltet. »Ist das nicht die Flasche mit dem Quetschkürbis?«

»Ich glaube ja«, meinte Imbri.

Anscheinend half Binks Talent ihm dabei, den Verlust der Wortzauber wieder auszugleichen.

»Ich werde die Flasche einsetzen. Halte du Ausschau nach

weiteren Flaschen.« König Bink entkorkte die Flasche und schleuderte sie den Mundaniern entgegen. Das Ding wurde immer riesiger, um schließlich auf mehrere Mundanier zu stürzen und sie platt zu quetschen.

Imbri entdeckte eine weitere Flasche und fischte sie mit den Zähnen aus dem Wasser. Sie übergab sie dem König, während die überlebenden Mundanier um den Quetschkürbis herumgingen und wieder näherkamen. Er öffnete die Flasche sofort und richtete sie auf die Gegner.

Eine Reihe von Flecken schwebte hervor. Sie dehnten sich aus und wurden zu Bällen. Auf jedem der Bälle war ein Gesicht zu erkennen, das eine schauderhafte Grimasse zog. Eins davon richtete sich auf Imbri – und sofort war sie auch schon mit Schmutz bedeckt.

»Ah, verstehe«, sagte der König. »Das ist eine Flasche mit schmutzigen Blicken. Dann wollen wir die Dinger mal ordentlich ausrichten.« Er griff nach den Kugeln und ließ sie die Mundanier anschauen.

Das Ergebnis war zwar weniger als vernichtend, dafür aber um so lästiger. Die Punier wurden schmutzig, ihre Kleidung sah binnen kürzester Zeit schlimm aus, ihre Gesichter und Arme waren mit Fett und Schlamm und Sand bedeckt. Doch sie waren schon vorher reichlich schmutzig gewesen, und so war dies nicht mehr als die Beschleunigung einer natürlichen Neigung. Sie hackten auf den Schmutz ein und versuchten, ihn auszuspucken. Einer der Soldaten wollte einen Pfeil auf König Bink abfeuern, doch sein Bogen war so schleimig geworden, daß ihm die Waffe in der Hand verrutschte und seinen Schuß fehlgehen ließ. Ein anderer wollte ein Messer zücken, doch das stak und klebte in seiner Scheide fest, von Schmutz und Korrosion blockiert.

Imbri fand zwei weitere Flaschen. Die eine enthielt, wie sich herausstellte, Springbohnen. Die hüpften überall umher und bepflasterten die Mundanier, daß es eine wahre Freude war, zuzuschauen. Einer der Männer bekam eine Bohne ins Auge, während einem anderen eine von ihnen ins Nasenloch schoß. Das erwies sich für ihn als höchst problematisch, denn nun zuckte seine Nase ständig im Takt der Bohne hin und her.

Doch noch immer blieben sechs entschlossene Punier übrig, die nun auf den König zukamen. Die Chancen waren nach wie vor ziemlich mulmig.

Bink öffnete die letzte Flasche. Eine Heerschar von Spuken kam herausgesegelt.

»Los, holt sie euch!« befahl der König, und die Spukgeschöpfe jagten auf die Punier zu.

Nun entbrannte ein heftiger kleiner Kampf. Die Spuke waren übernatürliche Wesen mit gasförmig auslaufendem Unterteil, aber kräftigen, krallenbewehrten Händen und grotesken Gesichtern. Sie stürzten sich auf die Mundanier, bissen Nasen ab, saugten sich bis zur Leber vor, würgten Hälse. Das war zwar im Prinzip ein reichlich sinnloses Unterfangen, weil die Spuke diese Leckerbissen ja doch nicht verdauen konnten. Aber da alte Gewohnheiten sich nur schwer ausrotten ließen, machten sie immer weiter. Dieses Vorgehen empfanden die Mundanier nun doch als ein wenig beunruhigend. Sie wehrten sich mit Schwertern und Speeren, hackten Gliedmaßen ab und spießten Gesichter auf. Blut floß in Strömen, Eiter tropfte herab, und schon bald war der Boden mit Leichen bedeckt.

Als die Sonne sich schließlich hastig vom Himmel stahl, um nicht von der Nacht erwischt zu werden, fand das Kampfgetümmel ein Ende. Alle Spuke waren erledigt; ein einziger Mundanier stand noch aufrecht vor ihnen.

Es war Varsoboes, der Punierführer, der zäheste Kunde von allen.

»Du bist also der König von Xanth«, sagte Varsoboes. »Du bist ein weitaus besserer Magier, als ich dachte. Ich wußte ja, daß der Verwandlerkönig eine tödliche Gefahr darstellte, und ich mußte feststellen, daß der Laßt-Dinge-sprechen-König auch ziemlich zäh war; und mit dem Zombiekönig wollte ich auch lieber nicht viel mehr zu tun haben, der meine eigenen Toten gegen mich aufgehetzt hat. Na, und der Informationskönig wußte einfach zuviel. Aber von dir hieß es immer, daß du keine Magie besäßest, deshalb dachte ich, daß du ungefährlich wärst.« Er zuckte mit grimmiger Gutmütigkeit mit den Schultern. »Na ja, wir machen eben alle mal Fehler. Ich hätte dich auch gleich erledigen sollen, um den Zentaurenkönig auf den

Thron gelangen zu lassen, der ja in Xanth keine magische Kraft besitzt, wie ich weiß.«

»Du scheinst eine ganze Menge über Xanth und unser Regierungssystem zu wissen«, bemerkte König Bink.

»Und du weißt eine ganze Menge über Mundania, wie ihr die wirkliche Welt nennt«, konterte Varsoboes. »Männer von Alter und Erfahrung meistern eben ziemlich schnell die wesentlichen Dinge. In diesem Geschäft ist das die Grundbedingung für das Überleben. Als wir zuerst nach Xanth kamen, glaubte ich erst, es wäre Italien, aber als ein Vogel einen meiner kostbaren Elefanten entführte, da dachte ich mir, daß hier irgend etwas nicht stimmt. Also habe ich meine Spione ausgesandt und nach und nach erfahren, was ich wissen mußte. Mir wurde sehr bald klar, daß man gegen Magie nur mit Magie ankämpfen kann, deshalb war das Abkommen, welches wir mit dem Reitersmann geschlossen haben, eine recht glückliche Fügung. Dieses Reich ist viel besser als Rom, und ich habe vor, der elfte König dieser Belagerungsperiode zu werden.«

»Dazu wirst du dich aber erst einmal mit dem fünften König abgeben müssen«, erwiderte Bink.

»Das habe ich auch vor. Meine ganze Kampftruppe ist verloren, aber deine Magie auch. Jetzt mußt du mir nach meinen Regeln begegnen, nach Mundanierart. Wenn ich dich dann erledigt habe, werde ich zu meiner Reservetruppe zurückkehren und Xanth ohne nennenswerten Widerstand erobern.«

Das Schwert kampfbereit erhoben, trat er näher.

Imbri trat ebenfalls vor. Mit einem schnellen Tritt würde sie –

»Nein«, sagte König Bink. »Das hier ist meine Verantwortung. Ich habe mir Humfreys Trickbeutel ausgeliehen; jetzt wird es langsam Zeit, daß ich meine Arbeit mal selbst erledige. Halte du dich abseits.« Er zog sein Schwert.

»Wohl gesprochen«, meinte Varsoboes unbeeindruckt. Er hielt sein Schwert lässig in der Hand; die Kampfkraft seines Gegners schien ihn nicht weiter zu beunruhigen. Schließlich war er ja auch gut gepanzert, was König Bink nicht war, und der Punier war sich seiner Kampfkunst sicher. Er war ein Mann des Krieges, während der Mann von Xanth ein erst vor kurzem bestallter König war und kein Krieger.

»Eine Kleinigkeit mußt du allerdings dabei übersehen haben«, sagte Bink, und plötzlich wirkte sein Gesichtsausdruck alles andere als liebenswürdig. »Einer der Könige, die du eliminiert hast, war zufällig mein Sohn.«

Binks Schwert funkelte, als er auf den Mundanier zuschritt.

»Ach so, dein Sohn«, erwiderte der Punier bestürzt. »Dann handelt es sich von deiner Seite her also um Blutrache.« Er schnitt eine Grimasse. »Aber wir werden sehen, inwieweit dies das mangelnde Können wettmacht.«

Nun trafen die beiden aufeinander. Varsoboes schwang sein Schwert, und Bink parierte gekonnt. »Aha, ich stelle fest, daß du dein Handwerk wohl doch gelernt hast!« sagte der Mundanier beeindruckt. Er machte eine Finte, doch der König ließ sich davon nicht täuschen und hielt seine Stellung.

Dann griff Bink an und hieb nach dem linken Arm des Puniers, an die Stelle, wo die Rüstung aufhörte. Varsoboes konterte, wurde aber dennoch getroffen. »Das erste Blut!« rief er und parierte mit einem heimtückischen Hieb, der jedoch sein Ziel verfehlte.

Binks Mangel an Panzerung erwies sich nun als Vorteil, weil er kein zusätzliches Gewicht tragen mußte und entsprechend weniger schnell ermüdete. Sein Können reichte außerdem voll aus, daß er keine Rüstung benötigte. Methodisch trieb er Varsoboes in die Enge und zwang ihn in die Defensive.

Da wich der Mundanier plötzlich zurück. »Es wird dunkel«, keuchte er. »Ich kämpfe nicht gern bei Nacht. Deshalb schlage ich einen Waffenstillstand bis zum Morgen vor.«

Imbri war beunruhigt. Der Mundanier versuchte doch nur, Zeit zu gewinnen, um neue Kräfte zu sammeln!

Bink zuckte mit den Schultern. Er kannte die Mundanier und ihre seltsamen Sitten. »Waffenstillstand bis zum Morgen«, stimmte er zu.

Imbri peitschte frustriert mit dem Schweif. Das war doch nun wirklich der blanke Wahnsinn!

Varsoboes schob sein Schwert in die Scheide und blickte sich um. »Ich habe Hunger«, sagte er. »Magst du ein paar mundanische Reiserationen gegen einen guten Grog eintauschen? Ihr Eingeborenen wißt doch, wie man freiwachsenden Saft einsammelt, ohne dabei von einem Baum einen auf die Finger zu kriegen, nicht wahr?«

»Ja«, meinte Bink.

»Das gefällt mir aber gar nicht!« sendete Imbri. »Diesem Mann darf man nicht trauen. Die Flut zieht sich gerade zurück; Ihr könntet die Nacht woanders verbringen, weitab von ihm.«

»Um dabei zu riskieren, daß ich seine Spur verliere?« fragte Bink im Traum. »Er hat immer noch eine halbe Armee oben im Norden, und wir haben keinerlei Möglichkeit sie aufzuhalten, wenn sie kompetent angeführt wird. Ich muß mich hier und jetzt mit ihrem Heerführer auseinandersetzen und darf ihn nicht entwischen lassen.«

»Ihr seid aber ehrlich, und er ist es nicht. Ihr dürft ihm nicht trauen«, drängte Imbri.

»Ich weiß, wie es um ihn steht«, erwiderte Bink sanft.

»Sprichst du gerade mit der Traummähre?« fragte Varsoboes. »Ein solches Reittier hätte ich auch gerne. Als wir sie oben im Norden eingefangen haben, wußte ich nicht, was es mit ihr auf sich hatte; aber diesen Fehler begehe ich kein zweites Mal.«

»Dieser Mann weiß ganz einfach zuviel!« sendete Imbri eindringlich. »Euer Majestät, er ist gefährlich!«

»Ich werde ein Auge auf ihn werfen«, versprach Bink. »Du kannst in der Nacht auf Schloß Roogna zurückkehren und den Damen berichten, was heute geschehen ist. Dieser Krieg ist noch lange nicht zu Ende. Wir müssen neue Kräfte sammeln, um die zweite mundanische Armee zu schlagen.«

Er war der König, sie mußte gehorchen. Von schwersten Zweifeln geplagt, entmaterialisierte Imbri und trabte über das zurückweichende Wasser in Richtung Schloß Roogna zurück. Als sie gerade davoneilte, hörte sie noch, wie Varsoboes fragte: »Wer soll denn nach dem Zentauren eigentlich König werden? Ich dachte, ihr hättet keine Magier mehr zur Verfügung. Ich frage aus rein beruflicher Neugier.«

»Das entzieht sich meiner Kenntnis«, meinte Bink. »Wenn ich am Leben bleibe, wird es keine anderen Könige geben. Wenn ich sterben sollte, werde ich es nicht mehr erfahren. Wie kommt es eigentlich, daß du so viel darüber weißt?«

Varsoboes lachte. Wenn er geantwortet haben sollte, waren

seine Worte auf die immer größer werdende Entfernung hin jedenfalls nicht mehr zu verstehen gewesen. Doch diese beiden Fragen beunruhigten auch sie: Woher wußte der Punier alles, und wer würde nach Arnolde tatsächlich König werden? Offenbar akzeptierten Xanther wie Mundanier die Prophezeiung, daß es bis zum Ende des Krieges zehn Könige geben würde. Doch wie so oft bei Prophezeiungen, war auch diese dunkel und unscharf, von einem beunruhigenden Geheimnis umhüllt und verschleiert.

XI

Zentaureneinsatz

Die Frauen im Schloß waren wach und beunruhigt. Tandy, die Frau des Ogers, war inzwischen eingezogen, weil sie anscheinend nicht gern allein blieb, während Krach das Schloß bewachte. Inzwischen war Imbri davon überzeugt, daß ein einzelner Oger nicht genügte, um eine Belagerung des Schlosses abzuwehren. Hastig projizierte Imbri einen Breitbandtraum mit einer Zusammenfassung der Tagesereignisse, damit alle informiert waren.

Irene schüttelte traurig und niedergeschlagen den Kopf. »Bink wird nicht mehr zurückkehren«, sagte sie. »Er ist einfach zu gut, das ist ein tödlicher Fehler. Ich liebe ihn wie einen Vater, aber ich kenne ihn auch. Er verfolgt immer stur sein Ziel, egal um welchen Preis. Dor hat auch etwas davon ...«

»Und Krach auch!« fügte Tandy hinzu. Sie war eine mädchenhaft kleine junge Frau, dunkelhaarig und hübsch, kaum der Typ, von dem Imbri erwartet hätte, daß er sich für einen Oger erwärmen würde.

»Sollen wir uns jetzt langsam schon auf den nächsten König vorbereiten?« fragte Königin Iris leise.

Imbri gab keine Antwort.

»Ich glaube schon«, meinte Königin Irene.

»Dann müssen wir uns wieder Imbris bedienen, um Kontakt mit den Zentauren aufzunehmen«, entschied Iris. Sie drehte sich wieder zu der Mähre um. »Bink hätte zurückkommen sollen, um hier die Dinge zu organisieren. Aber da er es nicht getan hat, müssen wir Frauen eben tun, was wir können. Wenn ein Zentaur schon unser nächster König werden soll, müssen die Leute auf der Zentaureninsel informiert werden. Sie haben sich bisher geweigert, aktiv an diesem Feldzug teilzunehmen – närrischerweise, wie ich meine. Vielleicht werden sie ihren eigenen König ja auf eine Weise unterstützen, wie sie es für den Menschenkönig nicht getan haben.« Sie klang verbittert.

»Nicht unbedingt«, meinte Irene. »Immerhin haben sie etwas gegen magische Talente bei bewußten Lebewesen. Als Arnoldes Talent ruchbar wurde, haben sie ihn verbannt. Es ist durchaus denkbar, daß sie ihn noch schlimmer behandeln werden als jeden Menschen.«

»Einen Zentauren mit Magie haben sie zwar ins Exil geschickt, aber ein Zentaurenkönig von Xanth wäre doch schon etwas anderes. Wenn wir ihnen die Lage deutlich genug schildern, werden sie schon mitmachen. Wir wissen ja, daß sie bereits organisiert und einsatzbereit sind, sie brauchen also nur loszumarschieren.«

»Was heißt hier deutlich genug?« fragte Imbri.

»Wir müssen ihnen nur klarmachen, daß sie, falls sie uns nicht mit all unseren vermeintlichen Fehlern unterstützen, es mit unseren Nachfolgern, den Puniern, zu tun bekommen werden. Die Mundanier haben ihnen in früheren Zeiten schon mal böse zugesetzt. Ich glaube kaum, daß ihnen die Aussicht auf eine Wiederholung solcher Ereignisse besonders zusagen wird.«

»Ich mache mich gleich auf den Weg und sage ihnen noch heute nacht Bescheid«, sendete Imbri.

Da galoppierte sie auch schon davon. Sie machte sich zwar Sorgen wegen König Bink, aber sie wußte, daß er sie vor dem nächsten Morgen nicht wiedersehen wollte; sein seltsames Ehrgefühl verlangte es, daß er seinen Kampf ohne fremde Hilfe gewann oder verlor . . .

Als sie am Schloß des Zombiemeisters vorbeikam, schwenkte

sie, einem Impuls folgend, darauf zu. Millie das Gespenst und ihre beiden Kinder würden allein im Schloß sein und noch gar nichts davon wissen, daß der Zombiemeister verzaubert worden war. Sie mußte es ihnen unbedingt kurz mitteilen, auch wenn sie daran nicht allzu viel ändern konnte.

Im Hauptsaal saß Millie und las im schummrigen Licht einer magischen Laterne den Kindern etwas aus einem Buch mit dem Titel *Mundanische Schauergeschichten* vor. Als Imbri eintrat, hoben alle den Blick.

»Imbri!« rief Millie erfreut.

»Ich wollte nur sichergehen, daß ihr wißt...«

»Wir wissen es bereits«, erwiderte Millie. »Es hat uns zwar keiner mitgeteilt, aber als Chamäleon uns verließ, wußten wir, daß auch wir bald an der Reihe sein würden. Die Kette ist noch nicht gesprengt worden.«

»Du nimmst es ja recht tapfer auf«, meinte Imbri.

»Weißt du, ich war achthundert Jahre lang ein Gespenst, und Jonathan war ein Zombie«, erklärte Millie. »Wir haben sehr viel Erfahrung mit dem Tod sammeln können, und wir haben auch gelernt, geduldig zu sein. Jonathan ist noch nicht als Zombie zurückgekehrt, daher weiß ich auch, daß er nicht wirklich tot ist. Wenn die Kette durchbrochen worden ist, wird er schon zurückkommen.«

»Bink ist jetzt König, und nach ihm soll Arnolde Zentaur das Amt übernehmen. Danach wird es möglicherweise noch vier weitere Könige geben, bevor die Kette endlich abreißt – aber wir wissen nicht, wer diese Könige sein sollen, denn Xanth hat keine weiteren Magier mehr.«

»Wißt ihr denn schon, wer die Könige verzaubert hat?« wollte Millie erfahren.

»Der Reitersmann. König Humfrey hat ihn identifiziert, bevor er... Der Punier Varsoboes hat die Sache im Prinzip bestätigt.«

»Ist der Reitersmann ein Magier?«

Das ließ Imbri entsetzt innehalten. »Wenn er ein Magier sein sollte, könnte er ja Anspruch auf den Thron von Xanth erheben!«

»Daran dachte ich eben«, entgegnete Millie. »Erst hilft er den

Mundaniern, Xanth zu erobern, und dann beseitigt er als letzter Magier den Thron und bildet somit das letzte Glied der Kette. Nach dem Gesetz von Xanth müßten wir ihn sogar anerkennen.«

»Das wäre ja entsetzlich!« projizierte Imbri. »Zunächst stachelt er uns an, daß wir gegen die Mundanier kämpfen; und wenn er erst selbst König geworden ist, wird er die Mundanier verzaubern, damit sie ihm nichts anhaben können. Er spielt also möglicherweise beide Seiten gegeneinander aus, um am Ende selbst die Macht an sich zu reißen. Warnung vor dem Reitersmann – die Kette führt zu ihm!«

»Es sei denn, es gelingt uns, sie vorher zu sprengen«, erwiderte Millie. Sie drückte ihre beiden Kinder an sich, um zu verhindern, daß sie sich zu sehr ängstigten.

»Ich bin unterwegs zur Zentaureninsel, um dort um Unterstützung für Arnolde zu bitten«, sendete Imbri. »Er wird ja bald König werden, und diese Überlegungen werden die Zentauren vielleicht überzeugen.«

»Hoffen wir das Beste«, sagte Millie. »Laß dich von mir nicht aufhalten, Imbri, dazu ist die Sache zu wichtig. Aber ich danke dir recht herzlich dafür, daß du vorbeigekommen bist.«

Die Zentauren auf der Insel schliefen zum größten Teil. Imbri mußte ihren Anführer möglichst schnell ausfindig machen, und so projizierte sie dem ersten Schlafenden, den sie erblickte, einen Traum. Es war eine Zentaurin mittleren Alters.

»Wer ist euer Anführer?«

»Das weiß doch jeder«, erwiderte die Zentaurin. »Gerome, der Älteste der Insel.«

»Danke schön.«

»Seit wann bedanken Träume sich?«

»Im Traum ist alles möglich.«

Nun setzte Imbri ihren Träumerorientierungssinn ein und fand Gerome sofort. Dieser Zentaur war schon alt, und sein Haar und Fell waren bereits leicht angegraut. Sorgfältig strukturierte sie ihren Traum und projizierte ihn.

In diesem Traum war sie eine dunkle Zentaurin mittleren

Alters. »Ältester Gerome, ich bringe wichtige Nachricht.«

»Ah, du bist wahrscheinlich die Nachtmähre von Schloß Roogna«, sagte er ohne besondere Anzeichen von Überraschung. »Wir haben dich schon erwartet.«

Anscheinend besaß die Zentaurengemeinschaft ihre eigenen Informationsquellen. Zentauren setzen Magie durchaus ein, nur bei sich selbst akzeptieren sie sie nicht. Zentauren, die magisches Talent entwickelten, wurden verbannt, und alle Zentauren, die um Schloß Roogna lebten, waren auf der Insel alles andere als willkommen. Und doch stellte die Insel das eigentliche Bollwerk dieser Rasse dar, und nur von hier konnte wirkliche Hilfe kommen. »Wißt ihr dann auch, daß Xanth von der Nächstwelle der Mundanier angegriffen wird?«

»Selbstverständlich.«

»Und daß einer von den Menschen, den man den Reitersmann nennt, unseren Königen Trent, Dor, dem Zombiemeister, Humfrey und möglicherweise auch Bink den Geist geraubt hat?«

»Bink?«

»Das ist ein Menschenmagier, dessen Talent bis vor kurzem verborgen geblieben ist.«

»Dann hat die Sache wohl ihre Ordnung.«

»Aber nach ihm muß Arnolde Zentaur König von Xanth werden.«

»Das ist nun wirklich problematisch«, meinte Gerome. »Wir dulden es nicht, daß –«

»Wenn wir die Nächstwelle nicht aufhalten, wird sie uns erobern, genau wie es die Wellen der Vergangenheit auch getan haben. Ihr Zentauren wißt doch wohl noch, wie das ist, wenn eine neue Welle in Xanth die Macht ergreift!«

Gerome seufzte. »Allerdings! Besser, die Obszönität in Kauf zu nehmen, die wir bereits kennen, als die Obszönität, die wir erst noch kennenlernen müssen. Also gut, wir werden Arnolde behandeln wie einen Menschenkönig, und wir werden seinem Ruf folgen, sobald er uns erreicht.«

»Die Mundanier könnten Schloß Roogna aber bereits überrannt haben, bevor eure Streitmacht zur Verteidigung eingetroffen ist«, bemerkte Imbri. »Es wäre wesentlich besser, wenn ihr euch schon jetzt auf den Weg zu Schloß Roogna machtet, um auch dort zu sein, wenn man euch braucht.«

Gerome schüttelte den Kopf. »Das gefällt uns zwar gar nicht, aber ich muß zugeben, daß dieser Vorschlag etwas für sich hat. Wir brauchen zwei Tage, um in der Nähe von Schloß Roogna anzulegen, und einen weiteren halben Tag, um landeinwärts zu marschieren. Können eure Kräfte die Welle solange abhalten?«

»Wahrscheinlich«, erwiderte Imbri im Traum. »Die Hälfte der mundanischen Armee ist bereits vernichtet worden. Die andere Hälfte dürfte zwei oder sogar drei Tage brauchen, um bis Schloß Roogna vorzustoßen.«

»Sehr gut, dann könnt ihr von unserer Schutzgarantie ausgehen. Aber die Sache hat ihren Preis.«

»Welchen Preis?«

»Wir haben hier bereits eine *de-facto*-Regionalautonomie. Wir verlangen, daß sie von der Regierung Xanths per sofort und auf alle Zeiten formal anerkannt wird.«

»Wenn Arnolde König wird, wird er euch das bestimmt gewähren.«

»Dafür solltest du sorgen«, meinte Gerome streng.

Das war es auch schon. Zentauren unterlagen einem strengen Ehrenkodex, und sie wußte, daß Gerome Wort halten würde. Imbri zog sich aus dem Traum des Ältesten zurück, um ihn in Frieden weiterschlafen zu lassen. Aber sie hinterließ einen sauberen Hufabdruck auf seiner Türschwelle, damit er sich nach dem Aufwachen auch wieder an sie erinnerte.

Wieder auf Schloß Roogna angekommen, erstattete sie Bericht. »Sie schicken uns Truppen, aber sie verlangen Autonomie.«

»Das können wir nicht entscheiden«, sagte Königin Irene. Sie hielt Wache, während ihre Mutter schlief, und wartete auf Chamäleons Rückkehr. »Das kann nur der König.«

»Es wird sowieso Zeit, daß ich wieder zu König Bink trabe«, sendete Imbri. Sofern er noch lebt, dachte sie nervös bei sich.

»Ja. Er ist der Vater meines Mannes«, sagte Irene. »Bring ihn auf jeden Fall hierher, egal in welchem Zustand er sich befinden mag.« In den letzten paar Tagen war sie rapide gealtert und glich inzwischen eher ihrer Mutter. Sie hatte tiefschwarze Ringe unter den Augen, und ihr Gesicht wies einige frische Falten auf.

Imbri war müde, hatte aber keine Zeit, sich auszuruhen. Sie verließ das Schloß und trabte zum Baobabbaum.

König Bink war natürlich nicht mehr da, denn er hatte den Baum ja schon während der Sturmflut verlassen. Jetzt waren hier nur noch Mundanierleichen, Waldreste, trocknende Schlammschichten und vereinzelte Flaschen zu sehen. Imbri überprüfte eines der Fläschchen, doch es war geöffnet und leer. Sein Inhalt war wohl zum Opfer der Fluten geworden. Das Wasser war zwar versickert, doch es würde noch lange dauern, bis sich die Gegend wieder erholt hatte.

Nun stieg sie die kleine Anhöhe empor zu dem Vorsprung, der noch gestern abend zur Insel geworden war. Sie fand die Überreste eines Lagerfeuers, zwei leere T-Tassen von einem T-Baum und Töpfe von einer Topfpflanze. Bink und Varsoboes hatten also zusammen gespeist. Doch was war dann geschehen?

Imbri suchte die Stelle nach Fußspuren ab, schnüffelte, horchte. Sie hatte empfindliche Pferdesinne und entdeckte so etwas wie eine Fährte.

König Bink hatte einen Kissenstrauch ausfindig gemacht und dort geschlafen. Doch auch die Spuren von Varsoboes führten zu derselben Stelle. Sie waren frischer, also war er erst später dorthin gegangen. Die Fährte sah nicht aus wie die eines Mannes, der in aller Offenheit dahergekommen war, dazu waren die Spuren an den Zehen zu tief eingedrückt und hatten zu wenig Sand aufgewühlt. Er hatte sich also angeschlichen.

Ein heimlicher Überfall bei Nacht, noch vor dem Morgengrauen. Beide Männer verschwunden. Das gefiel Imbri gar nicht. Hatte der punische Heeresführer etwa hinterrücks . . .?

Doch es war kein Blut zu sehen. Kein Anzeichen von Gewaltanwendung. Varsoboes hatte sich angeschlichen – aber Bink war ihm nicht zum Opfer gefallen. Er hatte sein Bett schon vorher verlassen, hatte möglicherweise eine Attrappe von sich zurückgelassen.

Varsoboes hatte also einen verräterischen Anschlag vorgehabt, aber Bink war ihm zuvorgekommen. Der König war tatsächlich wachsam geblieben und hatte um das Wesen seines Gegners gewußt. Imbri war erleichtert. Aber was war danach geschehen?

Sie suchte und entdeckte schließlich zwei Fährten in der Nacht. Bink, der Varsoboes gefolgt war. Der Geschädigte, der den Schuldigen verfolgte. Das Waffenstillstandsabkommen war einseitig verletzt worden, was dem König die Last abnahm, sein Vertrauen noch weiterhin zu vergeuden, und nun war der Kampf wieder aufs neue entbrannt, und zwar auf Leben und Tod. Bink hatte sich im offenen Kampf als der Stärkere erwiesen, sich aber aus ethischen Gründen gezügelt, ohne jedoch dabei naiv zu sein. Varsoboes hatte die Sache sowohl taktisch als auch ethisch verpatzt und konnte nun auf keine Schonung mehr hoffen.

Imbri folgte der Fährte nur unter Mühe, und sie wußte, daß sie kostbare Zeit verlor. Bink und Varsoboes hatten sich in der Stunde vor Einsetzen der Morgendämmerung anscheinend sehr schnell von der Stelle bewegt, während Imbri nur langsam vorankam, weil sie die Witterung nicht verlieren durfte. Das Gelände war für eine Verfolgung auch nicht besonders gut geeignet, denn es war abwechselnd felsig und moorig, und die Spuren von umherschweifenden, nach Beute suchenden Tieren verdeckten die Fährte der Menschen mehr als einmal.

Da erblickte sie etwas seitlich von der Fährte in einer Mulde. Sie machte einen Abstecher, um es zu untersuchen. Es war eine verkorkte Phiole, die ein gelbliches Etwas enthielt, das sowohl ein Dampf als auch eine Flüssigkeit hätte sein können. Einer der Zauber des Magiers Humfrey, der von der Flut unversehrt an diese Stelle gespült worden war. Was sollte sie mit ihm machen? Sie wollte ihn nicht zurücklassen, aber als einzige Alternative bot sich nur an, die Phiole im Maul mit sich zu tragen. Das war lästig und nicht ganz ungefährlich, vor allem dann, wenn sie aus Versehen darauf beißen und das Glas zerbrechen sollte. Was, wenn es ein Flaschengeist war? Andererseits steckte Xanth voller Gefahren, und es konnte gut sein, daß sie die Hilfe eines Zaubers einmal sehr benötigen würde. Also hob sie die Phiole auf und nahm sie vorsichtig zwischen die Lippen.

Die Fährte schien kein Ende finden zu wollen. Stunden vergingen, und immer weiter führte sie gen Norden. Imbri gelangte zu einer Überzeugung: Varsoboes hatte fliehen wollen, nachdem er hatte feststellen müssen, daß König Bink ihm überlegen war. Der Punier versuchte, bis zu seiner zweiten Armee vorzustoßen, die in der Zwischenzeit von dem Reitersmann befehligt wurde, um mit ihr einen weiteren und noch viel vernichtenderen Vorstoß gegen Schloß Roogna zu unternehmen. Die erste Armee hatte den Widerstand gebrochen, die zweite würde die Eroberung vollenden.

Da hörte sie ein Zischen. Eine fliegende Schlange fühlte sich von Imbri in ihrem Revieranspruch verletzt. Sie gehörte zu der flügellosen Art, die sich mit reiner Magie in die Lüfte hob und sich durch die unsichtbaren Säulen der Luft schlängelte. Es war eine große Schlange, etwa zweimal so lang wie Imbri, und an ihren Fängen glitzerte giftiger Speichel. Doch sie konnte ihr Revier nicht umgehen, ohne die Fährte zu verlieren und wertvolle Zeit zu vergeuden.

Imbri zögerte, doch die Schlange tat das genaue Gegenteil. Sie zischte und schoß mit geiferndem Maul auf die Mähre zu. Unwillkürlich bleckte Imbri die Zähne, bereit für den Kampf – und zerbrach dabei unversehens die Phiole, die sie schon wieder ganz vergessen hatte. Sofort spuckte sie sie aus, doch ein Tropfen der Flüssigkeit benetzte ihre Zunge. Das Zeug war gar nicht gelb, das war nur die Farbe des Glases gewesen, und es war nicht nur farb- sondern auch geschmacklos. Schlichtes Wasser?

Da schlug die Schlange zu und grub ihre spitzen Fänge in Imbris Hals. Eine Katastrophe! Imbri spürte, wie das Gift sie zu lähmen begann und sich viel schneller über ihren Körper verteilte, als es beim Biß der Luftschlange der Fall gewesen war. Diese Schlange hier war größer und tödlicher. Wie sie Schlangen doch haßte!

Imbri riß den Kopf herum und hob einen Vorderhuf, um die Schlange zu Boden zu treten. Das Reptil zischte und schoß erneut auf sie zu, doch da stampfte die Mähre den Schlangenkopf auch schon in den Boden und zertrampelte ihn. Das Ding war so dumm gewesen, eine Kampfmähre anzugreifen; Pferde wußten, wie man mit Schlangen umzugehen hatte. Doch wegen ihrer Übermüdung und der Ablenkung durch die zerborstene Flasche hatte Imbri zu langsam reagiert, sonst hätten die Fänge ihr Opfer bestimmt nicht erwischt.

Jetzt mußte sie die Lage aufs neue einschätzen. Sie war zwar gebissen worden, aber andererseits besaß sie genug Körpermasse, um das Gift noch vor der tödlichen Schwelle hinreichend zu verdünnen. Wenn es ein armseliger Biß gewesen sein sollte und wenn es sich vielleicht um eine nur leicht giftige Variante einer Schlangenart handelte, anstatt um eine hochgiftige, dann würde sie es überleben. Aber auf jeden Fall würde sie Schmerzen erleiden müssen und wahrscheinlich noch dazu die Fährte verlieren.

Und doch fühlte sie sich gar nicht so schlimm. Die Taubheit ließ nach und konzentrierte sich nur noch um die Bißstelle herum. Ob ihr Körper das Gift so erfolgreich abgewehrt hatte? Wie war das möglich? Sie besaß doch gar keine besondere Immunität; tatsächlich hätte ihr Zustand sich durch den ausgelösten Zauber verschlimmern müssen. Zu schade, daß der Zauber nicht die Schlange vernichtet hatte!

Der Zauber? Imbri fuhr sich mit der Zunge über die Lippen und verspürte einen leichten Nachgeschmack. Das war gar kein Angriffszauber gewesen, sondern Heilelixier! Kein Wunder, daß sie nicht unter dem Schlangenbiß zu leiden hatte! Sie war zufällig auf das Elixier gestoßen, auf das einzige Mittel, das den Schlangenbiß neutralisieren und ihre schwindende Energie erneuern konnte. Sie hatte das Glück von König Bink gehabt!

Glück? In Binks Fall war das gar kein Glück, sondern sein magisches Talent. Sie wußte nun, daß es auf recht verzwickte und scheinbar verworrene Weise funktioniert hatte, um in früheren Jahren einer Entdeckung zu entgehen und seine Anonymität zu wahren. Es konnte gar nicht nur auf seinen persönlichen Erlebnisbereich beschränkt bleiben, denn es mußte jede Art von Magie betreffen, die ihn indirekt bedrohte. Was, wenn er nun in Schwierigkeiten gewesen wäre, für die man die Magie verantwortlich machen konnte – wie hätte sein

Talent diese Gefahr durch scheinbare Zufälle dann wohl gebannt?

Es hätte beispielsweise dafür sorgen können, daß die Phiole mit dem Elixier in die Nähe dieser Stelle gespült wurde, damit er sie rechtzeitig entdeckte, nachdem die Schlange ihn angegriffen hatte. Doch die Schlange hatte ihn nicht angegriffen, denn das hatte sein Talent schon auf direkte Weise verhindert. Wozu dann aber das unbenutzte Elixier?

Vielleicht geschah dies alles auch auf einer noch viel subtileren Ebene. Bink wurde von einem Mundanier bedroht – doch in der magischen Umwelt Xanths *mußte* Varsoboes einfach von der Magie profitieren, und wenn es nur wenig war, weil niemand dies hierzulande vermeiden konnte. Also war die Bedrohung auf indirekte Weise auch magischer Natur, weshalb sein Talent ihn auch davor schützen mußte. Dies freilich wiederum auf höchst indirekte, subtile Weise, weil es sich ja um einen Grenzfall handelte.

Sein Talent hatte es vielleicht so eingerichtet, daß er jemanden hatte, der ihm im richtigen Augenblick Hilfe brachte, um ihn vor dem Mundanier zu beschützen. Möglicherweise benötigte er das Heilelixier, weil Varsoboes ihm eine Wunde zugefügt hatte, weshalb es jetzt auch hier lag. Imbri war selbst zum Werkzeug der Magie des Königs geworden, und sie wurde insgeheim von eben dieser Magie beschützt, damit sie ihre Mission erfüllen konnte.

Sie überprüfte den Boden. Durch einen merkwürdigen Zufall war der untere Teil der Phiole aufrecht ins Gras gefallen und enthielt noch immer etwas von der Flüssigkeit.

Zufall?

Imbri fand auch den Korken und setzte ihn behutsam in den zerschlagenen Hals der Flasche, um ihn dann sanft mit der Nase festzudrücken. Der Korken paßte wie angegossen und versiegelte das kostbare Naß. Zwar enthielt die zerstörte Phiole nur noch wenige Tropfen davon, doch das würde für ihre Zwecke auf jeden Fall genügen. Imbri hatte, was König Bink brauchte.

Sie schritt weiter, wobei sie die Phiole vorsichtig im Maul trug. Jetzt war sie schon etwas zuversichtlicher. Sie kam schneller voran, und die Fährte wurde immer frischer. Dennoch hatte sie noch einen beträchtlichen Vorsprung aufzuholen.

Als sie die Spaltenschlucht erreichte, war es bereits einige Zeit nach Mittag. Hier änderte sich die Fährte plötzlich: Es waren Zeichen eines Kampfes zu sehen, Blut war in den Boden gesickert, doch es waren keine Menschen da.

Sie schnüffelte, suchte herum und kam zu einem Schluß: Varsoboes hatte, was ja auch begreiflich war, die Spalte vergessen, das taten schließlich die meisten Leute. Plötzlich war er in seiner Flucht gebremst worden, und König Bink hatte ihn eingeholt. Es war zu einem verzweifelten Kampf gekommen, in dem einer von ihnen verwundet wurde – und in die Spaltenschlucht gestürzt war.

Besorgt schnüffelte sie in immer weiteren Spiralen die Umgebung ab, da die Schlucht hier zu tief war, als daß man ein unten liegendes Opfer hätte ausmachen können, immer vorausgesetzt, daß der Spaltendrache die Überreste nicht inzwischen schon säuberlich beseitigt hatte. Welcher der beiden Männer hatte den Kampf nun überlebt? Ihrer neuen Theorie der Magie zufolge hätte es der König sein müssen – aber sie war sich nicht sicher, ob diese Theorie wirklich stimmte. Da entdeckte sie wieder eine Fährte, die von der Spalte fortführte. Welch Freude! Sie roch nach Bink! Sie war zwar blutig, und die Abdrücke waren tief eingedrückt und verwischt, aber der König hatte den Kampf schließlich gewonnen. Er war der einzige Überlebende dieser Begegnung mit der Eroberungswelle.

Sie folgte der Spur nach Westen. Bink mußte zur unsichtbaren Brücke gegangen sein, um von dort den magischen Pfad zu nehmen, der zu Schloß Roogna führte. Dieser Pfad war gegen Ungeheuer verzaubert worden, ein Schutz, den Bink wohl nicht gebraucht hätte, aber einem Pfad konnte man nun einmal leichter folgen, als einfach querfeldein durch die Wildnis zu gehen, vor allem dann, wenn man müde und verwundet war.

Imbri beschleunigte ihr Tempo und achtete nicht mehr auf alle Einzelheiten der Fährte, denn jetzt wußte sie ja, wohin sie mußte. Nun würde alles wieder gut werden; sie würde Bink das Heilelixier verabreichen, und der würde dann mit Hilfe der Zentauren die nächste Auseinandersetzung mit der zweiten mundanischen Armee schon gewinnen. Die Zentauren waren ausgezeichnete Bogenschützen; wenn die sich am Südrand der Spalte aufstellten, würden die Mundanier niemals auf die andere Seite gelangen!

Als sie sich, es war in der letzten Stunde des Tages, der unsichtbaren Brücke näherte, erblickte sie eine Gestalt: Es war der König, der am Boden saß und sich ausruhte. Sie wieherte ihm eine Begrüßung entgegen.

Doch als sie nähergekommen war, verwandelte sich ihre Freude in Grauen. Bink saß reglos da, starrte auf den Boden, und um ihn herum war eine Blutlache, die von einer Wunde in seiner Brust gespeist wurde. War er etwa tot?

Schnell zerbiß sie den Phiolenrest und schmierte mit der Nase das tropfende Elixier auf die Wunde. Sofort heilte der Riß und wurde wieder gesund, und der König nahm wieder eine gesunde Gesichtsfarbe an. Doch noch immer reagierte er nicht auf Imbri, und als sie ihm einen kleinen Traum schickte, mußte sie feststellen, daß sein Geist völlig leer war.

»Aber Euch kann das doch gar nicht passieren!« jammerte sie protestierend im Traum und nahm darin die Gestalt einer Trauerweide an. »Ihr seid doch der einzige Mensch, dem die Magie nichts anhaben kann!«

Und doch wiesen die Tatsachen auf das genaue Gegenteil hin. König Bink hatte den einen Gegner mit dem Schwert besiegt, nur um zum Opfer der Magie des anderen zu werden. Am Ende hatte der Reitersmann ihn doch noch ausgeschaltet.

Es war bereits Nacht, als sie mit Bink, den sie über ihren Rücken geworfen hatte, auf Schloß Roogna eintraf. Ein Mensch konnte zwar ein bewußtloses Pferd besteigen, aber es war etwas ganz anderes für ein Pferd, einen bewußtlosen Menschen zum Aufsteigen zu bringen.

Arnolde und Chamäleon waren glücklicherweise vor einer Stunde eingetroffen. Das Tagpferd war am Rande der Spaltenschlucht zurückgeblieben, weil es der Einbahnbrücke nicht getraut hatte, und so war Chamäleon den Rest des Weges auf Arnolde weitergeritten.

»Der Einbahnbrücke?« fragte Imbri erstaunt in einem Träumchen. »Die führt doch nur nach Norden, wie konntet ihr sie denn dann in Richtung Süden benutzen?«

»Wir mußten«, erklärte Arnolde. »Wir wußten ja, daß die Hauptbrücke zerstört ist.«

Die Antwort war ganz einfach: Königin Iris hatte sie mit Hilfe eines illusorischen magischen Spiegels kommen sehen und ihnen den alten Soldaten Crombie mit seiner zu Besuch weilenden Tochter Tandy entgegengeschickt, um sie zu empfangen. Tandys Mann der Oger hatte sich zwar erboten, die beiden einfach über die Spalte zu schleudern, doch diesen hilfreichen und gutgemeinten Ratschlag hatten sie dadurch abgewehrt, daß sie ihn darauf hinwiesen, daß er ja Schloß Roogna vor einem Überraschungsangriff schützen müsse. Tandy war als erste hinübergegangen und hatte die Brücke unmittelbar vor sich dadurch wirklich gemacht und war direkt vor der Nordverankerung stehengeblieben. Crombie hatte sich dagegen am Südende aufgestellt, wodurch die Brücke zwischen ihm und seiner Tochter wirklich blieb, worauf Arnolde und Chamäleon dann über die derart befestigte Brücke geschritten waren. Wäre Grundy bei ihnen gewesen, hätte der Golem sie mit Hilfe des fliegenden Teppichs auf die andere Seite befördern können, doch der war schon lange vorher zum Schloß des Guten Magiers zurückgekehrt, um dort Wache zu halten, bis die Gorgone mit ihrer Schwester, der Sirene, zurückkehrte. Tatsächlich, erklärte Arnolde, hätte er kaum sein Gewicht einem Teppich anvertraut, der für menschliche Maßstäbe zugeschnitten war. Sobald die Reisenden die Brücke überquert hatten, waren Crombie und Tandy auf ihren jeweiligen Seiten an Land gesprungen. Tandy wollte danach zur unsichtbaren Brücke gehen, um diese zu überqueren und am Abend wieder auf Schloß Roogna einzutreffen.

»Aber Xanth bei Nacht ist doch gefährlich!« protestierte Imbri.

»Ach, sie ist die Frau eines Ogers, und der Pfad ist verzaubert. Nicht einmal ein Gewirrbaum würde es ohne weiteres wagen, sie zu belästigen«, meinte Königin Iris etwas grimmig.

Aber das war kaum eine wirkliche Beruhigung. König Bink

war der Verzauberung zum Opfer gefallen, und Xanth besaß einen neuen König. Chamäleon hatte nun sowohl einen Sohn als auch einen Mann zu beklagen. Welch ein Leid dieser Reitersmann in seiner Machtgier über Xanth gebracht hatte!

»Leider kommt diese Entwicklung nicht gänzlich überraschend«, bemerkte Arnolde auf seine etwas pedantische Weise, als Königin Iris das Thema der Krone zur Sprache brachte. »Als Archivar bin ich mit dem Protokoll vertraut. Xanth braucht einen Magierkönig, und es wird nirgendwo verlangt, daß es ein Mensch sein muß.«

»Es kann auch ein Zentaur sein«, pflichtete Königin Iris ihm bei. »Die Väter des xanthischen Grundgesetzes haben wohl nicht mit einem Zentaurenmagier gerechnet.«

»Wahrscheinlich nicht«, meinte Arnolde. »Möglicherweise haben sie auch nicht mit dem Unheil gerechnet, welches der Reitersmann jetzt über das Land gebracht hat. Aber ich wollte eigentlich auf etwas anderes hinaus. Wo befindet sich der Ältestenrat der Menschen Xanths?«

»Roland ist hier im Schloß«, teilte Königin Iris ihm mit. »Das ist Binks Vater, Dors Großvater. Er ist zwar alt und gebrechlich, doch sein Geist ist nach wie vor klar. Er mußte sein Heim im Norddorf verlassen, als die Mundanier es gebrandschatzt haben. Ich bin sicher, daß er auch für die Ältesten sprechen kann, denn er gehört zu ihrem Rat.«

»Ich muß ihn sofort sprechen.«

Sie brachten Roland herbei, denn der König hatte gesprochen. Roland war so alt wie König Trent, noch immer stämmig und aufrecht, aber das Alter hatte ihn in seiner Beweglichkeit und in seiner Sicht beeinträchtigt. Während der relativ friedlichen und ruhigen Regierungszeit Trents hatte der Ältestenrat nur wenig zu tun gehabt und hatte eine eher zeremonielle Funktion bekommen. Doch Roland war noch immer im vollen Besitz seiner magischen Kräfte; sein Talent bestand darin, Leute zu lähmen.

»Roland, ich möchte einige Kommentare zu gewissen Punkten des xanthischen Gesetzes abgeben«, sagte Arnolde. »Und es wäre mir lieb, wenn Ihr diese mittragen würdet.«

»Gesetzeskommentare!« schnaubte Königin Iris. »Warum

vergeudet Ihr Eure Zeit mit solch einem bürokratischen Unfug, wenn Xanth sich in der größten Krise seiner Geschichte befindet und jederzeit dem Feind zum Opfer fallen kann?«

Arnolde blickte sie wortlos an und wedelte duldsam mit seinem Schweif.

». . . äh, Euer Majestät«, fügte sie verlegen hinzu. »Ich bitte um Vergebung für meinen unschicklichen Temperamentsausbruch.«

»Ihr werdet Eure Antwort schon zu gegebener Zeit bekommen«, erwiderte der Zentaurenkönig sanft. »Roland?«

Die Augen des alten Mannes begannen zu funkeln. Das klang ja nach einer richtigen Herausforderung! »Wie lautet Euer Kommentar, König Arnolde?«

Imbri bemerkte, wie peinlich genau die beiden Männer auf Titel und Anredeformen achteten, um auf diese Weise die Macht und die Kontinuität des Königtums zu unterstreichen, das für das Überleben Xanths so lebenswichtig war.

»Xanth braucht einen König, der ein Magier ist«, sagte der Zentaur. »Die Definition der Bezeichnung ›Magier‹ ist jedoch ziemlich unscharf; ich interpretiere ›Magier‹ als eine Person, deren magisches Talent in gewissem Umfang größer ist als das der meisten Leute. Das ist natürlich eine relative Angelegenheit; wenn die allerstärksten Talente nicht mehr vorhanden sind, muß das stärkste verbliebene Talent diese Bezeichnung verdienen.«

»Einverstanden«, sagte Roland.

»Unter den gegenwärtigen Umständen wäre also Euer Talent das nächste –«

»O nein, das werdet Ihr nicht tun!« protestierte Roland heftig. »Ich sehe zwar die Notwendigkeit und den Handlungsbedarf ein, neuen Talenten den Magierstatus zuzusprechen, um die Thronfolge zu gewährleisten, und diese Lösung werde ich auch unterstützen. Aber ich bin viel zu alt dafür, um die schwere Bürde des Königsamts noch verkraften zu können!«

Wie klug und raffiniert! dachte Imbri. Natürlich würde Xanth mit Hilfe dieser Lösung seine nächsten Könige bekommen! Wie weitsichtig und klug Arnolde doch war, und wie gut er diese Krise meisterte! Es war wirklich von allergrößter Wichtigkeit, daß jemand zum Nachfolger Arnoldes bestimmt wurde, da Humfreys Prophezeiung zufolge vier weitere Könige auf den Zentauren folgen würden. Wenn Arnolde sein Amt verlieren sollte, bevor er dieses Problem gelöst hatte, würde es ein totales Chaos geben.

»Nun, dann betrachten wir doch einmal die Talente der jüngeren Leute. Irene, zum Beispiel, sollte nun als Zauberin eingestuft werden, da ihre Magie weit über den Durchschnitt hinausragt und unsere Spitzentalente von der Bildfläche verschwunden sind.«

»Das ist richtig«, meinte Roland. »Ich habe selbst schon immer insgeheim die Meinung vertreten, daß man sie zur Zauberin erklären sollte; und im Augenblick qualifiziert ihr relatives Talent sie mit Sicherheit dafür. Doch wird dies dem Königreich und dem Thron keinen Gewinn bescheren, da sie eine Frau ist.«

Königin Irene befand sich oben mit Chamäleon bei ihren unglücklichen Ehemännern. Sonst hätte sie sich für die Wendung, die das Gespräch genommen hatte, mit Sicherheit sehr interessiert, das wußte Imbri. Königin Iris reagierte jedoch mit erfreuter Überraschung.

»Inwieweit ist die Macht einer Zauberin der eines Magiers unterlegen?« fragte Arnolde rhetorisch.

»Überhaupt nicht!« warf Königin Iris ein. Das war schon seit Jahrzehnten ihr wunder Punkt.

»Überhaupt nicht«, wiederholte Roland lächelnd.

»Dann stimmen wir also dahingehend überein, daß der Unterschied ein rein formaler, ja kosmetischer ist«, fuhr Arnolde fort. »Eine Zauberin ist also *de facto* ein weiblicher Magier.«

»Korrekt«, gab Roland zu. »Ein Magier. Die Terminologie ist eigentlich in sich unerheblich, denn sie dokumentiert nur ein uraltes Vorurteil.«

»Ein Vorurteil«, sagte König Arnolde. »*Da* haben wir nun ein wirklich problematisches Konzept vor uns! Meine Rasse hegt Vorurteile gegen bestimmte Formen der Magie, das mußte ich am eigenen Leibe erfahren. Eure Rasse hegt Vorurteile gegenüber Frauen.«

»Keineswegs!« widersprach Roland. »Wir schätzen und respektieren unsere Frauen.«

»Und doch diskriminiert Ihr sie systematisch.«

»Das tun wir keines-«

»Und ob!« sagte Iris leise aber heftig.

»Ich bin also eines anderen belehrt worden«, sagte der Zentaur mit einem rätselhaften Lächeln. »Es gibt in der Gesetzsprechung Xanths keinen rechtlichen Unterschied zwischen den menschlichen Geschlechtern.«

»Na ja...«, sagte Roland. Er schien etwas begriffen zu haben, was Imbri und die Königin noch nicht verstanden.

»Dann seht Ihr also keinen Grund dafür«, fuhr Arnolde fort, »weshalb eine Frau, sollte sie den notwendigen Anforderungen ansonsten entsprechen, nicht den Thron von Xanth besteigen sollte?«

Königin Iris blieb die Luft weg. Imbri, die endlich merkte, worauf der Zentaur hinauswollte, ließ ein Träumchen los, in dem eine Kirschbombe der Erkenntnis explodierte. Welch ein kühner, raffinierter Angang des Problems!

Roland blinzelte den Zentauren von unten her an. Fast hätte er gekichert. »Ihr seid doch mit Sicherheit darüber informiert, daß der Thron von Xanth nach altem Brauch Königen vorbehalten ist?«

»Dessen bin ich mir sehr wohl bewußt. Doch spricht dieser Brauch auch davon, daß der Begriff ›König‹ unbedingt eine männliche Bedeutung haben muß?«

»Eine derartige Definition ist mir nicht bekannt«, erwiderte Roland. »Ich nehme an, daß der Gewohnheitsbrauch den Begriff nur aus Gründen der Praktikabilität als männlich betrachtet, ohne daß sich daraus etwaige Wertungen ableiten ließen. Ich vermute, daß eine Frau, sollte sie ansonsten die erforderlichen Qualifikationen nachweisen, rein technisch gesehen König werden könnte.«

»Ich bin hocherfreut, daß sich Eure Ansicht mit der meinen deckt«, sagte Arnolde. Beide Männer wußten genau, daß sie gerade eine raffinierte Haarspalterei betrieben hatten, weil die Krise Xanths danach verlangte. »Das Einverständnis der Ältesten voraussetzend, bestimme ich also kraft meines Amtes und als König von Xanth, daß hinfort die Sukzession dieses besagten Amtes sowohl männlichen als auch weiblichen Magiern vorbehalten bleiben soll.« Der Zentaur drehte den Kopf zur Seite, um Königin Iris durch seine Brillengläser zu mustern. »Insonderheit verfüge ich hiermit, daß Magier Iris meine Nachfolge antreten, und daß ihre Tochter, Magier Irene, auf erwähnte Magier Iris folgen soll, sollte es noch vor Beendigung der gegenwärtigen Krise erforderlich werden, daß weitere Könige von Xanth gekrönt werden.«

Wieder lächelte Roland. »Dem stimme ich zu. Ich glaube, damit auch im Namen des Ältestenrates zu sprechen.«

Königin Iris atmete auf. Ihr Gesicht war gerötet, und lautlos explodierte ein kleines Feuerwerk in der Luft: ihre Illusion, die ihren Gefühlen freien Lauf ließ. Sie und ihr ganzes Geschlecht waren soeben endlich auf einen Schlag aufgewertet worden. »Man könnte Euch glatt mögen, Zentaurenkönig!«

Arnolde zuckte mit den Schultern. »Euer Gatte war stets freundlich zu mir. Er hat mir eine neue Lebensaufgabe gegeben, nachdem mein eigenes Volk mich verstoßen hatte. Ihr selbst seid mir immer mit Höflichkeit begegnet. Aber es ist weniger die Dankbarkeit als die Logik, die mich zu meiner Entscheidung geführt hat. Ein Ungleichgewicht mußte ausgeräumt werden.«

»Jawohl, Euer Majestät«, hauchte sie, und ihre Augen schimmerten. In diesem Augenblick glich Königin Iris einem schönen jungen Mädchen, und Imbri war sich keineswegs sicher, daß dies *nur* Illusion war. Arnolde wandte sich Imbri zu. »Nun muß ich mich mit Euch besprechen, gute Mähre. Ich bin mir der Tatsache bewußt, daß Ihr müde seid –«

»Das seid Ihr ebenfalls, Majestät«, sendete Imbri.

»Dann wollen wir die Sache schnell hinter uns bringen, damit wir uns noch etwas ausruhen können, bevor meine Brüder eintreffen.«

»Natürlich, Euer Majestät«, stimmte Imbri ihm zu und fragte sich dabei, was er wohl im Sinn haben mochte. Sein Intellekt hatte sie schon betört, und sie wußte, daß er einen ausgezeichneten König abgeben würde, auch wenn er innerhalb Xanths keine Magie ausüben konnte.

Sie zogen sich zur Besprechung in einen separaten Raum zurück. Imbri überlegte sich, warum Arnolde die anderen, etwa Königin Iris, nicht dabeihaben wollte, obwohl die doch auch über offizielle Ereignisse und Entscheidungen informiert sein mußten.

»Findet Ihr es nicht auch seltsam, daß König Bink, der doch gegen Magie immun ist, dennoch dem Zauber des Reitersmannes zum Opfer gefallen ist?«

»Ja!« meinte Imbri. »Er hätte eigentlich unangreifbar sein müssen. Er selbst glaubte ja, daß dies der Fall wäre! Sein Talent arbeitete mit wunderbarer Subtilität und Präzision.«

»Und doch war er offenbar nicht immun dagegen«, sagte Arnolde. »Aber warum?«

»Er war sehr müde, nachdem er gegen Varsoboes gekämpft hatte und verwundet worden war. Er hat sich zum Brückenpfad praktisch mit Gewalt schleppen müssen. Vielleicht war sein Talent ja geschwächt.«

»Das bezweifle ich. Sein Talent war eines der stärksten der in Xanth bekannten, auch wenn es eben nicht bekannt war.«

»Und doch hat es ihn nicht vor magischem Schaden bewahrt –«

»Darauf will ich ja gerade hinaus. Könnte es nicht sein, daß Bink eben *gar keinen* Schaden erlitten hat?«

Imbri blickte zu dem Raum hinüber, in dem die Könige aufgebahrt waren. »Das verstehe ich nicht. Er ist doch immerhin verzaubert worden!«

»Ihr geht davon aus, daß diese Verzauberung etwas Schädliches war. Was, wenn dies nicht der Fall sein sollte? In diesem Fall wäre Bink auch nicht dagegen gefeit gewesen.«

»Aber –«

»Ich will die Angelegenheit einmal aus einer anderen Perspektive betrachten«, meinte Arnolde. »Mir fällt auf, daß die Symptome dieser verzauberten Könige jener Trance gleichen, die durch den Hypnokürbis ausgelöst wird.«

»Ja, das stimmt!« sendete Imbri überrascht. »Aber es ist kein Kürbis im Spiel gewesen.«

»Nehmen wir nun einmal an, daß der Reitersmann das Talent besitzt, magisch eine Sichtverbindung zwischen zwei beliebigen Orten herzustellen«, fuhr der Zentaur fort. »Etwa zwischen dem Auge eines Königs und dem Guckloch eines Kürbisses. Würde sich der beobachtete Effekt daraus erklären lassen?«

»Ja, ich denke schon!«

»Dann glaube ich auch zu wissen, wo wir nach den verschollenen Königen zu suchen haben«, folgerte Arnolde. »Würdet Ihr bereit sein, das zu tun?«

»Aber natürlich!« sendete Imbri niedergeschlagen, weil sie diese offensichtliche Verbindung noch nicht vorher entdeckt hatte.

»Dann ruht Euch aus. Wenn Ihr bereit seid, könnt Ihr in den Kürbis zurückkehren und Nachforschungen anstellen. Ihr seid die einzige, die dies zu tun vermag.«

»Ich muß es sofort tun!« projizierte Imbri. »Wenn die Könige dort sein sollten –«

»Dann wüßten wir immer noch nicht, wie wir sie wieder von dort herausholen können«, unterbrach der Zentaurenkönig die Mähre. »Wir müssen uns davor hüten, an diese Vermutung überzogene Hoffnungen zu knüpfen, denn vielleicht irre ich mich ja auch. Deshalb wollte ich auch den trauernden Hinterbliebenen vorläufig nichts davon mitteilen.«

Das verstand Imbri. »Ich werde nichts sagen, bis wir etwas Genaueres wissen. Aber ich muß der Sache dennoch sofort nachgehen. Ich kann mich ja ausruhen, nachdem ich etwas herausbekommen und Euch Bericht gegeben habe.«

»Das ist sehr nett von Euch«, sagte Arnolde.

Imbri verließ den Raum durch die Tür und wäre fast mit Ichabod zusammengeprallt, der gerade im Begriff war einzutreten. Offenbar war er zu einer weiteren Besprechung mit dem König bestellt worden. Sie schickte ihm ein freundliches Träumchen, und er tätschelte im Vorbeigehen ihre Flanke.

In der Nachtwelt angekommen, trabte Imbri sofort zu den Stallungen des Nachthengstes.

Der erwartete sie bereits. »Wird auch langsam Zeit, daß du dich mal wieder meldest, du dämliche Mähre!« schnaubte er in einem zornigen Traum, und sein Atem ließ das satte grüne Gras welken. »Schließlich solltest du ja eigentlich als Verbindungsmähre Dienst tun.«

»König Arnolde hat mich geschickt«, erwiderte sie eingeschüchtert. »In letzter Zeit ist ziemlich viel geschehen, und er –«

»Raus damit, Mähre! Stell schon deine Frage!«

»Sind die verschollenen Könige Xanths –?«

»Hier entlang.« Der Hengst trat durch eine Wand, und sie folgte ihm.

Sie kamen in einen palastähnlichen, nach Menschenart eingerichteten Raum. Da waren die Könige alle: König Trent spielte gerade mit dem Guten Magier Humfrey und dem Zombiemeister Poker. König Dor unterhielt sich mit dem Mobiliar, und König Bink, der Neuankömmling, schlief auf einem Sofa.

»Es geht ihnen gut!« projizierte Imbri beglückt. »Hier, mitten im Kürbis! Warum habt Ihr uns nicht eine andere Mähre vorbeigeschickt, um es uns mitzuteilen?«

»Das ist nicht gestattet«, erwiderte der Hengst. »Die Zukunft vorherzusagen heißt, sie zu negieren, und das gleiche gilt für das Mitteilen von Dingen, die nicht durch gewöhnliche Kanäle erfahren werden können. Du warst der vorgesehene Kanal dafür, also mußte die Information auch durch dich kommen. Es gab keine andere Möglichkeit, die Sache ohne übernatürlichen Eingriff anzugehen, also mußte ich abseits bleiben und sie sich von allein entwickeln lassen. Alles, was ich ohne Schaden tun konnte, war, Xanth vor dem Reitersmann zu warnen.«

Imbri schnaubte. »Das hat aber nicht gerade viel Unterschied gemacht!«

»Eben. Die Zukunft wurde nicht verletzt, weil Menschen nur selten die Wahrheit über sie glauben möchten. Sie wird auch nicht verletzt werden, auch wenn es noch zu kritischen Enthüllungen kommen muß. Nun, da ein König von Xanth das Rätsel der Könige gelöst hat, ist diese Information nicht mehr geheimhaltungsbedürftig. Vielleicht wird er auch den Rest noch rechtzeitig herausfinden, um Xanth zu retten. Ich überlasse die Sache dir.« Er hielt inne und starrte Imbri bedeutungsvoll an. »Trotzdem: Vorsicht vor dem Reitersmann!«

»Aber ich passe doch schon auf!« protestierte Imbri. Doch der Nachthengst schritt schweigend durch die Wand und war verschwunden. Zurück blieb nur ein ungemütliches Gefühl, daß sie irgendetwas Wichtiges übersehen hatte, wie schon zuvor. Doch was konnte sie schon tun, außer sich vor dem Reitersmann zu hüten und ihm nicht zu trauen?

Die drei Könige beendeten schnell ihr Pokerspiel – wobei der Informationsmagier natürlich einen ordentlichen Vorsprung hatte, was sich an einem vor ihm liegenden Haufen Austern, Bocksägen und welken Salatblättern zeigte –, und drehten sich zu Imbri um. »Wie läuft's in Xanth?« fragte König Trent höflich, als wäre Imbri mal eben zum Kaffeklatsch vorbeigekommen.

»Euer Majestät«, sendete Imbri, die immer noch ganz überwältigt von der Entdeckung der verschollenen Könige war, »wollt Ihr alles erfahren?«

»Nein. Nur, was nach Binks Verzauberung geschehen ist. Den Rest kennen wir schon.«

Imbri schickte einen Traum aus, der ihre Suche nach König Bink wiedergab sowie die Thronbesteigung von Arnolde Zentaur und seine Lösung des Rätsels der Könige, und schließlich die Bestallung von Königin Iris und Königin Irene als seine Nachfolgerinnen.

»Ausgezeichnet!« rief der Zombiemeister. »Das ist wirklich mal ein vernünftiger Zentaur!«

»Damit kennen wir die nächsten beiden Könige, die ihm folgen werden«, sagte Humfrey. »Aber insgesamt sollen es doch zehn sein. Wer sind die fehlenden zwei?«

König Dor gesellte sich zu ihnen. »Das Dunkle Pferd weiß es«, sagte er, »will es aber nicht verraten.«

»Der Nachthengst hat recht damit, es nicht zu verraten«, warf der Zombiemeister ein. »Wie müssen von allein daraufkommen. Nur dadurch läßt sich die Kette durchbrechen und Xanth schließlich retten.«

»Kann ich Euch nicht irgendwie wieder nach Xanth bringen?« fragte Imbri.

»Nicht, solange der Reitersmann in Freiheit ist«, erwiderte Humfrey. »Ich glaube, man wird ihn nur dadurch daran hindern können, immer mehr Leute zu verzaubern, indem man ihm sein Leben nimmt. Aber vielleicht kann selbst er seine einmal getroffenen Blickverbindungen nicht mehr rückgängig machen. Es scheint mir ein begrenztes Talent zu sein, eine Einbahnangelegenheit wie die Einbahnbrücke, die über die Spalte führt. Er besitzt nicht das Format eines Magiers.«

»Aber was er für ein Unheil damit anrichtet!« rief der Zombiemeister aus. »Solange auch nur ein einziger Kürbis existiert, behält er seine Macht. Vielleicht können wir nur von Glück sagen, daß er nicht schon vor Jahren zugeschlagen hat.«

»Wahrscheinlich wußte er damals noch nichts von den Kürbissen«, meinte Humfrey.

»Das geht vielen Leuten so.«

»Die Kürbisse!« rief Imbri in plötzlichem Entsetzen. »*Ich selbst* habe ihm ja von den Kürbissen erzählt, oder wenigstens von der Nachtwelt! Er hielt den Kürbis vorher bloß für ein seltsames Gewächs – doch nachdem er von mir Näheres darüber erfahren hatte, wußte er auch, wie er die Könige gefangennehmen konnte. Das ist also meine Schuld!«

»So ist das nun mal mit Prophezeiungen«, meinte König Trent gleichmütig. »Du hast die Nachricht überbracht, das Wesen der Gefahr aber nicht verstanden. Das hat keiner von uns. Insofern trifft dich nicht mehr Schuld daran als uns. Auf jeden Fall hast du seitdem gute Arbeit geleistet, und der Nachthengst scheint zu glauben, daß du den Schlüssel zur Rettung Xanths in dir trägst.«

»Ich!« sendete Imbri erstaunt.

»Aber wir wissen nicht, wie das gemeint ist«, sagte der Gute Magier Humfrey. »Das ist ein Aspekt der Information, der mir versagt wurde, zusammen mit dem Wissen um meinen Riesenpatzer. Vielleicht hat es einfach nur mit deiner Position als Verbindungsmähre zu tun. Ich glaube, unsere Frauen werden erfreut sein zu hören, daß wir sie nicht vergessen haben.«

Dor lachte. »Meine wird vielleicht auch nur ›Ab mit Schaden‹ sagen! Ich habe mich wirklich nicht sonderlich viel um sie gekümmert, nachdem wir geheiratet haben.«

»Sie wird schon nicht allzu lange schmollen«, meinte König Trent. »Meine Tochter ist ein Wesen von frauenhaft merkurialem Temperament, genau wie meine eigene Frau.« Da zuckte er zusammen. »Was habe ich da gesagt? Meine Frau? Ich meine natürlich Königin Iris!«

Humfrey hob eine Augenbraue. »Nach einem Vierteljahrhundert wird es langsam Zeit, Trent. Du kannst schließlich nicht ewig in der Vergangenheit leben.«

Imbri erinnerte sich daran, daß König Trent seine mundanische Frau geliebt hatte, nicht aber die Königin, und sie dachte auch daran, wie Iris darunter gelitten hatte.

»Es ist vielleicht ein bißchen spät für eine solche Offenbarung, aber doch, es stimmt. Es wird Zeit, die Gegenwart zu akzeptieren, ohne die Vergangenheit deshalb zu verleugnen. Iris hat es verdient.« König Trent richtete seine Aufmerksamkeit auf Imbri. »Bitte überbringe ihr diese Nachricht, Mähre Imbrium.«

Imbri willigte gerne ein. Dann wandte sie sich an Humfrey. »Wie hat der Reitersmann Euch und Bink erwischt?« fragte sie den Guten Magier. »Ihr habt ihn erkannt, da hättet Ihr ihn doch auch aufhalten können; und Bink soll gegen feindselige Magie immun sein.«

»Das war möglicherweise Teil meines Patzers«, sagte Humfrey. »Ich habe so viel Aufmerksamkeit darauf verwendet, meinen ganzen Zauber aufzubauen, daß ich nicht bemerkt habe, wie er in den Baum gekommen ist. Plötzlich stand er einfach vor mir, und ich hatte gerade noch Zeit, seinen Namen zu flüstern, bevor er mich mit seinem Zauber niederstreckte. Wäre ich wachsam geblieben, wie ich es hätte tun müssen, hätte ich ein Wort der Macht bereitgehalten –« Beschämt schüttelte er den Kopf.

»Wann kam er denn?« wollte Imbri wissen.

»Wie gesagt, ich habe nicht darauf geachtet, aber ich schätze, es muß gewesen sein, kurz nachdem du und das Tagpferd mich verlassen hattet. Er muß mir aufgelauert haben, um mich allein zu erwischen. Welch ein gerissener Schurke!«

»Und Bink? Wie ist der ...?«

»Bink wurde von der Magie kein Schaden zugefügt«, erwiderte Humfrey und bestätigte damit die Vermutung des Zentauren. »Er wurde lediglich in einen anderen Bewußtseinszustand versetzt, genau wie wir. Wir empfinden unsere gegenseitige Gesellschaft hier als höchst angenehm. Deshalb ist sein Talent auch nicht in Aktion getreten.«

Bis auf die Tatsache, daß es dafür gesorgt hatte, daß sie Binks Körper rettete, erkannte Imbri. Das Schutztalent hatte eine ziemlich begrenzte Vorstellung von Binks Wohlergehen; solange er König gewesen war, war er auch körperlich in Gefahr geblieben, was danach sofort aufgehört hatte. Also ergab das Verhalten seines Talents durchaus Sinn, auch wenn Xanth darunter hatte leiden müssen. Wenigstens hatte seine Verbannung in den Kürbis es seinem Nachfolger Arnolde ermöglicht, das Rätsel zu lösen.

»Was kann ich tun, um zu helfen?« fragte Imbri. »Tu genau das, was du vorhast«, meinte der Zombiemeister. »Halte die Verbindungen aufrecht. Überbring unseren Frauen die Neuigkeit. Vielleicht können wir ja beratend unterstützen. Sag dem jeweils aktuellen König, daß er uns jederzeit um Rat bitten kann.«

»Königin Iris wird der nächste König sein.«

Die Könige wechselten Blicke. »Wir sind nicht mehr direkt beteiligt«, meinte Humfrey schließlich. »Vielleicht ist es besser, dem Zentauren das Regieren zu überlassen. Er scheint mir doch mit bemerkenswerter Kompetenz an die Probleme heranzugehen.«

»Überbring meiner Mutter und meiner Frau Grüße«, sagte Dor traurig. Er lächelte matt. »Meinem Vater kann ich es ja selbst sagen«, fügte er hinzu und blickte zu der schlafenden Gestalt hinüber. Imbri verabschiedete sich und machte sich wieder auf den Weg in die wirkliche Welt.

Sie kam gegen Mitternacht im Schloß an. Manche der Bewohner waren noch wach, andere schliefen bereits. Doch das machte keinen Unterschied – sie schickte allen ihren frohen Traum. »Die Könige sind alle im Kürbis! Es geht ihnen gut! Sie lassen euch grüßen!«

Was noch wach war, scharte sich nun um Imbri, und sie übermittelte alle Nachrichten, auch die des Königs Trent an die Königin.

Iris schien wie vom Schlag gerührt. »Das hat er gesagt?« fragte sie ungläubig.

»Daß es Zeit sei, in der Gegenwart zu leben, und daß Ihr seine Frau seid«, wiederholte Imbri.

»Ach, Mutter!« rief Irene und umarmte Königin Iris. »Jetzt gehörst du endlich zur Familie!« Das war zwar ein etwas merkwürdiger Kommentar zur Lage, aber Imbri verstand, wie es gemeint war.

Die Tragödie Xanths hatte anscheinend auch ihre versöhnlichen Seiten. Imbri zog sich in die Schloßgärten zurück, wo sie sich ausruhte, graste, schlief und sich von den letzten beiden anstrengenden Tagen erholte.

In der Nacht kehrte Tandy sicher zu ihrem Ogermann zurück, der besorgt das Gelände abgeschritten war und nebenbei Unkrautbäume ausrupfte und zu Preßspanballen zerdrückte. Das war eine nervöse Angewohnheit von ihm, doch alles in allem schien die Lage im Augenblick recht ruhig zu sein.

Schließlich legte auch das Zentaurenkontingent planmäßig an, und Imbri ging, um die Krieger in Empfang zu nehmen und zum Schloß zu führen. Sie hatte eigentlich erwartet, daß Chem oder Chet dies tun würden, da sie ja selbst Zentauren waren, doch dem war nicht so. Chet und Chem waren Zentauren mit magischem Talent, und die normalen Zentauren hätten sich niemals freiwillig mit ihnen abgegeben. Chet hatte einmal die Zentaureninsel besucht, und wenn man ihn dort auch höflich behandelt hatte, hatte er doch die unausgesprochene Aufforderung mitbekommen, sich dort nicht wieder blicken zu lassen. Deshalb hatte man Imbri geschickt. Sie war keine Zentaurin, konnte mit ihnen Schritt halten, kannte den Weg und würde von ihnen nicht wegen ihrer Magie schief angesehen werden. Tatsächlich begegneten die Zentauren ihrer Rasse mit einer Art stummer Ehrfurcht, weil sie einer Mähre ihre Entstehung verdankten. Sie verehrten richtige Pferde, auch wenn sie sich über ihre Eigenschaften keine Illusionen machten.

Sie empfing sie am Strand. Die Zentauren benutzten seetaugliche, stabile Flöße mit magischem Antrieb. Sie waren alles andere als zimperlich, wenn es um den Nutzen einer in ihre

Schranken verwiesenen Magie ging. Es waren genau fünfzig Zentauren, alles prächtige, kraftstrotzende Krieger mit blitzenden Waffen und Rüstungen. Imbri fragte sich dennoch, ob fünfzig von ihnen genügten, um dreihundert Mundanier zu schlagen.

»Wir sind Zentauren«, sagte ihr Anführer stolz, als wenn dies jede weitere Frage überflüssig machte. Er ließ sich nicht einmal dazu herab, sich vorzustellen. Die Arroganz dieser Krieger war ihnen selbst völlig unbewußt, und so ließ Imbri sich davon nicht beunruhigen. Gegen Nachtanbruch führte sie das Kontingent zum Schloß.

»Dank der freundlichen und kompetenten Unterstützung von Ichabod und Königin Iris«, berichtete Arnolde, »haben wir die zweite mundanische Armee nun endlich geortet. Ichabod hat ihr voraussichtliches Vorgehen analysiert, und Königin Iris hat den Feind mit Hilfe ihrer projizierten Illusion gesehen.« Offenbar gab sich die Königin Iris alle Mühe, den Zentaurenkönig bei seiner Arbeit zu unterstützen, weil sie ihm in mehr als nur einem Punkt dankbar war. »Der Reitersmann befindet sich bei seinen Truppen, und zwar südlich vom Ogersumpf. Wir wissen noch nicht, wie es ihm gelungen ist, so schnell dort hinzukommen, immerhin war es eine Reise von zwei Tagen, was auch einen gesunden, kräftigen Mann, der das Gelände gut kennt, sehr fordert. Er mußte jedoch außerdem durch das wildeste Gebiet Xanths. Ich habe es auf Chems Karte überprüft. Dort gibt es Fliegenplagen, Drachen, Kobolde, Greife und Oger, sowie einige so gut wie unüberwindbare natürliche Hindernisse. Ich muß zugeben, daß es mir völlig rätselhaft ist, wie er es geschafft hat.«

Imbri wußte auch nicht weiter. Sie kannte die erwähnten Gebiete und wußte auch, wie gefährlich sie waren. Der Herr der Fliegen nahm sein Amt sehr ernst und ließ alle Eindringlinge zu Tode stechen, und die anderen Bewohner dieser Regionen waren nicht weniger kriegerisch. »Er muß sein Talent dazu benutzt haben, alle feindseligen Wesen auszuschalten. Vielleicht hat er sogar einen Greif solange eingeschüchtert, bis der ihn transportierte. Er ist immerhin ein sehr fähiger Reiter und kann mit seinen Zügeln und Sporen so gut wie jedes Wesen zähmen.« Ja, das wußte sie aus eigener Erfahrung nur zu gut!

»Das wird es sein. Wenigstens stellt er im Augenblick keine Bedrohung für uns hier im Schloß dar.« Arnolde erwähnte nicht die Schlußfolgerung, die sich daraus ergab, daß der Reitersmann den Zentaurenkönig nämlich wahrscheinlich für unfähig hielt, so daß er der Mühe nicht wert war, ihn in den Kürbis zu verbannen. Imbri glaubte jedoch, daß der Reitersmann in diesem Punkt einen großen Fehler begangen hatte.

Das Zentaurenkontingent weigerte sich, Schloß Roogna zu betreten. Die Krieger lagerten in den Gärten, pflückten Obst von den Bäumen und schlugen kleine Zelte auf, die nicht für sie selbst, sondern für ihre Ausrüstung waren. »Sagt uns, wo die Mundanier sind«, verlangten ihre Anführer kühl. »Dann marschieren wir am Morgen hin und erledigen sie.«

Imbri zeigte ihm die Stelle auf einer Traumkarte, da es wohl besser war, wenn Chem sich nicht mit ihrer zwar detaillierten, aber doch magischen Landkarte bei ihnen zeigte.

»Im Ogergebiet sind die?« fragte der Anführer überrascht. »Die Sumpfoger sind doch wild und feindselig. Wie können die Mundanier es dann dort aushalten?«

»Das sind eben sehr zähe Mundanier«, erklärte Imbri. »Sie haben sogar den Spaltendrachen in der Spaltenschlucht in die Flucht geschlagen.«

»Den wen in der was?«

Das war wieder der Vergessenszauber! »Ein wildes Ungeheuer in einer Erdspalte.«

Der Zentaur wirkte unbeeindruckt. »Das kann jeder von uns auch. Es ist viel wahrscheinlicher, daß die Mundanier mit den Ogern ein Abkommen geschlossen haben, das ihnen Beute verspricht, wenn sie sich der Invasion anschließen.«

»Solche Abmachungen gibt es«, stimmte Imbri zu. »Zum Beispiel das Versprechen der Autonomie –«

»Versuchst du jetzt etwa, witzig zu sein, Mähre?« fragte der Zentaur in eisigem Ton. Anscheinend hatte die Verehrung der Zentauren für Pferde auch ihre Grenzen. König Arnolde hatte den Inselzentauren sofortige Autonomie gewährt und dabei bemerkt, daß es ohnehin keinen praktischen Unterschied mache, doch sie hatten keine sonderlichen Zufriedenheitsbekundungen von sich gegeben. Dieser Zentaur war wirklich reizbar und kämpferisch!

»Natürlich nicht«, widersprach Imbri, während sie die Ohren weiterhin nach vorn gestellt und den Schweif mit Mühe reglos hielt. Langsam lernte sie Disziplin. Die Gesellschaftspolitik Xanths zwang sie dazu, sich neue Fertigkeiten anzueignen. »Ich fürchte nur, daß wir gegen mehr als nur die Mundanier zu kämpfen haben werden. Als der Menschenkönig von Xanth um die Unterstützung anderer Wesen bat, haben die meisten sich gleichgültig verhalten, weil sie wohl der Meinung waren, daß dies ein reiner Krieg unter Menschen sei und sie nichts anginge. Es ist also durchaus möglich, daß es ein stillschweigendes Abkommen mit den Mundaniern gibt, welches es den Puniern gestattet, durch Ungeheuergebiet vorzustoßen, ohne angegriffen zu werden, sofern sie dort selbst keinen Schaden anrichten. Außerdem erscheint es denkbar, daß manche der Tiere sich sogar mit den Mundaniern verbündet haben. Ihr jetziger Anführer, der Reitersmann, hat das ja auch getan. Er ist ein xanthischer Verräter.«

Der Zentaur spuckte verächtlich aus, als sie das Wort »Verräter« erwähnte. »Wir werden es schon schaffen«, sagte er mit einer Zuversicht, von der Imbri nur hoffte, daß sie auch gerechtfertigt war. »Und jetzt laß uns allein. Wir brechen morgen früh bei Tagesanbruch auf.«

Imbri zog sich ins Schloß zurück, wo Chamäleon inzwischen wieder wach war. Sie wirkte weniger schön, dafür aber intelligenter. »Imbri, glaubst du, du könntest jemanden in den Kürbis mitnehmen, um die Könige dort zu besuchen?«

Imbri dachte kurz nach. »Ich glaube schon. Daran habe ich noch gar nicht gedacht. Meistens ist es nur der Geist oder die Seele, die in den Kürbis kommt, aber ich habe ja schon einige Leute durch den Kürbis mitgenommen, wenn wir weit zu reisen hatten. Ich könnte dich zu deiner Familie bringen.«

»Ach nein, ich frage gar nicht meinetwegen, obwohl das in meiner anderen Phase für mich sicherlich eine Versuchung gewesen wäre. Ich dachte vielmehr an Irene.«

»An Irene?«

»Sie und Dor sind unmittelbar vor Dors Thronbesteigung

getraut worden; er mußte die schweren Pflichten des Amtes meistern und in den Krieg ziehen. Er hatte nicht einen Augenblick für sich allein. Insofern ist Irene sozusagen schon zur Witwe geworden, bevor sie geheiratet hat.«

Oh! Imbri brauchte eine Weile, sich an die neuartigen, bisher ungewohnten und verwickelten Gedankengänge der Frau zu gewöhnen. Aber es stimmte: Es hatte keine Hochzeitsnacht gegeben. So etwas war den Menschen sehr wichtig. »Ich bringe sie zu ihm«, willigte Imbri ein. »Heute nacht noch, bevor irgend etwas dazwischenkommt.«

Chamäleon holte Irene. »Liebstes, Imbri möchte dich mal kurz mitnehmen.«

Das Mädchen schüttelte den Kopf. »Ich kann Dor nicht allein lassen. Das weißt du doch. Wenn seinem Körper irgend etwas zustoßen sollte, kehrt er nie wieder zurück.«

Sie wußte nicht, worum es ging! Es sollte also eine Überraschung werden!

»Ich meine aber doch, daß du mitgehen solltest, Irene«, sagte Chamäleon.

»Es wird dir guttun, mal für ein Weilchen aus dem Schloß zu kommen. Später wird alles noch viel anstrengender werden. Ich passe für dich auf Dor auf.«

Irene seufzte. Sie konnte Dors Mutter schlecht das Recht streitig machen, neben dem Körper ihres Sohnes Wache zu halten. »Wahrscheinlich hast du recht. Also gut, mache ich eben einen kleinen Ausritt. Aber nur dieses eine Mal.« Sie bestieg Imbri, und sie machten sich davon.

Es war noch nicht sehr dunkel, also ließ Imbri sich Zeit und nahm einen Umweg zum Kürbisfeld.

»Weißt du was, es ist doch ganz gut, mal rauszukommen«, gab Irene zu und blickte sich in der Gegend um. »Ich bin noch nie auf einer Mähre geritten. Kannst du wirklich auch durch Felsen und Bäume gleiten?«

»Nur bei Nacht.«

»Ich wollte dir schon seit langem für alles danken, was du für uns getan hast«, fuhr Irene fort. »Du hast Chamäleon überall mit hingenommen, und du hast Dor die Sache viel einfacher gemacht.«

»Wir müssen eben alle tun, was wir können.« Das erinnerte Imbri daran, daß sie irgendwie im Besitz des Schlüssels zur Rettung Xanths sein sollte. Wenn sie doch nur klarer sehen würde!

»Ja«, meinte das Mädchen. »Alles, was ich bisher tun konnte, war herumzusitzen und abzuwarten. Ach, ich verwünsche mich selbst, weil ich solch eine Närrin gewesen bin! Ich hätte Dor schon seit Jahren heiraten können, aber ich habe einfach nur abgewartet, weil ich das Ganze für eine Art Spiel hielt. Jetzt, da es zu spät ist, erkenne ich endlich –« Sie brach ab und unterdrückte ihre Tränen.

Es hatte keinen Zweck mehr, ihr noch etwas vorzumachen. »Ich bringe dich gerade zu ihm«, sendete Imbri.

»Jetzt gerade? Aber –«

»In den Kürbis, zu deinem Vater und den anderen Königen. Ein kurzer Besuch. Aber du mußt vor Morgenanbruch mit mir zurückkehren, sonst bleibst du auch in der Kürbiswelt gefangen.«

»Ich kann ihn besuchen? Gleich ein paar Stunden lang?« Langsam begriff sie, was sie erwartete.

»Ein paar Stunden lang«, meinte Imbri.

»Ich... ich werde auch wirklich sein? Ich meine, stofflich? Und die Könige auch? Ich meine, nicht einfach nur so diffuse Geister und so?« Irene geriet ins Stammeln.

»Ja. Manche Wesen sind im Geist dort, andere auch körperlich. Wenn ich den Kürbis betrete, stellt meine Magie den Ausgleich her, du brauchst dir also keine Sorgen zu machen. Niemand kann körperlich in den Kürbis hinein oder wieder heraus, außer Nachtmähren und jenen, die dabei eine Nachtmähre berühren.«

»Na wunderbar, dann nichts wie los!« rief Irene froh.

Inzwischen war es dunkel geworden. Imbri erreichte das Kürbisfeld und sprang in das nächste reife Guckloch hinein. Hinter ihnen verschwand die Rinde, dann durchdrangen sie eine weitere Wand und kamen auf den Friedhof, wo die Skelette herumliefen. Eines der Skelette begrüßte Imbri winkend, dann betraten sie auch schon den Raum, den der Nachthengst den Königen zur Verfügung gestellt hatte.

Die Könige waren wach und erwarteten sie offenbar schon. »Irene!« rief König Dor erfreut.

Irene begrüßte erst ihren eigenen Vater, dann Dors Vater und drehte sich schließlich mit herrlich hübsch gerunzelter Stirn zu Dor um. »Diesmal entkommst du mir nicht!« sagte sie. »Wir haben unsere Ehe auf einem Friedhof begonnen, dann werden wir sie auch auf einem Friedhof vollziehen.«

»Das wird den Skeletten aber gar nicht gefallen«, murmelte er.

»Die Skelette brauchen ja auch nicht mitzumachen.« Doch sie gab immerhin insoweit nach, daß sie sich von Imbri in ein abgetrenntes Zimmer führen ließ, das mit Kissen ausgelegt war. Als Imbri die beiden verließ, war bereits eine mittelschwere Kissenschlacht im Gange.

Eine gute Weile bevor es draußen in Xanth dämmerte, kehrte Imbri vom Grasen in den Raum der Könige zurück. Dor und Irene waren auch dort und unterhielten sich mit den anderen. Sie sahen glücklich aus. Im Raum lagen eine Menge Kissen herum; anscheinend hatte sich die Kissenschlacht ausgeweitet, wie das ja bei den meisten Konflikten war. Alle sahen befriedigt aus.

Irene hob den Kopf und erblickte die Mähre. »Ach, es ist Zeit zum Gehen, sonst merkt Mutter noch, was ich angestellt habe!« rief sie. Sie zupfte sich eine Kissenfeder aus dem Haar, gab Dor einen letzten Kuß und bestieg Imbri.

Draußen war es noch dunkel. Die Sonne fürchtete sich vor der Dunkelheit und kam deshalb immer erst heraus, wenn es schon hell geworden war.

Auf Schloß Roogna war König Arnolde bereits auf. »Habt Ihr Euch ausgeruht, Imbri?« erkundigte er sich.

Imbri bejahte.

»Dann muß ich Euch jetzt bitten, die Zentauren zu den Mundaniern zu führen«, sagte der König. »Sie stoßen nach Süden vor, umgehen die Region des Feuers und der Erde und kommen durch das Koboldland. Wir haben die Kobolde vor der drohenden Gefahr gewarnt, und sie haben versprochen, ihren Widerstand zu organisieren, aber wir wissen nicht genau, ob sie schon über die Mobilmachungsphase hinausgekommen sind. Es ist nicht leicht, Kobolde einzuschüchtern, aber die Mundanier sind hart, im Geben wie im Nehmen. In vergangenen Jahrhunderten waren die Kobolde noch schlimmer als alle Mundanier, aber damals waren sie auch noch zahlreicher und kriegerischer. Chem sagt, daß sie eine von ihnen kennt, ein Koboldmädchen namens Goldy, das einen magischen Stab besitzt – trotzdem möchte ich lieber zur Vorsicht raten, sollten wir mit ihnen zu tun bekommen.«

Imbri suchte die Zentauren auf, die sich bereits mit ihrer üblichen Effizienz auf den Marsch vorbereiteten. Als es zu dämmern begonnen hatte, hatten sie ihre Stallzelte wieder abgebrochen und verstaut.

Imbri führte sie nach Norden, den Pfad entlang, der zu der unsichtbaren Spaltenbrücke führte. Sie kamen gut voran und erreichten bald das Fliegenland. Die Zentauren hatten geeignete Insektenmittel dabei und wußten sie auch anzuwenden, und es gelang ihnen mühelos, das Fliegenpapier zu durchtrennen, welches die Grenzlinie darstellte. Die Fliegen summten zwar böse, konnten sich aber nicht näher heranwagen, weil das Abwehrmittel sie ständig aus der Flugbahn warf, so wütend sie auch angreifen mochten.

Die Zentauren waren das Reisen gewohnt, und kurz darauf kamen sie an die Grenze zum Drachenland. »Bedroht die Drachen nicht«, sendete Imbri ihnen ihre Nachricht in einem allgemeinen Traum zu. »Ich werde ihnen alles erklären.« Und als der erste Drache auftauchte, zeigte sie ihm in einem erklärenden Traum, wie das brutale Menschenvolk der Punier gegen Halbmenschen vorging und erwähnte auch, daß es sich bald bestimmt auch über das Reptilienvolk hermachen würde, wenn man ihm auch nur den dürftigsten Vorwand dafür lieferte. Der Drache zog sich zurück. Drachen waren sehr vorsichtig, wenn sie es mit bewaffneten menschenähnlichen Wesen zu tun hatten, vor allem in solcher Stärke. Sie hatten erleben müssen, wie sie gegen mit Magie ausgestattete Menschen verloren hatten, und sie wußten auch sehr gut, was für ausgezeichnete Krieger die Zentauren waren. Da war es doch besser, sich patriotisch zu verhalten und die Streitmacht ungehindert durch das Land ziehen zu lassen.

Dennoch kam es unterwegs auch zu Unterbrechungen, denn Zentauren mußten essen und konnten nicht grasen. Imbri merkte immer mehr, welche Nachteile das Abweichen von der reinen Pferdegestalt doch hatte. Die Zentauren mußten riesige Mengen Nahrung für ihre Pferdekörper in viel zu kleine Menschenmünder schaufeln. Zum Glück hatten sie Lebensmittelkonzentrate mitgebracht, doch die ganze Angelegenheit war und blieb höchst unwirtschaftlich und zeitraubend.

Der Weg verlief nicht in einer geraden Bahn, denn zwischen dem Drachen- und dem Koboldland lag ein zerklüfteter Gebirgszug, der nach Westen in die Region der Erdbeben hineinreichte; sie mußten sich eng an das Gebirge halten, um nicht durchbebt zu werden.

Dort war es dann auch, wo sie am späten Nachmittag in den Hinterhalt der Mundanier gerieten. Imbri verwünschte sich dafür, dies nicht vorausgesehen zu haben – aber sie konnte nun einmal keine Gedanken lesen und folglich auch nicht die heimtückischen Pläne des Gegners belauschen.

Die Zentauren wehrten sich tapfer, doch sie saßen in der Falle: Die Mundanier rollten schwere Felsbrocken von den Abhängen auf sie herab, so daß die Zentauren sich in die Region der Erdbeben zurückziehen mußten. Das erwies sich als Katastrophe, denn der Boden öffnete mit gewaltiger Gier seinen Schlund und verschlang zahlreiche von ihnen mit Haut und Panzer. Es wurde zu einem schrecklichen Blutbad. Schon wenige Augenblicke später waren nur noch zehn Zentauren übrig, die hastig aus der Falle herausgaloppierten. Die meisten Zentauren waren bereits ausgelöscht worden, bevor sie überhaupt eine Verteidigungslinie hatten aufbauen können.

Doch sobald die Zentauren der Falle entkommen waren, sammelten sie sich, hielten Rat ab und bewegten sich in langsamem Tempo wieder auf die Mundanier zu.

»Was habt ihr vor?« fragte Imbri in einem kleinen Traum.

»Jetzt haben wir die Falle ausgelöst, nun kaufen wir uns den Feind«, erwiderte einer der Zentauren.

»Aber es sind doch mehrere hundert Mundanier, noch dazu in guter Geländedeckung! Ihr werdet genauso abgeschlachtet werden wie eure Gefährten!«

Doch die sturen Wesen ignorierten sie. Mit einsatzbereiten Waffen zogen sie in den Kampf.

»Das ist der reinste Wahnsinn!« projizierte Imbri zusammen mit einem Traum, der eine Armee von Zentauren zeigte, die von einer gewaltigen Flutwelle davongespült wurde. »Wartet doch wenigstens bis zum Einbruch der Dunkelheit, dann könnt ihr selbst einen Hinterhalt legen. In der Nacht kann ich auch die Stellungen des Gegners auskundschaften und –«

Sie marschierten weiter und ließen sich nicht von einer Mähre davon abbringen. Zentauren galten als sehr intelligente Wesen, doch von niederen Geschöpfen nahmen sie nicht gerne Ratschläge an.

Imbri hielt sich weiter hinten, weil sie wußte, daß sie ihr Leben nicht riskieren durfte. Einerseits mußte sie den Mut der Zentauren bewundern, andererseits mußte sie sich aber auch davon distanzieren. Schließlich mußte sie auf Schloß Roogna zurückkehren und dort über die Katastrophe berichten, für den Fall, daß es Königin Iris nicht gelungen sein sollte, die Ereignisse mit Hilfe einer ihrer Illusionen zu beobachten.

Und dennoch blieb sie noch eine Weile da, weil sie hoffte, daß die Zentauren noch Vernunft annehmen würden. Doch das taten sie nicht. Als die Mundanier sich sammelten, um den restlichen Zentaurentrupp anzugreifen, gingen die zehn beharrlichen Wesen in Stellung, bellten knappe Befehle und legten ihre Bögen an. Jetzt befand sich eine mehr als zwanzigfache Puniertruppe auf dem Schlachtfeld, während noch jede Menge Mundanier in Reserve blieben. Anscheinend glaubten die Mundanier, daß sie es lediglich mit einer kleinen Säuberungsaktion zu tun hatten.

Doch da täuschten sie sich. Trotz ihrer geradezu törichten Sturheit waren die Zentauren ausgezeichnet ausgebildete Kämpfernaturen mit hervorragenden Rüstungen und Waffen, die nun genau wußten, mit welcher Art von Gegner sie es zu tun hatten. Ihre unübertroffenen Bogenschießkünste forderten ihr Opfer. In Augenschnelle hatten sie eine Salve von zehn

Pfeilen abgegeben, und zehn Mundanier stürzten mit durchbohrten Augen zu Boden. Noch während sie umfielen, hagelte eine weitere Salve von zehn Pfeilen auf die anderen herab, und wieder traf es zehn der Gegner tödlich. Jeder Pfeil traf sein Ziel; keines der Ziele wurde verfehlt oder von mehr als einem Pfeil getroffen, und die mundanischen Rüstungen bekamen nicht einmal einen Kratzer ab. Angesichts solcher Schießkünste war jede Rüstung zwecklos. Imbri konnte nur staunen.

Die Mundanier erkannten zu spät, daß sie es nun doch mit einem ernst zu nehmenden Widerstand zu tun hatten und bildeten hastig eine Phalanx mit überlappenden Schilden. Doch sie mußten zwischen den Ritzen hervorlugen, um den Weg zu finden – und durch eben diese Ritzen fanden die unglaublich genau gezielten Pfeile unerbittlich ihr Ziel. Die Mundanier an der Spitze fielen einer nach dem anderen, und keiner der Gefallenen stand jemals wieder auf. Nun merkte Imbri, daß Chet, der ja noch ein junger Zentaur war, es als Bogenschütze noch lange nicht bis zur Meisterschaft gebracht hatte, sonst hätte er an der Spaltenbrücke nicht mehr als einen Pfeil pro Mundanier gebraucht. Welch eine Vorführung!

Doch nachdem sie sich erst einmal für die Schlacht auf offenem Feld entschieden hatten, waren die Punier nicht minder stur wie die Zentauren. Sie hielten ihre Phalanx aufrecht, stiegen über ihre gefallenen Kameraden und kamen auf die Zentauren zu. Natürlich fielen immer mehr von ihnen den Pfeilen zum Opfer, doch der Rest drängte unentwegt nach. Nun hatten die Zentauren alle ihre Pfeile verschossen. Es mußte zum Schwertkampf kommen – und noch immer waren die Mundanier den Zentauren zahlenmäßig um das Zehnfache überlegen.

Wenn alle fünfzig Zentauren dem Hinterhalt entgangen wären, so stellte Imbri fest, dann hätten sie die gesamte mundanische Armee vernichten können, ohne selbst auch nur ein einziges Opfer beklagen zu müssen. Ihr Selbstvertrauen war also keineswegs grundlos gewesen. Natürlich wären die Mundanier ihnen bestimmt nicht auf offenem Feld begegnet, wenn sie von ihren Bogenschießkünsten gewußt hätten, so daß dies einen gewissen Ausgleich darstellte. Immerhin war dem Zentaurendesaster die Punierkatastrophe gefolgt: vierzig Zentauren und einhundert Mundanier waren nun schon tot. Und es würde immer noch einen harten Kampf geben – aber die Zentauren würden ihn mit Sicherheit verlieren, denn Schwerter waren nicht so gut auf die Entfernung anzuwenden und waren auch nicht solch saubere, präzise Waffen wie Pfeile. Imbri machte kehrt und galoppierte davon. Sie kam sich wie ein Feigling vor, aber es blieb ihr ja nichts anderes übrig.

Plötzlich trat ihr ein Kobold in den Weg und winkte heftig mit seinen Stummelarmen. Imbri mußte quietschend bremsen. »Wer bist du?« sendete sie.

»Ich bin Stunk«, sagte er. »Du hast mir mal einen Alptraum gebracht – und dann ist daraus Wirklichkeit geworden. Man hat mich eingezogen. Ich hätte lieber das Koboldland verlassen sollen, als ich noch die Gelegenheit dazu hatte.«

Nach kurzem Überlegen fiel es Imbri wieder ein. Das war ihre letzte Lieferung gewesen – die, bei der sie sich als untauglich für ihren Beruf erwiesen hatte. »Aber die Kobolde haben ja gerade gar nicht eingegriffen!«

»Wir haben lediglich unsere Berglöcher bewacht«, gab er zu. »Aber Goldy, die Freundin eines unserer Häuptlinge, hat mich losgeschickt, um dich abzufangen. Sie sagt, daß sie auf der Seite der Menschen einige Freunde hat, und deshalb will sie euch auch helfen. Aber damit steht sie bei uns allein da. Wenn die Leute auf Schloß Roogna sie also haben wollen, dann sollen sie kommen und sie holen. Sie hat immerhin den Zauberstab und eine Masse Mut.«

»Ich werd's ausrichten.«

Stunk salutierte, und Imbri ließ im Gegenzug ihren Schweif kurz aufpeitschen. Der Kobold wandte sich nach Norden, während Imbri gen Süden davonjagte. Offenbar war das Eingezogenwerden im richtigen Leben nicht halb so schlimm wie im Traum. Natürlich hatte Stunk Glück gehabt, daß die Kobolde sich aus den eigentlichen Kampfhandlungen herausgehalten hatten.

Endlich wurde es Nacht, und sie erreichte ein Kürbisfeld. Zu schade, daß sie diese Abkürzung immer nur bei Nacht nehmen konnte, sonst hätte sie den Zentauren vielleicht noch rechtzeitig Hilfe bringen können. Doch wenigstens konnten ihr die Kürbisse dafür auch nichts anhaben, was gut zu wissen war für den Fall, daß der Reitersmann versuchen würde, sie damit auszuschalten. Bei diesem Versuch würde er gewiß scheitern, und sie könnte ihn vernichten. Und auch das war gut zu wissen, weil sie ihn nämlich nur zu gern vernichten wollte...

Als sie den Raum der Könige betrat – bremste sie entsetzt ab und glitt ein Stück über den Boden.

»Ja, ich bin es wirklich«, sagte Arnolde. »Jetzt hat es auch mich getroffen.«

Imbri projizierte einen flackernden kleinen Traum, der stotternd vom Schicksal der Zentaurentruppe kündete. Sie hatte geglaubt, daß der Reitersmann sich bei der mundanischen Armee aufhielt, aber anscheinend war er nicht lange dort geblieben, da er ja schon wieder einen König ausgeschaltet hatte.

»Offenbar schlägt der Reitersmann jedesmal zu, wenn einer der Könige sich als fähig herausstellt«, meinte König Trent. »Sobald Xanth einen völlig unfähigen König bekommen sollte, wird er diesen sicherlich unbehelligt lassen, bis die Eroberung zu Ende ist. Bis dahin möchte ich dich bitten, Imbri, uns den Gefallen zu tun, meiner Frau mitzuteilen, daß sie nun König ist.«

»Königin...« widersprach Imbri benommen.

»König«, wiederholte er entschieden. »In Xanth regieren keine Königinnen!«

»Und richtet ihr bitte meine Entschuldigung dafür aus, daß ich den Standort des Reitersmannes falsch eingeschätzt habe«, fügte Arnolde hinzu. »Ich hatte Iris aufgetragen, sich schlafen zu legen, da mir ja keine unmittelbare Gefahr drohte. Offenbar habe ich mich getäuscht.«

Offenbar, mußte Imbri ihm zustimmen. Sie nickte und trabte mit schweren Hufen hinaus. Wo sollte das alles noch enden?

XII

König Königin

Im Schloß schliefen alle, die Königinnen eingeschlossen.

Imbri trat auf Königin Iris zu und projizierte ihr einen wichtigen Traum: »König Arnolde ist verzaubert worden. Ihr müßt den Thron besteigen, Euer Majestät.«

»Was? Arnolde war doch gerade noch wach und munter!« protestierte Iris.

»Ihr habt schon eine ganze Weile geschlafen, König Iris.«

»König Iris!« rief die Königin und riß sich aus dem Schlaf. Sie sprang auf und taumelte zu den Gemächern des Königs hinüber. »König Arnolde, ich hatte gerade einen Alptraum –«

Abrupt blieb sie stehen. Arnolde stand reglos da und starrte ins Leere.

»Es stimmt also doch!« flüsterte Iris entsetzt. »Ach, wir hätten ihn sorgfältiger bewachen sollen!«

»Ich bin ihm im Kürbis begegnet«, sendete Imbri. »Er meinte auch, daß Ihr jetzt König werden müßt. König Trent hat dasselbe gesagt. Und ich habe dem König eine schlimme Nachricht mitzuteilen.«

Iris lehnte sich gegen die Wand, als fühlte sie sich schwach. Sie war keine junge Frau mehr, und die jüngsten Ereignisse waren ihrer Gesundheit auch nicht sonderlich zuträglich gewesen. Nur ihr eiserner Wille, als Königin weiterzumachen, hatte sie durchhalten lassen. »Mein ganzes Leben habe ich mich danach gesehnt, über Xanth zu herrschen. Doch jetzt, da es mir bevorsteht, fürchte ich mich davor. Früher lebte ich in dem sicheren Wissen, daß mein Verlangen so heftig es auch sein mochte, niemals erfüllt werden würde. Frauen wollen gar nicht immer alles haben, wonach sie sich sehnen. Sie wollen sich vielmehr in erster Linie nach etwas sehnen können, und sie möchten auch, daß man sich nach ihnen sehnt. Ach, was soll ich nur tun, Imbri? Ich bin doch schon viel zu alt und verknöchert, um einen Traum bewältigen zu können, der auf solch grauenhafte Weise Wirklichkeit geworden ist!«

»Ihr werdet gegen die Mundanier kämpfen, König Iris«, sendete Imbri voller Mitgefühl.

Die weiblichen Gesichtszüge des Königs verhärteten sich. »Wie recht du doch hast, Mähre! Wenn es irgend etwas gibt, wovon ich etwas verstehe, dann ist es, Männern die Hölle heiß zu machen! Diese Mundanier werden den Tag noch einmal verfluchen, an dem sie in Xanth eingedrungen sind! Und dieser Reitersmann ... wenn ich den erst erwische ...«

»Haltet Euch bloß von ihm fern, Majestät!« flehte Imbri. »Bevor wir das Geheimnis seiner Macht gelüftet haben, darf es kein König wagen, sich ihm zu nähern!«

»Aber doch nicht körperlich! Ich werde meine Illusionen auf ihn hetzen.«

Das beseitigte zwar Imbris Zweifel nicht, doch sie wechselte lieber das Thema. »Möglicherweise befindet er sich in der Nähe von Schloß Roogna. Wir dachten ja, daß er im Koboldland wäre, aber ...«

»Er *war* auch im Koboldland!« sagte König Iris heftig. »Ich habe ihn dort gestern selbst noch gesehen!«

»Aber er muß hier gewesen sein, um König Arnolde verzaubern zu können.«

»Dann hat er irgendeinen Weg gefunden, sehr schnell zu reisen. Wahrscheinlich ist er inzwischen schon wieder bei seiner Armee. Das kann ich schnell nachprüfen.« Sie atmete tief durch. »Aber laß mich erst deinen Bericht zur Kriegslage hören. Wenn ich diese Sache schon in die Hand nehmen muß, dann aber auch richtig. Danach werde ich weibliche Schwäche zeigen können, wenn mein Machthunger erst ausgemerzt worden ist, aber das kann ich mir im Augenblick nicht erlauben.«

Imbri erstattete ihr genauen Bericht und zog sich dann auf Befehl des Königs auf die Gartenweide zurück, um dort zu grasen und zu ruhen. Sie liebte es zwar, ganz Xanth zu durchqueren, aber es ermüdete sie doch, und sie wünschte sich, daß es nicht immer nur wegen irgendwelcher neuen Krisen wäre.

Am Morgen hatte König Iris ihr Programm entwickelt. Sie hatte eine gewaltige Auswahl illusorischer Ungeheuer fabriziert, die sie im Drachenland in den Hinterhalt legte, um die Mundanier auf ihrem Weg nach Süden abzufangen. Die echten Drachen warfen nur einen Blick auf dieses Sammelsurium und zogen es vor, sich lieber gleich in ihre Erdlöcher zu verkriechen.

Am späten Vormittag erschien endlich die punische Armee, die noch immer zweihundert Mann umfaßte, welche in stramm disziplinierten Abteilungen voranmarschierten. König Iris hatte den magischen Spiegel irgendwie wieder zum Funktionieren gebracht, vielleicht indem sie ihn mit einer eigenen Illusion verzaubert hatte, und richtete ihn nun auf die mundanische Armee aus, damit Imbri und die anderen das nächste Gefecht mit ansehen konnten. Publikum war Iris immer sehr wichtig, denn ihr Zauber funktionierte nur für den Zuschauer.

Als erstes griffen zwei Sphinxpaare an. Jede der Sphinxen besaß entweder einen Männer- oder einen Frauentorso, den Körper und Schwanz eines Löwen und die Flügel eines Riesenvogels. Die Weibchen waren fünfmal so groß wie ein normaler Mensch, die Männchen waren sogar noch größer. Alle vier Ungeheuer breiteten die Flügel aus, als sie sich in die Luft erhoben und schrille Kampfschreie ausstießen.

Die Mundanier stoben auseinander, was nur verständlich war. Einige von ihnen flohen in die nahegelegene Region der Luft, wo sie von den ewigen Winden davongeweht wurden. Andere gingen im Erdloch eines ortsansässigen Drachens in Deckung, worauf ein lautes Würgen ertönte, dem ein zufriedenes Schmatzen und ein Rauchwölkchen folgten. Dann erscholl ein windiger Rülpser, und mundanische Rüstungsteile prasselten aus dem Erdloch hervor. Die meisten der verbliebenen

Soldaten wichen einfach nur mit erhobenen Schilden zurück und erwarteten den Angriff der Ungeheuer. Feiglinge waren sie jedenfalls nicht.

Die Sphinxe schwenkten ab, als hätten sie sich davon überzeugen müssen, daß die Chancen nicht gut für sie standen. Natürlich war der wirkliche Grund der, daß die Illusion ihren Effekt verlieren würde, wenn die Mundanier sie durchschauten. Keine Illusion konnte einem wirklich unmittelbar etwas anhaben; sie wirkte nur dadurch, daß das Opfer sich durch seine Reaktion darauf selbst außer Gefecht setzte.

Auf die Sphinxe folgten die großen Vögel, die Rokhs. Der Himmel verfinsterte sich, als sechs dieser Ungeheuer hinabglitten und monströse Schatten auf die Erde warfen. Die beiden überlebenden mundanischen Elefanten gerieten in Panik und flohen Hals über Kopf nach Norden davon, entsetzt trompetend; sie wußten, welcher Art die Lieblingsbeute der Rokhs war. Das wiederum erregte den größten Teil der verbliebenen Pferde, die ebenfalls in Panik gerieten und nach Norden flohen. Es würde lange dauern, bevor die wieder eingefangen würden, sofern sie die Flucht überhaupt überlebten.

»*So* sollten Illusionen funktionieren«, murmelte Königin Irene bewundernd. »Jetzt werden sie nicht mehr so schnell vorankommen, nachdem sie den größten Teil ihrer Tiere verloren haben.«

Jeder der Rokhs trug einen großen Sack mit sich, und als die Vögel über die Mundanier hinwegflogen, ließen sie die Säcke fallen. Die zerplatzten am Boden und gaben einen dichten gelben Rauch frei, der sehr giftig aussah. Sträucher und Bäume in der Umgebung verwelkten scheinbar auf der Stelle, und Phantomwesen in Gestalt von Mundaniern rangen nach Luft, würgten, torkelten und stürzten unter Krämpfen zu Boden.

Imbri wieherte voll Bewunderung angesichts des schieren Könnertums des Königs; wenn sie selbst diesen Illusionen hätte ins Auge blicken müssen, wäre sie vor Grauen wahrscheinlich umgefallen. Sie hörte jemanden im Publikum husten, als habe er etwas von dem schrecklichen Gas eingeatmet. Wenn diese Illusion schon auf die Zuschauer solche Wirkung hatte, die doch immerhin um ihr Geheimnis wußten, um wieviel schlimmer mußten sich dann die abergläubischen Mundanier erst fühlen, die mitten drin steckten! Vielleicht war es ja doch möglich, den Feind zu vernichten, ohne ihn körperlich zu berühren.

Die Punier taumelten zurück, um nicht von dem gelben Rauch erfaßt zu werden. Da kam ihr Anführer nach vorne – es war der Reitersmann, der auf einem prächtigen braunen Pferd ritt. Natürlich hatte der Mann sein Reittier daran gehindert, gemeinsam mit den anderen durchzugehen. Imbri war erschrocken: Das bedeutete ja, daß er tatsächlich bei seiner Armee war und nicht mehr vor Schloß Roogna lauerte. Wie war er nur so schnell dorthin gekommen? Dazu hätte er der Magie bedurft – eines fliegenden Teppichs vielleicht, oder eines xanthischen Verräters, der ihm das schnelle Reisen ermöglichte. Möglicherweise jemanden, der ihn hatte fliegen lassen – aber das schien doch ziemlich unwahrscheinlich. Das Geheimnis wurde leider immer rätselhafter.

Der Reitersmann rief seinen Soldaten etwas zu und ritt in den Nebel hinein. Nichts geschah, und die Männer sammelten sich wieder, stellten sich der Bedrohung – und erkannten natürlich, daß es nur eine Illusion war. Der Bluff war aufgeflogen.

Danach ignorierten die Mundanier die prächtigen Illusionen, die ihnen König Iris entgegenschleuderte. Sie marschierten nach Süden weiter, auf die Spalte zu, und es hatte ganz den Anschein, als ob nichts sie mehr aufhalten könnte. Doch Imbri wußte, daß König Iris noch nicht am Ende ihrer Kunst war. »Es gibt mehr als nur eine Art von Illusion«, murmelte Iris grimmig.

Am späten Nachmittag näherte sich die punische Armee der Spalte. Die Soldaten kamen sehr schnell voran, weil sich ihnen keine xanthischen Lebewesen in den Weg stellten und der Reitersmann offensichtlich eine ausgezeichnete Marschstrecke erkundet hatte. Doch König Iris ließ die Spalte weiter südlich erscheinen, als sie in Wirklichkeit war. Dann ließ sie eine Herde Regenelche an der Stelle erscheinen, wo sie die Spaltenschlucht getarnt hatte. Die brachten kleine Gewitter mit, mit winzigen Blitzen und kleinen Donnerschlägen. Die Magie des Königs funktionierte in zwei Richtungen: sie konnte nichtexistente Dinge Gestalt annehmen lassen, und sie konnte Existierendes scheinbar nichtexistent machen. Es war eine sehr wirkungsvolle Kombination, und Königin Iris erwies sich auf ihrem Gebiet als wahre Künstlerin. Man mochte das Gewitter ja vielleicht für eine Illusion halten, dabei aber völlig übersehen, daß der Boden, auf den es herabregnete, ebenfalls eine war. Der Boden wurde langsam überschwemmt, und im Wasser waren sogar Spiegelungen zu sehen.

Die Mundanier, denen die Schauspiele dieses Tages mittlerweile reichlich auf die Nerven gingen, jagten durch die nichtexistierenden Elche hindurch, durch das nichtexistente Gewitter, über den nichtexistenten Boden hinweg – und stürzten in die äußerst existente Spaltenschlucht. Der Reitersmann hatte die Spalte natürlich schon längst wieder vergessen, und die Mundanier hatten überhaupt nie von ihr gewußt.

Der Reitersmann befahl seiner Truppe, sofort anzuhalten, um sich erneut zu sammeln – doch er hatte weitere dreißig Mann verloren. Nun waren es nur noch einhundertfünfzig, und er wirkte alles andere als erfreut darüber. Er zügelte sein Pferd kurz vor der Illusion und schüttelte die geballte Faust mit dem Armreif.

Imbri war insgeheim froh, daß der Mann das Tagpferd nicht wieder eingefangen hatte. Er mußte sein Reittier einem untergebenen Offizier abgenommen haben. Ob er auf dem Braunen in einer Nacht bis zum Schloß Roogna und zurück geritten war? Das war sehr unwahrscheinlich, dazu wirkte das Pferd zu ausgeruht. Vielleicht hatte er noch ein anderes benutzt.

»Ach ja, du mundanischer Flegel?« knurrte König Iris in Erwiderung seiner Geste. »Du kannst mich nicht bedrohen, Gaulkopf! Mit meinen Illusionen zerschlag ich dir deine ganze Armee, bevor ihr Schloß Roogna auch nur zu Gesicht bekommen habt!« Und Iris ließ das Bild eines Knarzstrauchs entstehen, der ein äußerst unhöfliches Geräusch von sich gab.

Verächtlich ritt der Reitersmann durch diese Illusion hindurch – um voll gegen den dahinter befindlichen Eisenholzbaum zu prallen. Das Pferd geriet ins Stolpern, und der Reitersmann wurde abgeworfen. Er rollte durch den Dreck und blieb unverletzt aber außer Fassung und wütend liegen.

»Ach, Mutter, das war aber gar nicht nett!« kicherte Irene.

König Iris formte ein Abbild ihres eigenen Gesichts vor dem gestürzten Mann und feixte ihn an.

Der Reitersmann erblickte sie, machte eine ausladende Bewegung mit beiden Händen – und die Illusion verschwand!

Königin Irene blickte ihre Mutter entsetzt an. »Was war –« Dann stieß sie einen Schrei aus.

Nun war es allen klar: König Iris hatte den gefürchteten Feind herausgefordert – und war von seinem Zauber getroffen worden.

Nach einer schockierten Pause schickte Imbri dem Mädchen einen kleinen Traum: »Was habt Ihr nun vor, König Irene?«

Irene geriet ins Stammeln. »Ich bin nicht ... ich kann doch nicht ...«

»König Arnolde hat Euch zur Zauberin erklärt, folglich zum Magier, folglich zum Thronfolger, und er hat Euch zum achten König von Xanth ernannt. Nun müßt Ihr das Amt antreten und während der Krise innehaben. Xanth braucht Euch, Majestät. Wenigstens wissen wir, daß Eure Mutter im Kürbis in Sicherheit ist.«

Das Mädchen reckte das Kinn vor, das kurz vorher noch gebebt hat. »Ja, jetzt ist sie bei Vater, vielleicht zum ersten Mal. Jedenfalls solange wir ihren Körper beschützen. Doch sobald die Mundanier ihren Fuß ins Schloß setzen, sind wir verloren. Sie werden die Körper unserer Könige töten, und dann werden unsere Lieben auf alle Zeiten im Kürbis bleiben, wenn nicht sogar noch Schlimmeres geschieht. Unsere Lage ist verzweifelt, denn wir verfügen über keine Magie mehr, die den Feind auf weite Entfernungen zerschlagen könnte.« Sie hielt inne und ließ ihren Blick durch den Raum schweifen. »Wer wird nach mir König werden?«

»Humfrey meinte, daß es während dieses Krieges zehn Könige geben wird«, erwiderte Imbri. »Aber Ihr seid der letzte Magier. Wir können es nicht zulassen, daß der Reitersmann den Thron beansprucht, nur weil wir ihn nicht vorher besetzen. Ich glaube, Ihr solltet schon sofort für alle Fälle Euren Nachfolger unter den geringeren Talenten bestimmen.«

König Irene nickte. Sie ließ ihren Blick ein zweites Mal durch den Raum schweifen, um die Anwesenden zu mustern. Chamäleon war gerade dabei, zusammen mit Crombie dem alten Soldaten König Iris in das Gemach zu bringen, wo die letzten sechs Könige aufgebahrt lagen.

»Chamäleon«, sagte Irene.

Die Frau blieb stehen. Imbri mußte sich wieder erst an den Anblick gewöhnen, denn Chamäleon war nun weit von ihrer früheren Schönheit entfernt. Es wäre ungnädig gewesen, sie als häßlich zu bezeichnen, aber genau diesen Zustand steuerte sie inzwischen an. »Jawohl, Euer Majestät?« Sogar ihre Stimme war rauher geworden.

»Ihr werdet König Nummer Neun sein«, sagte Irene klar und deutlich.

»Was?« Mit ihrer freien Hand strich Chamäleon sich eine Haarsträhne von einem Ohr, das besser verborgen geblieben wäre.

»Ihr seid die Mutter eines Königs und die Frau eines Königs, und Ihr gelangt gerade in Eure schlaue Phase. Wir haben keine Magier mehr zur Verfügung, also müssen wir es mit Intelligenz versuchen. König Arnolde hat uns gezeigt, was man mit Intelligenz alles erreichen kann. Er hat die Thronfolge geklärt und die verschollenen Könige ausfindig gemacht. Er hat Xanth damit mehr geholfen, als es jede Magie hätte tun können. Ihr werdet noch klüger werden. Vielleicht seid Ihr ja in der Lage, das Geheimnis des Reitersmanns zu lösen, bevor –« Sie zuckte mit den Schultern.

»Bevor er der zehnte König von Xanth wird«, beendete Chamäleon ihren Gedanken. Sie war inzwischen viel schneller dabei, anderer Leute Gedanken nachzuvollziehen, nachdem sie ihre anfängliche Überraschung überwunden hatte, daß ihr das Königsamt blühte.

Imbri empfand diese ständige Veränderung als höchst bemerkenswert. Sie wußte, daß Chamäleon noch immer dieselbe Frau war, doch sie glich der Person, mit der sie einmal nach Norden geritten war, um die Mundanier auszukundschaften, nur noch wenig. Die andere Chamäleon hatte ihr besser gefallen.

Tandy löste Chamäleon ab und half Crombie dabei, den ehemaligen weiblichen König von Xanth ins Nebenzimmer zu bringen. Chamäleon kehrte zu Irene zurück. »Ich verstehe Eure Logik«, sagte sie. »Ich bin zwar keine Zauberin, und es gibt viele Leute in Xanth, deren Magie viel stärker ist als meine, aber ich glaube, daß Ihr recht habt. Was wir jetzt am meisten benötigen, das ist nicht Magie, sondern Intelligenz – und die kann ich für eine Weile bieten.« Sie lächelte schief, weil sie besser als alle anderen wußte, daß Xanth eine miserable Zukunft drohte, wenn sie ihr Amt zu lange ausüben würde. Sie mußte die Angelegenheit während des Tiefpunkts ihrer Schönheit erledigen, weil es keine Intelligenz gab, die dann der ihren ebenbürtig war. »Ich werde dafür Sorge tragen, daß der Reitersmann nicht der zehnte König wird, egal, was ich sonst erreichen oder nicht erreichen mag.« Sie machte sich gar nicht erst die Mühe, die Tatsache zu bezweifeln, daß Irene verzaubert werden würde, denn sie wußten, daß dies angesichts der Prophezeiung vergeblich gewesen wäre. »Aber solltet Ihr Euch dem Reitersmann unmittelbar stellen, König Irene –«

Irene furchte die Stirn. »Ich kann Euch in Eurem Gedankengang nicht folgen.«

»Ihr seid eine wunderschöne junge Frau. Es könnte sein, daß er seine Thronbesteigung noch auf andere Weise zu legitimieren versucht.«

Irene errötete. »Ich würde ihn umbringen!« Dann legte sie den Kopf etwas schräg und überlegte es sich noch einmal. »Ich werde ihn sowieso töten, wenn ich Gelegenheit dazu bekommen sollte. Das bin ich meinem Vater, meiner Mutter und meinem Mann schuldig –«

Wieder lächelte Chamäleon. Wie anders dieses Lächeln doch jetzt wirkte, wenn man es mit seinen früheren Fassungen verglich! Es war eine kalte, berechnende Gesichtsbewegung. »Ich stelle Eure persönliche Loyalität Xanth gegenüber nicht in Frage. Es ist die Art von Denkweise, die Männern einfällt, wenn sie auf junge Frauen Eurer Art treffen. Wenn Ihr Euch hinreichend disziplinieren könntet, um seinen Interessen zum Schein entgegenzukommen, zumindest so lange, bis Ihr sein Geheimnis enthüllt habt ...«

Langsam begann Irenes Lächeln dem der älteren Frau zu gleichen. Das Merkwürdigste daran war, daß es auf Irenes

Gesicht um kein bißchen schöner aussah als auf Chamäleons. Imbri sah, verstand – und fühlte sich davon abgestoßen. Menschenfrauen wußten sehr genau um die Macht, die sie über Menschenmänner ausübten, und sie setzten sie skrupellos ein. Welch eine häßliche Weise, Xanth zu retten! Doch wenn es soweit kommen sollte, welche bessere Möglichkeit gäbe es da noch? Was ließ sich durch einen Krieg nicht rechtfertigen? Imbri wußte es nicht genau. Vielleicht gab es auf derlei Fragen ja auch keine richtige Antwort.

Nun machte sich König Irene daran, ihren Feldzug zu planen. Der magische Spiegel zeigte die Mundanier, die inzwischen ihr Nachtlager aufgeschlagen hatten; jedenfalls waren mehrere Lagerfeuer zu sehen, während der Rest in Dunkelheit gehüllt blieb. Wenn die Punier ihren Marsch im Morgengrauen fortsetzen sollten, würden sie mindestens zwei Stunden brauchen, um die unsichtbare Brücke zu erreichen – von der der Reitersmann offensichtlich zu wissen schien –, und noch um einiges länger, um bis Schloß Roogna vorzustoßen.

Irene drehte sich zu Imbri um. »Könntest du die Brücke heute nacht zertrampeln?«

»Ich könnte es versuchen«, projizierte Imbri. »Aber dann laufe ich Gefahr, in die Schlucht zu stürzen, da ich weder Hebearm noch Axt benutzen kann und folglich in stofflicher Gestalt auf der Brücke stehen müßte, um gegen ihre Verankerung zu treten. Dazu bedürfte es eigentlich menschlicher Hände und Werkzeuge.« Es wurmte sie zwar, zugeben zu müssen, daß es auch etwas gab, wo Menschen den Pferden überlegen waren, aber in diesem winzigen, begrenzten Bereich war dies nun einmal der Fall.

»Ich werde dich begleiten«, sagte Chamäleon. »Ich bin zwar nicht sehr kräftig, aber so etwas kann ich ganz gut meistern. Ich besitze ein scharfes Messer, mit dem ich die Taue durchtrennen kann.«

»Aber –« protestierte König Irene.

»Bei Nacht stellen die Mundanier keine Gefahr dar«, entgegnete Chamäleon. »Und die xanthischen Ungeheuer sind ebenfalls ungefährlich, solange ich mich entweder auf dem verzauberten Pfad befinde oder die Nachtmähre reite. Wenn wir diese

Brücke schnell zerstören können, wird das die Nächstweller noch mindestens einen weiteren Tag aufhalten, weil sie dann nämlich durch die Spalte klettern müssen. So können wir Schloß Roognas Verteidigungssystem besser ausbauen.«

»Aber wenn es mich in Eurer Abwesenheit erwischen sollte ...«

»Ich werde schon bald zurückkehren, das verspreche ich.«

Das Mädchen spreizte die Hände. »Ihr habt natürlich recht. Ich fürchte mich zwar davor, diese Verantwortung allein tragen zu müssen, aber das ist ein Luxus, den ich mir jetzt einfach nicht leisten kann. Anders als meine Mutter habe ich mir niemals vorgestellt, König zu werden. Ich werde eine Sammlung von Pflanzen bereitstellen, um dieses Schloß zu verteidigen, aber ich werde sie erst wachsen lassen, nachdem Ihr in Sicherheit zurückgekommen seid.«

Chamäleon bestieg die Mähre, und gemeinsam machten sie sich auf den Weg zum nächsten Kürbisfeld.

»Ich habe noch eine weitere Aufgabe für dich«, sagte Chamäleon, als sie allein waren. »Ich glaube nicht, daß die Spalte und Irenes Pflanzen die Mundanier allzu lange werden aufhalten können, und wir werden den Reitersmann auch niemals unschädlich machen, wenn wir ihm nicht eine Falle stellen und seine Flucht verhindern. Das verlangt nach einem Köder, dem er nicht widerstehen kann, und dazu ist es nötig, daß wir unsererseits zu einigen verzweifelten Maßnahmen greifen.«

»Ich will den Reitersmann umbringen, wenn ich ihn finden kann«, sendete Imbri. »Ich glaube nicht, daß er uns verraten wird, wie wir seinen Zauber neutralisieren können. Er hat mich schon einmal getäuscht, und ein zweites Mal wird er das nicht tun!« Sie peitschte mit ihrem Schweif nach imaginären Fliegen.

»Er verhält sich äußerst ausweichend, und ich glaube, ich weiß auch warum«, sagte Chamäleon. »Es wäre äußerst schlimm, wenn ich mich täuschen sollte, und da ich mich noch nicht auf dem Höhepunkt meiner Intelligenz befinde, ist das durchaus möglich, weshalb ich meinen Verdacht auch nicht aussprechen will. Doch wenn ich recht haben sollte, wird er König Irene verzaubern und unmittelbar darauf auch mich. Er wird glauben, daß dies ihn zum zehnten König von Xanth machen wird, daß die Glieder der Kette dadurch vollzählig werden, aber das können wir verhindern, indem wir ihm zuvorkommen. Es muß noch einen weiteren zukünftigen König von Xanth geben, einen, den er nicht in den Kürbis verbannen kann. Das ist der König, der schließlich die Kette sprengen wird.«

»Ja, die Prophezeiung des Magiers Humfrey betrachtet den zehnten Monarchen als den entscheidenden«, stimmte Imbri ihr zu und sprang in den Kürbis. Beide beachteten sie die Kürbiswelt nicht weiter, da sie ihnen nun als ganz normal erschien, so vertieft waren sie in ihr Gespräch. »Aber wer soll das sein? Jeder, den du aussuchst, kann verzaubert werden.«

»Alle bis auf eine«, meinte Chamäleon.

»Bis auf wen denn?«

»Bis auf dich.«

Imbri rannte vor Schreck gegen die Mauer der Messingstadt, einem Revier der Kürbiswelt, in dem die Messingmännchen hausten und an den metallurgischen Aspekten der Alpträume arbeiteten. Natürlich tat das nicht weh, weil sie sich ja im entmaterialisierten Zustand befand, aber bis sie sich wieder gefangen hatte, waren einige der Messingmännchen aufgeschreckt worden. *»Wer?«*

»Wen suchst du denn?« fragte ein Messingmann weil er glaubte, daß sie ihn angesprochen hatte.

Verlegen redete sich Imbri heraus, indem sie den ersten Namen eines Messingmenschen nannte, von dem sie wußte, daß er schon einmal draußen in der wirklichen Welt gewesen war. »Blyght.«

»Da bist du im falschen Gebäude«, erwiderte der Messingmann. »Die wohnt in B 4.«

»Richte ihr bitte aus, daß ich vielleicht bald ihrer Hilfe bedarf«, sendete Imbri, erkennend, daß sie aus ihrem Patzer auf diese Weise vielleicht doch noch Gewinn ziehen konnte. »Im Augenblick habe ich noch zu tun.«

»Das sehe ich«, bemerkte der Messingmann und musterte Chamäleon. »Du bringst gerade den Müll weg.«

Imbri trabte hastig durch eine zweite Wand. Die Ohren brannten ihr plötzlich höchst unpferdisch. »Die Messingleute sind ziemlich unsensibel«, sendete sie. »Sie besitzen weder Seelen noch weiche Stellen.«

»Ich bin so etwas gewöhnt«, meinte Chamäleon. »Die Leute glauben immer, daß ich auch böse sein muß, nur weil ich häßlich bin. Sie behandeln mich entsprechend und sehen sich dann bestätigt, wenn ich darauf nicht voller Freude reagiere.« Dann nahm sie den alten Faden wieder auf. »Ich bestimme dich zum letzten König von Xanth, Imbri. Wenn ich recht haben sollte, und das will ich hoffen, dann bist du die einzige, die unser Problem lösen kann. Das ist auch der wahre Grund, weshalb der Nachthengst dich in die Welt des Tages hinausgeschickt hat. Er wußte etwas, was er nicht verraten durfte, und da hat er getan, was er konnte, um Xanth zu retten, indem er es eben möglich machte. Natürlich hat das viel Leid mit sich gebracht, eingeschlossen die Schmach des Guten Magiers Humfrey, aber es war die einzige Chance, Xanth zu retten. Du bist der Schlüssel zu unserer Rettung, du mußt der zehnte König werden.«

»Aber ich bin doch ein Pferd!«

»Ja, das ist mir auch schon aufgefallen. Bist du deswegen aber auch ein weniger wertvolles Lebewesen Xanths?«

Imbri schnaubte. »Ich glaube, ich mochte dich mehr, als du noch schön warst, und zwar nicht nur wegen deines Aussehens.«

»Das geht allen so. Aber in manchen, seltenen Situationen ist die Intelligenz für eine Frau wertvoller als ihre Schönheit.«

»Oh, natürlich! Ich wollte damit auch gar nicht –«

»Ich werde wieder schön werden, Imbri. Ich kann es mir gar nicht leisten, dann noch König zu bleiben, denn ich würde Xanth durch schiere Dummheit in den Abgrund stürzen. Wenn der Reitersmann schon die Intelligenz besitzen sollte, Irene zu verbannen und mich an der Macht zu belassen, dann wird er in meiner anderen Phase seinen Willen mit Sicherheit durchzusetzen wissen. Ich muß die Krise jetzt auslösen, solange ich noch klug genug bin, um mit ihr umgehen zu können. Sobald ich auf Schloß Roogna zurückgekehrt bin, werden die Dinge möglicherweise sehr schnell in Bewegung geraten. Sei du nur bereit, deinen Teil zu leisten, Mähre.«

»Das verstehe ich alles nicht!« Imbri schickte ihr einen kleinen Traum voller Nebulositäten. »Du bist noch gar nicht König geworden, da sprichst du schon von deiner Verbannung in den Kürbis. Wenn du mich zum König bestimmen solltest, wird kein Bürger von Xanth das akzeptieren.«

»Das brauchen sie auch nicht zu akzeptieren«, meinte Chamäleon. »Ich würde mich ja gerne etwas deutlicher erklären, aber ich fürchte, daß dies die Prophezeiung zunichte machen könnte. Du darfst niemandem etwas davon verraten – bis es soweit ist. Nachdem wir die Brücke abgenommen haben, mußt du erst einmal Hilfe holen, damit Irene ihre Pflanzen einsetzen kann. Der Thron von Xanth ist endlich den Frauen zugefallen. Da gehört es sich auch, daß die Frauen ihn mit größerer Effektivität verteidigen als die Männer es getan haben. Hole die Sirene und die Gorgone vom Schloß des Guten Magiers Humfrey und finde Goldy Kobold. Wir benötigen ihre Talente für den Endkampf.«

»Aber wie willst du denn dann nach Schloß Roogna zurückkehren?« Imbri hätte sich nie träumen lassen, daß ihr jemals eine solche Aufgabe zuteil werden würde, und dabei hatte sie als Nachtmähre ziemlich viel geträumt. Doch sie mußte die Logik, die hinter Chamäleons Gedankengängen stand, anerkennen. Sie war immun gegen den Zauber des Reitersmanns, so daß sie ihn auf eine Weise aufhalten konnte, wie es keinem anderen Wesen möglich gewesen wäre. Aber da standen noch einige organisatorische Fragen offen. »Ich muß dich wenigstens erst zurückbringen –«

»Wir werden sehen, wie es funktioniert«, meinte Chamäleon vielsagend. Das war auch so ein entnervender Aspekt ihrer Intelligenz; offenbar entging Imbri so manches, was die Frau ihr nicht verriet.

In der Nähe der Brücke verließen sie die Kürbiswelt und galoppierten zur Spalte. Doch da gab es ein Problem: Die Mundanier hatten Wachen aufgestellt. Imbri zog sich in den dunklen Wald zurück, bevor der Feind sie entdecken konnte, und blieb stehen. »Was nun? Ich könnte mich zwar unsichtbar anschleichen, aber um die Brücke zu zerstören, müßte ich sichtbar werden.«

Chamäloen überlegte, während ihre Finger gedankenverloren mit Imbris Mähne spielten. »Wir müssen sie loswerden. Ich werde ein Katapult bauen, und du wirst es spannen. Paß auf, daß ich nicht die falsche Schlingpflanze erwische.«

Hastig suchten sie im Urwald herum, bis sie mehrere Gummilianen gefunden hatten, die sie einsammelten, um daraus eine große Schleuder zu bauen. Chamäleon legte einen großen Stein in das Netz, und Imbri zog die an stämmigen Eisenholzbäumen befestigte Schlinge zurück, indem sie ihr ganzes Körpergewicht dagegen stemmte. Zu diesem Zweck hatte Chamäleon aus Lianen ein provisorisches Geschirr zusammengeflochten.

Chamäleons Anweisungen folgend, korrigierte Imbri ihre Stellung solange, bis die Schleuder richtig auf ihr Ziel ausgerichtet war. Dann gab Chamäleon ihr einen Befehl, und Imbri entmaterialisierte sich, wodurch die Schlinge vorschnellte und den Stein durch die Luft sausen ließ.

Sie erzielten einen präzisen Treffer auf ihrer Seite der Brücke: Die beiden Mundanier stürzten in die Spalte hinab. Chamäleon wußte in dieser Phase offenbar recht genau, was sie tat! Sie eilten zur Brücke und stellten fest, daß der Stein diese bereits aus ihrer Verankerung gerissen hatte. Sie hatten ihren Auftrag schon erledigt!

Auf der anderen Seite standen zwei weitere Mundanier. Sie legten Pfeile in ihre Bögen – doch da sprang Chamäleon auch schon wieder auf Imbris Rücken, Imbri entmaterialisierte, und die Geschosse zischten harmlos durch sie hindurch. Trotzdem zogen sie sich vorsichtshalber von der Spalte zurück.

Im Westen ertönte ein Geräusch. »Da kommt ein Zentaur!« sendete Imbri.

»Nein, ich vermute, das wird ein Pferd sein.«

Tatsächlich erschien kurz darauf der Schimmel. Imbri schickte ihm einen kleinen Begrüßungstraum entgegen.

»Ist die Brücke noch da?« fragte er besorgt. »Ich habe ein Geräusch gehört und bin herbeigelaufen. Im Süden sind zwar die besten Weidestellen, aber ich habe ein gutes Versteck auf der anderen Seite, und es ist schon spät.«

»Nein, es gibt hier keine Brücke mehr«, sendete Imbri. »Wir haben sie gerade eben zerstört. Du hättest sie sowieso nicht benutzen können, denn sie wurde von Mundaniern bewacht.«

»Von Mundaniern!« rief seine Traumgestalt. »Aber ich dachte, die wären oben im Norden!«

»Das war gestern. Jetzt sind sie hier. Morgen werden sie die Spalte durchqueren, und übermorgen werden sie bis zu Schloß Roogna vorstoßen.«

»Dann muß ich fliehen!«

»Wenn ich seine Reaktionen richtig verstanden habe«, warf Chamäleon ein, »dann hast du ihm gerade mitgeteilt, daß die punische Armee in der Nähe ist, worauf er meinte, daß er von hier fliehen wollte.«

»Ja, das stimmt«, sendete Imbri. »Er wird immer nervös, wenn Mundanier in der Nähe sind, er fürchtet sie eben. Ich kann den Traum gern ausweiten, damit du direkt mit ihm sprechen kannst...«

»Nein, mach dir keine Mühe. Als ich schön und dumm war, habe ich mich in Gegenwart eines gewöhnlichen Pferdeintellekts noch wohl gefühlt, aber das hat merklich nachgelassen. Aber ich brauche ein Transportmittel. Sag ihm, daß ich der nächste König von Xanth sein werde, der neunte, und frag ihn, ob er mich zum Schloß Roogna bringen würde. Das liegt ja auch auf seinem Fluchtweg nach Süden.«

Imbri tat, wie ihr geheißen. »Das soll Chamäleon sein?« fragte das Tagpferd erstaunt. Da der Mond nicht mehr in seiner gesündesten Phase war, war es recht finster, doch mit seinen ausgezeichneten Pferdeaugen konnte der Schimmel die Frau recht gut erkennen. »Ich weiß ja, daß sie sich verwandelt, aber dieses Wesen ist selbst für einen Menschen noch sehr häßlich!«

»Aber innerlich ist sie noch die gleiche geblieben«, sendete Imbri an beide.

»Vor allen Dingen!« schnauzte Chamäleon sie an.

Der Hengst zuckte mit den Schultern. »Sie ist zwar häßlich, aber ich habe sie mal gemocht. Wenn auf dem Schloß keine Mundanier sind, kann ich sie mitnehmen.«

»Da sind keine«, versicherte Imbri ihm. »Selbst Ichabod hat sich in ein Menschendorf zurückgezogen, nachdem Arnolde der Zentaurenkönig verzaubert wurde. Auf Schloß Roogna gibt es jetzt nur noch Frauen, die König Irene umgeben.«

Das Tagpferd schnaubte einwilligend. Frauen stellten für ihn keine Bedrohung dar. Chamäleon saß auf, und im Galopp machten sie sich auf den Weg zu Schloß Roogna.

Imbri begab sich wieder in die Kürbiswelt, um das Schloß des Magiers Humfrey aufzusuchen. Unterwegs grübelte sie darüber nach, wie Chamäleon es nur hatte erraten können, daß sie rechtzeitig noch ein anderes Reittier finden würde. Die Frau war zwar scheußlich schlau in ihrer jetzigen Phase, doch das hier roch schon fast nach Hellsichtigkeit.

Im Schloß angekommen, schickte sie einen Rundumtraum los. »Grundy! Ist die Gorgone schon zurück? Sag ihr, sie soll mich nicht anschauen!«

»Ich bin zurück«, erwiderte die Gorgone im Traum. »Der Golem ist vor kurzem auf Schloß Roogna zurückgekehrt, um beim Endkampf zu helfen. Ich bin übrigens gänzlich verschleiert. Laß mich erst aufwachen, dann stelle ich dich meiner Schwester der Sirene und Goldy Kobold vor, die ebenfalls mit mir zurückgekommen sind.«

Dann hatte das Koboldmädchen es also ernst gemeint, als es ihnen ihre Hilfe angeboten hatte! »Schlaf weiter«, sendete Imbri. »Du brauchst bestimmt deinen Schlaf, und die Sirene kenne ich schon. Ich werde zu euch allen in einem Kollektivtraum sprechen.« Sie dehnte den Traum aus, um auch die anderen miteinzuschließen.

»Ach, du bist doch die Nachtmähre, die Krach der Oger damals kennengelernt hat!« rief Goldy, als sie Imbri erblickte. »Die Sirene hat mir von dir erzählt. Du hast Krach aus dem Nichts getragen.«

»Na ja, nicht direkt«, erwiderte Imbri und fühlte sich irgendwie geschmeichelt.

»Aber ich habe tatsächlich mitgeholfen und dafür Chem Zentaurs Seelenhälfte bekommen. Das hat es mir auch ermöglicht, in die Welt des Tages einzutreten.«

»Das kenne ich«, meinte das Koboldmädchen. »Der Oger hat dafür gesorgt, daß ich diesen Zauberstab hier erhalte, und der hat mir in meinem Volk eine große Macht verliehen. Demnächst werde ich einen Koboldhäuptling heiraten. Ich war unten in den Minen und habe Edelmetalle für meine Aussteuer geschürft, als oben die Schlacht zwischen den Zentauren und den Mundaniern tobte. Ich habe erst zu spät davon erfahren, sonst wäre ich euch zu Hilfe gekommen, aber so konnte ich dir nur einen Boten schicken. Vielleicht hat der dich nicht mehr erreicht –«

»Doch, hat er«, sendete Imbri.

»Dann hat mich die Gorgone mitgenommen, bevor er mir Meldung machen konnte. Na ja, *jetzt* bin ich jedenfalls bereit.« Sie wedelte im Traum mit ihrem Stab und ließ Gegenstände durch die Luft schweben.

»Der Magier Humfrey hatte mir aufgetragen, meine Schwester zu holen«, erklärte die Gorgone. »Unsere anderen Freundinnen waren leider alle verhindert, Feuereiche die Dryade, Johanna die Elfe – aber die kennst du wahrscheinlich gar nicht. Blyght Messingmädchen konnten wir nicht erreichen, und Chem und Tandy muß ich erst noch benachrichtigen –«

»Chem und Tandy sind bereits auf Schloß Roogna«, sagte Imbri und schickte im Traum ein Hintergrundbild des Schlosses herum.

»Und Blyght kann ich jederzeit holen, wenn sie uns helfen möchte. Ich habe ihr in der Messingstadt jedenfalls schon eine Nachricht hinterlassen.«

»Es wäre wirklich sehr nett, wenn wir alle mal wieder zusammenkämen«, meinte die Sirene. »Und auch, den Oger mal wiederzusehen. Schließlich hat der das alles erst möglich gemacht.«

»Chamäleon hat mich gebeten, euch zu holen, um bei der Verteidigung von Schloß Roogna zu helfen«, projizierte Imbri. »Ich kann euch einzeln hinbringen.«

»Nein, wir nehmen den fliegenden Teppich«, entschied die Gorgone.

»Wir haben den Golem mit einem abgefüllten Reisezauber zum Schloß befördert, und den Teppich können wir jedesmal wieder zurückpfeifen, bis er uns alle drei nacheinander ans Ziel gebracht hat. Wir können morgen früh aufbrechen, reicht das?«

»Ich glaube schon«, meinte Imbri. »Wir erwarten die Mundanier in zwei Tagen. König Irene wird Pflanzen wachsen lassen, um sie aufzuhalten –«

»König Irene!« rief die Gorgone erstaunt. »Was ist denn mit dem Zentaurenkönig passiert?«

Schnell brachte Imbri die Frauen auf den neuesten Stand. »Und deshalb wird Chamäleon der nächste König von Xanth«, beendete sie ihren Bericht.

»Das geht mir alles fast zu schnell«, bemerkte die Sirene. »Wir müssen endlich damit aufhören, ständig unsere Könige zu verlieren.«

»Ja, und die Armee der Nächstwelle müssen wir auch aufhalten und besiegen«, fügte die Gorgone hinzu. »Ich glaube, das könnte ich schon schaffen, wenn ich den Jungs mal fest ins Gesicht blicke.«

»Ja«, stimmte Imbri ihr zu, »aber paß auf, daß keine xanthischen Verteidiger in der Nähe sind.«

Die Gorgone nickte. »Keine Angst. Hol du Blyght, dann treffen wir uns auf Schloß Roogna.«

Imbri ließ sie wieder in einen traumlosen Schlaf versinken. Sie trabte hinaus zum Kürbisfeld und hatte schon kurz darauf die Messingstadt erreicht. Alle Messingmädchen in Blyghts Block waren zu reglosen Statuen geworden, was bei ihnen ganz normal war, wenn sie schliefen. Imbri betätigte den Auslöseknopf mit ihrer Nase, und die Messingmädchen erwachten zum Leben. »Kommst du mit mir in die wirkliche Welt, Blyght? Deine Freundinnen haben nach dir gefragt und –«

»Liebend gern!« rief Blyght. »Das da draußen ist eine ziemlich merkwürdige Welt mit all diesen Lebewesen, aber den Oger und die Mädchen mag ich.«

»Ich muß die Sache zuvor mit dem Nachthengst klären«, sendete Imbri. »Aber ich schätze, das wird schon klappen.«

Blyght stieg auf, und sie sorgten dafür, daß das Messinggebäude hinter ihnen wieder abgeschaltet wurde. Dann suchten sie die sieben Könige auf.

Zu ihrem Schreck waren es bereits neun Könige. Sowohl Irene als auch Chamäleon waren schon verzaubert worden.

»So, jetzt liegt es an Euch, König Mähre«, sagte Chamäleon. »Ihr allein könnt den Reitersmann besiegen.«

»Aber wie hat er dich bloß erwischt?« fragte Imbri völlig verwirrt. Chamäleon hatte sie zwar gewarnt, daß sich die Dinge sehr schnell entwickeln würden, aber das hier war nun doch etwas schwer zu verkraften.

Chamäleon lächelte unangenehm. »Ich habe ihn aufs Schloß gebracht. Mein Plan hat perfekt funktioniert.«

»Du hast *was*?«

»Ich habe mir meinen Verdacht bestätigen lassen und ihn in die Falle gelockt, und zwar mit mir selbst als Köder. Sobald er drinnen war, haben wir alle anderen lebenden Bewohner aus dem Schloß geschickt. Dann hat König Irene die Pflanzen wachsen lassen, die sie vorbereitet hatte, und die haben ihn auf Schloß Roogna eingeschlossen, während er mit uns beschäftigt war.« Wieder lächelte sie äußerst bösartig. »Eine Weile lang glaubte er, daß Irene ihn ganz attraktiv fände, doch als er merkte, daß sie nur auf Zeit spielte, damit ihre Pflanzen ihr Wachstum vollenden konnten, hat er sie kurzerhand in den Kürbis verbannt. Dann habe ich die Krone aufgesetzt und ihm mitgeteilt, daß wir sein Geheimnis durchschaut haben und ihn niemals aus dem Schloß entfliehen lassen würden, worauf er mich natürlich ebenfalls in die Kürbisverbannung geschickt hat. Meine Regierungszeit als König war also ziemlich kurz, kaum zwei Minuten, um genau zu sein. Er war reichlich böse, von uns reingelegt worden zu sein, besonders von mir, die er ja für völlig dumm gehalten hatte.«

»Aber er ist dir doch niemals zuvor begegnet!« wandte Imbri ein. »Du warst doch mit dem Tagpferd im Wald, als Grundy, Ichabod und ich auf ihn getroffen sind!«

»Nicht genau. Jedenfalls mußt du dich jetzt auf Schloß Roogna begeben, um ihn zu erledigen, und das wird nicht leicht sein.«

»Das wird aber *äußerst* leicht sein!« sendete Imbri. »Ich werde dieses Ungeheuer mit Freuden zu Tode trampeln!«

Chamäleon schüttelte den Kopf. »Nein, so leicht wird das überhaupt nicht sein. Du kannst ihn nicht töten.«

»Und ob, König Chamäleon!« erwidert Imbri hitzig.

»Weil es nämlich möglich ist, daß er der einzige ist, der die Verzauberung wieder aufheben kann, mit der er uns alle ausgeschaltet hat. Du mußt ihn erst dazu bringen, uns freizulassen – und das wird er nicht freiwillig tun.«

Das stimmte natürlich. Imbri mußte ihr Pferdetemperament zügeln.

»Aber ich kann ihn doch immer noch solange treten, bis er nachgibt. Bevor ich mit ihm fertig bin, wird er darum betteln, mir alles sagen zu dürfen.« Doch ein leiser, unbestimmter Zweifel nagte an ihr.

»Wohl kaum«, meinte der Gute Magier König Humfrey. »Da ist nämlich noch ein Aspekt, den wir bisher vielleicht etwas vernachlässigt haben.«

»Du mußt nämlich wissen«, fuhr Chamäleon fort, »daß er der Abkömmling eines Hengstes und einer Menschenfrau ist. Das Ergebnis einer Liaison am Liebesquell. Er ist ein Mischwesen, genau wie die Zentauren.«

»Wie die Zentauren?« fragte Imbri verwirrt. »Aber er ist doch ein Mensch!«

»Er ist ein Werpferd.«

Langsam beschlich sie eine entsetzliche Erkenntnis. »Das ... Tagpferd ... etwa?«

»Eben dieses. Sein Geist kann zwei Gestalten annehmen, in denen er gleichermaßen zu Hause ist. Da ist niemand drauf gekommen, weil es schon lange kein solches Wesen in Xanth mehr gegeben hat.«

»Warum hast du mir das nicht vorher gesagt?« fragte Imbri. »Die ganze Zeit habe ich ... ihn ...«

»Ich weiß selbst, daß das grausam war«, sagte Chamäleon, »aber ich war mir meiner Sache nicht völlig sicher. Hätte ich mich geirrt, so hätte das bedeutet, daß ich einem guten und unschuldigen Tier bitteres Unrecht angetan hätte. Wäre ich aber im Recht gewesen, so wäre es gefährlich gewesen, es Euch mitzuteilen, weil Eure Reaktion ihn vielleicht mißtrauisch gemacht hätte. Möglicherweise wäre er uns dann nicht mehr in die Falle gelaufen. Deshalb mußte ich Euch in die Irre führen, was ich zutiefst bedaure.«

»Die ganze Zeit ... in unserer Mitte ... der Reitersmann!«

»Dessen magisches Talent übrigens darin besteht, zwischen zwei Stellen eine Sichtverbindung herzustellen, etwa zwischen einem menschlichen Auge und dem Guckloch eines Hypnokürbisses, wie wir es ja auch schon vermutet haben. Aber wenn Ihr versuchen solltet, ihn zu treten, wird er seine Hengstgestalt annehmen – und er ist nun einmal kräftiger als Ihr.«

»Aber nicht bei Nacht!« protestierte Imbri. Doch ihr Entsetzen wollte nicht nachlassen. Sie hatte geglaubt, daß das Tagpferd ihr Freund sei! Doch nun erinnerte sie sich daran, wie das Tier sich stets in der Nähe des Reitersmanns aufgehalten hatte. Bei ihrer ersten Begegnung war dies auf jeden Fall so gewesen, als der eine so getan hatte, als würde er vor dem anderen fliehen. Was für eine raffinierte Tarnung – und sie hatte sich davon gründlich hinters Licht führen lassen! Das Pferd hatte sie sogar aus der Gefangenschaft des Mannes befreit, wie hätte sie da argwöhnen sollen, daß es sich um ein und dieselbe Person gehandelt hatte? Und als Grundy und Ichabod mit ihr zusammen die Mundanier ausspioniert hatten, war der Reitersmann im Lager erschienen. Und seine unglaubliche Reisegeschwindigkeit – natürlich war es ihm als Hengst gelungen, Strecken binnen weniger Stunden zu überwinden, für die er in menschlicher Gestalt Tage gebraucht hätte, während er als Mensch wiederum Pässe und Abkürzungen hatte nehmen können, die seine Tiergestalt aufgehalten hätten. Er hatte also die größten Vorteile beider Rassen miteinander vereint! Als Tagpferd hatte er sich dumm gestellt und auf diese Weise alle Geheimnisse Xanths in Erfahrung gebracht – die unsichtbare Brücke, die Thronfolge –, und dabei hatten sie ihn für ihren Verbündeten gehalten und ihm alles verraten!

Nun verstand sie auch, weshalb sich der Gute Magier seiner Niederlage so sehr schämte. Das Tagpferd war sogar dabei gewesen, als Humfrey seine Zauber aufgebaut und sie ihr erklärt hatte! Humfrey hätte den Reitersmann – nein, man mußte ihn jetzt wohl den Pferdmenschen nennen! – jederzeit verzaubern können, wenn er nur begriffen hätte, was im nachhinein als so offensichtlich erschien! Statt dessen hatte er sich in dem Augenblick erwischen lassen, als Imbri den Baum verlassen hatte und darauf wartete, daß das Tagpferd ihm nachfolgte. Der Hengst hatte sich in den Mann verwandelt, den Magier unschädlich gemacht und war danach in Pferdegestalt zu Imbri zurückgekehrt.

Alles paßte nun so gut ins Bild, daß ihr davon beinahe übel

wurde. Sie hatte sich wirklich mährenhaft dumm verhalten! Erst Chamäleon war es in ihrer häßlichen, klugen Phase gelungen, alle Einzelteile zu einem einheitlichen Ganzen zusammenzufügen und zu den richtigen Schlüssen zu gelangen. Natürlich war der Pferdmensch ihr ins Schloß gefolgt, denn das hatte ihm ja die Möglichkeit gegeben, die letzten beiden Könige auszuschalten und die Macht an sich zu reißen.

Und jetzt befanden sich die Könige zwar hier im Kürbis in Sicherheit und wirkten einigermaßen zufrieden – doch ihre Körper waren noch auf Schloß Roogna, in der gnadenlosen Gewalt ihres Feindes. Sie hatten die Wahrheit endlich herausgefunden, aber die Krise war noch lange nicht überwunden.

»Viel Glück, König Imbri«, sagte König Trent feierlich. »Das Schicksal Xanths hängt von Euch ab.«

Nun begriff Imbri erst so richtig, mit welch gewaltiger Herausforderung sie es nun eigentlich zu tun hatte: Der zehnte König *mußte* einfach die Kette sprengen – und der zehnte König war sie.

XIII

Das Sprengen der Kette

Es machte keine Schwierigkeiten, die Erlaubnis einzuholen, Blyght Messingmädchen mit in die wirkliche Welt nehmen zu dürfen; der Nachthengst hatte auf Imbris Bitte schon gewartet. Noch vor Tagesanbruch trafen die beiden vor Schloß Roogna ein.

Die Gorgone, die Sirene und Goldy waren bereits da, ebenso Chem Zentaur, Tandy und ihr Ogermann Krach, der das Schloß die ganze Zeit treu bewacht hatte. Die anderen hatte man in die benachbarten Dörfer in Sicherheit geschickt, weil man ja wußte, daß es hier bald zu einer Schlacht kommen würde. Tandy hatte ihren Vater, den alten Soldaten Crombie, dazu überreden können, den Abmarsch zu organisieren und die Flüchtlinge zu begleiten und ihnen den Weg zu zeigen, damit sie sich nicht verirrten. In Wahrheit war Crombie überhaupt nicht mehr in der Lage, gegen die Mundanier zu kämpfen, doch sein Stolz blieb ungebrochen. Die Sirene hatte die Evakuierung mit ihrem ausgeprägten Taktgefühl in die Wege geleitet.

Blyght war erfreut, die anderen wiederzusehen. Alte Freundinnen begrüßten einander fröhlich, doch dann wurden sie wieder ernst, weil ihnen bewußt war, welch schlimme Zeiten ihnen noch bevorstanden. Von der Spalte her war der eine Feind im Anmarsch, im Schloß gefangen war der andere. Beide mußten sie unschädlich machen – diese erbärmlich schwach aussehende Gruppe von Frauen und einem einzigen Oger.

»Und ein Golem«, bemerkte Grundy voller Ingrimm und Stolz. Offensichtlich war er nicht zusammen mit den anderen geflohen, obwohl er das hätte tun sollen. Es war zwar nicht ganz klar, was er hier tun konnte, aber was es auch sein mochte – er war fest entschlossen, sein Bestes zu geben.

Sie blickten Imbri an, die plötzlich begriff, daß es nun ihr oblag, Befehle zu erteilen, denn sie war jetzt der König. »Ruhen und essen«, sagte sie in einem etwas zittrigen kleinen Traum. »Wir erwarten die Mundanier frühestens morgen. Ihr wißt, was ihr zu tun habt.«

Imbri blickte zu dem Schloß hinauf, das sich als dunkle Silhouette vor dem langsam heller werdenden Himmel abzeichnete. »Und ich weiß, was ich als erstes zu tun habe!«

Das Schloß wirkte auf merkwürdig ungewohnte Weise imposant. Es war fast völlig von Pflanzen überwuchert. Gewirrbäume wuchsen an seinen Mauern empor, und fleischfressende Gräser sprossen aus den Schießscharten. Bewegliche Schlingpflanzen hingen von den Brüstungen herab, und Krakentanggewächse im Schloßgraben beunruhigten die normalen Grabenungeheuer. König Irene war verbannt worden, doch ihre Magie blieb zurück, und es sah wirklich danach aus, als habe sie Magierformat.

Es gab keinen leichten Zugang oder Ausweg mehr. Der Pferdmensch saß tatsächlich in der Falle, denn ein Greifer verschlang genauso gern einen Menschen wie ein Pferd. Die Pflanzen konnten zwar nicht ins Schloß selbst eindringen, denn dieses war mit jahrhundertealten Schutzzaubern versperrt, aber das hinderte sie nicht daran, draußen gierig nach Beute aller Art Ausschau zu halten. Imbri mußte jetzt, noch vor dem Morgengrauen, ins Schloß eindringen, sonst würde es ihr erst wieder am Abend gelingen, und an diesen Gewächsen kam sie nur im entmaterialisierten Zustand vorbei.

Da hörten sie im Norden Hufgeklapper. Chet Zentaur kam herangaloppiert, sein prachtvoller Leib war schweißbedeckt.

»Die Mundanier kommen! Die Mundanier kommen!« rief Chet atemlos.

»Aber wir haben doch die Brücke aus ihrer Verankerung gerissen!« protestierte Imbri.

»Das weiß ich. Ich habe sie so gut beobachtet, wie ich nur konnte, ohne selbst entdeckt zu werden. Anscheinend haben sie gleich, nachdem Ihr verschwunden seid, einen Mann auf die andere Seite geschickt. Es ging alles so schnell, daß der Spaltendrache nicht mehr rechtzeitig eintraf – obwohl ich nicht weiß, ob dieses arme Monster überhaupt jemals wieder mit Mundaniern in Berührung kommen will! Jedenfalls hat der Mann die unsichtbare Brücke wieder hinaufgezogen, es ist ja eine Netzstruktur, wie Ihr wißt. Dann hat er sie an der anderen Seite wieder befestigt, und die Mundanier sind noch während der Nacht hinübermarschiert. Jetzt trifft bald ihre Vorhut ein! Ich hätte es schon früher entdeckt, wenn ich nicht erst noch andere Fährten überprüft hätte.«

»Du warst ja auf einem normalen Patrouillengang und hast mit nichts dergleichen gerechnet«, meinte Grundy tröstend. »Wir wußten doch alle, daß sie an der zerstörten Brücke nachts nicht losmarschieren würden. Das heißt, wir haben geglaubt, es zu wissen.«

»Wir haben alle die Mundanier unterschätzt«, sagte die Sirene. »Deshalb ist der Krieg bisher auch so schlecht für uns verlaufen. Wir glauben ständig, daß Leute ohne Magie keine ernste Bedrohung darstellen. Das stimmt überhaupt nicht; tatsächlich sind solche Leute viel skrupelloser, vielleicht gerade *wegen* dieses Mangels. Deshalb sind sie auch gleich doppelt so gefährlich.«

Auch Imbri mußte einsehen, daß sie die Mundanier falsch eingeschätzt hatte. Sie hatte geglaubt, daß die Punier die Nacht im Lager verbringen würden, um dann am nächsten Tag auf die gleiche Weise die Spalte zu durchqueren, wie es die erste Armee getan hatte. Sie hatten sie reingelegt und kamen nun, geschickt und schnell wie sie waren, ihrem eingesperrten Anführer zu Hilfe. Jetzt sahen sie, welchen Preis sie für ihre Fehleinschätzung zahlen mußten: Die Belagerung fing bereits an, bevor die Verteidigung organisiert worden war.

Der Pferdmensch mußte warten. Jetzt hatte es Vorrang, daß Imbri sich um die Schlacht kümmerte. Die Nächstweller durften Schloß Roogna nicht erobern, jenes letzte massive Symbol der Unabhängigkeit Xanths, und sie durften auch den Pferdmenschen nicht befreien. Wenn sie sich jetzt ins Schloß begab, konnte sie ihn vielleicht töten, aber zur gleichen Zeit war sie während des Tages eine Gefangene des Schlosses und konnte immer noch die Schlacht verlieren, so daß diese Barbaren Xanth doch noch überrennen würden. Wahrscheinlich war selbst ein schlechter Mundanierführer immer noch besser als gar keiner. Wenn sie sich dagegen zuerst den Mundaniern widmete, würde der Pferdmensch in der Zwischenzeit im Schloß gefangen bleiben, so daß sie sich später noch nach Belieben um ihn kümmern konnte.

Andererseits war das auch keine perfekte Lösung. Was, wenn der Pferdmensch wütend wurde und damit begann, die reglosen Körper der Könige zu töten? Durfte sie das riskieren? Wieder schwankte Imbri in ihrer Entscheidung, deren Tragweite für das Schicksal zahlloser anderer Lebewesen und vielleicht sogar ganz Xanths kaum abzusehen war.

»Macht Euch keine Sorgen«, sagte die Sirene, die ihre Gedanken erraten hatte. »Der Pferdmensch wird den Königen kein Haar krümmen. Er hält sie als Geiseln. Er weiß, daß wir einen Harpyienschwarm oder auch andere tödliche Wesen zu ihm ins Schloß schicken würden, wenn wir uns nicht um unsere Leute dort drin sorgten. Im Augenblick stellen die Könige für ihn keine unmittelbare Gefahr dar, und er kann nur davon profitieren, wenn er gut für sie sorgt – bis die Mundanier die Schlacht gewonnen und ihn befreit haben. Und wenn sie verlieren sollten, wird er versuchen, die Könige gegen seine Freiheit auszutauschen.«

Das erschien einleuchtend. »Wir müssen uns schnell organisieren«, sendete Imbri. »Die Gorgone muß sich dort aufstellen, wo nur der Feind sie sehen kann, andererseits muß es ein gut geschützter Ort sein, damit sie nicht von Pfeilen getroffen wird.«

»Keine Sorge«, meinte die Gorgone. »Ich werde meinen Schleier nur in Gegenwart eines Mundaniers lüften. Ich kann mich hinter einem Baum verstecken und hervorspähen –«

»Aber die anderen werden sehen, was dem ersten Mundanier zustößt«, wandte die Sirene ein. »Was Kriegslisten angeht, sind die Mundanier sehr vorsichtig. Aber ich kann da wohl Abhilfe schaffen. Der Magier Humfrey hat meine Harfe wiederhergestellt, noch bevor er König wurde. Damit kann ich sie anlocken, nachdem ich wieder meine magische Kraft besitze –«

»Zunächst einmal müssen wir sämtliche männlichen Xanther aus dem Gebiet entfernen«, sendete Imbri.

»Ach, wir wissen doch alle, was es mit der Gorgone auf sich hat!« protestierte Grundy. »Wir schauen ihr schon nicht unter den Schleier.«

»Alle männlichen Wesen müssen in Sicherheit gebracht werden«, beharrte Imbri. »Außer Hörweite, damit ihr nicht von der Sirene angelockt werdet. Du, Grundy, und du, Chet, werdet sie jetzt sofort im Namen des Königs warnen. Begebt euch weit fort und kommt erst wieder zurück, wenn jemand von uns euch holt.«

»Huch – Krach ist eben auf Patrouille in den Urwald gegangen«, warf Tandy ein. »Um sicherzugehen, daß die Mundanier sich nicht heimlich aus einer anderen Richtung anschleichen.«

»Wir müssen es tun, Golem«, sagte Chet. »Imbri ist die Königsmähre. Und recht hat sie auch. Wir können Krach und alle Nachzügler warnen.«

»Wir geben euch so viel Zeit wie nur möglich«, sendete Imbri. »Das hier ist eine Schlacht, die nur von weiblichen Wesen geschlagen werden kann, denn die allein sind immun gegen den Gesang der Sirene.« Sie drehte sich hastig zu der Sirene um. »Das stimmt doch, oder?«

»Ja, das stimmt«, erwiderte die Sirene. »Meine magische Kraft gleicht jener von Millie dem Gespenst – es ist eine Art Sex-Appeal-Projektion. Eine männliche Sirene könnte wahrscheinlich dafür weibliche Wesen betören und verführen.«

»Das würde denen auch recht geschehen!« rief Grundy. Doch die Gorgone drehte sich zu ihm herum und tat so, als wollte sie ihren Schleier heben. Hastig krabbelte der Golem auf Chets Rücken, und die beiden galoppierten davon, während die Sirene kicherte.

Schnell entwarfen sie einen Schlachtplan. Als die Sonne sich aus dem Wald emporwälzte und die Blätter ihrer Nachbarbäume versengte, marschierte die Spitze der mundanischen Streitmacht auf Schloß Roogna zu. Das Licht ließ die punischen Schilde und Helme glitzern, während die gefürchtete Eroberungswelle sich auf einer Anhöhe sammelte.

Chem Zentaur hatte sich in einem alten hohlen Bierfaßbaum versteckt und projizierte eine große Karte dessen, was sie beobachtete. Darauf waren sämtliche Mundanier zu erkennen, und zwar so, daß alle Verteidiger sie sehen konnten. Die Punier konnten die Karte zwar ebenfalls sehen, doch da darauf nicht die Stellungen der Verteidiger eingetragen waren, nützte das dem Gegner nichts. Die Mundanier spähten umher, um dem Ursprung der Karte auf die Spur zu kommen, doch in der näheren Umgebung gab es gut hundert dicke alte Bäume, von denen keiner dem Feind helfen wollte, und außerdem waren noch genügend Landschaftsmerkmale vorhanden, um die Eindringlinge zu verwirren. Also verteilten die Mundanier sich und stachen mit ihren Speeren auf jeden Baum ein, wobei sie von nur scheinbar zufällig herabstürzendem Totholz geradezu bepflastert wurden. Doch bald würden sie den richtigen Baum gefunden haben.

Mit Hilfe der Karte schwenkte Goldy Kobold jedoch nun ihren Zauberstab. Ein Mundanier wurde unversehens in die Luft emporgetragen und stieß einen Schrei der Verblüffung aus. Er segelte in hohem Bogen über den Urwald und stürzte plötzlich kreischend in die Tiefe.

Nun richteten die Mundanier ihre Aufmerksamkeit auf diese neue Bedrohung und vergaßen die Karte fürs erste! Sie entdeckten Goldy, die hoch oben in einem Hoikarlyptus-Baum saß. Sie schossen Pfeile auf sie ab, doch der Baum warnte sie mit lautem »Hoi! Karl!«, wie es seine Art war, und fing die Pfeile mit wedelnden Ästen ab.

Die Mundanier starrten ihn an und glaubten offenbar an einen weiteren Zufall. Sie gaben dem Wind die Schuld, doch als die Brise sich legte, und der Baum weiterhin ihre Pfeile ablenkte, erkannten sie, daß auch er zur kämpfenden Partei zu zählen war. Alle Bäume in der Umgebung von Schloß Roogna konnten sich in gewissem Umfang bewegen, und sie waren die Wächter des Schlosses. Doch sie konnten nicht allzu viel machen, bevor die Mundanier näherkamen, und die achteten wohlweislich darauf, dies möglichst zu vermeiden. Die Mundanier griffen den Yptus-Baum an. Mit ihrem Stab ließ Goldy einen nach dem anderen über den Urwald segeln und in den nächsten See plumpsen, wo hungrige Schleckwegungeheuer lauerten, doch es waren zu viele, als daß sie sie alle hätte aufhalten können. Sie erreichten schließlich den Baumstamm und begannen daran emporzuklettern.

Da trat Blyght Messingmädchen in Aktion. Sie saß auf einem der untersten Äste und hatte einen Korb mit Kirschbomben im Schoß. Diese ließ sie nun auf jeden Helm hinabplumpsen, der sich von unten zeigte und höherkam. Die Bomben detonierten, spritzten den Gegnern Kirschsaft ins Gesicht und ließen die Helme wie Glocken ertönen. Die baumsteigenden Mundanier schieden aus dem Laubwerk und damit auch aus dem Kampfgeschehen aus.

Die anderen Mundanier schossen mit ihren Pfeilen auf Blyght. Sie waren so nahe, daß der Baum die Geschosse mit seinen Pfeilen nicht alle rechtzeitig abwehren konnte. Doch die Pfeile prallten scheppernd von ihrem Messingkörper ab, ohne Schaden anzurichten. Nun ja, *fast* ohne Schaden anzurichten, denn jede Pfeilspitze hinterließ eine Delle, und Blyght hatte etwas gegen Beulen und Dellen. Zornig schleuderte sie den Bogenschützen weitere Kirschbomben entgegen und setzte sie außer Gefecht.

Ihrerseits wütend geworden, bildeten die Punier eine Art Phalanx, wobei sie ihre Schilde über ihren Köpfen überlappen ließen, so daß die Kirschbomben kaum Wirkung zeitigten, und dicht aneinander gedrängt auf den Baum zumarschierten. Dann machten sie sich mit ihren Schwertern über den Stamm her.

»OooOooO!« stöhnte der Baum, und es klang, als würde der Wind seufzend durch sein Geäst streichen. Er erlitt schreckliche Schmerzen.

Blyght ließ sich auf die Phalanx fallen und kniete sich auf die Schilde, um Lücken und Ritzen ausfindig zu machen. Durch diese quetschte sie weitere Kirschbomben. Die Explosionen in dem beengten Raum der Formation sprengte die überlappenden Schilde auseinander. Rauch quoll hervor, und die hustenden, um sich schlagenden Soldaten erhöhten noch das Durcheinander. Blyght verlor den Halt und stürzte mitten in die Phalanx hinein.

Nun grabschten die unverletzten Punier nach dem Messingmädchen. Blyght wehrte sich verzweifelt, doch es waren ihrer zu viele, und sie waren ihr an Kräften überlegen. »Schaut mal, was wir hier haben!« rief einer von ihnen lechzend. »Eine goldene Nymphe!«

»Ha, was wir mit *der* anfangen, wissen wir ja!« rief ein anderer. »Haltet mal ihre Arme und Beine fest –«

Imbri, die all dies aus der Tiefe des Urwalds mitangesehen hatte, galoppierte zum Versteck der Sirene hinüber. Sobald sie auf Empfangsentfernung war, sendete sie ihre Nachricht: »Sie haben Blyght! Sie hauen Goldys Baum ab! Jetzt bist du an der Reihe!«

Die Sirene nickte. Sie legte Hand an ihre Harfe und begann zu spielen. Magisch erklang Musik und durchdrang die Luft. Dann begann sie zu singen. Ihre Stimme verschmolz auf seltsame Weise mit den Noten zu einer ungewöhnlichen, aber unwiderstehlichen Melodie. Es war weder die Harfe noch ihre Stimme allein, sondern die Kombination der beiden, die ihre Magie ausmachten. Die Töne umschmeichelten das Schlachtfeld und durchdrangen die Umgebung.

Die mundanischen Männer reagierten ganz anders als die xanthischen Frauen: Die Soldaten richteten sich lauschend auf, indem sie alles stehen und liegen ließen, was sie gerade noch getan hatten. Manche waren soeben im Begriff gewesen, Pfeile in ihre Bögen einzulegen, andere hatten auf den Hoikarl-Baum eingehackt, und wiederum andere hatten Blyght festgehalten, um an ihr eine schreckliche männliche Schandtat zu vollziehen. Nachdem sie einen Augenblick reglos verharrt hatten, kehrten sie ihre Gesichter der Musik zu. Blyght Messingmädchen, die zwar einige Beulen und Dellen abbekommen hatte, ansonsten aber unversehrt war, sackte zu Boden. Die Männer hatten das Interesse an ihr verloren.

Jetzt war von Truppenformation nicht mehr die Rede: nur noch ein einziger schlafwandlerischer Ansturm auf die Sirene. Fast fünfundzwanzig Jahre lang war die Macht der Meerjungfrau durch den Verlust ihres Instruments geschwächt gewesen, doch nun wurde sie wieder in all ihrer betörenden Kraft offenbar. Die Mundanier drängten dem Klang nach und stießen einander dabei grob aus dem Weg. Wie Treibgut sammelten sie sich an dem engen Zugang zu der Lichtung, auf der die Sirene saß und sang, blindlings stießen und schoben sie einander hinein.

Neben der Sirene stand die Gorgone. Als die Männer nach und nach eintraten, schob sie ihren Schleier beiseite und blickte ihnen ins Gesicht. Sofort verwandelte sich einer nach dem anderen in eine steinerne Statue. Doch die nachdrängenden Mundanier störte das nicht, sie kamen hinterher und wurden ihrerseits versteinert.

Imbri stand hinter der Gorgone und sah zu. Das war der sicherste Platz, denn wenn die Magie der Sirene auch nur auf Männer wirkte, stellte die Gorgone für alle eine Gefahr dar. Zusammen waren die beiden einfach tödlich. Wenn das in diesem Tempo weiterging, war bald die gesamte mundanische Armee versteinert!

Da nahmen Imbris empfindliche Ohren einen fernen Ruf wahr. »Imbri! Vorsicht!« Es war eines der Mädchen; was war da los?

Imbri verließ den Garten der Statuen und galoppierte an den Puniern vorbei, die sie gar nicht beachteten.

Tandy hatte gerufen. Sie hatte sich am Rande des Geschehens für einen Einsatz bei unvorhergesehenen Ereignissen zur Verfügung gehalten, und ein ebensolches hatte sie gerade zu ihrem Entsetzen zu melden. »Mein eigener Mann!« rief sie. »Krach! Chet und Grundy haben ihn wohl verfehlt, und jetzt ist er gekommen, um Meldung zu machen. Der Sirenengesang hat ihn betört, und ich kann ihn nicht aufhalten!«

Tatsächlich stampfte der Oger gerade hinter den Mundaniern her. Die Melodie hatte ihn völlig betört. Er war doppelt so groß wie jeder der Mundanier und sechsmal so schwer. Außerdem verfügte er im Augenblick über seine magische Ogerkraft, was ihn noch viel gefährlicher machte, als seine bloße Größe vermuten ließ; er konnte mit unbewehrten Händen Felsen zermalmen und den Saft aus Bäumen pressen. Nicht einmal ein Riese hätte ihn wahrscheinlich aufhalten können, und eine Person von Tandys Größe ganz gewiß nicht.

Imbri versuchte es. »Krach!« sendete sie ihm einen dringenden Tagtraum. »Der Sirenengesang hat dich betört! Kämpfe dagegen an, sonst blickst du der Gorgone ins Antlitz!«

»Ich geh, ich seh«, grunzte der Oger, indem er wieder in seine stumpfsinnige Art zurückfiel, obwohl er aufgrund seiner menschlichen Herkunft mit Intelligenz ausgerüstet war. Er stampfte weiter. In seinen Bratpfannenhänden hielt er irgendwelche Gegenstände, die Imbri nicht ausmachen konnte.

Der Sirenengesang war aber wirklich mächtig! Imbri mußte feststellen, daß sie Krach nicht aufhalten konnte. Sie galoppierte zu der Lichtung zurück und schickte der Gorgone einen Traum voraus. »Versteinere mich nicht, Freundin! Ich komme!«

Die Gorgone verhüllte ihr Gesicht, und Imbri kam ungehindert, wenn auch mit vier weichen Knien, auf sie zu. Hinter der schrecklichen Frau blieb sie stehen, worauf die Gorgone die Mundanier wieder anzublitzen begann und jeden auf der Stelle versteinerte. Die Lichtung war inzwischen mit Statuen überfüllt, und Sirene und Gorgone mußten immer weiter zurückweichen, um neuen Opfern Platz zu machen. Diese beiden Frauen waren im Begriff, eine Armee zu vernichten, die zuvor die ganze Wildnis Xanths durchmessen, Greife und Kobolde und Drachen eingeschüchtert und ganze xanthische Dorfgemeinschaften in die Flucht geschlagen hatte! Es lag wirklich eine gehörige Portion Ironie in der Tatsache, daß ausgerechnet zwei ältere, einigermaßen sanfte, verheiratete Damen der Nächstwelle ein Ende bescheren sollten.

»Der Oger kommt hierher, und ich kann ihn nicht davon abhalten«, sendete Imbri. »Sirene, du mußt lange genug mit deinem Gesang aussetzen, damit ich ihn weit fortschicken kann. Dann kannst du wieder fortfahren.«

»Aber dann entkommen die Mundanier doch auch!« protestierte die Sirene im Traum.

»Ich weiß. Aber die Gorgone kann sie ja weiterhin versteinern lassen. Sie werden ja nicht wissen, daß sie einen Grund zur Flucht haben. Der Oger kann schnell laufen, es wird nicht lange dauern.«

»Wie Ihr wollt.« Die Sirene hörte auf zu singen und zu spielen. »Meine Finger werden auch langsam müde, ich bin ziemlich aus der Übung.« Sie bewegte sie, um sie für die nächste Runde wieder geschmeidig zu machen.

»Krach!« schickte Imbri dem Oger einen kraftvollen Ferntraum. »Flieh so schnell du kannst in den Urwald! Halte dich außerhalb der Hörweite auf, um nicht wieder dem Sirenengesang zu erliegen!«

»Ich hau ab, und zwar trapptrapp!« willigte der Oger ein. »Lasse Zauber hier, hoffe nützen dir.« Er stellte irgend etwas auf den Boden, drehte sich um, packte Tandy um die Hüfte und lief davon, wobei sein Stampfen die Erde erzittern ließ.

»Du auch, Chem!« sendete Imbri, als ihr einfiel, daß die Landkarte der Zentaurin nicht mehr benötigt wurde. »Bring dich in Sicherheit und versuche, irgendwelche Unterstützung zu holen. Vielleicht werden die Waldungeheuer ja –«

»Die halten sich da raus«, meinte Chem und wich einem Speer aus. »Mit Menschenangelegenheiten wollen die nichts zu tun haben. Denen ist es egal, wer in Xanth regiert.«

»Na gut, dann verschwinde trotzdem. Ich will nicht, daß dir hier noch etwas zustößt.«

Chem nickte. Sie war vernünftig genug, um die Lage realistisch einzuschätzen. Es war wirklich das Beste, alles Personal, das nicht gebraucht wurde, außer Reichweite der Gorgone zu halten. Das verhinderte Unfälle und gab der Gorgone mehr Bewegungsspielraum.

Die Mundanier schüttelten mittlerweile verwirrt die Köpfe und orientierten sich aufs neue. Einige von ihnen versuchten, den davonlaufenden Oger anzugreifen, weil sie glaubten, er wollte vor ihnen fliehen. Doch diese Torheit wurde schnell belohnt: Mit weit ausholenden Gesten wirbelte Krach sie aus dem Weg. Für ihn war das eine fast beiläufige Bewegung, wie wenn Imbri mit dem Schweif ein paar Fliegen verjagt hätte, doch die Mundanier schossen durch die Luft und bewegten sich auch nicht mehr, nachdem sie zu Boden gestürzt waren.

Andere Mundanier machten sich daran, ihren ursprünglichen Auftrag zu erfüllen, indem sie auf das Schloß zugingen. Ihre Reihen hatten sich merklich gelichtet, es waren keine hundert mehr. Manche drängten weiterhin neugierig auf die Lichtung, um festzustellen, was dort eigentlich los war, und wurden von der Gorgone schnell erledigt.

Einige Soldaten blieben stehen, um die Gegenstände aufzuheben, die der Oger zurückgelassen hatte. Imbri hatte sie schon wieder fast vergessen. Der Oger hatte von Zaubern gesprochen, also hatte er wohl angenommen, daß sie ihnen bei ihren Verteidigungsanstrengungen behilflich sein würden. Sie galoppierte darauf zu, doch es war schon zu spät: Die Mundanier waren bereits damit beschäftigt, eine Schachtel zu öffnen. Was immer es auch für eine Magie sein mochte – nun befand sie sich im Besitz des Feindes. Für einen König war das ein unverzeihlicher Fehler.

Doch da erscholl ein Schrei, und ein hektisches Durcheinander brach aus. Die Mundanier versuchten verzweifelt, irgend etwas zu erschlagen, stampften mit den Füßen auf und liefen davon, ohne Imbri zu beachten.

Sofort wurde ihr klar, worum es sich handelte: Das war die Schachtel mit den Fünfnickelfüßlern. Sie mußte unversehrt in den Urwald gespült worden sein, wo Krach sie anscheinend gefunden hatte. Nun hatten sie sich auf die Mundanier gestürzt, zwickten ihnen mit jedem Kneifen gleich zwei Stücke aus dem Fleisch – eine Geißel, die nicht einmal solch hartgesottene, abgebrühte Soldaten straflos ignorieren konnten. Kurz darauf war der Abschnitt gesäubert, übrigens auch von Fünfnickelfüßlern, denn die befanden sich alle auf den Mundaniern. Schreie und Flüche in der Ferne kündeten von den verschiedenen Standorten der Betroffenen. Welch ein glückliches Unglück!

Eine Büchse war liegengeblieben. Imbri konnte sich auch an diese erinnern; auf dem Deckel stand das Wort PANDORA. Sie fragte sich, was wohl darin sein mochte, war aber klug genug, sie nicht wahllos zu öffnen. Statt dessen hob sie sie mit ihren Zähnen auf und nahm sie mit. Vielleicht wußte die Gorgone etwas über den Inhalt, da sie sie dem Guten Magier ja damals auch eingepackt hatte.

Bald darauf gelangte Imbri zu der Überzeugung, daß der Oger nun weit genug entfernt sein mußte, denn das Knacksen und Krachen umgerannter Bäume hatte sich inzwischen in der Ferne verloren. Sie fragte sich kurz, ob die Fünfnickelfüßler es wohl auch gewagt hätten, den Oger zu zwicken, wenn dieser die Schachtel geöffnet hätte. Sie machte einen kleinen Umweg zur Lichtung, um den Mundaniern auszuweichen. »So, jetzt kannst du weitermachen, Sirene!« sendete sie.

Keine Antwort. »He, Sirene!« schickte Imbri einen stärkeren Traum los.

Immer noch nichts. »Gorgone, sag deiner Schwester, daß sie weitersingen soll«, sendete Imbri.

Kurz darauf erhielt sie die Traumantwort der Gorgone. »Meine Schwester ist vom Pferdmenschen verzaubert worden!«

Imbris Zuversicht brach zusammen wie eine Wand, die von einem Oger schief angeschaut worden war. Zu spät erkannte sie, was geschehen war. Der Pferdmensch, der auf Schloß Roogna eingesperrt war, hatte den Sirenengesang schwach in der Ferne gehört und war seinem Zauber erlegen. Da er sich nicht hatte zu ihr begeben können, war er teilweise gebannt worden, vielleicht indem er an der Mauer immer auf der Stelle trat, vielleicht aber auch unmittelbar vor einer fleischfressenden Pflanze. Sobald der Gesang verstummt war, war er wieder frei geworden – und hatte sofort reagiert, um die Gefahr zu bannen. Wahrscheinlich hatte er die Sirene von seinem Standort aus sehen können, was für sein magisches Talent genügt hatte. Vielleicht hatte ihr Gesang es ihm aber auch ermöglicht, sich hinreichend auf sie zu konzentrieren.

Jedenfalls hatte er sie in den Kürbis verbannt, wo sie nun bei den Königen war.

»Wir müssen ohne sie damit fertig werden«, sendete Imbri. »Mach dir keine Sorgen, Gorgone, im Kürbis geht es ihr nicht schlecht. Beschütze nur ihren Körper vor den Mundaniern, dann werden wir sie zusammen mit den Königen dort rausholen.«

»Ich werde mehr tun, als nur ihren Körper zu beschützen«, erwiderte die Gorgone grimmig. »Ich werde jeden dieser Mundanier zu Stein erstarren lassen!« Drohend schritt sie um die

Statuen herum und schob ihren Schleier beiseite, auf der Ausschau nach Feinden.

Doch ohne die Lockmelodien der Sirene war es nicht mehr dasselbe. Langsam wurden die Mundanier mißtrauisch, und einige von ihnen bildeten eine Phalanx, um jeden Blickkontakt zu meiden; andere wiederum orteten sie mit Hilfe von Blicken in ihre polierten Schilde. Sie verbanden einer Anzahl von Bogenschützen die Augen und leiteten sie mit Hilfe der Schildspiegelungen an, auf die Gorgone zu schießen. Die ersten Pfeile verfehlten zwar ihr Ziel, doch die Treffgenauigkeit wurde mit der Zeit bedrohlich besser. Die Mundanier mochten zwar keine solch guten Bogenschützen sein wie die Zentauren, aber sie waren immer noch gut genug. Die Gorgone mußte ständig von einer Stelle zur anderen huschen, um nicht getroffen zu werden.

»Wir müssen uns neu organisieren«, meinte Imbri. »Du stellst dich am besten hinter Goldys Baum, Gorgone. Dann kann Goldy dich beschützen. Blyght kann ebenfalls viel beisteuern. Ich glaube nicht, daß deine Magie sie beeinflussen wird, da sie bereits aus Metall besteht.«

»Meine Schwester hat mir erzählt, daß Blyght immun gegen den Blick eines Basilisken ist«, erwiderte die Gorgone. »Meine Blicke sind auch nicht schlimmer.«

»Dann steig auf, wir müssen uns beeilen!«

Vorsichtig stieg die Gorgone auf Imbris Rücken. Dann galoppierten sie davon, während die Gorgone umherblickte und eine Schar von versteinerten Statuen hinter sich ließ. Viele der Mundanier hatten noch nichts davon gehört, welche Gefahr sie darstellte, und fielen ihrem schnellen Blick zum Opfer.

Eine Zentaurin kam angaloppiert, es war Chem. »Warum singt die Sirene nicht mehr?« rief sie ihnen zu. »Stimmt irgend etwas nicht?«

Imbri sandte ihr hastig einen erklärenden Traum. »Halt dich von den Mundaniern fern«, schloß sie, »die sind immer noch gefährlich.«

»Das sehe ich«, sagte Chem. »Aber eins kann ich tun: Ich kann einen Bogen laufen und meine Freundin die Sirene in Sicherheit bringen.«

»Eine ausgezeichnete Idee«, erwiderte Imbri, und die Zentaurin preschte wieder davon.

Sie stellten sich hinter dem Yptus-Baum auf, wo Blyght Messingmädchen die Gorgone mit ihrem Leib vor Pfeilen und Speeren schützte, während Goldy Kobold mit ihrem Zauberstab jene Bogenschützen mit den Augenbinden davonschleuderte, deren Zielgenauigkeit zu gut wurde.

So entschieden sie sich für eine Zermürbungstaktik, einem Vernichtungskampf, bei dem sich die Zahl ihrer Gegner zwar ständig verringerte, dafür deren Wachsamkeit jedoch immer mehr wuchs. Die Punier versuchten die Gorgone mit einer neuen Phalanx auszuschalten; Goldy und Blyght trieben einen Keil dazwischen, so daß einige der Mundanier versehentlich umherblickten – um sofort zu versteinern. Das wiederum behinderte die anderen, die sich plötzlich in einem gewaltigen Durcheinander aus versteinerten und unversteinerten Kameraden wiederfanden. Sie versuchten es mit einem riesigen Baumstamm als Rammbock, doch Imbri schickte ihnen ein Traumbild, in dem das Ziel seitlich versetzt war. Die Punier zielten darauf und jagten harmlos an ihnen vorbei. Als sie schließlich stehenblieben und sich verblüfft umschauten, ließ die Gorgone sie alle mit einem einzigen Blick zu Stein werden. Andere versuchten ihr Glück, indem sie die versteinerten Körper ihrer Kameraden als Deckung benutzten, doch die Statuen erwiesen sich als zu sperrig und unbeweglich, während Goldys Zauberstab sie mühelos beseitigte.

Trotz ihres Rückschlags durch den Verlust der Sirene konnten die Frauen nun doch noch eine Menge Erfolge verbuchen. Die Zahl der Mundanier hatte sich inzwischen auf etwa fünfzig reduziert, und der Anblick ihrer versteinerten Kameraden beeinträchtigte ihre Kampfmoral. Bald würden sie nicht mehr genügend Leute haben, um das pflanzenbewehrte Schloß zu stürmen und ihren Anführer zu befreien. Der Tag ging seinem Ende zu, und wenn erst einmal die Nacht einbrach, würde Imbris Kraft sich vergrößern, denn dann war sie unverwundbar. So jedoch war es nur ihrer ständigen Wachsamkeit, der Nähe der Gorgone und dem Unwissen der Mundanier über ihre wirkliche Rolle zuzuschreiben, daß sie nicht verwundet wurde.

Da merkte Imbri plötzlich, daß schon eine ganze Weile keine Mundanier mehr aus den feindlichen Reihen emporgehoben worden waren. »Bist du in Ordnung, Goldy?« schickte sie einen kleinen Traum zu den hochgelegenen Ästen des Baumes empor.

Doch sie traf nur auf Leere – das Koboldmädchen war verzaubert worden! Der Pferdmensch hatte sie offensichtlich erspäht, sich auf Langstreckenwirkung konzentriert und sie schließlich ausgeschaltet. Bestimmt war es nicht leicht für ihn, auf solche Entfernungen sein Opfer zu erreichen, doch es blieb ihm ja andererseits auch nichts anderes übrig, als es zu versuchen. Vielleicht hatte er sein Opfer hundert Mal verfehlt, um es dann, unter idealen Bedingungen, schließlich doch noch zu treffen. Vielleicht hätte Imbri ihn doch von Anfang an ausschalten sollen, denn nun erwies er sich als große Gefahr. Wen würde er als nächstes treffen?

»Ich glaube, du solltest dich aus der Sichtlinie des Schlosses begeben«, sagte Imbri zu der Gorgone. »Blyght und ich sind aus der Nachtwelt, deshalb kann er uns nicht auf diese Weise verzaubern. Aber du –«

Hastig schlich die Gorgone um den Baumstamm herum, bis sie Schloß Roogna nicht mehr sehen konnte. Doch ohne Goldys Unterstützung wurde die Lage heikel. Nun konnten die Mundanier erneut eine Phalanx bilden, ohne daß ständig einzelne Soldaten aus ihrer Mitte gerissen wurden. Sie hielten ihre Schilde an manchen Stellen schräg wie Spiegel, um sich genau auf den Baum zu orientieren. Diesmal würden sie den Gegner nicht aufhalten können!

»Wir müssen fort von hier, es sind zu viele«, sendete Imbri.

So machten sie sich daran, die Stellung zu wechseln, wobei Imbri sowohl Blyght als auch die Gorgone trug. Die Doppellast erwies sich als sehr hinderlich, zumal Blyght natürlich mehr wog als ein Wesen aus Fleisch und Blut, doch die Phalanx konnte sie nur schleppend verfolgen, so daß Imbri mit einem schwerfälligen Galopp den Schutz des Hauptwaldes erreichte.

Da spürte sie, wie die Gorgone von ihrem Rücken glitt. Blyght hielt sie fest, um sie nicht stürzen zu lassen, doch das war leider nur das kleinere Problem.

Sie hatten sich ins Sichtfeld des Pferdmenschen begeben, und der hatte die Gorgone, wahrscheinlich auf der Lauer liegend, erwischt. Vielleicht hatte er auch bloß Glück gehabt, doch dieser Verlust wog auf jeden Fall schwer. Nun besaßen sie keine wirklich wirkungsvolle Waffe gegen die Mundanier mehr. Sie konnten sich nur noch verstecken, bis die Nacht anbrach und darauf hoffen, daß die Pflanzen um Schloß Roogna den Pferdmenschen bis dahin aufhalten würden. Imbri war nicht sonderlich stolz auf ihre bisherigen Erfolge. Sie hätte sich eigentlich denken müssen, daß der Pferdmensch jede Gelegenheit nutzen würde, um zuzuschlagen.

Die Mundanier verfolgten sie nicht weiter, vielleicht fürchteten sie eine neue Falle. Wahrscheinlich genügte es ihnen schon, die Verteidiger zurückgeschlagen zu haben, da sie ja wohl nicht wußten, daß die Gorgone endgültig ausgeschaltet worden war. Schon bald hatte Imbri mit ihrer Last die Tiefen des ruhigen Urwalds erreicht, wo sie mit Blyght zusammen die Gorgone in einem Kissenstrauch ablegte, mit einer Decke von einem Dekkenbaum schützte und liegenließ. Da die meisten Ungeheuer und Raubtiere dieses Gebiet bereits verlassen hatten, weil den Mundaniern der Ruf vorauseilte, Ungeheuerjäger zu sein, war die Gorgone hier für ein paar Stunden in Sicherheit. Danach begaben Imbri und Blyght sich wieder an den Waldrand, um die Punier zu beobachten.

Irenes Pflanzen hatten noch nichts von ihrer Kraft eingebüßt. Der erste Mundanier, der sich zu nahe an das Haupttor wagte, wurde prompt von den wachsamen Schlingpflanzen und Greifern verspeist.

Stücke von ihm fielen ins Gras hinab und wurden von diesem gierig aufgefressen. Andere Soldaten stürzten in den Schloßgraben, wo die Grabenungeheuer mit den Krakentanggewächsen um ihre Beute wetteiferten. Das lehrte die Punier erneut Vorsicht.

Nun versuchten die Soldaten es erneut mit einem Rammbock, mit dem sie bis zum Grabenrand liefen, um ihn dann gegen die Mauern zu schleudern. Doch die Tentakel der Gewirrbäume fingen ihn auf und ließen ihn auf die Köpfe der Männer stürzen.

Die Mundanier hielten Kriegsrat und verteilten sich schließlich.

»Was haben die vor?« fragte Blyght.

Die Antwort kam bald: Die Männer sammelten trockenes Holz. »Sie werden es mit Feuer versuchen«, sendete Imbri.

»Oh, das wird den Pflanzen aber gar nicht gefallen!« meinte das Messingmädchen besorgt. »Aber hält Wasser denn Feuer nicht auf?«

»Das schon«, erwiderte Imbri, »aber die Mundanier haben sich schon manches Mal als sehr einfallsreich erwiesen. Bestimmt haben sie einen Plan, wie sie dieses Problem lösen können.«

Imbri spähte zum Himmel empor. Die Sonne hatte an Höhe verloren, wie jeden Tag, nachdem sie zu müde geworden war, sich oben zu halten. Bald würde die Nacht einbrechen. Sie bezweifelte, daß es den Mundaniern gelingen würde, ihren Anführer noch vor Nachteinbruch zu befreien. »Sobald es Nacht geworden ist, werde ich ins Schloß eindringen und mich dem Pferdmenschen stellen«, sendete Imbri. »Dann mußt du Goldy Kobold aus dem Yptus-Baum holen und dort unterbringen, wo wir auch die Gorgone versteckt haben.«

»In Ordnung, ich passe auf die beiden auf.«

Die Mundanier wälzten kleine Felsbrocken in den Graben und füllten ihn an einer Stelle auf, um auf diese Weise eine primitive Furt zu erhalten. In die Ritzen schaufelten sie Sand und Erde. Die Pflanzen und Grabenungeheuer waren nicht gewitzt genug, um zu merken, was die Soldaten vorhatten, weshalb sie auch keinen unmittelbaren Widerstand leisteten. Sie versuchten zwar, sich einige der Männer als Leckerbissen zu schnappen, ließen die Furt aber in Ruhe. Nach und nach wurde der Übergang fertiggestellt, so daß die Mundanier bis zu der Schloßmauer vorstoßen konnten, während sie die Tentakel abwehrten.

Nun schleppten die Punier ihr eingesammeltes Holz herbei und schichteten es an der Mauer auf. Doch die Schlingpflanzen grabschten nach den Zweigen und Scheiten und schleuderten sie zurück, weil sie darin nützliche Geschosse sahen.

»Ach, manchmal könnte ich solche Pflanzen richtig lieben!« meinte Imbri bewundernd.

Doch das konnte die Nächstweller auch nicht lange aufhalten: Sie entfachten ihr Feuer an der Mauer und zogen dann brennende Scheite hervor, die sie auf die Pflanzen schleuderten. Diese warfen sie erneut zurück, versengten sich dabei jedoch an einigen Stellen. Es war eindeutig, daß die Mundanier früher oder später einen Mauerabschnitt von Pflanzen würden säubern können. An das Haupttor trauten sie sich zwar nicht mehr, weil dort gleich zwei schlechtgelaunte Gewirrbäume aufpaßten, aber hier an der Seite war die Mauer nicht ganz so gut bewacht.

Natürlich befand sich hinter all den Gewächsen immer noch die Mauer selbst, und die war äußerst massiv. Sie würden erst eine Bresche hineinrammen müssen, was einige Zeit dauern würde. Imbri schätzte, daß sie wohl etwa eine Stunde Zeit hatte, um den Pferdmenschen zu erledigen, bevor die Mundanier in das Schloß eindrangen. Doch sie konnte sich dessen nicht wirklich sicher sein, denn die Punier hatten sie schon öfter mit ihrer gerissenen Schläue überrascht. Aber diese Soldaten mußten inzwischen zwei Tage und eine Nacht in Aktion gewesen sein, ohne sich auszuruhen; irgendwann mußten ihre Kräfte einfach nachlassen.

Es wurde dunkel. »An die Arbeit, Blyght«, sendete Imbri und entmaterialisierte.

»Viel Glück!« rief das Messingmädchen ihr nach.

Imbri wollte wiehernd antworten – und merkte, daß sie immer noch die Pandorabüchse im Maul trug. Sie war so sehr abgelenkt gewesen, daß sie über den ganzen Ereignissen gar nicht bemerkt hatte, wie die Büchse ihr Maul aufgesperrt hatte. Nun, sie würde sie wohl noch eine Weile mit sich herumtragen müssen, da sie noch immer nicht wußte, was die Büchse enthielt.

Es mußte jedenfalls etwas Wichtiges sein, davon war sie überzeugt. Hatte Humfrey schließlich nicht gesagt, daß dies seine Geheimwaffe sei, stärker als alles andere? Er hatte befürchtet, daß das Mädchen Pandora sie vorzeitig hervorholen würde, weshalb er die Büchse auch selbst behalten hatte.

Wenn Imbri sie selbst öffnen sollte, konnte das vielleicht ihr Verderben sein, ganz wie bei den Mundaniern, die die andere

Schachtel geöffnet hatten. Was sollte sie tun? Das war wirklich eine schwierige Frage.

Imbri argwöhnte, daß sie das Glück, welches Blyght ihr gewünscht hatte, auch wirklich brauchen würde. Nun hing alles von ihr ab. Wenn sie nicht mehr aus noch ein wissen sollte, konnte sie die Büchse immer noch auf Verdacht öffnen. Doch das würde sie erst tun, wenn sie wirklich nichts mehr zu verlieren hatte.

Das Schloß kam immer näher. Sie hatte sich noch gar nicht auf die bevorstehende Auseinandersetzung einstellen können. Nun, da sie in unsichtbarer Gestalt darauf zugaloppierte, der Schlußentscheidung entgegen, die grimmig abweisenden Mauern vor sich, die auf einer Seite von dem lodernden Brand der Mundanier beleuchtet wurde, erkannte sie, woran das gelegen hatte: Das Tagpferd war schuld.

Sie hatte den Schimmel für ihren Freund gehalten. Doch nun wußte sie, daß dem nicht so war. Er hatte sie von Anfang an betrogen und getäuscht, war vor ihr geflohen, weil er befürchtet hatte, daß sie seine Gedanken lesen könnte, hatte in seiner Menschengestalt mehr über sie in Erfahrung gebracht, um dann in Pferdegestalt zurückzukehren und sie sich durch seine Fluchthilfe zu verpflichten. Welch eine zynische Taktik, ihre Zuneigung zu gewinnen! Danach hatte er sie dazu mißbraucht, daß er sich in Xanth besser zurechtzufinden konnte und alles über die verzauberten Pfade, über die unsichtbare Brücke und die xanthischen Verteidigungsanlagen erfuhr. Dadurch war *sie* es gewesen, die letztlich für den Verrat an Xanth, die Verzauberung der Könige verantwortlich war! Alles, was das Tagpferd ihr über die selbstsüchtigen Absichten des Reitersmanns erzählt hatte, etwa auch die Begründung, weshalb dieser sie aus dem Lager von Varsoboes hatte entkommen lassen, entsprach der Wahrheit: schließlich hatte er es ja wissen müssen! Natürlich hatte das Wesen sie in beiden Gestalten frei herumlaufen lassen, denn sie war dem Feind viel nützlicher als alle mundanischen Spione! Vorsicht vor dem Reitersmann – das konnte man wohl sagen! Wenn sie doch nur geahnt hätte ...

Doch nun wußte sie alles. Jetzt war sie der zehnte König von Xanth, und sie allein war es auch, die nun ihren gewaltigen

Irrtum wiedergutmachen mußte. Sie mußte das Ungeheuer vernichten, dem sie es in ihrer Arglosigkeit so schrecklich leicht gemacht hatte, Unheil zu stiften.

Doch das war noch nicht alles. Es gab da noch etwas anderes, etwas noch viel Grundlegenderes. Was war es?

Sie durfte den Pferdmenschen nicht töten, und zwar wegen seiner Magie, deren Auswirkungen ihn wahrscheinlich überleben würden, so daß die Könige in einem schrecklichen Zustand zurückbleiben würden. Sie mußte ihn dazu bringen, sein Geheimnis preiszugeben, was wiederum bedeutete, daß sie mit ihm sprechen mußte. Das aber konnte sie wiederum nicht tun, weil –

Ja, warum nicht? Irgendwie wehrte sich ihr Geist gegen den Gedanken, als befände sie sich in feststofflicher Form am Rande der Spaltenschlucht kurz vor dem Absprung. Doch sie mußte der Wahrheit einfach ins Auge sehen, denn nun ging es um alles oder nichts. Doch was war das für eine Wahrheit?

Sie gab kleine wütende Schnauber von sich und ließ ihren Schweif wild von einer Seite zur anderen peitschen, wütete innerlich und äußerlich gegen den Zynismus des Tagpferds und seiner Manöver, ging die Sache noch einmal von vorne durch, um dem flüchtigen Gedanken auf die Spur zu kommen, von dem sie wußte, wie wichtig er war. Das Tagpferd hatte sich unschuldig gestellt, hatte sich fast feige gegeben, obwohl es in Wirklichkeit weder das eine noch das andere gewesen war. Der Hengst hatte die künftigen Könige Xanths auf sich reiten lassen oder sie anderweitig unterstützt, hatte sie gefördert, und zwar nicht aus innerer Herzensgüte heraus, sondern weil er sie als potentiell unfähige Herrscher eingeschätzt hatte, die es ihm leichter machen würden, sein Ziel zu erreichen. Als ein König nach dem anderen ihn enttäuschte, weil er eine überraschende Entschlossenheit und Fähigkeit unter Beweis stellte, hatte er die Herrscher nacheinander ausgeschaltet, um, wie er glaubte, den Thron für den jeweils nächsten, schwächeren König frei zu machen. Ironischerweise hatten sich selbst die am wenigsten verheißungsvollen unter ihnen, nämlich die Frauen, als wahre Stützpfeiler Xanths herausgestellt, bis schließlich die unscheinbarste, Chamäleon, sogar sein Geheimnis durchschaut und ihn in die Falle gelockt hatte.

Die unscheinbarste? Nein, diese zweifelhafte Ehre gebührte mit Sicherheit Imbri selbst – sie war weder menschlich noch männlich, und auch kein Magier.

Xanth war schließlich so tief gesunken, die Regentschaft einer Nachtmähre anzutragen. Einem Wesen, dessen Leben pferdischen Zyklen unterlag –.

Plötzlich, als sie den finsteren Schloßgraben erblickte, durchfuhr sie die letzte, grauenhafte Erkenntnis – die Erkenntnis, die sich ihr zuvor noch entzogen hatte: Sie war rossig geworden!

Natürlich hatte ihr natürlicher Zyklus die ganze Zeit darauf zugesteuert. Als echte Nachtmähre war sie davon nicht abhängig gewesen, da sie die meiste Zeit eine nichtstoffliche Gestalt besessen hatte. Doch als sie zur Tagmähre geworden war, hatten die feststofflichen Dinge für sie gewaltig an Bedeutung gewonnen, und die Natur hatte unerbittlich ihren Lauf genommen. Nun sagte ihr dieselbe Natur, daß es Paarungszeit war. Ihr Verstand hatte sich zwar durch die Königskrise ablenken lassen, nicht jedoch ihr Körper.

Der Gegner, mit dem sie es zu tun hatte, war auf seine Weise immerhin ein Hengst.

Sie wich dem Schloß aus, schwenkte ab. Im Augenblick konnte sie ihm unmöglich gegenübertreten! Sie durfte sich ihm nicht einmal nähern! Ihre Pferdenatur würde sie verraten und im Stich lassen! Sie würde es ihr nicht gestatten, ihn anzugreifen, sondern sie würde sie vielmehr dazu zwingen, sich mit ihm zu paaren.

Und doch konnte sie dieser Auseinandersetzung nicht aus dem Weg gehen, denn die Mundanier würden schon bald eine Bresche in die Schloßmauer rammen und ihren Anführer befreien. Dann war Xanth erledigt: Der Pferdmensch würde die Geiselkörper der Könige kurzerhand töten und sich selbst zum König ausrufen, und es würde nur noch eine Versagermähre geben, ihm dieses Amt streitig zu machen. Wenn sie ihn überhaupt jemals ausschalten wollte, mußte sie es jetzt sofort tun.

Imbri schwankte innerlich. Wenn sie Schloß Roogna betrat, würde sie Xanth mit größter Wahrscheinlichkeit an den Feind verraten; wenn sie es nicht tat, würde sie Xanth damit durch

Nichteingreifen dem sicheren Verderben überantworten. Was sollte sie tun?

Sie machte wieder kehrt. Es war besser, es wenigstens zu versuchen! Sie rannte auf das Schloß zu, entschlossen, zu tun, was sie zu tun hatte. Sie mochte zwar gerade rossen, aber ihr Verstand war dem eines Menschen ebenbürtig, und eine Menschenfrau konnte ihr Paarungsbedürfnis recht gut beherrschen, wenn es sein mußte. Imbri mußte sich ein für alle Male entscheiden, ob sie ein zivilisierter König sein wollte – oder ein wildes, unbeherrschtes Tier.

Im entmaterialisierten Zustand durchdrang sie den Graben, die Vegetation und die steinerne Mauer, um schließlich ins graue Innere des Schlosses vorzudringen. Ein Gespenst erblickte sie, winkte und verschwand. Dann herrschte völlige Stille. Sie begab sich in den Thronsaal – und da saß ihr Gegner, der Pferdmensch, mit einer goldenen Krone auf dem Kopf, und schlief, das Zepter in der Hand. Welch ein Ehrgeiz!

Sie materialisierte und blieb stehen, um ihn zu mustern. Er war ein recht attraktiver Mann mit lockigem, hellem Haar, gut ausgeprägter Muskulatur und jenem dünnen Messingreif am linken Handgelenk, der sein einziger Schmuck war. Doch obwohl er ruhte, spielte ein grausamer Zug um seine Oberlippe. Er war alles andere als ein angenehmer Mensch.

Es würde so leicht sein, ihn jetzt auf der Stelle zu töten! Dies war der Feind, der ganz Xanth wie eine Plage heimgesucht hatte, dessen grausame Sporen sie gepeinigt hatten – sie konnte ihn voller Freude umbringen und würde sogar noch eine gerechte Tat damit vollbringen.

Doch zuvor mußte sie ihm sein Geheimnis entringen, damit sie die anderen neun Könige Xanths befreien konnte. Jetzt war der entscheidende Augenblick gekommen – aber sie wußte noch immer nicht genau, wie sie vorgehen sollte.

Als sie in ihrer Unsicherheit auf ihn blickte, erwachte der Pferdmensch und sah sie sofort.

»Na endlich!« sagte er, und er wirkte keineswegs beunruhigt. »Dann bist du also schließlich gekommen, König Mähre.«

Er wirkte so selbstsicher! Imbri wußte, daß dieser schreckliche Mann sie nicht besteigen konnte, solange sie wachsam blieb. Doch selbst wenn ihm dies durch irgendeine List gelingen sollte, würde er nicht lange etwas davon haben, weil sie jederzeit entmaterialisieren konnte. Er würde vielmehr sehr hurtig absteigen müssen, damit sie ihn nicht in den Kürbis brachte und ihn den Königen auslieferte. Dann würde er niemals in Xanth die Herrschaft an sich reißen! Sie konnte ihn angreifen, während er nicht das gleiche mit ihr tun konnte, nicht einmal unter Gebrauch seines besonderen magischen Talents. Sie war eins der wenigen Geschöpfe, über die er keine Macht hatte. Deshalb war sie ja auch hier. Das mußte er doch wissen! Warum wirkte er da so unbekümmert?

»Wie, keine Träume mehr, Imbri?« fragte er fröhlich. »Da machst du dir all diese Mühe, um mich zu besuchen, und dann sagst du kein Wort?«

»Ich bin gekommen, um die Kette zu sprengen«, sendete sie und versuchte dabei gleichzeitig, die angsterfüllte Ehrfurcht, die sie bei seinem Anblick noch immer empfand, niederzukämpfen. »Wie kann ich die Könige aus deinem Zauber lösen?«

»Gar nicht, Imbri! Diese Könige gehören der Vergangenheit an. Ich bin der nächste und letzte König Xanths, wie du ja auch deutlich erkennen kannst.«

»Keineswegs. *Ich* bin der gegenwärtige König von Xanth«, sendete sie, und ihr Pferdezorn wuchs. »Ich werde dich lieber zu Tode trampeln, ehe ich es zulasse, daß du den Thron usurpierst!« Sie machte einen Schritt nach vorn.

Der Pferdmensch winkte verächtlich ab. »Also läßt sich das Problem darauf reduzieren, wer von uns beiden der wahre zehnte König von Xanth sein soll. Du bluffst, gute Mähre. Ich weiß zwar, daß du gegen meine magische Kraft immun bist und daß ich dich im Dunkeln weder reiten noch verwunden kann. Immerhin habe ich die Nachtwelt gesehen, aus der du entstammst! Dennoch wirst du mich nicht angreifen, denn wenn du es tust, werden alle eure vorhergegangenen Könige sterben. Und es wird niemandem gelingen, das Geheimnis meiner Verzauberungen zu enträtseln und sie zu neutralisieren.«

»Dann kannst du sie also tatsächlich befreien, wenn du nur willst!« sendete Imbri.

»Das habe ich nicht gesagt«, erwiderte der Pferdmensch, als spiele er ein Spiel.

»Entweder kannst du es, oder du kannst es nicht. Wenn du es nicht kannst, dann sind sie ohnehin verloren, und du hast nichts in der Hand, um einen Tauschhandel anbieten zu können. Wenn du sie aber befreien kannst, dann wirst du das besser auch tun, sonst kostet es dich nämlich dein Leben. Ich werde es nicht zulassen, daß du durch deine üblen Machenschaften den Thron von Xanth an dich reißt. Entweder wird also König Trent wieder an die Macht zurückkehren, oder ich werde an der Macht bleiben. In beiden Fällen wirst du dieses Amt nicht übernehmen. Die Frage ist nur, ob du die Könige befreien wirst, um zu leben, oder ob du es nicht tun wirst, um damit dein Leben zu verwirken.«

Der Pferdmensch klatschte in gespieltem Applaus in die Hände. »Fürwahr, welch gewaltige, allerliebste Rede, nächtliche Mähre! Doch was, wenn ich lebe und du stirbst, was, wenn man mich als letztes Glied der Kette anerkennt?«

Sie sah, daß er keinerlei Absichten hatte, nachzugeben. Er wollte nur Zeit gewinnen, bis seine mundanischen Verbündeten ihn befreit hatten. Sie mußte ihm einen Tritt verpassen. Vielleicht würde er ja aufgeben, wenn er erst einmal ordentlich Prügel bezogen und eingesehen hatte, daß es ihr ernst war. Sie machte sich zum Angriff bereit.

Plötzlich schleuderte der Pferdmensch mit einer blitzartigen Handbewegung einen Zauber, der sich in einer undurchsichtigen Kugel befand. Er prallte hinter Imbri gegen die Wand und zerplatzte. Ein grelles Licht fuhr hervor und erleuchtete den Saal bis er taghell war. Es war ein Sonnenwerfer, einer der Zauber aus der königlichen Waffenkammer. Der Pferdmensch hatte einen Teil seiner Gefangenschaft damit verbracht, das Schloß zu erkunden und seine Waffenlager zu plündern. Er war also doch alles andere als hilflos – und damit hätte sie eigentlich rechnen müssen!

Imbri riß den Kopf beiseite, doch es war schon zu spät – das Licht hatte ihre empfindlichen, an Nachtsicht gewöhnten Augen bereits geblendet. Wie töricht von ihr! Sie hatte sich übertölpeln lassen!

»Was – hat dieser plötzliche Lichtblitz etwa deine empfindlichen Nachtaugen beeinträchtigt, Mähre?« fragte der Pferdmensch in gespielter Besorgnis. »Habt Ihr etwa Schwierigkeiten, mich zu erkennen, König Mähre? Dem kann ich mit Vergnügen abhelfen.«

Imbri wirbelte beiseite, um ihm auszuweichen – doch da krachte sie gegen eine Wand. Die vergessene Büchse rollte ihr aus dem Maul und fiel scheppernd zu Boden. Sie konnte nichts mehr sehen – und, was noch schlimmer war, sie konnte nicht mehr entmaterialisieren, weil der Sonnenwerfer den Saal mit Tageslicht erhellte. Der heimtückische Pferdmensch hatte sie gleich doppelt außer Gefecht gesetzt. Wie raffiniert er doch seine Gegenfalle ausgelegt hatte, genau wissend, daß sie kommen würde!

»Das macht mir keine Freude«, sagte der Pferdmensch und schritt auf sie zu. »Du bist so ein schönes Tier, und ich habe eine Menge für prachtvolle Pferde übrig. Ich glaube, daß ich so etwas wohl besser beurteilen kann als jeder andere. Aber du hast dich zwischen mich und den Thron von Xanth gestellt und hast meine derzeitigen Verbündeten eine Menge Opfer gekostet. Also bleibt mir nur noch übrig, dir dafür zu gratulieren, wie du diese Frauen organisiert hast, und dich danach unschädlich zu machen –«

Imbri sprang erneut beiseite und stemmte sich dabei von der Wand ab. Ihr Sehvermögen kehrte wieder zurück, wenn auch sehr langsam. Noch sah alles ziemlich verschwommen aus.

»Mähre – er hat ein magisches Schwert!« flüsterte eine warnende Stimme in ihrem Ohr.

»Wer bist du?« fragte Imbri den Unbekannten.

»Ich bin Jordan das Gespenst«, erwiderte die Stimme flüsternd. »Wir Gespenster haben alles mitangesehen, und man hat mir sofort Bescheid gegeben, als du ins Schloß eingedrungen bist. Ich weiß, weshalb du hier bist und welche Anstrengungen dich das kosten wird. Ich habe Freunde im Kürbis und werde dir helfen, wenn du mir vertraust.«

»Ich soll dich übrigens von ihnen grüßen, fällt mir ein«, sendete sie, während sie dem Pferdmensch stetig auswich. »Ich hatte es ganz vergessen, dich schon vorher zu suchen und es dir auszurichten. Natürlich vertraue ich dir!« Nun tat ihr ihr Versäumnis sehr leid. Es gab ein halbes Dutzend Gespenster auf Schloß Roogna, und Millie, die Frau des Zombiemeisters, hatte achthundert Jahre lang zu ihnen gehört. Natürlich unterstützten diese Gespenster die legitimen Könige von Xanth! »Hilf mir. Steig auf meinen Rücken und leite mich an, bis ich wieder richtig sehen kann.«

»Schon geschehen«, sagte Jordan. Imbri spürte nichts davon, aber das war bei einem Gespenst ja auch ganz normal. »Eine Körperlänge geradeaus, dann rechtsschwenken. Da ist eine Tür. Beeil dich, er will auf deine Flanke einhauen!«

Imbri sprang vor und schlug einen Haken nach rechts. Sie schätzte den Schwung falsch ein und stieß mit der Schulter gegen die Wand, gelangte jedoch sicher durch die Tür.

»Zwei Körperlängen geradeaus, dann links abbiegen«, sagte das Gespenst.

Sie gehorchte und entdeckte eine weitere Öffnung.

»Hier ist es dunkel«, bemerkte Jordan.

Ach, wie herrlich! Imbri entmaterialisierte und schritt durch eine Wand. Nun war sie in Sicherheit, dank der Unterstützung des Gespenstes. »Danke, Jordan«, sendete sie. »Bist du noch da? Ich meine jetzt, wo ich –«

»Doch, doch, ich sitze noch immer auf dir«, erwiderte er. »Für mich macht es keinen Unterschied, in welchem Materiezustand du dich gerade befindest.«

Nun stabilisierte sich Imbris Sehvermögen wieder. »Ist der Pferdmensch uns gefolgt?«

»Nein, er wartet mit kampfbereitem Schwert dort, wo es hell ist. Er schaut sich gerade die Büchse an, die du mitgebracht hast, aber er berührt sie nicht.«

»Er weiß nicht, was sie enthält«, sendete Imbri. »Ich übrigens auch nicht. Die Büchse stellt das reinste Glücksspiel dar, und ich werde sie erst dann öffnen, wenn keine Hoffnung mehr besteht, den Kampf zu gewinnen. Dann kann sie mir nicht mehr schaden, wenn ihr Inhalt böse ist, aber möglicherweise nützt sie mir, wenn etwas Gutes darin ist.«

»Das leuchtet ein. Aber im Augenblick ist er im Besitz der Büchse und wagt es nicht, sie zu öffnen.«

»Dann stecken wir in einer Sackgasse«, meinte Imbri. »Im Dunkeln kann er mir nichts anhaben, und ich bezweifle, daß ich ihm in der Helligkeit schaden kann. Wenn dieses Schwert, das er benutzt, einen normalen magischen Zauber trägt, dann wird es mich in Stücke hauen, bevor ich ihn auch nur berührt habe.«

»Das ist ein solches Schwert«, bestätigte das Gespenst. »Natürlich könntest du dir selbst ebenfalls eine Waffe aus der Waffenkammer ausleihen.«

Das hörte sich gut an. Imbri wußte, daß ihr nicht mehr viel Zeit blieb, um den Pferdmenschen unschädlich zu machen, denn sie hörte bereits die Mundanier gegen die Außenmauern des Schlosses hämmern. »Was gibt's denn dort für Waffen?«

»Ach, jede Menge Sachen«, meinte Jordan. »Magische Kugeln – nur daß wir leider nicht wissen, was die bewirken und wie man sie einsetzt, ob die nun dazu dienen, Leute zu beißen oder ihnen angenehme Gefühle zu bescheren. Unsichtbarkeitscreme, die nicht einmal wir sehen können. Heilelixier. Fantasy-Fans –«

»Was ist denn ein Fantasy-Fan?« fragte Imbri.

»Eine Art Bambusfächer, der ein magisches Bild aufzeigt, wenn man ihn auseinander faltet«, erklärte Jordan. »Er bewirkt auch, daß man sich kühler fühlt, als es in Wirklichkeit der Fall ist, vor allem dann, wenn das Bild eine Schneelandschaft zeigt. In regelmäßigen Abständen kommen diese Fans aus ganz Xanth zu einem Fankongreß zusammen, wo sie viel Wirbel veranstalten, eine Menge heiße Luft von sich geben und beschließen, wer der geheime Meister des Fandoms, also ihres Reichs ist.«

Ach so. Imbri konnte keine Fantasy-Fans gebrauchen. Tatsächlich hörten sich alle diese Gegenstände nicht besonders nützlich an, zumindest nicht, was ihre gegenwärtige Lage betraf. »Gibt es denn dort nichts, was das Schwert neutralisieren könnte?«

»O doch, magische Schilde, Rüstungen, Panzerhandschuhe –«

»Das nützt mir alles nichts! Ich habe doch gar keine Hände!«

»Ach so, ja, verstehe. Xanth hat noch nie einen handlosen König gehabt! Laß mich mal überlegen. Du mußt dich vor allem vor dem Schwert hüten. Dem kannst du nicht entgehen. Sobald der Pferdmensch nahe genug herangekommen ist, wird es zuschlagen, um dich zu töten. Ohne das Schwert könntest du ihm wahrscheinlich selbst bei Tageslicht den Garaus machen, nicht wahr?«

»Ja.« Imbri wußte, daß der Pferdmensch sie selbst dann nicht bezwingen konnte, wenn es ihm gelingen sollte, aufzusitzen und ihr die Sporen zu geben. Sie würde den Schmerz einfach ignorieren und in die Dunkelheit hinauspreschen, wo sie dann in ihren beiden Phasen die Übermacht hätte. Nein, der Pferdmensch würde es diesmal nicht wagen, auf ihr zu reiten!

»Ich hab's!« rief Jordan und schnippte lautlos mit seinen Gespensterfingern. »Der Schmelzzauber!«

»Kann der Metalle zum Schmelzen bringen?«

»Zweifellos, dafür ist er ja da. Der mundanische Gelehrte Ichabod hat im Auftrag von König Arnolde die Zauber der Waffenkammer katalogisiert, und diesen alten Zauber hat er noch entdeckt, bevor die Menschen aus dieser Gegend evakuiert wurden. Schade, daß er seinen Auftrag hier nicht hat zu Ende führen können. Es gibt hier eine Menge Kram, der bestimmt ganz brauchbar wäre und den selbst wir Gespenster nicht richtig verstehen.«

Sie trabten hinunter zur Waffenkammer. Der Zauber befand sich, wie so viele andere, in einer kleinen Kugel. Imbri fragte sich, welcher Magier diese Zauber wohl versiegelt und verpackt haben mochte, denn sie schienen ewig wirksam zu sein. Sie nahm die Kugel vorsichtig mit ihren Lippen auf und ließ sie in ihr Maul gleiten, da das Gespenst nichts Feststoffliches tragen konnte. Dann entmaterialisierte sie wieder und kehrte zusammen mit Jordan zurück.

Imbri konnte das Donnern der gegen die Außenmauern anrennenden Mundanier vernehmen. Wie es sich anhörte, schienen sie Fortschritte zu machen. Ihre Furt und das Feuer hatten den Graben und die Pflanzen der näheren Umgebung unschädlich gemacht, so daß sie nun nach Herzenslust mit ihrem Rammbock gegen das Mauergestein anrennen konnten. Sie mußte den Pferdmenschen erledigen, bevor die Mundanier ins Schloß eingedrungen waren, denn sonst würden diese die verzauberten Könige endgültig töten, egal, wie ihre Auseinandersetzung mit dem Reitersmann verlaufen sollte. Imbri beeilte sich, zurückzukommen.

Da kam ihr der Gedanke, daß sie den Pferdmenschen, wenn sie ihn schon erledigen mußte, besser sofort und schnell ausschaltete, damit er gar keine Gelegenheit mehr dazu hatte, die richtigen Könige mit sich in den Tod zu reißen.

Sie betrat den erhellten Raum, in dem der Pferdmensch sie mit gezücktem Schwert bereits erwartete. Jetzt sah er noch arroganter aus; er hatte die Zähne halb gebleckt und die Oberlippe verächtlich hochgezogen. Sein Messingreif glitzerte böse im grellen Licht des Sonnenwerfers.

Sie war auf das Licht gefaßt gewesen, und der Sonnenwerfer hatte bereits etwas an Strahlkraft eingebüßt, so daß ihre Augen sich diesmal schnell an die Helligkeit gewöhnten. Allerdings nahm sie sofort feste Gestalt an, wie das bei jedem Licht war, das stärker strahlte als das des Mondes.

»Ah, dachte ich es mir doch, daß ich dich wiedersehen werde, König Mähre«, meinte der Pferdmensch mit einer höhnischen Grimasse. »Du mußt dich mir stellen – oder dein Ziel verraten.« Er trat vor, und das Schwert bewegte sich mit einer Geschicklichkeit, die der Waffe innewohnte, nicht aber ihrem Träger.

Imbri spuckte den Zauber aus. Er schoß durch die Luft auf den Pferdmenschen zu. Das Schwert fing ihn hastig auf, zerschlug ihn in zwei Teile – und besiegelte damit sein eigenes Schicksal. Es war eben nicht intelligent und wußte einfach nicht, wann es aufhören mußte. Wäre der Zauber nicht von ihm abgefangen worden oder hätte der Pferdmensch ihn einfach mit der Linken aufgefangen und auf diese Weise verhindert, daß er zerbrach, so wäre nichts geschehen. So aber schoß der Zauberdampf hervor und umwölkte die Klinge des Schwerts.

Die Klinge schmolz. Zuerst sackte sie ab wie weiches Gummi, dann begann sie zu Boden zu tropfen. Sie war nutzlos geworden.

Nun sprang Imbri mit einem Kampfwiehern den Pferdmenschen an, die Vorderhufe erhoben.

Der Mann huschte zur Seite und schleuderte die nutzlos gewordene Waffe davon. Er versuchte auf ihren Rücken zu springen, doch Imbri wirbelte herum und bleckte ihn an. Die meisten Menschen konnten sich nicht vorstellen, daß Pferde auch mit den Zähnen kämpften, doch das war ein Irrtum. Leider erwischte sie jedoch nur seinen Ärmel, denn er bewegte sich zu schnell für sie. Er war im Begriff sie zu besteigen und ihr seine schrecklichen Sporen zu geben.

Sie sprang zur Seite, rammte dabei die Wand und versuchte, ihn gegen die Wand zu drücken, zu zermalmen und zu betäuben. Wieder war er schneller: Er verstand wirklich etwas von Pferden!

Er rollte sich über ihren Rücken ab und kam auf der anderen Seite wieder geschmeidig auf die Beine.

Imbri wirbelte erneut herum und trat mit den Hinterhufen nach ihm. Dieser Doppeltritt hätte ihm sämtliche Knochen aus dem Leib gestampft, wenn er sein Ziel nicht verfehlt hätte. Doch der Pferdmensch hatte sich seitlich zu Boden fallen lassen, da er ihren Angriff mit unheimlicher Präzision vorhergesehen hatte.

Doch Imbri war eine Nachtmähre, die ein Jahrhundert mehr Erfahrung in diesen Dingen hatte als er in seinem ganzen Leben hatte sammeln können. Sie tänzelte, auf ihren Hinterbeinen stehend, herum und sprang ihn erneut an. Jetzt hatte sie ihn: Er konnte den hellen Thronsaal nicht mehr verlassen, weil sie dann gänzlich im Vorteil wäre. Auf diesem engen Raum aber würde sie ihn binnen weniger Augenblicke mit Hufen, Zähnen oder mit ihrem ganzen Körpergewicht erledigen.

Der Pferdmensch kroch ihr hastig aus dem Weg. Ja, sie hatte ihn mit ihrer Schnelligkeit und ihrer Wildheit völlig überrascht. Er hatte sie ebenso falsch eingeschätzt, wie sie es mit dem Tagpferd getan hatte, hatte sich vom äußeren Schein trügen lassen. Er war zahme mundanische Pferde gewöhnt, die ihre Reiter ertrugen, weil sie es nicht besser wußten. Nun kroch er auf Händen und Knien in Sicherheit, während sie bereits den Todesstoß vorbereitete. Auf diese Weise war er zu langsam, und sie wußte, daß sie ihn ausmanövriert hatte.

Da verwandelte er sich in seine andere Gestalt. Plötzlich

stand das Tagpferd vor ihr, groß und mächtig, weiß und schön – und männlich. Irgendwo, in einer geheimen Ecke ihres Verstands, hatte sie doch daran gezweifelt, daß ihr Pferdefreund und ihr Menschenfeind wirklich ein und dieselbe Person sein konnten – doch dieser Zweifel war nun endgültig widerlegt worden.

Imbri zögerte. Die Männlichkeit dieser prachtvollen Kreatur traf sie wie ein körperlicher Schlag. Sie war rossig, war bereit zur Paarung, und dies war der einzige Hengst, den sie kannte. Wenn sie ihn vernichtete, bekam sie vielleicht niemals wieder die Gelegenheit sich zu paaren und fortzupflanzen.

Er war der Feind, das wußte sie genau. Hätte sie wirklich noch daran zweifeln können, so hätte der Messingreif an seinem linken Vorderbein, direkt an der Fessel, sie eines besseren belehrt. Sie hatte geglaubt, daß dieser Reif ein Zeichen seiner Knechtschaft sei, doch nun wurde ihr klar, daß er viel mehr war als nur dieses. Die Gestalt des Wesens hatte sich verwandelt, der unbelebte Reif jedoch nicht. Wie bereit war sie doch gewesen, wie willig, alles zu glauben, was er ihr erzählt hatte! Sie war ihm mehr als nur die Hälfte des Weges entgegengekommen, um sich betören zu lassen, sich selbst zu täuschen, unfähig, zu glauben, daß ein Pferd auch böse sein konnte.

Nun wußte sie um sein wahres Wesen – und doch protestierte ihr ganzes Inneres dagegen, ihm mit Gewalt zu begegnen. Keine Mähre wehrte sich gegen einen Hengst – nicht, wenn sie rossig war. Das hätte ihrer Natur widersprochen, so wie Menschenmänner von Natur aus keine wunderschönen Frauen schlagen konnten. So etwas tat man einfach nicht. Das war keine Entscheidung des Intellekts allein, sondern eine physiologische Sache, eine Frage der Körperchemie. Pferden war es nun einmal nicht gestattet, ihrem Intellekt zu erlauben, die Fortpflanzung der Art zu verhindern. Früher war ihr das stets als großer Vorteil erschienen. Doch ob es nun ein Vorteil sein mochte oder eine Katastrophe – es war und blieb jedenfalls so.

Das Tagpferd drehte sich zu ihr herum, den prachtvollen Schädel stolz emporgereckt. Der Hengst schnaubte herrisch. Er war sich der Gewalt bewußt, die er über sie besaß. Es spielte keine Rolle, daß beide wußten, daß er ihr Feind war, ihr tödlicher Rivale um die Krone Xanths, oder daß er nur um Zeit spielte, um die eindringenden Mundanier abzuwarten. Der Reitersmann hatte sie so lange aufgehalten, wie er nur konnte, hatte ihre kostbare Zeit verbraucht, und nun erledigte das Tagpferd den Rest. Die Natur lähmte sie und machte sie so machtlos, als wäre sie plötzlich mit Blindheit geschlagen worden.

»Imbri! Laß dich nicht von ihm betören!« rief Jordan das Gespenst ihr ins Ohr. »Kein Mann ist so etwas wert! Ich weiß es, denn ich bin selbst so ein wertloser Mann gewesen, der ein gutes armes Mädchen geschändet hat und nun seit Jahrhunderten unter fruchtloser Reue leidet. Laß nicht zu, daß dir das gleiche widerfährt! Ganz Xanth hängt jetzt allein von dir ab!«

Noch immer stand sie da, wie angewurzelt, und witterte den betörenden Geruch des Hengstes. Sie wußte, daß sie sich völlig närrisch verhielt, wie es weibliche Wesen in der Gegenwart viriler männlicher Partner stets getan hatten. Sie wußte auch, welche Konsequenzen ihr Nichthandeln haben würde. Und doch war sie unfähig zu handeln. Der Paarungstrieb war einfach zu überwältigend.

Das Tagpferd nibbelte an ihrem Hals. Imbri stand still. Es tat weh, aber es war ein exquisiter, pferdischer Schmerz, ein Schmerz, wie ihn eine Mähre von einem Hengst nicht nur duldete, sondern sogar willkommen hieß. Er war dominant, wie er es als guter Hengst auch zu sein hatte.

Er schritt um sie herum, nahm sich Zeit dabei. Auch dies war Teil des Rituals. Er schnüffelte mal hier, mal dort, und schnaubte voller gespielter Gleichgültigkeit. O ja, er hatte sie wirklich in seiner Gewalt! Das Gespenst hatte es aufgegeben; es wußte, daß Imbri verloren war. Ihre glasig werdenden Augen blieben auf die Büchse gerichtet, die am Boden stand, das Wort PANDORA auf dem Deckel. Sie würde nur drei Schritte benötigen, um sie zu erreichen und mit einem Vorderhuf aufzustampfen, um ihren Inhalt freizulassen, wie immer er auch beschaffen sein mochte. Doch sie konnte sich nicht dazu überwinden, es zu tun.

Da hörte sie ein lautes Bersten und Krachen an der fernen

Außenmauer. Die Mundanier hatten endlich ihre Bresche geschlagen. Imbri zitterte am ganzen Leib, versuchte, sich aus ihrer Lähmung zu reißen, doch der Hengst schnaubte nur und brachte sie zur Ruhe. Sie konnte sich einfach nicht gegen ihn stellen, auch wenn ihr ganzer Verstand wegen dieser Narretei in Aufruhr geriet. Sie hatte auf fatale Weise die Zwänge ihrer eigenen Mährennatur unterschätzt.

»He, General – wo bist du?« rief einer der Mundanier.

Das Tagpferd nahm kurz wieder menschliche Gestalt an. »Hier im Thronsaal!« rief der Pferdmensch.

Da war der Zauber gebrochen. Imbri sprang herum, wie eine vorschnellende Feder. Doch als sie ihn vor sich stehen sah und zum Schlag ausholen wollte, nahm er wieder Hengstgestalt an. Er krümmte den Hals, musterte sie beruhigend, ein Ausbund an Schönheit und Kraft. Er tappte mit dem linken Vorderhuf auf den Boden.

Imbri, die gerade wieder in eine neue Lähmung zu verfallen drohte, allen guten und besten Vorsätzen zum Trotz, erblickte den Messingreif auf diesem Bein. Der Messingreif, der ohne jede Mehrdeutigkeit verkündete, was und wer er genau war.

Sie trat ihm mit einem Vorderhuf gegen das Bein, den Reif attackierend. Der Tritt war nicht besonders stark, ja verletzte ihn nicht einmal; entscheidend war daran vielmehr, daß sie sich gegen ihn stellte. Seine Gestaltwandlung und seine unmittelbare Bestätigung seines Bunds mit dem mundanischen Gegner hatten die pferdische Stimmung zerstört. Er war kein Pferd in der Verkleidung eines Menschen, sondern ein Mensch in der Verkleidung eines Pferds. Nun wußte sie, subjektiv genauso wie objektiv, daß er nicht ihr Freund war. Alles, was sie tun mußte, war, diesen Reif anzuschauen, um sich daran zu erinnern, wer er in Wirklichkeit war.

Der Hengst stieß einen schrillen Schrei aus, mehr aus Wut als vor Schmerz. Wieder stampfte er mit dem Vorderhuf auf. Er war ebenso schön in seinem Zorn wie in seiner Männlichkeit.

Imbri weigerte sich, sich ein zweites Mal überwältigen zu lassen. Der Anblick des Messingreifs blieb ihr im Gedächtnis haften. Sie schwang den Kopf herum und biß ihn direkt hinter dem pelzigen weißen Ohr in den Hals. Dabei riß sie ihm ein

Stück seiner herrlichen Silbermähne aus. Rotes Blut schäumte hervor und befleckte das schimmernde Fell.

Nun begann das Tagpferd zu kämpfen. Der Schimmel wieherte und bäumte sich vorne auf, um mit den Vorderhufen nach ihr zu treten – doch Imbri hatte sich ebenfalls aufgebäumt. Sie war nicht so groß und kräftig wie er, befand sich also im Nachteil, doch es war die nackte Wut, die sie antrieb und das Bewußtsein, daß sie nicht nur um ihren Stolz, ihre Freiheit und ihr Leben kämpfte, sondern auch um das Wohlergehen der neun anderen Könige und des Landes Xanth selbst. Sie war die Königsmähre, sie *mußte* einfach siegen!

Imbri wirbelte erneut herum, ihre geringere Körpermasse machte sie beweglicher als den Gegner, und plazierte einen Hinterhuftritt auf seiner Schulter. Sie spürte, wie der Knochen unter der Wucht des Tritts zerbarst. Das Tagpferd geriet ins Stolpern, humpelte, richtete sich auf und kam wieder auf sie zu. Dieser Hengst war wirklich eine kriegerische Natur und völlig furchtlos. Anstatt eine Wendung zu vollführen und sie mit den Hinterhufen anzugreifen, benutzte er seinen Kopf. Das war der typische verächtliche Angang des dominanten männlichen Tiers.

Diesmal trat Imbri ihn gegen den Kopf.

Der Schimmel brach zusammen, und Blut begann aus seinen Nüstern hervorzuströmen.

Imbri musterte ihn. Nun tat ihr leid, was sie getan hatte, auch wenn sie wußte, daß es nötig gewesen war. Er hatte einen fatalen taktischen Fehler begangen, indem er versucht hatte, sie zu disziplinieren, anstatt eine richtige Kampfhaltung einzunehmen, und er hatte den Preis dafür bezahlen müssen. Und doch flößte ihr das Blut, das über sein schönes weißes Fell strömte und den Boden zu bedecken begann, Entsetzen ein.

Sie wußte, daß es in der Waffenkammer Heilelixier gab. Sie konnte etwas davon holen, dann würde dieses schönste aller Tiere sofort wiederhergestellt sein. Kein Hengst hatte es verdient, auf derart schmachvolle Weise zu enden!

»Wo bist du, General?« rief der Mundanier und näherte sich dem Thronsaal.

Imbri sprang auf die Tür zu, wirbelte herum und trat den

Mann mit den Hinterhufen beim Eintreten gegen die Brust. Mit einem erstickten Keuchen sackte er zusammen – ohnmächtig oder noch Schlimmeres.

»Jordan!« sendete sie. »Werdet ihr Gespenster mir helfen? Die Mundanier sollen sehr abergläubisch sein, sie fürchten sich vor dem Übernatürlichen. Wenn ihr euch ihnen zeigt und drohende Gesten macht, könntet ihr sie damit vielleicht verjagen. Ich muß die schlafenden Könige bewachen, während ich versuche, den Zauber des Pferdmenschen rückgängig zu machen.«

»Wir werden unser Bestes tun«, sagte Jordan und schwebte schnell und zielbewußt davon.

Imbri kehrte zu dem Tagpferd zurück, um den Gegner dazu zu zwingen, sein Geheimnis preiszugeben. Sie haßte dies alles, aber wenn es sein mußte, würde sie versuchen, ihn mit dem Heilelixier zu bestechen und ihn solange unter Druck zu setzen, bis er ihr verraten hatte, was sie wissen mußte.

Doch der Hengst hatte sich abermals verwandelt. Nun lag er in Menschengestalt in einer Blutlache – und atmete nicht mehr. Ihr schrecklicher Tritt hatte ihm den Schädel zerschmettert, und sie erkannte auf einen Blick, daß er tot war.

Es gab keine Möglichkeit mehr, ihn zum Sprechen zu bringen. In ihrer Verzweiflung hatte sie zu fest zugetreten. Sie hatte ihn ermordet.

Entsetzt starrte sie auf die grausige Szene, und ihr Schmerz angesichts des Tods des Tagpferds verschmolz mit ihrer Trauer angesichts des drohenden, des endgültigen Verlusts der Könige von Xanth. Was sollte sie nun tun? Sie hatte Xanths allerletzte Chance verspielt!

Grauen und Verzweiflung überkamen sie. Sie und die Gespenster mußten nun die Mundanier abwehren – aber wozu dies alles noch? Die Königsmähre hatte das Verderben gebracht, genau wie man es auch hätte vorhersehen müssen.

»Die Büchse!« meinte Jordan, der gerade wieder zurückgekehrt war. »Vielleicht ist ja ein Gegenzauber darin?«

Matt und fahrig stellte Imbri einen Huf auf die Büchse und zermalmte sie. Ein dünner, durchsichtiger Rauch von rosa Farbe trat hervor und verdichtete sich zu einer recht hübschen kleinen Wolke. Die Wolke umhüllte sie, weil sie keinen Versuch unternahm, ihr auszuweichen. Sie fügte sich vielmehr ihrem Schicksal – im Guten wie im Bösen.

Es war alles andere als böse: Plötzlich fühlte Imbri sich gestärkt und voller Zuversicht. Irgendwie war sie davon überzeugt, daß alles doch noch zu einem guten Ende finden würde.

»Hoffnung!« flüsterte Jordan ihr ins Ohr. »In diese Büchse hatte man die Hoffnung gesperrt! Ich fühle es selbst: Nun habe ich das sichere Gefühl, daß mein morbider Zustand sich endlich irgendwann einmal bessern wird.«

Hoffnung. Sie hatte nicht gewußt, daß die in der Büchse der Pandora begraben worden war. Sie begriff zwar, daß sich objektiv nichts geändert hatte, und doch blieb da diese Zuversicht. Es mußte einfach irgendeinen Ausweg geben!

Imbris Blick fiel auf den Messingreif des Pferdmenschen. Warum hatte er ihn nie abgenommen, obwohl er doch ein solch offenkundiger Hinweis auf seine Identität gewesen war? Bestimmt war er sehr wertvoll für ihn gewesen. Ob das Ding ein magisches Amulett war? Etwas, das es ihm ermöglichte, sich aus einem Menschen in ein Pferd zu verwandeln? Nein, das war eine natürliche Fähigkeit gewesen, genau wie die Fähigkeit der Sirene, aus ihren Menschenbeinen einen Fischschwanz werden zu lassen, welche ein Teil ihres Menschenerbes war. Für ihre Verlockungsmagie hatte die Sirene dagegen das Scheitholz gebraucht.

Konnte dieser Reif vielleicht eine ähnliche Funktion gehabt haben wie das Scheitholz? Hatte er seine Fähigkeit zu verstärken oder konzentrieren geholfen? Wenn das Beispiel der Sirene Allgemeingültigkeit besaß, war es doch denkbar, daß diese Mischformen noch etwas Zusätzliches, etwa einen Gegenstand benötigten, damit ihre Magie voll zum Zuge kommen konnte. Ein Teil ihrer Magie bestand in ihrer zweifachen Natur, in ihrem Doppelwesen, deshalb war der Rest wahrscheinlich auch schwächer, als er hätte sein sollen. Ein Musikinstrument hier – ein Messingreif dort. Ja, es war möglich, daß die Magie des Pferdmenschen zum Teil auch in dem Amulett ruhte.

Es war ihre letzte Chance. Sie war von Hoffnung erfüllt: Das konnte das Dilemma der Könige lösen helfen! Sie nahm den Messingreif zwischen die Zähne und zerrte daran. Er wollte nicht über seine Hand rutschen, also zerstampfte sie die Hand mit ihrem Huf gänzlich, bis der Reif darüber paßte. Dann nahm sie ihn mit den Zähnen auf und trabte damit aus dem Saal hinaus, in die Dunkelheit hinein.

»Wir werden die Könige beschützen!« rief Jordan ihr nach. »Solange wir die Mundanier noch erschrecken können...«

Sie dankte ihm wiehernd und entmaterialisierte, um das Schloß zu verlassen. Im Vorbeitraben sah sie, daß die Gespenster ganze Arbeit leisteten. Da der Pferdmensch und einer der ihren im Schloß bereits den Tod gefunden hatten, scheuten die Mundanier davor zurück, ins Gebäude einzudringen, und es würde noch eine ganze Weile dauern, bis sie merkten, daß die Gespenster ihnen doch nichts anhaben konnten. Imbri hoffte, daß die Mundanier lange genug abgeschreckt würden. Der Pferdmensch hatte das Spiel zwar verloren, doch Xanth würde erst dann endgültig gewonnen haben, wenn die Könige gerettet waren.

Sie schoß in die Nacht hinaus, den Messingreif fest zwischen die Zähne geklemmt. Sie kannte jemanden, der alles über Messing wußte. »Blyght!« sendete sie so kraftvoll, wie sie konnte. »Blyght Messingmädchen!«

Als sie sich der Stelle näherte, an der sie die Gorgone zurückgelassen hatten, empfing sie Blyghts Traumantwort: »Hier, König Imbri!«

Da trafen sie auch schon aufeinander. »Blyght, ich habe hier einen Messingreif, den ich dem Pferdmenschen abgenommen habe. Ich vermute, daß er mit seiner magischen Fähigkeit des Verzauberns zu tun hat, aber ich weiß nicht, wie er funktioniert. Kannst du mir vielleicht etwas darüber sagen?«

Blyght nahm den Reif entgegen und untersuchte ihn sorgfältig. »Ja, ich glaube, ich bin solchen Dingern schon mal begegnet. Schaut nur, wie kurz er ist! Im Verhältnis zu seiner Masse besitzt er nur sehr wenig Tiefe. So etwas nennen wir einen Kurzschlußring.«

»Einen Kurzschlußring? Was bewirkt der denn?«

»Der stellt falsche Verbindungen her, um Kraft und Strom vom rechten Pfad abzubringen – oder so ähnlich, mit allen Einzelheiten bin ich auch nicht vertraut.«

»Könnte er auch Licht ablenken?« fragte Imbri mit bebender Hoffnung.

»Ja, ich denke schon. Er könnte einen Lichtstrahl beugen und auf die schiefe Bahn zwingen.«

»Etwa vom Auge eines Menschen zum Guckloch eines Hypnokürbis?«

Blyghts Miene erhellte sich. »Die verschollenen Könige!«

Imbri spähte durch das Rund. Alles, was sie dahinter sah, war Blyght, aber natürlich würde es auch der Magie bedürfen, um den gewünschten Effekt zu erzielen – und das war das Talent des Pferdmenschen gewesen. Er hatte den Kurzschlußring dazu verwendet, um den Blick eines jeden der Könige mit einem Kürbisguckloch zu verbinden, was die Könige dann in die Kürbiswelt verbannt hatte. Der Reif hatte wahrscheinlich den Kürbis mit dem Auge des jeweiligen Opfers kurzgeschlossen. »Aber wie können wir die Verbindung dann unterbrechen?« fragte Imbri.

»Ihr müßt den Ring abschirmen«, meinte Blyght. »Das geht allerdings nicht mit gewöhnlicher Materie, sondern nur mit Magie.«

»Aber ich habe keine solche Magie – und nur sehr wenig Zeit. Wie kann ich da seine Magie möglichst schnell ausschalten?« fragte Imbri verzweifelt. »Soll ich den Ring einfach zerbrechen? Das geht mit ein, zwei Huftritten ganz leicht, glaube ich. Und wenn nicht, kann der Oger ihn mit seinem Gebiß in Stücke reißen.«

»Nein, tut das auf keinen Fall!« sagte Blyght beunruhigt. »Das könnte den Königen schlimmen Schaden zufügen, so daß sie vielleicht in die falschen Körper zurückkehren oder auf alle Zeiten in der Nachtwelt gefangen bleiben.« Sie hielt inne und lächelte kurz. »Ist es nicht seltsam, davon zu sprechen, daß sie in unserer Welt Gefangene wären? Aber natürlich haben sie ja auch ihre Körper nicht dabei...« Sie zuckte mit ihren Metallschultern. »Ihr müßt den Kraftstrom unterbrechen, ohne das Messing zu zerstören. So funktionieren diese Dinger nun mal. Das wird dafür sorgen, daß die Blicke der Könige auf unschädliche Weise unterbrochen werden.«

Sie sollte es eigentlich wissen, dachte Imbri, schließlich kam sie ja aus der magischen Messingregion. Imbri zermarterte sich das Gehirn. Wie konnte sie nur ihr Ziel erreichen?

Da hatte sie eine Idee. »Das Nichts!« sendete sie. »Das neutralisiert doch alles!«

»Ja, da schicken wir auch immer unseren gefährlichen Müll hin«, meinte Blyght. »Sachen wie gebrauchte Messingspucknäpfe und so. Das müßte eigentlich funktionieren. Aus dem Nichts kehrt niemals etwas zurück.«

Imbri nahm den Messingreif wieder auf und machte sich gen Norden auf den Weg ins Nichts. Unterwegs fiel ihr noch ein, das nächste Kürbisfeld anzusteuern. Offenbar konnte die Kürbiswelt dem Kurzschlußring nichts anhaben, denn der Pferdmensch war ja bereits mit ihr dort gewesen. Doch das Nichts war etwas ganz anderes. Sogar die Lebewesen der Kürbiswelt mußten sich vor ihm hüten.

Wie wild schoß sie durch die Welt der Nacht, achtete nicht auf ihre wohlvertrauten Szenerien und jagte schon bald wieder aus dem Kürbis ins Nichts hinaus. Sie unterdrückte ihre wachsende Nervosität. Schließlich hing das Schicksal Xanths von ihr ab.

Nun rannte sie schnurstracks in die gefürchtetste Region Xanths hinein – in die Mitte des Nichts. Das Land um sie herum war wie das Innere eines Trichters gekrümmt und führte hinab in die schreckliche Mitte. Denn das Nichts war ein schwarzes Loch, aus dem nichts und niemand entkommen konnte, nicht einmal das Licht. Nur Imbris Rasse konnte ungehindert seinen äußeren Rand durchstoßen – und für den inneren Bereich mußte sie entmaterialisieren, damit ihr physischer Körper nicht aufgesogen wurde, um niemals wiederzukehren. Ihr graute vor dieser Untiefe, denn so weit war sie noch nie vorgestoßen – aber sie mußte nun einmal sichergehen, daß der Messingreif an der richtigen Stelle plaziert wurde, damit seine Magie wirklich optimal gegen alles abgeschirmt wurde. Wenn er ihr aus dem Maul fallen oder den Abhang hinab in das Loch rollen sollte, würde die Könige eine ungewisse Zukunft erwarten, bis der Reif seine Reise beendet hatte.

Sie war sich nicht einmal völlig sicher, daß eine solche Plazierung mitten im Loch den Zauber durchbrechen würde, aber es erschien ihr doch als wahrscheinlich, und außerdem hatte sie ohnehin keine andere Wahl mehr, als es damit zu versuchen. Es war ihre letzte Hoffnung. Wenn dies die Kette nicht sprengte, dann war Xanth die Anarchie bestimmt, denn dann gab es keine weitere Möglichkeit mehr, die Könige zu befreien, und die Mundanier würden in Xanth wüten und plündern, wie es ihnen gefiel. Der Pferdmensch war zwar tot, aber das Unheil, welches er angerichtet hatte, würde ihn dann überleben – zum Leidwesen Xanths.

Sie erreichte den Boden des Trichters. Sie sah die tiefste Schwärze des schwarzen Lochs. Sie war entmaterialisiert, und doch schien es sie anzusaugen. Es besaß eine düstere, schreckliche Macht, und sie fürchtete sich entsetzlich vor ihm.

Sie öffnete die Lippen und ließ den Messingreif herabfallen. Er stürzte immer schneller in die Tiefe, als würde er an Gewicht gewinnen. Im nächsten Augenblick war er auch schon im Nichts verschwunden. Es gab nicht einmal einen Platscher, nur ein stilles, lautloses Verschlucken. Es war vollbracht.

Imbri versuchte kehrtzumachen und den Trichter wieder zu verlassen. Ihre Hufe bewegten sich zwar, doch ihr Körper kam nicht von der Stelle. Sie hatte sich zu weit an den grausigen Schlund des Nichts herangewagt! Nicht einmal im entmaterialisierten Zustand konnte sie ihm noch entkommen.

Verzweifelt kletterte sie ein kleines Stück an der Trichterwand empor, doch da glitt sie auch schon wieder unaufhaltsam in die Tiefe. Ihre Hufe fanden keinen Halt – *nichts* konnte hier einen Halt finden! Sie war in das Land ohne Wiederkehr vorgedrungen. Sie rutschte immer schneller ab.

Mit einem Wiehern aus purer Angst und Verzweiflung stürzte die Mähre Imbri in das schwarze Loch des Nichts.

Chamäleon schien emporzuschweben, mit erstaunlich häßlichem Gesicht und Körper, aber mit wunderschöner Seele. »Chem! Chem!« rief sie über den Dschungel von Xanth hinweg. »Chem Zentaur – wo bist du?«

»Hier bin ich!« rief Chem. »Hier bei der Gorgone. Mach dir keine Sorgen – sie ist völlig verschleiert!«

»Wir brauchen deine Seele«, sagte Chamäleon und schwebte zu ihnen hinab.

»Ich habe nur meine halbe Seele«, erwiderte die Zentaurin. »Imbri die Nachtmähre hat die zweite Hälfte.«

»Nein, du hast jetzt die ganze. Spürst du es denn nicht?«

Chem war überrascht. »Ja, tatsächlich, ich spüre es wirklich! Ich fühle mich, als würde ich schweben! Aber wie ist so etwas möglich? Ich habe Imbri nie ihre Hälfte geneidet, und meine Hälfte war im Begriff, sich zu regenerieren und nachzuwachsen. Jetzt habe ich plötzlich mehr als nur eine ganze Seele. Das ist zuviel!«

»Imbri ist in das schwarze Loch des Nichts gestürzt«, erklärte Chamäleon. »Sie hat den Pferdmenschen getötet und seinen magischen Talisman ins Nichts befördert, um uns aus unserer Verzauberung zu befreien, aber sie selbst konnte dem Nichts dabei nicht mehr entfliehen.«

»Dem Nichts? Aber das ist ja entsetzlich! Soll das etwa heißen, daß sie nun tot ist – bei allem, was sie für Xanth getan hat?«

»Nein. Wir glauben, daß ein wesentlicher Teil von ihr überlebt hat. Sie hat den Körper verloren, als sie ihr Opfer für uns darbrachte, um die Kette zu sprengen und die Prophezeiung wahrzumachen, aber ihre Seele ist am Leben geblieben. Das Nichts kann keine Seele beherrschen. Die Seele ist das einzige in Xanth, was dem schwarzen Loch nicht anheimfallen kann.«

»Aber dann ist sie ja zu mir zurückgekehrt! Es war ja auch nicht ihre eigene Seele, denn die Lebewesen im Kürbis haben keine. Sie müssen sie sich von uns ausleihen, die wir welche besitzen. Ich will ihre Seelenhälfte aber nicht behalten! Ich will, daß Imbri am Leben bleibt! Nach allem, was sie für Xanth getan hat, und wo sie doch solch eine nette Person ist –« Die Zentaurenstute weinte höchst menschliche Tränen der Niedergeschlagenheit und der Trauer.

»Das wollen wir doch alle«, meinte Chamäleon. »Deshalb haben der Gute Magier Humfrey und ich, als wir dies vorhersahen, entsprechende Pläne geschmiedet und vorgesorgt. Wir durften nicht eingreifen, solange wir uns im Kürbis befanden, aber sobald Imbri uns wieder freigesetzt hatte, hat Humfrey einen Zauber ausgesprochen, den er kannte. Einen Zauber, der ihre Seelenhälfte getrennt von deiner halten sollte, trotz ihres Ursprungs in dir.«

»Aber wie... ich meine, wenn ihre Seele doch jetzt zu mir zurückgekehrt ist...?«

»Imbri ist ebenfalls zurückgekehrt. Laß sie frei, Chem. Der Zauber des Guten Magiers macht es dir möglich, weil du es bist, die den obersten Anspruch auf ihre Seelenhälfte hat. Wenn du darauf verzichtest...«

Sofort konzentrierte sich die Zentaurin. »Imbri, ich liebe dich! Ich lasse dich frei. Nimm deine Seelenhälfte und werde wieder du selbst!«

Etwas Ungreifbares zerriß – und Imbri kam frei und schwebte empor. »Ist das wahr?« sendete sie. »Bin ich wirklich am Leben?«

»Ja, schöne Nachtmähre!« sagte Chamäleon. »Du bist lebendig, und zwar im allerreinsten Sinne. Doch du hast deinen Körper eingebüßt. Nie wirst du wieder materielle Gestalt annehmen können. Du gehörst jetzt zur geistigen Welt, genau wie die Gespenster.«

»Aber was kann ich denn ohne meinen Körper anfangen?« fragte Imbri entsetzt. Sie erinnerte sich an ihren schrecklichen Sturz ins Nichts – und an Chamäleons Eintreffen. Alles, was dazwischen gelegen hatte, war vergessen.

»Auch das haben wir beachtet«, erwiderte Chamäleon. »Humfreys Zauber haben den Papierkram erledigt, oder was es auch sein mochte, so daß die Sache schon ihre Ordnung hat. Wir alle lieben dich, Imbri, und wir verdanken dir unser Leben und unsere Hoffnung, und wir möchten oft mit dir zusammen sein. Also wirst du eine richtige Tagmähre werden, die Tagträume und angenehme Abendträume vorbeibringt, ganz ähnlich wie früher. Nur daß es jetzt offiziell ist und für alle Zeiten. Wann immer wir tagträumen, wirst du mit deinen neuen Freunden dabeisein und dafür sorgen, daß jeder Traum richtig abgeliefert wird.«

Diese Vorstellung gefiel Imbri. Sie mochte keine Alpträume mehr. Dennoch war sie verwirrt. »Meine neuen Freunde?«

Da erschienen mehrere andere Mähren, die allerliebst durch die Lüfte trabten. Sie waren hübsch bunt – eine rot, eine blau, eine grün und eine orange. »Willkommen, schwarze Mähre«, sendete eine von ihnen und stellte die Ohren vor. Es war ein Zeichen der Freundschaft. »Ach, du wirst dem Taghengst aber gefallen! Du hast ja so eine originelle Farbe!«

»Dem Taghengst?« sendete Imbri, und eine unangenehme Erinnerung begann sich in ihr zu regen.

Nun erschien ein männliches Pferd, das flügellos durch die Lüfte sprang, hellgolden wie die Sonne. »Ich verteile die Tagträume«, sendete es. Das Pferd wedelte nachlässig mit seinem Schweif. Noch nie hatte Imbri einen schöneren Hengst gesehen. »Aber du kannst dir aussuchen, welche du abliefern willst. Wir sind hier nicht so streng und nehmen selten etwas fürchterlich ernst. Dieser Tagtraum gerade ist ein gutes Beispiel dafür. Wir alle haben Teil daran, und wir alle helfen dabei, ihn zustande zu bringen, damit du auf sanfte Weise mit deiner neuen Arbeit vertraut gemacht wirst. Alle ehemaligen Könige von Xanth teilen zusammen mit ihren Freunden gerade diesen Traum. Bald müssen sie wieder in den normalen Bewußtseinszustand zurückkehren, um die Mundanier der Eroberungswelle einen nach dem anderen wieder in Menschen zu verwandeln und um festzustellen, ob sie bereit sind, der gegenwärtigen Ordnung die Treue zu schwören. König Trent hat sie nämlich alle in Stinkkraut verwandelt, und nun riecht es im ganzen Schloß ganz scheußlich. Außerdem ist da noch die Frage der Abdankung von König Trent zu regeln, der nun mehr Zeit für seine Frau haben will, und Dors endgültige Thronbesteigung. Solche Sachen müssen schließlich im richtigen feierlichen Rahmen geschehen. Aber zuerst wollten sie alle mit ansehen, wie du korrekt in deine neue Arbeit eingeführt wirst. Wir hatten noch nie einen König in unseren Reihen.«

»Aber ich bin doch gar kein König mehr!« protestierte Imbri. »Jetzt, da die richtigen Könige wieder frei sind ...«

»Ihr werdet den Ehrentitel ›Königsmähre Imbrium‹ behalten«, sagte König Trent lächelnd. »Ihr seid es gewesen, die Xanth gerettet hat. Wir werden eine Statue nach Eurem Ebenbild machen lassen und Euch nie vergessen.«

Die anderen Teilnehmer des kollektiven Tagtraums murmelten zustimmend – sie waren ihre Freunde.

Plötzlich begriff Imbri, wie ihre neue Aufgabe aussehen würde. Und als sie dies erkannte, blickte sie zum Himmel empor und sah, daß es Tag war. Zwischen ihrem Sturz ins Nichts, der endgültigen Sprengung der Kette, und ihrer Wiederbelebung als Seelenpferd war offenbar etwas Zeit verstrichen. Nun war die Sonne aufgegangen, aber es gab auch einen leichten Regenschauer, als weinten die Wolken vor Freude über die Rettung Xanths. Vielleicht war es auch ein wenig Wetter, das aus ihrem Teil des Mondes herübergriff, vom Meer der Regen.

Dort, am hellen, nebligen Himmel war der bunte Regenbogen zu sehen, nach dem sie sich schon immer gesehnt hatte, und umspannte den Horizont.

ENDE

Band 13 009

Marion Zimmer Bradley

Geschichten aus dem Haus der Träume

Deutsche Erstveröffentlichung

Irgendwo im sonnigen Kalifornien liegt Greyhaven, das Haus der beliebten Autorin Marion Zimmer Bradley, die mit Romanen wie DIE NEBEL VON AVALON und DAS LICHT VON ATLANTIS Weltruhm erlangte. Es ist zugleich das Heim einer großen Familie von anderen Autoren, die durch ihr Vorbild selbst dazu gebracht wurden, phantastische Geschichten zu erfinden.

In dieser Anthologie stellt Marion Zimmer Bradley ihre eigenen Geschichten und die ihrer Freunde der Öffentlichkeit vor und gibt mit ihren Einführungen einen Werkstattbericht aus der Zunft der neuen Märchenerzähler.

BASTEI LÜBBE

Sie erhalten diesen Band im Buchhandel, bei Ihrem Zeitschriftenhändler sowie im Bahnhofsbuchhandel.